Д. Мережковский

Иисус Неизвестный

Москва
«Книга по Требованию»

УДК 291
ББК 86.3
Д11

Д11
Д. Мережковский
Иисус Неизвестный / Д. Мережковский – М.: Книга по Требованию, 2016. – 480 с.

ISBN 978-5-4241-3529-3

Дмитрий Мережковский вошел в литературу как поэт и переводчик, пробовал себя как критик и драматург, огромную популярность снискали его трилогия «Христос и Антихрист», исследования «Лев Толстой и Достоевский» и «Гоголь и черт» (1906). Но всю жизнь он находился в поисках той окончательной формы, в которую можно было бы облечь собственные философские идеи. Мережковский был убежден, что Евангелие не было правильно прочитано и Иисус не был понят, что за Ветхим и Новым Заветом человечество ждет Третий Завет, Царство Духа. Он искал в мировой и русской истории, творчестве русских писателей подтверждение тому, что это новое Царство грядет, что будущее подает нынешнему свои знаки о будущем Конце и преображении. И если взглянуть на творческий путь писателя, видно, что он весь устремлен к книге «Иисус Неизвестный», должен был ею завершиться, стать той вершиной, к которой он шел долго и упорно.

ISBN 978-5-4241-3529-3

© Издание на русском языке, оформление
«YOYO Media», 2013
© Издание на русском языке, оцифровка,
«Книга по Требованию», 2013
© Д. Мережковский, 2013

СОДЕРЖАНИЕ

Том первый 5

Часть I. Неизвестное Евангелие 5
   1. Был ли Христос? 5
   2. Неизвестное Евангелие 30
   3. Марк, Матфей, Лука 44
   4. Иоанн 57
   5. По ту сторону Евангелия 74

Часть II. Жизнь Иисуса Неизвестного 96
   1. Как он родился 96
   2. Утаенная жизнь 108
   3. Назаретские будни 129
   4. Мой час пришел 147
   5. Иоанн Креститель 162
   6. Рыба-голубь 185
   7. Иисус и дьявол 207
   8. Искушение 219
   9. Его лицо (В истории) 234
   10. Его лицо (в Евангелии) 251

Том второй 265

Часть I. Служение Господне 265
   1. Кана Галилейская 265
   2. Первый День Господень 276

- 3. Блаженства ... 290
- 4. Царство Божие ... 313
- 5. Освободитель ... 334
- 6. И мир его не узнал ... 368
- 7. Пришел к своим ... 390
- 8. И свои не приняли ... 405
- 9. Кесария Филиппова ... 427
- 10. Преображение ... 447

Часть II. Страсти Господни ... 462
- 1. Вшествие в Иерусалим ... 462
- 2. Бич Господень ... 481
- 3. Серый понедельник ... 499
- 4. Страшный суд ... 516
- 5. Иуда предатель ... 528
- 6. Тайная вечеря ... 541
- 7. Гефсимания ... 560
- 8. Суд Каиафы ... 583
- 9. Суд Пилата ... 599
- 10. Распят ... 624
- 11. Воскрес ... 658
- 12. Воистину воскрес ... 676

И мир Его не узнал.
Και ὁ κύσμοζ αυτόν ὀυκ ἐγνω.
Ио 1,10

ТОМ ПЕРВЫЙ

Часть I. Неизвестное Евангелие

1. Был ли Христос?

I

Странная книга: ее нельзя прочесть; сколько ни читай, все кажется, не дочитал, или что-то забыл, чего-то не понял; а перечитаешь, – опять то же; и так без конца. Как ночное небо: чем больше смотришь, тем больше звезд.

Умный и глупый, ученый и невежда, верующий и неверующий, – кто только читал эту книгу – жил ею (а иначе не прочтешь), тот с этим согласится, по крайней мере, в тайне совести; и все тотчас поймут, что речь идет здесь не об одной из человеческих книг, ни даже о единственной, Божественной, ни даже о всем Новом Завете, а только о Евангелии.

II

«О, чудо чудес, удивление бесконечное! Ничего нельзя сказать, ничего помыслить нельзя, что превзошло бы Евангелие; в мире нет ничего, с чем можно бы его сравнить».[1] Это говорит великий гностик II века,

---

[1] Eug. Faye, Gnostiques et Gnosticisme, 1925, p. 531.

Маркион, а вот что говорит средний католик-иезуит XX века: «Евангелие стоит не рядом, ни даже выше всех человеческих книг, а *вне их*: оно совсем *иной природы*».[2] Да, иной: книга эта отличается от всех других книг больше, чем от всех других металлов – радий, или от всех других огней – молния, как бы даже и не «Книга» вовсе, а то, для чего у нас нет имени.

III

НОВЫЙ ЗАВЕТ
Господа нашего
Иисуса Христа
В русском переводе
Санкт-Петербург, 1890

Маленькая, в 32-ю долю листа, в черном кожаном переплете, книжечка, 626 страниц, в два столбца мелкой печати. Судя по надписи пером на предзаглавном листке: «1902», она у меня, до нынешнего 1932 года, – 30 лет. Я ее читаю каждый день, и буду читать, пока видят глаза, при всех, от солнца и сердца идущих светах, в самые яркие дни и в самые темные ночи; счастливый и несчастный, больной и здоровый, верующий и неверующий, чувствующий и бесчувственный. И кажется, всегда читаю новое, неизвестное, и никогда не прочту, не узнаю до конца; только краем глаза вижу, краем сердца чувствую, а если бы совсем, – что тогда?

Надпись на переплете: «Новый Завет», стерлась так, что едва можно прочесть; золотой обрез потускнел; бумага пожелтела; кожа переплета истлела, корешок отстал, листки рассыпаются и кое-где тоже истлели, по краям истерлись, по углам свернулись в трубочку. Надо бы отдать переплести заново, да жалко и, правду скажу, даже на несколько дней расстаться с книжечкой страшно.

IV

Так же как я, человек, – зачитало ее человечество, и, может быть, так же скажет, как я: «что положить со мною в гроб? Ее. С чем я встану из гроба? С нею. Что я делал на земле? Ее читал». Это страшно много для человека и, может быть, для всего человечества, а для самой Книги – страшно мало.

---

[2] Lagrange, Evangiles, 1930, p. 39.

Что вы говорите Мне: «Господи! Господи!» и не делаете того, что Я говорю? (Лк. 6, 46).

И еще сильнее, страшнее, в «незаписанном», agraphon, не вошедшем в Евангелие, неизвестном слове Иисуса Неизвестного:

***Если вы со Мною одно,
и на груди Моей возлежите,
но слов Моих не исполняете,
Я отвергну вас.***[3]

Это значит: нельзя прочесть Евангелие, не делая того, что в нем сказано. А кто из нас делает? Вот почему это самая нечитаемая из книг, самая неизвестная.

V

Мир, как он есть, и эта Книга не могут быть вместе. Он или она: миру надо не быть тем, что он есть, или этой Книге исчезнуть из мира.

Мир проглотил ее, как здоровый глотает яд, или больной – лекарство, и борется с нею, чтобы принять ее в себя, или извергнуть навсегда. Борется двадцать веков, а последние три века – так, что и слепому видно: им вместе не быть; или этой Книге, или этому миру конец.

VI

Слепо читают люди Евангелие, потому что привычно. В лучшем случае, думаю: «Галилейская идиллия, второй неудавшийся рай, божественно-прекрасная мечта земли о небе; но если исполнить ее, то все полетит к черту». Страшно думать так? Нет, привычно.

Две тысячи лет люди спят на острие ножа, спрятав его под подушку – привычку. Но «Истиной назвал Себя Господь, а не привычкой».[4]

«Темная вода» в нашем глазу, когда мы читаем Евангелие, – не-удивление – привычка. «Люди не удаляются от Евангелия на должную даль, не дают ему действовать на себя так, как будто читают его в первый раз; ищут новых ответов на старые вопросы; оцеживают комара и проглатывают верблюда».[5] В тысячный раз прочесть, как в первый, выкинуть из глаза «темную воду» привычки, вдруг увидеть и удивиться, – вот что надо, чтобы прочесть Евангелие как следует.

---

[3] II Epist., Clement., IV, 5 – W. Bauer, Das Leben Jesu im Zeitalter der N. T. Apokryph, 1909, S. 384.

[4] Tertullianus ap. Ot. Pfleiderer, Die Entstehung des Christentums, 1907, S. 247.

[5] J. Wellhausen, Das Evangelium Johannis, 1898, S. 3.

VII

«Очень *удивлялись* учению Его», это в самом начале Иисусовой проповеди, и то же, в самом конце: «весь народ *удивлялся* Его учению» (Мк. 1,22, 11, 18).

«*Христианство странно*», – говорит Паскаль.[6] «Странно», необычайно, удивительно. Первый шаг к нему – удивление, и чем дальше в него, тем удивительней.

«Первую ступень к высшему познанию (гнозису) полагает ев. Матфей в удивлении... как учит и Платон: „всякого познания начало есть удивление", – вспоминает Климент Александрийский, кажется, одно из „незаписанных слов Господних", agrapha, может быть, в утерянном для нас, арамейском подлиннике Матфея:

*Ищущий да не покоится...
пока не найдет;
а найдя, удивится;
удивившись, воцарствует;
воцарствовав, упокоится.*[7]

VIII

Мытарь Закхей «искал видеть Иисуса, какой Он из Себя; но не мог за народом, потому что мал был ростом; и, забежав вперед, взлез на смоковницу» (Лк. 19, 3–6).

Мы тоже малы ростом и взлезаем на смоковницу – историю, чтобы видеть Иисуса; но не увидим, пока не услышим: «Закхей! сойди скорее, ибо сегодня Мне надобно быть у тебя в доме» (Лк. 19, 5). Только увидев Его у себя в доме, сегодня, мы увидим Его, и за две тысячи лет, в истории.

«Жизнь Иисуса», – вот чего мы ищем и не находим в Евангелии, потому что цель его иная – жизнь не Его, а наша – наше спасение, «ибо нет другого имени под небом, данного человеком, которым надлежало бы нам спастись» (Деян. Ап. 4, 11, 12).

«Это написано, чтобы вы поверили, что Иисус есть Христос, Сын Божий, и, веруя, имели жизнь» (Ио. 20, 31). Только найдя свою жизнь в Евангелии, мы в нем найдем и «жизнь Иисуса». Чтобы узнать, как Он жил, надо, чтобы Он жил в том, кто хочет это узнать. «Уже не я живу, но живет во мне Христос» (Гал. 2, 20).

---

[6] Pascal, Pensées, 537: «Le Christianisme est étrange».

[7] Clement Alex., Strom. II, 9, 45; V, 14, 57 – Resch, Agrapha, S. 70.

Чтобы увидеть Его, надо услышать Его, как услышал Паскаль: «В смертной муке Моей, Я думал о тебе, капли крови Моей Я пролил за тебя».[8] И как услышал Павел: «Он возлюбил меня и предал Себя за меня» (Гал. 2, 20). Вот самое неизвестное в Нем, Неизвестном: личное отношение Иисуса Человека к человеку, личности, – прежде чем мое к Нему, Его ко мне; вот чудо чудес, то, чем отличается от всех человеческих книг – огней земных, эта небесная молния – Евангелие.

IX

Чтобы прочесть в Евангелии «жизнь Иисуса», мало истории; надо увидеть и то, что над нею, и до нее, и после – начало мира и конец; надо решить, что над чем, – над Иисусом история, или Он над нею; и кто кем судится: Он ею, или она Им. В первом случае нельзя увидеть Его в истории; можно – только во втором. Прежде чем в истории, надо увидеть Его в себе. «Вы во Мне, и Я в вас» (Ио. 15, 3) – этому записанному слову Его отвечает «незаписанное», аграф:

Так увидите Меня в себе,
как если кто видит себя
в воде или в зеркале. [9]

Только подняв глаза от этого внутреннего зеркала – вечности, мы увидим Его и во времени – в истории.

X

«Был ли Иисус?» – на этот вопрос ответит не тот, для кого Он только *был*, а тот, для кого Он был, есть и будет.

Был ли Он, знают маленькие дети, но мудрецы не знают. «Кто же Ты?» – «Долго ли Тебе держать нас в недоумении?» (Ио. 8, 25; 10, 24).

Кто Он – миф или история, тень или тело? Надо быть слепым, чтобы смешать тело с тенью; но и слепому стоит только протянуть руку, пощупать, чтобы узнать, что тело не тень. Был ли Христос, в голову никому не пришло бы спрашивать, если бы уже до вопроса не помрачало рассудка желание, чтобы Христа не было.[10]

---

[8] Pascal, Pensées, 552: «Je pensais à toi dans mon agonie, j'ai vers é telles gouttes de sang pour toi».

[9] Pseud.-Cyprian, De duobus montibus, c. 13: «ita me m vobis videte quomodo quis vestrum se videt in aquam aut in speculum».

[10] Д. Мережковский, Тайна Запада. Атлантида – Европа, 1931, II, Боги Атлантиды, гл. XIII, К Иисусу Неизвестному, VIII.

В 1932 году, Он – такой же Неизвестный, такая же загадка – *«пререкаемое знамение»*, как в 32-м (Лк. 2, 35). Чудо Его во всемирной истории – вечное людям бельмо на глазу: лучше им отвергнуть историю, чем принять с этим чудом.

Вору надо, чтобы не было света, миру – чтобы не было Христа.

XI

«Читал, понял, осудил», – говорит Юлиан Отступник о Евангелии.[11] Этого еще не говорит, но уже делает наша «христианская» Европа Отступница.

Косны люди во всем, а в религии особенно. Может быть, не только страшное человеческое «тесто погибели», massa perditionis, «без причины рожденное множество»,[12] евангельские «плевелы», но и глохнущая среди них пшеница Господня, растет все еще, как полвека назад, под двумя знаками – двумя «Жизнями Иисуса», Ренановой и Штраусовой.

Можно бы сказать о книге Ренана, что говорит Ангел Апокалипсиса: «Возьми и съешь ее; будет она горька во чреве твоем, но в устах твоих – сладка будет, как мед» (Откр. 10, 9). К меду примешивать яд, прятать иголки в хлебные шарики – в этом искусстве, кажется, Ренану нет равного.

«Иисус никогда не будет превзойден; все века засвидетельствуют, что среди сынов человеческих не было большего, чем Он». – «Покойся же в славе Твоей, благородный Начинатель, – дело Твое сделано. Божество утверждено... Не бойся, что воздвигнутое Тобою здание будет разрушено... Ты сделаешься таким краеугольным камнем человечества, что вырвать имя Твое из этого мира значило бы поколебать его до основания».[13]

Это мед, а вот и яд, или иголка в хлебном шарике: «темным гигантом» Страстей становится, мало-помалу, светлый пророк Блаженств. Начал уже на пути в Иерусалим понимать, что вся Его жизнь – роковая ошибка, а на кресте понял окончательно и «пожалел, что страдает за низкий человеческий род».[14] Хуже того: Лазарь, согласившись с Марфой и Марией, лег, живой *до* гроб, чтобы чудом воскресения обмануть людей и «прославить» Учителя. Знал ли Тот об этом? ***«Может быть»***, – любимое слово Ренана, – может быть, и знал. Здесь тончайший намек –

---

[11] L. Grandmaison, Jesus Christ, 1930, I, 137.

[12] II, I, Esdra, IX: «multitudo quae sine causa nata est».

[13] Renan, Vie de Jésus, 1925, p. 477, 440.

[14] Il se répentit de souffrir pour une race vile, Renan, 424.

мед ядовитейший, острие иголки острейшее.[15] Как бы то ни было, «великий **Очарователь**», – тоже любимое слово Ренана, – «пал жертвой святого безумия»; Себя погубил, и мира не спас; Себя и мир обманул, как никто никогда не обманывал.[16]

Что же значит: «среди сынов человеческих не было большего»? Значит: «ecce homo», «*се человек*», в устах Пилата. Скажет: «се, человек», и руки умоет; «краеугольный камень человечества», и вынет его потихоньку, так что никто не почувствует; ниц падет перед Истиной, а все-таки спросит, с камнем за пазухой: «Что есть истина?»

Ренанова «Жизнь Иисуса» – ***Евангелие от Пилата.***

XII

Может быть, невиннее Бруно Бауэр, когда, трясясь от злости и ужаса, вопит, как бесноватый у ног Господних: «Вампир! Вампир! всю кровь нашу высосал!»[17] Может быть, честнее Штраус, когда лезет, как медведь на рогатину: что такое религия? «Род идиотического сознания»; что такое Воскресение? «Всемирно-историческое мошенничество».[18] И если не сам Нитцше, то, может быть, бедная душа его, в земном аду безумья, поняла, чего так и не понял Ренан: критика – суд над Евангелием – может сделаться Страшным судом над судьями: guod, sum miser tum dicturus? Может быть, поняла душа его, кого он по плечу похлопывал, – да простит мне тень страдальца, – с такой почти лакейскою развязностью: «слишком рано умер Иисус;

---

[15] Renan, 373–375.

[16] Stapfer, Jesus Christ avant son minist ère, 1896, VIII. Здесь хорошо переданы эти очаровательно-лукавые «***может быть***» Ренана. Теми же белыми женственно-мягкими руками, как некогда причастие, священник-расстрига изготовляет теперь свои хлебные шарики с иголками, смешивая мед с ядом.

[17] Bruno Bauer, ap. Aid. Schweitzer, Leben-Jesus Forschung, 1921, S. 157: «Христос – вампир духовной отвлеченности; высосав всю, до последней капли, кровь человечества, Он сам ужаснулся своего пустого, всепоглощающего Я». – М. Kegel, Bruno Bauer, 1908, стр. 38: «Ужас должен бы внушать человечеству евангельский Христос, как историческое явление». Прав был старый Газе, когда, приведя отзыв Бауэра: «слова Иисуса в IV Евангелии кретинически раздуты, „kretinartig aufgeblasen" назвав его „литературным санкюлотом" – „хулиганом", по-нашему. – К. Hase, Geschichte Jesu, S. 135. – Этого „хулиганства" плоды мы и пожинаем обильно в более грубом, „комсомольском", виде, на Востоке, в более утонченном, „мифологическом", на Западе.

[18] «Idiotisches Bewusstsein». – «Ein welthistorischer Humbug», ap. H. Weinel, Jesus im XIX Jahrhundert, 1903, S. 45; Fr. Barth, Hauptproblemen des Jes.-Forsch., 1918, S.218.

если бы до моих лет дожил, сам бы отказался от своего учения». – «Прелюбопытный декадент, с пленительной прелестью в смешении высокого, больного и детского».[19]

XIII

«Жалкою смертью кончил презренную жизнь, – и вы хотите, чтобы мы верили в него, как в Бога!» Эти страшные слова приводит великий учитель церкви, Ориген, потому, вероятно, что знает, что они даже не кощунство для верующих, а просто глупость, хотя и неглупого и, в нашем смысле, «культурного» человека, александрийского неоплатоника, Цельза Врача..[20] Глупость эта, казалось бы, не могла быть превзойдена. Но вот, могла: Цельз не сомневался, – мы усомнились, был ли Христос.

XIV

Глупость эту или небывалое в прошлых веках **научное помешательство – мифоманию** (Христос – «миф») начал XVIII век, продолжал XIX и кончает XX-й.

Шарль Дюпьи (1742–1809), член Конвента, в книге своей, от III года Республики, «Начало всех культов, или Всемирная Религия», доказывает, что Христос, двойник Митры, бог Солнца, скоро будет для нас «тем же, чем были Геркулес, Озирис и Вакх»,[21] а Вольней, в почти одновременной книге, «Развалины, или Размышления о революциях империй», доказывает, что евангельская жизнь Христа есть не что иное, как «миф о течении Солнца по Зодиаку».[22]

В тридцатых годах прошлого века, Штраус все еще, по мнению кое-кого из протестантских богословов, «гениальный», – в «Жизни Иисуса» (1836), сам того не зная и, может быть, не желая, расчистил своей «евангельской мифологией» дальнейший путь «мифомании». Штраус посеял – Бруно Бауэр пожал. Критика XIX века подала руку антихристианской мистике XVIII века. Бауэр уже твердо знает, что Иисуса, как исторической личности, не было; что евангельский образ Его – лишь «вольное поэтическое создание первого евангелиста, Urevangelist»; низшим, порабощенным слоям народа нужный мифический образ «царя демократии, Противокесаря». И – страшного начала смеш-

---

[19] «Interessantester Dekadent», ap. Weinel, l. c., 194.
[20] Origen., contr. Celsum, ap. Renan, Marc-Aurel, 465.
[21] Ch.-Fr. Dupuis, L'origine de tous les cultes ou Religion universelle, 1796.
[22] Const.-Fr. Volney, Les Ruines ou Méditations sur les Révolutions des Empires, 1791.

ной конец, горой рожденная мышь – на месте Иисуса становится призрачная, из Сенеки и Иосифа Флавия составленная личность.[23]

XV

Можно было надеяться, что, благодаря научной критике Евангелия в конце XIX века и в начале XX, разрушившей до основания Штраусову «мифологию», Бауэр будет так же забыт, как Вольней и Дюпьи.[24] Но надежда не оправдалась. Корень XVIII века дал новые ростки в XX.[25]

Что такое «мифомания»? Мнимонаучная форма религиозной ко Христу и христианству ненависти, как бы судороги человеческих внутренностей, извергающих это лекарство или яд. «Мир ненавидит Меня, потому что Я свидетельствую о нем, что дела его злы» (Ио. 7, 7). Вот почему, в самый канун злейшего дела мира – войны, мир Его возненавидел так, как еще никогда. И слишком понятно, что всюду, где только желали покончить с христианством,»научное открытие», что Христос – миф, принято было с таким восторгом, как будто этого только и ждали.[26]

XVI

Сказанное глубоким знатоком первохристианства, Иог. Вейсом о книгах Древса и Робертсона: «необузданная фантазия», «карикатура на историю», можно бы сказать и о всех новейших «мифологах».[27]

Знание трудно и медленно, невежество быстро и легко; мир наполняет оно, по слову Карлейля, «всеоглушающим звуком надуватель-

---

[23] Br. Bauer, Kritik des Evangelien und Geschichte ihres Ursprungs, 2 Bde, 1850. – Christentum und die Cäsaren, 1877. – Alb. Schweitzer 158–160. – Weinel, 45.

[24] Ad. Harnack, Wesen des Christentums, 1902, S. 16: «Штраусова догадка, что в Евангелии очень мало „мифологического", не подтвердилась, если бы даже мы согласились с неопределенным и неверным у Штрауса понятием „мифа". – Ot. Pfleiderer, Das Christus-Bild des urchristlichen Glaubens, 1903, c. 7–8: „Мифы-мистерии не „суеверия" для нас, не „обманы жрецов", как для скептиков XVIII и XIX века, а основные источники (опыты) нашего религиозно-исторического исследования, fundamentale Erkentnissquellen fur die historische Religionsforschung".

[25] Art. Drews, Die Christusmythe, 1909. – W. B. Smith, Der vorchristliche Jesus, 1916. – J. M. Robertson, Pagan Christs, 1902. – P. Jensen, Das Cilgamesch-Epos in der Weltliteratur, 1906. – Aib. Kalthotf, Die Entstehung des Christentums, 1904.

[26] v. Soden, Hat Jesus gelebt? 1910, S. 8.

[27] Joh. Weiss, Jesus von Nazareth, Mythus oder Geschichte? 1910, S. V.

ства»; расходится по миру, как сальное пятно по газетной бумаге, и так же неизгладимо.

Подвиг Геркулеса совершила научная критика в Германии, за последние 25 лет, очищая эти авгиевы конюшни религиозного и исторического невежества; но если так дальше пойдет, как сейчас, в послевоенном одичании, в «комсомоле», уже не только русском, но и всемирном, то скоро новые горы навоза нагромоздятся в конюшне, и, может быть, сам Геркулес задохнется от смрада.

XVII

Иисус – дохристианский, ханаано-эфраимский бог Солнца, Joschua (Древс); Он же – Иисус Навин, или патриарх Иосиф, или Озирис, или Аттис, или Язон; Он же – индийский бог Агни – Agnus Dei, или, наконец, только «распятый призрак» (Робертсон).[28]

Вертится, как в бреду, калейдоскоп всех мифологий или просто глупостей, радужных, на черном поле невежества.[29]

---

[28] Guingebert, Le problème de Jésus, 141, 135, 158, 139. – Schweitzer, 485. – Jülicher, Hat Jesus gelebt? 6–7; 35. – Юлихер называет Иенсенову теорию об «Иисусе-Гильгамеше» слишком вежливо «безграничною наивностью, granzenlose Naivitat». Сам Иенсен потом испугался и малодушно от нее отрекся.

[29] Вот образцы невежества. Вместо 14 поел. Павла Древс считает 13, включая Евр., и полагает, что Q (Quelle, досиноптический источник) – общий не только для Мт., Лк., но и для Мрк.; следовательно, незнаком с «двухисточниковой теорией», Zweiquellentheorie, хотя бы по школьной книжке Wernle. Древс (так же как Смит) ссылается на «дохристианское» будто бы упоминание о «боге Иисусе» в гимне Наасеян (Hippol., Philos., VI, 10) от III века по Р. Х. – Weinel, Ist das liberale Jesus-Bild widerlegt, 7, 8, 93, 96. – Мы хорошо знаем, что упоминание того же имени «Иисус», в магическом папирусе Wessely, относится не раньше чем к IV веку по Р. Х.; но так как, по мнению Смита, «нет основания не полагать, что оно гораздо древнее и даже до Р. Х.», то на одной из ближайших страниц он относит его уже к «глубочайшей древности», чтобы построить на этом отсутствующем основании весь карточный домик своей теории о «дохристианском Иисусе». Стоило, однако, научной критике лишь дунуть на этот домик, чтобы он рассыпался. – W. Smith, I.e. – Jülicher, l. c., 3.

Тот же Смит, путая две евр. буквы, мягкое Z и твердое S в словах Nazara, – «Назарет» и nosrim, naser, «охранять», «сторожить», основывает на этой путанице всю свою теорию о том, что исторического города Назарета никогда не существовало, имя же его заимствовано от мифического бога «Назорея» – «Охранителя», «Сторожа» – W Smith, 1 с 46–47. Weinel, l c, 96 – Столь же грубо-невежественна ссылка его на свидетельство Епифания о назореях, «дохристианских» будто бы еретиках – Weinel, 101утверждает, что еванг. преда-

Всем, у кого есть исторический глаз, слух, вкус, обоняние, осязание, бесконечно вероятнее, что такое единственное в мире явление, как Христос, было в действительности, чем то, что оно измышлено, сотворено людьми из ничего, и что неизвестные хитрецы-обманщики или обманутые дураки создали нечто, столь же действительное, но неизмеримо более новое, преобразившее духовный мир человечества, чем система Коперника.[30]

XVIII

Кто же, кроме самого Иисуса, мог «сочинить», создать Иисуса? Община простых людей из народа, «сельских и неграмотных»? (Д. А. 4, 13). Это невероятно, но еще невероятнее, чтобы живейший из человеческих образов составлен из разных мифологических веществ в ученой

ние не могло образоваться в Палестине, на том основании, что изображения и надписи кесаря не было на тамошнем динарии не подозревая, что в Палестине чеканилась только медная монета, а золотая и серебряная (динарий) шла из Рима и, следовательно, была с изображением и надписью кесаря.

Кажется, и этих капель достаточно, чтобы почувствовать вкус всей воды в этом море невежества. А вот и нечто, может быть, похуже Смит считает упоминаемого Павлом (Гал, 1, 19), «брата Господня», Иакова, Иисусовым «братом по вере» – Loofs, Wer war Jes. – Chr.? 26, приводит отзыв врача, что мнение это есть «начало помешательства». Как «мифологи» могли дойти до него, понятно: об одно упоминание о «брате Господнем» разбивается вся «мифология».

[30] Soden, 1 с, 5, 24 – Был ли Иисус – вопрос не более и не менее возможный, чем был ли Сократ или Александр Великий Оба, Иисус и Сократ, не оставили о себе никаких письменных памятников. Почему бы Сократу, в диалогах, не быть олицетворением эллинской мудрости? Имя «Сократ», значит «Обладающий спасением», так же как имя «Иисус», значит «Спаситель». Слишком явные противоречия Платона и Ксенофонта в изображении Сократа и в передаче слов его не доказывают ли, что за ними нет никакой исторической личности, что это лишь два «мифа» об одном «культовом боге Спасителе»? Легкий научный вывод отсюда Сократ – Иисус эллинский, Иисус – иудейский Сократ. Так же дело обстоит и с Александром В. Имя «Александр» значит «Отразитель», «Победитель мужей» (Männerabwender) Не сплетаются ли в нем мифические черты Аполлона, Ахиллеса и Диониса? «Большого научного смысла, чем такие детские игры в сравнительную мифологию, не имеет и вопрос, был ли Иисус».

«Был ли Христос?» – спросил Наполеон Виланда на придворном балу в Веймаре, во время Эрфуртского конгресса, в 1808 г – «Спрашивать об этом так же нелепо, как был ли Юлий Цезарь или ваше величество», – ответил Виланд. – «Очень хорошо сказано», – ответил Наполеон и отошел, улыбаясь – Alb Schweitzer, 445 – Hase, 9.

реторте тогдашних философов. А если бы историческую личность Иисуса создавал поэт или целая община поэтов, то это было бы возможно только под тем условием, чтоб поэт изображал в Нем себя самого или община поэтов – себя самое; тогда Иисус – поэт и поэма, творец и творение вместе. Или, другими словами: если бы Иисус не был так велик и даже больше, чем изображают Его евангелисты, то их собственное величие – необъяснимейшее чудо истории. Этим тайна Его только отодвигалась бы и делалась еще неразгаданнее.[31]

Это значит: вопрос, был ли Иисус, – при малейшем углублении, сводится к другому вопросу: мог ли не быть Иисус, если такой образ, как Его, дан в такой книге, как Евангелие?[32]

XIX

«Он был» – это никем из ближайших к Нему вне христианских свидетелей не сказано с нужной для научной критики ясностью – вот один из главных «мифологических» доводов. Так ли он силен, как это кажется самим «мифологам»? Чтобы это узнать, надо сначала ответить на три вопроса.

Первый: когда начинают говорить об Иисусе внехристианские свидетели? Прежде чем религия не делается видимым явлением историческим, что произошло для христианства к первой четверти II века, историки не могут говорить об основателе религии. А так как именно с этого времени и начинаются свидетельства римских историков об Иисусе, то отрицательный довод по времени, – слишком поздно заговорили, – падает.

Вопрос второй: много или мало будут о Нем говорить? Очень мало. Стоит ли просвещенным людям тратить много слов на темного варвара, за сто лет, в далекой провинции, распятого Иудея-бунтовщика, одного из множества ему подобных, «гнусного и безмерного суеверия» виновника? Так именно мало слов тратят на Иисуса римские историки.

Третий вопрос: как будут о Нем говорить? Так, как здоровые – об идущей на них неведомой заразе, хуже чумы и проказы. Так именно и говорят они об Иисусе.

---

[31] Joh Weiss, Die Schriften des N. T., I, 70 – E. B. Allo, Le scandale de Jésus, 127.

[32] Jülicher, 31 – Очень умно говорит Ориген (De princip, IV, 5) «Признак божественности Христа есть уже то, что в столь короткое время – год и несколько месяцев – весь мир наполнился Его учением и верой в Него». В самом деле, за эти месяцы сделано то, что продолжается до сего дня и, вероятно, продолжится до конца времен.

XX

Первое внехристианское свидетельство – письмо Плиния Младшего, Вифинского проконсула, к императору Траяну, от 111 года. Плиний спрашивает его, что ему делать с христианами? Их, по всей области, не только в больших городах, но и в глухих селениях, множество, обоих полов, всех состояний и возрастов; и зараза эта распространяется все больше; храмы пустеют, жертвы богам прекращаются. Он, Плиний, привлекает виновных к суду и допрашивает; иные, отрекаясь от «суеверия», творят возлияния, жгут фимиам перед изваянием кесаря и «хулят Христа», male dicerent Christo; иные же упорствуют. Но все, что он мог узнать о них, сводится к тому, что «в известный день, перед восходом солнца, собираются они и *поют гимн Христу,* как Богу; клянутся не лгать, не воровать, не прелюбодействовать», и проч., сходятся также для общих трапез, «совершенно, впрочем, невинных» (должно быть, Евхаристии). Двух служанок («диаконисс») он пытал, но и от них не узнал «ничего, кроме суеверия, гнусного и безмерного», superstionem pravam et immodicam.[33]

Важно для нас уже и то, что этим свидетельством подтверждаются историческая точность и подлинность всего, что мы узнаем о первохристианских общинах из Посланий и Деяний Апостолов. Но еще важнее слова: **«Гимн поют Христу, как Богу».** Если бы Плиний узнал от христиан, что Христос для них *только* Бог, то так бы и написал: «Богу своему, Христу, поют»; если же пишет: «Христу, как Богу», Christo, guasi Deo, то потому, конечно, что знает, что Христос для христиан не только Бог, но и человек. Значит, в 70-х годах (некоторые из вифинских христиан, в 111-м году, «уже больше двадцати лет как христиане»), через сорок лет по смерти Иисуса, верующие в него знают, помнят, и внехристианский свидетель этому верит, что Иисус человек был.[34]

XXI

Второе свидетельство Тацита – почти одновременно с Плинием (около 115 г.).

Сообщив о народной молве, обвинявшей Нерона в поджоге Рима (64 г.), Тацит продолжает: «Дабы уничтожить эту молву, начал он судить и казнить лютейшими казнями тех, кого народ за гнусные дела

---

[33] Plin Secund, Epist, I, X, 96.

[34] Как убийственно для «мифологов» свидетельство Плиния, видно из того, что Бр. Бауэр объявляет это письмо, без малейшего к тому основания, «подложным» – Weinel, 1. с, 51.

ненавидел и называл Христианами. Имени сего виновник, Христос, в правление Тиберия, прокуратором Понтием Пилатом казнен был смертью; но подавленное на время, мерзкое суеверие это, exitiabilis superstitio, вспыхнуло снова, уже не только в Иудее, где оно родилось, но и в самом Риме, куда отовсюду стекается и где прославляется все ужасное или постыдное. Итак, схвачены были сначала те, кто открыто объявлял себя христианином, а затем, по их доносам, еще великое множество. Но в вине поджога не могли их уличить; истинной же виной их была ненависть к человеческому роду, odium humani generis».[35]

XXII

Тацит – один из точнейших историков. Сообщая слухи, он всегда упоминает об этом; значит, в словах его о казни Христа больше, чем слух, – сведение, так же, как все остальное у него, идущее или от несомненных для него свидетельств прежних историков, или даже из государственных источников. Нет сомнения и в том, что христианская рука к этому свидетельству не прикасалась; если б прикоснулась, не могла бы оставить дальнейших может быть, самых сильных, спокойных и злых, когда-либо о христианстве сказанных, слов.[36] Кратки и тяжки эти слова; гремя, как медные шары, в железную урну падают. Тацит говорит спокойно, но под каждым словом его клокочет ненависть, как та смола, в которой уже горели «светочи Нерона», и сколько еще будет гореть!

Истинный Римлянин – совершенное на земле воплощение Права – Тацит, и в суде над христианами, прав по-своему. Тотчас после тех страшных слов о них прибавляет: «Как бы ни были они виновны и как бы ни заслуживали казни, но не ради общего блага, а свирепостью одного будучи погублены, они пробудили к себе в сердцах жалость».

Потому ли так судит христиан этот «справедливейший», что мало их знает? Но, может быть, все-таки знает не меньше нашего. «Дети, любите друг друга» – с этим шепотом умирает таинственный старец Эфеса, пресвитер Иоанн, – почти современник Тацита. Видеть мог он и тех, кто видел христианских мучеников 64 года, в том числе Петра и Павла;

---

[35] Tacit, Annal XV, 44.

[36] Тацит будто бы сообщает только «от самих же христиан идущий слух», – крайние скептики хватаются и за это, как утопающие за соломинку – Loofs 1. c, 20–21 – А некий P Hochart (De l'autentificé des Annalles et des Histoires de Tacite, 1890), чтобы уничтожить десять строк Тацита о Христе, доказывает, что вся «Летопись» и вся «История» – искусная подделка итальянских гуманистов XV века (Лоренцо Валла) К этому средству, однако, не решился прибегнуть и Древс. Это уже не «начало помешательства», а оно само – A. Schweitzer, 1. c., 552.

видеть мог в глазах их отблеск самой, на землю сошедшей, Небесной Любви, – и вот, как судит о Ней: «к роду человеческому ненависть».

Что же это значит? Значит: двух миров, бесконечно более противоположных, чем христианство и язычество, – мира здешнего и нездешнего – столкновение небывалое. Тацит еще не знает, но уже предчувствует: Риму – миру, и Христу вместе не быть; мир, или Он. И Тацит прав, – может быть, правее всех, за две тысячи лет, даже христианских, историков.

Лучше всего видно по этим словам о Христе, что летопись Тацита, также, как самого Рима, – «вековечное меди», aere perennius. И вот, ответ на вопрос, был ли Иисус, – на этой меди начертан.

XXIII

Третье свидетельство, несколько позднее Тацита (около 120 г.), – Светония.

«Много Нероном сделано зла... но не меньше и доброго... Были казнены христиане, люди суеверия нового и зловредного, superstitionis novae et maleficae». – Это в «Жизни Нерона», а в «Жизни Клавдия»: «Иудеев, поджигаемых каким-то **Хрестом** и усердно бунтовавших, изгнал он из Рима».[37] Здесь имя Христа искажено: Chrestus. «Мифологи» ухватились и за эту соломинку: речь будто бы идет о каком-то неизвестном «Хресте», может быть, беглом рабе («Хрест», «Полезный», довольно частое имя рабов).[38] Но мы хорошо знаем, что, в правление Клавдия, никакого бунтовщика-иудея под этим именем не было; знаем также, по св. Юстину, Афинагору и Тертуллиану, что христиан тогда называли Chrestiani, и, следовательно, «Хрестос» у Светония не может быть никем иным, как Христом.[39]

XXIV

Четвертое свидетельство, самое раннее (93–94 гг.) – в «Иудейских древностях» Иосифа Флавия.

---

[37] Sveton, De vita Caesar, Nero, XVI, 2, Claudius, XXV, 3.
[38] Grandmaison, Jesus Christ, I, 12.
[39] Hauck, Jesus, 9. – Поздний историк церкви, Orosius, относит изгнание иудеев из Рима к 9 году правления Клавдия (19-й по Р. Х.). Если так, то христианская община в Риме существовала уже через 19 лет по смерти Иисуса, и возможно, что слова Светония относятся к борьбе этой общины с Иудейской синагогой, там же, в Риме, что тем вероятнее, что римляне плохо тогда отличали иудеохристиан от иудеев.

Зная, кто такой Иосиф, – отступник от иудейской веры, изменник и перебежчик в римский лагерь, во время Иудейской войны 70 года, придворный летописец Флавиев, римский угодник и льстец, – можно предвидеть, что он будет так же или даже еще больше, чем римские историки, хотя и по другим причинам, замалчивать христианство вообще, и Христа-Мессию, «царя Израилева», особенно, выгораживая себя и свой народ от подозрений в мятеже, в котором некогда и сам участвовал.[40] Но совсем замолчать будет ему трудно: в Риме слишком хорошо знали христиан, после Иудейской войны и во время Домитианова гонения.

Иосиф говорит о Христе, судя по дошедшим до нас рукописям, в двух местах. Первое, – хотя и очень ранняя (кажется, II века), слишком все-таки грубая и очевидная, христианская вставка. Но, так как место ее, в порядке рассказа, очень естественно,[41] и так как второе, дальнейшее упоминание о Христе («брат Иисуса, называемого Христом») предполагает, что о нем говорено раньше: так как, наконец, уже Ориген здесь что-то читал,[42] то очень вероятно, что в этом месте, действительно, было что-то, искаженное впоследствии христианскою вставкою. Если откинуть все невозможное под пером Иосифа и, кое-что чуть-чуть изменив, сделать возможнее, то вот что останется:

«Явился же в то время Иисус, называемый Христом, искусный чудодей, проповедовавший жадным к новизне людям и соблазнивший многих иудеев и эллинов. И даже тогда, когда Пилат, по доносу наших первых людей, казнил его смертью на кресте, любившие его от начала (или: обманутые им в начале) не перестали его любить до конца. Есть же и доныне община, получившая от него имя христиан».[43]

---

[40] O Schmiedel, Die Hauptproblemen des Leb. Jes. Forschung, 12 – Joh. Weiss. Jes. V. Nazar., Mythus oder Geschichte? 90 – Главный смысл «Иуд. Древн. „и заключается именно в том, чтобы представить иудеев как верноподданных кесаря, мирных «философов" в духе неопифагорейцев (ессеян) и стоиков.

[41] Ant. I. XVIII, с. III,1–3 – Тотчас после мятежа в Иерусалиме (30 г.) из-за храмовых сокровищ, употребленных Пилатом на постройку акведука – Volkmar, Jes Nazar, 370.

[42] Orig. C. Cels., I, 47.

[43] Так предлагает восстановить первоначальный текст Th. Reinak. – Grandmaison, 1. С. I, 193 – Ориген (с. Cels, I, 47) говорит о Иосифе Флавии «в Иисуса не верит и **он**» Если бы Ориген не читал чего-то в этом месте у Иосифа и если бы тот обошел бы Иисуса полным молчанием, то говорить о неверии в голову не могло бы прийти Оригену мало ли было тогда неверующих? – Volkmar, 387.

У блаженного Иеронима вместо нашего текста «Он был Христом» другое чтение «его считали Христом», credebatur esse Christum, что, конечно, дает всему, что говорит или мог бы

Подлинность второго места признается большинством даже левых критиков. Упомянув о самовластии первосвященника Анны (Анана) Младшего (родственника того, кто судил Иисуса), после прокуратора Феста и до прибытия Альбина (в начале 62 г.), Иосиф продолжает: «Анан… полагая, что имеет к тому удобный случай… собрал синедрион… для суда над ***братом Иисуса, называемого Христом, - Иаков имя ему*** (брату), и обвинив его, вместе с другими, в нарушении закона (Моисеева), велел их побить камнями.»[44]

Так иудейским свидетельством подтверждаются римские: Иисус был.

XXV

Пятое свидетельство в Талмуде.

Древнейшие части его – «повествования», haggada, «поучения», halakha, «притчи», meschalim великих раввинов, – восходят, несомненно, к середине II века, а вероятно, и к началу I – к дням Иисуса: рабби Гиллель (Hillel) и рабби Шаммай (Schammai) – почти современники Господа.[45]

В первой половине II века учителя Талмуда уже переделывают Evangelion – в Avengilaon, «Зловестие», или Avongilaon, «Власть греха», «беззакония».[46] Если же 12-е прошение святейшей молитвы Израиля, Schmonen Esreh, о проклятии «отступников», minim, – и «назареян» (два имени христиан): «Да погибнут внезапно, и самое имя их из Книги Жизни да изгладится», относится, как мы точно знаем, не позже чем к концу I века, то, значит, уже тогда понял Израиль, что вечные судьбы его решаются «Висящим на древе» – Распятым.[47]

сказать Иосиф о Христе, совсем иной, более, в устах его, возможный смысл – Volkmar, 335. Вот полный текст Иосифа, как он дошел до нас Ant. I. XVIII, с. III, 3. «Явился же в то время Иисус, мудрый человек, если только можно назвать его человеком ибо он творил дела необычайные, был учителем тех, кто охотно внимал истине, и привлек к себе многих иудеев и эллинов. Он был Христом (Мессией) И даже тогда, когда Пилат, по доносу наших первых людей, казнил его смертью на кресте, любившие его от начала, не покинули его, ибо он явился им на третий день, снова живой, как то и множество иных чудес предсказали Божий пророки Есть же и доныне община тех, кто получил от него имя христиан». Слишком очевидно, что Иосиф так говорить о Христе не мог.

[44] Joseph, Antiquit, I, XX, с IX, I.
[45] Jüllicher, 20.
[46] A. Hauck, Jesus, 6.
[47] Soden, Die Entstehung des Christentums, 53.

XXVI

В том, что Иисус творил чудеса исцелений, Талмуд не сомневается: с этой будто бы целью выкрал Он из Иерусалимского храма «Неизреченное Имя» (Ягве), по одному сказанию, а по другому, древнейшему (около 100 г.), «принес волшебства из Египта в нарезах на теле» (татуировке).[48] В самом конце I века или в начале II рабби Иаков из Кефара, «отступник», все еще творит чудеса «Иисусовым именем».[49]

«В Судный день (канун Пасхальной субботы), повешен был Ieschua Hannozeri (Иисус, Назарянин), а до того, глашатай ходил перед ним сорок дней, возглашая: „Сей Иисус Назарянин идет на побитие камнями за то, что волхвовал, обманул и обольстил Израиля. Кто знает, чем его оправдать, да придет и свидетельствует". Но не нашли ему оправдания и „повесили его" (распяли), – сказано в древнейшей части Вавилонского Талмуда.[50]

Все это значит: иудейские свидетели знают еще несомненнее, чем римские, что Христос был; знают и то, чего те не знают, как Он жил и за что умер.

Правда, все это лишь отдельные точки в пространстве и времени; но если провести между ними линию, то получится легко узнаваемая геометрическая фигура видимого нам и в Евангелии, исторического тела – Христа.

XXVII

И вот, что для «мифологов», может быть, всего убийственней. Все эти свидетели ненавидят Иисуса так, как только могут люди ненавидеть человека; но в голову никому из них не приходит сказать: «Иисуса не было», а ведь этого одного было бы достаточно, чтобы уничтожить Врага.

XXVIII

Св. Юстин Мученик, эллин, обратившийся в христианство в 130 г., родился в Палестине, в древнем г. Сихеме, Flavia Neapolis, вероятно, в конце I века. Мог ли он не знать, что говорили об Иисусе иудеи в Палестине?

---

[48] J. Klausner, Jesus of Nazareth, 1929, p. 29. – Babylon. Schabath. 104, b. – Palest. Schabath. 13-a.
[49] Babyl.-Aboda zara, 27 b.
[50] Babyl. Sanhedrin, 43 a.

«Иисус Галилеянин – основатель безбожной и беззаконной ереси. Мы распяли его, а ученики украли тело и обманули людей, говоря, что он воскрес из мертвых и вознесся на небо», – сообщает, в середине II века, собеседник Юстина, Трифон Иудей. Нет никакого основания не видеть в этих словах того, что палестинские иудеи, в конце I или в начале II века, считали исторически достоверным. Дети и внуки тех, кто некогда кричал: «распни!» – знали и хвастали тем, что отцы их и деды действительно распяли Его. И в голову опять никому из них не приходит, что Иисуса не было.[51] А ведь уже, конечно, лучше нашего знают они, был Он или не был, может быть, не только потому, что ближе к Нему на два тысячелетия, но и потому, что глаз их иначе устроен, чем наш: хуже видит малое, лучше – большое, и нет над ним того «очарования пустяков», fascinatio nugacitatis, как над нашим глазом.[52] Вот отчего не могло случиться с ними, злейшими врагами Христа, того, что случилось с нами, христианами: в доме человечества – всемирной истории – пропал, как булавка, Христос.

XXIX

Первый, более ранний, чем Евангелисты, христианский свидетель – Павел. Подлинность его свидетельства безмерно усилена тем, что он – бывший враг Иисуса, гонитель христиан, – Савл.

Сила Павлова свидетельства такова, что, прежде чем сказать: «не было Христа», надо бы сказать: «не было Павла», а для этого отвергнуть подлинность не только всех его посланий, но и всего Нового Завета, всех творений Мужей Апостольских (90–150 гг.), лучших Павловых свидетелей и, наконец, всех апологетов II века, или, другими словами, истребить целое книгохранилище первохристианской истории.[53]

XXX

Что же значат слова Павла: «если мы и знали Христа по плоти, то теперь уже не знаем»? (II Кор. 5, 16). Сразу этой загадки нам не разга-

---

[51] A. Hauck, 7.
[52] Pascal, Pensées, 203.
[53] Школа голландских критиков (Loman, Picrson, Naber, van Manen) и швейцарец Steck отрицают подлинность даже четырех несомненнейших посл. Павла: Гал., I, II, Кор., Рим. – «В строго научных кругах это принято как дурная шутка, так что, почти не возражая на нее, перешли к порядку дня». – O. Schmiedel, Die Hauptprobleme der Leb. Jes-Forschung, 10.

дать; мы будем разгадывать ее лишь по мере того, как будем узнавать Иисуса Неизвестного. Но стоит только прикоснуться к ней, чтобы увидеть, что слова эти не могут значить, как предполагают левые критики, что Павел знает только Христа Небесного, а Христа земного не знает и не хочет знать.

«О, несмысленные Галаты! Кто прельстил вас не покоряться истине, (вас), у которых перед глазами предначертан был Иисус Христос, как бы у вас распятый?» (Гал. 3, 1). «Предначертан», προεγραφη – значит: «на полотне написан кистью художника». Как же бы мог Павел написать Его, если бы не видел, не знал «по плоти»?[54] – «Не видел ли я Иисуса Христа, Господа Нашего?» (II Кор. 9, 1). Только ли к видению на пути в Дамаск относятся эти слова? «Кто Ты?» – спрашивает Павел Христа в видении, потому что еще не знает, что Этот и Тот, во плоти, – Один и тот же; и только тогда, когда Господь отвечает ему: «Я – Иисус», он узнает Его, по лицу и по голосу (Д. А. 9, 5). На этом тождестве Узнанного, сначала в действительности, а потом, в видении, вся вера Павла и будет основана.

XXXI

Павел обратился в христианство, вероятно, осенью 31 года, полтора года по смерти Иисуса.[55] «Три года спустя, ходил я в Иерусалим, видеться с Петром, и пробыл у него дней пятнадцать» (Гал. 1, 18). Мог ли Павел, за эти дни, не осведомиться у Петра о жизни Иисуса и не узнать Его «по плоти»?

Как хорошо узнал, мы видим из посланий Павла. «Можно бы написать по ним маленькую „Жизнь Иисуса", – это понял еще Ренан.[56]

Павел знает, что Иисус «родился от жены» и «от семени Давидова», «подчинился закону» (обрезания); знает, что есть у него брат Иаков; что Господь проповедовал, имея около Себя двенадцать учеников; основал отдельную от иудейства общину; признавал Себя Мессией, Сыном Божьим Единородным, но в жизни земной «обеднел», «уничижил Себя», приняв «образ раба»; вольно пошел на крестную смерть; в последнюю ночь перед смертью, установил Тайную Вечерю; был предан

---

[54] Видел ли Павел Иисуса своими глазами, мы не знаем, но нет основания думать, что, бывая в Иерусалиме каждый год на празднике Пасхи, по обычаю всех благочестивых иудеев, Павел не был только на тех именно праздниках, на которых бывал Иисус, и только именно в ту последнюю Пасху, когда Он умер; если же был, то видел Его.

[55] A. Harnack, Sitzenbericht d. Berl. Akad. philolog.-histor. Klasse, 1912, S. 673 f.f.

[56] Renan, Histoire du peuple d'Israel, 1893, V. 416, note I.

одним из учеников Своих и, сделавшись жертвой иудейских старейшин, был распят на кресте и воскрес.⁵⁷

Сила этих Павловых свидетельств такова, что, если бы даже не было иных, мы все-таки знали бы с большею точностью, чем о многих других исторических лицах, не только что Христос был, но и как он жил, что говорил, делал, и за что умер.

XXXII

Плиний, Тацит, Светоний, Флавий, Талмуд, Павел – шесть друг от друга независимых свидетелей, с противоположнейших сторон и различнейшими голосами говорящих одно. Но, сколько бы ни говорили нам о человеке: «был», мы еще можем не верить; если же видим и слышим его самого, как не поверить? А именно такое видение и слышание в Евангелии.

«О том... что мы слышали, что видели наши глаза... и осязали руки наши... мы возвещаем вам», – говорит если не сам Иоанн, «ученик, которого любил Иисус», то слышавший эти слова от Иоанна (I Посл. 10, 1, 1–3). – «Не хитросплетенным басням (мифам) последуя, но быв очевидцами Его величия, мы возвещаем вам силу... Христа», – говорит Петр, как будто уже предвидя нашу «мифологию» (II Петр. 1, 16–18). Если надо любить, чтобы знать, и если никогда никто никого не любил больше, чем Иисуса – ученики Его, то никто никого никогда и не знал лучше, чем они – Его, и никто ни о ком не имеет большего права сказать: своими ушами слышали, своими глазами видели.

XXXIV

«Мы вынуждены признать за христианскими свидетельствами первых поколений после 30-х годов о главных событиях в жизни Иисуса *меру достоверности наивысшую, какая только возможна в истории*», – говорит один очень свободный и уж во всяком случае в церковной апологетике не подозрительный критик.⁵⁸ И другой: «Сведения

---

⁵⁷ Гал. 4, 4. Рим. l, 3. – Гал. 4, 4; l, 19. – I Кор. 15, 5. – II Кор. 8, 9. – Филип. 2, 6. – 8. – II Кор. 11, 23–26.

⁵⁸ Jülicher, Hat Jesus gelebt? 21. – «Das höchte Mass von Sicherheit, das die Geschichte erreicht». В 1864 г. Штраус говорил: «Мало исторических лиц, о которых сведения наши так скудны, как об Иисусе» (Das Leb. Jes. für das deutsche Volk, II, 373), а через полвека исследований (1920 г.) критика пришла к диаметрально противоположному выводу: «Столь несомненных исторических свидетельств, как об Иисусе, мы имеем о немногих лицах древности», – Alb. Schweitzer, 6.

наши о Сократе менее достоверны, чем об Иисусе, потому что Сократ изображен писателями-сочинителями, а Иисус – людьми „неписьменными", почти „неграмотными".[59]

Можно сказать: Евангелие – самая несочиненная, неумышленная, нечаянная, невольная, и потому самая правдивая, из всех бывших, настоящих и, вероятно, будущих книг.

XXXIV

Что же значат «противоречия» в Евангелиях? Иосифа Сын Иисус, или не Иосифа; в Вифлееме родился, или в Назарете; только в Галилее проповедовал, или также в Иерусалиме; установил Тайную Вечерю, или не устанавливал; 14 низана распят, или 15-го и проч., и проч.? Умный ребенок видит эти «противоречия» и понимает, что их обойти нельзя.

«Тайная гармония лучше явной». – «Противоположное – согласное», – учит Гераклит, учат и Евангелия. Мнимые противоречия – действительные противоположности (антиномии), главная музыка «тайной гармонии» – везде в мире, а в религии больше, чем где-либо. Это во-первых, а во-вторых: мы хорошо знаем, по вседневному опыту, что если два или больше правдивых свидетеля сообщают об одном и том же событии, то они согласны лишь в главном, а в остальном противоречат друг другу, потому что каждый видит по-своему, и эти-то именно «противоречия» – лучший знак правдивости: ложные свидетели сговорились бы, чтобы не противоречить.

Три свидетеля – Марк, Матфей, Лука – различны, «противоречивы» и, следовательно, друг от друга независимы, а все-таки в главном согласны; и, наконец, четвертый – Иоанн, «противоречащий» всем трем, опять согласен с ними в главном. Так, с каждым новым Евангелием, возрастает подлинность общего свидетельства в геометрической прогрессии.

Если бы в церкви возобладала логика Маркиона (гностика II века), то мы имели бы одно Евангелие. Но тем-то и доказывается истинность предания лучше всего, что «потребность в апологетике не сгладила в нем противоречий, не свела четырех Евангелий к одному».[60]

«Множеством различий в передаче Иисусовых слов и в повествованиях о жизни Его доказывается, что евангельские свидетельства свободно почерпнуты из независимо друг от друга текущих источников». Если бы первая община измышляла «миф о боге Иисусе», то, уж конеч-

---

[59] M. Debelius, Geschichte der urchristlichen Literatur, I, 37.
[60] Renan, Evangiles, 1923, p. VII.

но, позаботилась бы о единстве вымысла и сгладила бы в нем противоречия.[61] Здесь-то именно, где образ Иисуса действительно или как будто противоречит церковно-общинной вере, мы и нащупываем под нею неколебимый исторический гранит предания.[62] Здесь же лучше всего обнаруживается вся историческая невозможность «мифологии».

Если главное для первохристиан – совпадение Человека Иисуса с ветхозаветным Мессией-Христом, то с какою же целью вводят они в «миф» об Иисусе такое множество вовсе не предсказанных в Ветхом Завете и этим предсказаниям явно противоречащих исторических черт, как бы одной рукой строят, а другой – разрушают «миф»?[63]

XXXV

Стоит только открыть Евангелие, чтобы пахнуло на вас запахом именно той земли, где жил Иисус, и именно тех дней, когда Он жил. «Здесь, в Палестине, все исторично» – вот к чему пришел один из лучших знатоков Палестины, после тринадцатилетних странствий по следам Господним. Тот не усомнится, что Он был, кто, почти на каждом шагу по Св. Земле, вступает в след Иисусовых ног.

Слишком знаменательны настойчивые и подробные указания всех четырех Евангелий на определеннейшие точки в пространстве и времени, т. е. в исторической действительности, или, другими словами, указания на то, что евангельские события – не миф, а история. Нет, вовсе не призрачного «бога Иисуса» искала здесь, в Палестине, древняя церковь, а, наоборот, выступала, пред лицом всего мира, с ясным и непреложным свидетельством, что Иисус Человек был лицом историческим.[64]

---

[61] Jülicher, 28.
[62] Bousset, Was wissen wir von Jesus? 44, 57.
[63] Soden, Hat Jesus gelebt? 26.
[64] G. Dalman, Orte und Wege Jesu, 1924, S. 16: «Hier ist alles historisch». – Furrer, Leben Jesu, 1905. S. 7: «Когда я ходил пешком по земле Иисуса... я видел евангельские картины, с величайшей ясностью и часто удивлялся, с какою точностью вставлены они в окружение здешней природы. Я окончательно понял тогда, что евангельское предание могло возникнуть не в Риме и Александрии, как думают некоторые, а только здесь, на Иисусовой родине». – «Пятым Евангелием» называет и Ренан Св. Землю. – Renan, Vie de Jesus, XCIX. Хронологические точки во времени так же историчны в Евангелии, как географические – в пространстве. Правление Тиберия началось, по Иосифу Флавию, в 764 г. римского летосчисления (ab urbe condita), в 14 году по Р. Х. Иоанн Креститель выступил «в пятнадцатом году правления кесаря Тиберия» (Лк., 3, 1): 14+15=29. Второй Иерусалимский храм строил-

XXXVI

Как же, после всего этого, люди могли усомниться, был ли Христос? Только ли злая воля, соединенная с глупостью и невежеством, причина «мифологии»? Нет, увы, не только. Есть причина более глубокая и страшная, скрытая в самом христианстве, – та вечная болезнь человеческого ума и воли, которую древняя церковь называет «докетизмом», **кажением**, – от слова «казаться», δοκεῖν: «докеты» – те, кто не хочет знать Христа «по плоти», для кого Он «кажущаяся», мнимая плоть.

«Видимое тело Иисуса – только тень, призрак, umbra, phantasma, corpulentia putativa», – учит первый докет, Маркион, в конце II века,[65] «Иисус не рождался, а сошел прямо с небес в Галилейский город, Капернаум, в пятнадцатый год правления кесаря Тиберия» – этим начинается «исправленное» Маркионом, Евангелие от Луки.[66] Иисус не умирал: «Симон Киринеянин распят за него». – «Как бы только тенью страдал, passum fuisse guasi per umbram», – учит гностик Марк.

«Лама сабахтани!» возгласил Господь на кресте только для того, чтобы обмануть и победить сатану», – скажет и Афанасий Великий, столп православия.[67] Господь, ища плодов на бесплодной смоковнице, только «притворялся алчущим», скажет не меньший столп, Иоанн Златоуст.[68] «В пище Иисус не нуждался», по Клименту Александрийскому: призрак не ест и не пьет.[69] «Жажду», на кресте, значит: «жажду спасти род человеческий», скажет Лудольф Саксонский, написавший в XIV веке одну из первых «Жизней Христа». – «Иисус – только распятый при-

---

ся 46 лет (Io. 2, 20); Ирод начал строить его, тоже по Иосифу Флавию (Ant. XV, 11, 1) на 18-м году царствования, в 735 г. a. u. c.: 735+45=781=15 г. Тиберия, 29-й по Р. Х. Так как Иисус родился, вероятно, года за четыре до нашей эры, «во дни царя Ирода» (Мт. 2, 1), в последний год жизни Ирода, 754-й a. u. c., то в 29 году по Р. Х. (781 a. и. с.), Иисусу было 33 года: «Иисус, начиная служение, был лет тридцати» (Лк., 3, 23).

Так, все четыре свидетельства – одно Иосифа Флавия, одно Иоанна, и два Луки – сходятся в одной хронологической точке, а между тем все три свидетеля ничего друг о друге не знают (если Лука и знает Иосифа, то не пользуется им для летосчисления). Есть ли малейшее вероятие, чтобы такие математически точные совпадения были случайны в мифе о несуществующей исторической личности? – G. Volkmar, Jesus Nazarenus und die erste christiche Zeit, 1882, S. 385–386.

[65] W. Bauer, Das Leben Jesu im Zeitalter der neutestamentalischen Apokryphen, 35.
[66] Tertull., Contr. Marcion., IV, 7.
[67] Hase, Geschichte Jesu, 580.
[68] Mk. 11, 12. – Lagrange, Luc, 293.
[69] Henneke, Handbuch der neutest. Apokryphen l, 76.

зрак», – скажут и нынешние «докеты» – «мифологи».[70] Так, от Маркиона через Иоанна Златоуста и Афанасия Великого до наших дней, все христианство пронизано «докетизмом», «кажением».

XXXVII

Вот почему самые неверующие люди наших дней с такою легкостью поверили нелепейшей из всех мифологий, что Христос – миф. Что такое докетизм, в последнем счете? Чья-то попытка украсть спасенный мир у Спасителя, совершить второе убийство Христа, злейшее: в первом, на Голгофе, – только тело Его убито, а в этом, втором, – душа и тело; в первом – только Иисус убит, а во втором – Иисус и Христос: «излетел (на кресте) из Иисуса Христос», учат докеты,[71] и осталось лишь человеческое «подобие», «вид», «схема» (homoi ôma, schêma, – Павловы страшные слова, Рим. 8, 3; Филип. 2, 7), геометрическая фигура человека, призрачно-пустая, из-под выпорхнувшей бабочки, куколка.

Если бы попытка эта удалась, то все христианство – сама Церковь, Тело Христово – рассыпалось бы, как съеденная молью одежда. Вот почему последним и величайшим Докетом, Каженником, будет «кажущийся Христос» – Антихрист. Наших дней «докетизм» и есть к нему прямой и гладкий путь.

XXXVIII

Все это, конечно, покушение с негодными средствами, ибо самое существо докетизма – не то, что есть, а то, что кажется, – обман, туман, фокус, – тщетная попытка сделать, чтобы не было того, что было. Люди все-таки знают, и лучше людей знает сам вечный Фокусник, Каженник, Докет, что Христос *был.*

«Духом уст Своих убьет господь Врага», – только одним этим словом: *был.*

XXXIX

«Был ли Христос?» значит сейчас «будет ли христианство?». Вот почему прочесть Евангелие, как следует, – так, чтобы увидеть в нем не только Небесного, но и Земного Христа, узнать Его, наконец, по плоти, – значит сейчас спасти христианство – мир.

---

[70] «Only a crucified phantom», Robertson, ap. Guignebert, Le problème de Jesus, 59.
[71] «Revolans in fine Christus de Jesu», Iren., haeres., l, 26. – Hippol, Philos., VII, 7, 33; 10, 21.

XL

Тенью ходит Он по миру, а тело Его в Церкви заковано в ризы икон. Тело надо найти в миру и Закованного в Церкви расковать.

XLI

Церковь, – врата адовы не одолеют ее, – сама от страшной болезни «кажения», может быть, спасется; но этого мало: ей надо спасти мир. Церковь знает Христа по плоти; но Его уже не знает или не хочет знать мир. Вечный путь Церкви – от Иисуса Земного ко Христу Небесному; миру, чтобы спастись, надо пойти обратным путем, не против Церкви, а к ней же, – от Христа к Иисусу.

Путь Церкви – ко Христу Известному; путь мира – к Иисусу Неизвестному.

2. Неизвестное Евангелие

I

«Я не премину включить для тебя в „Истолкования слов Господних" все, что хорошо узнал от Старцев (Presbyteroi) и хорошо запомнил, ручаясь за истину всего. Ибо я искал, вопреки большинству, не тех, кто много говорит, а тех, кто учит истине, помня не чужие слова, а самим Господом, сказанные верующим и от самой Истины идущие. Вот почему когда встречался я с кем-либо из наученных Старцами, то расспрашивал об их словах: что говорил Андрей, Петр, Филипп, Фома или Иаков, или Иоанн, или Матфей, или кто другой из учеников Господних; а также что говорят Аристион и Пресвитер Иоанн, ученики Господни. Ибо я полагал, что **мне будет полезнее взятое не столько из книг, сколько из живого и неумолкающего голоса**».[72]

Это говорит, около 150 г., епископ Иерапольский (во Фригии) Папий (Papias), ближайший для нас к ученикам Господним, свидетель, в предисловии к пяти книгам «Истолкований слов Господних», – православными уничтоженного сокровища, где могло быть много неизвестных нам, и не менее, чем в Евангелиях, подлинных Слов. Здесь мы имеем древнейшее и драгоценнейшее, потому что почти единственное, свидетельство о той среде, откуда вышли Евангелия.

---

[72] Papias ap. Euseb., Hist. Eccl., III, 39.

II

Несколько позднейшее, в 185 г., свидетельство Иринея, епископа Лионского, тоже драгоценно, потому что им подтверждается свидетельство Папия. Это – воспоминания о виденном и слышанном в раннем отрочестве и живо сохранившемся в памяти Иринея («бывшее тогда я помню лучше настоящего, потому что узнанное в детстве с душой срастается») – о столетнем старце, епископе Смирнском, св. Поликарпе Мученике: «сказывал он нам о своих беседах с Иоанном и другими, видевшими Господа, и о том, как хранил он в памяти... все, что слышал от них... И все было согласно с Писанием... Я же не записал того на хартии, но всегда живым в сердце храню».[73]

III

Смысл обоих свидетельств очень ясен, хотя, может быть, странен для нас. В Церкви, от дней земной жизни Господа до конца II века, и далее, до III–IV века, – до церковного историка Евсевия, тянется живая цепь предания, как бы перекличка из века в век, из рода в род: «Видели?» – «Видели!» – «Слышали?» – «Слышали!» – звучит «живой, неумолкающий голос» в сердце верующих: есть что-то *по ту сторону Евангелия,* равное ему, если даже не высшее, потому что подлиннейшее, к живому Христу ближайшее; сказанное лучше написанного; видевшие, слышавшие Господа знают, помнят что-то о Нем, чего уже не знает и не помнит Евангелие.

IV

Тот же странный для нас, почти страшный, смысл – в очень, кажется, древнем, сказании гностиков: «Господь, по Вознесении Своем, опять сошел на землю и провел одиннадцать лет с учениками Своими, уча их многим тайнам». Это, видимо, древнейшая часть сказания, а вот – позднейшая: «и все, что они видели и слышали от Него, *Он велел им записать.*[74] Эта часть – позднейшая, потому что в первые по отшествии Господа дни, месяцы, годы, ученикам писать было некогда: слишком скорого ждали Пришествия; на что книжные свитки, когда само небо вот-вот совьется, как свиток? Люди не успеют о Нем

---

[73] Iren., II, 22, 5; V. 30, 1; 33, 3, ap. Ed. Meyer, Ursprung des Christentums, 1924, 1, 249. – Zahn, Einleitung in das N. T., 1924, S. 453.

[74] Resch, Agrapha, 1906, S. 275–276.

прочесть, как Он уже будет сам. «Как бы не забыть», – думает пишущий; но можно ли *Его* забыть? Дети забудут? Но будут ли дети, – успеют ли быть?

Долго еще Он сам, живой, стоял у них в глазах; голос Его, живого, звучал у них в ушах. «Ваши же блаженны очи, что видели, и уши ваши, что слышали» (Мт. 13, 16). Но вот, с первым записанным словом, этому блаженству наступил конец, как бы вторая с Ним разлука, горшая. Пишущий как бы соглашался, что Его самого уже нет с ними сейчас, – и еще не скоро будет. Если любимый завтра вернется, то возлюбленная ждет – не пишет; но, если ни завтра, ни в следующие дни не вернулся, то первое письмо – первая тоска и тревога. Кажется, именно так должны были взглянуть тогдашние люди на первое писанное Евангелие – письмо в разлуке – знак отсроченного свидания.

V

Кажется, именно так взглянул и Петр на первое, с его же, Петровых, слов писанное учеником его и духовным сыном Марком, Евангелие. «Петр, – сообщает Климент Александрийский, видимо, очень древнее и подлинное, потому что невероятное для нас, свидетельство, – Петр, узнав, что Марк пишет Евангелие, *не возбранял ему и не поощрял его*.[75] Значит, остался равнодушен, прошел мимо и взглянуть не захотел, а если и взглянул, то косо, с «тоской и тревогой», может быть, ничего не сказал, но подумал: «И он! Добро бы молодые, кто не видел и не слышал, а ведь он видел и слышал все»…

Петр, Верховный Апостол, «не поощрил», не благословил – отверг Евангелие. Это так странно, страшно, что мы ушам своим не верим. И Церковь, через несколько лет, уже не поверила, поспешила другими сказаниями, позднейшими, смыть это пятно с памяти Петра – своей собственной: «Петр, по откровению Духа Св., радуется, что Марк пишет Евангелие», и «подтверждает написанное»; или даже «велит написать»; или, наконец, сам «диктует».[76]

Чтобы все это понять, хоть отчасти, мы должны вспомнить, что люди эти, отвергавшие Евангелие, своими ушами слышали, своими глазами видели живого Христа – Солнце, и после Него – при Нем (Он все еще с ними, живой), Евангелие – как тусклая свеча на солнце. Но вот наступил день, когда пришлось им решить, согласиться, что чего-то

---

[75] Euseb., H. E., VI, 14, 7. – Ed. Meyer, 157–158. – Hennecke I, 130. – Jülicher, Einleit. m das N. T. 1906, S. 281.

[76] Euseb., H. E., II, 15, 2. – Knopf, Einleitung in das N. T., 281.

не поняли они в словах Господних о Пришествии, хотя, казалось бы, как не понять так страшно ясно сказанного: *«некоторые из вас не умрут, как уже увидят Сына человеческого»* ? (Мт. 16, 28). Все или почти все умерли и не увидели. Тут был для них такой «соблазн», skandalon, что спасти от него мог только Он сам, тогда все еще с ними, живой. А все-таки согласиться пришлось, что не завтра придет, а через много лет, – может быть, много веков; люди долго еще будут умирать и рождаться (прежде и в это не очень верили или об этом не очень думали), и, значит, люди могут (нам и теперь это страшно подумать, – каково же было им!), люди могут *забыть Христа*. И вот только тогда, когда все это поняли они, – перед тем, чтобы сойти из солнца – «дня Господня» – в черный-черный, длинный-длинный, подземный ход – века от первого до второго пришествия, – начали, скрепя сердце, зажигать свечу – писать Евангелие.

Все это нам очень трудно, почти невозможно понять; но без этого мы никогда не поймем, что такое Евангелие, а главное, не увидим того, что *за ним* – живую жизнь живого Христа, неизвестную – Неизвестного.

VI

Первая досиноптическая запись, вошедшая потом в синоптиков (synoptikoi, значит *Со-видцы, Со-гласники*, в противоположность Иоанну, *Не-согласнику*), появилась, в Палестине. Иисусовой родине, и на Его родном, арамейском языке, вероятно, около 40-х годов, прежде, чем вымерло Его поколение;[77] но запись эта еще не имела ходу, разве только как пособие для вступавших в общину, младших братьев, не видевших и не слышавших самого Господа, чтобы выучивать наизусть «слова Господни».[78]

В 73 г., в конце Иудейской войны, первые христиане бежали из разрушенного Иерусалима, в соседний город, Пеллу (Pêlla), а затем, дальше, в Кокабу (Kokaba), в Батанейской области царя Ирода Агриппы II, почти на границе Набатейского царства (Аравии). Здесь же поселились и родственники Иисуса, в том числе поверившие в Него, наконец, братья.[79] Первое воркование этих Батанейских, от бури в щель скалы, в тишину восходящего солнца – царства Божьего, укрывшихся, белых

---

[77] Jülicher, Neue Linien in der Kritik der evangelischen Ueberlieferung, 55, 75. – Joh. Weiss, Die Schriften des N. T., I, 59.

[78] Wernle, Die synoptische Frage, 211.

[79] Renan, Les Evangiles, 1923, p. 42–43. – Vie de Jésus, 502.

голубей – «нищих Божьих», ebionim, первые записанные «слова Господни», logia kyriaka.

Можем ли мы верить, что они записаны с точностью? Можем. Тесно жмутся все друг к другу в этой голубиной стае: братская сближенность – одна душа. *Его,* в одном. *Его* же, теле, – лучшая для нас порука точной памяти; что забудет один, – другие напомнят; в чем ошибется, – поправят. Помнят не только слова Его, но и звуки живого голоса, лицо, взгляд, движение, с какими слова были сказаны, и где, и когда: все, как сейчас, помнят, потому что любят.

VII

Чудной крепости и свежести древней, **устной** памяти, по опыту нашей, **письменной,** загроможденной и расслабленной, мы себе и представить не можем. Весь огромный Талмуд, так же, как Риг-Веды (16 000 стихов) и Коран, сохранялся в устной памяти, в течение веков. «Доброго ученика память крепчайшим цементом обложенному водоему подобна: капли не вытечет», – говорят учителя Талмуда.[80]

Внешней силе памяти помогает внутренняя сила слов Господних. *Никогда человек не говорил так, как этот Человек.* **(Ио. 7, 46).**

Если это сразу поняли простые, может быть, грубые люди – слуги фарисейские, посланные схватить Иисуса, то тем более – ученики. Вот этим-то: «никогда человек не говорил так», – знаком нечеловеческой единственности, несоизмеримости ни с какой мерой человеческой, – им, слышавшим, памятны, а нам, читающим, подлинны эти слова: здесь памятность и подлинность – одно и то же.

«Тихим и страшным, как бы нездешним, светом выделяются слова Его из всех человеческих слов, так что их сразу можно узнать», – замечает Ренан,[81] а ему, тонкому и сложному, неверующему, это, конечно, еще труднее было понять, чем простым и грубым людям, слугам фарисейским.

Стоит лишь сравнить Евангелие с другими книгами Нового Завета, или еще лучше, евангелиста Луку с Лукой Деяний Апостолов, чтобы сразу почувствовать всю разницу между тем Словом и этими, как сразу чувствуют легкий переход из лесного воздуха в комнатный, или глаз – переход от солнца к свече. Точно с неба на землю падаешь.

---

[80] Weiss, 59. – Renan, Evang, 96–97. – Если же слова Иисуса в передаче изменяются, то не потому, что память передающих изменяет их, а потому, что сами эти «Слова жизни» живут и растут, как вошедшие в мир живые существа.

[81] Renan, Vie de Jésus, LXXXI.

VIII

Просты эти слова так, что ребенку понятны. Маленькие притчи, детские картинки, навсегда прилипающие к памяти: бревно в своем глазу, сучок в глазу брата; слепой ведет слепого в яму: это так просто, понятно, что до конца мира не забудется.

Детям понятно и непонятно мудрецам, потому что под ясным верхним слоем есть множество других, в глубину уходящих, все более темных и загадочных, слоев. Но, прежде чем это заметит человек, – в ум, совесть, волю его, и, уж конечно, в память, впиваются эти загадки, как острые шипы или ядовитые жала: в чье сердце раз впилось, тот уже отравлен навсегда.

IX

Глиной рассыпающейся кажутся все слова человеческие перед этими, алмазно-твердыми и ясными. Мир на них движется, как на неразрушимых осях: «Небо и земля прейдут, но слова Мои не прейдут».

Шероховаты, как щебень, все слова человеческие перед этими, – из божественной Логики-Логоса – растущими, геометрически совершенными кристаллами. ***Памяти глаза*** тотчас же заметна малейшая на них неправильность – выпуклость или вдавленность – не в них самих ошибка, а в памяти. Лучше, или даже просто иначе – нельзя сказать; кто не верит, пусть попробует лучше сказать – точнее ограничить алмаз.

X

Внутренняя музыка речи во всех переводах, на всех языках неразрушима. Нет вообще книги более, чем эта, всемирной, всеязычной и всевременной.

«Что смотреть ходили вы в пустыню, трость ли, ветром колеблемую?» или «придите ко Мне, все труждающиеся и обремененные» – это звучит и будет звучать до конца мира, во всех концах мира, одинаково, неразрушимо.[82]

Память слуха тотчас же отличает звук этих слов, как настоящего золота от оловянного звука фальшивых монет – всех человеческих слов; тотчас узнает, вспоминает, среди всех чужих голосов, этот, родной: «овцы за Ним идут, потому что знают голос Его» (Ио. 10, 4); среди всех шумов земных – звуки рая.

---

[82] Weiss, 61.

XI

Памяти слуха знаком и особый неповторимый, **_двойственный лад_** в словах Господних – параллелизм двух членов, не согласный просто, как в Ветхом Завете, а **_противоположно-согласный_**: «первые будут последними, а последние – первыми»; «сберегший душу свою потеряет ее, а потерявший – сбережет». В каждом слове – тезис, антитезис и синтез; «да», «нет», и соединяющее над ними «да»; Отец, Сын и Дух. Троичной музыкой звучит все Евангелие, как раковина – шумом волн морских.

Крыльями этого двойного лада проносится слово Его через все века и народы, живое, бессмертное, как то чудесно-окрыленное семя растений, что, в малейшем веянии ветра, несется за тысячи верст.

XII

Сразу отличается слово Его от всех человеческих слов и **_памятью вкуса_**. Пресны все они перед этими «солеными». – «Соль – добрая вещь» – «Соль имейте в себе» (Мк. 9, 50). В скольких словах Его – соль не только Божественной мудрости, но и ума человеческого, можно бы сказать, почти «остроумия», не в нашем смысле, конечно, а в ином, для которого у нас нет слова. Докучная вдова у судьи, домоправитель неверный, глупый богач перед смертью, и сколько других. В каждом слове – особенно в притчах, есть крупинка этой соли – скорбно или радостно, но всегда одинаково тихо, над всем земным, неземной улыбки сияющий свет.

Рыбу, только что пойманную в Геннисаретском озере, тут же, на берегу, потрошат, чистят, солят и сушат на солнце. Это – смиренная пища рыбаков Галилейских, Двенадцати, и сходящих к ним Ангелов. Кто раз отведал, за царственно-нищенской трапезой Господа, этой соленой Геннисаретской рыбки, тот уже никогда не забудет ее и не променяет ни на какие амброзийные сладости.

XIII

Но, может быть, лучше всего узнает слова Его **_память сердца._**

«Кто не оставит отца своего и матери своей...» «Я голодал, и вы не дали мне есть; жаждал, и вы не напоили Меня; был странником, и не приняли Меня; был наг, и не одели Меня; болен и в темнице, и не посетили Меня» (Мт. 25, 42–44). Это проходит по сердцу, как огненное острие, и рубец от ожога остается навеки, так что сразу можно узнать, чей прошел здесь огонь. Вот по таким рубцам на сердце человечества, если бы даже исчезло Евангелие, можно было бы узнать, что Христос на земле был.

XIV

Подлинник арамейский все еще внятно звучит сквозь переводный греческий язык Евангелия.[83]

Кто такие арамеяне? Северная, к арийцам ближайшая, ветвь семитского племени; самые ранние, за два, за три тысячелетия до Р. Х., не государственные и даже, в иудейском, пророческом духе, противогосударственные, духовные, посредники между Вавилоном-Египтом и Ханааном-Финикией (Крито-Егеей – «Атлантидой в Европе»); древней всемирности, «кафоличности», последние, и новой – первые вестники.[84] Если миф о потопе, «Атлантиде», – конце первого человечества, – религиозно, а может быть, и преисторически значителен, то «второй Адам», Иисус, говорит второму человечеству на языке первого.

В XI веке до Христа арамейский язык – такой же всемирный, каким будет, через тысячу лет, простонародный Общий – Koinê, эллинистический язык Александра Великого и самого Бога Диониса – тени Солнца, Сына грядущего.[85] Евангелие, переведенное на этот язык с арамейского, соединяет обе всемирности в одну, оба человечества в одно: второе и первое – в третье. И здесь опять тезис, антитезис и синтез; Отец, Сын и Дух: тою же музыкой Троичной звучит Евангелие, как раковина шумом волн морских.

XV

Мы должны пробиться сквозь греческий перевод к арамейскому подлиннику, чтобы услышать «живой, неумолкающий голос» Христа, почувствовать, как вместе с родным языком Его веет на нас «само дыхание Божественных уст», suavitates, guae velut ex ora Iesu Christi... afflari videntur.[86]

Первый младенческий лепет Его к Отцу на языке земной матери: «*Абба*, Отец», и последний вопль на кресте: lama sabhahthani, – оба арамейские. Rabbi Jeschua – Иисус Арамейский – Иисус Неизвестный.

---

[83] Weiss, 63.
[84] C. Toussaint, L'Hellénisme et l'Apôtre Paul, 1924, p. 110.
[85] Arn. Meyer, Jesu Muttersprache, 1896, S. 35–39, et passim.
[86] Widmanstadt, первый издатель (1555 г.) Священного Писания на сирийском языке, ар. Arn. Meyer, 10.

XVI

То, что сыграно на арфе, иначе звучит на флейте.[87]
Talitha koumi значит не «девица, встань», а «девочка, проснись». Страшное чудо воскресения как детски просто, понятно, естественно, в этом слове, детски простом. «Встань, девица», – душа молчит, спит мертвым сном; «девочка, проснись», – душа воскресает, просыпается.[88]

Эта простота – божественность Евангелия; чем проще, тем божественней. Эта простота – прозрачность, невидимость, как бы отсутствие, воздуха в Евангелии. В райски ясное зимнее утро на Иисусовой родине, Галилейских предгориях, – воздух, чистейший, небесный, на земле, эфир, так прозрачен, что самое далекое становится близким: от Фавора до Ермона, кажется, рукой подать. Тот же небесный эфир и в Евангелии. Двух тысячелетий, отделяющих нас от него, как не бывало: все – как вчера-сегодня; не было, – есть. «Прежде нежели **был** Авраам», – и после того, как **будете** вы, **будут** последние люди мира, – «**Я есмь**». Между Ним и нами – ничего; мы с Ним – лицом к лицу.

Это так страшно, что понятно, что иногда и верующие люди, целыми годами, боятся заглянуть в Евангелие; в церкви слушают его, а у себя дома уши затыкают, чтобы не слышать страшно-близкого голоса: «Сегодня Мне надо быть у тебя в доме».

XVII

Это-то вот страшно-близкое, простое Евангелие и есть Неизвестное. Очень простых людей простые «Воспоминания», устные: писать не умеют, «неграмотны», да и некогда: «сейчас придет Сам».

«**Воспоминания Апостолов, так называемые Евангелия**», – говорит св. Юстин Мученик (150 г.), видевший и слышавший тех, кто видел и слышал Господа.[89] Это значит: «Воспоминания», Apomnêmoneumata – первое имя книги, древнейшее, а «Евангелия» – второе, позднейшее. «Воспоминания», не в смысле «Достопамятностей», Memorabilia, как у Ксенофонта о Сократе (есть ли во Христе более или менее достойное памяти; не все ли одинаково?), а скорее, в смысле наших личных и исторических «Воспоминаний», «Мемуаров». Это надо всегда помнить, чтобы понять, что такое Евангелие!

---

[87] A. Meyer, 4. – Лютер о переводах Евангелия.
[88] A. Meyer, 53.
[89] Just. Mart., I Apol., LXV, 3.

XVIII

«Мы почти ничего не можем узнать об историческом Иисусе из Евангелий, потому что книга эта, по самому происхождению своему, вовсе не историческая, а богослужебная: читалась, уже в 40-х годах I века, на воскресных богослужениях», – как сообщает тот же Юстин Мученик.[90] Эти ходячие сомнения в историчности Евангелия очень легко опровергнуть.

Прежде всего, тогдашние, не первых годов, а первых дней христианства, когда появились первые записи «слов Господних», понятия «церковного», вообще, и «богослужебного», в частности, вовсе не соответствуют нашим. Маленькие домашние «церковки» горенки, где все так просто, бедно, голо и братски тесно, тепло, уютно ласково, только внутренне огромно, ужасно, потому что Он сам только что был здесь и, может быть, опять будет сейчас, – потому что всегда невидимо здесь *присутствует* (parousia) – эти маленькие церковки слишком непохожи на наши огромные, великолепные и холодные церкви-храмы. Если бы один из тех «нищих Божиих», Божиих детей, вдруг увидел себя в такой церкви – в Римском Петре или св. Софии, – то как удивился бы, испугался, чуть не заплакал бы от страха, как маленькие дети плачут; как не узнал бы памятных записок своих – тесно, по-арамейски, исписанных клочков папируса или пергамента, зачитанных, запачканных, но какими слезами облитых, какой любовью осиянных, – своих «Евангелий», – в этой огромной, тяжелой, почти не разгибающейся, в пурпуре, золото и драгоценные камни закованной, книге, – в нашем церковном Евангелии!

XIX

Это прежде всего, а потом – прав Ориген: «Если бы не были правдивы Евангелисты, а измышляли басни (мифы), как полагает Цельз, то не сообщили бы об отречении Петра и о соблазне учеников.[91] И только ли об этом одном? Петр, в устах Господних, – «сатана»; Иуда Предатель, избранный в сонм Двенадцати самим Учителем, предвидевшим, чем для Него и для них будет Иуда; «одержимость», «бесноватость» Иисуса в страшном рассказе Иоанна (7, 20; 10, 20), и еще более страшном, у Марка, «сумасшествие» Иисуса, признанное не только братьями Его, но, может быть, и матерью (3, 21; 31–35); второй, освобожденный от креста

---

[90] K. L. Schmidt, Der Rahmen der Geschichte Jesu. 1906. S. VI.
[91] Origen., Contra Cels., II, 15.

Иисуса Варавва, Bar-Abba, – «Сын Отца» (так в древнейших подлиннейших рукописях);[92] и последний вопль Сына к Отцу: «для чего Ты Меня оставил?»... Да надо ли перечислять? Стоит только заглянуть в Евангелие, чтобы увидеть, что все оно полно такими «соблазнами», skandala, «тяжкими словами» (Ио. 6, 60); все оно – «прорекаемое знамение», как уже Симеон Богоприимец, держа Младенца на руках, предрек:

Вот, лежит Сей... в пререкаемое знамение. Semeion antilegomenon. (Лк. 1, 2, 34).

Странная – страшная, «богослужебная» книга, где, как будто нарочно, на каждом шагу, такие западни-загадки понаставлены. Можно сказать, как это тоже ни странно, ни страшно, что Евангелие – книга наименее «богослужебная» и даже, – разумея «Церковь» не в тогдашнем, первых дней христианства, а в нашем смысле, наименее «церковная» из всех бывших, настоящих и, вероятно, будущих книг.

Страшную Книгу надо было закрыть, заковать в железо, камень, адамант, чтобы слишком свободный дух ее не взорвал и не рушил всей церкви. Но в том-то и божественная сила Церкви, что она это сделала так, что только вечно подавляемым – никогда не подавленным – духом Евангелия она и живет; только этими внутренними, тихими взрывами и движется.

Чтобы, после всего этого, сомневаться в «историчности» Евангелия, надо быть очень плохим историком.

XX

Чувствуется, как иногда вспоминающим трудно вспоминать живую речь Иисуса – эти «странные, тяжкие слова»; как иногда не понимают они сказанного:

Те, кто со Мной, Меня не поняли.[93]

И недоумевают, «соблазняются», а все-таки передают с точностью непонятные слова, нераскрытые и нетронутые, цельные, живые, как бы все еще теплые от «дыхания Божественных уст». Тяжкие глыбы слов нагромождают, не смея прикасаться к ним, обтесывать и сглаживать. Слова слишком глубоко проникли в сердце их; слишком неизгладимо запечатлелось в памяти, чтобы могли они, если бы даже хотели, не записать их так, как слышали.

Мы не можем не говорить того, что видели и слышали (Д. А. 4, 20).

---

[92] Lagrange, Mars, 415. – Renan, La vie de Jésus, 419 – H. J. Holtzmann, Hand-Commentar zum N. T., 1901, I, S. 294.

[93] Acta Pétri cum Sim., C. 10. – Resch, Agrapha, 277. – Qui mecum sunt non me intellexerunt.

Почему не могут? Потому что слишком любят Его. Вот эта-то любовь к Нему бесконечная – в бесконечной правдивости Евангелия лучшая порука.[94]

XXI

Рост Евангелия похож на то, как если бы случайно, в беспорядке, складывались в один ларец отдельные листки, памятные записки о словах и событиях из жизни Господа, и потом, оживая, срастались бы, как лепестки, в один цветок, так что их уже нельзя было бы разделить, не убивая цветка, и резко противоположные – «противоречивые» – окраски их сливались бы в одну живую прелесть цветка – лица Господня. «Ты прекраснее сынов человеческих», и книга о Тебе прекраснее всех человеческих книг. Но само Евангелие не знает красоты своей, и не хочет быть прекрасным: если бы узнало, захотело, – все очарование исчезло бы. Богу одному цветет, благоухает этот неизвестный, Неизвестного Рая цветок.

XXII

Воздух нужен цветку – свобода Евангелию. Какая свобода? Скажем просто: всякая, – в том числе и «свобода критики».

Критика – суд. Если Евангелие – истина, то может ли быть над ним суд? Истина судит, а не судится. Но, во-первых, кто из нас посмеет сказать, живя, как мы живем, что Евангелие для него уже истина! А во-вторых, истина борется с ложью и от нее обороняется. Такая оборона – *Апология*, родившаяся, можно сказать, вместе с Евангелием. Но, если истинная Критика кончается Апологетикой, то, может быть, и обратно: Апологетика начинается с Критики.

XXIII

В кажущихся или действительных «противоречиях» Евангелий уже дана необходимая свобода выбора, суда – критики.

«Что ты называешь Меня благим?» – это у Марка (10, 18), а у Матфея (19, 17): «Что ты спрашиваешь Меня о благом?» Мог ли Иисус го-

---

[94] A. Jülicher, Einleitung in das N. T., 1906, S. 331. – Более тонким чувством человечески-особенного, личного в лице Человека Иисуса обладает эта любовь, и большее портретное сходство, чем у величайших мастеров древней и новой истории, достигается ею невольно и нечаянно.

ворить и так и эдак? А разница, – как небо от земли. Хочешь, не хочешь, – суди, выбирай свободно, – будь судьей, «критиком».[95]

К выбору нас принуждают противоречия не только между словами в разных Евангелиях, но и между разными чтениями одного и того же слова.

«Иисус *не мог* сотворить там (в Назарете) никакого чуда» – так в нашем каноническом тексте (Мк. 6, 5), а в древнейших Италийских кодексах (Italocodices): «Иисус *не сотворил там никакого чуда»*, non faciebat – в том смысле, конечно, что «хотя и мог сотворить, но не хотел».[96] Разница опять огромная, и сгладить ее можно только очень грубым насильем, сломав или притупив божественное острие Слова человеческой тупостью.

А вот еще острее. В нашем позднем, от IV века, каноническом чтении Мт. 1, 16: «Иаков родил Иосифа, мужа Марии, от которой родился Иисус». А в Сиро-Синайском кодексе (Syrus Sinaiticus), с греческого подлинника II века:

*Иосиф, которому обручена была
дева Мария, родил Иисуса.
Joseph, cui desponsata virgo Maria,
genuit Iesum.* [97]

Здесь уже разница касается самого догмата о Бессемянном зачатии. Как с этим быть, люди не знали и спрятали рукопись в темный угол Синайского книгохранилища, где она и пролежала пятнадцать веков, пока, наконец, не вышла на свет, в наши дни, к тщетному, может быть, злорадству левых критиков и не менее тщетному ужасу теологов.[98]

XXIV

«Дух Св. водил рукой евангелистов, когда они писали Евангелия», – учит один протестантский богослов XVI века.[99] Это значит:

---

[95] Чтобы не видеть здесь противоречия, надо закрывать на него глаза, как это и делали и делают все несвободные критики-богословы, уверяя, будто бы имени «благой» Иисус не принимает и не отвергает вовсе, т. е. говорить так, чтоб ничего не сказать. Это во-первых, а во-вторых: если тут нет никакой трудности, то зачем бы Матфею изменять – облегчать Марка? – Grandmaison, Jesus Christ, 1929, II. 87.

[96] W. Bauer, Das Leben im Zeitalter der n. t. Apokryphen, 1909. – Joh. Weiss, Die Schriften des N. T., I, 65.

[97] O. Schmiedel, Die Hauptprobleme der Leben-Jesu-Forschung, 1906, 50. – Joh. Weiss, Die Schriften des N. T., I, 230.

[98] Resch, Agrapha, 339.

[99] Hase, Geschichte Jesu, 1876, S. 113. – Osiander, Harmon. Evang., anno 1537.

пишущий Евангелист для Духа то же, что для музыканта – органные клавиши. Если так, то надо, конечно, согласить все «противоречия» в Евангелиях, хотя бы пришлось для этого, в начале подобных «симфоний», утверждать, как это делает бл. Августин, что были две Марии Магдалины, а в конце, как этого никто не делает, – что Иисус дважды родился и трижды умер, или, другими словами, надо верить, что Божественный Смысл принуждает людей к бессмыслице. А если не так, то дыхание Духа – «Боговдохновенность» Евангелия и воля к свободе – одно и то же.

XXV

«Кто не свободно верит, тот ходи в церковь, слушай „чтение Евангелия", но сам в него не заглядывай: старую веру потеряет, а новую – найдет ли, еще неизвестно.

XXVI

Есть что-то божественно-трогательное, хочется сказать, – «божественно-жалобное», в евангельских «противоречиях» – этих как будто отчаянных, судорожных, и все-таки к свободе человеческой бережных, усилиях Духа Божьего пробиться сквозь плоть и кровь, – в тщетных иногда усилиях, подобных трепету пламени в душном воздухе и голубиных крыл в сетях.

XXVII

Самый страшный дар Божий людям – свобода, но и самый святой. Это чувствуется лучше всего здесь, в Евангелии. Вот почему первое, на что кидаются все поработители духа, чтобы истребить, – эта, самая страшная для них книга – Евангелие.

«Вместо того, чтобы овладеть людскою свободою. Ты умножил ее и обременил ее мученьями человека навеки... Но неужели Ты не подумал, что он отвергнет же, наконец... и Твою правду, если его угнетут таким страшным бременем?» – говорит Великий Инквизитор (Достоевский).

«Трупом будь в руках учителя, perinde ac cadaver», – говорит Лойола. Трупом хочет быть Паскаль, но не может и сходит с ума от страха «бездны» – свободы евангельской.

XXVIII

Бояться свободы, не верить в нее, значит не верить в Духа Св., потому что свобода человеческая в Боге и есть Дух, – вот к чему приводит нас евангельская критика, – и это не мало.

Может быть, страшной ценой, но мы, наконец, поняли, или вот-вот поймем, чего за две тысячи лет христианства никто никогда не понимал, – что неизвестное имя Христа – **Освободитель,** и что, не приняв свободы, мы никогда не узнаем Его, Неизвестного.

3. Марк, Матфей, Лука

I

В звездное небо из подвижной щели обсерваторного купола устремленный глаз телескопа может быть также свят, как псалом Давида:
Небеса проповедуют славу Божию,
и о делах рук Его вещает твердь.
(Пс. 18, 1)
Этого люди малого знания не видят; видят Ньютон и Коперник. Критика – такой устремленный в евангельское небо телескоп, а пристальное, тысячелетнее внимание, напряженность взгляда на Евангелие – телескопного стекла шлифовка. Может быть, лучше всех ученых богословов и критиков читают Евангелие ребенок и святой; но эти могут не увидеть в нем того, что видят те.[100]

II

Новое, небывалой мощи и совершенной шлифовки стекло в телескопе евангельской критики – так называемая «Двухисточниковая теория», Zweiquellentheorie. Что она такое, так же трудно объяснить в немногих словах, как что такое спектральный анализ. Но мы должны верить, что люди свято проводят иногда целую жизнь в обсерваториях и в евангельской критике, там, наблюдая внешнее, космическое небо, здесь, внутреннее, евангельское, – это бездонное того. Пристального внимания целой человеческой жизни мало, – нужно внимание целых

---

[100] В споре с Цельзом (Cels, VI, 36) Ориген, доказывая, что Иисус не был «плотником», а был только «Сыном плотника Иосифа», забыл Мк. 6, 3: «Не плотник ли Он?» Вот какими, от привычки слепыми, глазами люди читают Евангелие.

поколений, чтобы открыть новые звезды-миры. Их-то и открывает Двухисточниковая теория.

III

Марк, древнейший из синоптиков («Со-видцев», «Со-гласников»), к Человеку Иисусу для нас ближайший свидетель, – по крайней мере, в тех свидетельствах, какие мы имеем сейчас, – Марк – один из «двух источников» нашего знания. Марку, а не Матфею принадлежит, вопреки церковному преданию, первое место в историческом порядке Евангелистов. Вовсе не Марк, как думали прежде, заимствует у двух остальных синоптиков, а, наоборот, те – у него. Целого почти века научных усилий, целых жизней человеческих, может быть, иногда с гибелью душ – утратою веры, – стоило и это сравнительно легкое открытие. Вторая же часть теории еще труднее.

Марк для Луки и Матфея – не единственный, а только один из двух источников. Следуя за Марком, с большею точностью в передаче слов Господних, с меньшею – в изображении событий, Матфей и Лука друг друга не знают, в чем легко убедиться, по слишком явным, и, при взаимном знакомстве, невозможным, «противоречиям», особенно в повествовании о Рождестве и о явлениях воскресшего Господа. Чем же объяснить совпадение Луки и Матфея до поразительной, иногда буквальной, грамматической точности, в передаче главнейших, все решающих, но у Марка отсутствующих, слов Господних? Только тем, что оба они черпают из какого-то невидимого нам, может быть, древнейшего, чем Марк, *досиноптического,* наверное, письменного, источника, вероятно, того самого, о котором упоминает и Папий или стоящий за ним «пресвитер Иоанн», говоря о «словах Господних», Logia kyriaka, будто бы «собранных» или записанных мытарем Матфеем-Левием на «еврейском», т. е. арамейском, языке, и, должно быть, смешивая эту запись с нашим греческим Матфеем.[101]

Если нам кажется, что мы хорошо знаем этот невидимый источник, по нашим двум синоптикам и что, следовательно, открытие незначительно, мы грубо ошибаемся. В очень глубоком, подземном, скрытом от нас течении своем, воды источника могут иметь совсем иную температуру, цвет и вкус, чем в явном, – может быть, даже в ис-

---

[101] Fragm. Papias, ap. Euseb., H. E. III, 39, 15: «Матфей собрал и записал слова Господни (на еврейском языке), и каждый (потом) истолковывал (переводил) их, как умел». – Soden, Die wichtigsten Fragen in Leben Jesu, 1909, S. 3.

кусственных водоемах, – наших двух синоптиков. Быть там, куда окно выходит, или только смотреть в окно, – вовсе не одно и то же. Этот досиноптический Источник – так называемое Q (Quelle) – частью уже восстановлен, но только частью, потому что вопрос о нем будет решен окончательно лишь вместе с вопросом об отношении синоптиков к стоящему вне их и даже как будто против них, загадочнейшему из наших Евангелистов – «одной из величайших загадок всего христианства» – Иоанну.[102]

Но если до этих глубин евангельского неба пока еще не досягают и наибольшей силы объективы в телескопах критики, то мы уже и теперь подходим в Двухисточниковой теории к таинственнейшему первоисточнику наших Евангелий, к тому глубокому, ясному и все-таки темному зеркалу, где ближе и яснее всего отразилось лицо Иисуса Неизвестного. Так иногда, в очень прозрачном воздухе очень ясных ночей, можно видеть и невооруженным глазом, как неполной луны яснеет темный и замыкается полный круг.

Прежде, однако, чем заглянуть в это темно-ясное зеркало, а может быть, *и за него – по ту сторону Евангелия,* надо вглядеться пристальней в видимые для нас, но страшно, от двухтысячелетней пыли-привычки, потускневшие зеркала синоптиков.

IV

Сколько Евангелий? Четыре? Нет, три и одно. Это легко объяснить графически. Стоит только нарисовать красным карандашом на белой бумаге три палочки вместе, и одну, поодаль, – синим: те три – синоптики, – «Согласники», а эта одна, – «Несогласник», и даже как будто «Противник» тех, – Иоанн.

Что это? Кто это? На этот вопрос можно ответить только вместе с ответом на вопрос, как относится Иоанн к синоптикам – один к трем.

V

«Марк, толмач Петра, записал с точностью, но не в порядке, все, что запомнил о сказанном и сделанном Христом, потому что сам не слышал Господа, а только впоследствии был, как я уже сказал, толмачом Петра, учившего, смотря по нужде, но всех слов Господних, в полноте не излагавшего. А потому, Марк не погрешил, записывая лишь кое-что на память и заботясь только об одном, как бы чего не забыть

---

[102] A. Harnack, Lehrbuch der Dogmengeschichte, 4 Aufl., I, S. 108.

или не сказать неверного».[103] Это сообщил Папию «Пресвитер Иоанн». Кто он такой, мы не знаем наверное, но очень вероятно, как сейчас увидим, наш «Евангелист Иоанн» – только не Апостол, сын Заведеев, «ученик, которого любил Иисус», а кто-то другой, – чудно с ним сросшийся двойник его, близнец, телом его отброшенная, но уже от него неотделимая тень.

Верно ли понял и точно ли передал Папий слова Пресвитера Иоанна, мы тоже не знаем, но, на всякий случай, будем помнить остерегающий отзыв церковного историка Евсевия о Папии: «очень малого ума человек»,[104] что, разумеется, не значит: «из ума выживший», – такой бы не усидел в епископах, или: «слабоумный», – такого бы не поставили в епископы, а просто: «человек бестолковый». Но если даже Папий верно понял и точно передал слова Иоанна о «непорядке» в писаниях Марка, слишком все-таки верить ему нельзя. «Не погрешил», как будто оправдывает он, а на самом деле обвиняет Марка, наводит на него пусть легчайшую, а все-таки тень. Но и слишком удивляться отзыву Иоанна-Папия мы не должны.

Два Евангелиста – два писателя: Иоанн (если наш «евангелист Иоанн» и «Пресвитер» Папия – одно и то же лицо), Иоанн и Марк; один говорит о другом: «мое писание вернее, мой порядок лучше» (Иерусалим – Иудея, вместо Капернаума – Галилеи). Если не в высоком духе предания, то попросту, житейски (а ведь именно и *так* надо читать все древние, даже церковные памятники), это слишком понятно и естественно.[105]

Можно ли примирить Марка с Иоанном, мы еще не знаем, но уже и сейчас несомненно, что единственно ясный порядок событий, которому следует и Матфей, и Лука, и даже, в значительной мере, сам Иоанн, – только у Марка: к жизни Иисуса Неизвестного или здесь, или нигде – единственный ключ.[106]

VI

Марк – «толмач» Петра. Все, что говорил Петр, своими глазами видевший, своими ушами слышавший Господа, вспоминает и записывает Марк с точностью, «заботясь только об одном, как бы чего не забыть или не сказать неверного», – этому свидетельству Папия – Иоанна Пре-

---

[103] Euseb., H. E., III, 39, 15.
[104] Euseb., H. E., III, 39, 16.
[105] Fr. Loots, Wer war Jesus Christus? 1922, S. 72.
[106] P. Wernlie, Die synoptische Frage, 1899, S. 195.

свитера – мы можем верить вполне.[107] Но, если бы даже не было у нас ни свидетельства Папия, ни предания Церкви, мы все-таки могли бы заключить, по самому Евангелию Марка, что в нем сохранились *воспоминания очевидца*, одного из Двенадцати, всего вероятнее, именно Петра.[108]

VII

Есть у Марка излюбленное, даже краем глаза читающему заметное, словечко: «тотчас», ευθύς. От первой главы до последней повторяется оно бесчисленно, упорно, однозвучно, кстати и некстати, почти как механическое движение – «тик» – трудно сказать, чей – Марка, Петра или обоих; кажется, последнее вернее: может быть, ученик заразился от учителя. В этом-то запыхавшемся «тотчас», как бы задыхающемся беге к Нему, к Нему одному, к Господу, в этом стремительном полете брошенного из пращи Господней в цель, Камня-Петра, – может быть, и поняли они друг друга лучше всего и полюбили навсегда.

Слышит Петр: «Следуй за Мной», и *тотчас,* оставив сети, следует за Ним; видит Его, идущего по воде, и *тотчас* сам хочет идти; чувствует, что «Хорошо» быть на горе Преображения, и *тотчас*: «сделаем три кущи»; видит, что дело доходит до драки, и *тотчас* – меч из ножен, и отсек ухо Малху; видит, что дело дошло до креста, и *тотчас*: «не знаю сего Человека»; слышит, что гроб пуст, и *тотчас* бежит к нему взапуски с Иоанном, и обгоняет его; видит, что Господь идет по дороге из Рима: «Куда идешь?» – «В Рим, снова распяться», и тотчас возвращается, теперь уже навеки, – больше никуда не пойдет; «тотчас» сделается вечностью; брошенный камень попал-таки в цель – лег и не сдвинется: «Церковь Мою созижду на камне сем».

Милый, родной, самый человеческий, самый грешный и святой из Апостолов – Петр! Кажется, весь он – в этом стремительном «тотчас» и не будь его, ни Петра, ни христианства бы не было.

---

[107] «Евангелие от Марка есть Евангелие от Петра», – свидетельствует Св. Юстин Мученик (150 г.). Позже Иреней: «Марк возвещенное Петром передал нам письменно». Еще позже, Евсевий (IV в.): «Марк, говорят, вспоминал („Воспоминания Апостолов – Евангелия", по глубокому слову Юстина) слышанное в беседах с Петром» (Euseb, Demonstr. Evang., Ill, 89). Здесь предание Церкви, вероятно, от конца I века («Пресвитер Иоанн») до конца IV (образование Канона), исторически подлинно, непрерывно и незыблемо. – Zahn, Einleitung in das N. T., II; 1924, S. 208, 209. – Joh. Weiss, Das älteste Evangelium, 1903, S. 8.

[108] P. Wernle, Die synoptische Frage, 1899, S. 50.

VIII

В сонме учеников Петр всегда на первом месте у Марка, но меньше всех польщен, – напротив. «Блажен ты, Симон Ионин»… пропущено, кажется не Марком, а самим Петром. Но осталось: «отойди от Меня, сатана!» Кто мог бы вспомнить это, кроме самого Петра? И еще страшнее, потому что тише: «Симон, ты спишь? Не мог ты бодрствовать один час?» (4, 37). Это не укор, а только тихая жалоба, но так невыносимо, что Матфей смягчил, Лука стер совсем. Только Марк, как слышал, так и передал: понял, должно быть, что Петру будет легче так; лучше всех понял его, потому что больше всех любил.

IX

«Господа Марк не видел и не слышал», – можно заключить из свидетельства Папия. Так ли это на самом деле?

Марк, по церковному, кажется, исторически-верному, преданию, писал Евангелие около 64 года, незадолго до смерти Петра или вскоре после нее, во всяком случае, не позже 70-х годов, потому что в «апокалипсисе» Марка конец мира все еще совпадает с концом храма; писал, тоже согласно церковному преданию, должно быть, в Риме, судя по многим латинским словам, а также по упоминанию Александра и Руфа, сыновей Симона Кирениянина, живших тогда в Риме и хорошо известных тамошней общине (Римл. 16, 13). Но очень вероятно, что Марк слышал «воспоминания» Петра, еще в 40-х годах, в Иерусалиме, где был, как мы узнаем из Деяний Апостолов (12, 12), «дом матери Иоанна Марка» (эллино-иудейское, двойное имя). В доме этом, как мы тоже узнаем из Деяний Апостолов (1, 13; 2, 2), собирались ученики, по воскресении Господа. Здесь-то, – может быть, в той самой «горнице» *анагайоне,* верхнего жилья, где, по очень древнему сказанию Церкви, происходила и Тайная Вечеря, и Пятидесятница, – мог слышать Иоанн-Марк «воспоминания» Петра.[109]

Если в 44-м году Марку было, как мы знаем, лет 30, то в 30-х годах, во дни Иисуса, ему было лет 14, и, следовательно, он мог быть очевидцем того, что происходило тогда в Иерусалиме и в доме матери.

Есть у него, в рассказе о Гефсиманской ночи, одно, как будто ненужное, не поучительное, а только описательное, «воспоминание»: «некий отрок, завернувшись по нагому телу покрывалом – (sindon, четырехугольный кусок полотна, вроде нашей простыни) – следовал за

---

[109] Zahn., l. c. 204–205; 209.

Ним (Иисусом), и воины схватили его. Но он, оставив покрывало, нагой, убежал от них» (14, 51–52). По очень тоже древнему сказанию, этот неизвестный отрок – не кто иной, как сам Иоанн-Марк.[110] Черточку эту, ему одному дорогую, незабвенную, вставил он в рассказ, как художник пишет в углу картины: Ipse fecit: «Сам писал».

В той быстроте – «раньше сделал, чем подумал», – с какой четырнадцатилетний мальчик вскочил ночью, может быть, прямо с постели, – не спал, слушал, что происходит в доме, – и, завернувшись по нагому телу в простыню, побежал за учениками, тайком, крадучись, из Иерусалима в Гефсиманию, чтобы видеть и слышать все до конца, – в этой быстроте как будто уже слышится будущее Марково-Петрово «тотчас» – задыхающийся бег любви к Нему, к Нему одному, к Господу.

X

Эти-то воспоминания очевидца и вспыхнули в Марке, с новою, чудною живостью, через 40 лет, в Риме, когда он слушал Петра. Что это действительно так, подтверждается и очень древним, от II века, свидетельством Канона Муратори (Canon Muratori): «*в ином же Марк, и сам участвовал* и, как оно было, так и записал. Aliquid tamen interfuit et ita posuit.[111] Если виденное и слышанное Петром Марк передал нам с такою, никогда не превзойденною, живостью, то, может быть, потому что и сам кое-что видел и слышал.[112]

---

[110] Zahn, 205.

[111] Zahn, 248–249.

[112] Сколько у Марка этих, как будто ненужных, выпавших у Матфея и Луки, только очевидцу незабвенно-памятных черточек. Как Господь, сжалившись сначала над прокаженным, исцеляет его, а потом «обрядным», сильным, почти грубым, движением «отталкивает», «выбрасывает», из толпы «чистых», хотя уже исцеленного, но все еще, по Закону, «нечистого»; как молча «окидывает взором» толпу фарисеев, «гневаясь», и, в то же время, «скорбя», «жалея»; как обнимает дитя, должно быть, посадив его к себе на колени; как слепой в Иерихоне, куда зовет его Иисус, быстрым движением скидывает верхнюю одежду, вскакивает и подходит к Нему (не подбегает, а подходит, потому что все еще – слепой); как ослик Иерусалимского Вшествия привязан снаружи дома к дверям; как женщины, идучи ко гробу Господню, в утренних сумерках, боязливо шепчутся. Вот из таких-то черточек и возникает целый зрительный образ, живое лицо Иисуса-Человека. – P. Wernie, I.c., 59.

Целые картины иногда рисуются у Марка одним, как бы случайно брошенным, словом. Так, об иудейском надгробном плаче с бряцанием кимвалов, в доме начальника Капернаумской синагоги (5, 38) звукоподражательное αλαλάξοντες, где сливается человеческий плач со звуком бряцающей меди; или для Петра и Андрея, закидывающих на Геннисарет-

Марку, в словесной «мелкой живописи» (миньятюре), кажется, нет равного. Что же это такое? Чудо искусства, как у Гомера и Данте, если не большее, потому что внезапное, – как и откуда взялось, неизвестно: Симона-рыбака немногим грамотней Марк, «толмач», даже по-гречески пишущий плохо; или, в самом деле, это «продиктовано Духом Святым», как на органных клавишах разыграно? Нет, ни то, ни другое, а естественное чудо любви: незабвенно помнящий, потому что бесконечно любящий. Святого святой очевидец. А если так, то можно сказать: другого подобного свидетеля мы не имеем ни об одном лице во всемирной истории.

XI

Марку, так же как всем слишком правдивым людям, не посчастливилось.

Кажется иногда, что первого Евангелиста недолюбливает Церковь и только за древность уважает нехотя. В до-каноническом, до-церковном порядке Евангелий, по древнейшему кодексу Cantabrigiensis D, Марк, а значит, и стоящий за ним Верховный Апостол Петр, поставлены на последнее место: Матфей, Иоанн, Лука, Марк. А в порядке позднейшем, каноническом, Марк, хотя и переставлен на второе, как будто более почетное, место, но это, может быть, еще хуже: здесь маленького Марка спрятали между большими, Матфеем и Лукою, слишком смелого – за осторожного Матфея, слишком острого – за мягкого Луку, да исцеляет «врач возлюбленный» раны-укусы Маркова Льва. В этом-то темном углу и простоял он, как наказанный школьник, пятнадцать веков.[113] Только свободная критика снова поставила первого свидетеля на первое место; не побоялась говорящего истину о Том, Кто сам о себе говорит: «Я есмь истина».

XII

Марка мы отчасти знаем, видим в лицо; но совсем не видим и не знаем Матфея. Первое, в церковном порядке, Евангелие принадлежит, вопреки преданию Церкви, не апостолу Матфею, а лицу неизвестному,

---

ском озере, с обеих сторон лодки, большую, круглую, сеть: αμφιβάλλοντες; (I, 16), – просто «закидывающих», – не сказано даже «сеть», потому что всякий рыбак знает, что здесь речь идет о сетях. В этом рыбачьем, как бы теплою рыбною водою Геннисаретского летнего озера пахнущем, слове слышится живой голос Петра сквозь голос Марка. – Fahn, 246. – Dalman, Orte und Wege Jesu, 1924, S. 144. – Lagrange, Marc, 18.

[113] Resch, Agrapha, 45. – Volkmar, Jesus Nazarenos, 1882, S. 202.

даже по имени. Может быть, меньше нашего удивились бы этому христиане первых веков. Если пишущий остался неизвестным, то едва ли не потому отчасти, что и сам того хотел. Сделал пир, созвал гостей, открыл двери дома, а сам ушел или спрятался так, что гости не видят хозяина, и кто он такой, никогда не узнают.

Это, как бы полное, отсутствие пишущего в писании делает в нем еще совершеннее общую всем Евангелиям прозрачность, как бы то же отсутствие воздуха, где самое далекое кажется близким, бывшее за две тысячи лет – сегодняшним.

XIII

Папий или Пресвитер Иоанн сообщает, как мы уже видели: «Logia, слова Господни, на еврейском (арамейском) языке, собраны (записаны) были Матфеем, и каждый толковал (переводил) их потом, как умел». Если Папий хочет этим сказать, – так, по крайней мере, слова его могут быть и, действительно, были поняты, – что наше Евангелие от Матфея – не греческий подлинник, а перевод с арамейского, то он ошибается, путая Q, досиноптический источник Матфея, с ним самим.

Все, что можно сказать, по самой книге, сводится к тому, что неизвестный сочинитель ее – иудеохристианин, живущий вне Палестины и пишущий для иудеохристиан, с целью защитною, апологетическою, против иудейских нападок, несомненно, до Иоанна и, вероятно, до Луки, но после Марка, кажется, около 80–90-х годов I века, т. е. по разрушении Храма, так как в апокалипсисе Матфея (будем так называть неизвестного для краткости) конец мира уже не совпадает, как у Марка, с концом Храма.[114] Иерусалимская или Батанейская община христиан, все еще крепко держащихся за иудейский Закон (жертвы, очищение, обрезание), стоит у Матфея перед глазами неотступно.[115] Он и сам благочестивый раввин, верующий в Божественного Равви, не столько нового эллинского Христа, сколько древнего, иудейского, даже арамейского, Иешуа Мессию, Царя Израиля.

Но медленно восходит и для него, как солнце из-за тучи, вселенская Церковь, Ekklesia, из-за иудейской церковной общины, qahal.[116] В притчах Матфея о царстве небесном, Церковь – школа земная этого небесного царства. Здесь же, раньше чем у всех остальных Евангелистов, появля-

---

[114] J. Weiss, Die Schraften des N. T., I, 226–227. – Wellhausen Einleitung in die drei ersten Evangelien, 1905, S. 79.
[115] Wellhausen, 62.
[116] Wellhausen, 61.

ется и самое понятие Церкви. Церковнейший из них – Матфей. И Церковь это поняла: сразу и навсегда полюбила его больше, и поставила выше всех Евангелистов, выше самого Петра-Марка, – на первое место.

Мудро утишает буйную львиную стремительность Марка ангел Матфея, Телец. Медленно и осторожно, как тяжелоступный вол, влечет он, в веках и народах, по всем колеям земным, грязным, иногда и кровавым, колесницу Господню, Церковь, и довлечет до Конца.

XIV

Марк Иисуса *видит*, Матфей – *слышит*. Столько у него речей Господних и с таким звуком «живого, неумолкающего голоса», как ни у одного из Евангелистов. Что Иисус *делал*, мы узнаем от Марка; что *говорил*, от Матфея. Слишком длинные речи, как Нагорная проповедь или Горе Фарисеям, не могли, конечно, целиком сохраниться в памяти слышавших; Матфей слагает их заново и, может быть, в новом порядке, из отдельных, до него записанных слов, logia. Но когда читаешь, – кажется, что слышишь их прямо из уст Господних, именно так и в таком порядке, как говорил их Иисус, потому что, кроме Него, никто не мог бы сказать это самое прекрасное и сильное, самое нечеловеческое, что было когда-либо сказано на языке человеческом.

XV

Новым, открытым и светлым, нетаинственным кажется на первый взгляд Матфеев дом, по сравнению с Марковым. Но, вглядевшись, видишь и в нем досиноптический источник Q – темное в светлом доме, окно в глубокую, древнюю – может быть, древнейшую, чем у Марка, Галилейскую ночь Иисуса Неизвестного.

XVI

Лучше всех Евангелистов мы знаем Луку. Этот не прячется, созвав гостей на брачный пир, не уходит из дому; как любезный хозяин, встречает их на пороге и самому Жениху представляет, – в том числе и нового гостя, едва ли даже в брачной одежде, – «сиятельнейшего» Феофила, своего покровителя, судя по титулу, clarissimus, важного римского чиновника, сенатора или проконсула. «Врач возлюбленный» (Кол. 4, 14), Лука – вероятно, антиохиец, так же, как сам Феофил,[117] может быть, его

---

[117] Zahn., 336.

домашний врач, вольноотпущенник (Lukas от Lucanus – частое для рабов, уменьшительное имя), получивший римское гражданство, кажется, недавний язычник, чистейший, без капли иудейской крови, эллин, широко открывающий двери христианства всем язычникам-эллинам, так же, как его учитель, Павел. Лучше всех Евангелистов, лучше Иосифа Флавия, пишет он по-гречески; любит красноречие; посвящение Феофилу – совершенный греческий период, образец словесного искусства древних; подражает Фукидиду и Полибию, «отцу всемирной истории».[118]

Первый Евангелист всемирный, «кафолический», – Лука. Только у него семьдесят учеников Господних соответствуют семидесяти племенам в Книге Бытия – всему человечеству, так же, как двенадцать Апостолов – двенадцати коленам Израиля; и родословная Христа восходит не к первому Иудею, Аврааму, а к Всечеловеку, Адаму.

В самом начале книги, шестерным синхронизмом – исторической одновременностью (Тиберий, Пилат, Ирод Филипп, Ливаний, Анна и Каиафа) – вдвигает Лука Евангелие во всемирную историю, – из вечного «сегодня» – во «вчера» и «завтра», в продолжение времен, соглашаясь тем самым на отсрочку Конца. Против Маркова-Петрова «тотчас», здесь уже «не тотчас – не скоро конец» (21,9): «человек, насадивший виноградник, отлучился на долгое время» (20, 9). Чувство неподвижной вечности заменяется чувством движения во времени; слишком страшное «есть» – успокоительным «было» и «будет»; слишком трудная победа над временем – более легкой победой над пространством. Маленькое Галилейское озеро раздвигается в великое Средиземное море. Как бы все христианство садится, вместе с Лукою-Павлом, на корабль, плывущий в Рим-мир. Всюду будет проповедано Евангелие, и только тогда – Конец – вечность.

XVII

Если не во всем, то во многом, переход от Марка и Матфея к Луке – спуск в долину с горных высот: воздух сразу теплеет, густеет, застилается дымкой исторических далей. Запах земли слабеет. Сам Лука от нее уже далек: смешивает Палестину с Иудеей; думает, что можно пройти из Капернаума в Иерусалим, «между Самарией и Галилеей»: стоит только взглянуть на карту, чтобы понять, что это не более возможно, чем пройти из Парижа в Мадрид между Германией и Францией. Вместо южных, плоских, глиняных или каменных крыш, здесь – черепичная или кирпичная, северная, должно быть, с уклоном для стока дождевой

---

[118] P. W. Schmidt, Die Geschichte Jesu, 1904. S. 55.

воды; вместо открытых, для покойников, носилок, – гробы; вместо мелкой, медной римской монеты, – серебряная. Слишком иудейский, Марков и Матфеев спор об очищении Лукою выпущен, как ненужный и нелюбопытный эллинам.[119] Слов и собственных имен еврейских он избегает (ни Гефсимании, ни даже Голгофы), может быть, отчасти, по классическому вкусу к общему, вместо частного, к белому цвету мрамора, вместо пестрых цветов.[120]

Самый вообще классический, эллинский из всех Евангелистов – Лука. Слишком быстрые движения Марка замедляет он, как бы торжественным ладом древних священнодействий. Иерихонский слепой уже не скидывает верхней одежды одним движением и не вскакивает, чтобы подойти к Иисусу. Сам Иисус в Гефсимании уже не «падает (лицом) на землю», а только «преклоняет колени». Римские воины уже не плюют Ему в лицо (что сказал бы Феофил?) и не бичуют Его. Бегство учеников пропущено (что сказала бы Церковь?). И, кажется, руку бы себе Лука отрубил, но не написал бы, как Марк, о Сыне Божием: «Вышел из Себя – сошел с ума».

Жесткое смягчает, шероховатое сглаживает, как бы древним, эллинским, и новым, церковным, елеем умащает все. Лен перед тканьем, во дни Гомера, чтобы придать складкам одежды большую мягкость и гладкость, насыщался елеем. Что-то в Луке напоминает этот «елейно-лоснящийся лен».

XVIII

«Сам уже не видит и не слышит, – только вспоминает, что другие видели и слышали, или только догадывается, как было – могло быть. Где-то, между Марком и Лукою, мы теряем Иисуса Человека из виду, разлучаемся с Ним навсегда, или на очень долго, до второго Пришествия; перестаем знать Его „по плоти".

Третье Евангелие наиболее «книга» из трех синоптиков, наиболее написанное – не сказанное – не сказуемое вечно «живым, неумолкающим голосом».

XIX

Зрительный образ убийцы, говорят, запечатлевается иногда в мертвом зрачке убитого. Сила ненависти больше ли, чем сила любви? Зри-

---

[119] Wellhausen, 53.
[120] Jülicher, Einleitung in das N. T., 1906, S. 293.

тельный образ любимого не запечатлевается ли иногда и в мертвом зрачке любящего?

Кажется, образ Иисуса Человека – «какой Он из Себя» – все еще горит в зрачке Марка-Петра, и в мертвом – живой, а в зрачке Луки уже потух.

XX

Так во многом, но не во всем. Есть и у Луки темное в светлом доме, окно – досиноптический, общий с Матфеем, первоисточник, а также и свой собственный (Sonderquelle). Но, если он его находит в чужой памяти – в предании, то, конечно, только потому, что раньше нашел в своем же собственном сердце.

Кое-что знает Лука об Иисусе, чего не знает никто из Евангелистов, никто из людей. И не слыша, слышит, не видя, видит. «Блаженны не видевшие» – это и о нем сказано. Знает он один, почему Господь не говорит: «блаженны нищие духом», а просто: «блаженны нищие», и за что «низложит сильных (царей) с престолов и вознесет смиренных, алчущих насытит, а богатых отпустит ни с чем» (1, 52–53). Знает, чего тогда не знал, да и теперь, кажется, не знает никто, – чем дороже пастуху одна пропавшая овца остальных девяноста девяти, и почему об одном кающемся грешнике больше радости на небесах, чем о девяноста девяти праведниках; и почему только для блудного сына отец заколает тельца; и почему только блудница готовит к погребению тело Господне, и раньше всех увидит Его, воскресшего; и почему будет с Ним в раю, первый из людей, разбойник.

XXI

Странная любовь у Луки к «падшим и отверженным личностям», – удивляется кто-то из критиков, как будто у самого Иисуса не такая же странная любовь.[121] Лучше понял Данте: «scriba mansuetudinis Christi, милосердия Христова писец», Лука.[122]

Мир на милости созиждется.
Mundus per gratiam aedificabitur. [123]

Этот чудно-подлинный аграфон – как будто прямо из Луки – из уст Господних.

---

[121] Wellhausen, 61.
[122] Grandmaison, Jesus Christ, I, 86.
[123] Ephraem Syr., Evang. concord, exposit.. Ed. Mösinger, p. 280. Resch, Agrapha, 192. – Wellhausen, 56.

XXII

«Много говорит у Луки Иисус на кресте, а у Марка – молчит; не вернее ли так?» – спрашивает тот же критик. Может быть, и вернее; но, если бы Лука не подслушал, пусть не ухом, а только сердцем: «ныне же будешь со Мною в раю», – насколько беднее и страшнее был бы наш бедный и страшный мир!

«Радуйся, Благодатная», – он и это подслушал; знает он один, что значит «Матерь Божия». Трое Евангелистов знают Отца и Сына; только один Лука знает Мать.

XXIII

Как же не сказать: если бы не было Луки, то и христианства бы не было? Это, впрочем, можно бы сказать о каждом из четырех Евангелистов; каждого читаешь и думаешь: «Вот кто мне ближе всех». Но, может быть, в самом деле, нам, очень грешным, – еще не плакавшим блудницам, еще не распятым разбойникам, – ближе всех Лука.

4. Иоанн

I

Жил в Эфесе, во дни Траяна, старец такой древний, что не только ровесники его, но и дети и внуки их вымерли давно, а правнуки уже не помнили, кто он такой; называли его просто «Иоанном» или «Старцем», Presbyteros, и думали, что это тот самый Иоанн, сын Заведеев, один из Двенадцати, «которого любил Иисус», который возлежал на груди Его, и о котором, по воскресении Своем, Он сказал Петру так загадочно: «Если Я хочу, чтоб он пребыл, пока Я приду, что тебе до того?» (Ио. 21, 22).

Все это знали не из Четвертого Евангелия, – его тогда еще не было, – а из устного предания, которому верили не меньше, а иногда и больше, чем писаным Евангелиям. Думали, что так оно и будет: старец Иоанн не умрет до второго Пришествия; и этого последнего «слышателя», «зрителя», «осязателя» Слова берегли, как зеницу ока; чем и как почтить его, не знали, облекали в драгоценные ризы и навешивали на лоб его Мельхиседека, царя-первосвященника, не рожденного, не умершего, таинственный знак, золотую бляху-звезду, Petalon, с Неизреченным именем.[124] А все-таки хорошенько не знали, кто он такой, – тот ли самый ученик, «которого любил Иисус», или не тот, и прямо о том спросить его не смели; когда же обиняками спрашивали, он отвечал так, что казалось, он этого и сам хорошенько не знает, не помнит от слишком глубокой старости.

II

Когда он ослабел и уже не мог ходить, ученики носили его на руках, в собрания верующих, а когда те просили наставить или вспомнить что-нибудь о Господе, он только повторял все одно и то же, с одной и той же улыбкой, одним и тем же голосом:

– «Дети, любите друг друга, любите друг друга!» Это, наконец, так наскучило всем, что ему однажды сказали:

– «Что это, учитель, ты повторяешь все одно и то же?»

Он помолчал, подумал и сказал:

– «Так Господь велел, и этого одного, если только *исполнить,* – довольно…» И опять:

– «Дети, любите друг друга!».[125] А когда он все-таки умер, был плач в Эфесе, и тут же над гробом его начали говорить, что он не умер, а только спит; и многие слышали, как дышит в гробу; и потом, когда уже похоронили его, слышали, припадая ухом к земле, что и в ней дышит он ровно и сладко; как дитя в колыбели. И твердо знали, что слово Господне исполнится: старец Иоанн не умрет до второго Пришествия.

Когда же, вскоре после смерти его, появилось в Эфесе «Евангелие от Иоанна», никто из тамошних братьев не сомневался, что оно действительно написано апостолом Иоанном, одним из Двенадцати, самым «учеником, которого любил Иисус». Но в других церквах в этом усомнились многие, начали спорить, соблазняться; чем дальше, тем хуже, и замолчали только тогда, когда, уже в конце IV века, Церковь Вселенская признала «Евангелие от Иоанна» подлинным и ввела его в Канон.

Спор потух на много веков, но в XVI–XVII веках, на заре свободной критики, вспыхнул с новою силою и горит, все разгораясь, до наших дней, и, кажется, не потухнет уже никогда. Спор об Иоанне, так же, как он сам, – сколько бы ни хоронили его, лежит в гробу, живой, – ждет пришествия Господа.

---

[124] Euseb., H. E., III, 31, 3.
[125] Hieron., Comment, ad Galat., 6, 10: Filioli, diligite alterutrum… Si solum fiat, sufficit. – Zahn, Ein éleitung in das N. T., 473. – Hennecke, I, 137.

III

«Спор неразрешим, потому что зависит не от своего предмета, а от точки зрения спорящих», – верно и глубоко заметил Ренан.[126] Или еще вернее, глубже: спор зависит от *воли* спорящих.

Кто последний и как будто противоречащий всем остальным, свидетель о человеке Иисусе, очевидец Слова, ставшего плотью? Тот ли, кто возлежал на груди его и слышал, как бьется сердце Его? Этого одни очень хотят, а другие не хотят; очень нужно одним, чтоб это было, а другим, – чтоб этого не было. И сколько бы ни являлось исторических доказательств в пользу тех или других, спор не прекратится; люди так же не могут оставить его, как Сизиф не может не вскатывать камни на гору. Спор об Иоанне – «величайшая загадка христианства», а может быть, и загадка самого Христа.[127]

IV

«Самое нежное из всех Евангелий, das zarteste Evangelium... Я бы отдал за него все остальные и большую часть Нового Завета в придачу», – говаривал Лютер, сильно, но не убедительно; всякий христианин мог бы сказать еще сильнее: «а я бы не отдал».[128]

«Старцы сказывали мне, сообщает Климент Александрийский („Старцы", „Пресвитеры", здесь, в том же смысле, как у Папия: живые звенья в цепи предания „живого, неумолкающего голоса" отзвуки; те, кто друг друга спрашивают и отвечают друг другу, из века в века, из рода в род: „Видели?" – „Видели". – „Слышали?" – „Слышали"). – Старцы сказывали мне, что Иоанн, последний из Евангелистов, видя явленное в прочих Евангелиях *плотское,* побуждаемый к тому братьями и вдохновляемый Духом Св., написал Евангелие духовное».[129]

Как бы мы ни относились к исторической ценности этого свидетельства, мы должны признать, что вопрос о «трех и одном», о синоптиках и IV Евангелии, здесь не только не разрешен, но и не поставлен как следует. Ведь для самого Климента, а может быть, и для стоящих за ним «Пресвитеров», «плотский» у синоптиков, Христос не бездушен, а

---

[126] Renan, Vie de Jésus. 1925, p. 477 et passim.
[127] A. Harnak, Lehrbuch der Dogmengeschichte, 4. Aufl., I. S. 108. – Fr. Spitta, Das Johannes-Evangelium, als Quelle der Geschichte Jesu, 1910, S.V.
[128] Th. Keim, I, 103.
[129] Clement Alex., Hypotypos., ap. Euseb., H. E., VI, 14.

«духовный» – у Иоанна, не бесплотен. Как же Тот относится к Этому? Два ли это Христа или один? Страшный вопрос и как будто нелепый. Слишком легко на него ответить: «плотское не противоречит духовному; дух и плоть – одно, в одном Христе». Но почему же Климент, и если верить ему, то сам Иоанн противополагает своего «духовного» Христа «плотскому» – синоптиков? И мог ли возлежавший на груди Господа, слышавший, как бьется сердце Его, свидетельствовать о Нем так, чтобы возник такой вопрос? Это и значит: загадка Иоанна, – может быть, загадка самого Христа.

«Лжет, лжет! Недостоин быть в Церкви!» – вопят, как одержимые, в конце II века, еретики-алоги, «бессловесники»,[130] Слова-Логоса Иоаннова противники. И также почти вопят «алоги» XX века, все, кто хотел бы принять синоптиков, отвергнув Иоанна, – пройти мимо него ко Христу. Но «если христианство все еще так крепко держится за IV Евангелие, то не потому ли, что явленный в нем лик Христа слишком сросся не только с христианским *догматом,* но и с простейшим, глубочайшим, христианским *опытом*?» – спрашивает один из очень левых и свободных критиков XX века.[131]

Сколько раз хотели покончить с Иоанном, но ведь и с самим Христом хотели покончить сколько раз. Кажется, однако, ни с тем, ни с Этим не покончат никогда.[132]

---

[130] Zahn, Einleitung, 467. Epiphan., Haeres., LI. 3, ap. Zahn, Einleitung, 454.

[131] Spitta, VIII.

[132] Спор запутан и труден, повторяю, не столько сам по себе, сколько по воле спорящих. Попробуем же, не отказываясь от этой воли навсегда, помня, что только ею, в последнем счете, может и должно решиться все, но сдерживая ее на время, спокойно распутать две нити клубка, белую и красную, – доводы за и против Иоанна.

Самый ранний довод за него – свидетельство, еще довольно неясное, Феофила Антиохийского (около 160 г.), называющего 4-го евангелиста просто «Иоанном» – не «апостолом» и не «одним из двенадцати» (Theoph. ad. Autolyc., II, 22). Яснее несколько позднейшее, свидетельство Иринея, от 185 г.: «Иоанн ученик Господень, возлежавший на груди Его, обнародовал Евангелие, пребывая в Эфесе, в Азии, во дни Траяна» (98, 117 гг.) – Iren., Adv. Haeres., III, 1,1.– Это едва ли не самый сильный довод за Иоанна. Ириней, епископ Лионский, четвертое звено в живой цепи предания: Иисус – Старец (Пресвитер) Иоанн Эфесский – Поликарп Смирнский – Ириней Лионский. Ed. Meyer, Ursprung des Christentums, I, 249. – Здесь евангелист Иоанн, хотя и назван только «учеником Господним», – вероятно, «апостол»; так, по крайней мере, поняли все позднейшие истолкователи. Далее, как мы уже видели, Климент Александр, приводит ясное свидетельство «Пресвитеров» о том, что IV Евангелие написано Иоанном Апостолом. Апологеты II века, Татиан и Афенагор, ссылаются на «Ев. от Ио.»; то же делает и еп. Аполлинарий, около

170 г., в споре о праздновании Пасхи (Weizs äcker, Untersuchengen über die Evang. Geschichte; 1901, S. 143). Сохранился, наконец, довольно темный намек в безыменном латинском «Оглавлении», Argumentum, на то, что и «древний муж», Папий, знал IV Евангелие – A. Knopf, Einleitung in das N. T., 122.

Далее, тонкая белая нить или обрывается вовсе, или начинает сплетаться с толстою красною: слабые доводы за Иоанна – с сильными – против.

Св. Юстин Мученик (152 г.) приводит из синоптиков 100 выдержек, а из Иоанна – только 3, и притом довольно неточно, так что похоже на то, что он черпает их не из IV Ев., а из другого, общего с Иоанном, источника, тем более что прямо на это Ев. он не ссылается ни разу и, следовательно, не причисляет его, по-видимому, к тем «Воспоминаниям Апостолов, так называемым Евангелиям», которые он так высоко ценит за их правдивые свидетельства. – P. Schmiedel, Die Johannes Schriften des N. T., 1906, S. 24. – Joh. Weiss, Die Schriften des N. T., II, 1, 2. – Так же знаменательно, что Поликарп, еп. Смирнский, ученик того же Пресвитера Иоанна, в переговорах с папою Анисетом, в 160 г., в Риме, утверждает, что христианскую Пасху следует праздновать 14 низана (по синоптикам), ссылаясь на малоазийский обычай праздновать ее именно в тот день, что он, Поликарп, и делал всегда, «живя с Иоанном, учеником Господним и прочими Апостолами». Но Поликарп, при этом, не упоминает вовсе об Евангелии от Иоанна, как будто не знает его; не знает и о том, что, по IV Ев., последняя Вечеря Господня (не Пасхальная) происходила не 14-го, а 13 низана. – Polycrat., ad Victor., ap. Euseb., H. E., V, 24, 1-6.

Так же знаменательно, что Игнатий Богоносец (еп. Антиохийский, ум. 117 г.), в послании к Эфесянам, упоминая о пребывании ап. Павла в Эфесе, – об Иоанне Апостоле умалчивает, что кажется невероятным, если Пресвитер Иоанн Эфесский был действительно Апостолом, а не просто «учеником Господним». – A. Knopf, Einleitung in das N. T., 124.

Может быть, еще знаменательнее, что IV Евангелие, вплоть до самого конца II века начала III, не встречает в Церкви ничего, кроме равнодушия или даже прямой враждебности. Только с этого времени, внезапно, как тлеющий под пеплом огонь, вспыхивает оно пламенем, приобретает общее каноническое признание во всех церквах М. Азии, Сирии, Африки, Рима и Галлии. – Renan, L'Eglise Chretienne, 73. – H. Delff, Die Geschichte des Rabbi Jesus von Nazareth, 67.

Будь оно, единственное из четырех Евангелий, Апостольским (Мт., Мр. и Лк., только позднее приписаны «Апостолам»), непонятно, почему так долго остается оно неизвестным или непризнанным в Церкви, как бы «отреченным», «апокрифическим», и почему, даже среди всеобщего признания, все еще раздаются отдельные, предостерегающие голоса. Римский священник Кай (Cajus) при папе Зефирине (198–217 гг.), в борьбе с ересью Монтана, доказывает спокойно, что IV Ев. принадлежит Коринфу, гностику-докету, и тут же яростно вопят алоги, «бессловесники»: «лжет, лжет! Недостоин быть в церкви!» – Grandmaison, Jésus-Christ, 1929, I, 134. – P. Schmiedel, 1. c., 25. – Epiph., Haer., LI, 51, 3, 4. – Zahn, Einleitung in das H. T., 454.

V

Самый сильный довод против ап. Иоанна, как творца IV Евангелия, – слишком ранняя мученическая смерть его, предсказанная самим Господом у двух синоптиков, Матфея и Марка. «Чашу Мою будете пить, и крещением, которым Я крещусь, будете креститься», – говорит Иисус двум сыновьям Заведеевым, Иоанну и Иакову (Мт. 20, 20–24 – Мк. 10, 35–41). Не может быть никакого сомнения, что «чаша» эта и «крещение» – мученическая смерть обоих. Но если первая половина слова Господня об одном из них точно исполнилась, как мы знаем из Деяний Апостолов (12, 2), то слишком невероятно, чтобы вторая половина того же слова – о другом брате – осталась неисполненной. И, уж во всяком случае, это слишком ясное слово не отменяется другим, более темным, – о «пребывании» того же Иоанна до второго пришествия (Ио. 21, 22), так как здесь же, самим «евангелистом Иоанном» или говорящим от его лица указывается, что это «пребывание» вовсе не означает физического, на земле, бессмертия: «Иисус не сказал ему, что *не умрет*» (21, 22).

Надо было выбрать между двумя словами, ясным и темным, и Церковь, чтобы не отказаться от преданий о тождестве двух Иоаннов, Пресвитера и Апостола, скрепя сердце, отвергла ясное слово и выбрала темное. Но слишком понятно, что здесь уже в само Евангелие корнями уходящий спор этим не был и, вероятно, никогда не будет потушен.[133]

---

[133] След исторических свидетельств о том, что не одна, а обе половины́ слова Господня о мученической смерти обоих братьев, Иоанна и Иакова, точно исполнились, сохранился и в самом предании Церкви. Так, в сирийском календаре – мартирологе от 411 г. (подлинник древнее), под 27 декабря, читается: «Иоанн и Иаков, Апостолы, в Иерусалиме», – подразумевается: «умерщвлены», «замучены», что совпадает опять-таки со свидетельством Д. А. о смерти одного из них, Иакова. – Joh. Weiss, 1. с., II, 5. – Wellhausen, Johannes, 120. Если оба они умерли в Иерусалиме, то, конечно, до его разрушения в 70 г., вероятно, между 50–70 гг. Филипп Сидет сообщает свидетельство из древних источников: «Папий, во II-й книге „Слов Господних", говорит, что Иоанн Богослов – (это название принадлежит, конечно, Сидету, а не Палию) – и брат его Иаков, умерщвлены иудеями». – Philippus Sidetes, H. E. Fragm. in Cod. Barocc. 142. – E. Preuschen, Antilegomena, 1901, S. 58. То же, почти теми же словами, но с важным добавлением, сообщает Георгий Амартол, в «Хронике», от 850 г.: «Папий… этого события очевидец, говорит… что Иоанн убит иудеями». Georgios Hamartolos, II, 134, in Codex Coislinianus. – Carl Clemen, Die Entstehung des Johannesevangeliums, 1912, S. 434.

Если убит в Иерусалиме, до 70 г., то не мог написать Евангелия, как утверждает Ириней и с ним все церковное предание, «в Эфесе, во дни Траяна», т. е. в конце I или в начале II века.

VI

Против тождества евангелиста Иоанна с Иоанном, сыном Заведеевым, одним из Двенадцати, довод внутренний, в самом Евангелии, может быть, сильнейший.

Первое, после Иисуса, лицо, на всем протяжении IV Евангелия, – ни разу не названный по имени, скрытый под слишком прозрачною маскою и тем больше выставляемый на вид, «ученик, которого любил Иисус», Ап. Иоанн, сын Заведеев. Могли он говорить о самом себе так упорно, настойчиво, кстати и некстати: «Я – ученик, которого любил Иисус?» Надо быть лишенным всякого слуха к душе человеческой, чтобы не услышать в этом нестерпимо-режущего, фальшивого звука. Стоит лишь сравнить неутолимое смирение Петра, – чем себя унизить, как стереться, провалиться сквозь землю, не знает, только бы утолить боль угрызения, – стоит лишь сравнить то с этим, самодовольным: «Я ученик, которого любил Иисус», чтобы почувствовать, как это невозможно. Каждый из нас, поставив себя на место Иоанна, скажет: «Я бы не мог». Почему же мы думаем, что он мог?

Кажется, и этого одного, внутреннего, довода достаточно, чтобы решить окончательно: IV Евангелие написано кем угодно, только не Апостолом Иоанном.

VII

Но если не им, то кем же?

Лучший ключ в загадке – все у того же, пусть «бестолкового», но для нас древнейшего, единственного и к Пресвитеру Иоанну, а, может быть, и к самому Апостолу Иоанну, ближайшего свидетеля, Папия.

Говоря о своих беседах с живыми очевидцами и слушателями Слова, Папий различает двух Иоаннов, двух учеников Господних. Об одном из них сказано, среди других Апостолов, в прошлом времени: ***говорил***, εἶπεν, как об умершем; о другом – «Пресвитере Иоанне» – среди «учеников Господних» (не Апостолов), в настоящем времени, как о живом: ***говорят***, λέγουσιν. Слишком ясно, что это два лица: живой Пресвитер Иоанн и умерший Апостол Иоанн. Так именно понял историк церкви, Евсевий, и, кажется, иначе нельзя понять.[134]

Поликрат, епископ Эфесский (190 г.), различает этих двух Иоаннов уже не так ясно, когда утверждает, в письме к папе Виктору, что «два

---

[134] Euseb. H. E., VII, 25, 2: III, 39, 4; III, 31. – Fr. Barth, Die Hauptprobleme des Leben Jesus, 1918, S. 31. – Knopf, 123. – Preuschen, 55; 145.

великих светила почили в Азии: одно из них – (ап.) Филипп, а другое – Иоанн, возлежавший на груди Господа».[135] Помнит и Дионисий Александрийский, уже в III веке, что «в Эфесе находятся два гроба двух Иоаннов», разумея, конечно, Пресвитера и Апостола.[136]

«Старцем», «Пресвитером», просто, без всякого имени, называет себя и пишущий II и III «Послание Иоанна» – «Апостола», по церковному преданию, – думая и ошибаясь в этом уже для своего времени, что одного этого прозвища довольно, чтобы братья всех церквей поняли, о ком идет речь.[137]

VIII

Два Иоанна, два брата-близнеца, с очень похожими лицами, в полутемной комнате – эфесской общине конца I века. Если уже в середине II века их не различают и принимают одного за другого, то тем более – в XX веке. Мы знаем, что один из них – тот самый, – тело, а другой, не тот, – тень; но какой из двух настоящий, мы не знаем и, сколько бы ни катали Сизифов камень, вероятно, никогда не узнаем.

Только внутреннее опять свидетельство самого Евангелия кидает внезапный луч света в полутемную комнату. Когда мы читаем: «ученик, которого любил Иисус», то слишком естественно возникает подозрение все того же «музыкального слуха», что пишущий – не тот, за кого он себя выдает; что он только ссылается на «любимого ученика Господня», как на «свидетеля». – «И ***видевший*** – (не пишущий, а кто-то другой) – засвидетельствовал, и истинно свидетельство его; он знает, что говорит истину, чтобы вы поверили» (Ио. 19, 35). Этого-то третьего лица, «ученика, которого любил Иисус», высоким покровом и осеняет себя «Евангелист Иоанн»; на его-то непреложное свидетельство, как «очевидца», он и ссылается, потому, конечно, что сам – ***не очевидец***. Будь пишущий этим третьим лицом, – предположить, что он выдвигает себя на первое место, скрываясь под слишком прозрачною маскою, – то «я», то «не я», – было бы еще невозможнее, нестерпимее для «музыкального слуха», чем если бы он это делал с открытым лицом.[138]

---

[135] Euseb, H. E., V, 24, 2–3. – Delff, 69.
[136] Joh. Weiss, Die Schriften des N. T., IV, 2. – Euseb., H. E., 25, 2.
[137] Knopf, 113; – Joh. Weiss. IV, 7.
[138] Правда, в последней главе, «ев. Иоанн» как будто подымает маску: «Сей ученик – (которого любил Иисус) – и свидетельствует о сем и написал сие» (216, 24). Но эта глава, как мы точно знаем (с этим соглашаются и церковные критики), прибавлена уже позднее, и не самим «ев. Иоанном». – Joh. Weiss, IV, 33.

Как ни призрачно для нас мерцают, перемежаются и здесь два схожих, слабо освещенных лица, – нам все-таки ясно, что это не одно лицо, а два.

IX

И вот сама собою возникает простейшая, но потому и труднейшая, гипотеза о двух Евангелистах Иоаннах, Пресвитере и Апостоле.

Может быть, «ученик, которого любил Иисус», имел обыкновение рассказывать ближайшим ученикам своим жизнь Иисуса не совсем так, как делали это «Батанейские люди предания», те, кем записаны до-синоптические logia; может быть, кое-что знал он, чего не знали, или что хуже знали те, – значительную часть Иисусова служения, протекшую не в Галилее, а в Иудее; знал и ближайших к Нему лиц и подробности жизни Его, которых опять-таки не знали или хуже знали те.

Верно, – может быть, вернее синоптиков, – угадывает Иоанн, чего хотел, Иисус. Что Он **делал,** мы узнаем от Марка, что **говорил,** – от Матфея; что **чувствовал,** – от Луки; а чего **хотел,** – от Иоанна, и, конечно, самое первичное, подлинное – в этом – в воле. Вот почему Иоанн возвращает нас, как это ни странно звучит, к наиболее **исторически-подлинному** Иисусу – к Тому же, Кто и у Марка-Петра; к первому свидетелю возвращает нас – последний; Иоанн, как никто из Евангелистов, соединяет «прославленного» Христа, небесного, с Иисусом **земным,** на основании опыта, сделанного, вероятно, в непосредственной и единственной, к этому земному Иисусу, близости.

X

Павел если не сам для себя, то в своем церковном, будущем действии, отторгает Иисуса земного от Христа небесного; Иоанн соединяет их.

Павел не знает, не хочет знать «Христа по плоти», так, по крайней мере, понят он опять-таки в своем церковном действии; Иоанн – хочет. Павел, в этом смысле, ближе к докетам, «каженникам», прошлым и настоящим, нежели Иоанн, всею силою прикрепляющийся к плоти Христовой («возлежал на груди Господа»). – «Слово стало **плотью»,** – здесь для Иоанна, не так как для нас, главное ударение не на «Слове», а на «плоти»: **«Плотью** стало Слово». В этом передвижении слов – передвижение, превращение всей христианской «полярности»: где плюс, там минус, и наоборот. Это, впрочем, сказать и даже понять сравнительно легко, но **сделать** очень трудно. Тут передвижение, apokatastasis, целых космических порядков, эонов; нужно для этого чтобы «силы небесные поколебались» – «передвинулись».

«Всякий дух, который не исповедует Иисуса Христа, пришедшего во плоти, не есть от Бога, но это дух Антихриста» (Ио. 4, 3). С большею силою нельзя сказать:

«Я знаю – знайте и вы Христа по плоти».

В том-то и заключается для Иоанна неполнота синоптиков, что они недостаточно открывают – как это опять ни странно звучит – Иисуса во Христе, Человека в Боге. И вот почему вся *полнота* христианства, плэрома его, действительно, – только в IV Евангелии.[139]

XI

Но Иоанн все-таки ближе к синоптикам, чем это может казаться.

Стоит только сравнить слово Господне у Матфея, 11, 27: «Все предано Мне Отцем, и Отца не знает никто, кроме Сына, и кому Сын хочет

---

[139] Renan, L'Eglise Chrétienne, 1923, p. 57–59. Судя по тому, что Отцы II века – Юстин, Игнатий, Псевдо-Климент и другие – приводят многие слова ев. Иоанна, не ссылаясь на само Евангелие и, по-видимому, ничего о нем не зная, существовало тогда, помимо синоптиков и досиноптического письменного источника, иное, устное, так сказать, рассеянное в воздухе, предание – «живой, неумолкающий голос». Этого-то предания часть, этого голоса отзвук, может быть, и сохранил один из ближайших учеников ап. Иоанна, – «Иоанн Пресвитер». Гностик Базилид, уже в 125 г., пользуется словами ев. Иоанна; следовательно, само Евангелие могло быть написано еще в конце I века (84–105 гг.) «во дни Траяна», т. е. очень близко к синоптикам. – Weizsäcker. Unterschungen über die Evang. Geschichte, 149. – C. Clemen, Die Entstehung des Johannes-Evangeliums, 182.

Место написания, кажется, одна из малоазийских общин, всего вероятнее, Эфесская, где происходит вечная борьба Востока с Западом, Иоанна с Петром, Эфесской церкви «посвященных», «избранных», с Римскою, «простонародною», vulgata, церковью «для всех». Здесь-то четвертое, новое, более совершенное, «духовное» Евангелие и пожелали противопоставить трем остальным, «плотским». «Многие уже пытались» составлять повествования (conati sunt, только «пытались», но неудачно, по толкованию Оригена, Homel. in Luc, l), – мог бы сказать, так же как Лука, и четвертый Евангелист о синоптиках. Первоначально это новое Евангелие предназначалось, может быть, только для тесного круга «посвященных», «могущих вместить», но, в дальнейшей ступени развития, обнародовано, и тогда только приписано «ап. Иоанну», в чем, разумеется, нет никакого «подлога»: оно ведь хотя и не Иоанна «Апостола», но «от Иоанна», действительно. – Weiss, IV, 7.

Надо быть очень, едва ли даже не слишком, осторожным скептиком, чтобы все эти доводы считать все еще только «гипотезой», а уже не открытием, что, впрочем, не значит, что открытие это скоро будет всеми признано и люди наконец перестанут «катать Сизифов камень».

открыть», с Иоанновым, 14, 6: «Никто не приходит к Отцу, как только через Меня», – чтобы увидеть, что здесь, «на почве синоптиков, болид Иоаннова неба».[140] Кто у кого это взял, Иоанн у синоптиков или они – у него? Это так не похоже на них; Иисус говорит, здесь, у Матфея, таким Иоанновым голосом, что левые критики решают с легкостью: «Так не мог говорить Иисус: это позднейшая вставка». Почему же не мог? Не потому ли, что для новых Алогов, «Бессловесников», так же несомненно, как для древних, что Иоанн «лжет»?[141]

«Если дело идет о том, чтобы знать, что Иисус говорил, то IV Евангелие не имеет никакой цены, но оно выше синоптиков по изображению того, что Он делал», – полагает Ренан, как будто можно отделить в человеке, и тем более таком человеке, как Иисус, то, что Он говорит, от того, что Он делает.[142]

XII

Двух Иоаннов в одном Евангелии мы глазами не видим, но как осязаем – *видим* кончиками пальцев сквозь ткань два завернутых в нее предмета, – так и этих двух.[143]

---

[140] A. Arnal, La personne du Christ, 1804, p. 33.

[141] «Между Марком и Иоанном нет разницы, по качеству, есть только – по количеству исторической правды», – сказано в середине XIX века, Бруно Бауэром (M. Kegel, Bruno Bauer, 1908, S. 40), и повторено в начале XX века. Вил. Вреде (W. Wrede). Это значит: если «лжет» Иоанн, то «лгут» и синоптики; но ведь и обратно: если те говорят правду, то и этот. Их принять, а его отвергнуть нельзя; можно только их вместе с ним принять или отвергнуть. Что такое припадки «острого помешательства», знают все; но немногие знают, что такое припадки, если можно так выразиться, «острой тупости», а эти, пожалуй, опаснее тех, особенно в религии.

«Кол ему на голове теши, не поймет, что Иоанн не Керинф», – может быть, думал бедный папа Зефирин, измучившись с Кайем, «Бессловесником», добрым католиком, даже святым человеком и неглупым, но внезапно «остро глупевшим», именно в этом одном «пунктике», что Иоанн «лжет». Так же точно глупеют и нынешние «Бессловесники».

[142] Renan, L'Eglise Chrétienne, 58.

[143] «Два слоя» в Иоанне видит Вельгаузен, А и В: нижний, первичный, где еще просвечивает Галилейский план Марка-Петра, первого свидетеля, и верхний, вторичный, где этот план уже стерт. – Wellhausen, Das Evangelium Johannis, 190, S. 102–103, 107, 110. – Те же два слоя, «основу» А (Grundschrift), и «обработку» В (Bearbeitung), видит и Фр. Спитта. «Может быть, А – древнейшее свидетельство о жизни Иисуса... важнейший для нас исторический источник» – Fr. Spitta, Das Johannes-Evangelium, 401. Если так, то и здесь, у Иоанна, так же как там, у синоптиков, – темное в светлом доме, окно в глубокую, древнюю ночь Иисуса Неизвестного.

Два человека: один – тот, которого мы называем «Апостолом Иоанном», говорит; а другой – «Пресвитер Иоанн» – слушает; тот вспоминает, этот запоминает и, может быть, записывает тотчас, или потом, или со слов его другие запишут; но, сколько бы ни было дальнейших передаточных лиц, – первых, главных, два.

Два свидетеля, – более близкий и более далекий. Тот, первый, уроженец Палестины, не мог не знать или забыть, что людям многоводного Сихема (Sychar) незачем ходить за водой к колодцу Иакова, далеко за город, или что на Масличной горе пальмы не растут;[144] но второй, в Эфесе, мог предпочесть для вшествия в Иерусалим Царя уже не Израиля, а мира, классические «пальмы победы» – смиренным, иудейским зеленым веткам и травам, stibadas (Мк. 11, 8); эти живые, весенние, с пахнущими клейкими листочками, насколько подлиннее тех мертвых, безуханных! Первый не мог забыть, что не «Моисей дал Иудеям обрезание», и что иудейские первосвященники ежегодно не сменяются. Только первый помнит – видит глазами – перед судейским креслом Пилата, мозаичный помост, «лифостротон» – «гаваффу» (и здесь, сквозь греческий перевод – арамейский подлинник, Ио. 19, 13).

Вот по таким-то черточкам и видно, что все пишется здесь, говорится, «не для того, чтобы доказать, а чтобы рассказать», ad narrandum, non ad probandum. И только у первого, в бесконечных, нам уже почти непонятных и как будто ненужных, «талмудических», спорах с иерусалимскими книжниками, sopherim, сам Иисус, так же как у Матфея, – настоящий Софер, иудейский Rabbi Jeschua.[145]

Только первый мог сохранить и чудный рассказ об Иисусовых братьях – «целое маленькое сокровище для историка», как верно замечает Ренан.[146] Эти, у Иоанна, когда искушают Брата так осторожно-лукаво и холодно-язвительно: «Если Ты творишь такие дела, то яви Себя миру» (7, 1–8), может быть, хуже тех, у Марка, когда они просто и грубо, как «мужики» галилейские, хотят «наложить на Него руки», связать «сумасшедшего» (3, 21). Это, как ослепительная вспышка магния в темной комнате или зарница в темной ночи, кидает внезапный, обратный свет

Сделаны были попытки отделить A от B; но в самой разности разделяющих линий (Spitta – Wellhausen) виден произвол и невозможность провести их с точностью. Олова от меди в бронзе изваяния не отделишь, не расплавив. Если бы и нашелся огонь, чтобы расплавить Иоанна, кто отольет его в старой форме заново? Но и в Иоанне, таком, как он есть, эти два слоя «кончикам пальцев» осязательно видимы.

[144] Wellhausen, 1–25.
[145] Weizsäcker, Untersuchungen, 168.
[146] Renan, Vie de Jesus, 500.

на «тридцать три года», от Рождества до Крещения, – самые темные для нас, неизвестные годы Иисуса Неизвестного.

XIII

Или, может быть, еще драгоценнее – первая встреча ученика с Учителем «в Вифаваре» – (в древнейших рукописях, «Вифания», ***Bethania***), – где крестил Иоанн:

На другой день опять стоял Иоанн (Креститель) и двое из учеников его.
И, увидев идущего Иисуса, сказал: вот Агнец Божий.
Услышав от Него эти слова, оба ученика пошли за Иисусом.
Иисус же, обернувшись и увидев идущих, говорит им: что вам надобно?
Они сказали Ему; Равви! (что значит «Учитель») где живешь?
Говорит им: пойдите и увидите. Они пошли и увидели, где Он живет; и пробыли у Него день тот. Было около десятого часа (Ио. 1, 35–39).

Кто мог бы все это знать, кроме того, кто сам это ***видел***, и кому нужно было это ***запомнить***, – кто сам это ***пережил***? В этом одном; «около десятого часа» (не по часам же справлялся нарочно, а по солнцу, привычно-нечаянно, как галилейский рыбак), в этом одном запечатлелось для него все навсегда, неизгладимо, с «фотографической», как мы сказали бы, четкостью: первый, вечереющего солнца склон («десятый час» от восхода – четвертый пополудни); быстрая, желтая, в зеленых тростниковых и ивовых зарослях, воды Иордана; плоские, круглые, белые, как «хлебы Искушения», камни Иудейской пустыни,[147] и, может быть, в солнечном луче, из-за грозовой тучи, как из «отверстого неба», слетающий голубь; а главное – Его, Его лицо, и даже не лицо, а только глаза, только взгляд, когда, услышав сзади Себя шаги, Он вдруг, на ходу, обернулся, остановился и взглянул, сначала на обоих, Иоанна и Андрея, а потом на одного Иоанна, и в первый раз глаза их встретились; может быть, с этим-то первым взглядом Иисус и полюбил его, так же как того «богатого юношу» (Мк. 10, 17–24), но и совсем, совсем иначе. Как же было всего этого не запомнить, не сохранить – для кого? для всех людей, до конца времен? – нет, для себя, для себя одного, и еще, может быть, для Того, Который тоже помнит всегда.

Зрительный образ Любимого, как запечатлелся тогда, живой, в живом зрачке любящего, так и вспыхнет потом, в мертвом, – живой.

---

[147] L. Schneller, Kennstdu das Land? 351. – G. Dalman, Orte und Wege Jesu, 106.

В этом-то зрительном образе и сходится Марк-Петр с Иоанном, первый свидетель – с последним.

XIV

Может ли один человек говорить двумя голосами такими разными, как Иисус у Иоанна и у синоптиков? Арфа может ли звучать, как флейта? Вот главный и, в сущности, единственный, довод скептиков против «историчности» Иоанна. Прямо ответим на прямой вопрос: может. Если всякий человек может не только говорить голосами разными с разными людьми и в разных обстоятельствах, но и быть разным, как будто противоречащим, противоположным самому себе, на самого себя непохожим, новым, неожиданным, неузнаваемым, то почему же этого не может человек Иисус? Он, всего человеческого полнота, плэрома, не должен ли быть разнообразнейшим, согласно-противоположнейшим? Мог ли Он говорить с галилейскими «толпами», ochloi, тем же голосом, как наедине с учениками (иногда, «в темноте», «на ухо»); или ночью, с Никодимом, так же как днем, с фарисеями; мог ли Он сказать Петру: «Блажен ты, Симон, сын Ионин» (Мт. 16, 17) тем же голосом, как Иуде: «целованием ли предаешь Сына человеческого?» (Лк. 22, 48).

Что же из того, что иудейская арфа не так звучит, как свирель галилейская? Там, у синоптиков, слово Его человечески-просто, всегда кратко (даже длинные речи у Матфея сложены из отдельных кратких слов); всегда ясно; иногда едко, сухо-солоно («соль добрая вещь»; «соль имейте в себе»). А здесь, в IV Евангелии, длинно, сложно; иногда как будто темно и туманно; текуче, как драгоценное миро, и амбразийно-сладостно. Там, как бы в самой Галилее, – солончаковой пустыне, у Мертвого моря, сухой ветерок; а здесь, как бы в самой Иудее, – райских лугов Галилейских росные ладаны. Но и здесь, и там, одинаково: «никогда человек не говорил так, как этот Человек» (Ио. 7, 46). Вот это-то «никогда», эта единственность, ни с каким человеческим словом несоизмеримость, и есть общий признак слов Господних у Иоанна и у синоптиков, – подлинности равной на них печать. А будет или не будет для нас признак этот убедителен, уже зависит от остроты или тупости нашего «музыкального слуха».

«Не бес ли в Тебе?» – у Иоанна (7, 20); «Сошел с ума», – у Марка (3, 21), – это, кажется, будет всегда первое, самое глубокое, искреннее, что могут сказать люди, может сказать мир, как он есть, о словах человека Иисуса. «Какие тяжкие, жестокие слова, ski êroi! Кто может это слушать?» (Ио. 6, 60). Люди так не говорят; не могут, не должны говорить; этого нельзя вынести: от мировой текучести длинных, в IV Евангелии, как бы «эллинских», речей, так же как от соленой сухости кратких, у синоптиков, арамейских logia – это впечатление совершенно одинаково.

XV

Крайняя степень нечеловеческой единственности – невыносимости, невозможности для человеческого слуха (Бетховен оглох, чтобы услышать, может быть, нечто подобное) достигается, как верно подметил Велльгаузен, в Первосвященнической молитве последней земной речи Господа (Ио. 17).

Как бы однозвучный, в страшно-пустом и светлом небе, «колокольный звон», где составные части одного аккорда, сочетаясь в каком угодно порядке, то наплывают, подымаются, как волны прилива, то падают», и опять подымаются – все выше и выше, к самому небу.[148]

Три составные части аккорда: первая – «Ты *дал* Ему». – «Ты *дал* Ему власть над всякою плотью, да всему, что Ты *дал* Ему, он даст жизнь вечную…» – «Я открыл имя Твое человекам, которых Ты *дал* Мне, Я передал им»… – «Я молю о тех, которых Ты дал Мне»…

К этой первой части присоединяется и сплетается с нею вторая: «*прославь* Меня». – «Отче! *прославь* Сына Твоего, да и Сын Твой *прославит* Тебя…» – «Я *прославил* Тебя»… – «И ныне *прославь* Меня…»

Третья часть: «*послал* Меня». – «Как Ты *послал* Меня в мир, так и Я *послал* их в мир…» «Да познает мир, что Ты *послал* Меня…» – «*И сии познали, что Ты послал Меня…*»

И, наконец, все три части сливаются в один аккорд – в соединяющее небо с землей, острие пирамиды – высшую, когда-либо на земле словом земным достигнутую, точку:

Да будут все едино, как Ты, Отче, во Мне, и Я в Тебе, так и они да будут в Нас едино, да любовь, которою Ты возлюбил Меня, в них будет, И Я в них (Ио. 17, 21, 26).

Колокол затих; нет больше звуков, – все умерли в страшной – страшной для нас – тишине, как в белом свете солнца умирают все цвета земли.

Но и в тишине волны все еще растут, подымаются, выше и выше, к самому небу – «к той совершенной радости» – «радость ваша будет совершенна» (Ио. 15, 11), – к той солнечной дымке палящих лучей, где дневные звезды горят светлей ночных, как Божества,

В эфире чистом и незримом.

---

[148] Wellhausen, 110: «auf und abwogen».

XVI

Это самое святое, что есть на земле, и самое *тихое*; тут, может быть, тишина всего невыносимее, невозможнее для нас. Сравнивать это с буйным, а иногда и грешным, Дионисовым экстазом было бы не только грубо кощунственно, но и просто неверно. А если бы и можно было сопоставить в чем-то это с тем, то не безусловно, религиозно, а лишь очень условно, исторически.

«Вышел из себя», ἐξέστη, – говорили о посвященном в Дионисовы таинства – тем же словом, как у Марка братья говорят об Иисусе (3, 21). Exeste – extasis, кажется, греческий перевод того арамейского слова, messugge, «исступленный», «сумасшедший», каким иногда ругалась безбожная чернь над святыми пророками Израиля, nebiim, потому что «исступление», «выхождение из себя», и есть начало всех «экстазов», святых и грешных.[149] Это хорошо знали в Дионисовых таинствах.

Я семь истинная виноградная лоза,
а Отец Мой – виноградарь,

говорит Господь над чашей вина, по Иоанну (15, 1), – Вина-Крови, по синоптикам. Что и это значит, поняли бы совсем или отчасти, верно или неверно, в Дионисовых таинствах.

«И, воспев, пошли на гору Елеонскую» (Мт. 26, 30). Песнь воспели Пасхальную, громовую Hallela, Аллилуйю, – исступленно-радостную песнь Исхода, ту, о которой говорит Талмуд: «С маслину – Пасха, а Галлела ломает кровли домов».[150] Та же радостная песнь, но иногда Исхода, большого – духа из тела, «Я» из «Не-я», – звучала и в Дионисовых таинствах.

И, наконец, главное, – исступляющее однообразие движений в Дионисовых плясках – повторение все тех же звуков в песнях – однозвучность «колокольного звона»: «что это, учитель, ты повторяешь все одно и то же?»

XVII

В апокрифических «деяниях Иоанна», Левкия Харина (Leukios Charinos), Валентиновой школы гностика, от конца II века, значит, одно-два поколения после IV Евангелия, и кажется, из того же круга учеников Иоанновых в Эфесе, где родилось это Евангелие,[151] – Иисус говорит Двенадцати, на Тайной Вечере:

---

[149] H. Gressmann, Palästinas Erdgeruch in der israelitischen Religion, 1909; S. 40–41.
[150] Dalman, Jesus-Jeschua, 120.
[151] W. Bauer, Das Leben Jesu im Zeitalter der neutestamentalischen Apokryphen., 1909, S. 42.

*Прежде чем буду Я предан,
песнь Отцу воспоем...
И в круг велел нам стать
Когда же взялись мы за руки,
Он, встав в середине круга,
сказал отвечайте: Аминь.
И воспел говоря
Отче! слава Тебе.*
Мы же ходили по кругу, отвечая:
*Слава Тебе, Слово — Аминь.
Слава Тебе, Дух — Аминь.
Быть спасенным хочу и спасти. — Аминь.
Быть ядущим хочу и ядомым. — Аминь
Буду играть на свирели, — пляшите. —
Аминь.
Плакать буду, — рыдайте. — Аминь.
Восьмерица Единая с нами поет. —
Аминь.
Двенадцатерица пляшет с нами. —
Аминь.
Пляшет в небе все, что есть. — Аминь.
Кто не пляшет, не знает свершенья. — Аминь.* [152]

В звонкой меди латыни (у бл. Августина, о Присциллианских Тайных вечерях) это еще «колокольнее», однозвучнее:
***Salvare volo et salvari volo.
Solvere volo et solvi volo...
Cantare volo, saltate cuncti.*** [153]

И опять в «Деяниях Иоанна»:
*Пляшущий со Мною, смотри на себя —
во Мне, и видя, что Я творю, молчи...
В пляске познай, что страданием твоим
человеческим хочу Я страдать...
Кто Я, узнаешь, когда отойду.
Я не тот, кем кажусь* [154]

Это и значит: «Я — Неизвестный».

---

[152] Acta Johannis, с. 94–95. — Hennecke, I, 186.
[153] Augustin., epist. 237, ad Ceretium. — Hennecke, II, 529.
[154] Act. Johannis, с. 95. — Hennecke, I, 187.

XVIII

Может быть, нечто подобное, хотя и совсем *иное* (кто же поверит, чтобы ученики могли плясать на Тайной Вечере?), более неизвестное, страшное для нас, потому что тихое, как то, ученику возлежавшему на груди Иисуса, чуть слышное биение сердца Его, – тихое, но ломающее уже не кровли домов, а самое небо, – может быть, нечто подобное действительно происходило в ту ночь, в «устланной коврами, высокой горнице», анагайоне, в верхнем жилье иерусалимского дома, где, стоя у двери, жадно подслушивал и подглядывал хозяйкин сын, Иоанн-Марк.

Два свидетеля: этот четырнадцатилетний мальчик, вскочивший прямо с постели, завернутый в одну простыню по голому телу, Иоанн-Марк, и тот столетний старец, закутанный в драгоценные ризы, первосвященник, с таинственно на челе мерцающей, золотою бляхою, пэталон, Иоанн Пресвитер. Два свидетельства – чем противоположно согласнее, тем правдивее. Только одно из них писано не рукой очевидца, но и в нем бьется сердце того, кто видел. Если же нам и этого мало, то, может быть, только потому, что для нас Евангелие – уже мертвая буква, а не «живой неумолкающий голос», и мы уже не знаем, что значит:

Вот, Я с вами во все дни, до окончания века. Аминь (Мт. 28, 20).

5. По ту сторону Евангелия

I

Только благодаря Канону, мы *еще* имеем Евангелие. Надо было заковать его в броню от скольких вражьих стрел – ложных гнозисов, чудовищных ересей; в каменное русло водоема надо было отвести живые воды источника, чтобы не затоптало его человеческое стадо, не сделало из них, страшно сказать, мутную лужу «Апокрифов» (в новом, конечно, церковном смысле, – «ложных Евангелий»); надо было нежнейший в мире цветок оградить от всех бурь земных скалою Петра, чтобы самое вечное в мире, но и самое легкое – что легче Духа? – не рассеялось по ветру, как пух одуванчика.

Это и сделал Канон. Круг его замкнут: «пятое Евангелие» никем никогда не напишется, а четыре дошли до нас и, вероятно, дойдут до конца времен, как они есть.

Но если воля Канона – не двигаться, не изменяться, быть всегда тем, что он есть, а воля Евангелия – вечное изменение, движение к будущему, то благодаря Канону, мы уже не имеем Евангелия. Вот один из многих парадоксов, кажущихся противоречий самого Евангелия.

Логика Канона доведена до конца в церкви средних веков, когда запрещено было читать Слово Божие где-либо, кроме Церкви, и на каком-либо ином языке, кроме церковного, латинского, так что мир остался, в точном смысле, без Евангелия.

II

Рост человеческого духа не остановился в IV веке, когда движущая сила Духа – Евангелие – заключена была в неподвижный Канон. Дух возрастал, и, слишком для него узкая, форма Канона давала трещины. Вырос дух из Канона, как человек вырастает из детских одежд. Старые мехи Канона рвались от нового, в самом Евангелии бродящего, вина свободы.

Свято хранил Канон Евангелие от разрушительных движений мира; но если дело Евангелия – спасение мира, то оно совершается за неподвижной чертой Канона, там, где начинается движение Евангелия к миру, и мира – к Евангелию.

Истина сделает вас свободными (Ио. 8, 32),

этим словом Господним освящается, может быть, сейчас, как никогда, свобода человеческого духа в движении к Истине – свобода Критики, потому что в яростной сейчас, тоже как никогда, схватке лжи с истиной – врагов христианства с Евангелием – нужнее, чем броня Канона, меч Критики – Апологетики (это два лезвия одного меча для верующих в истину Евангелия).

Тело Евангелия расковать от брони Канона, лик Господень – от церковных риз, так нечеловечески трудно и страшно, если только помнить, Чье это тело и Чей это лик, что одной человеческой силой этого сделать нельзя; но это уже делается самим Евангелием – вечно в нем дышащим Духом свободы.

III

В мнимом противоречии, действительном **противоположном согласии,** concordia discors. Одного и Трех – Иоанна и синоптиков, заключается, как мы уже видели, вся движущая сила, вечный полет Евангелия. Это и в предчувствии Церкви угадано: Иоанн IV Евангелия – Иоанн «Откровения». Но чтобы не только самому увидеть, – чтобы и другим показать это согласие двух свидетелей – первого – Марка-Петра, и последнего – Иоанна, надо снова свести их на «очную ставку», возобновить нерешенный спор этих двух, как будто противоположных, свидетелей, чего, как мы тоже видели, сделать нельзя, оставаясь в черте Канона; а только что мы делаем шаг за черту, мы уже лицом к лицу с Иисусом Неизвестным Неизвестного Евангелия. Есть ли что-нибудь за чертой или нет ничего – пустота, Киммерийская ночь, тьма кромешная? Страшен и чуден переход евангельской критики за черту Канона, как первого, нашей гемисферы, пловца переход за черту экватора: нового неба новые звезды видит он и глазам своим не верит, не понимает, и долго еще, может быть, не поймет, что это иные звезды того же неба.

Agrapha, «незаписанные» в Евангелии, в Канон не вошедший, слова Господни – эти, в нашей гемисфере невидимые, таинственно из-за горизонта Евангелия восходящие, того же неба иные звезды. А Южного Креста созвездие – обе гемисферы соединяющий знак – таинственнее всех: «Иисус вчера и сегодня, и вовеки тот же» (Евр.13, 8).

IV

Многое еще имею сказать вам; но вы теперь не можете вместить (Ио. 16, 12).

Agraphon и есть это «многое». Им тогда еще не сказанное и потом не записанное в Евангелии.

Много еще других (чудес) сотворил Иисус, о которых не написано в книге сей (Ио. 20, 30).

Это в предпоследней главе Иоанна, и теми же почти словами – в последней:

Многое еще другое сотворил Иисус, но если бы писать о том подробно, то, думаю, миру не вместить бы написанных книг (21, 25).

«Многое сотворил» – значит, и сказал многое. Речь здесь, конечно, идет не о вещественном множестве ненаписанных книг, а о духовной мере одной, в мире невмещаемой Книги, «Ненаписанного Евангелия» – Аграфа.

«Око душевное да устремляется к внутреннему свету открывающейся в Писании, *незаписанной* истины», – учит св. Климент Александрийский находить Аграф в самом Евангелии.[155]

«Слово Божие говорил Иисус ученикам Своим (иногда) особо (в тайне), и большею частью, в уединении; кое-что из этого осталось не записанным, потому что ученики знали, что записывать и открывать всего не должно», – сообщает Ориген.[156] И опять Климент: «Господь, по воскресении Своем, передал тайное знание (гнозис) Иакову Праведно-

---

[155] Clement Alex., Strom., I, 1, 10.
[156] Origen., c. Cels., VI. – Wrede, Das Messiasgeheimnis, 247

му, Иоанну и Петру; эти же передали прочим Апостолам (Двенадцати), а те – Семидесяти».[157]

Все записанные в Евангелии слова Господни можно прочесть в два-три часа, а Иисус учил не меньше полутора лет, по синоптикам, не меньше двух-трех – по Иоанну; сколько же осталось незаписанных слов! И сколько потеряно, потому что не нашло отклика в слышавших, – пало при дороге или на каменистую почву. Вот из этого-то, может быть, кое-что и сохранилось в Аграфах.

V

«Нам невозможно сказать всего, что мы видели и слышали от Господа, – вспоминает, в „Деяниях Иоанна", Левкий Харин, свидетель II века, может быть, из круга эфесских учеников Иоанна Пресвитера. – (Многие) дивные и великие дела Господни должны быть до времени умолчаны, потому что неизреченны; ни говорить о них, ни слышать нельзя». – «Многое же еще и другое я знаю, чего не умею сказать так, как Он хочет».[158]

«Многие тайны Ты нам открыл; меня же избрал из всех учеников и сказал мне три слова, ими же я пламенею, но другим сказать не могу», – вспоминает и Фома Неверный, Фома Близнец, по одному преданию, тоже очень древнему, родной брат, «близнец Христов», didymos tou Christou, «принявший от Него слова сокровенные».[159]

Я – Тот, Кого ты не видишь,
чей голос только слышишь...
Я не тем казался, чем был. –
Я не то, чем кажусь,

говорил сам Иисус, кажется, в том же круге Эфесских учеников Пресвитера Иоанна.[160]

Те, кто со Мной,
Меня не поняли.
Qui mecum sunt,
non me intellexerunt.[161]

Как подлинно это слово, если не по звуку, то по смыслу, видно опять из Евангелия:

---

[157] Origen., Hypotyp., ap. Euseb., H. E., II, 1,4.– Lagrange, Marc, 91.
[158] Acta Johannis, c. 88; c. 93. – W. Bauer, Das Leben J. Chr., 376. – Hennecke, I, 185.
[159] Acta Thomas, c. 47; c. 39. – W. Bauer, 375.
[160] Acta Johannis, c. 99, c. 96.
[161] Acta Petri cum Simone, c. 10. – Resch, Agrapha, 277.

Еще ли не понимаете и не разумеете? Еще ли окаменено у вас сердце? Имея очи, не видите? Имея уши, не слышите? (Мк. 8, 17–18).

Но они ничего из этого не поняли; слова сии были для них сокровенны, и они не разумели сказанного (Лк. 18, 34).

VI

Мы должны помнить, что, прежде чем отлиться в форму, сделаться «Писанием», *все* Евангелие было «Незаписанным Словом», Agraphon, – расплавленным металлом. Это нам очень трудно себе представить, но без этого нельзя понять, что такое Аграфы, эти через края формы переливающиеся капли все еще кипящего металла; нам трудно представить себе, что между Аграфом и Апокрифом такая же разница, как между Евангелием и Апокрифом (конечно, не в древнем смысле, «утаенного», а в новом – «ложного» Евангелия); трудно поверить, что такие подлиннейшие из подлинных, слова Господни, как «всякая жертва солью осолится» (Мк. 9, 94) и «не знаете, какого вы духа» (Лк. 9, 55–56), не «каноничны», исключены из евангельского текста, принятого в IV веке, Vulgata, но засвидетельствованы древнейшими текстами от 140 г., Cantabrigieneis D, и только, вопреки Канону, через итальянские Кодексы (Italocodices), вошли в наш текст.[162] Так все еще взрывается в самом Евангелии форма Канона кипящим металлом Аграфов.

Чудный рассказ Иоанна о жене прелюбодейной (8, 1–11), – тоже исключенный некогда из Канона Аграф, – в рукописях до середины IV века отсутствует, и еще бл. Августин считает его «Апокрифом», потому что в нем будто бы разрешается женщинам «безнаказанность прелюбодеяния», peccandi immunitas, и «слишком тяжелый грех слишком легко прощается».[163] Церковь, вопреки Августину, вопреки Канону, себе самой вопреки, сохранила этот рассказ, не побоявшись милосердия Господня, и хорошо, конечно, сделала.

Вот по таким едва не потерянным для нас жемчужинам видно, какие могли уцелеть сокровища в Аграфах.

Чем бы ни было дошедшее до нас в жалких обломках «Евангелие от Евреев», откуда, вероятно, заимствован и этот рассказ о жене прелюбодейной, – второй ли это Матфей, отличный от нашего, или только первая к нему ступень, или, наконец, совсем от него независимое Иудейское предание, – но если, как это тоже вероятно, «Евангелие от Ев-

---

[162] Resch, 339.
[163] Job. Weiss, Die Schriften des N. T., II, 113. – August., de conjug, adult., II, 7. – Klostermann, Johannes, 112.

реев» появилось, одно из всех, в родной земле Иисуса, Палестине, около 90-х годов I века, почти одновременно с нашим Лукой и Иоанном, то в нем могло сохраниться не менее исторически подлинное свидетельство, чем в тех.[164] Так, уже целое Евангелие – Аграф.

Около 200 г. Серапион Антиохийский сначала разрешил «Евангелие от Петра», а потом запретил его, узнав, что оно «заражено ересью гностиков»; сразу, значит, не подумал: «Четыре Евангелия, пятого быть не может». Следовательно, в начале III – в конце II века не был еще установлен, в позднейшем смысле, Канон; расплавленный металл Евангелия еще кипел.[165]

VII

Как дошли до нас Аграфы?

Вероятно, многие древние Кодексы, подобные спасшимся только чудом Cantabrigiensis D и Syrus-Sinaiticus, хранились в монастырских книгохранилищах до конца IV века, когда установлен был Канон (в 382 г., при папе Дамазе), а затем уничтожены. Из них-то св. отцы и черпают Аграфы. Так, Афанасий Синайский пользуется Cod. Sinaiticus, а Макарий Великий – кодексами, хранившимися в киновиях Скетийской пустыни.[166] Вот почему, в святоотеческой письменности, «неканонические» слова Господни еще не различаются от канонических.

Только вместе с Каноном, родился и рос в веках страх незаписанного в Евангелии, «неканонического», так что в XVI веке протестантский богослов Бэза (Beza), найдя в Лионском монастыре Св. Иринея Codex D, иудеохристианский архетип 140 года, – следовательно, на 250 лет древнее Канона, – со многими Аграфами, так испугался, что отослал его потихоньку в Кэмбриджский университет, с надписью: «Asservandum potius quam publicandum», «Лучше скрыть, чем обнародовать»; там он и скрывался двести лет, как свеча под сосудом.

Эта свеча – Аграф – и в наши дни из-под сосуда не вынута, как следует, может быть, потому что тайны Божьей людям нельзя открыть – сама открывается.

«Лучше оставим в покое все Аграфы», – советует кто-то из свободнейших критиков[167] и даже такой великий ученый, как Гарнак, не сомневающийся в исторической подлинности многих Аграфов, – когда

---

[164] J. Rope, Die Sprüche Jesu, 1896, S. 92. – Osk. Holtzmann, Leben Jesu, 1901, S. 35.
[165] Euseb., H. E., VI, 12. – Knopf, Einleitung in das N. T., 162.
[166] Resch, 352.
[167] Julicher, in Theol. Literaturzeitung, 1905, № 23, S. 620. – Resch, 387.

дело доходит до «существа христианства», о них молчит, скрывает их, как старый Бэза: «Лучше скрыть, чем обнародовать».

VIII

В конце прошлого века, на краю Ливийской пустыни, там, где был древний египетский город Оксирних (Oxyrhynchos), найдены в одном христианском гробу II–III веков, три полуистлевших клочка папируса, должно быть, от ладанки, которую покойник носил на груди и завещал положить с собою в гроб. Чудом сохранились на этих клочках 42 строки греческого письма, с шестью Аграфами и началом седьмого.[168] Как знать, не будут ли когда-нибудь найдены и другие такие же, в той же святой земле, о которой сказано: «Сына Моего воззову от Египта» (Ос. II, I)? «Знающим» будут эти клочки дороже всех сокровищ мира.

Эти, только что узнанные – сказанные – слова Господни сдувают с наших глаз, как бы дыханием Божественных уст, пыль тысячелетней привычки – *неудивления* – главное, что мешает нам видеть Евангелие. Точно вдруг слепой прозревает, видит и удивляется – ужасается. Вот когда понимаешь, что значит:

К высшему Познанию (Гнозису) Первая ступень – удивление. – Ищущий да не покоится... пока не найдет; а найдя, удивится; удивившись, воцарствует; воцарствовав, упокоится.[169]

Вместо «удивится», по другому чтению: «ужаснется», и это, пожалуй, вернее: ужасу подобно удивление первого, увидевшего иные звезды, пловца.[170]

IX

Умными будьте менялами,

это слово блаженного Нищего о таких же несчастных, как мы, только маленьких, тогдашних, «биржевых дельцах» и «спекулянтах», уличных «банкирах» (trapezitai, от trapeza, «стол», «прилавок», итальянская banka средних веков – будущий «Банк»), эту Геннисаретскую «соленую рыбку», жадно проглотил наш скаредный век. В подлинности слова никто не сомневается, и, в самом деле, сразу чувствуется она,

---

[168] Grendfeld and Hunt, The Oxyrhynchus Papyri, ed. Egypt. Exploratation Fund, 1897, p. 8 et s. s. – Hennecke, I, 36–37.
[169] Clement Alex., Strom. II, 9, 45; V, 14, 57. – Resch, 70.
[170] Clement Alex., Strom., V, 14, 96. – J. Ropes, Die Sprüche Jesu, 128.

по слишком знакомой нам из Евангелия, «соленой сухости» арамейских logia.[171]

Вот, может быть, лучший эпиграф ко всем остальным Аграфам: умными будем менялами, чтобы избежать двух одинаково страшных и возможных здесь ошибок: медь принять за золото, а золото – за медь. Кажется даже, вторая ошибка для таких «менял», как мы, легче первой.

С немощными Я изнемогал,
с алчущими алкал,
с жаждущими жаждал. [172]

Если бы кто-нибудь спросил Его: «Господи, мог ли Ты это сказать?» – Он, может быть, ответил бы с умной – да, не только с божественно-мудрой, но и человечески-умной, простой, веселой улыбкой: «Ну, конечно, мог! Скажите это за Меня». Вот и сказали и хорошо сделали – так хорошо, что не различишь. Сам ли Он говорит, или за Него это сказано.

X

«Кто не несет креста своего и идет за Мною, не может быть Моим учеником», так у Луки (17, 37), – уже стынущий металл, а в Аграфе – еще кипящий:

Кто не несет креста своего, тот Мне не брат. [173]

Это второе насколько «удивительнее» – «ужаснее» первого, подлиннее, огненнее, ближе к сердцу Господню:

Близ Меня – близ огня; далеко от Меня – далеко от царства. [174]

Там Высший требует, а здесь просит Равный. И это – как новый огонь на старый ожог; заживет и этот, но не так-то легко, и, может быть, «узнавшему» – «обожженному», как следует, – этого хватит на всю жизнь.

Стоит лишь сравнить эти два слова, – то, записанное в Евангелии, о несении креста учеником, и это, незаписанное, – о несении братом, – чтобы почувствовать, с какой внутренней свободой в передаче подлинных слов Господних достигается недостижимое, чтобы услышать, рядом с человеческим дыханием, дыхание Духа Божьего; чтобы увидеть,

---

[171] Полный текст по Origen., in Math. Tractat; 27: «Estate prudentes nummularii. Omnia probate, quod bonnum est tenete, ab omnia specie mali abstinete vos. Умными (осторожными) будьте менялами. Все испытывайте; доброго держитесь, от всякого рода зла удаляйтесь». Вторая часть – слишком общее место – вероятно, позднейшее истолкование, глосса. Resch приводит около 70 ссылок св. Отцов на это слово. – Resch, 112–128.

[172] Origen., in Math., XII, 2. – Resch, 132.

[173] Excerpta ex Theod., 42. – W. Bauer, Das Leben Jesu, 364.

[174] Origen., Homel., in Jerem., XX; 3. – Resch, 185.

как тихо зреет слово Его под Его же взором, – райский плод под лучом незакатного солнца.

XI

Кто видел брата, тот видел Бога. [175]
– «Господи, мог ли Ты это сказать?» – «Только это Я и говорил всегда». ***Радуйтесь только тогда, когда видите брата вашего в радости (в милости Божьей).*** [176] ***– Брата должно прощать седьмижды семьдесят раз... ибо у самих пророков, помазанных Духом Святым, грешные речи найдены.*** [177]

По общему правилу евангельской критики: чем для нас невероятнее, тем подлиннее, – и это подлинно, потому что вторая часть слова, о Духе, «невероятна».

***В чем вас застигну,
в том и буду судить.*** [178]

Трудно поверить, что слова этого нет в Евангелии, так оно памятно-подлинно, может быть, потому, что Им Самим, в человеческом сердце написано. Раз услышав, уже никогда не забудешь этого страшного слова, а если, живя, и забудешь, то, умирая, вспомнишь.

XII

Первое прошение молитвы Господней в Евангелии: «да святится имя Твое», так «пыльно-привычно» для нас, что уже почти ничего не значит; произнося его устами, мы уже не слышим сердцем, как шага своего в пыли. Но Аграфом сдунута пыль:

Да снидет на нас и очистит нас Дух Святой. [179]

Вынута свеча из-под сосуда, и новым светом озарилась вся молитва. Третье, главное прошение:

Да приидет царствие Твое,

только теперь получает новый, «удивляющий» смысл: это уже не первое, бывшее царство Отца, не второе, настоящее, – Сына, а третье, будущее, – Духа.

---

[175] Vidisti fratrem, vidisti Dominum tuum. – Tertell., De oratione, c. 26. – Clem. Alex., Str., I, 19; 94. – Resch 182.
[176] Hieron., in Ephes., V, 3, 4. – Resch, 236.
[177] Hieron., contra Pelag., III, 2. – Preuschen, Antilegomena, 5, 108.
[178] Just., Dial, c. Tryph., c. 47.
[179] Joh. Weiss, Die Schriften des N. T. I, 450.

Пыль сметена с дороги человечества, всемирной истории, дыханием Духа, и громового шага Его кто не услышит?

XIII

Матерь Моя – Дух Святой. [180]
Этим таинственным словом-шепотом «в темноте, на ухо», – может быть, только среди избранных, Трех из Двенадцати, начинает Иисус, в «Евангелии от Евреев», рассказ об Искушении (кто, в самом деле, кроме Него, мог бы это знать и рассказать?).

Судя по тому, что слово это внятно если не сердцу, то хоть уху человеческому, только на родном языке Иисуса, арамейском, потому что только в нем слово Rucha, «Дух», не мужского рода, как по-латыни, и не среднего, как по-гречески, а женского, Аграф этот один из древнейших и подлиннейших, арамейских logia. Но что с ним делать, мы не знаем, хотя он и касается основного христианского догмата – опыта – Троицы. Мы не знаем, но, может быть, знают старые старушки и маленькие дети, просто молящиеся Матери,
Теплой Заступнице мира холодного.
Сын говорит всегда об Отце, и только здесь – о Матери. «Семя Жены сотрет главу Змия», – это Первоевангелие, Перворелигию всего человечества – религию Матери – Сын освящает, Новый Завет соединяет с Ветхим – только здесь; только здесь, вне Канона, как будто вне Церкви (но, может быть, Церковь шире, чем ей самой кажется), завершается догмат о Троице: Отец, Сын и Матерь Дух.[181] И новым светом, еще сильнейшим, озаряется главное прошение молитвы Господней – о Царстве: первое царство – Отца, второе – Сына, третье – Духа Матери.

XIV

Что такое голод, знает только тот, кто сам голодал; он и поймет, почему «нищие Божьи», эбиониты, молятся о хлебе не совсем так, как мы: не «хлеб наш насущный», а «хлеб наш ***завтрашний*** дай нам ***сегодня***».[182]

---

[180] Origen., in Joh., II, 12, 6. – Henneke, II, 28. – Resch, 216. -Preuschen, 4–5.

[181] Д. Мережковский, «Тайна Запада», II, ч. «Боги Атлантиды», религия Матери, et passim. – «Тайна Трех», passim.

[182] Hieron., ad Matth., VI, 11. – Panem nostrum crastinum (id est futurum da nobis hodie). Это, по Иерониму, в Евангелии эбионитов, которое, кажется, смешивается у него с «Евангелием от Евреев». – Resch, 237. – Mahar по-арамейски значил «завтрашний», crastinum, – Wellhausen, Evang. Matth., 27. – Henneke, I, 29. – Klostermann, Mattheus, 56.

Может быть, оба слова одинаково подлинны: кто как может, тот так и молись. Первое, конечно, выше, небеснее; второе ниже, но зато и ближе к земле, милосерднее.

Компасная стрелка христианства, в этом втором слове, чуть передвинулась, или только невидимо дрогнула, и весь климат в христианстве вдруг изменился, тоже передвинулся от полюса к экватору.

Нищим, голодным, так лучше молиться, и этому научить их мог лишь Тот, Кто сам был нищ и голоден: «С алчущими алкал, с жаждущими жаждал».

XV

Ухом одним слушаешь Меня, а другое закрыл. [183]
Ухом небесным слушаем, а земное закрыли, потому и не услышали:
Просите о великом, и приложится малое; просите о небесном, и земное приложится. [184]

Кант не знает, но, может быть, знает Гёте, что без Христа, и его бы, «великого язычника», не было. «Что такое культура, Иисус и не слыхивал», – думает Нитцше,[185] а протестантский пастор Науманн, основатель «христианского социализма», однажды на скверной Палестинской дороге, подумал: «как же Иисус, ходивший и ездивший по таким дорогам, ничего не сделал, чтобы их исправить?» и «разочаровался» в Нем, как «в земном, на земных путях, помощнике человечества».[186] Но если мы сейчас летаем через Атлантику, то, может быть, потому, что просили когда-то о «великом, небесном», и приложилось нам это «малое, земное»; и, если снова не будем просить о том, отнимется у нас и это: снова поползем, как черви.

XVI

Только ли на небе Христос? Нет, и на земле:
Камень подыми, найдешь Меня; древо разруби, – Я в нем. [187]
Им создано все; как же не быть Ему во всем?
Как же говорят влекущие нас к себе, будто Царствие (Божие) только на небе? Вот уличают их птицы небесные, и всякая тварь

---

[183] Grenfeld and Hunt, I, p. 9, lin. 41. – Resch, 70.
[184] Orig., De orat., libell., 2. – Clem. Al., Strom., I, 24. 158. – Resch, 111.
[185] Weinel, Jesus im neunzehnten Jahrhundert, 1903. S. 105.
[186] Weinel, 197.
[187] Grenfeld and Hunt, The Oxyrhynchus papyri, I, p. 9, lin. 29–30. – Resch, 69. – Henneke, I, 36.

подземная, и всякая тварь земная, и рыба морская: все влекут нас в Царство (Божие). [188]

Вот что значит у Марка:

Был с зверями,
и Ангелы служили Ему.
(Мк. 1, 13.)

XVII

Был среди вас, с детьми,
и вы не узнали Меня.[189]
Ищущий Меня найдет
среди семилетних детей,
ибо Я, в четырнадцатом Эоне
скрывающийся, открываюсь детям.[190]

Это знакомый нам, евангельский цветок; но сдута пыль с него, и вновь задышал он такою райскою свежестью, что кажется, – совсем другой, только что расцветший, невиданный.

XVIII

Много в Евангелии горьких, слишком как будто для Христа человеческих, тем-то, однако, для нас и подлинных, слов. Но есть ли горше, подлиннее этого:

В мире Я был, и явился людям во плоти, и всех нашел пьяными, никого – жаждущими. И скорбит душа Моя о сынах человеческих. [191]

И другое, такое же подлинное, горькое:

Сущего с вами, живого, Меня вы отвергли, и слагаете басни о мертвых. [192]

Как это страшно похоже на нас!

XIX

Кажется, из ожерелья Евангельских Блаженств вывали две жемчужины и на дороге подобраны нищими:

---

[188] Grenfeld and Hunt, II, p. 15, lin. 9–15. – Resch, 71. – Henneke, 1,54.
[189] Pseudo Matth., XXX, 40: fui inter vos cum infantibus et non cognovistis me.
[190] Hippol., Philos, V, 7. – W. Bauer, 95.
[191] Grenfeld and Hunt, I, 8. – Henneke, I, 36.
[192] August., contr. adv. leg. et proph., II, 4, 4 – Preuschen, 45, 139.

Должно добру прийти в мир, и блажен, через кого приходит добро.[193]

Блаженны о погибели неверных скорбящие.[194]

«Дети» роняют хлеб под стол, и там подбирают его «псы» – «неверные». Вот слово Господне из Корана:

Люди, помогайте Богу, как Сын Марии сказал: кто Мне в Боге помощник? И ученики сказали: мы.[195]

Людям помогает Бог, – это знают «верные»; Богу помогают люди, – это знают «неверные». Вот почему: «Кто не несет креста своего, тот Мне не брат»: «Люди, помогайте Богу», братья – Брату. «Дети» это забыли; помнят «псы». Как же Ему не сказать: «Веры такой не нашел Я и в Израиле» (Мт. 8, 10)?

«Смрад какой!» – сказали ученики, проходя мимо собачьей падали. «Зубы как белы!» – сказал Иисус.[196]

Это только мусульманская легенда – не Аграф; но кто ее сложил, тот знал о Христе что-то, что-то в Нем любил, чего мы уже не знаем, не любим; точно глазами в глаза Его заглянул и увидел, как Он смотрит на все и чего ищет во всем: уж если в падали это нашел, то что же найдет в живом.

«Смрад какой!» – скажут и о нашей падали, а Он что-то о нашей красоте скажет, – и мы воскреснем.

XX

Иисус – мир да будет над Ним – говорит: мир сей мост; проходи по нем и не строй себе дома.[197]

Это арабская надпись на воротах рухнувшего моста, в развалинах каким-то монгольским императором, в славу свою, построенного и запустевшего города, в непроходимой пустыне Северной Индии. Слово это, хотя и не подлинно, но, если не ухом, то сердцем, как будто из Нагорной проповеди, верно подслушано. Ветром каким эта пыль Галилейского цветка занесена в Индию, если не Его же уст дыханием – Духом? Скольких сердец, любивших Его, от Него до этой надписи, должна была протянуться огненная цепь! И не значит ли это, что «живой, неумолкающий голос» Его, из рода в род, из века в век: «видели?» – «Ви-

---

[193] Homel. Clement., XII, 29. – Resch, 106.
[194] Didasc., V, 15. – Resch, 137.
[195] Koran, Sura, 61, 14. – Henneke, II, 196.
[196] E. Besson, Les logia Agrapha, 1923, p. 173.
[197] W. Bauer, 405.

дели». – «Слышали?» – «Слышали», – не только в христианстве, в Церкви, звучал, но и во всем человечестве? Не значит ли это, что единая Вселенская Церковь, невидимая, больше, чем кажется нам, – чем, может быть, ей самой кажется?

XXI

Где двое или трое собраны во имя Мое, там Я посреди их (Мт. 18, 20), –
вот основа видимой Церкви в Евангелии, а вот и невидимой – на полуистлевшем клочке папируса, найденном на краю Ливийской пустыни, – может быть, гробовой ладанке:
Там, где двое... они не без Бога; и где человек один, – Я с ним. [198]
Если именно сейчас, как никогда, мы одни, то это – самое драгоценное, подлинное, как бы только что сегодня сказанное, прямо из уст Его услышанное, слово. Каждый из нас не ляжет ли в гроб и не встанет ли из гроба, с этой ладанкой: «Я – один, но Ты со мной»?

XXII

Косточки довольно палеонтологии, чтобы восстановить допотопное животное – исчезнувший мир; звездного луча довольно спектральному анализу, чтобы зажечь потухшее солнце: может быть, и Аграфа довольно будет евангельской критике, чтобы осветить самое темное в жизни и в лице Иисуса Неизвестного.

А сейчас, кажется иногда, и слава Богу, что этого почти никто не знает, что этой Божьей тайны нельзя людям открыть, пока сама не откроется. Самый свежий родник – тот, из которого никто еще не пил: такая свежесть в Аграфах; первый поцелуй любви сладчайший: такая сладость в Аграфах. А все-таки страшно: точно в темноте нам шепчет на ухо Он Сам.

Если Он «всегда с нами до скончания века», то, конечно, не молчит, а говорит, и это всегдашнее слово Его – Аграф. Сердце человека – тоже «незаписанное слово Господне», и того, в Евангелии, может быть, нельзя прочесть без этого.

Тем же будет когда-нибудь Аграф для евангельской критики, чем «досиноптический источник» был для синоптиков, – темным, в светлом доме, окном в ночь Иисуса Неизвестного.

---

[198] Grenfeld and Hunt, I, p. 9, lin. 23–30. – Resch, 69. – Ephraem Syr. Evang. concord. expos., с. XIV, ed. Mösinger, p. 165: ubi unus est, ibi et ego sum. – Henneke, I, 36.

С мертвой точки сдвинется евангельская критика, а может быть, и все христианство, только тогда, когда заглянет за черту Евангелия, туда, где последний свидетель соглашается с первым, Иоанн – с Марком, где вместо четырех Евангелий – одно, «от Иисуса», и где, среди восходящих из-за горизонта, невидимых звезд, таинственнее всех мерцает созвездие Креста – оба неба, дневное и ночное, соединяющий знак:

Иисус вчера и сегодня и вовеки тот же (Евр. 13, 8),

тот же всегда и везде – по сю и по ту сторону Евангелия.

XXIII

Девять зеркал: видимых нами – четыре – наши Евангелия, и пять невидимых: общий для Матфея и Луки, досиноптический источник, Q, «два особых» (Sonderquelle), по одному у каждого из них; нижний слой. А, IV Евангелия, и, наконец, самое темное, близкое к нам, зеркало – Agrapha. Девять зеркал поставлены друг против друга так, что одно в другом отражается: одно зеркало, Марка – в четырех – Матфея и Луки – двух видимых и двух невидимых, и все эти пять зеркал – в одном невидимом – **Q**; и все эти шесть в двух зеркалах Иоанна – в видимом – **B**, и невидимом – **A**; и, наконец, все эти восемь – в девятом, самом глубоком и таинственном, – в Аграфах.

С каждым новым отражением возрастает сложность сочетаний в геометрической прогрессии, что делает простейшую книгу, Евангелие, сложнейшею. Друг в друге отражаясь, углубляют друг друга до бесконечности; противоположнейших светов лучи пересекаются, преломляются, и между ними всеми – Он. Только так и могло быть изображено Лицо Неизобразимое. Если ни для какого другого лица во всемирной истории мы не имеем ничего подобного, то лицо и жизнь Иисуса мы лучше знаем или *могли бы знать*, чем жизнь кого бы то ни было во всемирной истории.

XXIV

И вот, все-таки: «Vita Jesu Christi scribi nequit, жизнь Иисуса Христа не может быть написана».[199] С этой старинною, 70-х годов, но все еще как будто не устаревшею, тезою Гарнака соглашается, в наши дни, Вельгаузен: мы узнаем об Иисусе, даже у Марка, только **необыкновенное**, а **повседневное** – откуда Он, кто Его родители, в какое время, где, чем

---

[199] Fr. Loofs, Wer war Jesus Christus? 1922, S. 128.

и как Он жил, – нам остается неизвестным.[200] Но, во-первых, все большее и лучшее знание тогдашней религиозно-бытовой иудейской среды позволяет нам заглянуть и в кое-что повседневное в жизни Иисуса, пусть малое, но важное. Во-вторых, сам Иисус так «необыкновенен», – с этим и Вельгаузен согласится, – что, может быть, неразумно сетовать на то, что и от свидетелей жизни Его мы узнаем больше необыкновенного, чем повседневного. И наконец, в-третьих: только необыкновенное мы знаем об Эдипе, Гамлете, Фаусте (1-й части); о двух последних – по нескольким месяцам, о первом – по нескольким часам жизни, но знание наше так глубоко, что, будь у нас нужный к тому поэтический – пророческий дар, мы могли бы, по этому видимому сегменту, восстановить весь невидимый круг, рассказать всю их жизнь. Только «необыкновенное» мы узнаем и об Иисусе, по крайней мере, по целому году, а может быть, и по двум, даже трем годам жизни Его; почему же мы не могли бы, будь у нас нужный дар, восстановить и по этому сегменту полный круг – всю Его жизнь?

Тезу Гарнака сильнее защищает Юлихер. «Только то, каким Иисус казался первой общине верующих, мы можем знать из Евангелий, но не то, каким Он действительно *был*; так далеко наш взгляд не проникает: горными высотами – первообщинною верою – замкнут для нас евангельский горизонт навсегда».[201] Нет, не навсегда: все «прорекаемые знамения» (Лк. 2, 35), все «недоумения», «соблазны», skandala («блажен, кто не соблазнится о Мне», Мт. 11, 6), может быть, не только действующих лиц в Евангелии, но и самих Евангелистов, суть трещины в этой, как будто глухой, стене предания: сквозь них-то мы за нее и заглядываем, или могли бы заглянуть, в то, чем Иисус не только казался, но и действительно *был*.

XXV

К тезе Гарнака, чтобы осталась она и сейчас неопровергнутой, надо бы прибавить одно только слово «нами»: нами жизнь Иисуса Христа не может быть написана. Главная здесь трудность познания вовсе не в нашем историческом, внешнем, а в религиозном, *внутреннем опыте.*

«Первые дни творения, когда земля была расплавлена творящим огнем, так же непредставимы для нас на нынешней охладелой земле, как первичные религиозные опыты, решавшие судьбы человечества»,

---

[200] J. Wellhausen, Einleitung in die drei ersten Evangelien, S. 47. Ad. Julicher, Neue Linien in der evangelischen Ueberlieferung, 1906, S. 42.

[201] Julicher, 72.

замечает о первохристианстве Ренан, которого едва ли кто заподозрит в излишней церковной апологетике.[202]

Всякое знание опытно. Но для первохристианства вообще, а для раскаленнейшего центра его – жизни человека Иисуса – тем более, у нас нет опыта, ни количественно, ни качественно равного и соответственного тому, что мы хотели бы знать. Мы себя и других обманываем, рассказывая об этой Жизни, как путешественники – о стране, в которой никогда не бывали.

Кажется, Гёте больше любит христианство, чем Евангелие, и Евангелие – больше, чем Христа, но вот, и он знает, что, «сколько бы ни возвышался дух человеческий, это (жизнь и личность Христа) никогда не будет превзойдено».[203]

Два глубоких исследователя и свободнейших евангельских критика наших дней, Гарнак и Буссэ, друг от друга независимо, теми же почти словами, говорят о жизни Христа: «Божеское здесь явилось в такой чистоте, как только могло явиться на земле» (Гарнак). – «Бог никогда, ни в одной человеческой жизни, не был такою живою действительностью, как здесь» (Буссэ).[204]

Вспомним также Маркиона Гностика; многое, может быть, простится ему за эти слова: «О, чудо чудес, удивленье бесконечное! Людям ничего нельзя сказать, ничего подумать нельзя, что превзошло бы Евангелие; в мире нет ничего, с чем можно бы его сравнить». Если это верно о Евангелии – все-таки бледной тени Христа, то насколько вернее о Нем самом.

XXVI

Главная трудность для нас, чтобы даже не рассказать, а только увидеть жизнь Христа, в том и заключается, что она *ни с чем не сравнима.* Знание – сравнение; чтобы узнать что-нибудь, как следует, мы должны сравнивать то, что узнаем сейчас, с тем, что знали прежде. Но жизнь Христа так ни на что не похожа, несоизмерима ни с чем, что мы знали, знаем и можем узнать, так необычайна, единственна, что нам ее не с чем сравнить. Весь наш всемирно-исторический опыт здесь изменяет нам и, оставаясь в пределах его, мы должны признать, хотя по-иному, чем Гарнак, что жизнь Христа, в самом деле, непознаваема, «неописуема», scribi nequit.

---

[202] Renan, Evangiles, 1923, p. 46.
[203] Harnack, Das Wesen des Christentums, 1902, S. 3.
[204] Harnack, 92. – W. Bousset, Jesus, 1922, S. 47.

Если же, вопреки недостатку опыта, мы захотели бы все-таки сделать эту жизнь предметом знания, включить ее в историю, нам пришлось бы, исходя не из верного, хотя и недостаточного опыта, что жизнь Иисуса – воистину **человеческая,** а из неверного, что она человеческая *только,* и доводя до конца логику этого неверного опыта, согласиться кое с кем из крайне левых критиков, что жизнь Иисуса – жизнь «сумасшедшего» («вышел из Себя» – «сошел с ума», как думают братья Его, Мк. 3, 21) или, еще хуже, согласиться с Ренаном, что вся эта жизнь «роковая ошибка», что Величайший в мире так обманул Себя и мир, как никто никогда не обманывал; или, наконец, что хуже всего, согласиться с Цельзом, что Иисус «жалкою смертью кончил презренную жизнь».

Чтобы избавиться от всех этих нелепых и кощунственных выводов, мы вынуждены признать, что жизнь Иисуса – *не только человеческая* жизнь, а что-то большее – может быть, то самое, что выражено в первых о ней словах первого ее свидетеля Марка-Петра:

Начало Евангелия Иисуса Христа, Сына Божия.

XXVII

Но зная, что у нас самих нет опыта для «Жизни Христа», мы знаем, или могли бы знать, что у кого-то он ***был.***

«Мученики», martyrioi, значит «исповедники», «свидетели», – конечно, Христа. Может быть, они-то и обладают этим нам недостающим опытом; они-то, может быть, и знают о жизни Христа, чего мы не знаем.

Знает о ней св. Юстин Мученик, говорящий римскому кесарю с большим достоинством, чем Брут: «Можете нас убивать, но повредить нам не можете».[205] Знает св. Игнатий Антиохийский (около 107 г.), когда, идя на арену Колизея, молится: «Я, пшеница Господня, смолотая зубами хищных зверей, хлебом Твоим, Господи, да буду!»[206] Знают и Мученики Лионские, 177 года: если бы так твердо не поверили они, что все частицы брошенного в Рону пепла от их сожженных тел Бог соберет, в воскресение мертвых, и образует из них точно такие же тела, какие были у них при жизни, но уже «прославленные»; если бы жгущий их огонь, терзающее железо не были для них менее действительны, осязательны, чем тело воскресшего Господа, то, как знать, перенесли ли бы они муки свои с такою твердостью, что на сле-

---

[205] Just., Apol, I, 2, 4.
[206] Ignat. Ant., ad Roman., IV, l.

дующий день сами палачи, обратившись ко Христу, пошли за Него на те же муки?[207]

Может быть, для этих «очевидцев», «свидетелей», жизнь Христа озаряется молнийными светами до таких глубин, как ни одна из человеческих жизней; может быть, она для них действительней, памятней, известнее, чем их собственная жизнь.

Все это значит: чтобы лучше узнать жизнь Христа, надо лучше жить; как поживем, так и узнаем. «Знал бы себя – знал бы Тебя», noverim me, noverim te.[208] Каждым злым делом мы доказываем – «исповедуем», – что Христа не было; каждым добрым, – что Он был. Чтобы по-новому прочесть Евангелие, надо по-новому жить.

XXVIII

«Ты изменяешься, значит, ты не истина», – утверждает Боссюэт неизменность – неподвижность Канона и Догмата.[209] Можно бы ему возразить: «Ты не изменяешься, значит, ты не жизнь». Вечно изменяется Евангелие, потому что вечно живет. Сколько веков, народов, и даже сколько людей, – столько Евангелий. Каждый читает – пишет его – верно или неверно, глупо или мудро, грешно или свято, – но по-своему, по-новому. И во всех – одно Евангелие, как во всех каплях росы солнце одно.

Кто откроет Евангелие, для того уже все книги закроются; кто начнет думать об этом, тот уже не будет думать ни о чем другом, и ничего не потеряет, потому что все мысли – от этого и к этому. Пресно все после этой соли; скучны все человеческие трагедии после этой «Божественной Комедии». И если наш мир, вопреки всем своим страшным плоскостям, все-таки страшно глубок, свят, то потому только, что в мире был Он.

XXIX

Жуан Серралонга, испанский бандит, подойдя к виселице, сказал палачу: я буду читать **Верую,** а ты смотри, не накидывай мне петли на шею, пока я не прочту: «верую в воскресение мертвых».[210] Может быть, этот разбойник, так же как тот, на кресте, что-то знал об Иисусе, чего

---

[207] P. Schmiedel, Jesus, 129.
[208] August, Solil., II, 1.
[209] Mig. Unamuno, L'agonie du Christianisme, 1926, p. 47.
[210] Unamuno, 122.

не знают многие неверующие и даже верующие исследователи «жизни Христа». Может быть, многие из нас могли бы что-то узнать об этой жизни только так, с петлей на шее.

«В смертной муке Моей, Я думал о тебе; капли крови Моей Я пролил за тебя». Это услышав, можно ли сесть за стол, взять перо и начать писать «Жизнь Христа»?

И псы под столом едят крохи у детей.[211]

Может быть, многие из нас могли бы подойти к жизни Христа только так: дети уронят – псы подберут.

Был со зверями, и ангелы служили Ему. (Мк. 1, 13)

Может быть, и в зверином зрачке лицо Его отражается, как в ангельском, и в обоих Он узнает Себя.

XXX

Как смотреть на Него нечистыми глазами? как говорить о Нем нечистыми устами? как любить Его нечистым сердцем?

Приходит к Нему прокаженный и, падая перед Ним на колени, говорит Ему: если хочешь, можешь меня очистить. Иисус, сжалившись над ним, простер руку Свою, коснулся его и сказал ему: хочу, очистись. (Мк. 1, 40–42)

Только так, как прокаженные, мы можем прикоснуться к Нему. Может быть, что-то знают о Нем грешные, чего не знают святые, что-то знают погибающие, чего не знают спасенные. Если тот прокаженный знал, то, может быть, и мы.

XXXI

Есть у нас для этого знания одно, может быть, нам самим неизвестное и нежеланное, но перед веками христианства неотъемлемое преимущество: сходство в одной, религиозно все решающей, точке нашего времени с тем, когда жил Иисус: мир никогда еще не погибал и, сам того не зная, не ждал спасения так, как тогда – и теперь; мир еще никогда не чувствовал в себе такой зияющей пустоты, в которую вот-вот провалится все. Те же и теперь, как тогда, наступающие внезапно муки родов; тот же никем не услышанный глас вопиющего в пустыне: «приготовьте путь Господу!» Та же секира при корне дерев; та же находящая на мир невидимая сеть; тот же крадущийся вор в ночи – день Госпо-

---

[211] Мк. 7, 28. – Эпиграф к прекрасной, свободной и благочестивой, хотя еще не вселенски-церковной, книге Гарнака «О существе христианства». Das Wesen des Christentums.

день; то же, на грозно-черном и все чернеющем, грознеющем небе, тем же огнем написанное слово: **Конец.**

Пусть о Конце никто еще не думает, но чувство Конца уже в крови у всех, как медленный яд заразы.[212] И если Евангелие есть книга о Конце, – «Я есмь первый и последний, начало и конец», – то и мы, люди Конца, к ужасу нашему или радости, может быть, ближе к Евангелию, чем думаем. Пусть никогда не прочтем его, но если бы прочли, то могли бы рассказать «Жизнь Иисуса», как никто никогда не рассказывал.

XXXII

– А мир-то все-таки идет не туда, куда звал его Христос, и как знать, не останется ли Он в ужасном одиночестве? – говорил мне намедни умный и тонкий человек, до мозга костей отравленный чувством Конца, но, кажется, сам того еще не знающий, хотя постоянно уже думающий о Христе, или только кружащийся около Него и обжигающийся, как ночной мотылек о пламя свечи; говорил, как будто немного стыдясь чего-то, – может быть, смутно чувствуя, что говорит просто пошлость. Строго, впрочем, судить его за это нельзя: многие сейчас думают так, – можно даже сказать почти все люди мира сего, отчего эта мысль не становится, конечно, ни умнее, ни благороднее; может быть, думает так и кое-кто из самих христиан, а если молчит, то едва ли тоже от слишком большого ума и благородства.

Спорить с этим очень трудно, потому что для этого надо стать на почву противника, а этого сделать нельзя, самому не оглупев.

Суд большинства признать над Истиной, да еще в религии, кажется, последней и единственной области, этому суду неподвластной; согласиться, что, по приговору большинства, истина может сделаться ложью, а ложь – истиной, – есть ли, в самом деле, что-нибудь глупее этого?

XXXIII

Сколько сейчас людей против и сколько за Христа, мы не знаем, потому что для веры нет статистики; здесь все решается не количеством, а качеством: «один для меня десять тысяч, если он лучший», по Гераклиту и по Христу. Но если бы мы даже знали, что сейчас против Христа почти все, а за Него почти никто, – этим ли бы решался для нас вопрос, быть нам за или против Христа?

---

[212] Д. Мережковский. Атлантида-Европа, II ч. Боги Атлантиды, гл. XIV, К Иисусу Неизвестному, II, et passim.

Когда я напомнил об этом моему собеседнику, он застыдился, как будто немного побольше, но, увы, стыдом людей не проймешь, особенно в такие дни, как наши.

Сын человеческий, пришед, найдет ли веру на земле? (Лк. 18, 8).

Если Он сам об этом спрашивал, то потому, конечно, что знал сам, что мир может пойти и не туда, куда Он зовет, и что Он может остаться в «ужасном одиночестве». Но вот, все-таки:

Я победил мир. (Ио. 16, 33.)

В том-то и сила Его, что Он не только раз, на кресте, победил, но и потом сколько раз побеждал и всегда побеждает мир, «в ужасном одиночестве», ***один против всех.*** И, если в чем-нибудь, то именно в этом христианство подобно Христу: можно сказать, только и дело и делает, что побеждает одно против всех; погибая, спасается. Вот где не страшно сказать: чем хуже, тем лучше. Только ветром гонений уголь христианства раздувается в пламя, и это до того, что кажется иногда, что не быть гонимым значит, для него, совсем не быть. Мнимое благополучие равнодушная благосклонность – самое для него страшное. «Благополучие» длилось века, но, слава Богу, кончается – вот-вот кончится, и христианство вернется в свое естественное состояние – войну одного против всех.

XXXIV

Дьявол служит Богу наперекор себе, как однажды признался Фаусту Мефистофель, один из очень умных дьяволов:

Я – часть той Силы,
Что вечно делает добро, желая зла.
Ein Teil von jener Kraft,
Die stets das Böse will und stets das Gute schafft.

В главном все же не признался, – что для него невольное служение Богу – ад.

Русские коммунисты, маленькие дьяволы, «антихристы», служат сейчас Христу, как давно никто не служил. Снять с Евангелия пыль веков – привычку; сделать его новым, как будто вчера написанным, таким «ужасным» – «удивительным», каким не было оно с первых дней христианства, – дело это, самое нужное сейчас для Евангелия, русские коммунисты делают так, что лучше нельзя, отучая людей от Евангелия, пряча его, запрещая, истребляя. Если бы только знали они, что делают, – но не узнают до конца своего. Только такие маленькие, глупые дьяволы, как эти (умны, хитры во всем, кроме этого), могут надеяться истребить Евангелие так, чтобы оно исчезло из памяти людской навсегда, Тот, настоящий, большой дьявол – Антихрист – будет поумнее: «Христу подобен во всем».

Нет, люди не забудут Евангелия; вспомнят – прочтут, – мы себе и представить не можем, какими глазами, с каким удивлением и ужасом; и какой будет взрыв любви ко Христу. Был ли такой с тех дней, когда Он жил на земле?

Может быть, взрыв начнет Россия – кончит мир.

XXXV

Но если даже все будет не так, или не так скоро, как мы думаем, – может ли быть христианству хуже, чем сейчас – не в его глазах, конечно (в его – «чем хуже, тем лучше»), а в глазах его врагов? Может быть, и может, но что из того?

Ах, бедный друг мой, ночной мотылек, обжигающийся о пламя свечи, вы только подумайте: если нам суждено увидеть новую победу над христианством человеческой пошлости и глупости, а самого Христа в еще более «ужасном одиночестве», то кем надо быть, чтобы покинуть Его в такую минуту; не понять, что ребенку понятно: все Его покинули, предали, – Он один, – тут-то с Ним и быть; тут-то Его любить и верить в Него; кинуться к нему навстречу. Царю Сиона кроткому, ветви с дерев и одежды свои постилать перед Ним по дороге и, если люди молчат, то с камнями вопить:

Осанна! Благословен Грядущий во имя Господне!

Часть II. Жизнь Иисуса Неизвестного

1. Как он родился

> Χαιρε, κεχαριτομένη.
> Ave, gratiosa.
> Радуйся, Благодатная.
> (Лк. 1, 28)

I

Греческое слово κεχαριτομένη от χάρις, «милость», «прелесть», по-латыни gratia. Тот же корень в слове «Харита», «богиня Прелести». –

«Радуйся, Благодатная», значит: «радуйся, Прелесть прелестей божественных! Радуйся, Харита Харит!»[213]

Радостью все начинается и кончается в Евангелии – в жизни Христа. Вот почему самое слово «Евангелие», ευαγγέλιον, в первом и глубоком смысле, значит не «Благая», а «Блаженная весть».

Радость великую благовествую, ευαγγελίζομαι, – возвещаю Евангелие, –

говорит пастухам вифлеемским Рождественский Ангел (Лк. 2, 10.)

Утренняя, белая, как солнце, звезда возвещает еще невидимое солнце; Христа возвещает Предтеча:

Радость будет тебе и веселие, и многие о рождении Его возрадуются, –

говорит Ангел Захарии (Лк. 1, 14.) И, прежде чем родился, радостно взыграл младенец Предтеча во чреве матери (Лк. 1, 44), как утренняя звезда играет на небе. И солнце, еще не взошедшее – другой нерожденный Младенец отвечает ему устами матери:

Дух Мой возрадовался о Боге, Спасе Моем. (Лк. 1, 47.)

Утренняя звезда бледнеет в солнце, малая радость – в великой. «Должно Ему расти, а мне умаляться», – говорит Предтеча о Господе (Ио. 9, 30.)

«Радостью весьма великою возрадовались» и волхвы с востока, когда увидели звезду над местом, где был Младенец (Мт. 2, 10.) Большей радости нет на земле, а если будет, когда Он снова придет, то эта вторая – от первой.

И в самый канун Голгофы, говорит Господь, как будто о Вифлеемской радости:

Женщина, когда рождает, терпит скорбь, потому что пришел час ее; но, когда родит младенца, уже не помнит скорби от радости. (Ио. 16, 21.)

Исчезает и тень Голгофы в солнце радости:

Радость Моя в вас пребудет, и радость ваша будет совершенна. (Ио. 15, 11.)

Что это за радость, может быть, понял бы слепорожденный, если бы вдруг увидел свет; поняли бы, быть может, и мы, если бы пролежали вечность в гробах, и вдруг увидели солнце. Но вот, лежим – не видим, потому что «темная вода» тысячелетней привычки в нашем глазу, – неудивленность, безрадостность.

---

[213] Только древний эллин, вчерашний язычник, Лука, мог найти это слово, и новый эллин, гуманист, Эразм – верно перевести: gratiosa – Lagrange, Luc, 28–29.

II

Радость эта – нездешняя, страшная.

Захария, увидев Ангела, «смутился», и страх напал на него (Лк. 1, 12.) Так же «смутилась» и сама Благодатная, увидев Ангела (1, 29.) «Страх был на всех», когда родился Предтеча, – только еще утренняя звезда на небе (1, 65); когда же Солнце взошло – слава Господня осияла пастухов Вифлеемских, – «страхом великим устрашились они» (2, 9.) Большего страха нет на земле, а если будет, когда Он снова придет, то этот второй страх – от первого.

Свет во тьме светит. **(Ио. 1, 5)**

Тьмой окружен свет – радость объята ужасом. Что это за ужас, мы, может быть, поняли бы, если бы пролежали вечность в гробах, и вдруг услышали трубу Архангела; но вот, лежим – не слышим: наша глухота – тысячелетняя привычка – бесстрашность, безрадостность.

Страха Твоего, радости Твоей пошли нам, Господи, чтобы снова могли мы увидеть и услышать, что видели и слышали в ту Вифлеемскую ночь не только люди, но и звери, злаки, камни, осиянные славой Твоей:

Я возвещаю вам великую радость... ибо ныне родился вам... Спаситель, Который есть Христос Господь. (Лк. 1, 10–11.)

III

Фра Беато Анжелико брал кусочек неба, и растирал его на палитре в голубую краску; брал кусочек солнца, и растирал его в золото; кисть макал в зарю – красную краску; в лунное море – серебро.

Вот бы как написать два маленьких Апокрифа, две заглавных картинки к Евангелию Ave Maria, Благовещение, и Gloria in excelsis. Рождество.

1.

Послан был Ангел Гавриил от Бога в город галилейский, Назарет, к деве, обрученной мужу, именем Иосифу, из дома Давидова; имя же деве Марьям. (Лк. 1, 26–27)

Славились красотой назаретские девушки, но Марьям – Мирьям, по галилейскому говору, – когда ей минул только что пятнадцатый год, была лучше всех.[214]

---

[214] Св. Антонин Мученик, в VI веке, говорит о красоте назаретских девушек. – Keim, I, 323. – Hase, Geschichte Jesu, 219. – Возраст Марии, 15–16 лет, Protoevang. Jacobi, с. IV.

Белая яблонь в цвету – наша сестра,
дерево гранатное в темном саду,
над светлым источником.
Ты прекраснее дочерей человеческих!
Все одежды твои, как смирна, алой и кассия.
Стала царица одесную тебя в офирском золоте;
и возжелает Царь красоты твоей,
ибо Он Господь твой, и ты поклонись Ему, –

пели о ней пастухи от Фавора до Ермона, играя на свирели, в вечерних и утренних сумерках.[215]

2.

Плотника Иосифа, – только что Мирьям обручилась ему, – белый, с плоскою крышею, домик, игральная косточка, белел на самом верху горы, выше всех других домов, последний, точно в самом небе, где ласточки кружились весь день, да остро-круглый, как веретено, кипарис чернел один, рядом с белой стеной, на голубом небе, тоже последний, выше всех, как единственный друг на земле. Узкая-узкая, крутая улочка-лесенка в сто пятьдесят ступеней, неровных и скользких, так что ногу можно было сломать, вела от единственного источника, в нижней части города, к домику Иосифа.[216]

Дважды в день, утром и вечером, ходила Мирьям за водой вниз, и так была сильна, что, когда подымалась, то на последней, верхней ступени, смуглая грудь ее, уже высокая, дышала почти ровно; и так ловка, что рукой не поддержанный, глиняный, полный воды, кувшин на голове ее, покрытой домотканым, козьей шерсти, синим платком, не шелохнул; и так смела, что ночью, на горе одна, искала в колючем терновнике пропавшей овцы, не боясь ни волков, ни молодых пастухов идумейских, ни даже римского воина, Пантеры, развратника, разбойника, всех Назаретских девушек страшилища, а все оружие – только острый сук в руке, да молитва в сердце.[217]

---

[215] Четыре последних стиха Пс. 44, 9–12; первые – из Песни Песней.

[216] Назаретские ласточки; кипарисы; улочки-лесенки, плохо мощенные скользким известняком. – P. Range, Nazareth, 1923, p. 10, 12. – Овцы и козы, до наших дней, пьют из этого единственного в городе, «Мариина источника». – Furrer, Leben Jesu, 27. – Белые кубики назаретских домиков, рассыпанные, как игральные кости, по горным ярусам. – Hase, Geschichte Jesu, 219.

[217] О римском воине Пантере, Orig., c. Cels., I, 28; 32. – Babyl. Hagiga, 4b. – Missha Jebamoth, IV, 13. – H. Strack, Jesus nach ältesten judischen Angaben, 26, 34. – J. Aufhauser, Antike Jesus-Zeugnisse, 44.

3.

В розово-смуглом, как цвет миндаля в весенних сумерках, детски-округлом лице ее, черны были, как ночь, ясны, как звезды, огромные, точно широко раскрытые от удивления, как у маленьких детей, глаза. Добрые люди смотрели в них, как в небо, а злые – как в преисподнюю.

«Очень хорошо», – говорил Господь, при каждом дне творения. – «А это лучше всего», – сказал, когда создал Еву, Матерь Жизни, из ребра Адамова, и поцеловал, еще сонную, сначала в лоб, как Отец, потом в глаза, как брат, и, наконец, в уста, как жених. Это «глупое сказание глупых и нечестивых еретиков, минимов», вспомнил рабби Элиезер, Бэн-Иосия, книжник иерусалимский, очень старый и строгий, никогда не подымавший глаз на женщин, взглянув однажды на Мирьям нечаянно. «Может быть, и глупые мудры бывают, – подумал он. – Не о такой ли сказано: Семя Жены сотрет главу Змия?» Так подумал рабби Элиезер, Бэн-Иосия, потому что был святой человек и видел то, чего другие люди не видели, – как все еще горят на лице Мирьям три поцелуя Господни: солнечный – на смуглом челе, звездный – в очах, самый же огненный, углем рдеющий, – на девственно-детских устах.

4.

Много у Мирьям было завистниц. Девушки Назаретские, приходя с кувшинами к источнику или к водопойной колоде, с овцами и козами, только о ней и болтали.

– Этаких глазищ и даром бы я не взяла; – точно окна в обгорелом доме. Престрашные, как у бесноватой!

– А ты что думала? Этим летом, как пасла овец на Фаворе, взобралась, ночью, на самую верхушку горы, да что-то увидела такое, что пала на землю, как мертвая; утром нашли пастухи. Бес-то в нее тогда и вошел, и глаза с тех пор такие стали…

Заговорили о женихах, ею отвергнутых; заспорили так, что чуть не подрались; не могли согласиться, может быть, потому, что не знали, был ли у нее жених.

– Иосиф-то, плотник, ей на что, старый вдовец, бедный, да еще с детьми, вот чего я в толк не возьму! – сказала одна, когда надоели наконец женихи.

– Очень просто, на что. Царского рода, Давидова, – он, а она – левитского, Ааронова: сын родится, – будет Мессия, Царь-Священник, по Асмонейскому пророчеству. Матерью-то быть Мессии всякой хочется!

Вдруг все притихли. Она сама подходила к ним, с кувшином на голове. Подошла, оглянула всех молча широко открытыми от удивленья, как у маленьких детей, глазами, и улыбнулась так, что всем вдруг стало стыдно и страшно; все опустили перед нею глаза.

5.

Правы были девушки в одном: Мирьям ждала Мессию. Римское иго отяготело на вые Израиля, и ждал он Мессию-Освободителя, как еще никогда; а Мирьям ждала Его, как никто в Израиле.

Родом из Назарета, но в раннем детстве лишившаяся отца и матери, взята она была в Иерусалим, на воспитание, родственницей своей, Елисаветой, женою священника Авиевой чреды, Захарии. Были они бездетны и оба уже в летах преклонных; потому и взяли к себе в дом сироту. Тихо росла у них, под сенью храма, белая голубка, Мирьям, питаясь хлебом, как бы из ангельских рук. Пряха, ткачиха и златошвея искусная, всем рукодельям научила ее Елисавета. Целыми днями, сидя под окном, то шепча молитвы, то напевая псалмы, готовила Мирьям драгоценную для храма завесу, с двумя злато-багряными, по золотому небу, Серафимами.[218]

Был же тогда в Иерусалиме человек, именем Симеон, муж праведный и богобоязненный, чающий утешения Израилева, и Дух Святой был на нем. И было ему Духом предсказано, что он не умрет, доколе не увидит Мессию. Там же была и Анна пророчица, дочь Фануилова, от колена Асирова, достигшая глубокой старости, вдова, не отходившая от храма и постом и молитвой служившая Богу день и ночь.

Часто бывая в доме Елисаветы и Захарии, вели они с ними беседы об утешении Израиля. Тихо жужжало веретено, сплетая три нити, голубую, золотую и алую; тихо жужжали старческие шепоты, как сонные, над зимнею розою, пчелы, и жадно впивала их, как сладчайший мед, Мирьям.

– Очи мои узрят спасение Твое, Господи, которое Ты уготовал пред лицом всех народов. Свет к просвещению язычников и славу народа Твоего, Израиля! – начинал Симеон.[219]

– Явит Господь силу мышцы Своей, низложит сильных с престолов и вознесет смиренных, алчущих насытит, а богатых отпустит ни с чем; просветит сидящих во тьме и тени смертной! – продолжала Анна.[220]

---

[218] Protoevang. Jacobi, c. I–VIII. – Keim, I, 335.

[219] Лк. 2, 31.

[220] Лк. 2, 69; 79.

– Господи, царствуй над нами один – повторяли все четверо. – Скоро, во дни нашей жизни, да приидет Мессия![221]

«Скоро! Скоро! Скоро!» – повторяла и Мирьям шепотом.

Так тихо росла она, белая голубка, под сенью храма, питаясь хлебом из Ангельских рук, до пятнадцатого года, когда обручилась плотнику Иосифу из царского рода Давидова, и вернулась в Назарет.

6.

После того дня, как девушки болтали о ней у городского источника, – ночью поздно, стоя на плоской кровле белого домика, молилась Мирьям, повторяя бесконечно все одно и то же и не уставая, как бесконечно биться сердце не устает:

– Скоро! Скоро! Скоро!

В звездное небо смотрела, темной земли под собою не видела, точно в небе летела, окруженная звездами.

Вдруг, как бы кто-то, стоявший у нее за спиною, позвал ее тихим голосом: «Мирьям! Мирьям!» Вздрогнула, оглянулась, – никого; только с полуночи, где в темном свете звезд, снежного Ермона, как Ветхого деньми, в несказанном величьи, белела седая глава, потянуло вдруг холодком как бы нездешнего ужаса.

Сказал Господь Господу моему... из чрева прежде Денницы, подобно рождение Твое,

вспомнила слышанное в раннем детстве.[222] «Что это значит?» – все думала и часто хотела спросить об этом иерусалимских пророков, но не смела, только одна все думала, и сердце в ней билось, как пойманный голубь в сетях. И теперь задумалась; закрыла глаза, уснула.

Вдруг опять: «Мирьям! Мирьям!» Вздрогнула, вскочила, оглянулась, – никого.

Было утро. Очень удивилась: только что, казалось, уснула в глубокую ночь, и вот уже светло. Ровно, как млечно-белое море, лежал внизу, по всей земле, от края до края, такой густой туман, что ничего не видно было за ним на великой равнине Иезрееля, – ни дальних гор Галилеи, ни близких холмов Назарета, ни даже ближайших, тут же сейчас, у ног ее, назаретских домиков, – как будто не было земли под ней, а было два неба – облачно-белое внизу и прозрачно-светлое вверху, где сверкала, переливаясь всеми цветами радуги, как подвешенный на нитке, вертящийся, огромный алмаз, белая-белая, как

---

[221] Мессианские молитвы, Schmone Esreh и Kadisch. – J. Weiss, Die Predigt Jesu vom Reiche Gottes, 1900. S. 14–15.

[222] Пс. 110.

солнце, – тени, казалось, могла бы откидывать, – чудная, страшная звезда, Денница.

«Будет из Чрева Земли, прежде Денницы, подобно росе-туману, рождение Твое», – вдруг поняла она, и сердце у нее забилось, как пойманный голубь в сетях.

Глядя на Звезду глазами широко раскрытыми от ужаса, видела, что она приближается к ней, сначала медленно, а потом все быстрей и быстрей, и полетела, наконец, стремительно, как пущенная из лука стрела.

Пала опять на колени, закрыла лицо руками, как давеча, когда позвал ее кто-то: «Мирьям!» Позвал и теперь. Открыла глаза и увидела: Ангел стоит перед нею; лицо его, как молния, ризы белы, как снег.

7.

И сказал ей Ангел: Радуйся, Благодатная! Господь с Тобою; благословенна Ты между женами.

Она же смутилась от слов его и размышляла, что бы это было за приветствие. И сказал ей Ангел, не бойся, Мирьям, ибо ты обрела благодать у Бога. И вот зачнешь во чреве, и родишь Сына, и наречешь Ему имя: Иисус. Он будет велик, и наречется Сыном Всевышнего и даст Ему Господь Бог престол Давида, отца Его; и будет царствовать над домом Иакова, и царству Его не будет конца.

И сказала Мирьям: Как это будет, когда я мужа не знаю?

И Ангел сказал ей в ответ: Дух Святой найдет на тебя, и сила Всевышнего осенит Тебя, посему и рождаемое Святое наречется Сыном Божиим...

Тогда Мирьям сказала: Се, раба Господня. Да будет мне по слову твоему. (Лк. 1, 28–38.)

И только что это сказала, молнийный меч прошел ей душу и тело, и пала, как мертвая.

8.

Очень удивился Иосиф, когда на восходе солнца услышал, что овцы и козы жалобно блеют в запертом хлеву, просясь на пастбище: как же Мирьям забыла их выпустить? Кликнул ее, постучав в тонкую глиняную стенку клети, где спала она отдельно от него, ибо Иосиф, будучи праведен, свято хранил девство обрученной ему пред Господом.

Мирьям не откликалась, и дверь в клеть была отперта. Иосиф, войдя в нее и увидев, что там ее нет, начал кликать, искать по всему дому. Наконец, взойдя на кровлю, увидел, что она лежит, бездыханная. Пал рядом с ней и сказал: «Господи, и мою душу возьми!» – потому что любил ее очень. Но, вглядевшись, увидел, что она жива.

А когда наконец очнулась, – встала, как будто уснула только что, – свежа, как райская лилия после райской грозы. И лицо ее сияло, как солнце: Солнце уже было в ней.

И воскликнула громким голосом: Величит душа моя Господа, и возрадовался дух мой о Боге Спасе моем, что призрел Он на смирение рабы Своей, ибо отныне будут ублажать меня все роды! (Лк. 1, 43.)

9.

Цвел виноград, когда Ангел явился Мирьям: спелые же гроздья повисли на лозах, когда Иосиф увидел, что она имеет во чреве.

И не желая огласить ее, хотел отпустить ее тайно. Но когда он помыслил это, ее Ангел Господень явился ему во сне и сказал. Иосиф, сын Давидов! не бойся принять Мирьям, жену твою; ибо зачавшееся в ней есть от Духа Святаго. Родит же Сына, и наречешь Ему имя: Иисус. (Мт. 1, 19–20.)

Встав же Иосиф от сна, пошел к Мирьям, и поклонился ей в ноги и сказал:

Благословен Господь Бог Израиля, что посетил народ Свой, и сотворил избавление ему, и воздвиг рог спасения нам в дому Давида, раба Своего, как возвестил устами бывших от века святых пророков Своих. (Лк. 1, 68–70.)

И сказала Мирьям Иосифу: «Где должно родиться Мессии?» Иосиф же сказал ей в ответ:

В Вифлееме Иудейском, ибо так написано через пророка: И ты Вифлеем, земля Иудина, ничем не меньше воеводств Иудиных, ибо из тебя произойдет Вождь, который упасет народ Мой, Израиля. (Мт. 2, 5–6.)

И сказала Мирьям: «Когда наступит мне время родить, пойдем в Вифлеем, да будет реченное Господом».

10.

Через три месяца пал на горы снег, зажглись огни Освящения во храме Иерусалимском, и наступило Мирьям время родить, и пошла она в Вифлеем.

Труден был зимний путь через горы. Тающий на солнце снег лежал в долинах, и стояли лужи на дороге. Ехала Мирьям на осле, а Иосиф шел рядом. В лужи иногда ступая копытом неосторожно, ослик забрызгивал грязью одежду Мирьям. Очень устала она, но отдохнуть не хотела, спешила, зная, что скоро наступит ей час родить.

Вечером поздно, когда уже огни зажигались в домах, пришли они в Вифлеем, и не нашлось им места в гостинице, по причине множества богомольцев, шедших в Иерусалим на праздник. Всюду, где ни стучались, прося пустить на ночлег, им отвечали: «Нет места!»

Старый пастух, проходя мимо и увидев, что они стоят у запертых ворот гостиницы, откуда их выгнали с бранью, сжалился над ними и повел их в поле, где был у него овечий загон в пещере. Там родила Сына своего Мирьям, и спеленала, и положила в ясли.[223]

Телка, недавно отелившаяся, подошла к яслям, протянула морду к Младенцу, уставилась на Него добрым глазом и, дыша на Него, теплым в холодной пещере дыханием, грела Его. Подошел и ослик, не тот, что вез Мирьям, а другой, здешний; тоже посмотрел на Младенца умным глазом – умнее скольких глаз человеческих, – как будто уже знал о Нем то, что еще люди не знали. А третий между ними двумя, доброю телкою и мудрым ослом, был добрейший и мудрейший из всех людей на земле, Иосиф.

В яслях Младенец заплакал. Длинные уши поднял осел, как будто прислушался; телка замычала, как будто сыну своему ответила мать. Иосиф подошел к Младенцу, взял Его на руки так бережно, как нищий берет сокровище, и отнес Его к Матери, спавшей в дальнем углу пещеры. Мать проснулась, взяла Младенца и начала кормить грудью. Иосиф же, Телка и Осел повернулись к ним лицом и увидели в темной пещере два Солнца.

11.

Были в той стране в поле пастухи, содержавшие ночную стражу у стада своего. *(Лк. 2, 8.)*

Двое сидели у костра, а остальные спали. Ночь была холодная, камни и травы побелели от инея. Но старый дед с маленьким внуком, укрытые овечьим мехом, между двумя большими овчарками, спали на голой земле, как в теплой постели.

В самую полночь мальчик проснулся и, взглянув на небо, увидел, что звезды сияют так ярко и близко, как никогда; все ярче, ближе, – и вдруг полетели с неба на землю, как снежные хлопья. Мальчик закричал, начал будить старика, и все пастухи проснулись. Огненная буря летела на них.

Вдруг предстал им Ангел Господень, и слава Господня осияла их; и убоялись страхом великим.

И сказал им Ангел: не бойтесь: я возвещаю вам великую радость, которая будет всем людям, ибо ныне родился вам в городе Давидо-

---

[223] Vulgat. – praesepe. – Just., dial. с. Tryph., 70: «Иосиф, не найдя места в селении, вернулся в пещеру близ Вифлеема». – P. Mickley Arculf, 1917, I, 10. По евр. ebus – не «ясли», а «стойло», «хлев».

вом *Спаситель, Который есть Христос Господь. И вот вам знак: вы найдете Младенца в пеленах, лежащего в яслях.*

И внезапно явилось с Ангелом многочисленное воинство небесное, славящее Бога и взывающее:
Слава в вышних Богу,
и на земле мир,
в человеках благоволение!

Когда Ангелы отошли от них на небо, пастухи сказали друг другу: пойдем и посмотрим, что там случилось, о чем возвестил нам Господь.

И, поспешив, пришли, и нашли Марию, и Иосифа, и Младенца, лежащего в яслях. (Лк 8, 9–16.)

И, падши, поклонились двум Солнцам в темной пещере – Сыну и Матери.
Слава Сыну рожденному,
Слава родившей Матери.
Слава в вышних Богу.
Аминь.

IV

Здесь конец двум Апокрифам, заглавным картинкам Фра Бэато Анжелико, и черта под ними черная – непереступный рубеж, отделяющий время от вечности. Историю от Мистерии.

Было это или не было? Чтобы спрашивать об этом, слыша лилейное: «Радуйся, Благодатная», и громовое: «Слава в вышних Богу», – каким надо быть глухим. – «Только поэзия! Nichts mehr als Poesie!» – скажет Фридрих Штраус. – «Все про неправду написано», – скажет лакей Смердяков, и с ним сначала согласится Иван Карамазов, а после неземного бреда, чувствуя все еще в волосах веющий «холод междупланетных пространств», вспомнит признание дьявола: «Я был при том, когда умершее на кресте Слово восходило на небо, неся на персях Своих душу распятого разбойника; я слышал радостные взвизги херувимов, поющих и вопиющих „Осанна", и громовый вопль восторга серафимов, от которого потряслось небо и все мирозданье…» Вспомнит и скажет: «Что такое Серафим? Может быть, целое созвездие», и почти поверит.

Верит – видит Гёте-Фауст, чего никогда не увидит Вагнер-Штраус:
Wie Himmelskräfte auf und nieder steigen
Как Силы Неба восходят и нисходят [224]

---

[224] Faust, I, Nacht.

Будете видеть небо отверстым, и Ангелов Божиих, восходящих и нисходящих к Сыну человеческому. (Ио 1,51.)
Небо отверстое видит отверстый человеческий, а не звериный, глаз.

V

«Если не вложу перста моего, не поверю», – сказала повивальная бабка Саломея, протягивая руку, чтобы убедиться, что Мать осталась Девою, и тотчас, спаленная пламенем, рука ее отсохла.[225] Обе наши руки – левая – Критика, и правая – Апологетика, осязая, пытая, «было это или не было?» – как бы тоже не отсохли, спаленные тем же пламенем. Люди могут ли о том говорить, о чем Херувимы и Серафимы, закрывая лица в ужасе, молчат?

VI

Мать подносит дитя свое к рождественской елке; горящей огнями, как Вифлеемская ночь горела звездами; дитя еще говорить не умеет, ни даже смеяться, но жадно тянется к свету, смотрит на него широко, от радостного удивления-ужаса, раскрытыми глазами и видит, что «Свет во тьме светит, и тьма не объяла его».

Может быть, дитя все еще помнит, что мы уже забыли: два Божьих подарка миру на елку – два Солнца: то, дневное, меньшее, и это, ночное, большее.

Так бы и нам взглянуть на Рождество, чтобы увидеть его и понять лучше всех богословов и критиков.

VII

Verbum caro factum est, magna pulchritudo
Слово стало плотью, – красота великая! –
молится, поет бл. Августин.[226] Ангельскими перстами, легкими, как сон, соткана вся из звездных лучей эта «красота великая», – Ave, Maria gratiosa, – не наши земные, темные, непроницаемые, неподвижные, в трех измерениях, плотские образы, а неосязаемо-пролетающие, прозрачно-светлые, но более, чем все земное, действительные, небесные тени. Музыкой тишайшей в них сказано все, почти без слов, или вернее умолчано – и все-таки сказано.

---

[225] Pseudo-Matheus, c. XIII. – Protoev. Jacobi, XVII–XX. -Th. Keim. I, 367–368.
[226] August., Ennarat. in Psalm., 44, 3.

Может быть, всего удивительней, что так бесконечно много в бесконечно малом сказано. Самое великое – самое малое – Атом. Если его «разложить», разрядить заключенные в нем силы полярности, – что будет? Этого еще не знают физики, делая опыты «разложения атома»; может быть, ветхий мир наш рушится, и возникнет новый.

Мужа не знаю,

ἄνδρα οὐ γιγνώσκω

(Лк. 1, 34),
на этих трех словах – только на них – зиждется весь догмат о Бессеменном зачатии – всесокрушающая, всетворящая сила Атома. Ею древний мир, дохристианский, весь разрушен, и новый – создан. Если бы эти три слова не были сказаны, то белая, белее снеговых Альп, Благовещенская лилия – Maria di gratia plen – Миланский собор не вырос бы; Винчиевская темная «Дева Скал» премирной улыбкой не улыбнулась бы; Беатриче не встретил бы Данте ни на земле, в «Новой Жизни», ни на небе, в «Божественной Комедии», и не сказал бы Гёте:

Здесь небывалому
Сказано: будь!
Вечная Женственность
К этому путь.

Если была, есть и будет наша Святая Земля – Святая Европа, то потому только, что это было.

Овцы и козы все еще пьют из единственного в Назарете-городке, «Мариина Источника», а века и народы – из единственного в Граде Человеческом, Ее же, в жизнь вечную текущего Источника.

Ave Maria, Радуйся, Благодатная, – все еще по всей Святой Земле – Европе, звенят колокола; если же умолкнут, – всему конец.

2. Утаенная жизнь

I

Возвратились они (Иосиф и Мария) в Галилею, в город свой Назарет.

Младенец же возрастал и укреплялся духом, исполняясь премудрости (Лк. 2, 39–40.)

Если к этим двум стихам Луки прибавить маленький рассказ об Иисусе-отроке, то вот все, что он знает о тридцати годах жизни Господа до крещения. Еще меньше знает Матфей, потому что поклонение волхвов и бегство в Египет – не история, а мистерия. А два остальных евангелиста, Марк и Иоанн, совсем ничего не знают или не хотят знать. «Было в те дни, пришел Иисус из Назарета Галилейского и крестился от Иоанна в Иордане», – начинает Марк «Евангелие Иисуса Христа» (1, 9), в смысле не «книги», а «жизни», как будто вся остальная часть жизни Иисуса для Марка еще не жизнь Христа. То же делает Иоанн: «Слово стало плотью» (1, 14), – в эти три слова включает он тридцать лет жизни Человека Иисуса. Здесь уже явно, сознательно, – не время, а вечность, не история, а мистерия.

Можно сказать, что об Иисусе, после смерти, мы знаем больше, чем до Крещения. Узкая полоска света – один, два или три года жизни, все же остальное – мрак. Что же во мраке? «Этого мы не знаем; знать вам и не нужно, чтобы спастись», – как будто отвечают разными голосами все четыре свидетеля. Свет, падающий от них на жизнь Иисуса, расположен так, что она похожа на узкую длинную и темную комнату, где только у выхода – смерти – одна ослепительно-яркая точка света – Воскресенье; по мере же того, как мы от нее удаляемся, тьма густеет, – гуще всего у входа – Рождества. Свет растет от начала жизни к ее концу, и течение жизни ускоряется: хуже всего освещены десятки лет от Рождества до Крещения; лучше – один, два или три года, от Крещения до Преображения; и дальше все лучше и лучше: месяцы, от Преображения до Вшествия в Иерусалим; дни от Вшествия до Гефсимании; часы от Гефсимании до Голгофы; и, наконец, лучше всего – минуты на Кресте.

II

Что это значит? Чтобы понять, вспомним ближайшие к Евангелиям свидетельства: св. Игнатия Богоносца: «Иисус родился человеком воистину», τοῦ τελείου ἀνθρώπου γενομένου ;[227] св. Юстина Мученика: «Иисус рос, как все люди растут, отдавая должное каждому возрасту и питаясь всякою духовною пищею»;[228] св. Луки: «Иисус пришел в Назарет, где был воспитан, τεθραμμένος (4, 16); Послание к Евреям: „Страдая, учился... достигал совершенства" (4, 8–9); и, наконец, очень древнее, кажется от первых веков христианства идущее, предание или

---

[227] Ignat. Ant., Ep. ad Smyrn., IV, 2.

[228] Justin., dial. c. Tryph., 88.

воспоминание, сохранившееся у Иоанна Дамаскина (VIII в.): *«Был Он лицом, как все мы, сыны Адамовы».*[229]

Имя «Иисус», Jeschua («Бог-помочь») – такое же обыкновенное у тогдашних иудеев, как у нас – «Иван», «Петр». «Иисусов» у Иосифа Флавия одиннадцать: поселяне, вожди, бунтовщики, священники, разбойники.[230] Вот почему Марк, называя Иисуса в первый раз, прибавляет: «из Назарета Галилейского», – иначе бы не поняли, о ком идет речь.

Имя, рождение, рост, жизнь, лицо, – все, «как у всех». Если это еще не ключ к загадке: что делал Иисус, как жил тридцать лет до явления миру? – то, может быть, уже место, где надо искать ключа.

III

Как ни мало мы знаем об этих тридцати годах, мы уже и здесь имеем исторически незыблемую точку опоры против всех докетов, «каженников», древних и новых: «прямо с неба сошел Иисус в Галилейский город Капернаум». – «Сразу велик, сразу весь», semel grandis, semel totus, – учит Маркиан Докет.[231] Нет, не «с неба сошел» и не «сразу велик»: медленно растет, «возрастает», «воспитывается», «учится», «исполняется премудрости», «укрепляется духом», «страдает», «достигает совершенства», может быть, не только в те тридцать лет, до явления миру, но и потом, всю жизнь, до последнего вздоха.

О, конечно, только снаружи – «как все», а внутри – как никто!

IV

Был ли Иисус Христос еще до явления миру? Или все христианство – ложь, или «Слово стало плотью», – истина. Это и значит: Иисус был всегда Христом, или точнее, всегда Христос был в Иисусе. Как покров на лице, оболочка на семени, так Иисус на Христе.

Мог ли бы Он утаиться от мира, за тридцать лет не выдать Себя ни единым словом, знаком, движением, если бы этого Сам не хотел, не был обращен весь вовнутрь, в Себя, в этой первой части жизни, с такою же

---

[229] G. A. Müller, Die leibliche Gestalt Jesu Christi, 1909. S. 40.
[230] Arm. Neumann, Jesu wer er geschichtlich war, 1904. S. 28. – H. J. Holtzmann, Hand-Commentar zum N. T., 1901, I, 7.
[231] Tertul, contra Marc. IV, 7: «Anno quinto decimo principatus Tiberiani pronit eum (Christum) descendisse... de coelo in civitatem Galiiaeae, Capharnaum. IV, 21. – Bruckner, Die Geschichte Jesu in Galiläa, 1919. S. 18.

бесконечною, мир побеждающей силою, с какою, во второй части, – обращен весь вовне, в мир?

«Время Мое еще не настало». «Час Мой еще не пришел», – сколько раз повторяется (Ио. 7, 6; 8, 4.) Вот где, кажется, ключ к загадке Иисусова молчания.

И пришедши в отечество Свое (Назарет), учил их в синагоге их, так что они изумлялись и говорили: откуда у Него такая премудрость?.. И соблазнялись о Нем. (Мт. 13, 54; 57.)

Тридцать лет прожили с Ним, не зная, с Кем живут; значит, никогда ничего не говорил и не делал среди них, что могло бы выдать Его, – таился, молчал. «Был в пустынях до дня явления своего Израилю», – это, сказанное об Иоанне Предтече, можно бы сказать и о Христе; тот – в пустыне внешней. Этот – во внутренней.

Некто стоит среди вас. Кого вы не знаете (Ио. 1, 16), – скажет о нем Предтеча уже почти в самый миг явления.

V

Образ Мессии-Христа «утаенного» был в те дни готов в иудействе. «Когда придет Христос (Мессия), никто не будет знать, откуда Он», – говорят Иисусу иерусалимские книжники (Ио. 7, 27.) То же говорит и св. Юстину Мученику Трифон Иудей (150 г.): «Уже Мессия пришел, но, по причине беззаконий наших, скрывается». – «Может быть, уже родился и где-нибудь живет сейчас Мессия, но людям неизвестен». – «Он и сам еще не знает, кто Он, и власти никакой не имеет, доколе не придет Илия и не помажет Его на царство, и не возвестит (Израилю)». – «Если и пришел Мессия, никто еще не знает Его: узнают же только тогда, когда Он явится во славе».[232]

Этот-то, уже готовый, как бы нарочно на лицо Его сотканный, покров и возложил на Себя Иисус.

VI

Если так, то понятно, почему об этих тридцати годах утаенной жизни Его все евангелисты молчат: молчат о Нем потому, что Он Сам о Себе молчит.

Воля Отца Его, во второй части жизни Его, чтобы Он *говорил,* являлся миру, а в первой – чтобы Он мира таился, молчал. И обе воли

---

[232] Justin., dial c. Tryph., с. 8, 110. – W. Wrede, Das Messiasgeheimniss in den Evangelien, 1913. S. 211. – H. Monnier, La mission historique de Jesus, 1914, p. 40–41.

исполнил Он: говорил и молчал, как никто никогда; чуду слова Его равно только чудо молчания.

Тайна утаенной жизни Его – тайна растущего семени. «Царство Божие подобно тому, как если человек бросит семя в землю; и спит, и встает ночью и днем; и как семя всходит и растет, не знает» (Мк. 4, 25–27.)

Тридцать лет в Иисусе рождается Христос; в вечности уже родился, – снова рождается во времени. Если всякое земное рождение есть «падение» души с неба на землю, как учат орфики, то нам, земным, не с большой высоты падать; но Ему, Небесному, сколько надо было эонов пройти, сколько вечностей.

VII

Тридцать лет молчит – кует оружие, чтобы победить мир. Тридцать лет стрела на тетиве натянутого лука неподвижна: лук – Иисус, стрела – Христос.

Узкой тропинкой, в сухом лесу, идет человек с горящим факелом; искры довольно, чтобы вспыхнул пожар; но надо, чтобы вспыхнул не раньше, чем несущий факел дойдет до цели: лес – мир, человек – Иисус, факел – Христос.

Все, побеждающие мир, слова Его – лишь волны моря, а под ними глубина – тишина.

Два Эона в Боге, учат гностики: Слово, Логос, и Молчание, Зиге. «Слово стало плотью», и Молчание тоже.

VIII

Кто читает Евангелие, как следует, тот невольно пишет в сердце своем Апокриф, не в новом смысле, «ложного», а в древнем – «утаенного Евангелия».[233]

Чудом до наших дней уцелевшая, не писцом на пергаменте, а Богом на земле написанная к такому «утаенному Евангелию», Апокрифу, заглавная картинка – Галилейский город, Назарет.

IX

К северу от великой Иезреельской равнины – весною зеленого, летом золотого моря хлебов, – на первых отлогих предгорьях Нижней

---

[233] Ἀπόκρυφος от – «скрывать», «таить».

Галилеи, тесно отовсюду замкнутая холмами долина – утаенной жизни колыбель. «Раем Божьим» называет ее паломник VI века, св. Антонин Мученик.[234]

Имя Nazareth, Nazara, «Заступница», – может быть, имя здешней древнеханаанской богини Земли-Матери.[235] Милостива, в самом деле, к людям здешняя земля, как мать: так изобильна, что «маслинами легче накормить в Галилее целый легион, чем в земле Иудиной ребенка», – сказано в Талмуде.[236] Может быть, и в Псалмах говорится о той же земле:

Лето благости Твоей венчаешь, Господи, и стези Твои источают тук; источают на пустынные пажити, и холмы препоясываются радостью; луга одеваются стадами, и долины покрываются хлебом, восклицают и поют. (Пс. 64, 12–14.)

Горный воздух свеж: с гор или с недалекого моря, в самые знойные дни, веет после полудня прохлада. Зимы иногда суровые: выпадает снег, странно белеющий на кипарисах и пальмах, но ненадолго: под первыми лучами солнца тает.[237]

Белые, низенькие, с плоскими кровлями, домики, рассыпанные, как игральные кости, в оливковых рощах и виноградниках по склону холма и в долине, только кое-где стеснились в узкие, крутые, точно в небо уходящие, улочки-лесенки, тенистые, пряно пахнущие оливковым дымом, кислым вином и козьим пометом. Солнечный луч, иногда прорезая тень, освещает пестрые лохмотья белья, висящие на перекинутых через улочку веревках, а там, где дома прерываются садиком, – на колючих заборах из кактусов.[238]

Внутренность домиков бедная: одно жилье из двух половин; в первой, с земляным полом, ступени на две повыше, ютится семья; во второй, нижней, – домашний скот. Глиняные, закоптелые от дыма, стены; узкие, с решетками, щели-оконца. Днем открывается входная дверь для света, а в сумерки зажигается глиняная лампада на высоком железном ставце или на выступающем из стены камне. На полу – очаг с медным котлом; дым выходит в дверь. Тут же ручные жернова. Две-три скамьи, платяная скрыня, мерки с сушеными плодами и крупами, кувшины с вином и оливковым маслом по стенам, – вот и все убранство жилья. Спят на полу, разостлав домодельные ковры и циновки; а на

---

[234] Anton. Mart., Itiner, c. v. – Dalman, Orte und Wege Jesu, 81.
[235] M. Brückner, Das fünfte Evangelium, 1910. S. 30.
[236] Bereschith Rabba, 20 (42b) – Dalman, 80.
[237] P. Range, Nazareth, 1923. S. 9. – L. Schneller, Kenst du das Land? 1925. S. 74.
[238] Soden; Reisebilder aus Palästina 1901. S. 44.

день, свернув, кладут их в угол. В летние же ночи спят на плоской кровле домика, под звездным пологом.[239]

Может быть, в одном из таких домиков и жил Иисус.

X

Город, в наши дни, уже не тот, что во дни Иисуса, но вокруг него все то же: черные шатры бедуинов-кочевников и караваны верблюдов на равнине Иезрееля, блеющие на туманной заре, овцы и козы у водопойной колоды единственного в долине источника;[240] Назаретские девушки, сходящие к нему с кувшинами; вьющиеся над домами, с веселыми криками, ласточки; снизу долетающий сюда чуть слышно, а там внизу, где жаркий ветер волнует золотое море бесконечных иезреельских нив, оглушительный в тишине полдня, звон «кимвалов» – кузнечиков.[241]

В двух часах пути от Назарета – столица Нижней Галилеи, Сепфорис-Диокесария; там – римские театры, школы, бани, ристалища, храмы богов, восемнадцать синагог и множество книжников.[242] Но ничего не доходит оттуда в Назарет; здесь – тишина бесконечная, как в жизни Иисуса-отрока.

XI

«Из Назарета может ли быть что доброе?» (Ио. 1, 16.) – «Разве из Галилеи Христос (Мессия) придет?» (Ио. 7, 41.) – «Рассмотри и увидишь, что из Галилеи не приходит пророк» (Ио. 7, 52.) Там «народ, сидящий во тьме... и тени смертной» (Мт. 4, 15.)

«Галилея», Gelil-ha-goym, значит «Округа язычников». Кровь самих иудеев, живущих здесь, – «нечистая», смешанная с кровью финикийской, вавилонской и эллинской.[243] Даже говор галилейский нечист: смешивает еврейские горловые гласные.[244] Сколько ни отрекался Петр от Господа в роковую ночь, во дворе Каиафы, узнан был по галилейскому

---

[239] Soden, 165. – A. Neumann, Jesus wer er geschichtlich war, 1904. S. 26.
[240] Furrer, Das Leben Jesu Chrisi, 1905. S. 27.
[241] Dalman, 70.
[242] Soden, 149. – Dalman, 85–86.
[243] Lagrange, Luc, 25. – Evangile, 116. – H. Monnier, La mission historique de Jesus, XXXX. – Галилея, недавняя ассирийская колония, присоединилась к Иудее только в дни Маккавеев, в конце II века, лет за сто до Христа.
[244] Dalman, 22.

говору: «Точно, и ты из них, ибо и речь твоя обличает тебя» (Мт. 26, 7.) Так же, может быть, обличаем был и сам Иисус.

Только в больших городах – в Иерусалиме, конечно, особенно – живут иудеи чистой крови, chabar, – «люди закона», благочестивые, а «поселяне», amha-arets (ими полна Галилея, где городов мало) – «темные люди», «невежды в законе».[245] – «Амгаарецы все нечестивы», – учит Равви Гиллель (Hillel), старший современник Иисуса.[246]

«Ни продавать Амгаарецам, ни покупать у них, ни останавливаться в домах их, ни у себя принимать, ни закону учить не должно». Свят только «знающий»; «невежда» греха не боится.[247] «Этот народ – невежда в законе, проклят он», – скажут иудейские книжники об идущих за Иисусом «темных людях земли», Амгаарецах (Ио. 7, 49.)

XII

Но знающие, как это часто бывает, оказались невеждами; главное знание забыли – что не Иудея, а Галилея языческая, «народ, сидящий во тьме и тени смертной, увидит свет великий»; что к этим-то именно «темным людям» и придет Мессия; что о них-то и сказано: «Нищим благовествовать помазал Меня Господь» (Ис. 61, 1.) Этими словами начинает Иисус проповедь Свою в Назарете о наступающем царстве бедных – Царстве Божием (Лк. 4, 17–19.)

Имя самого Мессии у Ветхозаветных пророков – Ani, «Бедный».[248] Вот почему и пастухи Вифлеемские, первые из людей, поклонились Младенцу Христу, «тихие люди земли» – Тишайшему, бедные – Беднейшему.[249]

XIII

Иосиф и Мария – бедные люди: это видно по тому, что в жертву за очищение после родов приносят они двух горлиц – «жертву бедных» (Лев. 12, 7–8.)

Сказывая притчу о потерянной драхме, может быть, вспоминал Иисус, как мать Его искала пропавшую денежку в бедном Назаретском

---

[245] Osk. Holtzmann, Leben Jesu, 1901. S. 158.
[246] Mischna, Pirke Abot, 2, 5. – Klausner, Jesus of Nazareth, 121, 123.
[247] O. Holtzmann 158, 400.
[248] H. Monnier, 62.
[249] «Тихие люди земли», die Stillen auf dem Lande, по верному и глубокому истолкованию немецких критиков. – P. W. Smidt, Die Geschichte Jesu, 1904, II, 223.

домике; зажгла свечу, мела горницу и, когда нашла, обрадовалась так, как будто потеряла и нашла сокровище (Лк. 14, 8–9.)

XIV

У церковного историка Гегезиппа есть рассказ, кидающий обратный свет на всю утаенную жизнь Иисуса.

Император Домитиан (81–96 гг.), напуганный пророчеством о Мессии, великом царе, сыне Давидове, «который низложит сильных с престолов» (Лк. 1,51), велел умертвить всех потомков Давидова рода. Когда же донесли ему на двух оставшихся в живых, внуков брата Господня, Иуды, Зокера и Иакова, послал за ними в Батанею, где скрывались они, и, когда привезли их в Рим, спросил их, чем они живут. «Полевою работою», – отвечали те и показали ему свои мозолистые руки. Видя их простоту и ничтожество, Домитиан отпустил их на свободу.[250]

Если внуки в деда, то, прежде чем сказать: «Посмотрите на полевые лилии, как они растут, не трудятся», – сам Иисус трудился.

С немощными Я изнемогал,
с алчущими алкал,
с жаждущими жаждал, –
и трудился с трудящимися, в этом, как во всем, наш Брат.

XV

«Сына своего готовит в разбойники, кто не учит его ремеслу» – это слово раввинов мог вспомнить плотник Иосиф, начиная учить Сына ремеслу.[251] «Плотником» называет Иисуса Марк (6, 3), а Матфей – «сыном плотника» (13, 55), потому ли, что Иисус рано оставил ремесло отца, или потому, что Матфей уже сомневается, мог ли Сын Божий быть плотником.

Греческое слово τέκτων, арамейское – naggar, значит «плотник», и «столяр», и «каменщик» вместе: «строительных дел мастер», по-нашему.[252] В «Протоевангелии Иакова» Иосиф занят постройкой домов.[253]

«Плуги изготовлял и ярма», – сообщает об Иисусе св. Юстин Мученик, кажется, очень древнее, из неизвестного нам источника, но,

---

[250] Hegesip. ap. Euseb., H. E., III, 19; 20, 1–8. Preuschen, 75–76. – Henneke, I, 105.
[251] Tos. in Kidd., c. 1, ap. Th. Keim, I, 446.
[252] «Bauhandwerker». – Dalman, 79. – Fr. Barth, Die Hauptproblemen des Leben Jesu, 71.
[253] Protoev. Jacobi, IX, 2; XIII, l.

судя по точности, и мелкости черты, исторически подлинное, свидетельство,[254] а по сохранившемуся у Юстина Гностика, преданию, отрок Иисус спас овец в Назарете».[255]

В разности свидетельств нет противоречия: Иисус мог быть и пастухом, и столяром, и каменщиком, и тележником, смотря по нужде и по возрасту; в главном же свидетельства согласны: ел хлеб в поте лица, «как все люди, сыны Адамовы».

XVI

Труд – благословение Божие? Нет, проклятье. «Проклята земля за тебя, – говорит Господь Адаму. – В поте лица будешь есть хлеб, доколе не возвратишься в землю, из которой взят» (Быт. 3, 17–19.)

С мукой – проклятьем труда связана мука неравенства – волчье друг к другу сердце голодных и сытых. Эти-то две муки и услышаны в Евангелии, как нигде никогда; две эти «социальные проблемы», как мы говорим нечестиво-плоско, подняты в Евангелии во весь рост, от земли до неба. Адом пахнувшая некогда, подземных лугов асфодель. Бедность только здесь – благоухающая раем лилия. Сколько бы мы этого ни забывали, – вспомним когда-нибудь. То, что бесконечно действительнее и страшнее для нас, или желаннее того, что мы называем «социальной революцией», родилось только с Евангелием и только с ним умрет.

Кажется, именно в наши дни, в нашей бывшей христианской Европе, как никогда и нигде, спасение человечества зависит от того, поймем ли мы, что значит: «Блаженны нищие, ибо их есть царство небесное».

XVII

Сына не знает никто, кроме Отца (Мт. 11, 27), –

это надо помнить, говоря не только о Божеской, но и о человеческой личности Христа. Если на явной жизни Его, то тем более на тайной – на тех днях, когда в Иисусе рождается Христос, – лежит никем никогда не поднятый – неподымаемый покров, – никем, кроме Него Самого: только Он Сам говорит в явной жизни Своей слова, кидающие обратный свет на эти дни; только из Его же собственных слов мы узнаем о тайной жизни Его непостижимое для нас, неимоверное и подлинное, по общему закону для всего, что мы знаем о Нем: чем неимовернее, тем подлиннее.

---

[254] Just., Dial. с Tryph., с. 88.
[255] Just. Gnost., ap. Hippol., Philosoph., V, 26. – Henneke, I, 102. – II, 99.

XVIII

Я и Отец одно (Ио. 10, 30),
вот самое неимоверное и подлинное в Нем. Этого никогда никто из людей ***так*** не говорил до Него и после ***так*** не скажет: в этой любви Сына к Отцу, Человек Иисус – Единственный.

Учится говорить на коленях у Матери; но не от Нее и ни от кого из людей любить Отца не научился; любит Его так же естественно, как дышит. «Авва, Отче», раньше сказал, чем начал помнить Себя. Чувство Отца в Нем такое же первое, как в других людях чувство собственного «я»; говорит: «Отец», как мы говорим: «Я».

Бога любил только один человек на земле – Иисус, потому что Он один знал Бога.

Отче праведный! и мир Тебя не познал, а Я познал Тебя. (Ио. 17, 25)
Знание Отца, любовь к Отцу – в Нем Одном-Единственном. Люди называют Бога «Отцом», но между тем, как это делают они и как делает Он, – такая же разница, как между словом «огонь» и огнем.

Первую заповедь: «люби Бога», никто не исполнил; никто никогда не любил Бога: чтобы любить, надо знать, а Бога никто не знает, не видит. Увидеть Бога – умереть – для всех людей; только для Сына видеть Отца – жить. «Куда пойду от Духа Твоего и от лица Твоего куда убегу?» (Пс. 138, 7.) Люди бегут от Бога; Иисус к Нему идет, как Сын к Отцу.

Все благочестие до Него – «страх Божий». Но страх не любовь; нельзя, – страшась, любить, как, замерзая, нельзя греться.

«В любви нет страха, но совершенная любовь изгоняет страх, потому что в страхе мучение» (Ио. 4, 18.) Это теперь понятно всем, а до Христа – никому. Страха Божьего нет в Иисусе: Сын любит Отца без страха.

«Стань на этой скале; когда же будет проходить слава Моя, Я поставлю тебя в расселине скалы, и покрою тебя рукою Моею, доколе не пройду, и, когда сниму руку Мою, ты увидишь Меня сзади, а лицо Мое не будет видимо тебе», – говорит Господь Моисею (Исх. 33, 21–23.) Только один Человек, Иисус увидел Бога лицом к лицу.

XIX

Что такое свет, не знают пещерные рыбы без глаз; люди не знают, что такое Бог. Только одна рыба с глазами видела свет – Человек Иисус.

Свет видят и растения, судя по тому, как тянутся к свету, поворачивают листья к солнцу и раскрывают цветы. Но между двумя зрениями, животным и растительным, разница меньшая, потому что количественная, а не качественная, чем между двумя знаниями – тем, каким люди знают Бога, и тем, каким Сын знает Отца.

XX

«Я люблю Бога», – никогда не говорит Иисус; Сын о любви к Отцу не говорит, потому что Он сама Любовь.

«Господи, покажи нам Отца, и довольно для нас». – «Столько времени Я с вами, и ты не знаешь Меня, Филипп? Видевший Меня, видел Отца» (Ио. 14, 8–10.) Этого никто из людей не говорил и не скажет.

«Богом» никогда не называет Отца, и людям никогда не говорит: «Наш Отец», а всегда «Мой», или «ваш», потому что Он – Сын Единородный, Единственный.

Люди чувствуют Бога Творцом, а себя – тварью; только у одного человека, Иисуса – чувство рожденности – несотворенности. Надвое для Него делится мир: все человечество и Он один с Отцом.

XXI

Память о небе у людей как бы отшиблена страшным падением с неба на землю – рождением; только у Него одного уцелела. Чем был до рождения и чем будет после смерти, в лоне Отца, знает – помнит первым «знанием-воспоминанием» (anamnêsis Платона.)

«Прежде нежели был Авраам, Я есмь» (Ио. 8, 58) – это для Него так же просто, естественно, как для нас «вчера». В этом чувстве «предсуществования», «премирности», – все та же небывалость Его, единственность.

В двух мирах живет всегда – в том и этом: «Я исшел от Отца и пришел в мир; и опять оставляю мир, и иду к Отцу» (Ио. 16, 28.) Тот мир для Него не черная ночь, как для нас, а прозрачные сумерки; тот – почти как этот. Небо помнит, как изгнанник – родину, но не далекую, а близкую, вчерашнюю.

Знает – помнит все, что было и будет, но людям не может сказать; мучается мукой вечной немоты, несообщимости. «О, род неверный! доколе буду с вами? доколе буду терпеть вас?» (Мк. 9, 19.) Любит людей, как никто никогда не любил, и один среди них, как никто никогда.

XXII

Сын Отцу единосущен в вечности (Consubstantialis Халкедонского символа), а во времени, – если, по св. Игнатию Богоносцу, «Иисус родился человеком воистину», – по св. Юстину Мученику, «рос как все люди растут», и, по св. Луке, «возрастал и укреплялся духом, исполняясь премудрости», – Существо Божеское в человеческом, вырастая, подымаясь из темных глубин того, что мы называем «подсознательным» (consience subliminale), лишь постепенно входит в сознание человека Иисуса, медленно овладевает Им, наполняет Его, как солнечный свет и тепло-прозрачно зреющий плод. Это и значит: в Иисусе рождается Христос.

Год от году, день ото дня, слышит все ясней и ясней, во всех голосах земли и неба, – в шуме ветра, шуме воды, в раскатах громов и в тишине звездных ночей – голос Отца: «Ты – Сын Мой возлюбленный».

Но, как бы постепенно ни было это рождение – «вспоминание, узнавание» вечности во времени, – должна была наступить такая минута, когда Он узнал *вдруг* все, и ответил Отцу: «Я».

В эту-то минуту и родился в Иисусе Христос.

XXIII

Вспомним незаписанное слово Господне: «Я был среди вас с детьми, и вы не узнали Меня», и другое, записанное:

«Если не обратитесь и не будете как дети, не войдете в Царство Небесное.» (Мт. 18, 3), – вспомним эти два слова, чтобы понять не ложное, а «утаенное Евангелие» – Апокриф, сохранившийся в книге валентиниан-гностиков, от III века, Pistis Sophia, куда он, вероятно, занесен из более древней, от середины II века, тоже гностической книги, Genna Marias (Рождество Марии), а туда, в свою очередь, из какого-то неизвестного нам, еще более древнего источника,[256] может быть, того самого, из которого черпал и Лука, – из сердца Матери: «Мария сохранила все слова сии, слагая в сердце своем» (Лк. 8,19.)

Вспомним также, что слово «Дух», по-еврейски Rûach, по-арамейски, на родном языке Иисуса, Rûcha, – женского рода.

Матерь Моя – Дух Святой,

говорит Иисус в «Евангелии от Евреев», – древнейшем и к нашим синоптикам ближайшем из неканонических Евангелий, в книге же иудеохристианской общины элькaзаитов (Elkasai), почти современной Евангелию от Иоанна (начало II века), Дух Святой – «Сестра Сына Божьего»,[257] а в Откровении Иоанна – «Невеста» Христова, Цер-

---

[256] Zahn, Geschichte des neutest. Kanons, II, 1890–1892 S 764 – Henneke II, 95, 99.
[257] Epiphan., Haeres., 53, l. – Ed. Meyer, I, 255.

ковь: «И Дух, и Невеста говорят: прииди!» (22, 17.) Мать, Сестра, Невеста – три в Одной.

Все это будем помнить, читая Апокриф Pistis Sophia.

XIV

Дева Мария Господу, по воскресении Его, говорила так:
...Будучи Младенцем, прежде чем Дух сошел на Тебя, был Ты однажды в винограднике с Иосифом. И Дух, сошел с небес и, приняв на Себя Твой образ, вошел в мой дом. Я же не узнала Его, и подумала, что это Ты Сам.

И Он сказал мне: «Где Брат Мой, Иисус? Я хочу Его видеть».
И я смутилась и подумала, что призрак (демон) меня искушает.
И, взяв Его, привязала к ножке кровати, пока не схожу за вами.
И я нашла вас в винограднике, где Иосиф работал.
И, услышав слова мои к Иосифу, Ты понял их, и обрадовался и сказал: «Где Он? Я хочу Его видеть».
Иосиф же, слыша слова Твои, изумился. И тотчас же пошли мы и, войдя в дом, нашли Духа, привязанного к ножке кровати.
И, глядя на Тебя и на Него, мы видели, что Вы совершенно друг другу подобны.
Дух же привязанный освободился, и обнял Тебя, и поцеловал, а Ты – Его. И Вы стали Одно. [258]

XXV

Варвара или ребенка неумелый рисунок, невинно-кощунственно искажающий какой-то неизвестный подлинник – может быть, очень далекое воспоминание, слишком не на явь не похожий потому наяву забытый, иную действительность отражающий сон, – вот что такое этот Апокриф.

Дух – маленькая девочка, привязанная к ножке кровати, для нас, «просвещенных» и «взрослых» людей, – варварски или детски нелепое кощунство. Многим, ли, однако, лучше Дух – Животное, Голубь? И не все ли человеческие образы Бога, человеческие слова о Боге невинно, невольно кощунственны? Будем же, не останавливаясь на словах и образах, искать того, что за ними. Взрослым сердцем нашим мы тут ничего не поймем; но если бы мы могли чудом найти наше детское сердце,

---

[258] Pistis Sophia, с. 61. Henneke, 102–103. – Die griechischen christlichen Schriftsteller. Ausg. der. Berl. Akad., XIII, 78.

то, может быть, в нем, как в солнце, ожил бы снова этот на земле увядший, неземной цветок.

XXVI

Будут два одна плоть, –
говорит первый Адам, и скажет Второй (Быт. 8, 24; Мт. 19, 5.) Два были одно в вечности, и будут одно во времени. Царствие Божие наступит тогда,
когда два будут одно...
мужское будет, как женское,
и не будет ни мужского, ни женского.

ὅταν γένηται τὰ δύο ἕν   [259]
καὶ τὸ ἄρρεν μετὰ τῆς θηλείας
οὔτα ἄρρεν ουτα θηλυ

Вспомним и это «незаписанное слово Господне», и, может быть, мы поймем, почему Он и Она, Жених и Невеста, Брат и Сестра, Сын и Мать, так «совершенно друг другу подобны», что, видя Их вместе, нельзя различить; может быть, мы поймем, что в тот миг, когда соединился в поцелуе небесной любви Он с Нею, и родился в Иисусе Христос.

XXVII

Так же детски или варварски-кощунствен и другой, у Юстина Гностика сохранившийся Апокриф, вероятно, из той же книги Germa Marias, – может быть, такое же страшно-далекое воспоминание-видение, бездонно-глубокий, слишком на явь непохожий и наяву забытый сон.

...Послан был, во дни Царя Ирода, Ангел Господень... И, придя в Назарет, нашел Он Иисуса, Сына Иосифа и Марии, пасущего овец, двенадцатилетнего Отрока. И возвестил Ему все... что было и будет... и сказал: «все до Тебя пророки уклонились от истины. Ты же, Иисус, Сын Человеческий, не уклоняйся, но все слова сии о Благом Отце возвести людям, и взойди к Нему, и воссядь одесную Отца всех, Бога».
И сказал Иисус Ангелу: «Исполню все». [260]

---

[259] Clement Alex., Strom., III, 6, 45; 9, 63, 64; 13, 92. – Resch, 253.
[260] Justin. Gnostic., ap. Hippol., Philos. V, 26. – Henneke I, 102; II, 99.

Надо ли говорить, в чем тут ложь и кощунство? Сыну открыть волю Отца не может никто – ни даже светлейший из Духов, предстоящих лицу Божьему, – может только сам Отец.

Но и сквозь ложь светится истина, как сквозь паутину и пыль – долго в нищенской лачуге пролежавший, из царского венца похищенный алмаз: главное, решающее все, откровение совершилось в Человеке Иисусе, в один определенный год жизни Его – здесь, по Юстину Гностику, так же как по св. Луке, **двенадцатый** (Лк. 2, 42–50. Отрок Иисус во храме) а, может быть, и в один определенный день, час, миг.[261]

Медленно-медленно копится в небе гроза, но молния сверкнет вдруг; внутренние очи сердца открываются у человека Иисуса медленно, но совсем открылись – увидели – вдруг.

XXVIII

«Он уходил в пустынные места и молился» (Лк. 5,15.) – «На гору взошел помолиться наедине, и вечером оставался там один» (Мт. 14, 23.) – «Утром, встав весьма рано, когда еще было темно, вышел (из дома) и удалился в пустынное место, и там молился» (Мк. 1, 35.) – «На гору взошел и пробыл всю ночь в молитве» (Лк. 6, 12.)

Сколько таких нагорных молитв в Евангелии! Если в жизни явной, то, вероятно, и в тайной, уходил Он молиться в пустыни и на горы, – может быть, еще в те дни, когда пас овец в Назарете, двенадцатилетним отроком.

И вот, пишется невольно, в сердце нашем, рядом с Евангелием явным, тайное, – не в новом, а в древнем, вечном смысле.

Апокриф
1.

Стадо черных коз водит Пастушок из Назарета на злачные пажити горных лугов Галилеи.

Слишком для Него высок, должно быть, отцовский, из белого акацийного дерева, немного в середине от потной руки потемневший, загнутый кверху крючком, пастуший посох. Бедные, на голых, загорелых ножках, стоптанные, из пальмовых листьев плетенные, тоже для Него слишком большие, должно быть, отцовские, лапотки-сандалийки, с ремешками истертыми, – один, почти оторванный, мотается сбоку; надо бы починить или совсем оторвать, да все забывает. Некогда ярко-голубой, с желтыми полосками, но давно уже на солнце выцветший, серый,

---

[261] Keim, I, 417.

шерстяной платок на голове, стянутый шнурком так, что лежит гладко-кругло на темени и падает на спину прямыми длинными складками, – головной убор пастухов, незапамятно-древний, может быть, еще дней Авраамовых, когда первые пастухи-кочевники пришли из Сенаара в Ханаан.

Белая, чистого, галилейского льна, нешитая, сверху до низу тканая искусной ткачихой Мирьям, короткая, чуть пониже колена, рубаха, с вышивкой из желтой, голубой и алой шерсти по подолу заговором от дурного глаза, лихорадки и укуса змеиного – стихом псалма Давидова:

Зло не приключится тебе,
и язва не приблизится к жилищу твоему,
ибо Ангелам Своим заповедал о тебе
охранять тебя на всех путях твоих;
на руках понесут тебя,
да не преткнешься о камень ногою твоею. [262]

2.

Лицо Пастушка, как у всех двенадцатилетних мальчиков, – простое, обыкновенное, на все человеческие лица похожее, только тихое не как у всех, и такие глаза, что ходившие с Ним вместе в школу назаретские дети, глядя в них, все хотели о чем-то спросить Его и не смели, умные; добрые, все хотели сказать, что любят Его, и тоже не смели, а злые смеялись, ругались над Ним, называя Его «бесноватым», «волчонком», «царенком» (знали, что Он из Давидова рода), или просто «Мирьяминым сыном», прибавляя какое-то Ему непонятное слово; только потом узнал Он, что это оскорбление матери, за то, что она родила Его будто бы не от Иосифа. Два же самых злых кидали в Него из-за угла камнями, так что школьный учитель при синагоге, хассан, отодрал их однажды за уши и сказал, что, если не перестанут, то выгонит их из школы. Камни швырять перестали, но с той поры смотрели на Него молча, так зло, как будто хотели убить.

Знал Он и Сам, что у Него такие глаза, и опускал их перед людьми, прятал под очень длинными, как у девочки, ресницами.

3.

Тихим и туманным утром, с тихим белым, точно лунным, солнцем на таком же белом, точно лунном, небе, взошел Пастушок, погоняя стадо черных коз, на плоскогорье Назаретского холма, где красные, под

---

[262] Пс. 90, 10–11.

темно-зеленым вереском, у ног Его, анемоны брызнули, как чья-то кровь, – «чья?» – подумал Он, как думал о них всегда.

Остановился. Тихо здесь, наверху; но снизу, из городка, холмами заслоненного, глухо доносится собачий лай, ослиный рев, скрип телеги, мокрый стук вальков по белью, и звуки эти оскверняют тишину.

Глянул на все четыре стороны, как птица, выбирающая путь, куда лететь: к северу, где лунным серебром чуть видимо искрилась, на белом небе, снежного Ермона, как Ветхого деньми, в несказанном величьи, седая голова; к востоку, где гряды холмов, волнообразно понижаясь, точно падали в какую-то невидимую пропасть, – в долину Геннисаретского озера; к югу, где необозримо желтело золотое море иезреельских пажитей; к западу, где настоящее море белело, как второе, куда-то под землю уходящее, небо. Выбрал путь на север, к холмам Завулона и Неффалима, где горные пастбища всего пустыннее.

4.

Кликнул коз, – те пошли за Ним, послушно, как будто знали, куда идут; и быстрыми шагами, точно убегая от невидимой погони человеческих звуков, сошел в глубокую, Назарету противоположную, долину; из нее опять поднялся, опять сошел; и так, с холма на холм, из долины в долину, дальше, все дальше уходил от людей, заслонялся холмами от них, как стенами.

Выше, все выше холмы; глубже, все глубже долины; травы зеленее, цветы благоуханнее: белые ромашки, желто-красные тюльпаны, лиловые колокольчики, густо, как в садовых цветниках, разрослись на влажном дне долины, где журчали, невидимые под травами, воды горных ключей; а по сухим каменистым склонам холмов – дикий розовый лен, и очень высокие, в рост Пастушка, зонтичные травы, с прозрачным, из белых цветочков, кружевом, кидавшим голубовато-лунные тени на розовый лен. Целые холмы поросли этими травами, так что издали казалось, что накинут на землю прозрачно-белой фаты подвенечный покров, как на стыдливо порозовевшее лицо невесты.

Козы шли за Ним все так же послушно, как будто знали, куда Он ведет их, и сами хотели туда. Знали, может быть, о Нем больше людей, смиренные твари, и злаки, и воды, и земля, и небо. Только иногда, на ходу, козы жадно щипали сочные травы на дне долин и шли, не останавливаясь, дальше. В ряд теснясь на узкой, между скалами, тропинке, тянулись длинно по розовым льнам, как черные четки, то вверх, то вниз. Маленький козлик отстал, заблеял жалобно. Пастушок взял его на руки, и матка рядом пошла, глядя на Пастушка прозрачно-желтыми, умными глазами, как будто благодарила.

5.

Дальше, все дальше; тише, все тише, – ближе к Отцу; Божья пустыня пустыннее. Кажется, нога человеческая здесь никогда не ступала; тишина никогда не нарушалась человеческим голосом. Лист на траве не шелохнет, колокольчик на стебле не дрогнет. Жаворонок было запел, но умолк, как будто понял, что тишины нельзя нарушать; застрекотал кузнечик в траве, и тоже умолк; глухо прожужжала в воздухе пчела, замер в отдалении звук, как оборванной на лютне струны, и еще стало тише. Не было, кажется, никогда на земле такой тишины, и не будет; только в первом раю было, и будет во втором – в Царствии Божием.

6.

Кончились холмы, начались горы, с очень отлогими, восходящими склонами. Розовые льны и зонтичные травы исчезли: только серый мох, да желтый лишай по голым скалам. Низкие сначала, кривые, появились первые дубки, да сосны, а потом, – все выше, стройнее, и вознесся, наконец, величественный кедр Ливанский, в чьих ветвях гнездятся орлы.

Дали прояснели, мглы рассеялись. Небо все еще облачно-бело, но кое-где уже сквозит голубое сквозь белое. Легче стало дышать; потянуло горною свежестью – близкого талого снега ландышным запахом. Там, внизу, уже лето – юная жена, а здесь, на горе, все еще весна – двенадцатилетняя девочка.

Скалы вдруг расступились, точно открылись тесные ворота на широкий луг, поросший низкой, гладкой, мягкой, как пух, изумрудно-зеленой, весенней, ключами подснежных вод напоенной травой, с редкими точками розовых, как лица только что проснувшихся детей, маргариток и бледно-желтых, северных лютиков.

К северу луг срезан был ровно, как ножом, чертой, отделявшей зеленые травы от темно-серого сплошного гранита, восходившего отлого к другой, недалекой, такой же ровно срезанной на белом небе, черной черте – острому краю горы.

Козы на лугу сами остановились, как сами давеча шли, – точно знали, что здесь конец пути, дальше Пастушок не поведет их; часто, должно быть, бывали здесь и так же полюбили это место, как Он. Тотчас, рассыпавшись по лугу, начали щипать траву, припадая к ней мордами жадно: слаще была им эта горная, весенняя, – той летней, внизу.

7.

Богу Киниру, древнеханаанскому, эллинскому Адонису («Адонис» – «Адонай», значит «Господь») посвящена была гора, под именем Кинноры – золотой арфы иудейских царей и священников, на которой воспевалась песнь Адонаю, Господу Израиля. «Арфой», может быть, называлась гора потому, что, во время летних, от Ливана идущих, гроз, под золотыми на солнце, струнами дождя, вся она звенела, отвечая небесным громам, как золотая арфа-киннора.

Здесь, в незапамятно древние, может быть, до-Авраамовы, дни, совершались таинства богу Киниру-Адонису: в жертву детей своих приносили отцы на земле, так же, как Сына на небе принес в жертву Отец. Бог Кинир-Адонис родился человеком, бедным пастухом Галилейским, пострадал за людей, умер, воскрес и опять сделался богом.

Те же и доныне совершались таинства на полях Мегиддонских, видных с Назаретского холма, в конце Иезреельской равнины. Богу Киниру-Адонису все еще там воспевалась плачевная песнь, записанная в книге пророка Захарии. Пели ее пастухи Галилейские, от полей Мегиддонских до Киниретского-Геннисаретского озера (именем бога звучала вся земля), Кинирову песнь на камышовой свирели-кинноре, потому что бог-пастух, говорили они, не арфу золотую, а бедную пастушью свирель изобрел, подслушав плачевную песнь ночного ветра в камышах, о смерти своей.[263]

Старый пастух, прозванный «Язычником» за то, что смешивал в жилах своих две крови, иудейскую с эллинской, так же как в сердце – двух богов, Адоная с Адонисом, рассказал Пастушку эту древнюю сказку, сидя с ним на плоскогорье Назаретского холма, и, указав на красные в огне заката, цветы, брызнувшие у ног Его, кровью по темно-зеленым верескам, сказал: «Божья кровь!»

Сказке не поверил Пастушок: знал, что Бог один – Господь Израиля. Встал и ушел от Язычника. «Отойди от Меня, Сатана!» – сказал ему в сердце Своем. «Нет, кровь не бога Кинира, – подумал в первый раз тогда, глядя на красные цветы. – Чья же, чья? И что значит: Сына в жертву принес Отец?»

8.

Думал об этом и теперь, сидя на камне у зеленого луга, на горе Кинноре. Тише еще тишина здесь, на горе, чем в долинах, Все на земле и на небе как будто прислушивалось – ждало чего-то, затаив дыхание.

Вынул Пастушок из кожаной сумки, висевшей через плечо, камышовую свирель-киннору, и заиграл бога Кинира плачевную песнь:

---

[263] Justin., Histor., XVIII, 13. – Keim, I, 602. – Dalman, 88. -P. Rohrbach, Im Lande Jahwes und Jesu. S. 158.

Воззрят на Того, Кого пронзили, и будут рыдать о Нем, как об единородном сыне, и скорбеть, как скорбят о первенце. Плач большой в Иерусалиме подымется, как плач Адониса-Кинира на полях Мегиддонских; будет вся земля рыдать. [264]

9.

Кончил песнь, закрыл глаза, опустив на них веки, такие тяжелые, что, казалось, никогда не подымутся.

И опять – тишина того бездыханного полдня, когда кто-то вдруг называет человека по имени, и он бежит, бежит, в сверхъестественном ужасе, все равно, куда, – только бы увидеть лицо человеческое, человеческий голос услышать, – не быть одному в тишине. Но если бы услышал Пастушок тот зов, то не бежал бы, а пошел на него, как сын идет на зов отца.

Медленно поднял тяжелые веки, открыл глаза, встал и пошел по гранитному склону горы к той недалекой, ровно срезанной, на белом небе, черной, последней черте.

Шел, играя на свирели отца Своего, Давида, псалом:

Господь – пастырь Мой;
Я ни в чем не буду нуждаться.
Он покоит Меня на злачных пажитях,
и водит Меня к водам тихим.
Если Я пойду и долиною смертной тени,
не убоюсь зла, потому что Ты со Мною;
Твой жезл и Твой посох –
они успокаивают Меня. [265]

10.

К черной, последней черте подошел – крайнему краю горы, гранитной стене, падавшей отвесно в пропасть. Белою змейкой извиваясь там, внизу, на самом дне пропасти, пенился поток и ревел; но сюда, на высоту, не долетало ни звука. Синие горы, как волны, поднимались отлого,

---

[264] У пророка Захарии (12, 10–11), «плач Гадад-Римона» (Adad-Raman), древневавилонского бога грозы и солнца, одного из многих двойников Таммуза-Кинира-Адониса – орфического «Диониса Распятого». – Д. Мережковский, Тайна Запада, II ч. Боги Атлантиды, Дионис Распятый.

[265] Пс. 22, 1–4.

волна за волной, постепенно бледнея, к дремуче-лесистым склонам Ливана, а над ними, снежного Ермона, Первенца гор, как Ветхого деньми, в несказанном величьи, белела седая глава.

Высшая точка Кинноры, скалистый, над самою кручей, уступ, назывался Престолом Кинира. Здесь лежала груда камней – может быть, некогда жертвенник бога, – с полустертой, на одном из них, надписью: **Сына в жертву принес Отец.**

К самому краю пропасти подошел Пастушок и стал на колени. В белом небе открылось голубое окно, и солнечный луч упал на лицо Пастушка, а другой луч из другого окна – на снежный Ермон: белым, в снегах, алмазным огнем засверкало Лицо Несказанное, и веяньем прохладным, как бы неземным дыханьем, обвеяло лицо Пастушка. Медленно поднял Он глаза и увидел в небе другое Лицо, от которого некогда побежит земля и небо, и не найдется им места.

Сделалась такая тишина на земле и на небе, что, если бы кто-нибудь, кроме Пастушка, был тогда на горе и мог вынести эту тишину, не бежать от нее в сверхъестественном ужасе, то, может быть, понял бы то, что уже понимала смиренная тварь – звери, злаки, воды, и земля, и небо, – что эта тишина – От Него, Тишайшего, и увидел бы вокруг головы Пастушка такое сиянье, что солнечный свет перед ним – тьма.

3. Назаретские будни

I

«Иисус не был христианином; Он был Иудеем», – говорит великий историк, бывший христианин.[266] «Иисус был Иудеем и оставался Иудеем до последнего вздоха», – говорит маленький историк, настоящий иудей.[267] Это, конечно, парадокс. Если нет связи между Христом и христианством, откуда же оно взялось и куда его девать во всемирной истории? Сын человеческий – Сын Израиля – не соединяет ли в Себе, как лебедь, – обе стихии, землю и воду, – землю иудейства и воду всемирности?

Что такое «парадокс»? Слишком иногда удивительная (paradoxos, значит – «странный», «удивительный»), неимоверная, и, потому, кажущаяся ложью, истина. Только таким «парадоксальным» языком мы и

---

[266] «Jesus war kein Christ, sondern Jude», J. Wellhausen, Einleitung in die drei ersten Evangelien, 1901, S. 102.

[267] «Jesus was a Jewi he remained till his last breath», J. Klausner, Jesus of Nazareth, 1929, p. 368.

можем говорить о многом в Евангелии, потому что оно само – величайший *Парадокс,* слишком для нас удивительная и неимоверная истина.

II

Нет ли, в самом деле, чего-то в живом лице Иисуса не только исторически, но и религиозно-подлинного, чего христиане, люди «крещеные», не могут в Нем понять, ни даже увидеть, а иудеи, «обрезанные», видят сразу, хотя еще меньше христиан понимают?

Первый ответ на вопрос: «Кто Он такой?» – первое от Иисуса впечатление зрительное видевших Его лицом к лицу: «Иудей, Обрезанный».

Более неизгладимую печать оставляет на человеке кровь обрезания, чем вода крещения, – это, увы, не парадокс и для нас, христиан, а наш собственный религиозный опыт. Скорее можно узнать христианина, забыв, что он крещен, нежели иудея, забыв, он обрезан.

Мы все забываем, что Иисус – Иудей, а ведь недаром поминает нам об этом чистый Эллин, вчерашний язычник, Лука, так упорно и настойчиво: «на восьмой день обрезан... по закону Моисееву... принесен во храм, чтобы представить Его пред Господа, как поведено в законе Господнем» (2, 21–24; 39.)

Что это значит? Правы, конечно, иудеи по-своему, когда говорят, что Иисус не только нарушил, но и разрушил, уничтожил Закон. Жертвы, очищения, суббота, обрезание – где все эти столпы Закона в христианстве? «Ветхое близко к уничтожению», – говорит Павел и делает, что говорит: Ветхий Завет уничтожает Новым.

III

И вот, все-таки: «Я пришел исполнить Закон». Разрушив, исполнить, – тоже «парадокс» – уже не Евангелия, а самого Иисуса. Чтобы исполнить Закон, разрушив его, надо было Ему сделать это не насильственно, извне, а изнутри, естественно, как прорастающее семя разрушает оболочку свою, чтобы, дав много плода, исполнить внутренний закон жизни; а для этого надо было принять на Себя закон внешний, войти в него до конца, родиться не только человеком воистину, но и сыном Израиля воистину; быть «Иудеем из Иудеев, обрезанным из обрезанных»; тайну Отца совершить в Себе самом, прежде чем тайну Сына.

Слишком для себя легко и бескровно мы разрываем связь человека Иисуса с Израилем, забывая, как эта связь близка сердцу Его – к нерасторжимой в Нем связи Сына с Отцом, и какая смертная для Него боль – может быть, крест всей утаенной жизни Его – этот разрыв.

Вот в этом-то смысле, парадокс: **Христос не христианин** – неимоверная истина.

IV

«Слишком любил Он Израиля», по чудно-глубокому слову «Послания Варнавы» (117–132 г.):[268] υπερηγάπεδεν, «слишком любил», «перелюбил». Мы поняли бы за что, если бы могли понять, что так же, как не было никогда и не будет подобного Ему человека, – не было и не будет никогда народа, подобного Израилю: Его народ, так же, как Он сам, – единственный. Только в Израиле мог родиться Иисус; правда, и убит мог быть только в Израиле; но, если бы другие народы и не убили Его, то, может быть, потому, что и не узнали бы Его вовсе, а этот – узнал тотчас, хотя бы, как бесноватый: «оставь! что Тебе до нас, Иисус Назарянин? Ты пришел нас погубить» (Мк. 1, 24.)

Сколько бы ни отступал жестоковыйный Израиль от Бога, он все-таки весь в Боге, как рыба в воде. Первый из народов сам начал молиться и других научил. Не было, нет и не будет лучших молитв, чем Псалмы.

Этим-то молитвенным воздухом и дышит Иисус от первого вздоха до последнего, от «Авва» в колыбели до «Сабахтани» на кресте.

V

Лет с шести ходил, вероятно, как все дети, учиться в школу, beth-hasepher, при Назаретской синагоге.[269] Сидя на полу вокруг свитка Закона, – читать его умели со всех четырех сторон, – дети повторяли за учителем, хассаном, хором крикливых голосов, один и тот же стих Писания, пока не заучивали наизусть.[270] С хором этим сливал, вероятно, и маленький Иешуа Свой детский голосок.

А с двенадцати лет уже ходил по субботам в синагогу, «дом собраний», keneseth, молиться со взрослыми, слушать проповедь и арамейский перевод Писаний, targum.

Внутренность синагоги очень простая: большая палата с голыми, гладкими, белыми стенами, с двойным рядом колонн, с деревянными скамьями для молящихся и каменным высоким помостом, arona, tebuta,

---

[268] Epistol. Barnab., V, S.
[269] Мы знаем по Евангелию Луки (4, 16), что в Назарете была синагога.
[270] Dalman, Jesus-Jeschua, 1922. S. 32–33. – Fr. Barth, Die Hauptprobleme des Lebens Jesu, 1918. S. 71.

обращенным к Иерусалимскому храму, – отсюда, из Назарета, прямо на полдень. Дверь за тебутой обращена была тоже на полдень и, большею частью, открыта для света. Низенький, со створчатыми дверцами, шкапик, смиренное подобие Ковчега Завета, где хранились пергаментные, на двух деревянных палках развивавшиеся свитки Закона, находился тут же на тебуте, а перед шкапиком – столик на высоких ножках, с наклонной, для чтения, доской. Чтец покрывал голову длинным шерстяным полосатым покровом, головным убором кочевников, в знак того, что Израиль, в пустыне мира, на пути в царство Мессии, – вечный странник.[271]

Сидя на скамье, лицом к тебуту, через открытую за нею дверь, маленький Иешуа мог видеть уходивший по золотому морю иезреельских пажитей, свой будущий, последний путь в Иерусалим, на Голгофу.

VI

Учится, вероятно, и дома: свитки Закона хранились иногда и в самых бедных домах. Школы раввинов едва ли посещал; Сам не был никогда, в школьном смысле, «учителем Израиля». – «Как он знает Писания, не учившись?» – дивятся иерусалимские книжники (Ио. 7, 15), должно быть, потому, что Он имеет вид не ученого rabbi, а простого поселянина, **амгаареца,** пастуха или каменщика, «строительных дел мастера», **наггара**.[272] В поле, за плугом, и в мастерской, за станком, дома, за вечерей, и в пути, под шатром, везде и всегда, учатся люди Закону и молятся, как дышат; Бога благодарят за каждый кусок хлеба и глоток вина. «Слушай, Израиль», schema Iesreel, повторял, должно быть, и маленький Иешуа трижды в день, как все иудеи, за тысячу лет до Него и через две тысячи – после.

Молится и святейшей, «восемнадцати-частной» молитвой, schmone Esrah, о скором пришествии царства Мессии.[273]

VII

Тихий свет субботних огней, сладкий вкус вина пасхального, смешанный с горечью «трав», в блюде с похлебкой charoseth, красновато-коричневой, как та речная глина, из которой в египетском рабстве Израиль лепил кирпичи, и громовый, «ломающий кровли до-

---

[271] Dalman, 39, 41.

[272] Barth, 71.

[273] Deissman, Evangelium und Urchristentum, 96.

мов», Hallel, «песнь освобождения» – все это Иисусу родное, святое, незабвенное.²⁷⁴

«Вожделея, вожделел Я есть с вами Пасху сию», – скажет ученикам в предсмертную ночь (Лк. 22, 15.) Пасхи земной – царства небесного вкус: раз вкусив этой сладости, человек и Сын человеческий уже никогда не забудут ее не только здесь, на земле, но и там, в вечности: «Уже не буду есть Пасхи, доколе не совершится она в царствии Божием» (Лк. 22, 16.)

Вот за что Он «слишком любил» – «перелюбил» Израиля; его Царем взойдет и на крест.

VIII

Каждый год родители Его ходили в Иерусалим на праздник Пасхи. И когда Он был двенадцати лет, пришли они, также, по обычаю, в Иерусалим на праздник. **(Лк. 41–48.)**

Можно было пройти из Назарета в Иерусалим прямым путем, через Самарию, дня в три;²⁷⁵ но, так как самаряне, почитая галилейских паломников «нечистыми», не давали им ни воды, ни огня, ругались над ними, били их, а иногда и убивали, то те предпочитали обходный, более трудный и опасный от разбойников, путь через лесные и горные дебри Переи.

К вечеру шестого дня, переправившись через Иордан, спускались в долину Иерихона, глубокий провал Мертвого моря, уже в начале низана, пасхального месяца, знойный, весь напоенный, как с душистою мастью ларец, благоуханием бальзамных рощ, отчего и город в долине той назван «Иерихоном», «Благоуханным».²⁷⁶ Утром же, восходя в Иерусалим, на высоту двух тысяч локтей, шли крутой, извилистой дорогой, между голыми, обагренными марганцем, точно окровавленными, скалами. В сердце Иисуса-Отрока могло запасть вещее имя дороги: ***Путь Крови.***²⁷⁷

IX

Шли весь день с утра до вечера. Вдруг, с одного из крутых поворотов у селения Вифагии, на горе Елеонской, открывалась над многоярус-

---

[274] Ed. Stapfer, Jesus-Christ pendant, son ministére, 1897, p. 195; La mort la ressurection de J. Ch., 1898, p. 128.

[275] Joseph. Flav., Vita 52. – G. Volkmar, Jesus Nazarenus, 1882. S. 155.

[276] L. Schneller, Kennst du das Land? 332.

[277] Lagrange, Luc, 313.

ным, плоско-кровельным, тесно слепленным, темно-серым, как осиное гнездо, ветхим, бедным Иерусалимом, – великолепная, вся из белого мрамора и золота, громада, – как снежная гора на солнце, сияющий Храм,

Hallel! Hallel! Аллилуйя!
Вот, стоят ноги наши
во вратах твоих Иерусалим,
хором возглашали паломники Давидову песнь Восхождения.
Очи мои возвожу к горам
откуда придет помощь моя...
Горы окрест Иерусалима,
а Господь окрест народа Своего
отныне и во век.
Мир на Израиля! [278]

С хором сливал голосок Свой, должно быть, и маленький Иешуа, повторяя из глубины сердца отца Своего, Давида, псалом:
Как вожделенны жилища Твои, Господи сил!
Истомилась душа моя, желая во дворы Господни;
сердце и плоть моя восторгаются Богу живому.
И птичка находит жилье себе,
и ласточка – гнездо,
где положить птенцов своих у алтарей Твоих,
Господи сил, Царь мой и Бог мой!
Блаженны живущие в доме Твоем,
ибо один день во дворах Твоих лучше тысячи
Hallel! Hallel! Аллилуйя. [279]

X

Когда же, по окончании дней праздника, возвращались они, отрок Иисус остался в Иерусалиме; и не заметили того Иосиф и матерь Его; но думали, что Он идет с другими. Прошедши же дневной путь, стали искать Его между родственниками и знакомыми.

И не нашедши Его, возвратились в Иерусалим, ища Его. (Лк. 2, 43–45.)

Чтобы так забыть, потерять любимого Сына, двенадцатилетнего мальчика, в многотысячной толпе, где могли быть и злые люди; чтобы не вспомнить о Нем ни разу, в течение целого дня, не подумать «где

---

[278] Пс. 120, 121, 127, 135, 134.
[279] Пс. 83.

Он? что с Ним?» – родители Его должны были привыкнуть к таким Его внезапным исчезновениям, и примириться с тем, что Он взял Себе волю, отбился от рук и живет Своей отдельной, далекой и непонятной им жизнью. Сколько раз пропадал – находился; найдется и теперь.

Путь дневной прошли, – значит, спустились из Иерусалима в Иерихон, а, может быть, и через Иордан переправились, и начали всходить на горы Переи, когда, искавши Его напрасно, сначала среди родных и знакомых, а потом, должно быть, на первой ночевке, по всему Галилейскому табору, поняли, наконец, что Он пропал на этот раз не так, как всегда: может быть, и не найдется.[280]

Что должны были чувствовать, восходя снова в Иерусалим, путем Крови, и там, в городе, ища Его по всем улицам, вглядываясь в лица прохожих, с растущей тоской и тревогой, каждую минуту надеясь и отчаиваясь увидеть Его? Сердце свое измучила мать, глаза выплакала, за эти три дня – три вечности, думая, что никогда уже не увидит Сына.

XI

Через три дня нашли Его в храме, сидящего посреди учителей, слушающего их и спрашивающего.

Все же слушавшие Его дивились разуму и ответам Его. (Лк. 2, 46–47.)

Сидя, по школьному обычаю, в тройном круге учеников, у ног старцев, учителей Израиля, на великолепном, из разноцветных мраморов, мозаичном полу, в храмовой синагоге Тесаных Камней, Lischat Hagasit, на юго-восточном конце внутреннего двора, где собирались иногда члены Синедриона, знаменитые учителя и книжники иерусалимские, – слушал их, спрашивал и отвечал им отрок Иисус.[281]

И увидев Его (Иосиф и Мария), изумились; и матерь Его сказала Ему. Сын! что Ты сделал с нами? Вот, отец Твой и я с великою скорбью искали Тебя.

Он же сказал им: для чего вам было искать Меня? Разве вы не знали, что Мне должно быть в доме Отца Моего?

Но они не поняли сказанных Им слов. (Лк. 2, 48–50.)

Нашему земному сердцу, – скажем всю правду, – эти неземные, первые, от Него людьми услышанные, слова кажутся невыносимо жестокими: как бы холодом междупланетных пространств веет от них;

---

[280] Schneller, Evangelienfahrten, 1925. S. 82. – Fr. Klostennann, Das Lucasevangelium, 1919. S. 409.

[281] Keim, I, 414.

наше человеческое сердце обжигают они, как схваченное голой рукой на морозе железо, сдирающим кожу, ледяным ожогом.

Так ли отвечает матери любящий сын? «Что Ты сделал с нами?» – «Сделал, что надо». – «Мы искали Тебя с великою скорбью…» – «Ваша скорбь не Моя». – «Вот, отец Твой…» – «Мой Отец – не он». Это не в словах, а только в намеках, но, может быть, еще больнее так.

Любящий, как никто никогда не любил, мог ли Он не понять, не увидеть сразу, по лицам их, что Он с ними сделал? Как же не бросился к ним, не обнял их, не прижался к их сердцу, не заплакал, моля о прощении, как маленькие дети плачут и молят?

Давеча, только что увидели Его издали и еще не успели обрадоваться, как уже «изумились» – испугались (εζεπλάγησαν) чего-то в лице Его, в глазах: точно сверкнула из них и обожгла им сердце та ледяная молния, – от схваченного голой рукой на морозе железа невыносимый ожог.

XII

И вот, снова в сердце нашем невольно пишется не ложное, а утаенное Евангелие –

Апокриф

1.

Вспомнила ли в ту минуту Мирьям, как однажды, – во сне или наяву, сама не знала, – маленький Мальчик, две капли воды Иисус, вошел к ней в дом, в вечерние сумерки, и сначала, не разглядев, должно быть, хорошенько лица Его, подумала она, что это Он и есть; но, когда Он сказал ей: «Где Брат Мой Иисус? Я хочу Его видеть», – вдруг поняла, что это не Он. И Мальчик обернулся Девочкой; и так испугалась она, подумав, что призрак ее искушает, Иисусов двойник, что заметалась, как во сне, обезумев от страха; сама не помня, что делает, привязала Его-Ее к ножке кровати, и побежала за Иисусом, чтобы сравнить Их, узнать, кто настоящий; но не узнала: Он и Она были совершенно друг другу подобны. И Он обнял Ее, поцеловал, и двое стали одно. Так и теперь, может быть, то же в вечерних, синагогу Тесаных Камней наполняющих сумерках, хочет и не может узнать, кто это; не пропал ли Настоящий, не нашелся ли Другой? И страшно ей, теперь, наяву, еще страшнее, чем тогда, во сне. Путается все, мешается в уме; не знает, что наяву, что во сне. Ничего не понимает, не помнит; видя чужой взгляд родных глаз, слыша звук чужого родного голоса, теперь уже не только от страха, как тогда, но и от боли обезумела.

«И тебе самой оружие пройдет душу», – слышала прежде, чем Он родился; но еще не знала тогда, кто подымет оружие, теперь узнала: Сын.

«Кто не возненавидит отца своего и матери»… – сердце всего человечества, сердце Матери-Земли, пройдет этот меч Сына, как ледяная молния.

2.

И Он пошел с ними, и пришел в Назарет, и был в повиновении у них. И матерь Его сохраняла все слова в сердце своем.

Иисус же преуспевал в премудрости и возрасте, и в любви у Бога и человеков. (Лк 2, 51–52.)

Было, как бы не было, вспыхнуло-потухло, как молния; только смутно что-то помнится, как наяву – страшный сон. Вышел на минуту из повиновения, и снова вернулся в него; вырос на минуту, и снова сделался маленьким. И все пошло как будто по-старому. День за днем, год за годом, все то же: ходит Мальчик в школу, с детским хором сливает Свой голосок, повторяя за учителем каждый стих Закона, – и этот: «чти отца своего и матерь свою»; дома стучит молотком, обмазывает глиной кирпичики, – учится строительных дел мастерству; водит стадо черных коз на Галилейские пастбища; когда же домой возвращается, – пастушью свирель Его, киннору, жалобно поющую Кинирову песнь, мать узнает издали:

Воззрят на Того, Кого пронзили,
и будут рыдать о Нем,
как рыдают об единороднем сыне,
и скорбеть, как скорбят о первенце..

Хочет что-то вспомнить и не может. «Прежний, тот самый, Настоящий», – думает, вглядываясь в Сына, мать; и вдруг, – как будто не совсем Тот, чуть-чуть Другой.

И ужас ледяным ожогом сердце жжет.

3.

Сидя однажды в темном углу Назаретского домика, при свете тусклой лампады, чинил ремешок на стоптанных лапотках-сандалийках и тихо-тихо, как осенние пчелы жужжат над последним цветком, напевал отца Своего Давида, псалом – песнь Восхождения по пути Крови:

Господи, не надмевалось сердце Мое,
и не возносились очи Мои,
и Я не входил в великое
и для Меня недосягаемое.

*Не смирял ли Я и не успокаивал ли
души Моей, как дитяти,
отнятого от груди матери?
Душа Моя была во Мне,
как дитя, отнятое от груди.* [282]

Жалоба такая в этой песенке послышалась матери, что подошла к Нему, села рядом, положила голову Его к себе на грудь, начала тихонько гладить по волосам; хотела что-то сказать, но слов не находила – молчала. Молча поднял и Он глаза на нее, улыбнулся, потом прошептал, как в самом раннем детстве, когда еще не умел говорить:

– Ма!

Тихо закрыл глаза; веки опустились на них так тяжело, что, казалось, уже никогда не подымутся, – уснул.

И увидела мать такое на лице Его сияние, что солнечный свет перед ним – тьма. И вспомнила вдруг все, что забыла: Ангела в ризах белых, как снег, с лицом, как молния:

Радуйся, Благодатная!

И сказала, как тогда:

*Се раба Господня,
Да будет мне, по слову твоему.*

И еще сказала:

*Величит душа моя Господа
и возрадовался дух мой
о Боге, Спасителе моем,
что призрел Он на смирение рабы Своей,
ибо отныне будут ублажать меня все роды,
что сотворил мне величие Сильный.*

И уже не ледяная молния ужаса, а огненная – радости прошла ей душу, как меч. Вдруг поняла, что Сын любит ее, как никто никого никогда не любил, и сотворит ей величие Сильный; на такую высоту вознесет ее, на какой не был никто никогда; сделает рабу земную Царицей Небесной, матерь Свою – Богоматерью.

XIII

Первые слова Господни, – как будто невыносимо жестокие, слова любви, как будто ненавидящей; это неимоверно и, следовательно, подлинно, по общему закону Евангельской критики: чем неимовернее, тем подлинней.

---

[282] Пс. 180.

Сам Лука дает нам понять, откуда им взяты эти слова, так же, как весь «Апокриф» – не ложное, а «утаенное Евангелие» о Рождестве и детстве Господа.

Все слова сии сохраняла Мария, слагая их в сердце своем (2, 19), – это после Рождества, и опять, после тех непонятных слов двенадцатилетнего Отрока:

Матерь Его сохраняла все слова сии в сердце своем. (2, 51)

В этот-то, конечно, недаром дважды повторенный стих о сердце матери и включает Лука все Евангелие о Рождестве и детстве, как жемчужину – в нетленно-золотую оправу: память любви – вернейшая; незабвенно помнит, потому что бесконечно любит сердце Матери.

Если все Евангелие о явной жизни Господа есть не что иное, как «Воспоминания» Апостолов, apomn êmonvemata, в смысле наших «исторических воспоминаний», то и все Евангелие о тайной жизни Его есть не что иное, как «воспоминания» Иисусовой матери.

Как же не верить такому свидетельству?

XIV

Темную ночь неизвестной жизни Иисуса Неизвестного прорезает лучом ослепительно яркого света этот рассказ о двенадцатилетнем Отроке, тем для нас драгоценнейший, что им подтверждаются наши собственные догадки – написавшийся невольно в сердце нашем, «Апокриф». Ночь озарила молния, и мы увидели, что шли по верному пути, при бледном свете зарниц, – обратных, на тайную жизнь из явной – падающих отблесков; верно угадали, что для Иисуса уже здесь, в Назарете, начинается восходящий к Иерусалиму, ***«путь Крови»*** – крестный путь на Голгофу.

Но, после внезапного света – опять черная ночь: между второй и третьей главой, тридцатилетний – у Матфея, двадцатилетний, у Луки, перерыв молчания, забвения, как бы черный в беспамятство провал: «был двенадцати лет», – «был лет тридцати» (Лк. 2, 42; 3, 23); что же между этими двумя точками, о том ни слова, а ведь в эти-то именно годы, когда всякий человек достигает полдня своего – мужества, в судьбе Иисуса человека, а если Он – Спаситель мира, то и в судьбе человечества, решалось все на веки веков.

Тайна эта осталась бы для нас неразгаданной, если бы не три, опять-таки обратных, из явной жизни, молнийных света.

Об одном из них – Искушении – потом, а сейчас – о двух.

XV

Все три синоптика говорят о встрече Иисуса с «врагами человека, домашними его», должно быть, в Капернауме, в один из ранних дней служения Господа. Главного, однако, сказать не смеют ни Лука, ни Матфей; оба замалчивают, притупляют жало «соблазна», skandalon. Смеет только Марк-Петр; больше всех, должно быть, смеет потому, что больше всех любит-верит.

Приходят в дом, и опять народ сходится толпами, так что им невозможно было и хлеба есть.

И, услышав, ближние Его пошли взять (κρατῆσαι, *силою наложить на Него руки); ибо говорили, что Он вышел из Себя,* ἐξέστη. (Мк. 3, 21.)

«Впал в исступление», incidit in furorem, в грубоватом, но сильном и точном, переводе Вульгаты; «сошел с ума», по-нашему. Что это значит, мы узнаем из происходящего тут же, около дома, в жадно и праздно-любопытной толпе:

Книжники, пришедшие из Иерусалима, говорили: в Нем нечистый дух... Он имеет Вельзевула, и изгоняет бесов силою князя бесовского. (Мк. 3, 30; 22.)

Это говорят враги Его, чужие люди, а слушают, соглашаются с этим, «враги домашние». Через год, два (по ев. Иоанну), уже в середине или в конце Его служения, это подтвердят и старейшины Иерусалимские, вожди народа, – в скором будущем – убийцы Господа:

Он одержим бесом и безумствует; что слушаете Его? (Ио. 10, 20.)

И уже прямо в лицо Ему, когда спросит:

За что ищете убить Меня?

весь народ скажет:

Не бес ли в Тебе? (Ио. 7, 20.)

XVI

Так же точно и древних пророков Израиля, nebiim, даже самого Илию, называл народ, смеясь и ругаясь: meschugge «безумные», «одержимые».[283] Духом человек одержим, это видят все, но каким, – никто хорошенько не знает: «Божиим», – думают одни; другие – «бесовским».

Так же этого не знают и о Сыне человеческом. Лучше всего могли бы знать домашние: тридцать лет прожили с Ним, – как же не знать? Но если именно в эти дни, когда весь народ, видя чудеса Его и знамения, прославляет Бога, почитает Иисуса великим пророком, может быть,

---

[283] H. Gressmann, Palestinas Erdgeruch in der Israelitischen Religion, 1909. S. 40–41.

Мессией; когда и бесы кличут: «Знаем Тебя, кто Ты, Сын Бога Всевышнего!» – если и в эти дни, ближние все-таки решают взять Его силою, то значит уверены, что книжники правы: «В Нем – бес».

Медленно, может быть, двадцать лет, зреет на дереве жизни Его этот горький плод; медленно свивается веревка, которой захотят связать Его, как бесноватого; двадцать лет не чужие, а родные, любящие глаза следят за Ним, подглядывают. Братья и сестры, сначала по углам шушукаются, а потом, все ближе и ближе, все громче: «Мешугге! Мешугге!» и, наконец, решают спасти Его от беды и себя от позора – силою взять и связать, как бесноватого, чтобы отвести домой, в Назарет.

XVII

И пришли к Нему матерь и братья Его; и не могли подойти к Нему по причине народа. (Лк. 8, 19.)

И, стоя вне (дома), послали к Нему звать Его. Около Него сидел народ. И сказали Ему: вот матерь Твоя и братья Твои, и сестры Твои вне (дома) спрашивают Тебя.

И отвечал им: кто матерь Моя и братья Мои?

И, оглянув сидящих вокруг Него, говорит: вот матерь Моя и братья Мои; ибо кто будет исполнять волю Божию, тот Мне брат, и сестра, и матерь. (Мк. 3, 31–35.)

Слышала ли мать из-за толпы это трижды повторенное «матерь Моя», – дважды на первом месте, потому что для Него, в этом деле, первая – мать? Сердцем, если не слухом, слышала, конечно, – и трижды меч прошел ей душу: больно ей, а Ему еще больнее. Нашему сердцу земному невообразима эта неземная боль. Если бы могли ранить друг друга Существа Божественные, то раны их болели бы так.

XVIII

Что делает мать? Зачем сюда пришла? Страшно молчит об этом ближайший свидетель Марк-Петр; только в «Апокрифе», тайном Евангелии нашего сердца, мы читаем: мать пришла не для того, чтобы наложить руки на Сына. Для чего же? Чтобы в последнюю минуту защитить Его, спасти или погибнуть вместе с Ним; или чтобы снова, как тогда в Иерусалиме, двадцать лет назад, своими глазами увидеть, узнать. Он ли это или не Он, Тот же Самый или Другой? или, наконец, от страха сама не знала, что делала, – опять забыла все? Или, то помнит, то забывает; то свет Благовещенья, то тьма беспамятства; то земная раба, то Царица Небесная? И так – всю жизнь, пока не пройдет всего Пути Крови до конца; только там, у подножья креста, когда, оставленный всеми, даже Отцом, Он не оставит ее, скажет ученику, которого любит: «вот матерь твоя», – только там узнает она, что Он любил ее не одною небесной, но и земною любовью, как никто никого никогда не любил.

XIX

Вот один из двух «обратных светов», а вот и другой. Судя по синоптикам, Иисус, еще до начала служения, покинул братьев и мать, а по Иоанну, не так.

«Что тебе до Меня, женщина?»[284] – снова говорит матери, как будто невыносимо жестокие, неимоверные, неподлинные слова, в Кане Галилейской, и тотчас же, ради нее, творит первое, самое нежное и на нее похожее из всех чудес своих, – смиреннейшей человеческой радости чудо – претворение воды в вино.

Матери не покинул; не покидает и братьев. Кажется, уже на второй год служения, после второй Пасхи, осенью, когда ходил по Галилее, «ибо по Иудее не хотел ходить, потому что иудеи искали убить Его», –

Братья Его сказали Ему: выйди отсюда и пойди в Иудею, чтобы и ученики Твои видели дела, которые Ты делаешь; ибо никто не делает чего-либо втайне, но ищет сам быть известным. Если Ты творишь такие дела, то яви Себя миру. Ибо и братья Его не веровали в Него. На это Иисус сказал им: время Мое еще не настало, а для вас всегда время.

Вас мир не может ненавидеть, а Меня ненавидит, потому что Я свидетельствую о нем, что дела его злы. (Ио. 7, 3–7.)

XX

Где-то в Галилее беседуют, – не в том ли самом Капернауме, где, года полтора назад, руки хотели наложить братья на Брата? Теперь уж не хотят. Думали тогда, что знают, какой в Нем Дух; думают, может быть, и теперь то же: все еще не веруют в Него; ни в чем не раскаялись; только присмирели – поняли, что руки у них коротки взять Его силой. Искренни были тогда, а теперь лгут; шли на Него тогда открыто, ничего не боясь, а теперь – исподтишка, трусливо. «Если Ты Сын Божий, бросься отсюда вниз», – искушает Его сатана. «Если ты творишь такие дела, то яви Себя миру», – искушают братья. Ловят ли Его хитростью в ловуш-

---

[284] Таков единственно возможный, всеми, даже церковными апологетами, принятый перевод, Ио. 2, 4; Русский перевод: «Что Мне и тебе, женщина?» неверен.

ку, или, только по неведению, толкают в яму – Иудею, где убийцы Его уже стерегут? Лучше ли эта паутина, которой хотят Его теперь опутать, чем та веревка, которой хотели Его тогда связать; этот второй, тихий ужас меньше ли того первого, буйного? Сумеречно все в их словах, и двусмысленно. Ясно одно: очень друг от друга устали, измучились; двадцать лет жили вместе, родные – чужие, любящие – ненавидящие; души их, как связанные тела, терлись одна о другую, из году в год, изо дня в день, пока не натерли ран, как у тяжелобольных, – пролежней.

В этой-то Капернаумской беседе, и чувствуется, может быть, не только у братьев, но и у самого Иисуса такого пролежня двадцатилетняя боль.

XXI

«Не бывает пророк без чести, разве только в отечестве и в доме своем» (Мт. 13, 57.) Как бесчестят Его в доме большом – в Израиле, мы знаем, по Талмуду:

Если кто скажет: «Я Бог», – солжет; «я Сын человеческий», – раскается; «я взойду на небо», – не сделает. [285]

Так же, вероятно, бесчестили Его и в маленьком Назаретском домике; так же и в этой Капернаумской беседе. Тысячный, должно быть, братский укол булавкой: «Яви Себя миру»; и тысячная капелька крови на теле Брата: «Время Мое еще не настало». Те же уколы были вчера, и за десять, за двадцать лет; те же будут и завтра, и через десять – двадцать тысяч лет. Вот она, земная тяжесть в Его неземной душе – скука Назаретских будней – «дурной бесконечности».

XXII

«Скука Господня», как это странно-страшно звучит! Может ли «скучать» Господь? Если «обеднил», «опустошил» Себя до смерти, по чудному слову Павла (Фил. 2, 6–8); все земные тяжести принял на Себя смиренно, то почему бы и не эту, может быть, самую тяжкую, смертную, – скуку? Оба Адама, изгнанники рая – тот, невольный, первый, и этот, вольный, второй, – могли ли бы выразить тоску изгнания лучшим словом, чем это, простейшее: «скучно»? – «Доколе буду Я с вами? Доколе буду терпеть вас?» – не значит ли это: скучно, тошно Богу с людьми?

---

[285] Jerusal. Talm. Taan., 65b. – W. Baldensperger, Die messianisch-apokalyptischen Hoffnungen des Judenthums, 1903. S. 140. – H. Monnier, La mission historique de Jésus, 1914, p. 84.

XXIII

Тошно, скучно Ему и в этой беседе с братьями. Ни холодно в ней, ни горячо, – тепло: «изблюю тебя из уст Моих, потому что ты тепл», скажет Господь о таких братьях Своих – не о нас ли всех? – уже не во времени, а в вечности (Откр. 3, 16.) Ни черно в этой беседе, ни бело, – серо: после черной ночи Голгофской, вчерашней, – серенький дождик, сегодняшний, с креста смывающий Кровь.

XXIV

Главное для таких мастеров «светотени», chiaroscuro, как Винчи, Рембрандт и, может быть, величайший из них, ев. Иоанн, – верно уловить душу всех красок и линий – каждому времени года и часу дня свойственный свет, или, по живописному слову французов, «цвет времени».

Кажется, в чудесной «светотеневой» картине Иоанна: «Господь с братьями», и уловлен этот именно **цвет времени** в двадцатилетних Назаретских буднях – цвет «скуки Господней» – розово-серый; серый туман скуки, и еще не красный, – только розовый, как заря сквозь туман, цвет Крови, уже не от «булавочных уколов», а от крестных гвоздей, – мы их сейчас увидим здесь же, в Назарете, потому что здесь же начинается путь на Голгофу – Путь Крови. Кажется, все Галилейские горные пастбища, с жалобно рыдающей свирелью Пастушка:

воззрят на Того, Кого пронзили, –

окутаны, как утренней дымкою зноя, где уже зреет гроза, этою розовой серостью.

XXV

Кто же такие братья Господни, «домашние враги» Его, двадцатилетние мучители? Злые люди? Нет, очень добрые.

Одного из них, кажется старшего, мы видим, как живого в «Воспоминаниях» Гегезиппа, писанных им в глубокой старости, около 70-х годов первого века и, значит, восходящих к началу века, ко дням Мужей Апостольских.

Иакова, брата Господня, называют Дикеем, «Праведным», от самых дней Господних до наших Был он от чрева матернего посвящен Богу (Назорей, так же как Иисус (Мт. 2, 23.) – Ни вина, ни сикера не пил; ничего живого (мяса) не ел; бритва не всходила на голову его; шерстяных одежд не носил, а только льняные – (раститель-

но-чистые), и вступать во Святое святых – (Иерусалимского храма) – ему одному разрешалось там, лежа на полу или стоя на коленях, молился он об отпущении грехов Израилю, так что сделались у него, от тех непрестанных молитв, мозоли на коленях, как у верблюда. «Праведным» же назван потому, что воистину был праведен, как никто из людей; назван и oblias, что значит (по-еврейски) «Ограда», «Стена», потому что люди верили, что одна только молитва его, святого, спасает грешный народ от Божьего гнева» [286]

Первому явился Господь, по воскресении, не кому-либо из ближайших учеников, – ни Петру, ни Иоанну, – ни даже матери, а брату Иакову, по свидетельству «Евангелия от Евреев»;[287] знает об этом и Павел (1 Кор. 15, 7.)

Вот какова любовь между братьями: жизнь соединила – не разлучила смерть. Может быть, потому именно, что первый из домашних врагов Иисуса, последний по вере – Иаков, ему-то, по воскресении, Господь и является, перовому.

XXVI

«Стену» свою разрушил сам Израиль: Иакова, за открытое, перед всем народом, исповедание Христа, иудейские старейшины, поставив, кажется, на том самом «крыле храма», где некогда Господа искушал сатана, – столкнули вниз, в долину Кедрона.[288]

Так умер мученик – мучитель Брата. Падая в пропасть и слыша, как ветер свистит в ушах его, понял ли он, о чем рыдала свирель Пастушка Назаретского: «воззрят на Того, Кого пронзили»? Этою последнею жалобой не пронзил ли сердца ему смертного ветра свирельный свист?

Рушилась «Стена» Израиля, и гнев Божий пал на него: Иерусалим был разрушен.

Се, оставляется дом ваш пуст. (Мт 23, 38.)

XXVII

Мученик – дед, Иаков; внуки, Иаков и Закер, – исповедники, спасшиеся только чудом из пасти львиной (Домитиана), как мы уже знаем из «Воспоминаний» того же Гегезиппа. Мозоли от работы – на руках у

---

[286] Euseb., H. E., II, 23, 3–19. – Preuschen. 72; 159. – Henneke, I, 103–104.
[287] Hieronym., de vir. illustr., II. – Resch, 248. – Henneke, I, 55. – Preuschen, 7, 109.
[288] По Гегезиппу, около 68–69 гг., в самый канун разрушения Иерусалима; по Иосифу Флавию, в 62 г., Antiq., XX, 9, 1. – Henneke, I, 104.

внуков; мозоли от молитвы – на коленях у деда: между тем и этими – вся трудовая, святая жизнь Святого Семейства.[289]

Только на таком дереве – Израиле, и на такой ветви его – доме Иосифа, мог расцвести такой божественный цветок – Иисус. Вот куда уходит Он корнями Своими и откуда Ему надо их вырвать. Если бы молодое растение, вырываемое с корнем из земли, могло чувствовать, то ему было бы так же больно, как Иисусу.

XXVIII

Трудно человеку понять, что Бог иногда требует от него любви, как будто ненавидящей, безжалостной к людям: «если кто не возненавидит отца своего и матери»... Может быть, трудно было это понять и Человеку Иисусу. Кажется, все эти двадцать лет Он только и делает, что этому учится.

Близ Меня – близ Огня,
далеко от Меня – далеко от Царства,

это Он знает: в царство Его можно войти только через огонь. Оба дома – большой, Израиля, и Назаретский, маленький, – «слишком любил», «перелюбил», и выжег огнем Своей любви – опустошил: «се, оставляется дом ваш пуст».

Может быть, главная мука Его – уже начало Креста – вовсе не то, что люди мучают Его, а то, что Он их мучает, любя; губит, чтобы спасти: «кто потеряет душу свою ради Меня, тот сбережет ее». Страшно человеку так любить; но Он не может – иначе, как не может огонь не жечь.

XXIX

Самое же удивительное – страшное в жизни Его то, что, страдая, как никто никогда не страдал. Он этого хочет Сам, потому что этого хочет Отец, а воля Отца – Его.

---

[289] Один из двух учеников Эммаусовых, по свидетельству Луки (24, 18), – Клеопа, брат Иосифа, нареченного отца Иисусова, а другой, – по древнему сказанию, может быть, воспоминанию Церкви, – сын Клеопы, Симеон (что подтверждает Ориген, Henneke, I, 107 и Codex S. Ев. Луки), будущий второй, после Иакова, брата Господня, глава Иерусалимской Церкви, – мученик, в глубочайшей, более чем столетней старости, что, может быть, только маловерью нашему невероятно. – Схваченный, по доносу, проконсулом Аттиком, во дни Траяна, за исповедание Христа и принадлежность к «царскому дому Давидову», перенеся многодневные пытки, с удивлявшим самих палачей мужеством, Симеон был распят на кресте (Euseb., H. E., III, 32, 3–6. – Henneke, I, 107. – Ed. Meyer, I, 74). Не горело ли в нем сердце на этом последнем пути, так же как на том, в Эммаусе, и только теперь не узнал ли он, неузнанного тогда, Спутника?

Издали притягивает Иисуса Крест, как магнит железо. Легкая сначала, как летнего облака по белым от маргариток, Галилейским горным пастбищам, скользящая тень, – все тяжелеет, густеет над Ним, останавливается, от Назарета до Голгофы протянувшаяся, тень Креста.

4. Мой час пришел

I

В год Рождества Христова, перед самым воцарением Иродова сына, Архелая, вспыхнуло во всей Иудее, Галилее, Идумее и Заиорданской области, восстание против Рима – один из многих валов мертвой зыби, идущей от Антиоха Эпифана, осквернителя храма, до Тита Веспасиана, его разрушителя.[290] Иуда Галилеянин, полумессия, полуразбойник, поднял восстание.[291] Главное гнездо его было в соседней с Назаретом столице Нижней Галилеи, Сепфорисе, где, ограбив царскую казну и овладев оружейными складами, Иуда засел, и откуда, делая вылазки, грабил, жег, убивал своих и чужих, воспевая Осанну Господу и проповедуя наступающее царство Мессии.

Римский проконсул, Публий Квинтилий Вар, во главе Сирийских легионов, подавил восстание в самом начале, с расчетливо-холодною римскою жестокостью разрушил и сжег дотла осиное гнездо бунтовщиков, Сепфорис, продал жителей в рабство и, преследуя по всей Святой Земле рассеянные шайки мятежников, две тысячи их распял на крестах.[292]

II

«Ради полезнейшего примера», res saluberrimi exempli, ставились, обыкновенно, кресты на высоких и далеко отовсюду видных, «лобных» местах.[293] Может быть, и на вершине Назаретского холма зачернели кресты на красном зареве пылавшего Сепфориса.

---

[290] Нет никаких оснований сомневаться в свидетельстве Луки и Матфея, что Иисус родился «во дни царя Ирода», а так как, по Иосифу Флавию, Ирод умер в 40 году нашей эры, то Иисус не мог родиться позже этого года, и родился, вероятно, около 4–5 года до так называемого «Рождества Христова».

[291] Из Гамалы в Гавлонитиде, на восточном берегу Геннисаретского озера.

[292] Joseph Flav., Ant, XVII, 10, 8–10; Bell. Jud., II, 1,4.-Wellhausen, Israelitische und Judische Geschichte, 1921. S. 326–328. – Klausner, Jesus of Nazareth, 155–157.

[293] Liv., epist., 55, ap. Keim, III, 452.

«Сколько забрано плотников делать кресты; как бы не забрали и Иосифа», – думала, может быть, мать в Назаретском домике, над колыбелью Младенца, спавшего под красным пологом зарева, в черной тени крестов.

III

Лет через десять, в 6-м году нашей эры, 10–11-м от настоящего года Р. Х., когда в Иудее, присоединенной, по низложении царя Архелая, к римской провинции Сирии, объявлена была проконсулом Публием Сульпицием Квиринием всенародная перепись для счета вносимых в казну податей, – для иудеев «мерзость перед Господом», – вспыхнуло второе восстание. Тот же ли Иуда Галилеянин поднял его, или другой самозванец под именем Иуды, мы хорошенько не знаем; но и этот, как тот, полуразбойник, полумессия, грабил, жег, убивал, и проповедовал царство Божие. «Нет царя, кроме Бога!» – повторял он святой клич Макавеев, и молился святейшей молитвой Израиля: Господи, царствуй над нами один!

«Если мы победим, – говорил, – то царство Божие с нами придет; если же погибнем, то Господь, воскресив нас из мертвых, как первенцев, возлюбленных Своих, для дней Мессии, дарует нам нетленной славы венец».

Римскими легионами проконсула Колония подавлено было и это второе восстание. Так же пылал Сепфорис; так же распяты были на крестах мятежники; и если опять зачернели, в красном зареве пожара, кресты на вершине Назаретского холма, то их уже Своими глазами увидел отрок Иисус, – Ему было тогда лет одиннадцать.[294]

IV

«Проклят пред Богом всякий висящий на дереве» (Втор. 21, 23), – что это значит, может быть, Иисус не понимал, читая в Назаретской

---

[294] Joseph Flav., Antiq., XVIII, l, l; XX, 5, 2. – Судьям Апостолов напоминает в синедрионе законоучитель Гамалиил: «Иуда Галилеянин явился во время переписи и увлек за собой довольно народа (здесь ев. Лука исправляет свою хронологическую ошибку в Евангелии, где перепись Квириния отнесена к Р. Х.); но он погиб, и все, кто слушал его, рассеялись. И ныне говорю вам: отстаньте от людей сих и оставьте их, ибо, если это предприятие и это дело от людей, то оно разрушится; а если от Бога, то вы не можете разрушить его; берегитесь, чтобы вам не оказаться и богопротивниками». – Деян. Апост. 5, 34–39. – Volkmar, Jesus Nazarenus, 43. – P. Rohrbach, 162–165. – Klausner, 162–163.

школе, вместе с другими детьми, этот стих в свитке Закона, и только теперь, увидев кресты, понял: «Проклят на кресте висящий, распятый». И сердце Его, от недоумения, слабо, веще дрогнуло.

Masmera min hazelub.

Длинные гвозди креста,

три эти слова, должно быть, повторяемые часто в те дни, особенно, галилейскими плотниками, слышать мог Иисус. Стук молотка в мастерской плотника Иосифа, вбивавшего длинные, черные гвозди в белую, как человеческое тело, доску нового дерева, может быть, напоминали Иисусу трех этих слов пронзающий звук:

masmera min hazelub.

Сколько раз потом, уже в явной жизни Своей, говорит Он о кресте для Себя; «Сын человеческий будет убит»: для Него, Мессии, Царя Израиля, «убит», значит, по римским законам, «распят»; сколько раз говорит о кресте и для других: «Кто не несет креста своего, тот недостоин Меня». Мог ли бы Он так говорить, если бы тогда, в Назарете, глазами не увидел и сердцем не запомнил Креста?

V

Два восстания Израиля за душу свою – царство Божие; одно – в 4-м до Р. Х., другое – в 6-м по Р. Х. Все Иисусово детство между ними.

Внешнею силою Рима подавленная, но не убитая, готовясь к последнему взрыву 70-го года, – душа Израиля уходит внутрь. С этим-то уходом внутрь и совпали двадцать лет Иисусовой, тоже внутрь уходящей, утаенной, жизни, от ранней юности до мужества.

Крест взял Иисус; Иуда Галилеянин – меч; что между ними общего? ***Взявшие меч, от меча погибнут.*** (Мт. 26, 52.)

Как бы ни погиб Иуда, – от меча или на кресте, – лес крестов – две тысячи за царство Божие распятых, «повешенных на древе», он видел, и сам шел на крест, помня или забыв, что «проклят пред Богом висящий на древе».

Два галилеянина – два распятых – два Мессии-Христа: это находка для таких невинных или грешных кощунников, как Цельз, Юлиан, Ренан и скольких других!

Крест или меч? Выбор, может быть, сделан самим Иисусом не так легко, как нам кажется; может быть, из трех Искушений – хлебом, чудом и властью-мечом – последнее – самое для Него страшное.

«Меч купи... продай одежду свою, и купи меч», – говорит Господь на Тайной Вечере, тотчас после того, как вошел сатана в Иуду и после таинственных слов Петру:

Симон! Симон! се, сатана просил, чтобы сеять вас как пшеницу.
«Господи, вот здесь два меча». Он сказал им: ***«довольно»***. – «Господи, не ударить ли нам мечом?» – спрашивают ученики в Гефсимании, и, прежде чем Он успел ответить, – ударяют.
Тогда Иисус сказал, оставьте, *довольно* (Лк. 28, 30–51), –
то же слово, как давеча, о двух мечах.

Или все вообще в Евангелии случайно, или здесь проходит связующая, между мечом и Крестом, красная нить. Красное, в глазах Иисуса Младенца, зарево пожара – красный огонь искушения в глазах сатаны – красный огонь гефсиманских факелов на мече Петра, – вот связующая нить, только на кресте Иисусом разорванная – Им одним, больше никем. Крест победит, а не меч, уже в конце времен, а до конца – все тянется красная нить.

Вот, может быть, неизвестнейшая мука Неизвестного; но, если бы не было на Его человеческом сердце этого рубца от ожога тем же огнем, что и наше сердце жжет:

Крест или меч? – то, может быть, меньше бы мы любили Его, нашего Брата.

VI

Будет велик, и наречется Сыном Всевышнего, и даст Ему Господь Бог престол Давида, отца Его. (Лк. 1, 32–33.)
Эти слова Благовещения не слышал ли Младенец Иисус, уже в колыбельной песне матери; эту надежду Израиля не всосал ли в Себя уже с молоком матери?

Два мессианских восстания – две грозы прошли; надвигается третья, последняя. Ниже, все ниже, чернее нависает туча над Израилем. Молнии ждут все – здесь, в Галилее, на родине Иуды-Мессии, как нигде в Израиле; здесь, в Назарете, в домике плотника Иосифа, как нигде в Галилее; тайна Благовещения – «Сыну Всевышнего престол Давида», – молнию зовущий металл.

Сколько юношей в Израиле спрашивали себя в те дни: «не я ли Мессия?» – но только один ответит: «Я».

VII

«Иисусу было девятнадцать лет, когда умер Иосиф», – сообщает один Апокриф, где, может быть, сохранилась исторически-твердая точка предания – воспоминания: трудно, в самом деле, понять, кому и зачем пришло бы в голову выдумывать такую точную цифру; это во-первых, а во-вторых: раньше двенадцатого года Иисусовой жизни (Отрок во храме), 8–9-го года нашей эры, Иосиф не мог умереть; судя же по тому, как память о нем бесследно глохнет в Евангельском предании, он умер задолго до начала служения Господня – около 30-го года, так что этими двумя сроками подтверждается историческая подлинность 19-го года Иисусовой жизни для смерти Иосифа.[295]

Тихою тенью проходит в этой жизни Иосиф; «Ангел благого молчания», умирает, так и не сказав ни слова в Евангелии, а ведь хотя бы на то, слишком как будто неземное, ледяное, слово Сына к матери: «Разве вы не знали, что Мне должно быть в доме Отца Моего?» – мог бы, кажется, ответить огненным словом земным: «Чти отца твоего и матерь твою»; но вот, молчит, как всегда, может быть, не потому, что больше любит Иисуса, чем мать любит Его, а потому, что лучше помнит то, что забыла она, в ту страшную минуту, – тайну Благовещенья.

Молча жил, молча умер Иосиф, но сделал все, что надо: миру сохранил такое сокровище, что весь мир его не стоит. Слово сохранил Молчальник. Тихий сам, тишиной оградил и Сына своего нареченного, как стеной нерушимой; тайну Бессеменного зачатия покрыл молчанием своим, как нежнейшее зерно – скорлупой адамантовой.

Только теперь, после Иосифа, заступника Своего, понял, может быть, Иисус, что «враги человеку – домашние его», и если о друге Своем, Лазаре, плакал, то, уж конечно, и о нареченном отце Своем, друге, Иосифе.

VIII

Вот одно из двух, для нас явных событий в тайной жизни Иисуса, а другое, почти одновременное, – более исторически твердая точка, чем даже Рождество Христово, – смерть императора Августа, в 14-м году нашей эры, 18–19-м – Иисусовой жизни. Линией, проведенной между этими двумя событиями, может быть, и делится вся человеческая жизнь Иисуса, как таинственной чертой Преполовения – Полдня.

IX

«Вышло в те дни повеление от кесаря Августа», – соединяет Лука Рождество Христово с веком Августа; то же делает Виргилий, за 40 лет до Р. Х., сам того, конечно, не зная, в мессианском пророчестве:

---

[295] Histor. Ioseph, c. XII. – Keim, I, 465.

*Снова и Дева грядет. Век Золотой наступает;
Новое Чадо богов с неба на землю нисходит.
Jam redit et virgo, redeunt Saturnia regna,
Jam nova progenies coelo demittitur alta.* [296]

Слава в вышних Богу и на земле мир, – ангелы поют на небесах, в Золотой Век мира – век Августа. «Римского мира величие безмерное», immensa romanae pacis majestas,[297] – новые ли, для нового вина Господня, мехи, или все еще старые? Как бы мы ни ответили на этот вопрос, то, что Иисус родился под сенью «Римского мира», больше, чем простая случайность.

Никто, зажегши свечу, не ставит ее... под сосудом, но на подсвечнике, чтобы входящие видели свет. (Лк. 2, 33.)

Только один был подсвечник для свечи Господней в тогдашнем человечестве, – Рим. Церковь Вселенскую мог основать Петр только здесь, в Риме, потому что «Рим» значит: «мир», «вселенная»; и только отсюда, из «Римского мира», pax Romana, мог быть проповедан «мир Божий», pax Dei.

Так по нашему земному разумению. Но, может быть, по вечному не так

Мир оставляю вам, мир Мой даю вам; не так, как дает мир, Я даю вам (Ио. 14, 27.)

Это и значит: мир Свой даст Господь не так, как дал Рим: надо сделать между ними выбор.

«Я победил мир» (Ио. 16, 33), мог бы сказать и Август, но как не похоже на Иисуса, – и опять надо сделать выбор.

X

Если строительных дел мастер, Иисус, ходил с нареченным отцом Своим, Иосифом, на отхожие промыслы, что очень вероятно,[298] то мог быть и на стройке Августова храма, воздвигавшегося в те дни царем Иродом Филиппом, на высокой скале у подножья Ермона, над посвященной богу Пану, подземной пещерой, откуда били светлые ключи Иордана, в многоводных и густолиственных рощах той самой Кесарии Филипповой,[299] где лет двенадцать спустя Петр скажет Го-

---

[296] Virgil., IV, eklog., v. 6–7.
[297] Plin., Hist. natur., XXVII, l.
[298] «Иду строить дома», – говорит Иосиф в «Протоевангелии от Иакова», IX, 3.
[299] Klostermann, Mattheus, 139. – Rohrbach, Im Lande Jahwe und Jesu, 267–268. Schneller, Evangelienfahrten, 201. – Keim, II, 541, 547. – Osk. Holtzmann, Leben Jesu, 248. – Renan, Vie de Jesus, 1925, p. 152.

споду: «Ты – Мессия, antach Meschina» (Мк. 8, 29) и услышит от Него впервые, что «Сыну человеческому должно быть убиту» – распяту (Лк. 9, 29.)

В тех же самых местах, лет двенадцать назад, Иисус, говоривший, вероятно, по-гречески,[300] мог прочесть посвятительную «божественному Августу», Divus Augustus, на плите белого мрамора, надпись:

Бог послал нам (Августа) Спасителя... Море и суша радуются миру... Большего, чем он, не будет никогда... Ныне Евангелие, εύαγγέλιον, о рождестве бога (Августа) исполнилось. [301]

Что бы ни подумал тогда Иисус, – в сердце Его должны были врезаться глубже, чем в камень – резцом, эти три, как будто у Него же из сердца похищенные, слова:

Мир – Спаситель – Евангелие.

Вспомнит, может быть, о них на сорокадневной горе Искушения, когда покажет Ему сатана «все царства мира и славу их во мгновение времени»:

Все это дам Тебе, если, падши, поклонишься мне. (Мт. 4, 9.)

Двадцать лет, от утренней зари до полдня жизни, только к тому Иисус и готовился, чтобы сделать, в это мгновение времени, последний выбор: меч или Крест?

XI

С Августом соединяет Рождество Христово Лука; с Иродом – Лука и Матфей. Чтобы понять, как оба эти соединения исторически подлинны, вспомним, что Иродова сына, Антипы, «лисицы-шакала», как называет его Иисус (Лк. 13, 32), Он был подданным всю жизнь, а умер, по римским законам, как мятежник против власти римского кесаря.

Августов век для Иисуса – Иродов, – не золотой, а железный, из того же самого железа, что и «длинные гвозди Креста», masmera min hazelub.

---

[300] В этом лучший знаток Иисусовой речи на Его родном, арамейском языке, G. Dalman, Jesus-Jeschua, 34, не сомневается. Так же как все римские чиновники в провинциях, Пилат говорит с Иисусом, должно быть, на простонародном греческом языке, «общем», koin è, и Тот понимает его, кажется, без переводчика, Мк. 15, 1–6. – A. Neumann, Jesus, 57.

[301] В Августовом храме Кесарии Филипповой могли быть надписи, подобные этим двум, дошедшим до нас от 9 года до Р. Х., из Приэны и Галикарнасса. – Furrer, Das Leben Jesu, 43. – Lagrange, Marc, 2.

XII

Выскочка из низкого Идумейского рода, царского дома Асмонеева выкормленник и убийца, трех сыновей своих и жену умертвивший за то, что в них будто бы асмонейский дух воскрес, начал Ирод с того, что полученное во владение, по указу римского Сената, Иудейское царство, прошел с огнем и мечом, а кончил тем, что восстановил Давидово царство почти целиком, за что и поклонились ему Иродиане, как Мессии, сыну Давидову.[302]

Маленький полумессия, полуразбойник, – Иуда Галилеянин, а Ирод – большой. Сердцем понял и принял он «Евангелие» Августа. С равным великолепием строит два храма: Богу небесному – в Иерусалиме, и богу земному, Августу, в Кесарии Приморской. Два храма – два Мессии: Ирод на востоке. Август на западе.

«Ирод хочет погубить Младенца Христа», по евангельской мистерии. В этом злодей неповинен, но недаром все-таки сделался Вифлеемского Младенца противообразом, в самый миг Рождества Христова – Антихристом.[303]

Иродовой закваски берегитесь (Мк. 8, 15), –

скажет Господь после умножения хлебов, когда захотят Его сделать царем-Мессией, новым Иродом; скажет и о всех подобных Мессиях:

все, сколько их ни приходило до Меня, суть воры и разбойники (Ио. 10, 8.)

Не было тогда иного имени, хотя бы отчасти понятного всем, чтобы выразить надежду Израиля на царство Божие, кроме этого: «malka Maschiah», «царь Мессия». Но принимая его на Себя, знал, конечно, Иисус, что делает; в Иродовой маске лицо Господне, в волчьей шкуре агнец – вот что такое Христос в Мессии, царь Израиля; вот с чем борется Он всю жизнь; под чем изнемогает, как под крестною тяжестью, от Назарета до Голгофы.

XIII

Кто Ему ближе всех в бывшем до Него человечестве? Кажется, мы могли бы ответить на этот вопрос с такою же точностью, как если бы слышали ответ из Его же собственных уст: пророк Исаия.

---

[302] Herodiani… Christum – (Messiam) – Herodem esse dixerunt, Tertull, praescript., XLV.
[303] Joseph. Flav. Ant. XIV. – Bell., I. – Wellhausen, Judische Geschichte, 304–326. – Keim, I, 176–189.

За пять веков до Р. Х., тот безыменный, может быть, не только в Израиле, но и во всем человечестве, величайший пророк, которого мы называем «Второ-Исаия», как бы глазами увидел Иисуса Распятого.

Дух Господень на Мне,
ибо Он помазал Меня
благовествовать нищим, –

Исаииным пророчеством начинает Господь служение Свое; им же и кончает:

должно исполниться на Мне и сему написанному: «и к злодеям причтен». (Лк. 22, 37.)

Между этими двумя пророчествами – вся явная жизнь Иисуса, и тайная, вероятно, тем же духом обвеяна.

Казнь мира нашего была на Нем, и ранами Его мы исцелились...
Был истязуем и страдал добровольно, и за преступников сделался Ходатаем (Ис. 53), –

как бы Сам Иисус говорит устами пророка; как бы живой голос Его слышится в этих словах; светится сквозь них живое лицо Его, как сквозь прозрачно-темный покров. Мог ли Он в них Себя не узнать?

XIV

Апокриф

За десять лет до начала служения, сидя в Назаретской синагоге, на скамье, среди молящихся, и глядя через открытую за каменным помостом, тебутою, дверь на золотое море иезреельских пажитей, где серой паутинкой вилась дорога в Иерусалим, на Голгофу, слушал Иисус, как чтец возглашал Исаиино пророчество:

Ebed Jahwe, Раб Господень...
Казнь мира нашего была на Нем...
Как овца, веден был на заклание,
и как агнец перед стригущим
его безгласен,
так Он не отверзает уст Своих...
Предал душу Свою на смерть,
и за преступников сделался Ходатаем.

Медленно закрыл глаза Иисус; черную, на белом небе, увидел черту, крайний край горы Киннора над пропастью, и полустертую, на камне жертвенника, надпись:

Сына Отец принес в жертву.

А чтец возглашал:
*Господу было угодно поразить Его,
и Он предал Его на мучение...
Праведного, Раб Мой, оправдает многих
и грехи их на Себе понесет...*

Сердце бьется, кровь стучит в висках
Masmera min hazelub.
Длинные гвозди креста.
Острия двух пирамид – одной, нисходящей с неба, другой, от земли восходящей, – сошлись в сердце Иисуса. Зов Отца: «Сын Мой возлюбленный», – острие пирамиды небесной; зов мира: «понес на Себе грехи многих», – острие пирамиды земной. Сердце Его пронзили оба острия; оба зова услышал Он и ответил: «Я».

XV

Сын человеческий пришел, чтобы отдать душу Свою за многих (Мк. 20, 23),
скажет Господь, восходя в Иерусалим, на Голгофу, последним Путем Крови.
Сколько людей отдавали душу свою в выкуп за многих, но так, как Он, – никто никогда.
Вот, Агнец Мой, Который берет на Себя грех мира (Ио. 1, 59), – весь грех, – всю тяжесть мирового зла.
Он искупил нас от проклятья закона, κατάρας. *Сам сделавшись проклятием за нас, ибо написано: проклят всяк висящий на древе (Гал. 3, 13.)*
Прежде чем явиться миру, Он уже знал, что это будет;
знал, что «вкусит смерть за всех, *вне* Бога, вдали от Бога, χωρίς Θεοῦ,[304] в отвержении, в «проклятии».
Боже Мой! Боже Мой! для чего Ты Меня оставил? (Мк. 15, 34), –
этот последний вопль Свой на кресте уже с самого начала жизни предчувствовал; знал, что должен пострадать, умереть, как никто никогда не страдал, не умирал.
Вы, проходящие, скажите: кто так страдал, как Я?

---

[304] Евр. 2, 9. Наше каноническое чтение: «Дабы Ему, по благодати Божией, χάριτι Θεοῦ, вкусить смерть за всех», – отменяется непреложно засвидетельствованным чтением древнейших рукописей: « Θεοῦ χωρίς, вне Бога, вдали от Бога». – Fr. Barth, Die Hauptprobleme des Leben Jesu, 5.

жалоба эта, lamentatio, пишется в средние века на подножии распятий, на перекрестке дорог. И до конца времен, на всех путях земных напишется.[305]

Быстро и для всех равно наполняется чаша страданий телесных, в последний, смертный час; но не равна для всех и бездонна чаша страданий духовных: в нем одном до края наполнится она, и перельется через край; Он один, Отца бесконечно любящий, Сын Единородный, будет страдать бесконечно. Отцом оставленный; крайнюю точку отвержения, отпадения от Бога, – черный, чернее тьмы, ледяной, леденее льда, никому неведомый надир страдания Он один пройдет, чтобы навсегда совершилась «единая жертва» за всех (Евр. 10, 14), и отныне всякий страдающий, отверженный Богом, проходя через ту же точку отвержения, знал, что он не один, потому что рядом с ним – Пострадавший, Отверженный, Проклятый за всех и за него, – за всех и за него Страдающий, Проклинаемый вечно; чтобы каждый мог о Нем сказать:

возлюбил меня и предал Себя за меня (Гал. 2, 30),

и услышать от Него:

в смертной муке Моей, Я думал о тебе;
каплю крови Моей Я пролил за тебя. »

XVI

«Проклят всяк висящий на древе». – «Сын проклят Отцом?» – искушает нас дьявол. Вот где надо помнить, что «Отца не знает никто, кроме Сына». Мы об этом ни говорить, ни даже думать не можем, а если все-таки думаем, то как бы сходим с ума, и уже не знаем, молимся или кощунствуем. Молится или кощунствует рабби Хилкия в Талмуде:

Кто говорит, что у Бога есть Сын, и что Бог позволил Его умертвить, тот лжет и безумствует; ибо, если Бог не допустил жертвоприношения Исаака, то мог ли бы допустить убиение Сына, не разрушив весь мир и не обратив его в хаос?[306]

Мир создать не мог ли Всемогущий так, чтобы Всеблагому не надо было жертвовать Сыном за мир? Всякая душа человеческая, при одной мысли об этом, безумьем испепеляется; только одна душа Его, в этом растет и крепнет, как алмаз в первозданном огне:

духом возрастал и укреплялся (отрок Иисус), исполняясь премудрости. (Лк. 2, 40.)

---

[305] H. Monnier, La mission historique de Jesus, 1914, p. 321.
[306] Agad. Ber, 69, ap. Dalman, Jesus – Jeschua, 157.

Этою огненною пищею питался двадцать лет, как младенец – молоком матери.

XVII

Был истязуем, но страдал добровольно (Ис. 53, 7), –
отвечает уже Исаиино пророчество на тот безмолвный, безумный вопрос нашего сердца; отвечает и Сам Иисус:
Я отдаю жизнь Мою, чтобы опять принять ее. Никто не отнимает ее от Меня, но Я Сам отдаю ее. Имею власть отдать ее, и имею власть принять ее. Заповедь сию получил Я от Отца (Ио. 10, 17–18.)
Но если бы мы поняли, что значит:
ныне душа Моя возмутилась, и что Мне сказать? Отче, избавь Меня от часа сего? Но на сей час Я и пришел (Ио. 12, 27);
если бы мы увидели в этом признании, столь человеческом, как бы из разбереженной раны вдруг хлынувшую кровь, то, может быть, мы вспомнили бы, что Иисус не только воистину Бог, но и Человек воистину, и не заснули бы на две тысячи лет «от печали» – привычки, как ученики в Гефсимании, когда Он был в смертном борении.
Авва, Отче! все возможно Тебе; пронеси чашу сию мимо Меня (Мк. 14, 33; 36.)
Может Отец пронести чашу мимо Сына – и не хочет? Вот с чем борется Сын, чего ужасается, – не страданий, не смерти, а этого; вот «парадоксальное», «удивительное – ужасное», всей жизни и смерти Его.
Только ли в Гефсимании это «борение», ἀγωνία? Нет, во всей жизни Его, от Назарета до Гефсимании. Вот о чем до конца мира несмолкаемая жалоба на подножии креста: «вы, проходящие, скажите, кто так страдал, как Я?»

XVIII

Если Ты, Господи, хочешь, чтобы мир был, то нет правосудия (Закона), а если хочешь, чтобы было правосудие (Закон), то мира не будет. Выбери одно из двух, –
молится Авраам о Содоме – о всем мире, лежащем во зле, о всех людях, а не только об избранных[307] Молится и Моисей:
Прости им грехи, а если не простишь, то изгладь и меня из книги Твоей. (Исх. 38, 18.)

---

[307] Ber. R., 39 (78b), ap. Dalman, 158.

Молится и Брат человеческий о братьях Своих: их простишь, – и Меня; их казнишь, – и Меня.

В сердце его столкнулись, противоборствуя, две величайших силы, какие только сталкивались когда-либо в человеческом сердце: любовь к Богу – любовь к миру. «Выбери одно из двух». Прежде чем здесь, во времени, – там уже, в вечности, выбрал.

Первая воля к жертве – чья. Отца или Сына? Молятся или кощунствуют Офиты-Наассеяне, когда отвечают на этот вопрос:

И сказал Иисус: Авва, Отче!
зри, как страдает Душа,
далеко от Тебя, на земле;
хочет от смерти бежать,
ищет путей, – не найдет.
Отче! пошли же Меня.
Я пройду через все небеса,
к людям на земле сойду,
тайны открою им все –
путь сокровенный к Тебе.[308]

XIX

В тело – темницу – заточена душа за какую-то великую вину, – напоминает Климент Александрийский учение орфиков.[309] «Все мы живем в наказание за что-то», – напоминает и Аристотель, кажется то же учение.[310] «Грех человека величайший – то, что он родился» (Кальдерон), – сын ушел от отца. Только один Человек в этом грехе неповинен: Сын от Отца не ушел, – Он послан в мир Отцом. Но вот, и Он «возмущается духом»: «Авва, Отче! избавь Меня от часа сего». Не было ли, и до Гефсимании, в жизни Его таких минут человеческой немощи, когда Он тосковал и ужасался: «Авва, Отче! Кто же от Кого ушел, – Ты от Меня, или Я от Тебя?»

Этой муки Его мы никогда не узнаем, может быть, потому, что не хотим знать, боимся этого слишком человеческого в лице Его, в жизни и смерти, а не зная этого, никогда не полюбим Его, как надо любить; не поймем, что значат у таких людей знающих, – любящих Его, как Павел и Франциск Ассизский, крестные, на руках и ногах, язвы, «стигматы»;

---

[308] Hippol., Philosoph., V, 10. – P. Wendand., Die Hellinistisch – Römische Kultur, 1912. S. 179. – Dibelius, Geschichte der christlichen Literatur, 1926. S. 92–93.

[309] Clement. Alex., Strom. lll, 3, 17.

[310] C. Anrieh. Das antike Mysterienwesen, 1893. S. 17.

никогда не поймем, что значит на всех земных путях несмолкаемая жалоба: «вы, проходящие, скажите, кто так страдал, как Я?».

XX

Знал ли Отец, на что идет Сын? Бог «всеведущ», – не значит ли, что Бог все **может,** но не все **хочет** знать, чтобы не нарушить свободы человеческой, потому что только свобода есть мера любви божественной?

Кажется, в таинственнейшей притче о злых виноградарях есть намек на то, что Отец не хочет знать, что сделают люди, когда придет к ним Сын.

Что Мне делать?
говорит господин виноградника, после того, как всех посланных им, чтобы принять плодов от виноградарей, избили те и выгнали:

Что Мне делать? Сына Моего пошлю, возлюбленного, может быть, увидев Его, постыдятся (Лк. 20, 9–16; Мк. 18, 1–9.)

В этом-то «может быть» и вся «агония», смертное борение человека Иисуса, – то, в чем Он больше всего людям, братьям Своим, – Брат. Вот, что значит: «Кто не несет креста своего, тот Мне не брат». И каким новым светом, чудным и страшным, озаряется это «может быть» неизвестнейшее в лице Неизвестного!

XXI

Если нашему сердцу земному неземная мука Его непостижима, то блаженство Его неземное – последняя над всеми человеческими бурями победа – тишина – еще непостижимее.

Только на малое время Я оставил Тебя, и снова приму Тебя с великою милостью, –
отвечает, уже в Исаиином пророчестве (54, 7), Сыну Отец на крестный вопль: «для чего Ты Меня оставил?»

Брат человеческий мог бы сказать людям, братьям Своим, в долгую-долгую, ночь мира, от первого до второго Пришествия, так же, как сказал ученикам Своим, в ту предсмертную ночь:

все вы соблазнитесь о Мне... и оставите Меня одного; но Я не один, потому что Отец со Мною (Мк. 14, 27; Ио. 16, 32.) ***Вот Отрок Мой, которого Я держу за правую руку,*** –
говорит Господь все в том же Исаиином пророчестве (48, 1.) Руку Свою в руке Отца всегда чувствует Сын.

Если пойду и долиною смертной тени, не убоюсь зла, потому что Ты со Мною; Твой жезл и Твой посох – они успокаивают Меня. (Пс. 22, 4.)

Этот покой, тишина, – первое в Нем и последнее. Божественное в человеческом.

Сын Мой, во всех пророках, Я ожидала Тебя, да приидешь, и упокоюсь в Тебе. Ибо Ты – Мой покой. Tu es enim requies mea, –
говорит в «Евангелии от Евреев», Матерь-Дух, нисходя на Сына в крещении.[311]

XXII

Путник, на очень высоких горах, видит под собою тучи и бури, а над собой – вечно-ясное небо; так, в жизни Иисуса, после всех мук земных и неземных, наступает такая минута, когда Он видит над Собой волю Отца. Стоит Ему только поднять голову к небу и сказать: «Авва, Отче!» – чтобы все земные голоса утихли в Нем и чтобы снова услышал Он голос Отца: «Ты – Сын Мой возлюбленный».

XXIII

Тридцать лет – тишина, молчанье, ожиданье; стрела на тетиве натянутого лука неподвижна. Целит стрелок; туже, все туже натягивает лук, – вот-вот порвется тетива.

Огонь пришел Я низвесть на землю; и как желал бы, чтоб он уже возгорелся! Крещением должен Я креститься; и как томлюсь, пока сие совершится! (Лк. 18, 49–50.)

Если в жизни явной, когда уже стрела летит, томится Он так, то насколько сильнее, в жизни тайной, когда еще стрела неподвижна. Чем измерить в Нем эту муку ожидания, мы должны помножить и ее, как все остальные муки Его, на бесконечность.

В те последние годы, месяцы, дни, каждый вздох Его – одна молитва: «Авва, Отче! да приидет Мой час».

XXIV

«Весь народ был в ожидании», – говорит об этих днях Лука (3, 15.) Может быть, не только один народ в ожидании, но и все человечество. Ниже, все ниже, чернее нависает гроза; замерло все в тишине бездыханной. В мире – такое ожидание, томление, какого никогда не было. Кажется, только еще миг, – и сердце мира, как слишком натянутая на луке тетива, оборвется.

---

[311] Hieron., Commentar. in Jsai, XI, 2 ap Resch Agrapha, 234.

В этот-то последний миг, и пустил Стрелок из лука стрелу. Молния сверкнула в душе Иисуса, – ее не увидел никто; но громовый удар – «глас вопиющего в пустыне» – услышали все:

Царство небесное приблизилось. Приготовьте путь Господу, прямыми сделайте стези Ему. (Мт. 3, 2.)

Явился Иоанн, крестя в пустыне, и проповедовал, говоря:

идет за мной Сильнейший меня... Я крестил вас водою, а Он будет крестить вас Духом Святым и огнем (Мк. 1, 4; 7–8. – Лк. 3, 16.)

Голос Иоанна услышал Иисус и сказал:

Мой час пришел.

5. Иоанн Креститель

I

Так начинается Евангелие Иисуса Христа, Сына Божия.

...Был Иоанн; он крестил в пустыне, проповедуя крещение покаяния во оставление грехов.

...И было в те дни: пришел Иисус из Назарета Галилейского, и крестился от Иоанна в Иордане. (Мк. 1, 1; 4; 9.)

Так начинается Блаженная Весть – Евангелие, – не книга о жизни Христа, а сама эта жизнь, для Марка, ученика Петрова; так же – для учителя его, Петра: «после крещения... мы свидетели всего, что сделал Иисус» (Д. А. 10, 37; 39.)

В этом, как и во многом другом, с Марком согласен Иоанн, с первым свидетелем последний. Тотчас после Пролога, где говорится о небесной жизни Христа, сообщается о начале и жизни земной:

Был человек, посланный от Бога; имя ему Иоанн. Он пришел... чтобы свидетельствовать о свете.... И свидетельствовал Иоанн, говоря: я видел Духа, сходящего с неба, как голубя, и пребывающего на Нем (Иисусе.) (Ио. 1, 6–7; 32.)

Здесь, хотя о самом крещении словами не сказано, может быть, потому, что тайна эта слишком свята и страшна (то же, что «неизреченное», arreton, в мистериях), но нет сомнения, что и здесь, в IV Евангелии, так же как и в 1-м, начало всего – Крещение.

Чем бы ни были две первые главы Луки и Матфея о Рождестве, – «мифом» или мистерией, это, во всяком случае, еще не история, – не горы, а смешение облаков с горами; в точном же смысле, история начинается у этих двух, так же как у Иоанна и Марка, крещением; в этом все четыре евангелиста согласны: начал Иисус крещением – кончил крестом; то для них так же несомненно, как это. Если тайная жизнь Его, земная, – до крещения, а небесная, – после креста, то явная – вся между этими двумя пределами земными: Крещение – Крест.

Что такое конец – крест, мы не узнаем, если не будем знать, что такое начало – крещение; не узнаем, и что такое средина – вся жизнь Иисуса – Блаженная Весть, Евангелие.

II

Явлен миру в Иисусе Христос, в Сыне человеческом – Сын Божий: таков смысл **Богоявления Эпифании,** как, уже в ранние века христианства, названо крещение.

Если в жизни человечества христианство есть величайшее явление, с чем невольно и злейшие враги его соглашаются, когда хотят уничтожить его, чтобы спасти человечество, то эта бесконечно малая в пространстве и времени, почти невидимая, как бы геометрическая, точка: «Иисус крестился», – есть величайшее событие, поворотная точка, зенит всемирной истории, – то, ради чего все в ней совершается, куда и откуда в ней движется все, от начала до конца времен. Если же Христос, действительно, то, что видит в Нем христианство, то крещение есть равноденственная точка в жизни не только человечества, но и вселенной, – то, для чего она создана и чем будет разрушена, чтобы возникла из нее лучшая вселенная – царство Божие.

Вот что произошло «в пятнадцатый год кесаря Тиберия», у Вифавары-Вифании, «Паромного Домика»,[312] на нижнем Иордане, в полутора часах от Иерихона, в двух – от Мертвого моря, когда плотник или строительных дел Мастер, никому неизвестный и «никакого вида не имеющий», сошел с глинисто-скользкого берега в медленно-густо, как масло, текущую, здесь, в раскаленной низине, почти у самого Мертвого моря, всегда, даже зимой, тепловатую, глинисто-желтую воду.

III

Апокриф
В мире как будто ничего не произошло; никто ничего не заметил. Только два взора – две молнии – скрестились: Иоанна – Иисуса. Все узнал Один; другой узнал что-то. Что-то узнали еще двое: тут же, на берегу, стоящие, Иоанн Заведеев и Симон Ионин, рыбаки Галилейские и ученики Крестителевы – оба.

---

[312] Dalman, Orte und Wege Jesu, 96. – Ed. Meyer, Ursprung und Anfange des Christentums, I, 83.

Может быть, что-то узнал и маленький мальчик на руках у матери, жадно, широко открытыми глазами, смотревший на молнийно-белого, из черной тучи слетавшего голубя, и сначала заплакавший от страха, а потом засмеявшийся от радости.

В ту же минуту, Серафимы, Богу предстоящие Животные, грозно-тяжко наклонили ось мира, и грозно-тихо передвинулись Созвездия.

И небеса разверзлись – раскололись. [313]

Было что-то на грозу похожее, но если бы люди увидели то, что действительно было, то в живых не остались бы.

И глас был с неба. (Мк. 1, 11.)

Было что-то похожее на гром;[314] но если бы люди услышали то, что действительно было, то опять в живых не остались бы.

Глас был с неба:

Ты – Сын Мой; Я ныне родил Тебя [315]

IV

Кеплер, в астрономических выкладках о Вифлеемской звезде, редчайшем будто бы в 7-м году до Р. Х., соединении двух планет – иудейского Сатурна и эллинского Юпитера, – знамении великого Царя, Мессии, верно угаданном и вавилонскими звездочетами – «волхвами с востока», и побудившем их пойти в Иудею, узнать, не родился ли Он там действительно, – Кеплер, в выкладках своих, ошибся. Но вот что удивительно: не мог он знать того, что мы теперь знаем с точностью, – что настоящий канун Рождества Христова совпадает не с 1-м годом нашей эры, а с 6– 7-м до нее, потому что Иисус родился лет за 5–6 до нашего условного Р. Х., так что возможный исторический вывод из

---

[313] σχιξ μένους вспоминает у Марка вероятный очевидец, Петр (1, 10).

[314] Ио. 12, 28–29: «Глас пришел с неба... Народ, стоявший и слышавший (то), говорил: это гром». Так говорил народ в Иерусалиме; так же мог сказать и в Вифаваре. Это, во всяком случае, не rationalismus vulgaris, как может казаться одинаково и слишком правым и слишком левым критикам.

[315] υἱός μου εἶ σὺ ἐγὼ σήμερον γεγέννηκά σε Так, по древнейшему, доканоническому чтению Cantabr, D., у Луки, наверное, а вероятно, и у Марка, и у Матфея (Nestle), вместо нашего канонического: «Ты – Сын Мой возлюбленный, в Котором Мое благоволение» (Лк. 3, 22). Чтение это неопровержимо засвидетельствовано всеми Отцами до IV века, когда оно было заменено позднейшим каноническим, потому что то, древнее, казалось уже догматически опасным, «соблазнительным», по слишком явному противоречию с догматом Бессеменного зачатия. – Resch, Agrapha, 334. – Joh. Weiss, Das alteste Evangelium, 133 – W. Bauer, Das Leben Jesu im Zeitalt, d. N. T. Apokr., 131.

неверных исчислений Кеплера о созвездии 7 года все-таки правилен. И вот что еще удивительней: не мог знать Кеплер и того, что в этом именно, 7-м году, вавилонские астрономы наблюдали действительно редчайшее, «небесное знамение» – астрономическую прэцессию, продвижение равноденственной точки из одного зодиакального знака в другой – из Овна-Агнца в Рыб. Агнец-Овен был для них созвездием бога Солнца, страдающего Тамму-за-Меродаха, Искупителя, а Рыбы, Zib âti, – знамением «великих вод» – Потопа.[316] Память о гибели первого человечества – «Атлантиде», по мифу-мистерии Платона, – сохранилась у вавилонян, как ни у одного из древних народов Востока.

Видя, как солнце вступило в равноденственную точку Рыб, ужасом второго Потопа вечно одержимые, вавилоняне, может быть, сказали уже тогда, в 7-м году, в канун Р. X., как скажут потом христиане, «Скоро всему конец». И если так же заплакали от страха, как тот маленький мальчик на руках матери, у Вифавары, Паромного Домика, увидевший на черной туче белого Голубя, то не засмеялись от радости, как он, потому что меньше знали, меньше видели.

V

Греческое слово baptisma, значит «погружение в воду», «потопление». Словом этим, может быть, пророчески бессознательно утверждается связь крещенских вод с потопными: ветхий человек, первый Адам, как бы утопает, умирает, в водном гробу купели, и выходит из нее, рождается, новый человек нового человечества, второй Адам. В этом смысле, крещение, погружение в воду, есть древнейшее, потопное, Атлантидное таинство.

Так и нас ныне спасает крещение (потопление), подобное тому противообразу, – antitypes, – (Ноеву ковчегу в потопе) –
говорит ап. Петр (I. 3, 21), вероятный очевидец того, что произошло, когда уже явно, во всемирной истории, передвинулась равноденственная точка из Овна-Агнца в Рыб, и вышел из потопных – крещенских вод второй Адам – Иисус.

VI

Все мы христиане, – люди крещеные, но забыли об этом; не помним ни как родились, ни как крестились. Мертвые не чувствуют, что их кладут в гроб; заживо мертвые не помнят, что их погружали в купель: это

---

[316] A. Jeremias. Die ausserbiblische Erl ösererwartung. 1927. S. 75, 85, 393.

было для нас, как бы не было; может быть потому, что мы водой крестились, а не Духом.

«Приняли ли вы Святого Духа, уверовав?» – на этот вопрос Павла мы могли бы ответить, как эфесские ученики Иоанна Крестителя: «мы и не слышали, есть ли Дух Святой (Д. А. 19, 1–2.)

VII

Кажется, люди погибают сейчас больше всего от недостатка памяти и воображения.

В древневавилонском сказании («Гильгамеш»), бог Эа, отец Таммуза Искупителя, предупреждая о потопе Ноя-Атрахазиса, в вещем знамении, свистит в щели тростниковой хижины его, как начинающийся ветер потопа:

Хижина! хижина! Стена, стена!
Слушай, хижина! Внемли, стена!
Человек из Шурипака, сын Убара-Туту,
Сломай свой дом, построй ковчег,
Презри богатство, жизни взыщи,
Все потеряй, душу спаси.

Ветер потопа свистит во все щели нашей европейской хижины, но мы не строим ковчега. О, если бы мы чуть-чуть побольше воображали и помнили, то поняли бы, может быть, как математически точна формула новой прэцессии, продвижения равноденственной точки в Зодиаке всемирной истории, из Рыб, – в какой именно знак, мы еще не видим, но кажется, – в Стрельца, пронзающего сердце мира огненной стрелой – Концом; поняли бы мы – как математически точна формула, данная все тем же Петром, очевидцем крещения: **от Воды к Огню**: «первый мир погиб, был потоплен водою; нынешние же небеса и земля сберегаются огню на день суда» (II Петр. 3, 6–7.)

VIII

Верно ли мы угадали тайну Запада: «Атлантида – Европа»; верно ли прочли на грозно-черном, и все чернеющем, грознеющем небе огненными буквами начертанное слово: **Конец?** С каждым днем, увы, все меньше можно сомневаться, что верно; все легче, с каждым днем, математически уточнить ужасающую формулу Конца: **Вода-Огонь**. Первый Конец – внешний, огненно-водный, вулканический взрыв: **Атлантида**; Конец второй – внутренний, человеческий, кроваво-огненный взрыв: **Война**.

А если так, то это, самое как будто, далекое, забытое, неизвестное, ненужное дело – Крещение – есть, в действительности, самое близкое, памятное, ведомое, нужное нам, людям Конца.

Нам, может быть, больше, чем кому-либо за две тысячи лет христианства, сказаны эти слова, соединяющие два конца двух человечеств:

Близко, при дверях… Род сей не пройдет, как все это будет… Ибо, как во дни перед потопом… так будет и в пришествие Сына человеческого (Мт. 24, 33–39.)

«Род сей», значит ли сегодняшний или завтрашний, человеческий род? Не все ли равно, если мы уже сегодня *видим* Конец.

Может быть, и эти слова нам сказаны больше, чем кому-либо:

Когда же начнет… сбываться это, восклонитесь и подымите головы ваши, потому что приблизилось избавление ваше. (Мт. 21, 23.)

Чем для нас будет Конец, – радостью ли избавления или ужасом гибели, это зависит от каждого из нас, – от того, помним ли мы, что *было*; воображаем ли, что *будет*.

IX

Каждый из нас гибнет уже и сейчас более или менее бессмысленно, и то, что бессмысленно, – самое, конечно, ужасное. Маленький, внутренний, свой «конец мира», маленькую, внутреннюю, свою «Атлантиду», – бездонный провал в пустоту, – более или менее переживает каждый из нас, и ничего не делает, чтобы спастись; даже не очень боится, потому что привык; да и что делать, если нет спасения? Но если бы каждому из нас и всем вместе было математически доказано, что «род сей», действительно, увидит Конец, и что можно спастись, – есть верное убежище – уже построенный, или хотя бы только строимый, Ковчег-Церковь, и что вход в него – крещение, то как бы все кинулись к нему, как бы, наконец, поняли, что значит:

Истинно, истинно говорю вам: из рожденных женами не восставал больший Иоанна Крестителя. (Мт. 11, 11.)

X

Чем было Крещение, мы поймем, узнав, кем был Креститель. Вот что говорит о нем Иосиф Флавий:

Бог погубил Иродово войско – (в войне с дамасским царем Аретою, в 35–36 год. по Р. Х.), – справедливо казнив Ирода… за совершенное над Иоанном, так называемым Крестителем, *злодейство, ибо он умертвил добродетельного мужа сего, учившего людей... совершать погружение в воду (крещение), угодное Богу, если оно, не ради оставления отдельных грехов, совершается, а в знак освящения тела и души, уже заранее очищенных праведной жизнью. Видя же, что весь народ стекается к Иоанну... начал Ирод опасаться, чтобы сила речей Иоанновых не побудила народ к восстанию, потому что люди, казалось, по слову его, готовы были на все. Вот почему Ирод счел за лучшее, прежде нежели начнется восстание, умертвить Иоанна... Итак, по одним лишь подозрениям, был он схвачен, заточен в крепость Махэрос, и там убит.* [317]

Это свидетельство Иосифа, в исторической подлинности которого никто не сомневается, для нас уже тем драгоценно, что совпадает, – как одна половинка сломанного кольца с другой, – с евангельским свидетельством об Иоанне Крестителе, и еще тем, что, помимо воли самого свидетеля, кидает новый, от Евангелий независимый и глубоко проникающий свет на ту первую точку, где тайная жизнь Иисуса становится явной, внутреннее в Нем соприкасается с внешним, в истории. Здесь-то, наконец, выходим мы из утренней тени евангельского мифа или мистерии на солнце истории; здесь кончается смешение облаков с горами, и горы обозначаются так четко, что надо быть слепым, чтобы продолжать смешивать.

XI

Верно понял и выразил Иосиф главное в Иоанне, – то, что он – «Креститель», и что дело всей жизни его заключается в этом. Вспомним и сопоставим два свидетельства Иосифа: «Иисус, так называемый Христос», и это: «Иоанн, так называемый Креститель». Этих двух свидетельств не соединяет Иосиф, но сами они соединяются так же естественно, как два сближенных ртутных шарика, и это тем для нас очевиднее, что тут же, в свидетельстве об Иоанне, мы видим и сближающую среду – внезапно выкидывающее пламя восстания – какой-то «начинающийся» переворот, μεταβολή, так пугающий Ирода, что он считает нужным схватить и умертвить Иоанна.

Что это за «переворот», Иосиф не говорит, – нам легко догадаться, почему: движущая сила переворота, мессианская, есть именно то, о чем изменник этого движения, перебежчик в римский лагерь, Иосиф, молчит, как о веревке в доме повешенного, и только однажды проговаривается нечаянно:

---

[317] Joseph, Ant., XVIII, 5, 2.

Более всего побудило их (иудеев) к войне (67–70 гг.) двусмысленное, в Писании, пророчество, будто бы, в эти именно дни, выйдет из их земли человек, которому суждено овладеть господством над миром – (Мессия.) – Все они этому поверили, и многие, даже мудрые, были этим обмануты. Явно, однако, означало то божественное прорицание не иного кого, как (Тита) Веспасиана, получившего действительно в Иудее самодержавное над миром владычество,[318]

т. е. сделавшегося царем Мессией.

XII

Как ни гнусно то, что делает здесь Иосиф, целуя тот римский сапог, чьим каблуком раздавлено сердце матери его, Св. Земли, мы должны быть благодарны ему: здесь подтверждается лучше, чем у многих христианских апологетов, историческая подлинность Евангелия, в исходной точке его – Богоявлении, Эпифании.

Помня все три свидетельства Иосифа – об Иисусе, Иоанне и мессианстве, как причине войны 70 года, трудно поверить, чтобы он не знал, чем связан Иоанн Креститель с Иисусом Крестником. Что именно думает он об этом, мы, разумеется, никогда не узнаем, но сквозь все недомолвки его внятно слышится одно: между 29-м годом нашей эры, когда никому неизвестный Человек из Назарета пришел к Иоанну креститься, и 70-м, когда пал Иерусалим, происходит небывалое во всемирной истории самоубийство целого народа. Чувствуя, что ему из римской тюрьмы не вырваться, Израиль разбивает себе голову о тюремную стену.

Чтобы родить Мессию, матери Его, Израилю, надо было умереть от родов: 29-й год – начало родовых болей, а 70-й – конец: рождение Младенца, смерть матери.

«Был народ в ожидании», – сообщает Лука о 29-м годе. Помня 70-й год, нам легко себе представить, что ожидание это было похоже на то, как если бы человек, не зная, что проглотил, лекарство или яд, и, прислушиваясь к происходящему в теле его, – ждал. «Господи, царствуй над нами один», – святейшая молитва Израиля – этот проглоченный яд.

29-й год – пороховой погреб; 70-й – взрыв, а искра, упавшая в порох, – Иоанн Креститель.

---

[318] Joseph., Bell. Jud., VI, 5, 4.

XIII

Я Его (Иисуса) не знал,
дважды повторяет Иоанн в IV Евангелии (1, 31; 33), перед всем народом, в ту самую минуту, когда Незнаемый, Неузнанный, уже стоит в народе. Как же не знал Его Предтеча, когда, еще младенцем во чреве «матери, взыграл от радости», услышав приветствие другой матери, с другим во чреве Младенцем: «величит душа моя Господа»? Если Иоаннова мать Иисусовой – «родственница» (Лк. 1, 36), то и дети их родные. Кто же пишет «Апокриф», Иоанн или Лука?

Вот одно из евангельских «противоречий», неразрешимых в плоскости только исторической, но, может быть, разрешаемых в двух плоскостях: Истории-Мистерии, в том, что говорится устами, и в том, что сказано сердцем. Две эти плоскости, в обоих Евангелиях, хотя и по-разному, но одинаково сложно пересекаются, скрещиваются, как лучи света, не разрушая одна другой.

XIV

«Если мы и знали Христа по плоти, то теперь уже не знаем», – говорит Павел (II Кор. 5, 16); то же мог бы сказать и сын Елисаветы о Сыне Марии, родной – о родном. «Я Его не знал», значит, в устах Иоанна: «я не хотел, не мог, не должен был знать Мессию-Христа по плоти». – «Не плоть и кровь открыли тебе это, а Отец Мой, сущий на небесах», мог бы и ему сказать Господь, как второму Своему исповеднику, Петру (Мт. 16, 17.)

Сын Захарии, священника, Иоанн, – должен был или сам принять священство, наследственное, по Левитскому закону, или, отвергнув его, порвать со всем своим родством, сделать, хотя бы и в меньшей, более человеческой, мере, то же, что сделал Иисус: с корнем вырвать себя, как молодое растение, из родной земли, родного дома; сказать: «Враги человеку – домашние его»; как это ни «удивительно», ни «ужасно», неимоверно – но, может быть, и здесь, неимоверное в Евангелии подлинно, – Иоанн должен был сказать об Иисусе: «Враг».

XV

«Сын Иосифов – Давыдов», – по этому признаку, меньше всего мог бы узнать Иоанн, что Иисус – Мессия-Христос. Слишком хорошо знали оба, что «Бог может из камней сих воздвигнуть чад Авраамовых», – сынов Давыдовых (Мт. 3, 9.) Детских лет видения, вещие на ухо шепоты старичков и старушек – Елисаветы, Захарии, Симеона и Анны: «Видели очи мои спасение Твое», – не только не помогали Иоанну, а, напротив, мешали поверить в Иисуса Мессию.

Это во-первых, а во-вторых: если и Мария могла забыть тайну Благовещенья (как бы иначе не поняла, что значат слова Иисуса-Отрока: «Мне должно быть в доме Отца Моего»), то Иоанн – тем более. Сердце помнит – ум забывает; слишком легко заглушается в нем громким, человеческим, тихое, Божие.

Все забыл, – и это; вырвал все из сердца, – и это, когда ушел, бежал в пустыню от всех людей, и, может быть, больше, чем от всех (опять неимоверно – подлинно), от Иисуса Врага.

XVI

Был в пустынях до дня явления своего Израилю (Лк. 1, 80.)

В жизни Иоанна – те же двадцать утаенных лет, как в жизни Иисуса; они ровесники, и годы жизни их совпадают.

Две пустыни – какие разные – та, Галилейская, рай Божий, и эта Иудейская, мертвая, у Мертвого моря, такая бесплодная, Богом проклятая, как ни одна земля в мире.

Что делал Иоанн эти двадцать лет в пустыне, –

Возрастал и укреплялся духом, –

сообщает Лука (1, 80), теми же почти словами, как об Иисусе:

возрастал и укреплялся, исполняясь премудрости (2, 40.)

Здесь повторение слов неслучайно: две эти жизни, при всей своей земной и неземной противоположности, в чем-то одном повторяются: Иисус и Иоанн – таинственная Двойня братьев-близнецов.

Двадцать лет оба молчат об одном, таят от людей одно, к одному готовятся, ждут одного. Два молчания – два ожидания – две неподвижных на тетиве натянутых луков, в одну цель устремленных стрелы.

Мог ли Иоанн забыть Иисуса? Тень человека бежит перед ним по земле, когда он идет, а солнце восходит за ним; тень сокращается, по мере того как солнце восходит, и почти совсем исчезнет, когда солнце будет в полдне, но уйти от человека не может: так Иоанн не может уйти от Иисуса; все эти двадцать лет только о Нем и думает, только Им и мучается, искушается, только и борется с Ним за Христа.

Сколько раз, когда о Нем думал: «не Он ли Мессия?» – сердце, может быть, хотело взыграть в нем от радости, как утренняя звезда перед солнцем играет на небе, и как тогда, младенцем, взыграл он во чреве матери. Но он заглушал в себе эту радость: «Может ли быть из Назарета что доброе? Нет, только не Он, только не Он! Я Его не знаю!»

И опять ждет. Ухом припадая к земле, слушает, в молчании пустыни, двадцать лет, из году в год, изо дня в день, – и вдруг услышал: «Идет».

XVII

Глас вопиющего в пустыне, приготовьте путь Господу, прямыми сделайте стези Ему… Обратитесь, – опомнитесь, ибо приблизилось царство небесное. **(Мт 1, 3, 2.)**

Вышел к людям Иоанн, и люди сначала над ним посмеялись, так же как отцы их смеялись над древними пророками: «Meschugge! Meschugge! Безумный! Безумный!» А потом испугались: что это вышло к ним из проклятой Богом пустыни – раскаленной геенской печи? Какое страшилище? Только на одну треть человек, а на две – невиданный зверь: полулев, полукузнечик. Весь волосат, космат, как лев; длинные, на теле, волосы спутались с шерстью звериного меха, и лицо волосатое, как спутанный куст, где сверкают два раскаленных угля – глаза. Ест саранчу, и сам похож на нее: солнцем и солью пустыни изъедены, худы, хрупки тонкие, длинные, насекомоподобные члены, как у огромного, пыльно-серого, аравийского кузнечика; и голос, как у него, трещащий, подобно пламени степного пожара в сухом можжевельнике.

XVIII

«Огнь! Огнь! Огнь!» – повторяет однозвучно-пронзительным голосом. – «Вот Он идет, и кто выдержит день пришествия Его, и кто устоит, когда Он явится? Ибо Он, как огнь расплавляющий… В житницу свою пшеницу соберет, а солому сожжет огнем неугасимым; срубит бесплодное дерево и бросит в огонь… Я крещу вас водой, а Он будет крестить вас огнем!» (Мал. 3, 1–2. – Мт. 3, 10; 12; 11.)

Слушают люди, как ветер с полудня шуршит в камышах Иордана; и кажется, снова пахнет огнем и серой, как тогда, под огненным, Содом и Гоморру испепелившим, дождем.

«Уже и секира лежит при корне дерев» (Мт. 3, 10.) Вспомнят люди, через сорок лет, секиру Иоаннову, когда свалится под римским топором великое дерево Израиля.

«Выводки змеиные! Кто внушил вам бежать от будущего гнева?.. Обратитесь же, опомнитесь, ибо приблизилось царство небесное» (Мт. 3, 7.)

Иерусалим, и вся Иудея, и вся окрестность Иорданская выходили к нему, и крестились от него в Иордане. **(Мт 3, 5–6.)**

Вся земля поднялась, от Иудеи до Галилеи; узнала, что пришел Илия, предтеча Мессии.

Вот, Я пошлю вам Илию... перед наступлением великого дня и страшного. (Мал. 3, 5.)

В эти-то дни, и пришел к Иоанну, среди галилейских паломников, никому неизвестный человек из Назарета, Иисус.

XIX

Пущены две стрелы с двух луков, одна за другой, и обе попали в одну и ту же цель, каждая – в свой миг. В этой-то божественно-математической точности двух прицелов, совпавших в одной точке пространства и времени, – единственное во всемирной истории чудо, Предустановленной Гармонии: Предтеча – Пришедший; Иоанн – Иисус.

XX

Что смотреть ходили вы в пустыню?
Ветром ли тростник колеблемый?..
В мягкие ли одежды одетого?..
Что же смотреть ходили вы?
Пророка? Да, говорю вам, и больше пророка... ибо из рожденных женами не восставал больший Иоанна Крестителя. (Мт 11, 8–11.)

Только об одном человеке говорит человек Иисус – об Иоанне.

Выше всех людей, ближе всех к Иисусу, в прошлом человечестве, – Исаия, в настоящем – Иоанн.[319]

«Все помышляли в сердцах своих об Иоанне, не Христос ли он» (Лк. 3, 15) – «Я не Христос», – вынужден сам Иоанн отстранять от себя эту непонятную людям, их, а не Его, искушающую близость (Ио. 1.20.) Он – величайший из людей, потому что смиреннейший: только бы пасть к ногам Идущего за ним: «Я недостоин развязать ремень у обуви Его» (Лк. 1, 16); только бы в Нем умереть, как утренняя звезда умирает в солнце!

Близость Иоанна к Иисусу даже Ирод чувствует: после казни Предтечи, «услышав молву об Иисусе, Ирод сказал: „Это Иоанн воскрес из мертвых" (Мт. 8, 27–28.)

«Бес в Нем», – скажут люди об Иисусе, так же как об Иоанне (Мт. 11, 18.) Проповедь Свою начнет Иисус теми же словами, как Иоанн:

---

[319] Flaubert, Herodias.

Обратитесь – опомнитесь, μετανοεῖτε, ибо приблизилось царство Божие. (Мк. 1, 15.)

И, кончая проповедь, мог бы сказать о Себе то же, что говорит об Иоанне первосвященникам:

Мытари и блудницы вперед вас идут в царство Божие; ибо пришел к вам Иоанн... и вы не поверили ему, а мытари и блудницы поверили. (Мт. 21, 31–32.)

Только два человека во всем человечестве, Иоанн-Иисус, больше, чем видят, – **осязают** Конец, как приближающий лицо свое к раскаленному докрасна железу осязает пышущий от него жар.

Знает Иоанн, так же как Иисус, что Мессия – Царь не только Израиля, но и всего человечества: «Бог из камней сих может воздвигнуть детей Аврааму», – говорит Иоанн.

Многие придут от востока и запада, и возлягут с Авраамом, Исааком и Иаковом в царстве небесном, а сыны царства извержены будут во тьму внешнюю (Мт. 8, 11–12.),

скажет Иисус. Знают оба, что Мессия, «Агнец Божий, взявший на Себя грех мира» (Ио. 1, 29), мир не мечом победит, а крестом.

«Чуда не сотворил Иоанн» (Ио. 10, 41); но больше всех чудес то, что все пророки говорили о Мессии: «придет», – только один Иоанн сказал; «Пришел».

Вот почему «из рожденных женами не восставал больший Иоанна Крестителя».

XXI

Крестит Иоанн «крещением покаяния во оставление грехов». И «крестились от него все, исповедуя грехи свои» (Мк. 1, 4–5.) Так же ли крестился Иисус? Мог ли исповедовать грехи свои Безгрешный?

«Если крестился, значит, согрешил? Ergo peccavit Christus, quia baptizatus est?» – спросит великий ересиарх, Манес.[320] «Да, согрешил; Сам Себя грешным считал, и креститься вынужден был матерью почти насильно, paene invitum a matre sua esse compulsum», – ответит еретическая «Павлова Проповедь».[321]

Грешным человеком, как все, был Иисус, и только в крещении, когда вместе с Духом-Голубем, вошел в Него Христос, сделался безгрешным, – учат сами еще, может быть, не соблазняясь, но уже соблазняя

---

[320] Acta Archelai, c. 60. – W. Bauer, 110.
[321] Pseudo-Cyprian, de rebartismate, c. 17. – Predicatio Pauli, ap. W. Bauer, 110. – O. Holtzmann, Leben Jesu, 1901. S. 100.

других, иудео-христиане, эбиониты, не столько еретики, сколько недовершенные, потому что слишком ранние, люди церкви.[322]

XXII

Хуже всего то, что мы не знаем, как об этом учит Евангелие; если же нам кажется, что знаем, то, может быть, только потому, что евангельские свидетельства преломляются для нас в призме церковного догмата. Вовсе никакого соблазна не чувствуют ни Марк, ни Лука в том, что Иисус крестится «во оставление грехов», но потому ли, что они уже победили соблазн, или потому, что еще не видят его, – мы не знаем. Побежден ли соблазн и в IV Евангелии, где о самом крещении прямо ничего не сказано (1, 34) и можно только из намеков догадаться, что крещение было, но когда, где и как, неизвестно; не для того ли и умолчано, чтобы обойти соблазн?

Видит его и не обходит только один из евангелистов, Матфей.

Мне надо бы креститься от Тебя, и Ты ли приходишь ко мне? – Оставь теперь; ибо так надлежит нам исполнить всю правду (Закона), δικαιοσύνην.

Правда Закона в крещении – одна: «покаяние во оставление грехов». В чем же грех Безгрешного? – тот же и здесь вопрос без ответа. Это надо принять и смотреть этому прямо в глаза, как это ни страшно. К тайне Крещения, а значит, и к самому таинству, – одному из двух величайших в христианстве, – ключ, в самом Евангелии, потерян, или, может быть, нарочно скрыт, по завету дохристианских мистерий: «скрывать глубины», – так что, если когда-нибудь будет снова найден, то уже *по ту сторону Евангелия.*

XXIII

Кто кидает себе камни под ноги, чтобы споткнуться? Есть ли малейшее вероятие, чтобы так просто верующие люди, как первые ученики Господни, измыслили такой глубокий, сложный и тонкий соблазн, как этот, – покаяние Безгрешного? Но «мы не можем не говорить того, что видели и слышали» (Д. А. 4, 20.)

Кажется, и здесь, как везде в Евангелии, чем «соблазнительней», тем исторически подлинней. Камень преткновения, камень этот и есть для нас в Крещении неколебимый гранит истории: как это было, мы не знаем, но знаем, что *было.*

---

[322] W. Bauer, 111.

Было Крещение – будет Искушение; то связано с этим, в жизни не только Господа, но и всей Церкви Его; крестится и она – искушается, до конца времен.

XXIV

Тоньше и глубже, чем в наших канонических Евангелиях, ставится вопрос о соблазне Крещения в Апокрифе – не ложном, а утаенном «Евангелии от Евреев», – мы уже видели, каком древнем и подлинном.

– *...Матерь и братья Господа говорили Ему: Иоанн Креститель крестит во оставление грехов; пойдем к нему и крестимся.*

Но Господь сказал им: в чем же Я согрешил, чтобы Мне идти креститься?

Или, может быть, то, что Я сказал сейчас, – от неведения, nisi forte quod dixi, ignorantia est? [323]

Подлинны ли эти слова, мы не знаем; но лучше сказать не мог бы и святейший из людей.

Кто из вас уличит Меня во грехе? (Ио. 8, 46), –

чтобы спрашивать так, надо быть воплощенным Грехом, дьяволом; или, в самом деле, безгрешным.

Какое же зло сделал Он?

– на этот вопрос Пилата (Мт. 27, 23) никто не ответит. В том-то и единственность, божественность человеческой жизни Христа, что, сколько бы люди ни искали в ней зла, – не найдут. «Божеское здесь явилось в такой чистоте, как только могло явиться на земле». Знают и злейшие враги Его, что Он безгрешен.

Но чем безгрешнее, тем непонятнее, для чего Он крестится; тем таинственнее тайна Крещения.

XXV

Есть Иоанн Неизвестный, так же как есть Иисус Неизвестный. Оба невидимы, потому что закованы в ризы икон; надо расковать обоих: только увидев живые лица их, мы узнаем, что произошло между ними; заглянем, хотя бы издали, в тайну Крещения.

«Иисус есть Христос-Мессия», – этого Иоанн не говорит нигде у синоптиков. «Идет за мною Сильнейший меня», – вовсе еще не значит, что идущий за ним Христос есть Иисус.

---

[323] Hieronym., contr. Pelag., III, 2.

Этого не говорит Иоанн Креститель и в IV Евангелии, так, по крайней мере, чтобы это услышали все и узнали, не могли не узнать, Мессию-Христа в Иисусе.

Некто стоит среди вас. Кого вы не знаете, –
сказано так, что этот Неназванный остается и неузнанным. «Вот, Агнец Божий», – говорит Иоанн дважды: в первый раз, так, что весь народ мог услышать (1, 29), но, и слыша, не понял бы: слишком был всем понятен в те дни только Мессия торжествующий, царь Израиля; никому – Мессия страдающий, «Агнец, взявший на Себя грех мира». Более темного, тайного слова, чем это, нельзя было людям сказать о Христе.

Так в первый раз, а во второй, – услышали только двое учеников Крестителя, Иоанн Заведеев и брат Симона, Андрей; но если что-то и поняли, увидели оба, то очень смутно, как в темном, пророческом сне.

XXVI

Если бы Иоанн мог сказать и сказал об Иисусе так, чтобы все услышали и поняли: «Вот, Христос», то все, что мы узнаем из всех четырех Евангелий о земной жизни и смерти Господа, потеряло бы смысл: только ведь для того и живет и умирает человек Иисус, чтобы, снимая покров за покровом с лица Своего, постепенно, медленно, с каким трудом нечеловеческим, – открыть эту непостижимейшую людям тайну: Иисус есть Христос.

Мог ли бы Господь сказать Петру, когда тот исповедал Его, в Кесарии: «Ты Христос», –

Не плоть и кровь открыли тебе это (Мт. 16, 16–17), –
если бы «плоть и кровь» – человек Иоанн – уже открыли это всем? После услышанного и понятого, Иоаннинова свидетельства, могли ли бы люди почитать Иисуса, «одни за Иоанна Крестителя, другие за Илию, а иные за одного из пророков»? (Мт. 16, 14.) Могли ли бы Иудеи спрашивать Его перед всем народом:

Кто же Ты? – Долго ли Тебе держать нас в недоумении? Если Ты – Христос, скажи нам прямо? (Ио. 8, 25; 10, 24.)

И, наконец, главное: мог ли бы спрашивать Его сам Иоанн, уже из темницы, услышав о делах Его:

Ты ли Тот, Который должен прийти, или ожидать нам другого? (Мт. 11, 3.)

Могли бы и сам Иисус, зная, что Иоанн «соблазнился» о Нем, спрашивать иудеев, откуда «крещение Иоанново, с небес или от человеков?» (Мт. 11, 30.)

Нет, слишком ясно, что и здесь, как везде в Евангелии, противоречие в одной только, исторической плоскости неразрешимо, но в двух плоскостях, – в истории, в том, что было однажды, и в мистерии, в том, что было, есть и будет всегда, – может быть, разрешается.

Это и значит: длящегося во времени, свидетельства Иоаннова – «Иисус есть Христос», – вовсе не было; только в какой-то одной-единственной точке времени – миге-молнии, или в нескольких точках, сливающихся в одну, – оно, действительно, было.

К тайне Крещения потерянный ключ и есть этот молнийный миг. Где же он?

XXVII

Следуя порядку времен в IV Евангелии (не верить ему в этом нет оснований), Господь, в первый год служения Своего, был в Иерусалиме на празднике Пасхи (2, 13), в низане – апреле, уже после, кажется, двух- или трехмесячного пребывания в Галилее: значит, крестился в начале января 29-го или 30-го года, что согласно и с церковным преданием, и тем еще вероятнее, что котловина нижнего Иордана, близ Мертвого моря, где находится Вифавара-Вифания, самый глубокий провал (350 м ниже уровня моря) и одно из самых знойных мест земного шара, почти необитаема в летние месяцы; следовательно, множество, со всех концов Палестины, паломников не могло бы стекаться сюда к Иоанну в эту пору года; зимние же месяцы здесь райские.

Свежий ветер с севера, часто, в январе, дующий весь день, падает перед закатом, и наступает вдруг такая тишина, какой, кажется, нет нигде на земле, кроме Галилеи; но там – тишина блаженства, а здесь – печали.

Воды Иордана текут между двумя зелеными стенами густолиственных зарослей, а шагах в тридцати от них, – пустыня мертвая. Стоит лишь подняться на крутой берег, чтобы увидеть необозримую даль: выжженных гор, долину Иерихона замыкающий круг; снежного, над ними, Ермона, как Ветхого деньми, в несказанном величьи, седую главу, на севере, а на юге, сквозь котловину Иордана, синее-синее, ни на что земное не похожее, точно райское небо, – Мертвое море. Райскими кажутся и радужно, за морем, светящиеся горы Моава, и в розовом небе заката бледнеющий, лунный серп, и дымом кадильным благоухающие смолы бальзамных рощ Иерихона: вся эта, летом, подобная аду пустыня, – зимой, – как богом прощенный и сделавшийся раем ад. Но веет иногда от Мертвого моря, и в эти райские дни, едва уловимый запах смолы и серы, как воспоминание ада в раю.

XXVIII

Может быть, в один из таких вечеров, пришли к Иоанну из Иерусалима посланные фарисеями, левиты и священники; пришел и неизвестный человек из Назарета, среди галилейских паломников.

Кажется, от этого именно вечера уцелела, у св. Юстина Мученика, из не написанных в Евангелии, но едва ли не исторически подлинных «Воспоминаний Апостолов», может быть, учеников Крестителевых – Иоанна Заведеева, Симона и Андрея, – одна, как будто ничтожная, но драгоценная, потому что глазами увиденная, черта:

Кончив крестить и проповедовать, сидел Иоанн на берегу Иордана.

Апокриф

1.

За день устал от множества крестящихся и присел отдохнуть на камень у Паромного Домика, выбрав место повыше, откуда мог видеть толпы, все еще, и в наступающих

сумерках, идущих к нему паломников. Знали, что сегодня уже не будет крестить, но все шли да шли, потому что каждому из вновь пришедших хотелось увидеть его поскорей, и каждому впивались в глаза два глаза, сверкавшие в волосатом лице, – два раскаленных угля в спутанном кусте; спрашивали каждого: «Не ты ли?»

Сколько их прошло перед ним, и еще пройдет сколько, – добрых и злых, умных и глупых, красивых и уродливых, – бесконечно разных и равных в ничтожестве. Его искать среди них не то же ли самое, что алмаза – в песке? А все-таки ищет, спрашивает каждого глазами: «Не ты ли?» – и знает, что чьи-то глаза ответят: «Я».[324]

2.

Лев не рычит, не стрекочет кузнечик: человек говорит человеческим голосом.

– Кто ты? – спрашивают Иоанна священники.

– Я не Христос, – отвечает он в тысячный раз. – Я для того пришел крестить вас в воде, чтобы Он был явлен… Но я не Он.

– Кто же ты? Илия?

– Нет.

– Пророк?

---

[324] Just., dial. c. Tryph., с. 51.

– Нет.
– Кто же ты?[325]

Все идут да идут, и каждому впиваются в глаза два глаза – два угля: «Не ты ли?» – «Не я». И проходят мимо, сникают, как тени, в тени наступающих сумерек.

– Кто же ты? Чтобы нам дать ответ пославшим нас, – что ты о себе скажешь?

– Я – глас вопиющего в пустыне: приготовьте путь Господу!

– Что же ты крестишь, если ты не Мессия, ни Илия, ни пророк?[326]

– Я крещу вас в воде, но стоит среди вас Некто... Вдруг замолчал. Вспыхнули два глаза – два угля – таким огнем, как еще никогда. Волосы откинул от лица, точно встали они дыбом от ужаса, – львиная грива взъерошилась. Прянул, как почуявший агнца, лев.

Два взора скрестились – две молнии; две стрелы попали в цель: «Ты?» – «Я».

Солнце в равноденственную точку еще не вступило, но уже дошло до нее, длани Серафимов еще не наклонили ось мира, но уже налегли на нее, – дрогнула.

3.

Шедшие мимо вдруг остановились, ищут глазами в толпе, на кого смотрит Иоанн; ищут – не найдут: слишком похож на всех, «вида никакого не имеющий, никому неизвестный человек из Назарета».[327]

Скрылся в толпе, исчез, как тень, в тени наступающих сумерек. Никто не увидел Его, не узнал. Но сделалось так тихо, как никогда еще не было и никогда уже не будет в мире. Ужасом повеяло на всех и радостью, каких тоже не было в мире и не будет никогда Никто не увидел Его, не узнал, но все почувствовали: **Он**.

XXIX

Кажется, в эту самую ночь, был тайный разговор Иоанна с Иисусом. Что действительно был, мы знаем, по свидетельству Матфея (3, 14–15); знаем также, что не Иоанн пришел к Иисусу, а Тот – к нему (3, 13): Сам захотел нарушить тайну двадцатилетнего молчания, – явиться миру: значит, уже в Назарете, до Иоанна, сказал: «Мой час пришел».

---

[325] Ио. I, 19.
[326] Ио. I, 22–25.
[327] Just., dial. c. Tryph., 88. Preuschen, 26.

«Все крестились, исповедуя грехи свои» (Мк. 1, 5); не был ли и тот ночной разговор похож на исповедь? Если бы мы знали, что между ними было сказано, то, может быть, заглянули бы в тайну Крещения, по ту сторону Евангелия.

XXX

Только начало и конец разговора мы знаем. «Мне надо бы креститься от Тебя, и Ты ли приходишь ко Мне?» – начало, а конец: «тогда (Иоанн) допускает Его» креститься (Мт. 3, 14–15.) Слишком темным и кратким словом Иисуса: «так надлежит нам исполнить всю правду», – это начало с этим концом не связано. Что значит: «так»? Среднее, главное звено из цепи разговора выпало в I Евангелии. Но, кажется, не потеряно для нас; мы его находим в IV Евангелии: «Се, Агнец Божий, взявший на Себя грех мира». – «Раб Господень», ebed Jahwe Исаиина пророчества, и есть это выпавшее звено. Слишком вероятно, что между Иисусом и Иоанном слово это было сказано. И опять скрестились, так же как давеча, в толпе, два взора, две молнии: «Ты?» – «Я».

Только они двое, Иисус – Иоанн, от начала до конца времен, знали, что значит: «Агнец Божий – Раб Господень»; знали только эти двое, что словом этим решается все в вечных судьбах мира.

Нет в Нем ни вида, ни величия, –

вспомнил, может быть, Иоанн, и лишь теперь, глядя на Иисуса, понял, что значит:

Презрен был и умален пред людьми... и мы отвращали от Него лицо свое... и ни во что ставили Его. (Ис. 53, 2–3.)

Двадцать лет презирал Его, ни во что ставил; двадцать лет бежал от Него, как от врага, но вот, не убежал. В эту-то минуту, может быть, и пал к ногам Его:

Ты ли приходишь ко мне?.. Я недостоин развязать ремень у обуви Твоей. (Мк. 1, 7.)

Понял, для чего пришел к нему Иисус креститься: не для того, чтобы снять с Себя Свой грех, а чтобы принять на Себя – чужой:

грех многих понес на Себе... и за преступников сделался Ходатаем (Ис. 53, 6; 12.)

XXXI

Все ли, однако, понял Иоанн? Если бы все, мог ли бы «соблазняться» потом, спрашивать: «Ты ли Тот?»

Двадцать лет оба молчат об одном, но слишком по-разному. Как бы два, говорить разучившихся и учащихся снова, молчальника: нужно обоим пробиться друг к другу сквозь стеклянную стену молчания; видят сквозь нее друг друга, но не слышат; близко – далеко; чем ближе, тем дальше.

Молния сверкнула; все увидел Один, другой – не все: увидел – ослеп.

Если потом «соблазнился» Иоанн, то, может быть, уже и тогда, в первом разговоре с Иисусом, начал соблазняться – колебаться, мерцать, как утренняя звезда перед солнцем. Верил – сомневался; то радость, то ужас: «Он и не Он».

«Кто Ты?» – на этот безмолвный вопрос Иоанна, что мог бы ответить Иисус, кем Себя назвать? «Сыном Давидовым»? Но оба знали, что «Бог может воздвигнуть из камней сих чад Авраамовых» – сынов Давидовых. «Сыном человеческим»? Но «Сын человеческий», bar nasch, по-арамейски, значит просто «человек», только «человек»; а ведь если Иисус был действительно «Тот, Который должен прийти», то Он был не только человек. А «Сыном Божиим» не мог Он Себя назвать: если бы назвал, то Иоанн ответил бы Ему: «Ты не Он», и был бы прав, потому что, если человек свидетельствует сам о себе, то свидетельство его не истинно (Ио. 5, 31.)

На свой безмолвный вопрос: «Кто Ты?» – мог прочесть Иоанн в глазах Иисуса лишь такой же безмолвный ответ:

Блажен, кто не соблазнится о Мне. (Мт. 11, 6)

Все, вероятно, дошло между ними до этой последней черты, но за нее не перешло, не было сказано: «Ты – Он». Оба говорили о Мессии в третьем лице: не «Я» и не «Ты», а «Он». Так ведь говорил о Нем и сам Иисус всю жизнь, до последнего ответа первосвященнику: «Ты ли Мессия-Христос?» – «Я», – за что и был распят.

Главное, вероятно, в том разговоре не было сказано;

оба молчали о главном. Но и молча поняли друг друга, или, вернее, Иоанн **почти** понял; понял **совсем** один Иисус.

XXXII

Что же помешало Иоанну понять все и сказать Иисусу: «Ты – Он»? То самое, почему «из рожденных женами не восставал больший Иоанна, но меньший в царстве небесном больше его» (Мт. 11, 11); то что отделяет край земли от края неба, – закон от свободы, Ветхий Завет от Нового; то, почему «к ветхой одежде не приставляют заплаты из небеленой ткани», и «вина молодого не вливают в мехи ветхие»

(Мт. 9, 16–17); то, почему Иоанн крестит водой, а Иисус – огнем, и почему Иоанн «не сотворил никакого чуда» (Ио. 10, 41), но столько чудес сотворил Иисус. Первое же чудо Его – самое простое, детское, – самое Иоанну непонятное, невозможное: Кана Галилейская, претворение воды в вино, – первая ступень лестницы: Вода – Вино – Кровь – Огонь – Дух; всходят по ней дети и Ангелы, а величайший из людей, Иоанн, не взойдет.

Если не обратитесь и не станете, как дети, не войдете в царство небесное (Мт. 18, 3.)

Не обратился Иоанн, не стал, как дитя, и в Царство не вошел.

Проповедь Свою начинает Иисус теми же словами, как Иоанн:

Царство Божие приблизилось; покайтесь – обратитесь.

Но прибавляет:

и веруйте в Блаженную Весть – Евангелие. (Мк. 1, 15.)

Этой-то Блаженной Вести и не знает Иоанн.

Царство Божие насилием берется, βιάζεται, и насильники, βιασταί, восхищают его (Мт. 11, 12), –

«приступом берут», как осажденную крепость, ломая стену Закона, чтобы войти в крепость Царства. Первым вошел в нее Иисус. Этого-то «насилья», в самом деле, страшного, – страшной свободы, «блаженства» и «легкости»:

иго Мое благо (блаженно), бремя легко (Мт. 11, 30), –

и устрашился Иоанн.

Жизнь и смерть его, величайшего из людей, – все еще трагедия человеческая; жизнь и смерть Иисуса – **Божественная Комедия.**

Только один волосок отделяет Иоанна от царства Божия, – но такой же, как тот, кровавый, на шее, от меча, которым он обезглавлен.

XXXIII

Кто убил Иоанна? Ирод? Нет, утреннюю звезду убивает восходящее солнце; Предтечу, Предходящего, убивает Пришедший: «Ему должно расти, а мне умаляться», – умирать (Ио. 3, 30.)

Понял ли Иоанн, умирая, ответ Иисуса на вопрос его: «Кто Ты?»

Пойдите, скажите Иоанну, что слышите и видите: слепые прозревают и хромые ходят, прокаженные очищаются и глухие слышат, мертвые воскресают и нищие благоденствуют. И блажен, кто не соблазнится о Мне. **(Мт. 11, 4–6.)**

В жизни этого блаженства не знал Иоанн; может быть, узнал в смерти.

Глядя из окна своей темницы в Махеросе на синюю, как туча над желтыми песками пустыни, гору Нево,[328] где умер Моисей, не войдя в Обетованную землю, только увидев ее издали, – думал, может быть, Иоанн: «И я, как он».

Всех предтеч судьба такова: вести других – самим не входить в Царство Божие.

XXXIV

Блюдо, с отрубленной головой Предтечи, Иродиаде, венчанной блуднице, подносится. Ирод, убийца, глядя в остекленевшие глаза убитого, плачет от жалости. Капают пьяные слезы на блюдо; с блюда капает кровь на голые ножки Саломеи-плясуньи, а душа Предтечи играет на небе от радости, как утренняя звезда перед солнцем, как младенец во чреве матери.

Друг жениха, стоящий и внимающий Ему, радостью радуется, слыша голос жениха. Сия-то радость моя исполнилась. (Ио. 3, 29.)

Две головы, – эта, отрубленная, на блюде, и та, на кресте, поникшая, а между ними – весь мир, плачущий, как Ирод, пляшущий, как Иродова дочь. Страшная за эту голову плата – конец Израиля; страшнейшая – за ту, – конец мира.

XXXV

Радость Предтечи на небе исполнилась, но началась уже на земле, на трех молниях-мигах; в первом, – когда он увидел Пришедшего; во втором, – когда с Ним говорил; в третьем, – когда Его крестил.

В этом-то третьем миге мы и подходим, как, может быть, никто никогда, за две тысячи лет христианства, к сегодняшней-завтрашней тайне Конца; к завтрашнему-сегодняшнему смыслу этих последних, на земле сказанных и, может быть, именно к нам больше, чем к кому-либо, обращенных слов Господних:

Идите, научите все народы, крестя их во имя Отца и Сына и Святаго Духа... И се, Я с вами во все дни, до скончания века. Аминь. (Мт. 28, 19–20.)

Именно здесь, как нигде, и сейчас, как никогда, мы подходим к вопросу, почему крещение уже не водой, а огнем, есть путь к Концу.

---

[328] Гора Нево (Nebo) видна из Махеронтской крепости к северо-востоку, на границе Аравийской пустыни. – Втор. 34, 1–4. Keim, 1, 588.

6. Рыба-голубь

I

Крит – «Атлантида в Европе» – приплывший с далекого Запада, «Заката всех солнц»,[329] и остановившийся против Св. Земли, таинственный остров-ковчег. Первые в Ханаане поселения керетимов-критян относит Пятикнижие Моисеево к баснословной или доисторической древности, к Потопу – «Атлантиде»,[330] а последние – мы можем отнести уже к истории, к 1700-му и 1400-му годам, когда два великих землетрясения – две маленьких «Атлантиды» – опустошили Крит, и люди, вероятно, бежали с острова на твердую землю, в Ханаан.[331]

Крит... колыбель нашего рода святая,
Creta.. gentis cunabula nostrae, –
скажет Виргилий.[332] Крит сквозь Ханаан-Палестину, Св. Землю, проступает для нас все яснее, как древнее, в палимпсесте, письмо – сквозь новое. Только теперь начинаем мы открывать, под верхним слоем навеянных из Синайской пустыни, зыбучих песков Израиля, черный и влажный, критский тук Св. Земли, может быть, питающий и корни Галилейской лилии – Евангелия.[333]

II

Путнику, сходящему из Иерусалима в Иерихон, Путем Крови, открывается вдруг, с одной из крутых извилин дороги, зияющая в земле, вулканическая трещина, как бы адово устье, но если заглянуть в нее, то увидишь подземный рай, цветущий и зеленеющий в мертвой пустыне – море камней, как бы маленький «Остров Блаженных», «Атлантиду», – нынешний оазис Wadi Kilt, древний Крит: имя это дано здешнему потоку выходцами с о. Крита, конечно, керетимами.[334] Странно-чудно, в немой и безводной пустыне, гулкое, полное шумом потока, ущелье, как бы раковина, полная немолчным шумом волн морских.

---

[329] Henoch, XVII, 4.
[330] Быт. 10, 14. – I Парад. 1, 12.
[331] Fimmen, Die Agäische Kultur, 1921. S. 213.
[332] Virg., Aeneid., Ill, v. 105.
[333] Д. Мережковский, Тайна Запада, I ч., 3 гл., из Атлантиды, в Европу, passim.
[334] Dalman, 98, 99. – Schneller, Kennst du das Land, 368.

Крит-поток, Путем Крови продолженный, соединяет Иерусалим-Голгофу, место Креста, с Иорданом, место Крещения, – тайну Востока с тайной Запада.

«Скройся у потока Крита,[335] что против Иордана», – говорит Господь Илии, первому Предтече (III Цар. 17, 3–4), может быть, и Предтеча второй, Иоанн, скрывался у того же потока, от нечестивого царя Ирода, как Илия – от нечестивого царя Ахава: Крит впадает в Иордан в двух шагах от Вифавары-Вифании. В этом подземном раю, где в зелено-влажной, точно подводной, только полуденным солнцем пронизанной, тени виноградных лоз, лавророзовых кустов и бальзамных вересков, водится множество диких пчел, мог находить Иоанн соты дикого меда, которым питался (Мк. 1, 6.)

Если же Иисус провел несколько дней после крещения в Вифаварских шатрах, что очень вероятно («Равви, где живешь? – „Подите и увидите", Ио. 38–39), то и Он видел Крит.

III

Имя самого Иордана занесено в Палестину с о. Крит, где племя Кидонов, как мы узнаем из Гомера, –
обитало у светлых потоков Ярдана. [336]

Это первый дар Крита Св Земле, а вот и второй.

В начале XX века, в развалинах Кносского дворца на о. Крит, найден древний языческий крест, гладкий, бело-серого, волнистого мрамора, восьмиконечный, равнобедренный, до того по виду схожий с нашим христианским крестом, что присутствовавший при находке греческий священник перекрестился и поцеловал его, «с не меньшим благоговением, чем, должно быть, поклонялись ему древние», – замечает английский археолог, Артур Эванс, открывший Кносс.[337]

Критский крест относится, вероятно, к середине или началу второго тысячелетия, временам до-Моисеевым; но, подобные этому, кресты могли быть, конечно, и раньше, во дни до-Авраамовы: «прежде нежели был Авраам, Я есмь» (Ио. 8, 58)

«С Крита, – полагает Эванс, – крест занесен в Палестину, где, после тысячелетнего сна и забвения, снова вознесся Крестом на Голгофе».[338]

---

[335] Два чтения: «Хорас», Chorath, у LXX толковников, и Kretha, «Крит», в еврейском подлиннике.

[336] Odys., III, v. 292.

[337] Art. Evans. Palace of Minos, v. I, 1921, p. 517.

[338] Evans, 666.

IV

И наконец третий чудеснейший дар Крита Св Земле: Голубка, великая богиня-Мать, чьи бесчисленные, глиняные и каменные изваяньица находятся уже в неолитных слоях (современных «Атлантиде-Потопу»), по всей Европе, Северной Африке и Западной Азии, от Персидского залива до Атлантики.[339] Это великая богиня-Мать, может быть, не только нашего второго человечества, но и первого, – крито-эгейская Бритомартис,[340] эллинская Афродита Небесная, Урания, вавилонская Иштар, ханаанская Астарта, иранская Анагита, – вечная Дева-Мать, с Младенцем на руках.[341]

В древнеханаанском городе Аскалоне, та же Мать-Голубка нисходит на бога Сына, критского Кинира-Адониса, чьи таинства («воззрят на Того, Кого пронзили», Зах. 12, 10) совершались на полях Меггидонских, видных с Назаретского холма, в конце Иезреельской равнины, у подножья Самарийских гор, где поклонялись Шехине, исходящему от лица Господня Сиянию, в образе все той же белой Голубки-Матери.[342]

Antiquam exquinte matrem
Матери древней ищите, –

скажет Вергилий об этой критской богине-Матери двух человечеств, или трех, если за нашим, вторым, будет третье.[343]

V

Стаи белых голубок, летающих над Вади-Кильтом, Критским ущельем, можно видеть и в наши дни. Не залетела ли одна из них под грозовую тучу, в тот день, когда крестился в Иордане Иисус, и «отверзлись Ему небеса» (Мт. 3, 16)?

Реющей над птенцами, голубке подобен был Дух Божий, носившийся над водною бездною хаоса, Tehom, по истолкованию Талмуда; выпущенная Ноем из ковчега, носилась она же и над водами потопа; слетит и на воды Иордана.[344]

---

[339] Д. Мережковский, Тайна Запада, II, Боги Атлантиды, гл. 9, Синяя-Белая-Черная, IX.
[340] Britomartis, имя позднейшее, древнее – нам неизвестно.
[341] H. Leisegang, Pneuma Hagion, 1922. S. 89. – H. Gressmann, Die Sage von der Taufe Jesu und die vorderorientalische Taubengöttin, 1920 (Arch. F. Relig. Wissensch., XX, B. Heft 1–2). S. 1– 40.
[342] Schehinah. – H. Holtzmann, Hand-Commentar zum. N. T., 1901. S. 44.
[343] Aeneid., III, v. 96.
[344] Та же белая Голубка – Bath goi, «Гласа Божия Дщерь», и «Слава от Лица Господня», Schehinah. – Hagiga, 15a. – Berachot, 3a, ap. J. Klausner, Jesus of Nazareth, 252. – H. Holizmann, 444. – Wünsche, Neue Beitrage zur Erläuterung der Evangelien, 21, 308, 385, 501.

Три Голубки – вестницы трех человечеств; первого, допотопного, второго, нашего, и третьего, идущего за нами.

Понял бы, может быть, Кеплер, так чудесно угадавший в неверных астрономических выкладках о Вифлеемской звезде, настоящий год Р. Х.; поняли бы, может быть, и вавилонские астрономы, так напуганные прэцессией (продвижением) весенне-равноденственной точки этого года в знак Рыб – второго Потопа; поняли бы, если бы жили в наши дни «Атлантиды-Европы», то, чего мы все еще не понимаем: что значит эти три Голубки – три знамения Конца.

Кроме нас, не мог бы их увидеть никто, за два тысячелетия христианства; да и мы видим их только еще глазами, – не сердцем. Но, если бы мы знали сегодня, что будет завтра, то, может быть, увидели бы и сердцем, и волосы на голове нашей зашевелились бы от ужаса.

VI

Рыба соединяется с Голубем в древнейших катакомбных росписях. Рыба в них означает Христа, потому ли, что первые буквы греческих слов: ιησοῦς Χριστὸς Θεοῦ υἱὸς Σωτήρ, составляют слово: ἰχθὺ&ς, Рыба, или потому, что первохристиане знали о явленном тогда уже не только мудрецам, но и младенцам, продвижении равноденственной точки мира в знак Рыб – второго, огненно-водного Потопа – конца второго, человечества, – для первохристиан ужасающей радости: «когда начнет сбываться, то восклонитесь и поднимите головы ваши, потому что приближается избавление ваше» (Лк. 21, 28.)

Рыбы Небесной божественный род... пищи сладкой, как мед, вкуси из рук Спасителя, –

сказано в одной из надписей раннехристианской Галлии.[345]

В росписи амфоры, найденной в южной столице Крита, Фэсте, Рыба, на спине, возносит Голубя из Океана к звездному небу, где Голубь клюет с тычинок расцветающего лотоса медвяную пыль – райскую пищу.[346] Роспись эту, относящуюся, может быть, к таинствам до-Моисеевых, до-Авраамовых дней, лучше всего объясняет та раннехристианская, катакомбная надпись: «Рыбы Небесной божественный род пищи сладкой, как мед, вкуси».

Кажется, самое древнее, от конца I или начала II века, изображение Евхаристии найдено в римских катакомбах, в cubiculum Люцины: Рыба,

---

[345] Pectorius d'Autun. – M. Goguel, L'Eucharistie, 1910, p. 280. – O. Pohl, Das Ichthys-Monument von Autun, 1880.

[346] Lagrange, La Crète ancienne, 1905, p. 105.

плывущая в воде, несет на спине корзину с хлебом и стеклянный сосуд с красным вином. Первые христиане, – сообщает бл. Иероним, – предлагали Тело Христово, в ивовых корзинах и Кровь, в стеклянных сосудах.[347] В росписи Люцины, Рыба соединяет воду Крещения с вином – кровью Евхаристии: Вода – Вино – Кровь – Огонь – Дух; Рыба внизу этой восходящей лестницы, а наверху – Голубь.

VII

Фэстская Рыба-Голубь относится к таинствам, совершавшимся на Крите, может быть, за 16 веков до Р. Х., а через 16 веков по Р. Х., св. Терезе д'Авила было, в канун Пятидесятницы, сошествия Духа Святого, видение:

Голубка, в рыбьей, сияющей, как перламутр, чешуе, вместо перьев.

Много лет спустя, вспоминая об этом видении, святая не может понять причину тогдашней своей, ужасающей радости.[348] Ужас поняли бы, может быть, вавилонские астрономы, наблюдавшие, в год Р. Х., солнце в знаке Рыб – Конца; радость поняли бы, может быть, первые христиане, поклонники Рыбы Небесной, помнившие слово Господне: восклонитесь и поднимите головы ваши, потому что приближается избавление ваше.

VIII

Но лучше всего поняли бы, что значит Рыба-Голубь, члены Иудейского тайного братства, *ессеи, молчальники,* обитатели тех самых горных пустынь от Эброна до Энгадди, к западу от Мертвого моря, где двадцать лет провел молчальник и пустынножитель, Иоанн Предтеча;[349] странные люди, как бы немного помешанные, «имеющие вид детей, запуганных розгой учителя»,[350] одержимые одною мыслью о скором конце мира, таком же внезапном и ужасном, как тот, что постиг Содом, чья память всегда у них перед глазами, в водах Мертвого моря: все ессейство – как бы этими водами вспоенный, мертвый цветок, асфодель.

---

[347] Jeron, ep. ap. Rustic., 125. – Goguel, 284.
[348] M. Bouix, Vie de Sainte Thérèse, 1923, p. 487–488.
[349] Греческое слово Εσσαῖοι, вероятно, от арамейского chassaim, «Молчащие». – Ed. Meyer, Ursprung und Anfange des Christentums, II, 393.
[350] Joseph., Bell. Jud., II, 8, 4.

«Вечным племенем», gens aeterna, называет ессеев Плиний Натуралист,[351] а Ипполит, автор «Филизофумен», – «древнейшим, по вероучению, из всех народов мира».[352] Оба ошибаются: братство ессеев – не особый народ; члены его – такое же семя Авраамово, как и все остальные иудеи, и появилось оно, за память истории, недавно, – лет за полтораста до Р. X.[353] Но корни ессейства, кажется, действительно, уходят в бездонно-глубокую, может быть, доизраильскую – доханаанскую древность.

Лучше всего знает ессеев Иосиф Флавий, проведший в юности три года под началом некоего старца Бана (Banos), ессея или назорея (два эти тайных братства смешивались.) Иоанн Креститель тоже назорей, «посвященный Богу от чрева матернего» (Лк. 1, 15), так же, как Иисус (Мт. 2, 23: «Назореем наречется».) Старец Бан и по образу жизни, напоминает Иоанна Крестителя: носит одежду из древесной листвы или коры, дикими плодами питается, днем и ночью «крестится» – «погружается в холодную воду *освящения ради*», – два последних слова у Иосифа те же, что об Иоанне Крестителе.[354]

Так же постепенно, неутолимо «крестятся» – погружаются в воду, чтобы спастись от скорого конца мира через огонь – от второго Содома, и «запуганные розгой учителя, дети», одержимые страхом конца, ессеи.

Образу сему – (Ноеву ковчегу в потопе) – подобное, крещение (потопление) спасает и нас,
могли бы сказать ессеи, так же, как скажут христиане (I Петр. 3, 21.)

IX

«Образ жизни их подобен тому, которому эллинов учил Пифагор», – замечает Иосиф.[355] Общность имущества, безбрачие, отказ от животной пищи и кровавых жертв; белые льняные одежды; поклонение солнцу, как живому образу Божиему; учение о первородном грехе и о «теле – темнице души»; трехлетний, перед посвящением, искус и страшная клятва молчания о тайнах братства; магия, теургия, символика чисел, – все у них пифагорейское.[356]

---

[351] Plin., Hist. Natur., V, 17.
[352] Hippolyt., Philos., IX, 27.
[353] При Асмонейском царе Иоанафане. – Joseph., Ant., XIII, 5, 9.
[354] Joseph., Vita, II.
[355] Joseph., Ant., XV, 10, 4.
[356] Joseph., Bell, II, 8, 2–13; Ant., XIII, 5, 9; XV, 10, 4–5; XVIII, 1, 5.

*В белые ризы облекся я,
от смертей и рождения очистился,
и блюду, да не коснется уст моих
пища животная,* –
могли бы сказать и ессеи, как Еврипидовы критяне.[357]

Зная все это, трудно поверить, что ессеи – прирожденные иудеи, а не в самом деле «особое племя».

X

Видную тоже с Назаретского холма, гору Кармил, где Илия, первый Креститель огнем, сводит огонь с неба на окруженный и облитый водой жертвенник (I Цар. 18, 38), – гору эту, лет триста после Илии, посетил Пифагор, ученик Орфея – Диониса Критского.[358] Здесь, уже и помимо Иосифа Флавия, – глухой намек на возможную в ессейских мистериях-мифах связь древних тайн Востока с древнейшею тайною Запада: жертвенник, окруженный водой, с нисходящим на него огнем, не образ ли огнем истребленного Атлантиды-Острова?

Остров Блаженных где-то за Океаном, на крайнем Западе, «Закате всех солнц», – Ессейский рай.[359] Иосиф говорит о нем так, что невольно вспоминается, может быть, и ему самому, «Атлантида» Платона, и стих Горация:

Манит нас всех Океан, обтекающий Остров Блаженных, –
и стихи Гомера о Полях Елисейских, –
*Где пробегают светло беспечальные дни человека
Где ни метелей, ни ливней, ни хладов зимы не бывает,
Но сладкошумно летающий веет Зефир, Океаном
С легкой прохладой туда посылаемый людям блаженным.*[360]

Знают ли это ессеи или не знают (могли бы кое-что знать по Книге Еноха – «Атласа»); помнят ли имя «Крайнего Запада» или забыли, – не может быть никакого сомнения, что Ессейский рай – «Атлантида».[361]

Очень искусные садоводы и огородники, жадно ищут ессеи всякого плодородного клочка земли в пустыне, всякой, орошенной водою,

---

[357] O. Kern. Die Orphiker auf Kreta («Hermes», Bnd LI, 1916). S. 563.
[358] Jamblich, Vita Pytag., c. III. – Keim, I, 302.
[359] Joseph., Bell, II, 154; Ant., XVIII, 18, ap. Ed. Meyer, II, 401. – A. Boulanger, Orphee, 1925; p. 72.
[360] Odyss., IV, v. 562–568.
[361] «Пятый от Адама (праотец) Енох, как полагают Вавилоняне, изобрел астрономию», – сообщает церковный историк Евсевий и подтверждает Александр Полигистор (Alex. Polyhist.). – Д. Мережковский, Тайна Запада, I, гл. 4, Атлас – Енох, IV.

ложбинки, чтобы разводить плодовые сады и огороды, или хотя бы только садики, грядки с цветами, овощами и целебными злаками – маленькие, в мертвом море камней, солончаков и песков, «Островки Блаженных», «Атлантиды». Каждого ессея душа – такой островок в пустыне мира, – как бы рай в аду.

XI

Если мы верно угадали ночную душу «Атлантиды» – Преистории, – нашей дневной душе, «механике», противоположную, «магию», «теургию», – живую, «органическую» власть над природой, то и в этом ессеи родственны «Атлантам» – людям Преистории. Каждый день молятся они, «чтобы солнце взошло», заклинают его особой, «идущей от праотцев», магической молитвой-заклятьем, точно боятся, как бы оно не зашло навсегда.[362] Так же точно могли этого бояться и пещерные праотцы наши, «запуганные дети», во тьме Ледниковой ночи, после гибели первого человечества – Атлантиды-Потопа.[363]

Вот в каком смысле ессеи – пусть в истории вчерашние, – в мифе-мистерии, действительно, может быть, – «вечное племя», gens aeterna.

XII

Нами так жалко потерянный ключ к огненно-водному таинству Крещения – погружения в Воду, Огонь, дух, – может быть, и находится у этого чудом уцелевшего обломка первого, как бы с потопного дня Атлантиды восставшего, человечества.

Каждый вечер, по заходе солнца, ессеи погружаются в воду, «крестятся», сообщает Иосиф Флавий, и тотчас после того, облекшись в белые одежды, вступают в особую, тайную, никому, кроме посвященных, недоступную горницу, где верховный предстоятель общины, *эпимелет*, совершая второе после крещения, святейшее таинство, благословляет хлеб и воду (вода вместо вина и в древнейшей Евхаристии первохристиан), и братья вкушают их в благоговейном молчании.[364]

Крестятся – причащаются: связь обоих таинств здесь очевидна; так же очевидно, что оба таинства – дохристианские, идущие, может быть,

---

[362] «Древних праотцев молитвой молятся, чтобы солнце взошло». – Joseph., Bell., II, 128, ap. Ed. Meyer, II, 401.

[363] Д. Мережковский, Тайна Запада, I, гл. 12, Атлантида – Преистория.

[364] Joseph., Bell., II, 129, ap. Ed. Meyer, II, 397.

из той же неисследимой для нас, древности, чей уцелевший чудом обломок есть «вечное пламя» ессеев.

Вот что значит, по слову Саллюстия Мистика:

Это не однажды было, но всегда есть [365], –

или, говоря точнее: было *однажды* – есть *всегда*. Или по слову ап. Павла:

Это есть будущего тень, а тело во Христе (Кол. 2, 17), –

или, наконец, по слову Шеллинга: «всемирная история есть сон, чье содержание вечное, начало и конец, причина и цель, – Христос».

XIII

Поняли бы, может быть, ессеи, как никто из нас, бывших христиан, что значит катакомбная Рыба в водах Крещения, несущая хлеб и вино Евхаристии; что значит: «Рыбы Небесной божественной род, вкушающий пищи сладкой, как мед»; и Фестокая Рыба с Голубем, клюющим медвяную пыль с тычинок небесного лотоса; и в видении св. Терезы, Голубка в рыбьей чешуе вместо перьев, с ее ужасающей радостью. Все это, может быть, поняли бы ессеи, но, и поняв, не услышали бы и не увидели того, что увидел и услышал, когда открылось небо над Вифаварой, один-единственный во всем человечестве, от начала до конца времен, человек Иисус.

XIV

Знал ли Он ессеев?

Их должен был знать Иоанн Креститель. Мог ли не знать, когда столько лет прожил рядом с ними, в той же пустыне; так же молчал и ждал, как они; так же крестил, возвещая казнь мира огнем и спасение от огня в воде крещения?

Слишком невероятно, чтобы такие садоводы и огородники, как ессеи, жадные искатели плодородных земель в пустыне, миновали ущелье Крит, подземный рай. Если же были они там, то их наверное знал Иоанн и, вероятно, знал Иисус.

Странно молчит об ессеях Евангелие, но, может быть, естественно, как о слишком параллельно-близком и чудном, отделенном от него такою же стеклянною стеною молчания, как Иоанн Креститель от Иисуса Крестника. «Вид имеют детей, запуганных розгой учителя», может быть, и ученики Иоанновы, но не Иисусовы, «сыны чертога брачного,

---

[365] Sallust., de diis et mundo, c. IV.

доколе с ними Жених»; будут и они иметь такой же вид, но только потом, когда Жених отнимется (Мт. 9, 15): в IV веке, церковный историк Евсевий уже не сумеет отличить египетских ессеев, терапевтов, от тамошних монахов-отшельников.[366]

Но если даже Иисус не знал ессеев, то воздухом их дышал всю жизнь. *Как было во дни Ноя... так будет и в пришествие Сына человеческого.* (Мт. 24, 37.)

Если потоп есть «Атлантида», то Иисус о ней говорит в этом, все решающем для Него, слове о Конце.

Вспомним, что «Морской Путь», Via Maris, шедший с Крайнего Запада, от Столпов Геркулесовых, Атлантики, где погибла Атлантида, через Египет на север, мимо Назаретского холма и Тибериадского озера, – всей Иисусовой жизни путь.

Когда говорят пророки, – вот,
Я сам говорю, –
по незаписанному слову Господа.[367] Где же эти пророки, только ли в Израиле? Нет, во всем человечестве:
Многие придут от востока и запада. (Мт. 8, 11.)

«То, что сейчас называется христианством, было всегда, от начала мира до явления Христа во плоти», – по чудному слову Августина.[368]

Выпавшее звено между Христом и бывшим до Него «христианством» – вот что такое ессейство. Первый луч солнца Христова, может быть, – уже на белых одеждах Энгадийских Молчальников.

«Солнце слепых – Христос язычник» (Шеллинг.) Слепо идут к Нему, еще не видят Его, но уже крестятся в Него, причащаются Ему, от начала времен: только в тот день, 6 января 29-го года, когда «раскололись» небеса над Иорданом, – увидели.

XV

И было в те дни: пришел Иисус из Назарета Галилейского, и крестился от Иоанна в Иордане. И, когда выходил из воды, тотчас увидел расколовшиеся небеса, и Духа, как голубя, нисходящего на Него. И глас был с небес: Ты – Сын Мой возлюбленный, в Котором Мое благоволение. (Мк. 1, 9–1.)

Это Марково свидетельство, идущее от Петра, вероятного свидетеля того, что произошло в Вифаваре-Вифании, повторяют Матфей и

---

[366] Euseb., H. E., II, 23, 4. S.
[367] Agraph., ap. Epiphan., Haeres., XXIII, 5. – Resch. 207.
[368] Jeremias. Die ausserbiblische Erl öserwartung, 6.

Лука, не прибавляя от себя почти ничего, только изменяя, на первый взгляд чуть заметно, если же вглядеться пристальней, то глубоко и значительно.

Что-то Иисус «увидел», εἶεν: на этом одном слове, в свидетельстве Марка-Петра, зиждется все. Что бы ни увидел Иисус, Он это увидел *один*, и только через Него, Его глазами, тогда же увидел Петр, или от Него услышал потом. Видел ли еще кто-нибудь, этот вопрос и в голову не приходит вероятному очевидцу, Петру, должно быть, потому что это естественно выпало, исчезло из памяти его, так же как из поля зрения самого Иисуса в ту минуту исчезло все: ни Иоанна, ни народа; Он – один, с глазу на глаз, с тем, что или Кого видит.

Что же значит «увидел»? **Было это и не было?** Если мы не больше, чем только поверим, – если мы не узнаем, не *увидим* сами, что это *было* – было действительнее всего, что *бывает,* может быть в мире, то мы недалеко уйдем от нынешней ученой смердяковской «мифологии», «мифомании»: «про неправду все написано».

Или, другими словами: что пережил Иисус в Вифаваре, – внутреннее ли только, «умственное видение», θεωρία νοητική, как полагает Ориген и другие отцы[369] или что-то большее, – невозможный для нас, непостижимый, но более действительный, чем все возможное, внутренне-внешний, умственно-чувственный, духовно-телесный прорыв из этого мира в тот, как бы из трех измерений в четвертое, – то, что можно выразить с точностью только одним словом: чудо?

XVI

Вглядываясь пристальнее, чтобы ответить на этот вопрос, в едва заметные отличия Марка от Луки, мы видим, какая между ними огромная *качественная* разница двух религиозных опытов.

Когда же крестился весь народ, и Иисус, крестившись, молился, отверзлось небо.

И Дух Святой нисшел на Него в телесном виде, *как голубь, и был глас с небес.* (Лк. 2, 21–22.)

Здесь, у Луки, «видит» уже не только один Иисус, но и «весь народ»: точка опоры переносится из одного во всех, изнутри во вне; внутренне-внешнее, прозрачное, становится только внешним, непроницаемым; умственно-чувственное – только чувственным. С крайнего края земли, горизонта двух миров, с той узкой, как лезвие ножа, последней черты, где зияет прорыв из этого мира в тот, из трех измерений в чет-

---

[369] Origen., c. Cels., I, 48. – W. Bauer, 116. – Hase, 300.

вертое, – падает Лука назад в этот мир, в три измерения, не успев заглянуть за черту.

Там, у Марка-Петра – у самого Иисуса – молнийный миг прозрения-прорыва есть почти геометрическая *точка* все на том же крайнем краю, последней черте между временем и вечностью: «*тотчас – вдруг*, выходя из воды, увидел (Иисус) расколовшиеся небеса»; а здесь – у Луки – линия длящегося времени: «когда Иисус *молился*, отверзлось небо». Падает и здесь Лука с лезвийно-узкой черты, назад во время, не успев заглянуть в прорыв вечности.

Там, у Марка, Иисус видит «Духа, нисходящего, *как* голубь». Два возможных смысла в этом «как»: две меры – два мира. Или сам Дух имеет вид голубя (точнее, «голубки», περιστερα), или только полет Его тих, плавен, как полет голубя; тихое веяние, дыхание Духа, – как веяние крыл голубиных. Только один из этих двух смыслов уцелел и разросся у Луки; другой – уничтожен, чем и двухмерность – двухмирность всего явления разрушена. «Дух Святой нисшел в *телесном* виде, как голубь». Здесь уже стынет, тяжелеет все. Дух еще не превратился в Голубя, но вот-вот «превратится», – страшно сказать, как в «Превращениях», «Метаморфозах» Овидия, боги превращаются в животных. Голубь Духа скоро будет изваян, точно из мрамора, эллинским, языческим резцом. Мы уже не знаем, не помним, – помнит ли сам Лука? – почему Высочайшее так снижается, – Дух становится животным.

Знамения меркнут, тускнеют, теряют огненную прозрачность; все меньше являют то, что за ними. Если еще не у самого Луки, то где-то уже близко к нему, оплотнеет чудо, огрубеет, овеществится. Сам Лука – еще в мистерии – в том, *что было*; но где-то, близко к нему, уже «миф» – то, чего *не было*.

XVII

Между Марком и Лукою – Матфей. Видно, уже и по его свидетельству, откуда и куда все идет.

И, крестившись, Иисус тотчас вышел из воды, и се отверзлись Ему небеса, и увидел Он Духа Божия, Который сходил, как голубь, и ниспускался на Него. (Мт. 3, 16.)

Здесь точка опоры, на которой зиждется свидетельство, – еще внутри Иисуса, в том, что Он *видит*; и молнийный миг, прорыв из времени в вечность, двухмерность, двухмирность, в явлении Духа-Голубя, – все как будто еще уцелело. Но что уже не все, видно, по гласу с небес, обращенному не к одному Иисусу: «Ты – Сын Мой возлюбленный», а ко всем, или, по крайней мере, к двум – Крестителю и Крестнику: «**Этот** есть Сын Мой возлюбленный» (Мт. 3, 17.)

Центр тяжести, если еще не сдвинулся, то уже поколебался у Матфея, – вот-вот сдвинется от Марка к Луке – от мистерии к мифу.

XVIII

К первому свидетелю Марку-Петру, и здесь, как во многом другом, возвращается последний свидетель, Иоанн. Снова взлетает он, с божественной, как бы не своею, легкостью, к той лезвийно-узкой черте, где зияет умственно-чувственный, внутренне-внешний прорыв из времени в вечность, из трех измерений в четвертое.

И засвидетельствовал Иоанн (Креститель), говоря: я видел Духа, сходящего с неба, как голубь, и пребывающего на Нем. (Ио. 1, 32.)

Но здесь уже свидетельство не самого Иисуса, а только Иоанна, и не в настоящем, а в прошлом: молнийный миг самого чуда – прорыва – для св. Иоанна или несказуем, или потерян, забыт.

XIX

Кроме наших четырех Евангелий, есть еще три свидетельства о Вифаварском чуде, столь же исторически-подлинных, и лишь немногим позднейших (на одно, два поколения); три не ложных, а утаенных Евангелия, «Воспоминания Апостолов», по глубокому слову Юстина. Все три говорят об одном, если не вовсе умолчанном, то почти никем, за две тысячи лет христианства, не услышанном – о крещенском явлении Света.

Свечением, φωτισμός, называется омовение сие (крещение), потому что разум познавших его просвещается (светится), –

помнит еще об этом явлении Света Юстин, может быть, потому, что сам, в языческой юности своей, посвящен был в мистерии, где хорошо знали и твердо помнили о том же явлении Света.[370] «Свечением», φωτισμός, называлось и то святейшее, что происходило в Елевзинских таинствах, после «сошествия в ад», katabasis, соответственного сошествию крестящегося в воду, где умирает ветхий и рождается новый Адам.[371]

«Свет» повторяется шесть раз в пяти стихах первой главы IV Евангелия, где говорится об Иоанне Крестителе: «жизнь – Свет человеков»;

---

[370] Justin., I Apolog., LXI, 12.
[371] Д. Мережковский, Тайна Запада, II ч. Боги Атлантиды, гл. 10, Елевзинские таинства.

«Свет во тьме светит»; «Иоанн пришел свидетельствовать о Свете»; «он не был Свет, но послан был, чтобы свидетельствовать о Свете»; «был Свет Истинный». Можно сказать, что здесь, уже в самом Евангелии, совершается померкшее в наших слепых глазах, чудо Вифаварского Света – Елевзинского «свечения».

Савла, на пути в Дамаск, осиял тот же свет, «превосходящий – солнечный»; он от него ослеп, – прозрел Павел.

Тот же свет осияет и св. Терезу, незадолго до видения «Голубки в рыбьей чешуе», и скольких еще святых до нее и после: можно сказать, что первичный опыт святых и есть это явление Света.

«Блеск ослепляющий, белизна сладчайшая, – вспоминает Тереза так просто и опытно-точно, что надо быть ученым Смердяковым, чтобы не поверить, не увидеть, что это не „световая галлюцинация", и что это действительно *было*. – Солнечный свет перед этим так темен, что и глаз на него открывать не хотелось бы. Разница между этими двумя светами такая же, как между прозрачнейшей, по хрусталю текущей, солнце отражающей, водой, и темнейшей, по темной земле, под темным небом, текущей. Да и вовсе не похож тот божественный свет на солнечный; естественным кажется только он один, а солнечный перед ним – искусственным. И так внезапно являет его Господь, что, если бы надо было только открыть глаза, чтобы увидеть его, мы не успели бы; но все равно, открыты ли глаза или закрыты, – если угодно Господу, чтобы мы его увидели… Я это знаю, по многим *опытам*.[372]

Первый опыт сделан был в Вифаваре и записан в тех трех, не вошедших в наши Евангелия, «Воспоминаниях Апостолов».

XX

Первое воспоминание в «Евангелии от Эбионитов», «Нищих Божиих», самых ранних учеников Господних:

Когда же крестился народ, то пришел также Иисус и крестился от Иоанна, и, когда выходил из воды, то отверзлись небеса, и увидел (Иисус) Духа Святого в образе голубки, нисходящей и входящей в Него.

И глас был с неба, глаголющий: Ты – Сын Мой возлюбленный, в Котором Мое благоволение.

И еще. Я ныне (в день сей) родил Тебя.

И тотчас осиял то место Свет Великий.

Видя же его, Иоанн сказал Иисусу: кто Ты, Господи?

---

[372] M. Bouix. Vie de Sainte Thérèse, p. 301.

И снова глас был с неба к Нему (Иисусу): Сей есть Сын Мой возлюбленный, в Котором Мое благоволение.
И, пав Иоанн к ногам Его, сказал: мне надобно креститься от Тебя, Господи.
И запретил Ему (Иисус), и сказал: оставь, ибо так надлежит нам исполнить все. [373]

Второе воспоминание – в «Евангелии от Евреев», может быть, арамейском подлиннике или источнике нашего Матфея:
Когда же выходил (Иисус) из воды, то нисшел на Него весь источник Духа Святого, и почил на Нем.
И сказал Ему (Дух): Сын Мой, во всех пророках Я ожидал Тебя, да приидешь, и почию на Тебе; ибо Ты мир Мой, Ты Сын Мой единородный, царящий во веки веков. [374]

Хотя явление Света выпало из этого отрывка, но, что оно здесь было, можно заключить из того, что оно сохранилось, почерпнутое, вероятно, отсюда же, в двух очень древних, латинских кодексах Евангелия от Матфея, Vercellensis и Sangermanensis, как будто составители их поняли, вопреки Канону, что нельзя быть Крещению темным.

В первом кодексе:
Свет великий из воды озарил все окрест, так что все бывшие там устрашились.
То же почти, во втором:
великий свет заблистал из воды. [375]

Очень вероятно, что в уцелевшем отрывке Эбионитского Евангелия, «источник Духа» – огонь, нисходящий на Иисуса – падает с неба водопадом огненным.

Третье свидетельство, в Юстиновском отрывке из «Воспоминаний Апостолов», неизвестных нам Евангелий:
…Когда Иисус сходил в воду, то исшел огонь из Иордана; когда же выходил, пал на Него Дух Святой, как голубка. [376]

XXI

Кто-то задул крещальную свечу перед ликом Господним в Церкви, в христианстве, в самом Евангелии, – к счастью, забыв это сделать в

---

[373] Epiphan., Haeres, XXX, 14. – Preuschen, 10; 111.
[374] Hieronym., Comment, in Jes. XI, 2. – Preuschen, 4, 107 – Resch, Agrapha, 234.
[375] W. Bauer, 134. – Resch, 225. – Hilgenfeld, Nov. Test. extra canon. tecens, 2, IV, 15.
[376] Justin., Dial., c. 88. – Resch. 224.

далеком и темном углу – в отреченных Церковью, ложных будто бы, «апокрифических». Евангелиях.

Воду поглощает огонь в огненном чуде Илии, на горе Кармиле, а здесь, в Крещении, огонь поглощается водой. Свет Крещения потух, и все христианство потемнело: воды его, темные, мертвые, в Мертвое море текут. Водным, слезным, сделалось крещение, – безогненным, безрадостным, и таким забвенным, что мы одинаково не помним, как родились и как крестились. Мертвые, уже не помним, что «жизнь была свет человеков» (Ио. 1, 4); слепые, уже не видим, что «свет во тьме светит, и тьма не объяла его» (Ио. 1, 5.)

XXII

Мог ли огнем Крестящий не креститься огнем? Этого одного достаточно, чтобы увидеть, что свидетельство не вошедших в Канон Евангелий о крещенском явлении Духа-Огня исторически-подлинно. След его, неизгладимый, как рубец от ожога, сохранился и в наших канонических Евангелиях – в противоречии двух чтений: позднейшего, у Луки и Матфея: ***Дух сошел на Него***», и первого, у Марка, по древнейшим, доканоническим кодексам: «***Дух вошел в Него***».[377] Если Дух нисходит «в телесном виде, как голубь», то непонятно и непредставимо, как в тело человека входит тело голубя. Вот почему первичное «в Него», заменено, «исправлено», позднейшим: «на Него». Но, если Дух есть Огонь, Молния, то совершенно понятно, или, по крайней мере, представимо, что огонь вошел в Иисуса.

Память о том, что Голубка – белая, сохранилась еще до IV–V века.[378] Трепетные блески несказанно-белого Света – то «рыбья чешуя», то «перья голубки», а сгущенного белого Света кристалл – молнийно солнечно-белая Рыба-Голубь.

Бог сказал в начале творения:

Да будет Свет: И стал Свет. (Быт. 1, 2.)

Свет явился в начале мира, и в середине, ровно в полдень, минута в минуту, с астрономической точностью, когда солнце вступило в равноденственную точку мира – знак Рыбы-Голубя, – явился тот же Свет.

Вот одна из двух потерянных тайн Крещения: Дух-Свет, а вот и другая.

---

[377] Греческое (*в оригинале отсутствует надпись. – Прим редактора*) может иметь два смысла «на Него» и «в Него»; но что здесь, у Марка, оно имеет этот второй смысл, видно по Эбионитскому Евангелию: «Дух нисходящий и входящий в Него». – W. Bauer, 117–118.

[378] Orac. Sibyl, IV, 7. Lactant., Divin, instit., IV, 15, 3.

XXIII

Ты Сын Мой возлюбленный:
Я в день сей родил Тебя, ἐγὼ σήμερον γεγέννηκά σε, – так, в древнейшем кодексе Cantabrigiensis D, по архетипу от 150 года, и в Италийских кодексах – вместо нашего позднейшего, канонического, от IV века:
Ты Сын Мой возлюбленный, в Котором Мое Благоволение. (Лк. 3, 22.)

Подлинность первого чтения засвидетельствована всеми Отцами, от Юстина до Климента Александрийского и Иеронима.[379]

Слишком невероятно, чтобы Лука мог сохранить это чтение, если бы не нашел его уже в досиноптическом источнике, потому что противоречие между двумя Рождествами, этим Вифаварским, и тем, Вифлеемским, между Крещенским: «Я в день сей родил Тебя», и Благовещенским: «Дух Святой найдет на тебя... посему и рождаемое Святое наречется Сыном Божиим», – противоречие это слишком очевидно и «соблазнительно».[380] Как же и когда родился Сын Божий, Христос, – вместе ли с Иисусом, в Вифлееме, или после Иисуса, в Вифаваре, как учат ранние докеты из иудео-христиан: «только на Иордане, с Духом-Голубем, вошел в Иисуса Христос?»[381]

Вот почему в тот день, когда Бессеменное зачатие сделалось неподвижным догматом, – не внутренне-внешним, а *только* внешним, без прорыва в иную действительность, непроницаемым «чудом»; когда из истории-мистерии выпало оно в историю *только,* – в тот самый день противоречие двух рождений сделалось таким очевидным и невыносимым «соблазном», scandalon, что Церковь, чтобы прекратить его или хотя бы только скрыть, вынуждена была, вопреки себе, вопреки непреложным свидетельствам всех Отцов, вопреки Евангелию, заменить древнее, подлинное чтение новым, неподлинным. После слов: «Ты Сын Мой возлюбленный», слова: «в Тебе Мое благоволение», повторяют, ослабляя уже сказанное, потому что благоволение меньше, чем любовь: это все равно что воду называть влажной, или шар – круглым.

Вместо величайших слов, когда-либо в мире сказанных, – пустые слова. Люди, чтобы Дух не говорил неугодного им «соблазнительного», заставили Его молчать.

---

[379] Resch, 344–345.– W. Bauer, 121.
[380] Joh. Weiss. Das älteste Evangelium, 1903. S. 133.
[381] W. Bauer, 124.

XXIV

Этого никто не осмелился бы сделать во втором-третьем поколении после Христа, когда жил св. Юстин Мученик, читавший еще не только в Евангелии от Луки, но и во всех остальных, до нас не дошедших Евангелиях, подлинные слова Духа. Чувствуя в них, однако, уже возможный «соблазн», пытается Юстин если не преодолеть его, то хотя бы отстранить и заглушить:

должно было совершиться Его (Иисуса) рождению (второму), человеков ради, тогда же, как началось у них Его познание, gnôsis. [382]

Это и верно, и глубоко, но этим еще до конца не снимается противоречие; оно лишь переносится из истории в мистерию.

Слишком ясно и точно говорит Дух: «*В сей день Я родил Тебя*», давая тем понять, что Вифаварский день, в каком-то смысле, первый и единственный не только в вечности, но и во времени, а вовсе не символичное повторение Вифлеемского дня. Слишком также ясно, что земной, на земле человек, хотя бы и сам Христос, не мог родиться во времени дважды и что, следовательно, только одно из двух Его рождений — действительно-плотское, а другое — лишь символично, прообразно, или, как будут соблазняться докеты, — «призрачно», мнимо.

И снова возникает все тот же вопрос: какое же из этих двух рождений действительно, во времени, в истории? Жало «соблазна» и здесь только скрыто, но не вынуто.

XXV

Кажется, и сам Лука, предчувствуя возможное противоречие Вифавары и Вифлеема, не разрешает его, а только показывает, что видит и не боится его, когда помещает Родословную не перед Вифлеемом, что было бы естественно и что делает Матфей, а после Крещения, второго Рождества. Дух говорит Иисусу: «в сей день Я родил Тебя», и тотчас:

Иисус, как думали, был сын Иосифов — Давидов — Адамов — Божий. (3, 23–38.)

В этом: «как думали», — все тот же вопрос без ответа: чей же Сын Христос по плоти? Как думают об этом не другие, а сам Лука? Замерло только и здесь, как бы заговоренное, жало соблазна, но не умерло.

---

[382] Justin., Dial., с. 88.

XXVI

Что вы думаете о Христе? Чей Он Сын (Мт. 22, 42),

На этот Свой будущий вопрос фарисеям отвечает сам Иисус, уже в беседе с Никодимом.

Ночью совершались посвящения в мистерии; ночью же приходит к Иисусу Никодим (10, 3, 2), и Мистагог Божественный посвящает его в Свою мистерию – тайну Крещения, второго Рождества Своего, тайну всех дохристианских мистерий – Palingenesis, «*Новорождение*»:

Истинно, истинно говорю тебе, если кто не родится свыше, не может увидеть царствия Божия.

Но так же не понимает этого, соблазняется Никодим, как не поймут и соблазнятся христиане:

Как может человек родиться, будучи взрослым?
Может ли он снова войти в утробу матери своей?
Иисус отвечал: истинно, истинно говорю тебе: если кто не родится от воды и духа, не может войти в царствие Божие.

Не мог бы войти в него и первый, кто вошел, – сам Царь Христос.

Рожденное от плоти есть плоть, а рожденное от Духа есть дух.

Что здесь говорит Человек Иисус не только о всех людях, но и о Себе Самом; что Сын человеческий не отделяет Себя от человечества и здесь, в земном рождении своем, так же, как во всей земной жизни и смерти, – видно из дальнейшего:

Истинно, истинно говорю тебе: мы... свидетельствуем о том, что видели.

А что это «мы», значит «Я», также из дальнейшего ясно:

Если Я сказал вам о земном, и вы не верите, как поверите, если буду говорить вам о небесном:

Он сказал о Своем земном рождении, – не поверили; скажет о небесном?

никто не восходил на небо, как только сшедший с небес Сын человеческий, сущий на небесах, –

тоже не поверят (Ио. 4, 3, 13.)

XXVII

Другая тайна всех дохристианских таинств: посвящение – смерть. «Слово и дело сходствуют в таинствах: „умирать", „кончаться", значит „посвящаться", "teleutan-teleusthai", говорит Плутарх, кажется, об Елевзинском „сошествии в ад", соответственном крещальному погружению в воду.[383]

Иисус посвящает Никодима и в эту вторую тайну: Крещение – Крест. «Должно быть вознесену Сыну Человеческому» – на крест. – «Так возлюбил Бог мир, что отдал Сына Своего единородного» – на смерть (Ио. 2, 3–16.)

Огонь пришел Я низвести на землю; и как желал бы, чтобы он уже возгорелся!

Крещением должен Я креститься; и как Я томлюсь, пока сие свершится! (Лк. 12, 49–50), –

скажет Господь, уже на последнем пути в Иерусалим, на Голгофу. Было крещение в воде – будет в крови: та же и здесь восходящая лестница: Вода–Кровь–Огонь–Дух. И опять, в ночной беседе с Никодимом:

Свет пришел в мир.

«Свет» повторяет Иисус пять раз в двух стихах так же, как ев. Иоанн – шесть раз в пяти стихах об Иоанне Крестителе. «Свечения» крещенская свеча светится и здесь, как там, в церкви, кем-то потушенная; вспыхивает снова в Евангелии.

И тотчас, после Никодима:

Иисус... крестил (в Иудее), а Иоанн... в Еноне. (Ио. 3, 22–23.)

Надо быть слепым, чтобы не видеть, что вся эта Божественная Мистерия, ночная беседа с Никодимом, посвящена тайне Крещения – второго Рождества Христова.

«Как это может быть?» – все не понимает Никодим, как не поймут и христиане. Поняли бы, может быть, язычники, – ессеи, пифагорейцы, орфики, – все посвященные в мистерии; понял бы этот «древнейший из народов мира», «вечное племя» – чудом уцелевший, первого человечества обломок во втором, Адамы–Атланты.

XXVIII

Тайна Рождества – Благовещение – светится сквозь тайну Крещения.

«Чей сын Христос?» – на этот вопрос Иисуса, так же как на вопрос матери Его: «Как это будет, когда я мужа не знаю?» – отвечает в Вифаварском явлении Дух:

В день сей Я родил Тебя,

а на родном Иисуса и матери Его, арамейском языке, где «Дух Святой», Rucha, – женского рода:

---

[383] Plutarch., de immortalit. anim., ap. P. Foucart, Les Mystères d'Eleusis ed. 1893, p. 56.

Я родила Тебя.
Матерь Небесная, Дух, так говорит, в вечности; так же могла бы сказать и матерь земная, Мария, во времени. Здесь уже между двумя Рождествами нет противоречия; жало соблазна вынуто.

Память арамейского подлинника сохранилась и по-гречески у всех четырех свидетелей, в наших канонических Евангелиях, где образ Духа – не «голубь», peristeras, а «голубка», peristera.

Бог есть Дух. (Ио. 4, 24),
не может не значить, и в устах самого Иисуса, на арамейском языке: Бог есть не только *Он*, Отец, но и *Она*, Мать.

Это уже забыли православные, но все еще помнят еретики.
Сниди Дух Святой, сниди
Голубица Святая, сниди
Матерь Сокровенная!
такова молитва крещения и евхаристии в «Деяниях Фомы».[384] Гностики Офиты также крестятся и причащаются «во имя Духа-Матери».[385]

Матерь Моя – Дух Святой. ἡ μήτηρ μου τὸ ἅγιον πνεῦμα – скажет, вспоминая о том, что было тотчас после Крещения, сам Иисус, в Евангелии от Евреев, нисколько не менее православном, чем наши канонические Евангелия.

В явной жизни Сына – Отец; в тайной – Мать. Весь Иисус Известный – в Отце; весь Неизвестный – в Матери.

Если есть у Сына Отец Небесный, может ли не быть и Небесной Матери? И если мы так страшно забыли Отца и Сына, то не потому ли, что забыли Мать?

Больше, чем когда-либо, сейчас упование рода человеческого есть матерь Сына земная. Дева Мария. Люди поклонились Ей недаром: только Она и ведет их к Матери Небесной – Духу.

XXIX

Три человечества: первое, до нас погибшее, – царство Отца; второе, наше, спасаемое или погибающее, – царство Сына; третье, за нами, спасенное, царство Духа-Матери. Вот почему и три Голубки: первая – над Хаосом; вторая – над Потопом; третья – над водами Крещения.

---

[384] Acta Thomas, c. 27, 49, 50. – Henneke, I, 270.
[385] W. Bousset. Hauptprobleme der Gnosis, 1907. S. 66.

XXX

Сын Мой, во всех пророках Я ожидала Тебя, да приидешь и почию на Тебе, ибо Ты – Мой мир – Моя тишина, говорит Сыну Матерь-Дух.

Вот когда исполнилось пророческое видение, на горе Хориве, Илии Огненному – Тихому:

не в большом и сильном ветре, раздирающем горы и сокрушающем скалы, не в землетрясении, не в огне Господь, а в веянии тихого ветра (I Цар. 19, 11–12), –

в тихом дыхании Духа-Матери.

XXXI

Сердце земли потрясающий гром, львиное рыкание, – извне, а внутри, в сердце Сына, – тихое веяние голубиных крыл, воркование голубиное «Ты Сын Мой возлюбленный». Молния внезапная, громовая, – извне, а внутри, – чудо чудес – вечная, тихая молния – тихий свет Сына от Матери.

Ибо, как молния идет от востока и видна бывает даже до запада, так будет пришествие Сына человеческого (Мт 24, 27.)

Тихая, вечная Молния Духа носилась над бездной, в начале мира; та же Молния будет и в Конце.

Все, от начала мира до конца, увидел Иисус в тот молнийный миг, когда раскололись над ним небеса:

Вода – Огонь – Рыба – Голубь – Дух – Мать, – и последнее, неизреченное, что если б мы даже не увидели, а только узнали об этом, то умерли бы от ужаса или от радости.

XXXII

Может быть, была гроза; люди увидели молнию, услышали гром, – и больше ничего? Нет, что-то еще. И теперь, как тогда, в первой встрече Иоанна с Иисусом, когда скрестились два взора, две молнии, все почувствовали: *Он.*

В этот-то молнийный миг и поколебались силы небесные, длани Серафимов наклонили ось мира, солнце вступило в равноденственную точку, – и Христос вошел в мир.

XXXIII

Самые чудесные знамения Свои посылает иногда Господь не святым, а грешным людям, погибающим, чтобы их спасти, – говорит св.

Тереза. Так, может быть, и нам посланы все эти знамения Конца. За две тысячи лет христианства, не мог бы их увидеть никто, кроме нас.

Мы закрываем глаза на них, но и в закрытых глазах сверкает молния – Конец.

7. Иисус и дьявол

I

Что такое дьявол? «Приживальщик хорошего тона, скитающийся по добрым старым знакомым, которые принимают его за уживчивый характер, да еще ввиду того, что все же порядочный человек, которого при ком угодно можно посадить у себя за стол, хотя, конечно, на скромное место», – отвечает Достоевский, как будто шутя, на этот вопрос, может быть, вовсе для него нешуточный, потому что иначе нельзя ответить в наш «просвещенный век».[386] Данте и Фома Аквинский верили в дьявола только по средневековому «невежеству», а Ньютон и Паскаль, – только потому, что в них гений граничил с «безумьем».

Но вот, Гёте, – столь же, как мы, далекий от средневекового невежества, один из самых умственно-здравых людей в мире: Фауст, гетевский двойник, когда является ему другой вечный двойник Гёте, Мефистофель, «странный сын хаоса»,

Des Chaos wunderlicher Sohn,

самый убедительно-личный, сущий из дьяволов, – спрашивает, вовсе не шутя.

Кто же ты?

Wer bist du denn?

Слишком осязательно-опытно чувствует Гёте в мире и в себе присутствие – пришествие – «демонического», чтобы ответить на вопрос: «что такое дьявол?» – с такой же легкостью, как это делают нынешние «просвещенные» люди, может быть, вовсе не XX века, а все еще XIX или наших дней: «дьявол – ничто, суеверная легенда прошлых веков».

II

Чтобы глубоко сомневаться, надо верить глубоко: глубже всего верующие люди, святые, и сомневаются глубже всего.

---

[386] Достоевский, Братья Карамазовы, ч. III, кн. XI, гл. 9, Черт. Кошмар Ивана Федоровича.

«Право же, иные из них не ниже тебя по развитью... Такие бездны веры и неверья могут созерцать, в один и тот же момент, что иной раз кажется, только бы еще один волосок, – и полетит человек в бездну», – говорит Черт Ивану Карамазову. Опытом святых, может быть, не следовало бы и нам пренебрегать в ответе на вопрос: «Что такое Зло – дьявол?»

– Ты не сам по себе, ты–я, ты есть я, и более ничего... Ты сон и не существуешь, – борется Иван с Чертом.

– По азарту, с каким ты отвергаешь меня, я убеждаюсь, что ты все-таки веришь в меня, – смеется Черт.

– Нимало. На сотую долю не верю.

– Но на тысячную веришь. Гомеопатические-то доли ведь самые, может быть, сильные. Признайся, что веришь, ну, на десятитысячную... Я тебя вожу между верой и безверьем попеременно, и тут у меня своя цель... ведь когда ты во мне совсем разуверишься, то тотчас меня же в глаза начнешь уверять, что я не сон, а есть в самом деле... вот я тогда и достигну цели...

III

Черт Ивана Карамазова – только ли «бред», «галлюцинация», или еще что-то, хотя бы на ту «десятитысячную долю», – какой-то неведомый религиозный опыт, прорыв в иную действительность, из трех измерений – в четвертое, какое-то видение – прозрение, как самому видевшему кажется, когда «сон» уже рассеялся: «Нет, нет, нет! Это был не сон. **Он был**».

«Критика чистого разума» не могла бы, конечно, ответить на этот, за ее пределами поставленный, вопрос: «был или не был?»

«Дьявола нет, потому что нет Абсолютного Зла, есть только относительная убыль добра» – эта возможная метафизическая истина или ложь – такая же насмешка над погибающей во зле душой человеческой, как истина физическая: абсолютного холода нет, есть только относительная убыль тепла, – насмешка над замерзающим человеческим телом: может иногда и относительное для разума быть абсолютным для тела, – знают это или узнают когда-нибудь оба, душа и тело, по страшному опыту.

Можно, конечно, не верить ни в Бога, ни в дьявола, но нет оснований, веря в личного Бога, не верить и в личного дьявола.

Какое же у него лицо? Наше, вероятно, в те минуты, о которых мы хотели бы забыть, и забываем, действительно, со страшною легкостью. «**Он** – это я... Все мое низкое, все мое подлое и презренное», узнает себя в черте, как в увеличительном, но страшно-точном зеркале, Иван Карамазов. «Я» – в моей неотступной тени, в моем «двойнике-приживальщике», – в еще не постигшем меня, но уже грозно-близком, неземном пределе зла, – вот что такое дьявол.

IV

Пугало не пускает птиц к винограду; нынешних – бывших христиан ко Христу не пускает дьявол.

«Верить, как верил Иисус, кто мог бы в наши дни? Он верил в бесов, а мы уже не верим», – простодушно высказывает один протестантский богослов то, что на уме или на сердце почти у всех нынешних – бывших христиан.[387] Но если маленький школьник наших дней мог бы исправить ошибку Иисуса в существе зла-дьявола, то где же порука, что не ошибался Он также и в существе добра-Бога? А ведь этого одного достаточно, чтобы рушилось все христианство.

Только и делает Иисус всю жизнь, что борется не с отвлеченным, безличным злом, а с таким же личным и живым, как Он сам, врагом своим, дьяволом. К этому-то лицу Зла относится и прошение молитвы Господней: «избави нас от Лукавого».

В дом сильного вошедши, никто не может расхитить имение его, если прежде не свяжет сильного; и тогда расхитит дом его. (Мк. 3, 27.)

Это именно и делает Иисус всю жизнь. Главное, постоянное чудо Его – из Него исходящая и бесов изгоняющая *«сила»* dynamis. Только для того и принял Он на Себя плоть и кровь, чтобы в крови и плоти, *смертью Своей, лишить силы державу смерти имеющего дьявола* (Евр. 2, 14.)

«Господи, и бесы повинуются нам о имени Твоем», – радуются посланные Семьдесят, возвратившись к Господу. Он же сказал им:

Я видел сатану, спадшего с неба, как молния. Се, даю вам власть наступать... на всю силу вражию. (Лк. 10, 17–19.)

Если нет сатаны, то ничего не видел Господь на небе и ничего не дал людям на земле; вся Его жизнь – борьба ни с чем за ничто.

Надо быть последовательным: или вовсе отвергнуть Христа, или принять Его таким, как Он есть. Иисус без дьявола – человек без тени, – сам только тень, и вся Его жизнь – «роковая ошибка», по слову Ренана, или по слову Цельза: «жалкою смертью кончил презренную жизнь».

---

[387] E. Stapfer. La mort et la résurrection de Jésus-Christ, 1898, p. 332.

V

Вся тайная жизнь Иисуса, так же как явная, есть борьба с дьяволом, названная в Евангелиях – «Воспоминаниях Апостолов», – вероятно, с Его же, Иисусовых, слов, – «искушением».

Духом возведен был в пустыню для искушения от диавола (Мт. 4, 1), это в самом начале явной жизни Его, тотчас после Крещения, и в самом конце, накануне Креста:

вы (ученики) пребыли со Мной в искушениях Моих. (Лк. 22, 23.)

Три искушения, те же, что на Горе – Хлебом, Чудом и Царствами – проходят сквозь всю Его жизнь: хлебом, – когда по умножении хлебов, люди хотят нечаянно взять Его и сделать Царем» (Христом) (Ио. 6, 15); чудом, – когда «просят Его показать им знамение с неба» (Мт. 16, 15); царствами, – когда спрашивают Его о «подати кесарю» (Мк. 12, 14–17.)

Отойди от Меня, сатана, –

скажет Господь Петру Исповеднику (Мк. 8, 33), так же как на Горе – Искусителю.

Если Ты – Сын Божий, бросься отсюда вниз (Лк. 4, 9), –

искушает его дьявол. «Если Ты – Сын Божий, сойди с креста», – искушают люди.

Вся земная жизнь Христа – Искушение: это понять и значит понять всю Его жизнь.

VI

«Сорок дней был искушаем; мы не знаем, как: никакое Писание не сообщает о том. Почему?» – спрашивает Ориген и отвечает: – потому что никто не поверил бы несказанному величью этой борьбы, ибо через все искушения, какими только может человек искушаться, прошел Господь».[388]

Брат людям во всем, – и в этом; может быть, даже в этом больше, чем во всем.

Братьям Своим должен был уподобиться во всем, чтобы милостивым быть… Ибо, как Сам претерпел, быв искушен, то может и помочь искушаемым. (Евр. 2, 17–18.)

Мы имеем не такого первосвященника, который не может сострадать нам в немощах наших, но Который, подобно нам, искушен был во всем. (Евр. 4, 15.)

---

[388] Origen., Homel., XXIX, in Luc. – W. Bauer, 142. – Три искушения на Горе – только три образа всех остальных, бесчисленных.

«С немощным изнемогал, с алчущим алкал, с жаждущими жаждал», – искушался с искушаемым. Это в Нем потерять, значит потерять все.

VII

Я пришел во имя Отца Моего, и не принимаете Меня; а если придет другой во имя свое, его примите (Ио. 5, 43.)

Кто этот «другой»? Призрак? Нет, человек из плоти и крови, такое же лицо историческое, как Сам Иисус, – дьявол всемирной истории, двойник Христа – Антихрист.

Вот для чего нужно помнить, что есть у Зла лицо – дьявол, – чтобы сорвать с него шапку-невидимку, не быть в борьбе слепым, как мы слепы сейчас, увидеть, наконец, врага в лицо, понять, что «Антихрист» – не суеверная легенда прошлых веков, а страшно к нам близкая и грозная действительность, наш завтрашний – сегодняшний враг. За две тысячи лет христианства никто не мог бы увидеть Врага в лицо так ясно, как мы.

«Если было когда-нибудь на земле совершено громовое чудо, то это в день трех Искушений, – искушает Христа Антихрист маленький (много было и будет таких), Великий Инквизитор Достоевского. – Чудо и заключалось именно в появлении этих трех вопросов (искушений.) Если бы возможно было помыслить, что они утрачены бесследно и что их надо восстановить, то вся премудрость земли могла ли бы придумать хоть что-нибудь подобное?.. Ибо в них предсказана вся дальнейшая история и явлены три образа, в которых сойдутся все неразрешимые исторические противоречия человеческой природы на всей земле».

Это и значит: дьявол всемирной истории, ее действительное, хотя нам еще невидимое, лицо, есть Антихрист, чье первое миру явление совершилось там, на горе Искушения.

VIII

Кто больше любит людей, – избранных только, немногих, спасающий в свободе, Христос, или в рабстве спасающий всех, Антихрист? Вот искушающий вопрос дьявола, поставленный в исторических судьбах одной лишь Западной Римской церкви, взявшей меч кесаря, – утверждает Достоевский, как будто не связаны исторически с тем же мечом и судьбы Восточной церкви: там папа – кесарь, здесь кесарь – папа. Тот же вопрос ставится в ином порядке – не исторического, внешнего, а религиозного, внутреннего опыта: чудо от веры или вера от чуда? кто любит больше людей, – Христос ли, спасающий свободною верою немногих избранных, или Антихрист, спасающий рабскою верою всех?

«Чудом не захотел Ты поработить человека, – искушает Великий Инквизитор Христа. – Ты жаждал свободной любви человека, а не рабских восторгов невольника перед могуществом, раз навсегда его ужаснувшем… Вместо твердых основ (Закона), Ты взял все, что есть гадательного… неопределенного, и что не по силам людей… Вместо того, чтобы овладеть их свободой. Ты умножил ее и обременил их ее мучениями во веки… ибо ничего и никогда не было для человека невыносимее свободы… Но неужели Ты не подумал, что человек отвергнет, наконец, и Твою правду, если его угнетут таким страшным бременем?.. Люди кончат тем, что на Тебя же и воздвигнут свободное знамя Твое… Вспомни, до каких ужасов рабства и смятения доводила их свобода Твоя… И приползут к ногам нашим, и возопиют: „спасите нас от нас самих!..“ Ты, говорят, придешь и вновь победишь, со своими избранниками; но мы скажем тогда, что они спасли лишь самих себя, а мы спасли всех… Мы не с Тобой, а с *ним* (Антихристом), – вот наша тайна!».[389]

IX

«В Бога твой Инквизитор не верует, вот и весь его секрет!» – заключает Алеша Карамазов. – «Наконец-то ты догадался». – «Действительно, только в этом и весь секрет», – соглашается Иван.

Нет, не только в этом. «И бесы веруют и трепещут» (Иак. 2, 19.) Дьявол верует, видит Бога и лжет, что нет Бога, чтобы самому стать на место Божие; лжет, что Церковь – с Антихристом, истина – с ложью, что свобода Христова губит людей: именно эта последняя ложь, о свободе, и есть главная ложь дьявола сейчас.

***Познаете истину, и истина освободит вас* (Ио. 8, 32),**
остерегает от нее Христос.

Мнимая, против Христа, свобода – своеволие, бунт рабов, – дьяволом перекинутый мост от нынешнего, маленького, бунтующего рабства – того, что мы называем «революцией», к будущему, последнему, великому рабству Антихриста. Этого лица своего дьявол уже почти не скрывает сейчас в обеих гемисферах бывшего христианского человечества – в гаснущем Западе – «буржуазной демократии», и в разгорающемся Востоке – «пролетарской революции». Вот почему сейчас, как никогда, спастись или погибнуть миру, значит принять или отвергнуть, пред лицом Поработителя, это неизвестнейшее слово Неизвестного:

---

[389] Достоевский, Братья Карамазовы, кн. V, гл. 5. Великий Инквизитор.

Если Сын освободит вас, то истинно свободны будете. (Ио. 8, 36.)

Рабство с Антихристом, свобода со Христом – вот наш ответ Искусителю.

X

Сила дьявола не в том, что он говорит, а в том, что делает молча. Судя по тому, куда идет мир сейчас, Христос победил искушения в пустыне один, для Себя одного, а мир все еще и сейчас, как, может быть, никогда, искушается дьяволом.

Прав Великий Инквизитор: судьбы человечества, от начала до конца времен, угаданы в трех Искушениях, и, если бы мы не были слепы или нарочно не закрывали глаза, то увидели бы это сейчас так ясно, как опять-таки, за две тысячи лет христианства, этого никто не видел.

Первое искушение – Хлебом – властью человека над веществом, ***познанием,*** механикой-магией, чудом в **Не-я**; концом физических страданий в мире.

Второе искушение – Полетом – властью человека над телом своим, свободой; чудом в **Я**; концом духовных страданий в личности.

Третье искушение – Царствами – властью человека над людьми, чудом любви, соединяющей одного со всеми; чудом в **Я** и в **Не-я**; концом, духовно-физических страданий в человечестве.

Первое искушение, хлебом, так сейчас понятно всем, что его и называть не надо; последнее искушение, царствами, так никому не понятно, что у нас для него нет имени: то, что мы называем «социальной революцией», почти смешно перед этим безымянным ужасом; а между этими двумя искушениями, среднее, полупонятно всем: то, что мы называем «прогрессом», полет вверх или вниз, как кому угодно; скажем: «вверх», – погибнем наверное, скажем: «вниз», – может быть, и спасемся.

XI

Как спастись, значит сейчас для мира: как со Христом победить три искушения Антихриста? Чтобы ответить на этот вопрос, надо знать, как победил их сам Христос, а для этого надо знать, как и чем Он искушался.

Знаем ли мы это с точностью? Одно из двух: или весь евангельский рассказ об Искушении – только вымысел, что слишком невероятно: где же таким простейшим людям в мире, как первые ученики Господни, рыбаки Галилейские, – а ведь только от них и может идти этот «вымысел», – где же им было предсказать все будущие судьбы мира, совершить такое «громовое чудо», додуматься до того, на что, по слову Великого Инквизитора, и «всей премудрости земли» не хватило бы?

Это одна из возможностей, слишком невероятных, а другая – то, что это действительно *было*; если же было, то ученики Господни не могли об этом узнать ни от кого, кроме самого Господа, потому что никого не было с Ним на горе Искушения, и никто не мог знать, что произошло между Ним и дьяволом. Следовательно, мы имели бы здесь правдивейшее свидетельство, какое только может быть в истории, – *Евангелие от Иисуса*.

XII

Что это действительно так, – подтверждается уцелевшим отрывком Эбионитского Евангелия, где ученики вспоминают:

Сказывал нам Господь, что сорок дней говорил (состязался) с Ним и искушал Его дьявол. [390]

Это же и в наших канонических Евангелиях, от Луки и Матфея, подтверждается косвенно.

Повел Его (дьявол) в Иерусалим и поставил Его на крыле храма.

Очень вероятно, что «крыло» это – одна из двух боковых колоннад притвора Соломонова, – та, что обращена к югу, к долине потока Кедрона. Доступ на деревянно-плоскую кровлю ее открыт был всем, даже язычникам: можно было ходить по ней, как по гульбищу; здесь же, во время больших иудейских праздников, стояли на часах римские воины..[391] Внешняя стена колоннады построена была над такою отвесною кручей, что, если подойти к самому краю стены и глянуть между зубцами вниз, «голова кружится», вспоминает Иосиф Флавий.[392]

Может быть, и у двенадцатилетнего отрока Иисуса, пришедшего в Иерусалим на праздник Пасхи, когда, оставшись один, «в доме Отца Своего», полюбопытствовал Он взойти на эту кровлю и, подойдя к самому краю стены, глянул вниз, – голова закружилась. Не об этом ли и вспоминалось Ему, когда искушал Его дьявол, на этом же самом крыле храма, чудом полета. Кажется, шум крови в ушах, биение сердца, замирающего от притяжения бездны и шепот самого Господа слышится сквозь шепот сатаны:

Бросься отсюда вниз!

---

[390] Pseudo-Clement., XIX, 2; XI, 35. – Henneke, I, 4–5.
[391] Joseph., Ant. XX, 106, 107; Bell. Jud., II, 224.
[392] Joseph., Ant. XV, 412. – Osk. Holtzmann, Leben Jesu, 115.

XIII

Та же историческая подлинность воспоминания подтверждается и уцелевшим отрывком «Евангелия от Евреев», где сам Господь вспоминает о первом здесь, втором у Луки, третьем у Матфея, искушении Царствами:

…Тотчас – (после Крещения) – взяла Меня Матерь Моя, Дух Святой, за один из волос Моих, и вознесла на великую гору Фавор. [393]

Что это значит, – на арийских, новых языках, непонятно: Матерь-Дух, возносящая Сына Своего за один из волос Его, – непредставимый для нас, как будто нелепый и кощунственный, образ. Но на языках древнесемитских и на родном языке Иисуса, арамейском, это понятно, хотя тоже «удивительно ужасно». Rucha – не Он, а Она – Дух, Дыхание уст Божиих, как бы тихая буря, тише всего, что есть на земле, а всего неодолимее, – схватывает ветхозаветных пророков за «прядь волос» и возносит, «восхищает» на высоту:

…взял меня за волоса головы моей Дух, и поднял между землей и небом (Иез. 8, 3.)

Сына же берет Мать только «за один волосок», потому что силою влечь Его не надо Ей: Он Сам идет, летит за нею, летящею, так что и прикосновения тишайшего довольно, чтобы взлетел.[394]

XIV

Здесь, в искушении Царствами, у двух синоптиков, вместо Духа Святого, – дьявол: у Матфея, «дьявол берет Иисуса на весьма высокую гору» (4, 8); у Луки, «возводит» Его не на гору, а на какую-то неизвестную высоту, ἀναγαγών, должно быть потому, что, уже не видя глазами чуда – «прорыва-прозрения» в иную действительность, Лука сомневается, чтобы с какой бы то ни было горы можно было увидеть «все царства мира» (4, 5.) Но у всех трех синоптиков возводит Иисуса в пустыню для искушения Дух Святой, а в уцелевшем у св. Юстина отрывке неизвестного Евангелия – дьявол:

*…только что вышел (Иисус) из Иордана… дьявол, приступив к Нему, искушал Его, как написано о том в **Воспоминаниях Апостолов**.* [395]

---

[393] Origen., in Johann., II, 6. – Hieron., in Mich., VII, 6; in Jes., XL, 12 in Esech., XVI, 13. – Resch, 238–241. – «Великая гора» Искушения, в действительности, кажется, не Фавор, а Ермон: Фавор – гора не «великая» – около 300 м и с вершиной обитаемой в те дни, занятой римской крепостью.

[394] Henneke, II, 28.

[395] Justin., Dial. c. Tryph., 103. – Preuschen, 26, 124.

Там, где в одном Евангелии Дух Святой, в другом – дьявол, и наоборот. В том-то и ужас всего Искушения, может быть не только для нас, но и для слышавших о нем из уст Самого Иисуса, что два борющихся из-за Него Духа, как бы в смерче два вихря, свиваются и смешиваются так, что уже нельзя различить, где один, где другой, кто один, кто другой.

XV

Так же спутан и порядок искушений: у Матфея второе искушение – полетом, третье – царствами; у Луки наоборот; а в Евангелии от Евреев уже все три переставлены: первое – царствами, второе – полетом, третье – хлебом. А ведь этим-то именно – порядком искушений – все и решается в их тройной – дьявольской, божеской, человеческой диалектике.

Что же это значит? Значит: на ухо, в темноте, прошептано; слушают, страшатся, не понимают от страха. Страшно, может быть, и Ему самому: знает, что надо им сказать все, потому что искушаться будут и они, как Он; но страшно, победят ли все. Может быть, и точного воспоминания о том, что произошло не только «в трех измерениях». Он уже не находит в своей человеческой памяти; ни слов, ни понятий земных не находит, чтобы сказать об этом людям.

Вот почему таким смутным, как будто забытым, кажется все в евангельском рассказе об Искушении, а на самом деле все четко, памятно, подлинно. И вот почему такой ужас во всем.

XVI

В двух кратчайших и темнейших стихах Марка – двух, как бы в темноте на ухо прошептанных, неразгаданных тайнах – ужас этот чувствуется особенно. Здесь уже Дух не «ведет» и не «возносит» Иисуса, а «гонит» Его, тотчас после Крещения (Марково-Петрово «тотчас», εὐθύς, здесь особенно стремительно), «кидает», ἐκβάλλει, «выкидывает» из обитаемых мест в пустыню, как дыхание бури – сорванный с дерева лист. Как бы с математической точностью физики земной: угол падения равен углу отражения, правый маятника размах равен левому, – действует и закон небесной метафизики: сколько исполнился Духом Святым Иисус, столько же искушается дьяволом.

И был Он там в пустыне сорок дней искушаем. И был со зверями, и Ангелы служили Ему. (Мк. 1, 13.)

Как был искушаем? почему рядом с Ангелами звери? откуда они, и какие, – настоящие ли звери пустыни, или только рожденные дьяволом призраки? И что они делают с Искушаемым? Марк-Петр молчит об этом; знает, может быть, больше, чем говорит, но язык прилипает к гортани от ужаса.

Сколько бы завилось вокруг этой загадки сатанинских ересей, сколько бы душ погибло, если бы невыносимо сгущенный ужас Марка-Петра не был разрежен у Луки и Матфея, в трех Искушениях. Эти могут говорить: им уже не так страшно, может быть, потому, что и не так свято, о чем тот молчит.

XVII

Господи, дай мне искусить Христа-Мессию, –
как будто не просит сатана (в Талмуде), а по какому-то праву требует, зная, что Бог отказать ему не может.[396]

Вот он в руке твоей (Иов. 2, 6), –
говорит Господь сатане о непорочном Иове; скажет и о Сыне Единородном. Сына Отец предаст для искушения дьяволу: это даже не страшно, а невообразимо для нас, существ живущих в трех измерениях, как то, что происходит в измерении четвертом.

Сына возносит Матерь-Дух дыханием-лобзанием любви, тишайшим, и тоже передает, как бы из рук в руки, дьяволу. И вольно, радостно, как учащийся ходить младенец, Сын идет от Матери, – зная или не зная, к кому идет и зачем? Не страшно и это, а невообразимо для нас. В голову могло ли прийти что-либо подобное существам, живущим в трех измерениях, если бы о том не сказало им Существо иного измерения? Вот знак подлинности всего свидетельства, уже нечеловеческий, как бы небесным огнем на земном событии выжженная печать.

XVIII

К воле человеческой, во всяком искушении, если вообще слово это что-либо значит, приближается зло нечеловеческое – дьявол. И чем сильнее искушаемый, тем искушение сильнее; тем тоньше волю от зла отделяющий волосок.

Могли искуситься, согрешить, Иисус? Кажется, и здесь, как во всех последних глубинах религиозного опыта, – антиномия – «противопо-

---

[396] Pesicta (Talm.) ap. Keim, I, 564: «ait Satan: Domine, permitte me tentare Messiam et ejus generationem».

ложно-согласное»:³⁹⁷ мог и не мог. Если бы *не мог,* не был бы Сыном человеческим; если бы мог, не был бы Сыном Божиим.

Видит ли, знает ли дьявол, с кем имеет дело? Опять «противоположно-согласное»: знает и не знает. Видит все, кроме одной слепой – ослепляющей точки: *Любви-Свободы.* А в ней-то для обоих – Искушаемого и Искусителя – все и решается.

Знаю Тебя, кто Ты, Святый Божий, –

если это и малые бесы в одержимых знают, то тем более – он, некогда светлейший из Сынов Божиих, Сына Единородного бывший брат. Знает, видит Рождество, Благовещение, Богоявление; но слепнет, как мы, в одной ослепительной точке; спрашивает, как мы: что такое чудо? Вера ли от чуда, или чудо от веры? Было это или не было?

XIX

Знает ли Иисус, что не согрешит, уже в ту минуту, когда искушается, или еще не знает, потому что этого *не может знать* Сын человеческий, не хочет знать Сын Божий? Знает это Сам Отец, или тоже не хочет знать, чтобы не отнять у Сына драгоценнейшего дара любви – свободы?³⁹⁸

Вот где и нам, людям, надо не знать, молчать, останавливаться вовремя на том краю бездны, где шепчет Сатана: «Бросься отсюда вниз». Людям дано знать лишь то, и настолько, что и насколько им всего нужнее знать: что Иисус Человек воистину умер, один за всех, на Голгофе, мучился до кровавого пота в Гефсимании, один за всех, и на Горе искушался, один за всех. Тоньше волосок никогда не отделял большей человеческой воли от большего зла; высшей точки свободы не достигала любовь никогда.

Трижды, в трех Искушениях, судьбы мира колеблются на этой высшей точке, как на острие ножа; трижды перед нами разверзается тайна Сына в Отце:

Любовь – Свобода.

Ею-то и побеждает Иисус дьявола, и победит Христос Антихриста.

XX

Если бы мы узнали, наконец, что именно в эти сорок дней, за нас, именно этим – любовью-свободой, искушал Христа Антихрист, то, мо-

---

[397] Heracl., Fragm. 8: τὸ ἀντίξουν συμφέρον, «противоборствующее – соединяющее», «противоположное – согласное».

[398] A. Arnal. La personne du Christ, 1904, p. 33–43. – Thomasius, Christi Person und Werk, II, Theil, Die Person des Mittlers. – Schleiermacher, Der christliche Glaube, paragr. 93.

жет быть, в сердце нашем дописалось бы, начатое Достоевским, «утаенное Евангелие», – *Апокриф об Искушении.*

8. Искушение

Апокриф

1.

Шли трое в подземном раю, в ущелье Крита: впереди Человек в белой одежде, какую носили только что вышедшие из вод крещения, а за Ним – двое, в темных одеждах учеников Иоанновых, Симон Ионин и брат его, Андрей.

– Равви! Равви! – звал Симон.

Но шедший впереди, – то ли не слышал голоса его, заглушаемого ревом потока, то ли не хотел слышать, – уходил, не оглядываясь.

– Нет, не слышит. Видишь, уходит от нас, – сказал Андрей, – пойдем назад.

Но Симон ускорил шаг, побежал за Уходящим, продолжая звать:

– Равви! Равви!

Вдруг, – не успели опомниться, – Тот, в белой одежде, перешел, точно перелетел, через поток, шагая с камня на камень, над пенящимся омутом, и начал всходить быстро-легко, как будто тоже взлетая, по крутой козьей тропе, на высоту почти отвесных скал. Белая, в темной зелени вересков, мелькала одежда. В последний раз мелькнула, и исчез; только сорвавшийся из-под ноги Его камень, пролетев сквозь кусты, прыгая и ударяясь о скалы, упал, в шуме потока беззвучно.

– Ушел! Ушел! – вдруг остановившись, заплакал Симон, как маленькие дети плачут. – Сколько ждали, искали, молились, и вот, только что нашли, – ушел!

– Нет, не уйдет; если Тот Самый, – никуда не уйдет: для того и пришел, чтобы люди узнали о Нем, – утешал Андрей.

Симон, так же вдруг, по-детски, как начал плакать, всхлипнул в последний раз, тяжело вздохнул и посмотрел на брата молча, пристально.

– Что ты говоришь, Андрей: «если Тот»?.. начал опять, уже без слез, но еще горестней. – Сам же давеча сказал: «нашли», сам привел меня к Нему, а теперь: «если»...

Андрей ничего не ответил. Молча пошли в Вифавару. Симон опустил голову, как будто глубоко задумался. Был третий час пополудни.

– Нет, не вернется до ночи, – сказал Симон, взглянув на солнце, будто отвечал себе на то, о чем думал. – И куда пошел, зачем? Что будет делать ночью, один в пустыне?

– Ночью, один, – повторил Андрей и, помолчав, прибавил тихо, как будто про себя: – да, лучше б не ходил: там, в пустыне, ночью, дьявол...

И только что он это сказал, почудилось обоим, хотя солнце светило по-прежнему, что вдруг потемнело все, как перед затмением. И сделалось страшно.

2.

Страшно было и Человеку в белой одежде. Шел, как будто не Своей волей, а чья-то сила влекла Его, неодолимая – выше, все выше, по таким крутизнам, где нога человеческая не ступала никогда.

Выйдя из ущелья, начал всходить по отлогому скату ослепительно-белой, на черно-синем небе, известняково-меловой горы.[399] Только узкая, черная, на меловой белизне, щель, как адово устье, зияла под Ним, – теснина Крита, подземный рай.

Медленно-медленно, – то ли очень устал, то ли все страшнее было идти, – поднявшись на один из ближайших к вершине уступов, срезанный плоско, как плоская кровля, – остановился.

Прямо под Ним, на востоке, на дне зияющей пропасти, вилась по желтизне песков, между двух зеленых полосок приречных зарослей, серебряная нить Иордана: там была Вифавара. К северу, над уходящими вдаль и все бледней и бледней, по мере отдаления, голубеющими грядами Иудейских, Самарийских и Галилейских гор – там был Назарет, – белела, на самом краю неба, не мертвой, как эта меловая гора, белизной, а живой, розовеющей, седая глава снежного Ермона. К западу, в полукруглой выемке, темнела дремуче-лесистая, близкая вершина Масличной горы: там был Иерусалим. К югу, еще ослепительней, сверкала отлого-нисходящая, серебряно-серая, лоснящаяся, как под весенним солнцем ледяная кора, солончаковая степь, а за нею – как будто на зем-

---

[399] «Сорокадневная» гора Искушения, Quarantana средних веков, нынешний dschebel Karantal, находится в горной пустыне Иудеи, к западу от Иерихона, на северном конце ущелья wadi Kilt, древнего Krith. Здесь, уже в IV веке, в память об искушении Господа, спасались христианские отшельники. С точностью, однако, нельзя определить место искушения: кроме dschebel Karantal'я указываются и другие горы: Ras et-Tawil, к востоку от Михмаса (1 Цар. 13, 18) и dschebel Muntar, у Марзабы, с чьих вершин открывается вид почти на всю Св. Землю от Ермона до Мертвого моря. – Dalman, 105–107. – Soden, Reisebriefe aus Palestina, 1901. S. 92–94. – P. Rohrbach. Im Lande Jahwes und Jesu, 1911. S. 197–198.

ле невозможный, наяву невиданный, только снящийся, был провал земли, котловина глубокая, ведьмин котел, с ядовитым сгустком на дне, синевы тоже невиданной – синим, как синий купорос, – Мертвым морем: там был Содом.

3.

Только что остановился, – вспомнил, узнал, как будто шепнул Ему кто-то на ухо: «здесь!» И уже не страшно стало, а скучно, тошно, темнотою смертною, и сердце в Нем отяжелело, как раскаленный камень – один из тех камней, что в здешней пустыне, летом, не простывая от дневного зноя, и в ночной темноте горячи, точно изнутри подземным огнем раскаленные: камню такому подобно было в Нем раскаленное сердце.

Два больших белых камня увидел: один чуть-чуть позади и пониже другого. «Два седалища, одно для царя, другое для наушника», – подумал опять будто не Сам, а кто-то за Него.

Тут же и другие камни лежали, мелкие, плоские, круглые, желтовато-белого известняка, с виду рассыпчато-мягкие, на что-то похожие, – на что именно, – вспомнить не мог, или не хотел: слишком было скучно, тошно; но и сквозь скуку слабо ужалил сердце опять давешний страх.

Долго смотрел на эти два камня, не двигаясь; не хотел подходить к ним, но сила повлекла, неодолимая: медленно-медленно, каждому шагу противясь, а все-таки делая шаг, подходил – подошел, сел на *Свой* камень, тот, что был чуть-чуть впереди. Хотел сесть лицом к Ермону, спиной к Мертвому морю, но не мог, – сел к нему лицом. И, белый, на белом камне, окаменел.

Сколько времени прошло, не знал. Закроет глаза, – откроет: ночь; опять закроет, – откроет: день. И так без конца. Сорок дней, сорок ночей – сорок мигов – сорок вечностей.

4.

Тонко заныл, зажужжал в ухо, как ночной комар, начинающийся ветер, юго-восточный, с Мертвого моря, жаром и в этот зимний день, как из печи пышащий. Серой запахло, горной смолой, как будто целого мира – покойника тленом.

Солнце светило по-прежнему, но, должно быть, от невидимо проносившейся где-то очень высоко на небе и на землю не падавшей, черной пыли Аравийских пустынь, все потемнело, как перед затмением солнца, и от сухого жара сделалось темно-ярким, четким, выпуклым, как в темном хрустале; и синь купоросного сгустка на дне котла – Мертвого моря – еще синее засинела; темное сверканье солончаков сделалось еще ослепительней.

Куст можжевельника у ног Сидевшего на камне, мертвый в мертвой пустыне, сухо, под ветром, зашелестел, зашуршал.

Мертвый ужас прикоснулся к сердцу Живого, – лед к раскаленному камню. Краем уха слышал – не слышал шелест, шаг; краем глаза видел – не видел, как сзади подошел кто-то и сел на камень рядом.

5.

Было лет десять назад: Иосиф, строительных дел мастер, с Иисусом, подмастерьем, чинили потолок в загородном доме римской блудницы из города Сепфориса. Проходя однажды мимо стоявшего у окна в спальне, большого круглого, гладкой меди зеркала, заглянул в него Иисус нечаянно и увидел Себя. Сколько раз видал Свое отражение в чистом, окруженном цветами и травами, зеркале горных источников, или в темной глубине колодцев, где, рядом с Лицом Его, таинственно мерцали дневные звезды, и не боялся – радовался. Но в этом зеркале было не то: узнал Себя и не узнал. «Это не Я, это он. **Другой**», – подумал, и в страхе бежал, и долго потом боялся проходить мимо зеркала, и никогда в него не заглядывал.

6.

Знал и теперь, сидя на камне, что, если взглянет на сидящего рядом, то увидит Себя как в зеркале: волосок в волосок, морщинка в морщинку, родинка в родинку, складочка одежды в складочку. Он и Не он – Другой.

– Где он, где Я?

– Где я, где Ты?

– Кто это сказал, он или Я?

– Я или Ты?

– Meschiah – meschugge, meschugge – meschiah! Мессия безумный – безумный Мессия! – шелестел, шептал можжевельник, как Иисусовы братья шептались, бывало, по темным углам Назаретского домика.

– Где я, где Ты? Я или Ты? Никто никогда не узнает, не различит нас никто никогда. Бойся его, Иисус; не бойся меня – Себя. Он не во мне, не в Тебе, – он между нами. Хочет нас разделить. Будем же вместе, и победим – спасем его...

Сколько времени Мертвый шептал, шелестел. Живой не знал: сорок ли мигов – сорок ли вечностей?

Темное сверканье все ослепительней, синяя синь ядовитее, смраднее тлен, внятнее шепот.

– Я устал. Ты устал, Иисус; один за всех, один во всех веках-вечностях. Жаждущий хочет воды, Сущий хочет не быть – отдохнуть, умереть – не быть...

Вдруг затих, и в тишине послышался шорох, шепот иной, снизу, оттуда, где узкая, черная, в меловой белизне горы, зияла щель, адово устье – подземный рай; как бы вздох облегчения пронесся в мире.

Мертвый сказал: «Не быть»; «Быть», – сказал Живой. Малые шли на помощь Великому, тварь – на помощь Творцу, Звери на помощь Господу.

7.

Нюхая след Его, шли тою же тропою, людьми нехоженой, из подземного рая в ад земной, где давеча шел Он. Большие впереди, средние посреди, а позади малые; каждый знал свой черед: быстрые – шаги замедляли, ускоряли медленные, так, чтоб не отставал, не обгонял никто.

Царственной поступью шел впереди всех Олень. За ним Газель, вздрагивая, робко озираясь, как бы следа не потерять. Морду в землю уткнув, жадно нюхая след, как медовый сот, шел Медведь. Острую морду подняв, в воздухе нюхая след, шла Лиса. С тощими сосцами, шла Шакалиха, добрая мать, бережно неся в зубах щенка двухдневного. Белка, Еж, водяная Крыса, полевая Мышь, и Птицы, и Гады, и мал мала меньше, всякие Жучки, да Жужелицы. И последний, самый маленький из всех, зеленый червячок Холстомер: если бы полз, как всегда, не поспел бы и в сорок дней; но, сгибаясь, разгибаясь, двигался так быстро, что Божьей Коровке, – кроме ее никто не увидел бы, – казался чудесной зеленой молнийкой.

8.

Шли из подземного рая через ад земной в далекий-далекий будущий рай; знали все, что идут ко второму Адаму: первый погубил их, – Второй спасет; знали тайну пророка:

узрит всякая плоть спасение Божие. [400]

И тайну Праотца:

звери полевые и птицы небесные, все собрались в доме Господнем, и радовался очень Господь, что все они хороши, и в дом Его возвратились. [401]

Знали и тайну Господню, еще неизвестную людям:

всей проповедуйте твари Блаженную Весть. [402]

---

[400] Ис. 40, 51.
[401] Enoch., 90, 33.
[402] Мк. 16.

9.

В адовом зное пустыни повеяло свежестью. Радовался очень Господь, что Звери идут к Нему на помощь.

Первый подошел Олень, склонив рога, и положил ему Господь руку на лоб, назвал его: «Олень», и вспыхнул между рогами огненный крест. Руку Господню хотел лизнуть Зверь, но не посмел, только протянул морду и теплым из ноздрей дыханием дохнул Ему в лицо. А робкая Газель посмела – лизнула. Только прах у ног Его понюхал, как сладчайший мед, Медведь. Близко не подходила Шакалиха, издали только щенка своего показала и, когда назвал ее Господь, взвыла тихонько от радости. Шариком Еж подкатился, гладко подобрал все иглы, чтобы не уколоть; черно-синим язычком, и нежным, как лепесток цветка, лизнул Ему ногу. Трепетным жалом поцеловала Змея. Ящерица, под взором Господним, согрелась, как под райским солнцем. «Божьей» Божью Коровку назвал Он, и взлетела от радости к небу.

Каждого зверя называл Он по имени, смотрел ему в глаза, и в каждом зверином зрачке отражалось лицо Господне, и звериная морда становилась лицом; вспыхивала в каждом животном живая душа и бессмертная.

После всех подполз к Нему червячок Холстомер. Но Господь его не заметил: слишком был маленький. А все-таки надеялся: всполз к Нему на колено и замер – ждал.

10.

Краем глаза видел Господь, что, проходя мимо Него к другому камню. Звери исчезают, но куда и как, не видел. После всех надо было пройти зеленой древесной Лягушке, не в очередь: чуя, должно быть, недоброе, спряталась у ног Господних, под камнем. Но и оттуда вытянула ее, как магнит – железо, неодолимая сила. Выползла, прыгнула раза два, и вдруг начала таять, под взором Мертвого, и вся зеленым дымком истаяла, рассеялась в воздухе.

Это увидел Господь, и вспомнил – узнал: участь всех живых одна.

– Червь и человек в одно место идут; были, как бы не были, – снова зашептал Мертвый. – Помнишь, Иисус, непорочного Иова? «О, если бы человек мог состязаться с Богом, как сын человеческий с ближним своим! Вот я кричу: „обида!“ и никто не слушает; вопию, и нет суда. Для чего не умер я, выходя из утробы? Лежал бы я теперь и почивал, спал бы, и мне было бы покойно». Глупая тварь не знает, что все, что есть, хочет не быть, отдохнуть, умереть. Иова жену помнишь, Иисус: «похули Бога и умри»?

– Кто это сказал, Я или он?
– Я или Ты? Где Ты, где я?

Мертвое лицо приблизилось к живому, как зеркало. Очи опустил Живой, чтобы не видеть Мертвого, и увидел Червячка на колене Своем, и вспомнил – узнал, что Мертвый лжет: мудрецы не различат – различит младенец Живого от Мертвого, по зеленой точке на белой одежде, – червячку живому – на Живом. Мертвый лжет, что все живое хочет умереть; нет, – жить: вечной жизни и мертвые ждут, – вспомнил это, узнал Господь, как будто все убитые Звери из общей могилы, Подземного Рая, Ему сказали: «Ждем!»

11.

Сорок мигов – сорок вечностей.

Ничего не ел Иисус в эти дни, а по прошествии их, напоследок взалкал. [403]

Вспомнил – узнал только теперь, что сердце в Нем раскаленное, – от лютого голода.

И приступил к Нему Искуситель и сказал:

– Есть ли между людьми такой человек, который, когда сын попросит у него хлеба, подал бы ему камень? Сын, попроси у Отца хлеба. Даст Тебе – даст всем. Алчущий за всех – всех насыть.

Если Ты Сын Божий, скажи, чтобы камни сии сделались хлебами. [404]

А если Ты, Сын человеческий, – червь, похули Бога и умри, как червь.

Плоские, круглые, желтые, теплые в вечереющем свете, камни-хлебы; руку только протянуть, взять, съесть.

– Боже Мой, Боже Мой! для чего Ты?.. Поднял к небу глаза Иисус, возопил:

– Отец!

И сердце в Нем раскололось, как небо, и глас был из сердца, глаголящий: «Сын!»

Встал, глянул в глаза Сатане и сказал:

Отойди от меня, сатана, ибо написано: не хлебом одним будет жить человек, но всяким словом, исходящим из уст Божиих. [405]

И дьявол сник.[406]

---

[403] Лк. 4, 2.

[404] Мт. 4, 3.

[405] Мт. 4, 8, 4.

[406] Из неизвестного Евангелия, «Воспоминания Апостолов»: ἀπένευσε τότε διάβολος Just., Dial. c. Tryph., 125, 354D.

12.

Сорок мигов – сорок вечностей.

Снова Белый на белом камне сидит; снова ветер с Мертвого моря ноет в ухо, жужжит, как ночной комар; серой пахнет, смолой, и чем-то еще неземным, как бы целого мира – покойника тленом. И шелестит можжевельник:

– Мешиа мешугге, мешугге Мешиа! Мессия безумный, безумный Мессия! Что Ты сделал, что отверг? Проклял Иисус Христа; Христа назвал Сатаною. Не хлебом единым жив человек, но ведь и хлебом. Дух Земли восстанет на Тебя за хлеб, и пойдут за ним все, за Тобой – никто, кроме святых Твоих, избранных. Только ли немногих пришел ты спасти, или всех? Мало любишь – мало спасаешь. Вот что ты отверг, – любовь. Но не бойся, будет еще искушение, можешь еще победить Сатану.

13.

И восхищает Его диавол в святой город, Иерусалим, и поставляет Его на крыле храма. [407]

Белая-белая, на дымно-сером, беззвездном небе, почти ослепляющая, полная луна смотрит людям в глаза так пристально, что глаз от нее нельзя отвести. Весь из белого мрамора и золота, в несказанном великолепии, храм голубеет, искрится, как снеговая в лунном сиянье гора.

Черные-черные, косые тени от стенных зубцов на плоской кровле; белые-белые, косые светы от прорезов между зубцами. Где-то очень далеко внизу, за стеною храма, тяжело-медный шаг – сторожевой обход римских воинов.

Две летучие мыши, в лунном небе, слепые от света, сцепившись, метнулись, пропали. Скрипнул сухой кипарис кровельных досок; две человеческих тени метнулись, пропали, – только жаркий шепот любви, поцелуй.

Шел Иисус по белым и черным полосам. Вдруг остановился в белой; вспомнил – узнал, как будто шепнул ему кто-то на ухо: «здесь».

Белый из черной тени вышел Мальчик. Белая на Нем, льняная, сверху донизу тканая, короткая, чуть-чуть пониже колен, рубаха, с серебряной вышивкой, так четко на луне искрящейся, что можно прочесть:

Ангелам Своим заповедает о тебе охранять тебя на всех путях твоих, да не преткнешься о камень ногою твоею.

Мальчик шел с закрытыми глазами, как лунатик, прямо на Него. Дошел, открыл глаза, взглянул и истаял, рассеялся в воздухе: был, как бы не был. И вспомнил Иисус, узнал Себя двенадцатилетним отроком.

---

[407] Два стиха, Мт. 4, 5 и Лк. 4, 9, соединены.

14.

Медленно-медленно пошел к прорезу между зубцами стены; каждому шагу противился, а все-таки шел; дошел до самого края стены над кручею, наклонился и заглянул в лунно-дымную пропасть. Масличная гора за нею чернела, далекая-близкая; масличные кущи серебрились у подножья горы, – Гефсиманские. Плиты гробов белели, рассыпанные по дну Иосафатовой долины, как игральные кости. Острыми иглами сверкали в лунном огне кремни по высохшему руслу Кедрона. В бездну жадно смотрел Иисус.

И приступил к Нему сатана и сказал:

– Смертную тяжесть тела Ты взял на Себя, один за всех: за всех один, освободись. Чудо даст Тебе Отец, – даст всем. Смертью смерть победи – полети.

Если Ты Сын Божий, бросься отсюда вниз; ибо написано: Ангелам Своим заповедает о Тебе охранять Тебя, да не преткнешься о камень ногою Твоею. [408]

А если Ты, Сын человеческий, – червь, – похули Бога и умри, раздавленный в пыли, как червь.

В бездну жадно смотрит Иисус. Бездна тянет к себе; в сердце впиваются с болью сладчайшею острые иглы кремней. Крепкие крылья растут за плечами. Ветер свистит в ушах, кругом идет голова. Шаг, – полетит.

Вдруг отшатнулся, поднял глаза к небу.

– Отец! – возопил, и сердце в Нем раскололось, как небо, и глас был из сердца, глаголящий: «Сын!» Глянул в лицо Сатане и сказал:

Отойди от Меня, сатана, ибо сказано, не искушай Господа Бога Твоего. [409]

И дьявол сник.

15.

Сорок мигов – сорок вечностей.

Снова Белый на белом камне сидит. Мертвый дух от Мертвого моря снова дышит в лицо. Шелестит можжевельник.

– Мешиа мешугге, мешугге Мешиа! Мессия безумный, безумный Мессия! Что Ты сделал, что отверг? Вспомни, Сын, слово Отца: «милости хочу, а не жертвы». Ты любишь без милости. Люди – слабые дети: верить без чуда не могут. Чем же виноваты слабые, что страшного дара Твоего не вмещают, – свободы? Истиной хочешь освободить людей,

---

[408] Слиты стихи Мт. 4, 6 и Лк. 4, 9.

[409] Лк. 4, 7.

и поработишь их ложью; чудо отверг, и Сам будешь творить чудеса, и блажен кто не соблазнится о Тебе. Все соблазнятся. Надобно соблазну в мир прийти, но горе тому человеку, через которого приходит соблазн. Горе Тебе, Иисус! Дух Земли восстанет на Тебя за свободу. Он освободит, а не Ты и все пойдут за ним. Вот что Ты отверг, – свободу. Но не бойся: будет еще искушение последнее, можешь еще победить Сатану.

16.

И возносит Его дьявол на весьма высокую гору. [410]

Снежного Ермона, первенца гор, как Ветхого деньми в несказанном величьи, седая глава, вершина вершин, Ардис, куда нисходили к дочерям человеческим Сыны Божий, Бен-Элогимы, падшие Ангелы.[411]

Вьются до самого неба, ослепительно-белые под солнцем, снежные вихри – Бен-Элогимы в сребровеющих ризах – пляшут, плачут, поют древнюю песнь Конца. Но только что увидели солнце свое – Сатану, пали к ногам его, и сделалась такая тишина, какая была до начала мира и будет после конца. Умерло все на земле и на небе: белая смерть – снег, синяя смерть – небо, огненная смерть – солнце.

И увидел Иисус лицом к лицу –

подобного Сыну человеческому, облеченного в подир царей и священников, и по персям опоясанного поясом златым. Глава его и волосы белы, как белое руно, как снег; и очи его, как пламень огненный.

И ноги его подобны халколивану, как распаленные в печи, и голос его, как шум вод многих. [412]

И холоден пламень его, как смерть, и темное сверкание лица его, как солнце перед затмением. И сказал:

– Если Ты отвергнешь дар мой последний, горе, горе, горе Тебе, Иисус! Будешь один навсегда. Всех обманешь, а Сам не будешь обманут никем.[413] Никто никогда Тебя не узнает; меня узнают, мне поклонятся. Я поделил мир, а не Ты.

И приблизил лицо к лицу Его и сказал:

– Брат мой, Сын человеческий! Я Тебя люблю, я Тебя никогда не покину; отойду до времени, и вновь вернусь. Я с Тобой и на крест взойду. «Проклят висящий на древе». Оба мы прокляты; оба мир должны ис-

---

[410] Мт. 4, 8.
[411] Enoch., VI, 6.
[412] Откр. 1, 13–15.
[413] Эти кощунственные слова влагают присциллиане-гностики в уста самому Господу: verbo illusi cuncta et non sum illusus in totum. – August., epist., 287, ad Ceretium, Opp. T. II, col. 644. – Henneke, II, 529.

купить от проклятья, сказать Отцу о братьях наших, сынах человеческих: «их проклянешь, – и нас, их простишь, – и нас!»

И поставил дьявол Иисуса на вершину вершин, крайнюю точку пространств и времен; и разверз пустоту – бесконечность пространств – Полдень и Полночь, Восток и Запад; бесконечность времен – все, что было, есть и будет.

И показал Ему царства вселенной во мгновении времени и сказал: Тебе дам власть над всеми сими царствами и славу их; ибо она предана мне, и я, кому хочу, даю ее.

И так, если падши поклонишься мне, то все будет Твое. [414]

И приблизил сердце к сердцу Его, и сказал:

– Ты – Иисус, Сын человеческий; я – Христос, Сын Божий. Иисус, поклонись Христу. И сказал ему Иисус:

Отойди от Меня, сатана; ибо написано: Господу Богу твоему поклоняйся, и Ему одному служи. [415] *И окончив все искушение, дьявол отошел от Него до времени.*

И се, Ангелы приступили и служили Ему. [416]

17.

«Сколько ждали, искали, молились, и вот, только что нашли, – ушел!» – думал Симон Ионин, и тяжело вздыхал, всхлипывал, как маленькие дети, после плача.

Очень устал, вернувшись к ночи из ущелья Крита в Вифавару. Лег в шатре, но уснуть не мог: чуть глаза заведет, – вздрогнет, откроет глаза в темноте, и так лежит под низким, душным, верблюжьей шерсти, пологом. Слушает, как за полой шатра сонные верблюды жвачку жуют, лягушки в ивовых зарослях Иордана звенят усыпительно, где-то очень далеко, у стада, лает собака, и воет шакал в пустыне.

Третьи петухи еще не пели, как Симон встал, разбудил спавшего рядом с ним Андрея и сказал:

– Иду искать Иисуса.

– Что ты, Симон, где же ночью искать? – удивился тот.

– Все равно, иду. Не хочешь со мной, один пойду. Очень хотелось спать Андрею, но страшно было за брата. Встал и сказал:

– Пойдем.

Проснулся также Иоанн Заведеев, спавший о ними в шатре, и сказал:

---

[414] Мт. 4, 9; Лк. 4, 5–7.
[415] Мт. 4, 10; Лк. 4, 13; Мт. 4, 11.
[416] Мк. 1, 13.

– Пойду и я с вами.

Симон взял в мешок хлеба, часть печеной рыбы, глиняный сосуд с вином, и пошли.

18.

Чуть светало, когда дошли до потока Крита у входа в ущелье. Спрошенный о дороге на Белую гору, пастух отсоветовал им трудный и опасный путь через ущелье, указал другой, обходный, по Иерихонской равнине, и дал им в проводники подпаска.

Мальчик довел их до полгоры и сказал:

– Прямо ступайте, теперь не собьетесь, до самого верха тропа доведет.

– А ты куда же?

– К дедушке. Овец пора на водопой.

– Пойдем с нами.

Мальчик покачал головой и сказал:

– Нет, не пойду.

И, помолчав, прибавил тихо:

– Боюсь.

– Чего же ты боишься?

– *Его.* Он там, на горе…

По тому, как он это сказал, все поняли, что «он» – дьявол. И вдруг побежал от них, как будто за ним уже гнался «он».

19.

Розово-розово небо, и свежо, как лепесток только что расцветшей розы. Белая гора вся тоже порозовела, мертвая – вдруг ожила. И в розовом небе, как подвешенный на ниточке, огромный алмаз, солнечно-яркая, – тени, казалось бы, могла бы откидывать, – горела звезда Денницы.

Миновав устье Критского ущелья, тою же тропинкой пошли, как вчера Иисус, по отлогому скату Белой горы.

«Ангелы! Ангелы!» – подумал Симон, взглянув на небо, где, восходя от востока, из-за горы, проносились в очень, должно быть, высоком, земли не достигавшем веянии, первыми лучами солнца позлащенные, все друг на друга похожие, узкие, длинные облака, с одинаково склоненными верхушками, легкие, как пар. С утренней свежестью, курился из ущелья Крита, подземного рая, ладан бальзамных вересков: как будто совершая на земле и на небе служение Господу, проходили перед Ним в торжественно-медленном шествии, склоняя головы и вознося фимиам из кадильниц, златовенчанные, в златовеющих ризах, исполинские Ангелы.

20.

Кончилось шествие, облака рассеялись, и по ровно-светлому небу протянулись от все еще невидимого солнца три голубовато-мглистых, расширяющихся кверху полосы, как бы три луча от невидимой славы Господней.

Симон вдруг остановился, заслонил глаза ладонью от света, вгляделся, тихо вскрикнул: «Он!» и побежал.

Белый на белом камне сидел. Солнце всходило за Ним и, казалось, три луча идут от Него, как от солнца.

Симон бежал так, что Иоанн и Андрей не поспевали за ним. Споткнулся о камень, упал, кожу содрал с колена до крови, но не почувствовал боли, вскочил, побежал еще скорее, ничего не видя – видя только Его одного – Солнце.

Пал к ногам Его, обнял их и воскликнул: – Равви! Равви!

Поднял на Него глаза, и сделалось так тихо на душе, так радостно, что казалось, только для того родился и жил, чтобы смотреть на Него одного, больше ничего не видеть, не знать, не желать, – только смотреть, смотреть, и так умереть.

Руки положил Иисус на плечи его и заглянул ему в глаза так глубоко, как ни в чьи глаза никто никогда не заглядывал.

Симон, сын Ионин, ты наречешься Кифа – Камень. [417]

«Что это значит?» – подумал Симон, хотел спросить, но не посмел: вдруг ужаснулся тому, что увидел в глазах Его, и обрадовался так, что онемел, окаменел, сделался Камнем – Петром.

21.

Подошли и Андрей с Иоанном, тоже пали к ногам Иисуса и обняли их. Ноги Его целовали все трое и землю у ног Его, где след еще не простыл от ночного звериного шествия. Так поклонилась Господу в тот день вся тварь: звери, люди и Ангелы.

– Первым наречешься ты, Андрей, сын Ионин, – сказал Иисус.[418]

Понял Андрей, что это значит: первый сказал вчера Симону: «Мы нашли Мессию»,[419] – первый на земле из людей исповедал Иисуса Христом.

Ничего не сказал Господь Иоанну, только обнял голову его, прижал ее к сердцу Своему, и, слушая, как бьется оно, улыбался Иоанн, как дитя, уснувшее на сердце матери.

---

[417] Ио. 1, 42.

[418] В Церкви Восточной – Андрей Первозванный.

[419] Ио. 1, 41.

22.

И сказал Иисус:

– Дети! Есть ли у вас какая пища?

– Есть хлеб, вино и рыба, – сказал Петр и, вынув хлеб из мешка, хотел положить его на белый камень, рядом с тем, на котором сидел Иисус, но, по знаку Его, понял, что этого делать нельзя. «Место, должно быть, нечистое», – подумал, хотел спросить, почему, но опять не посмел.

Выбрали все трое из лежавших на земле, плоских камней восемь побольше и поровней, вытерли их полами одежды и сладили у ног Иисуса подобие маленькой трапезы. Петр положил на нее четыре ячменных, из пресного теста, лепешки, печеную рыбу и поставил глиняный сосуд с вином.

Камни, плоские, круглые, желтые, теплые, в теплом, желтом, утреннем свете, и точно такие же хлебы на них: камни сделались хлебами.

23.

Взяв хлеб, Иисус благословил его, преломил и подал им. И ели от него все.

Только теперь вдруг вспомнил Петр, что Иисус три дня постился перед крещением, вышел вчера из Вифавары, не евши, хлеба с Собою не взял, и ночь провел в пустыне, голодный. Видел по тому, как ел Иисус, что Он очень голоден. Пожалел Его и полюбил еще неутолимее – от жалости.

24.

Петр наполнил чашу вином. Взяв ее, благословил Иисус и подал им. И пили от нее все.

Петр знал, что по завету отцов, во всякой благословенной трапезе, должны быть три чаши: первая Господу, вторая Израилю, третья Мессии. Но, наливая вторую чашу, увидел, что для третьей не хватит вина, и, не зная, что делать, взглянул на Иисуса.

И сказал Господь:

– Воды прибавь.

Тут же стоял глиняный кувшин с водою. Давеча наполнил его Андрей свежей водой из родника у подножья Белой горы. Петр долил из него третью чашу.

Иисус благословил ее и подал им. И пили от нее все.

«Чистое вино, без капли воды, – удивился Петр и ужаснулся. – Я такого вина не пивал от роду. Будут пить такое в царствии Божием».

Тихо улыбнулся ему Иисус: знал, что вода сделалась вином.

25.

В эту минуту увидели подходивших к ним Филиппа из Вифаиды и Нафанаила из Каны Галилейской.[420]

Вещий сон приснился Нафанаилу, когда уснул он вчера среди дня, под смоковницей: царство Божие будто бы уже наступило, и пиршествует он с бесчисленным множеством гостей, как бы всем Израилем, на брачном пире Жениха-Мессии в Кане Галилейской.

Проснувшись, увидел он Филиппа, и тот сказал ему:

Мы нашли Того, о Ком писал Моисей в законе и пророки, Иисуса, сына Иосифова, из Назарета.

Но Нафанаил сказал ему: может ли быть из Назарета что доброе?

Филипп говорит ему: пойди и посмотри.

Но не поверил Нафанаил, не пошел. Ночью же опять приснился ему тот же сон, и когда он проснулся, то, никого не видя, услышал голос: «Нафанаил! Я жду тебя на пир Мой брачный. Не медли же, да не будешь извергнут во тьму внешнюю». И проснувшись как бы во второй раз, очень испугался он, разбудил соседа по шатру, Филиппа, и сказал ему:

– Пойдем к Иисусу.

Сном одолеваемый Филипп сначала не хотел идти. Когда же Нафанаил рассказал ему сон, пошел.

Сведав от ночных сторожей Галилейского табора, что Симон, Иоанн и Андрей пошли искать Иисуса на Белую гору, – пошли туда же, спеша, как запоздавшие гости на пир.

26.

Иисус, увидев идущего к Нему Нафанаила, сказал:

Вот подлинно израильтянин, в котором нет лукавства.

Нафанаил говорит Ему: почему Ты знаешь меня? Иисус сказал ему в ответ: прежде нежели позвал тебя Филипп, когда ты был под смоковницей, Я видел тебя.

Нафанаил отвечал Ему: Равви! Ты Сын Божий, Ты Царь Израилев.

Иисус сказал ему в ответ, ты веришь потому, что Я тебе сказал. «Я видел тебя под смоковницей»; увидишь больше сего.

И говорит ему. истинно, истинно говорю вам: отныне будете видеть небо отверстым и Ангелов Божиих, восходящих и нисходящих к Сыну человеческому.[421]

---

[420] Ио. 1,44; 21, 2.

[421] Ио. 1,47–51.

И возлегли за трапезу последние, так же, как первые. И благословил и преломил для них хлеб Иисус, и подал им чащу. И ели и пили все, и радовались так, как будто уже наступило царствие Божие.

27.

И возвратился Иисус в силе духа в Галилею, и начал проповедовать, говоря:

– Время исполнилось, и приблизилось царствие Божие; покайтесь и веруйте в Блаженную весть.[422]

9. Его лицо (В истории)

I

«Если только увижу лицо Его, спасусь», – думал, может быть, мытарь Закхей, взлезая на смоковницу; взлез, увидел, спасся. Может быть, и мы спаслись бы, если б увидели. Но это очень трудно. Странное лицо, подобное той книге, где оно отражается, как в зеркале: сколько ее ни читай, нельзя прочесть; все кажется, – не дочитал или что-то забыл, не понял чего-то, а перечтешь, – опять то же; и так без конца. Этого лица нельзя увидеть: сколько ни смотри на него, все кажется чего-то не доглядел, не понял. Смотрят – не видят миллионы человеческих глаз, две тысячи лет, и будут, вероятно, смотреть до конца времен, – не увидят.

II

«Плотский образ Иисуса нам неизвестен», – сообщает св. Ириней Лионский, уже в конце II века предание, идущее, вероятно, от Мужей Апостольских, Поликарпа и пресвитера Иоанна Эфесского, а может быть, и от самого Иоанна, сына Заведеева, «ученика, которого любил Иисус».[423] – «Мы совершенно не знаем лица Его,[424] – уверяет и бл. Августин, и прибавляет: образ Господень, от разнообразия бесчисленных мыслей, меняется»:[425] только ли от наших мыслей или от чего-то и в самом лице?

---

[422] Лк. 4, 14; Мт. 4, 17; Мк. 1,15.
[423] Ireneus, adv. haeres., I, 25.
[424] August., de trinit., VIII, 5: qua fuerit ille facie nos penitus ignoramus.
[425] August., 1. c., VIII, 4: dominica facies innumerabilium cogitationum diversitate variatur et fingitur.

Св. Антонин Мученик, паломник VI века, вспоминает, что не мог увидеть, как следует, лика Господня на одной нерукотворной иконе, achiropoiite, потому что ослепляем был чудесно от нее исходившим сиянием, а также потому, что «лик перед глазами смотрящих на него, постоянно меняется».[426] Если нечто подобное происходит в живом лице Иисуса, насколько мы знаем его из Евангелий, то Ириней и Августин неправы: мы кое-что знаем или могли бы узнать о лице Господнем.

III

Старенький, плохенький, не помню где и когда мною купленный, снимок с Нерукотворного Спаса в Московском Успенском соборе, – Им самим будто бы на полотне запечатленного и царю Авгару Эдесскому посланного Лика, – годы и годы висел у меня на стене, так что, глядя на него слепыми от привычки глазами, я уже не видел его. Но как-то раз, задумавшись о лице человека Иисуса, я подошел к снимку, вдруг увидел его и ужаснулся.

Выйди от меня, Господи, потому что я человек грешный. (Лк. 5, 8.)

Взор нечеловеческих, как бы с того света глядящих, глаз чуть-чуть отведен в сторону; душу мне испепелил бы, если бы глянул мне прямо в глаза: точно милует, ждет, чтобы мой час пришел. А на лбу, под самым пробором, выбилась из-под гладких волос – геометрически-тщательно, как по циркулю, выведенных, параллельно вьющихся линий, – упрямая детская челка, как у плохо подстриженных деревенских мальчиков, и жалобно-детские губы чуть-чуть открытые, кажется, шепчут: «Душа Моя была во Мне, как дитя, отнятое от груди матери».

Царь ужасного величья.
Rex tremendae majestatisi –
и это, простое-простое, детское, жалкое.

Два Существа в одном, противоположно-согласные, – вот от Него самого, в этом образе, идущее, Им самим на полотне запечатленное, нерукотворное. Понял я это еще яснее, когда сравнил мой снимок с винчьевским рисунком в Тайной Вечере: в легком облаке золотисто-рыжих волос, склоненное, как только что расцветший и уже умирающий на сломанном стебле цветок, лицо шестнадцатилетнего, похожего на девушку, Иудейского Отрока; тяжело опущенные, как будто от слез чуть-чуть припухшие, веки и сомкнутые в мертвенной покорности,

---

[426] E. v. Dobschütz, Christusbilder, 1899–1909, 63. – Antonin Martyr., Itiner. Hierosolym., ed. Geyer, 1898.

уста: «как агнец перед стригущим его безгласен, так Он не отверзает уст Своих».

Кажется, из всех рукой человеческой написанных Ликов Господних это прекраснейший. Но между тем, Нерукотворным, и этим – какая разница! Смерть победит ли Этот – не знаю, но знаю, что Тот уже победил; Этот лишь в трех измерениях, а Тот и в четвертом; мука сомнения в Этом, блаженство веры – в Том; с Этим я, может быть, погибну, а с Тем спасусь наверное.

IV

В двух «золотых легендах», legendae aureae, средних веков выражен глубокий смысл этой неизобразимости, «нерукотворности» Спасова Лика.

Тотчас по Вознесении, ученики, собравшись в горнице Сионской и скорбя о том, что лица Господня уже никогда не увидят, просили живописца Луку изобразить им это лицо. Он же отказывался, говоря, что человеку сделать того невозможно. Но по трехдневном плаче, посте и молитве братьев, уверившись, что будет ему помощь свыше, наконец, согласился. Сделал очерк лица черным по белому на доске, но, прежде, чем взялся за кисть и краски, увидели все внезапно на доске появившийся Нерукотворный Лик.[427]

Вторая легенда такого же чистого золота. Трижды пытался Лука, еще при жизни Господа, изобразить Лик Его для исцеленной кровоточивой жены Вероники; трижды, сравнивая написанное лицо с живым, убеждался, что сходства между ними нет, и очень скорбел о том. «Чадо, лица Моего ты не знаешь; знают его лишь там, откуда Я пришел», – сказал ему Господь. – «Буду сегодня есть хлеб в доме твоем», – сказал Веронике. И она приготовила трапезу. Он же, придя к ней в дом, прежде, чем возлечь, умыл лицо Свое и вытер его полотенцем, и Лик Его отпечатался на нем, как живой.[428]

Третья легенда – золота чистейшего. Идучи Господь на Голгофу, изнемогал под крестною тяжестью так, что были капли пота Его, как капли крови, и плат подала Ему Вероника, и вытер Он пот с лица, и отпечатался на плате Ужасающий Лик, тот, о коем сказано в Исаиином пророчестве; *паче всякого человека обезображен был лик Его, и вид Его паче сынов человеческих.* (Ис. 52, 14.)

---

[427] Легенда IX века, в творениях каноника Николая Маниакутийского, Nicolaus Maniacutius. – Dobschütz, 67.

[428] Dobschütz, 249.

Смысл всех трех легенд один: только в сердце любящих Господа и страдающих с Ним, неизобразимый Лик Его, как на Вероникином плате, запечатлен.

V

Помнят его святые, забыли грешные. Правда ли, что мы ничего не знаем и не можем знать о лице человека Иисуса? Сколько их ложных Мессий, воров и разбойников, гнусные лица в памяти своей запечатлела история, а лицо Христа забыла. Если бы это было так, надо бы поставить крест на человечестве.

Странный закон управляет нашей зрительной памятью лиц: больше любим – меньше помним, и наоборот. Лучше запоминается чужое лицо, чем любимого человека в разлуке, а своего лица никто не помнит: «Посмотрел на себя в зеркало, отошел и забыл» (Иак. 1, 24.) Может быть, разгадка этого странного беспамятства в том, что у человека два лица: внешнее, как маска, и внутреннее, настоящее. Внутреннее сквозь внешнее проступает тем яснее, чем больше и правдивей человек: у величайшего и правдивейшего из людей, Иисуса, – как ни у кого. Вот почему в первых, ближайших к Нему свидетельствах, внешнее лицо Его забылось, а внутреннее запомнилось, как ничье ни в каких исторических свидетельствах.

VI

«Знать Христа во плоти» Павел не хочет (II Кор. 5, 16), а все-таки знает.

Я ношу язвы, στίγματα, Иисуса Христа на теле моем. (Гал. 6, 17.)

Язвы эти, вероятно, такие же, как у Франциска Ассизского, открывающиеся и иногда точащие кровь, как настоящие, только что прободенные гвоздями, раны. Чтобы так быть сораспятым Господу, надо было Павлу чувствовать тело Его, как свое, и, уж конечно, видеть Его лицо. Когда он говорит: «Бог послал Сына Своего в подобие, homoi ôma, плоти греховной» (Рим. 8, 3), то для него это «подобие» вовсе не «призрак», phantasma, как для позднейших докетов, а такая же действительная, как у всех людей, только иного качества, плоть.

«Не видел ли я Иисуса?» – спрашивает Павел (I Кор. 6, 6.) Видит Его, во всяком случае, когда говорит:

Обнищал, ради нас (I Кор. 8, 9.) – Уничтожил – опустошил Себя, ἐκένωσεν, приняв образ раба... смирил Себя, быв послушным даже до смерти, и смерти крестной. (Фил. 2, 6–8.)

В этом образе нищего, смиренного, до крестной смерти послушного раба, Павел не отвлеченно мыслит, а плотски чувствует живую плоть человека Иисуса, видит Его живое лицо; но вместе с тем видит и чувствует в Нем иную плоть; больше, чем метафизически отвлеченно знает, – видит и осязает плотски физически, что «вся полнота Божества, πλήρωμα, обитает в Нем телесно» (Кол. 3, 9.)

VII

«Тело Его не совсем такое, как наше», – это, вероятно, чувствуют «знающие Христа по плоти», ближайшие к Нему ученики, еще сильнее Павла. Ходит по земле, говорит, ест, пьет, спит, как все люди; и вдруг, в одном каком-нибудь движении, выражении лица, звуке голоса, – что-то иное, на людей не похожее, как бы от земного тела неземное веяние: Дух Божий нюху человечьему – то же, что человечий запах нюху звериному.

Так же как Павел, не отвлеченно-метафизически мыслят, а плотски физически чувствуют, осязают и они в живой плоти человека Иисуса какую-то одну, неуловимо от пяти чувств ускользающую, из этого мира в тот уходящую, призрачно прозрачно-огненную точку, иногда внезапно разрастающуюся, как искра – в пламя, так что все тело, охваченное и как бы раскаляемое этим пламенем, становится тоже огненно прозрачно-призрачным.

Чтобы это понять – увидеть, будем помнить, что для тогдашних людей «призрачное» вовсе не то, что для нас: не «обман чувств», «галлюцинация», не то, чего нет, а то, что есть в ином порядке, иная действительность. Видя призрак, люди ужасаются, кровь стынет в их жилах, волосы дыбом встают, – как же не действительность?

«Призрак, φάντασμα!» – в ужасе вскрикивают плывущие ночью по Геннисаретскому озеру, ученики, видя идущего к ним по воде, Иисуса (Мк. 6, 48–51.) Что это, сон или явь? Как бы мы о том ни судили, ясно одно: люди, видевшие, как недавний плотник или каменщик, рабби Иешуа ходил по земле, спал, ел, пил, – не увидели бы ни того сна, ни той яви, если бы не чувствовали всегда, что тело Его не совсем такое, как наше, не видели в Нем той призрачно прозрачно-огненной точки.

VIII

Климент Александрийский сообщает, что в кругу учеников Иоанна, – Апостола или Пресвитера, нам безразлично, – существовало до конца второго века предание о «призрачности» Иисусова тела.[429] Грубый и нелепый вывод:

«В тело человеческое не облекался Господь, но был призраком, phantasma»,[430] – сделают позднейшие докеты из этого предания, может быть, хранящего следы исторически подлинного воспоминания о том, что действительно испытывали знавшие Христа по плоти, ближайшие ученики Его, и что выразил Павел в словах об Иисусовом «подобии плоти», homoiiôma.

Кажется, отзвук того же предания дошел до нас и в «Деяниях Иоанна», написанных Левкием Харином, гностиком из того же круга эфесских учеников, в конце II века, – значит, два-три поколения спустя по кончине таинственного старца Иоанна, очень по духу близкого к «ученику, которого любил Иисус»:

*Брал Он меня на грудь Свою, когда возлежали мы с Ним за трапезой и, я, припадая к груди, Его чувствовал ее то гладкой и мягкой, то камню подобной, – когда же хотел я удержать Его, то осязал иногда вещественно-плотское тело, а иногда бесплотное, как бы ничто.
...И, проходя сквозь него, рука моя осязала пустоту.*[431]

Что это опять, сон или явь? Такой же ли и здесь «обман чувств», «галлюцинация», как там, на Геннисаретском озере, когда ученики видят «призрак», или такое же прозрение в иную действительность? Только ли внутреннее что-то происходит в теле ученика, или внутренне-внешнее в обоих телах, ученика и Учителя? Как бы мы об этом ни судили, могло сохраниться и в этом предании исторически подлинное свидетельство о том, что, по слову другого Иоанна, вероятно, «ученика, которого любил Иисус», –

было от начала; что мы слышали, что видели своими очами, что рассматривали, и что осязали руки наши (I Ио. 1, 1), –

о Сыне Божием, пришедшем в «подобии» плоти человеческой.

Часто, бывало, идучи за Ним, искал я следов Его на земле, но не находил, и мне казалось, что Он идет, не касаясь земли, –

вспоминает опять тот же неизвестный Иоанн.[432]

Призрачно-легким шагом Идущий, может быть, по камню, где и не могло быть следов, начинает, а Идущий по воде кончает: то связано с этим, – какою связью, внутренней ли только, или внутренне-внеш-

---

[429] Clement Alex., adumbr. in epist. I Joh.
[430] Henneke, Handbuch zu den N. T. Apokryphen, 1904, I, 524. – Origen., Tractat. XIV, ed. Bat., 154. – W. Bauer, Das Leben Jesu im Zeitalter der N. T. Apokryphen, 1909. S. 40.
[431] Acta Joh., c. 89; 93. – Henneke, Die N. T. Apokryphen, II, 185; Handbuch, 524.
[432] Acta Joh., c. 93. – Henneke, I, 186.

ней, – мы опять не знаем, но этого нам и не нужно знать, чтобы осязанием ученика прикоснуться к внутренней плоти Господа сквозь внешнюю; глазами ученика увидеть внутреннее лицо Господне сквозь внешнее, и уже от нас зависит, соединим ли мы эти два лица в одно, то самое, о котором сказано:

вот Я с вами до скончания века. Аминь. (Мт. 28, 20.)

IX

Другое предание, из того же круга эфесских учеников, сохранилось в «Деяниях Иоанна».

Взял Он с Собою меня (Иоанна), Петра и Иакова на гору, где, по обыкновению, молился. И увидели мы на Нем такое сияние (славу, δόζη), что никакое человеческое слово не могло бы этого выразить. – И, подойдя к Нему потихоньку, так, чтоб Он не слышал, остановился я и посмотрел на Него сзади и увидел, что нет на Нем вовсе одежды, и нет ничего, что мы (прежде) видели в Нем, и что Он не человек. Ноги же Его были снега белее, так что земля от них осветилась, а голова Его касалась неба. И вскричал я от страха. Он же, обратившись ко мне, снова стал, как человек, и, взяв меня за подбородок, сказал: «Иоанн! не будь неверующим...» И я сказал: «Господи! что же я сделал?» Он же отвечал мне: «Не искушаемого не искушай».[433]

Жадное, как у маленьких детей, любопытство, детские хитрости, детские страхи, и жалость Учителя к ученикам, как взрослого к детям – все это здесь так просто и простодушно, так живо передано, что кажется опять исторически-подлинным воспоминанием, хотя и очень смутным: люди видят лицо Господне, как рыбы видят солнце сквозь воду.

X

Есть у человека бессмертный Двойник, светящийся облик второго «духовного тела» его, «внутреннего лица», так называемый *Kü*, – учит древнейшая книга в мире, египетская «Книга Мертвых». Это – «пневматическое» (pneumatikos), духовное тело апостола Павла. Кажется, и в «Деяниях Иоанна» говорится о таком же «Двойнике» человека Иисуса.

Было то в одном Геннисаретском доме, где мы ночевали с Учителем. Я, укрывшись с головой одеждой, наблюдал за Ним, что Он делает, и сначала услышал, как Он говорит мне: «Иоанн! спи».

---

[433] Acta Joh., c. 90–91. – W. Bauer, 153.

И я притворился спящим, и тогда увидел Другого, подобного Ему, и услышал, как Тот, Другой, говорил Ему: «Избранные Тобою не веруют в Тебя, Иисус». И отвечал Ему Господь: «Правду Ты говоришь, но ведь они люди». [434]

Кто этот не узнанный Иоанном, Иисусов Двойник, мы, может быть, поняли бы, если бы прочли, как следует. Апокриф Pistis Sophia, очень смутное, как сквозь темную воду глубокого сна, предание-воспоминание об Иисусе Отроке и Духе Отроковице, «совершенно Друг Другу подобных» и соединившихся в поцелуе небесной любви.[435]

XI

Кажется, тот же Двойник, «астральное тело» Иисуса, таинственный *Ка*, является в другом «утаенном Евангелии», Апокрифе Матфея:

Почивал ли Он ночью или днем, было над Ним Божественное Свечение, claritas Dei splendebat supereum. [436]

Самая ребяческая из наших наук, «метапсихика», называет это светящееся тело человека непонятным словом aura, вместо евангельского, понятного – «сияние», «слава», δόξη.

Кажется, Сам Господь говорит об этом «свечении»:

Если тело твое все светло и не имеет ни одной темной части, то будет светло все так, как бы светильник освещал тебя сиянием. (Лк. 11, 36.)

Этот внутренний «светильник» и есть внутреннее «духовное тело», внутреннее лицо человека.

Древние иконописцы, окружавшие золотым венчиком сияния божественный Лик Христа, может быть, что-то верно поняли и в человеческом лице Иисуса. Только маленькие дети да старые старушки все еще видят сияние вокруг Лика Господня. Но если и для нас не озарится человеческое лицо Иисуса этим божественным «свечением», то мы его никогда не увидим.

XII

«Я видел себя юношей, почти мальчиком, в низкой деревенской церкви. Красными пятнышками теплились перед старинными об-

---

[434] Acta Joh., c. 92. – Henneke, I, 186.

[435] Pistis Sophia, с. 61. – Henneke, I, 102. – Д. Мережковский, Иисус Неизвестный I т., II ч. Жизнь Иисуса Неизвестного, гл. II, Утаенная жизнь, XXIV–XXVI.

[436] PS. Matt., c. 42. – Henneke, II, 524.

разами восковые тонкие свечи. Радужный венчик окружал каждое маленькое пламя. Темно и тускло было в церкви. Но народу стояло передо мною много. Все русые крестьянские головы. От времени до времени они начинали колыхаться, падать, подыматься снова, словно зрелые колосья, когда по ним медленной волной пробегает летний ветер.

Вдруг какой-то человек подошел сзади и стал со мною рядом. Я не обернулся к нему, но тотчас почувствовал, что этот человек – Христос.

Умиление, любопытство, страх разом овладели мною. Я сделал над собою усилие, и посмотрел на своего Соседа. Лицо, как у всех, – лицо, похожее на все человеческие лица. Глаза глядят немного ввысь, внимательно и тихо. Губы закрыты, но не сжаты; верхняя губа как бы покоится на нижней; небольшая борода раздвоена. Руки сложены и не шевелятся. И одежда на Нем, как на всех.

«Какой же это Христос? – подумалось мне. – Такой простой, простой человек? Быть не может!» Я отвернулся прочь. Но не успел я отвести взор от того простого человека, как мне почудилось, что это именно Христос стоял со мною рядом.

Я опять сделал над собой усилие... И опять увидел то же лицо, похожее на все человеческие лица, те же обычные, хоть и незнакомые, черты.

И мне вдруг стало жутко, и я пришел в себя. Только тогда я понял, что именно такое лицо, – лицо, похожее на все человеческие лица, – оно и есть лицо Христа Тургенева».[437]

Этот «Апокриф», не ложное, а тайное о Лике Христовом «Евангелие», мог быть написан только человеком хотя от Христа отрекшимся, но все еще сохранившим в сердце своем образ Его, – сыном той земли, о которой сказано:

Удрученный ношей крестной,
Всю тебя, земля родная,
В рабском виде Царь Небесный
Исходил, благословляя.[438]

XIII

Сделался подобным (всем) людям, и по виду стал как человек, – говорит Павел (Фил. 2, 7.)

---

[437] Тургенев, Стихотворения в прозе. – Христос (1878).

[438] Тютчев, Стихотворения.

Видом (лицом) не отличался от всех других людей, –
сообщает, во II веке, Цельз-Ориген, кажется, очень древнее, может быть, из неизвестного нам источника, предание-воспоминание.[439]
Был лицом, как все мы, сыны Адамовы, –
подтверждает Иоанн Дамаскин, в VIII веке, ссылаясь тоже на предания-воспоминания, должно быть, первых веков христианства.[440]
«Лицо, как у всех, похожее на все человеческие лица», – повторит, через двадцать веков после Павла, русский Апокриф.

Если могут быть вообще в религии доказательства, то лишь такие, как это, – невольные и необходимые совпадения бесконечно разделенных в пространстве и времени, внутренних опытов.

Сам Иисус называет Себя «Сыном человеческим», по-арамейски Bar-nascha, просто «человеком»; это и значит: «Я, как все». Внешнее лицо: «как все»; внутреннее: «как никто».

XIV

Два Нерукотворных Лика: римский, западный, на Вероникином плате, – страдающий Раб; и византийский, восточный, на Авгаровом плате, – торжествующий Царь, –
Rex tremendae majestatis,
Царь ужасного величья, –
Тот, Кто явится миру в последний день, когда люди скажут горам и камням:
падите и скройте нас от лица Сидящего на престоле и от гнева Агнца. (Откр. 6, 16–17.)
В этой-то «согласной противоположности», антиномичности: «как все» – «как никто», и заключается одна из причин неизобразимости Лика Господня.

XV

Церковь, в предании о Лике, разделилась надвое. Иисус прекрасен, – утверждает одна, кажется, очень древняя, половина предания.

Есть, может быть, у св. Луки намек на красоту Иисуса. Если греческое слово χάρις, латинское gratia, в стихе об Иисусе отроке (2, 52), относится не к духу, а к телу Его, или не только к духу, но и к телу, что тем

---

[439] Orig., contra Cels., VI, 75. – E. Preuschen, Antilegomena, 1901. S. 43, 138.
[440] Johan. Damasc., Opera ed. Lequiem, t. I, p. 631. – R. Hase, Geschichte Jesu, 1876. S. 259. – G. A. Müller, Die leibliche Gestalt Jesu Christi, 1909. S. 45.

вероятнее, что и предыдущее слово ἡλικία (не «возраст», в смысле числа годов, как иногда переводится, а «рост тела») относится к телу, то χάρις; значит «красота», «прелесть», gratia, так что общий смысл стиха таков: «Иисус рос и хорошел».

Следует, однако, помнить, что наше человеческое слово «красота» не соответствует тому, что мы так называем в Его лице. Но если бы этого, чего мы не умеем назвать, не было в нем, то простая из народа женщина могла ли бы, глядя на Него, воскликнуть:

Блаженно чрево, Тебя носившее, и сосцы, Тебя питавшие (Лк. 11,27); и в Преображении, могло ли бы лицо Его «просиять, как солнце» (Мт. 17, 2)?

«Прекрасным», ὁ καλός, называют Его «Деяния Иоанна», как будто людям довольно этого слова, чтобы знать, о Ком идет речь.[441]

«Нам, истинной красоты желающим, Он один прекрасен», выразит и Климент Александрийский это естественное в людях и неискоренимое чувство:[442]

Ты прекраснее сынов человеческих. (Пс. 45, 3.)

XVI

Так в одной половине предания, а в другой, не менее древней, Иисус «безобразен», –

Паче всякого человека обезображен был лик Его, и вид Его, паче сынов человеческих, –

исполнилось на Нем и это пророчество (Ис. 52, 14.) «Уничижил – опустошил Себя» во всем, и в этом.

«Мал был ростом, говорят, и лицом некрасив», – вспомнит Цельз у Оригена.[443] «Вида никакого не имел... бесславен... презрен был по виду», – скажет и св. Юстин Мученик, видевший, может быть, тех, кто видел живое лицо Иисуса.[444]

Те же свидетели – и это всего удивительнее, – говорят то о красоте Его, то о «безобразии»: Климент Александрийский – непереводимо для нас «кощунственным» словом: ἀισχρός.[445]

---

[441] Acta Joh., с. 73, 74. – Acta Thomae, с. 80, 149, тоже прославляют красоту Иисуса. – W. Bauer, 312.

[442] Clement. Alex., Strom., II, 5, 21.

[443] Origen., c. Cels. VI, 75.

[444] Just., dial. c. Tryph. XIV, 36; 85; 88: ἀειδὲς — ἄτιμος — ἄδοξος
Th. Keim. Geschichte Jesu, 1871. S. I, 460.

[445] Clement. Alex., Paedag. III, I, 3. – Keim, I, 460.

Тот же Ириней, который утверждает, что о плотском образе Иисуса нам ничего неизвестно, знает, однако, что Он был «немощен и бесславен (по виду)», infirmus et ingloriosus.[446]

Я же червь, а не человек, – поношение у людей и презрение в народе (Пс. 21, 7), –

страшное слово это из того же псалма, откуда и крестный вопль, Сабахтани, вложит Тертуллиан в уста самого Господа.[447]

XVII

Церковь-Невеста сначала забыла лицо Христа-Жениха, а потом приснилось ей, будто Он – чудовище. Как могло это быть?

Первохристианством от иудейства унаследованный страх телесной красоты, как ведущего к идолопоклонству, языческого соблазна, может быть, многое здесь объясняет, но не все. Корни обоих преданий о красоте и безобразии Лика Господня уходят, кажется, в очень темное, но исторически подлинное, воспоминание.

Не было ли в лице Человека Иисуса того же, что было в жизни Его, – «парадоксального», «удивительного-ужасного», как бы выходящего из трех измерений в четвертое, где все *наоборот,* так что безобразное здесь, на земле, там прекрасно?

Самое особенное, на другие человеческие лица не похожее, личное в лице Иисуса не есть ли именно то, что оно – по ту сторону всех человеческих мер красоты и безобразия, несоизмеримо с нашей трехмерной эстетикой?

Если так, то понятно, что не только видевшие Его уже не помнят, но и видящие не знают, какое из двух пророчеств исполнилось на Нем: «лик Его обезображен паче всех человеков», или: «Ты прекраснее сынов человеческих».

Был Он и прекрасен и безобразен, formosum et foedum, –

верно, может быть, поняли это «Деяния Петра».[448]

Радость, которой нет имени, чувствуют видящие это лицо, и ужас, которому тоже нет имени. Той, первой антиномичности в Нем: «как все» – «как никто», соответствует эта вторая: «как червь – как солнце».

---

[446] Jren., adv. haeres., IV, 32, 12. – G. A. Muller, 36.
[447] Tertul. de carne Christi, c. 9. – W. Bauer, 312.
[448] Acta Petri, c. 20. – Henneke, II, 522.

XVIII

Вспомним не только, увы, ренановского «обаятельного Равви», Магдалинина «Возлюбленного» (единственную в веках пошлость наших дней), но и фарфоровые куколки церковных Иисусов, и если мы еще сохранили достаточно вкуса, чтобы ненавидеть эту приторно-тошную гнусность, метерлинковскую «душу сахара», то, может быть, мы поймем, что та непостижимая для нас, ужасающая «красота-безобразие» Лика Господня есть горькое от сладкого яда противоядие и что первые века христианства здесь еще знают, помнят что-то о лице Иисуса.

XIX

Я не то, чем кажусь. [449]

Это, конечно, неподходящее слово Господне, Аграф, в «Деяниях Иоанна», может быть, дает нам возможность заглянуть в то, что действительно испытывали видевшие живое лицо Иисуса. Тайну этого слова и объясняет, и углубляет Ориген:

Будучи Самим Собой, как бы не Собой являлся людям. Cum fuisset ipse, duasi non ipso omnibus videbatur. Вида одного не имел, но менял его, сообразно с тем, как мог видеть Его каждый; каждому являлся в том образе, какого достоин был каждый. [450]

Вот почему и св. Антонин Мученик не может разглядеть, как следует, на нерукотворной иконе, «постоянно меняющегося Лика».

«Лик Христов, у римлян, эллинов, индийцев, эфиопян, различен, ибо каждый из этих народов утверждает, что в свойственном ему образе явился людям Господь», – говорит патриарх Фотий.[451] Это значит: лицо второго Адама, Иисуса, – во всех человеческих лицах, как солнце в каплях росы.

XX

Так увидите Меня в себе, как видит лицо свое человек в зеркале. [452]

Лица человеческие, как мертвые камни, неподвижны, неизменны, только Его лицо, как живое пламя, вечно движется, изменяется и потому неуловимо для взора, неизобразимо для кисти.

---

[449] Acta Joh., с. 96, 99. – Henneke, I, 187. – August, epist. 237, ad Ceretium. – Henneke, II, 529.
[450] Orig., comment, in Matt. 100. – W. Bauer, 314.
[451] K. Hase, 259.
[452] Acta Thomas, с. 48, 153. – W. Bauer, 513. – Henneke, I, 286.

Слава Тебе, Иисус Многовидый, πολύμορφος, –
скажут «Деяния Фомы».[453] «Лика Господня изображения от разнообразия бесчисленных мыслей меняются», – верно понял и Августин, но сделал отсюда неверный вывод, что мы о лице Иисуса ничего не знаем.

Многие лица Свои напомнит Он Сам на Страшном суде:
алкал Я, и вы не дали Мне есть; жаждал, и не вы напоили Меня; был странником, и не приняли Меня; был болен и в темнице, и не посетили Меня (Мт. 25, 42–43.)

В каждом лице страдающего брата нашего – Его лицо.
Кто видел брата, видел Господа (Agraphon.)

XXI

Странный и жуткий апокриф дошел до нас в «Деяниях Иоанна».
Речь идет о первом призвании учеников, Иоанна и Иакова, сынов Заведеевых, сидящих в лодке на Геннисаретском озере.

«Что нужно от нас этому мальчику? Зачем Он зовет нас на берег?» – сказал мне (Иоанну) брат мой, Иаков. И я спросил его: «Какой мальчик?» Он же отвечал мне: «Тот, кто кивает нам головой». – «Свет у тебя помутился в глазах, брат мой, Иаков, от многих бессонных ночей, проведенных нами на озере. Разве ты не видишь, что перед нами высокого роста, с прекрасным лицом, радостно на нас взирающий, муж?» – «Нет, не вижу, но подплывем к берегу, узнаем, что это такое».

Когда же пристали мы к берегу. Он сам помог нам привязать лодку. И мы пошли с Ним. И, когда шли. Он казался мне старым, лысым, с длинной густой бородой, а брату Иакову – юношей, с едва пробивающимся пухом на щеках. И мы не разумели, что это значит... и весьма удивлялись.

...Часто, бывало, и потом являлся Он мне в еще более дивных образах... то маленького роста человечком с искривленными членами, то исполином, головой возносившимся до неба.[454]

Что это, нелепая сказка, или опять рыбий взгляд на солнце сквозь воду, – смутное и чудовищно-преувеличенное, как в бреду, воспоминание о том, что действительно испытывали эти суеверные и простодушные, как дети, рыбаки галилейские от не совсем трехмерного, в нашу земную геометрию не совсем входящего, лица Господня?

---

[453] Clement. Alex., Strom, l, 19, 94. – Tertul., de oral, c. 26. – A. Resch, Agrapha, 1906. S. 182.
[454] Acta Joh., c. 88, 93. – Henneke, I, 185. – W. Bauer, 314.

Может быть, память о чем-то подобном сохранилась и в Евангелии. «Был лет тридцати», – говорит Лука (3, 23.) «Тебе еще нет пятидесяти лет», – говорят Господу фарисеи в IV Евангелии (8, 57.) Кажется то почти молодым, то почти старым; это и значит: «вида одного не имел, но менял его, сообразно с тем, как мог Его видеть каждый».

«Оборотень, божественный», – сказал бы, кощунствуя, Лукиан-Вольтер; этого не говорят, но, может быть, что-то подобное чувствуют ученики, благоговея, не смея вглядеться в это страшно и чудно меняющееся лицо-пламя.

XXII

Самое общее из всех человеческих лиц, все их включающее в себя, как все треугольники включает в себя геометрическая фигура треугольника, – лицо второго Адама, – это один из двух полюсов, а другой: самое особенное, ни на какое другое лицо непохожее, единственно-личное из всех человеческих лиц. Эти-то два полюса и надо соединить, чтобы увидеть Его живое лицо. Все изображения лика Господня, от катакомбного Доброго Пастыря, напоминающего бога Гермеса, с безбородым и безусым, нежным, как у девушки, лицом, до Нерукотворного Спаса, «Царя ужасного величья», в византийских мозаиках, – суть не что иное, как неутолимо-жадные, в веках и народах, поиски этого живого лица.

Лучше всего можно судить об этих поисках, по очень позднему, между XI и XII веком, по драгоценному для нас, потому что из древних, вероятно, исторически подлинных, как мозаика – из камешков, сложенному апокрифу – «Письму прокуратора Лентула к римскому Сенату»:

...Среднего роста Человек... С таким лицом, что всякий, видящий Его, любит Его или страшится. Темно-русые, почти гладкие до ушей, а ниже вьющиеся, на концах более светлые, с огненным блеском, по плечам развевающиеся волосы, с пробором по середине головы, согласно назарейскому обычаю; гладкое чело, и безмятежно-ясное; густая, но недлинная, раздвоенная борода, того же цвета, как волосы. Вид простой и благостный. Темно-синие (caerulei, цвета морских глубин), меняющиеся, разные глаза. Страшен во гневе, ласков и тих в увещании; весел с достоинством. Плакал порой, но никогда не смеялся...

Слово пророка: «Ты прекраснее сынов человеческих», – исполнилось на Нем воистину.[455]

---

[455] J. Aufhauser, Antike Jesus-Zeugnisse, 1925. S. 43. – Hase, 259.

XXIII

Есть еще два апокрифа или предания о лице Иисуса – одно, у Иоанна Дамаскина, VIII века, другое – у последнего церковного историка, Никифора Каллиста, XIV века. Оба ссылаются на древнейшие, неизвестные нам, свидетельства, идущие, судя по ссылке Дамаскина, от первых веков христианства, что согласно и с Августином, упоминающим о многих, бывших до него, постоянно «меняющихся» изображениях. Очень вероятно, что все трое, Дамаскин, Лентул и Каллист, черпают независимо друг от друга из этих общих, древнейших источников.

«Особые приметы» у Дамаскина: «тесно сближенные – как бы сросшиеся брови», «черная борода и сильно загнутый (орлиный) нос», так же как «смуглый цвет лица», в свидетельстве Каллиста, и «рыжеватый, rubra, цвет бороды» в одном из чтений Лентула,[456] – не знаки ли иудейской крови?

Две-три особых приметы есть и у Никифора Каллиста: «мягко вьющиеся, белокурые, при темных бровях, волосы; светлые, неизъяснимою благостью сияющие глаза, пронзительны... Немного согбен в плечах... Тих, кроток и милостив... Матери Своей Божественной подобен во всем».[457]

XXIV

Медленно, постепенно и трудно, черта за чертой, как в драгоценной мозаике – камешек за камешком, складывается многообразно-единый, Нерукотворный Лик, чьи бесчисленные, «постоянно меняющиеся» изображения совпадают иногда поразительно в мельчайших «особых приметах». Вспомним «верхнюю губу, покоящуюся на нижней», в русском апокрифе, и точно такую же, детски жалобно, как бы от недавнего плача, немного припухшую, в винчьевском рисунке; вспомним «легкие, по плечам развевающиеся волосы», в апокрифе Лентула, и золотисто-прозрачное облако рыжеватых волос, в том же винчьевском рисунке; вспомним «сильно выгнутый нос», у Дамаскина, «смуглый цвет лица», у Лентула, «рыжеватый цвет бороды», у Каллиста, – все, должно быть, признаки иудейской крови, и тонко, по-девичьи, выгнутый, тоже, несомненно, иудейский нос и рыжеватый, иудейский цвет волос, опять в винчьевском рисунке. Вспомним, наконец, неиз-

---

[456] Codex Vaticanus, ap. Hase, 259.
[457] Nicefor Kallist., Hist. Eccl., I, 40.

менный, от VI–VII века до наших дней, «пробор по середине головы» и «раздвоенную бороду».

Кажется, бесконечно разные, разделенные веками и народами, ничего друг о друге не знающие люди изображают в бесчисленных образах одно живое лицо, такое нам с детства знакомое, что мы узнаем его с первого взгляда.

Был ли действительно таким Иисус Назорей, каким мы узнаем Его, вспоминаем или воображаем сейчас? «Мы о лице Его не знаем ничего», – отвечают Ириней и Августин. Этому поверили мы, кажется, слишком легко потому, что глубочайший и древнейший подлиннейший из двух смыслов слова parousia потерян для нас: не только «второе пришествие», как понятно с первых веков христианства до наших дней, но и вечное «присутствие» Господа:

Вот Я с вами во все дни до окончания века. Аминь.

Могут ли не видеть лица Его те, с кем Он всегда? Нет, люди что-то знают о лице Его, помнят и никогда не забудут; в памяти и в сердце человечества неизгладимо и нерукотворно. Господом самим запечатленный Лик Его не призрачен.

Можно сказать, что это единственное Лицо, которое увидело и запомнило человечество, и будет помнить-видеть – всегда: все остальные призрачны, все – мимолетные тени; это одно – солнце.

XXV

Что же значит: «Мы лица Его не знаем?» Значит: с тою же силою, как некогда Петр сказал Иисусу: «Ты – Христос», – никто сейчас не скажет Христу: «Ты – Иисус»; с тою же ясностью, с какою некогда Петр увидел божеское лицо Христа в человеческом лице Иисуса, никто сейчас не увидит лица человеческого в Божеском, и не услышит никто:

Блажен ты, Симон, сын Ионин, потому что не плоть и кровь открыли тебе это, а Отец Мой, сущий на небесах (Мт. 16, 17.)

Кажется, с нами происходит сейчас то же, что с двумя учениками на пути в Эммаус, когда сам Господь, приблизившись, пошел с ними.

Но глаза их были удержаны, так что они не узнали Его.

Когда же узнали, –

Он стал невидим для них. И они сказали друг другу: не горело ли в нас сердце наше? (Лк. 24, 15–32.)

Так Он и с нами идет на страшно-долгом пути от первого ко второму Пришествию, – в том, что мы называем «историей»; так и мы Его не узнаем. О, если бы и в нас так же сердце горело!

10. Его лицо (в Евангелии)

I

Сколько бы ни горело в нас сердце, когда мы читаем Евангелие, мы не узнаем, не видим живого лица человека Иисуса не потому, что там его нет, а потому, что наши глаза, как у тех учеников эмаусских, чем-то «удержаны».

Слепнут от дневного света ночные птицы, не видят солнца: так мы не видим лица Господня в Евангелии.

Мы возвещаем вам силу и присутствие, παρουσίαν, –

не «второе пришествие», а вечное «присутствие», –

Господа нашего, Иисуса Христа, быв очевидцами, ἐπόπται, Его величья... на святой горе (**Петр. 1, 16–18**),

где «лицо Его просияло, как солнце» (Мт. 17, 2.) Солнце Преображения – лицо Христа в лице Иисуса, и есть равноденственная точка всего Евангелия.

Так, у первого свидетеля, Марка-Петра; так же и у последнего – Иоанна:

О том, что мы видели своими глазами... возвещаем вам, чтобы и вы имели общение с Иисусом Христом и чтобы радость ваша была совершенна (Ио. 1, 1–4.)

Ваши же блаженны очи, что видят, –

говорит и сам Господь об этой «совершенной радости» видящих.

II

Если бы такие, как мы, любопытствующие историки спросили учеников Иисуса, хотя бы в самый день Вознесения, какое было у Него лицо, то они, вероятно, не могли бы или не захотели вспомнить, так же как человек, только что опаленный молнией, не мог бы или не захотел вспоминать, какое было очертание у молнии.

Самый вопрос, в обоих случаях, показывал бы, что спрашивающий, как бы ему ни ответили, – ничего не понял бы.

III

Главное в лице Иисуса для очевидца Петра, как все еще помнит – «видит» – он, есть внутренняя, божественная в этом божественном лице, «движущая сила», δύναμις: «силу Иисуса Христа возвещаю вам».

Всякая внешняя черта эту силу ограничила бы, остановила, и самое лицо исказила бы: вот почему и нет вовсе таких в Евангелии внешних черт; плотский образ Иисуса-Человека строится здесь, живое лицо Его возникает не извне, а изнутри.

И вот почему о лице Господнем нигде ничего не сказано в Евангелии, но само оно, все оно, есть это лицо, – как в портрете или зеркале? – нет, как в очень темной воде очень глубокого колодца, куда заглянул бы человек, и где отразилось бы его, освещенное солнцем вверху, а внизу темное, дневными звездами чудесно окруженное, лицо.

IV

Слыша голос человека и не видя лица его, мы угадываем, кто говорит, – мужчина или женщина, старик или дитя, враг или друг; в звуках голоса мы слышим-видим лицо говорящего. Внешнее, видимое лицо – в чертах; внутреннее, слышимое – в словах. Мы узнаем по внешнему – внутреннее, но и обратно: «Говори, чтоб я тебя видел», – мудрое слово это оправдалось в Евангелии так, как нигде.[458]

Ваши же очи блаженны, что видят, и уши ваши, что слышат (Мт. 13, 6), –

соединяет сам Господь два лица Свои, видимое и слышимое; соединяют и ученики:

что мы видели и слышали, возвещаем вам (Ио. 1, 3.)

В каждом слове Иисуса – Его лицо. Слышать Его значит видеть.

V

Всякая душа человеческая, ищущая лица Господня в Евангелии, – как Мария Магдалина, ранним, еще темным утром, у пустого гроба: Мертвого ищет – плачет: «Кто Его унес? куда положили?» – и не знает, не видит, что стоит за нею Живой.

Вдруг оглянулась – увидела, но не узнала. «Что ты плачешь, кого ищешь?» – слышит голос Его, и все не узнает. – Мария!

Вдруг узнала, пала к ногам Его, вся затрепетала, как тогда, еще не исцеленная, семью бесами одержимая; тянется к Нему, хочет прикоснуться, и не может.

Раввуни! (Ио. 20, 11–16.)

О, если бы и нам так же оглянуться, увидеть-узнать!

---

[458] Harnack. Das Wesen des Christentums, 1902. S. 33.

VI

Меньше всего думает Марк об искусстве, когда изображает, вероятно по воспоминаниям Петра, с таким искусством, как этого не сделал бы и величайший художник, – не самое лицо Иисуса, а исходящую от Него «силу», δύναμις, во внешнем на окружающих людей, неотразимом действии.

Первое, что испытывают люди, в первый же день служения Господня, по исцелении бесноватого в Капернаумской синагоге, есть удивление, смешанное с ужасом:

что это? что это за новое учение, что и духам нечистым повелевает со властью, и повинуются ему? (Мк. 1, 27.)

То же испытывает и в последний день Пилат, когда, вглядываясь в лицо непостижимо перед ним спокойного, царственно-безмолвного Узника, спрашивает:

Откуда ты?
πόθεν εἶ σύ
(Ио. 19, 9.)

Силу эту испытывают все. Издали влечет она души человеческие, как железные опилки – магнит. Тысячные толпы следуют за Ним неотступно.

Собрались десятки тысяч народа, так что люди давили друг друга. (Лк. 12, 1.)

Он бежит от них, прячется.

Явно уже не мог войти в город, но находился вне, в местах пустынных. И приходили к Нему отовсюду. (Мк. 1, 45.)

И сказал ученикам, чтоб была для Него готова лодка, по причине народа, чтобы не теснили Его. (Мк. 2, 9.)

Но только что причаливают к берегу, – как вся Геннисаретская равнина приходит в движение (Мк. 6, 56.)

Множества людские влекутся к Нему, как волны прилива – к луне.

Что от Него нужно людям? Проповеди, знамений, чудес? Да, этого, но и чего-то еще: кажется, – просто быть с Ним, слышать голос Его, видеть лицо Его, и удивляться, ужасаться, радоваться, что *Он есть*, потому что смутно чувствуют все, что такого лица никогда на земле еще не было и, может быть, не будет уже никогда.

VII

Верующим не нужно доказывать, что начатое Иисусом движение небывалое, единственное в истории; но и неверующие могли бы это понять. Все остальные народные движения, как бы ни были велики, идут вширь, а это – вглубь; все – по человеческому сердцу скользят, а это входит в сердце; все, по человеческому разуму, отчасти разумны, а это – совершенно «безумно»: цель его – царство Божие на земле, как на небе, если не истина сверх разума, то «безумье» совершенное; все остальные – до края земли, а это – через край; все – только в «трех измерениях», а это и в «четвертом»; все только степные пожары, огромные вспышки соломы, а это – вулканический взрыв, первозданный, плавящий граниты, огонь.

Начатое Иисусом движение тотчас было подавлено, первая же искра его потушена, но, если бы пламя вспыхнуло, движение разрослось, то невозможно себе представить, чем бы оно кончилось. Все происходит на маленьком клочке земли, в темном углу далекой римской провинции, среди нескольких тысяч бедных Галилейских поселян и рыбаков, в несколько месяцев или даже недель, потому что вся остальная часть двух– или трехлетнего служения Господня – только бегство от народа, уединение с учениками. Все сосредоточено в одной, чуть видимой точке пространства, в одном миге времени. Но точка эта, разрастаясь, охватит шар земной; мига этого люди не забудут до конца времен.

Кажется иногда, что один волосок отделяет все человечество в этой именно точке, в этот именно миг, от чего-то, в самом деле небывалого в истории, что для одних есть гибель, для других – спасение мира. Вот почему, вглядываясь в то обыкновеннейшее – необычайнейшее из всех человеческих лиц, люди испытывают такую радость или такой ужас; смутно чувствуют все, что надо сделать что-то, – сами не знают что – только «скорей, скорей», или, как Марк-Петр косноязычно повторяет: «Тотчас, тотчас», – то ли за Него умереть, то ли Его убить.

VIII

Темные, бушующие волны прилива – людские множества, а влекущая волны, светлая, тихая над ними луна – Его лицо.

«Ты – Мой покой. Моя тишина», – говорит Сыну Матерь-Дух. Главное в лице Его – то, что оно такое тихое, – самое тихое, самое сильное в мире. Это вспоминает Петр, изображает Марк.

Буря на Геннисаретском озере. Лодку заливает волнами. Гибели ждут пловцы, а Учитель спит на корме, на скамьевой подушке гребцов, в тонущей лодке, как дитя в колыбели. И тихо лицо Его, светло.

Будят Его и говорят Ему: «Равви! Равви! или Тебе нужды нет, что мы погибаем?» (Мк. 4, 38; Лк. 8, 24.)

Встал, оглянул бушующее море, черное небо, и тише еще, светлее сделалось лицо. Ветру и морю сказал, как лающему на чужого человека псу говорит хозяин:

– *Молчи, перестань!*

И ветер внезапно утих, волны упали, как это часто бывает на Геннисаретском озере, где от неистового, сквозь горную щель Ou-el-hamam, дующего и отвесно падающего на озеро, северо-восточного ветра-сквозняка, начинаются внезапно и так же внезапно затихают сильнейшие бури.[459]

И сделалась великая тишина, γαλήνη μεγάλη (Мк. 4, 39), – такая же, как на Его лице. И, вглядываясь в это знакомое-неизвестное, родное-чужое лицо, –

устрашились они страхом великим, –

может быть, не меньшим, чем тот, от грозившей им только что гибели. –

И говорили между собою: кто же это, что и ветер и море повинуются Ему? (Мк. 4, 41.)

IX

Внутренние бури человеческие так же повинуются, как внешние, стихийные.

Только что пристали к берегу и, выйдя из лодки, поднялись на обрывистую кручу, где начинается унылая, красновато-глинистая, с бледными пятнами тощей травы, как бы струпьями на воспаленной коже, Гадаринская равнина, место нечистое, бывшее языческое кладбище, с опустевшими гробами-пещерами, нынешнее свиное пастбище,[460] – увидели, что в тишине бездыханной, под низко нависшими, темными, над темной равниной, тучами, несется на них иная буря, страшнейшая. Сразу не могли понять, что это, вихрь, зверь или человек, бежит, летит на них, с непохожим ни на что, ужасным, ни звериным, ни человеческим, криком. Вдруг поняли: ужас здешних мест, Гадаринский бесноватый, такой свирепый, что никто не смел проходить тем путем (Мт. 8, 28), и силы такой непомерной, что не мог быть связан никакими узами, – рвал веревки, разбивал оковы, и убегал от людей в пустыню, где ночью и днем, в горах и гробах, кричал и бился о камни (Мк. 5, 4–5.)

Видя, что бежит прямо на них, полегли за камни; если бы не стыдно было покинуть Учителя, все разбежались бы. А Тот стоял, не двига-

---

[459] Lagrange, Marc, 173. – M. Brückner, Das fünfte Evangelium, 1910. S. 7.
[460] Soden, Reisebriefe aus Palestina, 1909. S. 57. – H. Guthe, Cerasa 1919.

ясь, – ждал. В ужасе, закрыли глаза, чтоб не видеть. Ближе, все ближе крик, топот ног, – и вдруг тишина. Открыли глаза и увидели: жалкий, не страшный, голый, избитый, израненный, лежит у ног Иисуса, а Тот, наклонившись к нему, смотрит на него, как мать на больного ребенка.

Что было потом, уже никто хорошенько не помнил, – слишком ни на что непохожее, страшное, чудное. Помнили только третью бурю, после тех двух, стихийной и человеческой, – звериную: в вихре пыли, пронесшееся, с неистовым визгом и хрюканьем, двухтысячное стадо свиней. Ринулось с отвесной кручи в озеро, и опять – тишина.

Люди из ближних селений сбежались, увидели: исцеленный бесноватый сидит у ног Иисуса, одет и в здравом уме; и тихо лицо его, светло, а над ним – лицо тишайшее, светлейшее. И, видя то, ужаснулись, как давеча пловцы, после бури на озере:

Кто же это?

Скоро узнают. Кто:

Царь ужасного величья.

Rex tremendae majestatis.

X

«*Нет, просто маленький жид, der kleine Jude*», – скажет Нитцше, скажут многие мудрые, славные, сильные мира сего, и будут правы: нищ, наг, презрен, поруган, оплеван, – «червь, а не человек», – «маленький жид». Но пристальней вглядятся в лицо Его и сойдут с ума от ужаса, падут к ногам Его, как тот Гадаринский бесноватый: «Не мучай меня!» – «Как тебе имя?» – «Легион, потому что нас много» (Мк. 5, 7–9.)

Да, много их сейчас, как никогда, – необозримое стадо свиней, готовых взбеситься и ринуться в омут с торжествующим визгом и хрюканьем: «Бесконечный прогресс, Царство Человеческое на земле!»

XI

В самом лице Иисуса, Петр не вспоминает, не изображает Марк ничего, кроме глаз, точнее, взора. Это и понятно: главное незабвенно-памятное в этом лице для Петра – «движущая сила» его – в глазах.

Чудно изменяющиеся, «разные» глаза, varii, – эта «особая примета в Апокрифе Лентула, – может быть, последний отзвук неизвестного нам предания-воспоминания, – подтверждается и Марком-Петром.

Перед исцелением сухорукого в Капернаумской синагоге, когда на вопрос Иисуса: «должно ли в субботу... душу спасти или погубить?» –

фарисеи молчат, – Он «оглядывает», «окидывает» их быстрым проницающим взором, περιβλεψάμενος, «с гневом, скорбя и жалея их (таков двойной смысл συνλυπούμενος) за ожесточение сердец их» (Мк. 3, 5.) Гнев, скорбь, жалость – все в одном взоре, изменяющемся, «разном», как многоцветный в грани алмаза, солнечный луч.

XII

А вот другой взор, еще более глубокий.

Издали бежит на Него, как Гадаринский бесноватый, и так же падает перед Ним на колени богатый юноша.

Учитель благий! что мне делать, чтобы наследовать жизнь вечную?

Общими словами отвечает ему сперва Иисус; «Знаешь заповеди»; но вдруг, глубоко «заглянув» в глаза его, ἐμβλέψας, «полюбил его».

Все, что имеешь, продай и раздай нищим... и приходи, следуй за Мною.

Когда же тот, весь «потемнев» в лице, στυγνάσας, «отошел с печалью», Иисус «окидывает» быстрым взором (περιβλεψάμενος, то же слово, как в исцелении сухорукого) учеников:

Как трудно богатому войти в Царствие Божие!

А когда те ужасаются:

Кто же может спастись?

взором любви, глубочайшим, чем тот, которым заглянул только что в глаза богатого юноши, – «заглядывает и в глаза» учеников:

людям это невозможно, но не Богу, ибо все возможно Богу (Мк. 10, 17–27.)

Первого взгляда Господня в Вифаваре, когда, услышав за Собою чьи-то шаги, Иисус вдруг, на ходу, оглянулся, увидел двух идущих за Ним, Иоанна и Андрея, должно быть, остановился и оглянулся сначала на обоих, а потом на одного: «что вам надобно?» – «Равви! где живешь?» – «Пойдите и увидите» (Ио. 1, 38–39), – этого первого взгляда никогда не забудет «ученик, которого любил Иисус», так же как Петр не забудет никогда того испепеляющего взгляда, с которым сказал ему Господь в Кесарии Филипповой:

Отойди от Меня, сатана! (Мк. 8, 33.)

XIII

Очи Его – как» пламень» Огненный, (φλόξ πυρός, (Откр. 1, 14; 19, 12), –

вспомнит-увидит, в двух неземных видениях, может быть, земные очи Его, если не сам «ученик, которого любил Иисус», то кто-то очень близкий к нему.

Если око твое будет чисто, то и все тело твое будет светло.

Огненно чисто око Иисуса, и все тело Его огненно светло, – только для *видящих,* конечно, а для слепых – как бы дневной, потухший светляк – серенький червь – «маленький жид»?

XIV

Кажется иногда, что Марково-Петрово, как в стремительном беге, задыхающееся: «тотчас, тотчас, тотчас»,[461] – идет не только от них, Петра, Марка, но и от самого Иисуса. В слове этом – как бы жадная стремительность пожирающего пламени.

Огонь пришел Я низвесть на землю; и как хотел бы, чтоб он уже возгорелся (Лк. 12, 49.)

В Его глазах, уже возгорелся. Лучше людей видят бесы этот для них ужасный и неодолимо влекущий их, огонь; издали бегут, летят на него, как ночные мотыльки на пламя свечи; обжигаются, падают, бьются, кричат:

Жжешь меня! Жжешь меня!

καιείς με, καιείς με [462]

Знают бесы, чего еще люди не знают, – что вспыхнет некогда мир в этом огне, и сгорит, как ночной мотылек.

XV

«Движущую силу», δύναμις, в лице Иисуса, в глазах Его, изображает Марк, особенно живо, в чудесах исцелений. Людям кажется она «колдовскою», «магической», то божеской, то бесовскою.

Книжники говорили, что Он имеет в себе Вельзевула, и что изгоняет бесов силою князя бесовского. (Мк. 3, 22.)

Жители Гадаринской равнины, по исцелении бесноватого, «просят Иисуса выйти из пределов их» (Мк. 5, 17), – вежливо, об огромном убытке не думая (две тысячи голов скота пропало), выгоняют Его, потому что неизвестно, какой еще беды наделает этот могучий и страшный «колдун».

«Был Иисус осужден, как чародей, маг, μάγος», – вспомнит и Трифон Иудей.[463]

---

[461] Д. Мережковский. Иисус Неизвестный, I т., I ч., III гл., Марк, Матфей, Лука, VII.
[462] Macar., Homel., XII, 9. – Resch, 205.
[463] Just., Dial. Tryph., c. 69. – Osk. Holtzmann, Leben Jesu, 1901. S. 15.

XVI

Взгляд Его, «пронзительный» – «проникающий, острее всякого меча обоюдоострого, до разделения души и духа, составов и мозгов» (Евр. 4, 12), есть главное орудие целящей силы Его. Взглядом этим отмыкает Он двери чужого тела, как хозяин дома – ключом, и входит в него, как в Свое.

Но, прежде чем исцелить больного, должен с ним Сам заболеть, чтобы и выздороветь с ним же. Вот почему больной ближе Ему, в миг исцеления, чем ребенок – матери. «Дочерью» называет Он кровоточивую жену; «сыном», «дитятей», τέκνον, – Капернаумского расслабленного (Мк. 5, 34; 2, 5), только потому, что люди не знают большей любви, чем та, что в этих словах; но Он знает.

Все болезни, по Евангелию, – «бичи», μάστιγες (Мк. 3, 10), – Божьи казни за временные грехи, или за вечный, первородный грех (Ио. 9, 2.) Тело свое, вместо тела больного, и подставляет врач Иисус под эти «бичи», как бы говорит Сын Отцу: «его ударишь, и Меня; его пощадишь, и Меня». Чашу всех страданий человеческих выпьет на Голгофе сразу, а здесь, в исцелениях, пьет ее медленно, капля по капле. Вот где мы уже не отвлеченно понимаем, а осязательно, всею нашею страдающей плотью, чувствуем, или могли бы почувствовать, что значит:

взял на Себя наши немощи и понес наши болезни... ранами Его мы исцелились (Ис. 53, 4–5.)

XVII

Все врачи внешние, мнимые; Врач единственный, внутренний – Он.

Женщина, которая страдала кровотечением (месячным, ρύγε αἵματος *) двенадцать лет, много потерпела от многих врачей, издержала на них все имение свое и не получила никакой от них пользы, но пришла еще в худшее состояние, – услышав об Иисусе, подошла к Нему сзади, в толпе, и прикоснулась к одежде Его.*

Ибо говорила: если только к одежде Его прикоснусь, буду здорова. (Мк. 5, 25–28.)

Сзади подошла, потому что стыдилась болезни своей, таила ее от людей, так же, как все таят друг от друга вечную «стыдную рану» свою – пол.

Марк забыл, помнят Матфей и Лука, что прикоснулась не к самой одежде Его, а к тем висевшим по краям ее, «кистям», по-гречески κράσπεδα, по-еврейски tsisi или kanaf,[464] о которых сказано в Законе:

---

[464] J. Klausner, Jesus of Nazareth, 1929, p. 464. – Lagrange, Luc, 1927, p. 253.

сказал Господь Моисею: объяви сынам Израилевым и скажи им, чтобы делали себе кисти по краям одежд своих, в роды их, и вплетали в те кисти нити из голубой шерсти. И будут они в кистях у вас для того, чтобы вы, глядя на них, вспоминали все заповеди Господни. (Числ. 15, 36–40.)

Некогда носили их все Иудеи; во дни же Иисуса, только вернейшие блюстители Закона, в том числе, и рабби Иешуа:

Ни одна черта и ни одна йота не прейдет из Закона. (Мт. 5, 18.)

XVIII

Низко, должно быть, наклонившись к земле, почти ползком, чтобы достать до низко висевших кистей, с опасностью быть раздавленной в толпе всех имевших «язвы-бичи» и «кидавшихся на Него, чтобы прикоснуться к Нему» (Мк. 3, 10), сзади подкралась, как воровка, прикоснулась пальцем или краем уст к одной из серых от пыли, от солнца вылинявших, уже не голубевших, кисточек, и чудо совершилось: вышедшей из Него «силой», как молнией пронзенная вся затрепетала у ног Его,

И тотчас иссяк в ней источник крови; и ощутила в теле своем, что исцелена от болезни.

Скрыться хотела в толпе, но не успела.

Иисус, почувствовав, что вышла из Него сила, –

(так же грозовая туча, если бы могла чувствовать, ощутила бы вышедшую из нее молнию) –

оглянулся в толпе и сказал: кто прикоснулся ко Мне?

Видишь, что народ теснит Тебя, а Ты спрашиваешь: «кто прикоснулся ко Мне?»

– ответил Петр, с нетерпением, как будто забыв, с Кем говорит.

Но Он озирался, чтобы видеть, кто это сделал. Женщина, в страхе, и трепете, видя, что не утаилась... подошла и, падши перед Ним... сказала всю истину.

Он же сказал ей: дочь! не бойся, вера твоя спасла тебя; иди с миром (Мк. 5, 29–34; Лк. 8, 45–47; Мт. 9, 22.)

Тело Свое подставил и под этот «бич»; принял на Себя и эту «стыдную рану» всего человечества – пол.

XIX

«Плакал порой, но никогда не смеялся», «aliquando flevit, sed nunquam risit», – верно угадывает или вспоминает Лентул. Вовсе, может быть, не человеческая и даже не звериная, а дьявольская судорога смеха никогда не искажала этого единственного, совершенно-человеческого лица.

Никогда не смеялся, но улыбался наверное. В скольких притчах – улыбка Его, живая, как на живых устах. Можно ли себе представить и в ту минуту, когда обнимает детей, лицо Его без улыбки? «Радостен был, весел», hilaris, – верно опять вспоминает или угадывает Лентул.

Очень маленькие дети тоже плачут, но не смеются, и потом, когда уже начинают смеяться, делают это все еще неумело, как бы неестественно, и тотчас после смеха, становятся опять серьезными, почти суровыми: на лицах их – как бы еще не сошедший с них отблеск неземного величья.

К детям Иисус ближе, чем к взрослым.

Я был среди вас с детьми и вы не узнали Меня. [465]

Если мы не обратимся и не будем, как дети, то в царство Его не войдем и лица Его не увидим.

Ищущий Меня найдет среди семилетних детей, ибо Я, в четырнадцатом Эоне – (глубочайшей вечности) – скрывающийся, открываюсь детям. [466]

Приносили к Нему детей, чтоб Он прикоснулся к ним...
И, обняв их, возложил руки на них и благословил их. (Мк. 10, 13, 16.)

В нашем грубом мире, – кажется иногда, грубейшем из всех возможных миров, – это самое нежное – как бы светлым облаком вошедшая в него, плоть иного мира. Понял бы, может быть, всю божественную прелесть лица Его только тот, кто увидел бы его в этом светлом облаке детских лиц. Взрослые удивляются Ему, ужасаются, а дети радуются как будто, глядя в глаза Его, все еще узнают, вспоминают то, что взрослые уже забыли, – тихое райское небо, тихое райское солнце.

XX

Детское к Иисусу ближе взрослого; ближе мужского – женское.

«Сын Марии», – это имя Его у всех на устах в Назарете (Мк. 5, 3), не потому, конечно, что Иосиф тогда уже умер, и о нем забыли, – «сын Давида, сын Иосифа», это помнили по всей стране и меньше всего могли забыть на Иисусовой родине. Он – «сын Марии», а не Иосифа, вероятно, потому, что Сын не в отца, а в мать; так похож на нее лицом, что, глядя на Него, все невольно об отце забывают, помнят только о матери.

---

[465] Pseudo-Mattheus, 30, 4. – W. Bauer, 95.
[466] Hippol, Philos., V, 7.

Если Лука не случайно сближает эти два лица, в двух родственных по корню словах: κεχαριτωμένη χάρις, и, gratiosa, gratia: «радуйся, Благодатная – Божественно-прелестная»; «в прелести возрастал Иисус» (Лк. 2, 52), – то историческая подлинность и этой черты – сходства Иисуса с матерью, – как и всех остальных, уцелевших в Нерукотворном Лике, подтверждается Евангелием.

«Был Он лицом, как все мы, сыны Адамовы», – говорит Иоанн Дамаскин, ссылаясь, вероятно, на древние, может быть, первохристианские свидетельства, и прибавляет одну черту, должно быть, особенно врезавшуюся в память видевших лицо Иисуса: «был похож на Матерь Свою».[467]

Ту же черту, теми же почти словами, напоминает, ссылаясь, кажется, на других, помимо Дамаскина, древнейших свидетелей, Никифор Каллист: «было лицо Его похоже на лицо матери»; и повторяет, настаивает, видимо тоже чувствуя драгоценную подлинность этой черты: «был Он во всем совершенно подобен Своей Божественной Матери».[468]

Это и значит: вечно-девственное в Сыне Девы.

XXI

Вспомним апокриф Pistis Sophia о совершенном подобии Отрока Иисуса и Духа, Матери Его, Сестры, Невесты:

глядя на Тебя и на Него – (на Нее), мы видели, что Вы совершенно подобны. И Дух обнял Тебя и поцеловал, а Ты – Его. И Вы стали одно.[469]

В первом Адаме, бессмертном, до сотворения Евы, два были одно,[470] а потом разделились на мужчину и женщину, и через это разделение – «стыдную рану», пол-смерть вошла в мир: люди стали рождаться, умирать. Два будут снова одно во втором Адаме, Иисусе, чтобы победить смерть.

... Будучи кем-то спрошен, когда придет царствие Божие, Господь сказал: когда два будут одно... и мужское будет, как женское, и не будет ни мужского, ни женского.[471]

---

[467] Johan. Damasc., Opp., ed Lequien, t. I, p. 631. – Hase, 259. – G. A. Müller, 45.
[468] Nicefor. Kallist., Hist. Eccl., I, 40.
[469] Pist. Soph., с. 60. – Henneke, I, 102.
[470] Philon., de opific. mundi, I, 32: первый Адам, бессмертный, «Мужеженщина», ἀρσενόθηλυς.
[471] Clement. Roman., II, 12. – Resch, Agrapha, 93.

XXII

«Ты прекраснее сынов человеческих». – «Иисус, действительно, прекраснее всего в мире и самого мира. Когда Он появился, то как солнце, затмил Собою звезды.[472] Чем же красота Его больше всех красот мира? Тем, что она ни мужская, ни женская, но «сочетание мужского и женского в прекраснейшей гармонии».[473]

«Я победил мир» (Ио. 16, 38), мог сказать только совершенный Муж. Но, глядя на Сына, нельзя не вспомнить о Матери:

Блаженно чрево, носившее Тебя, и сосцы. Тебя питавшие! (Лк. 11, 27.)

Он в Ней – Она в Нем; вечная женственность – Девственность – в Мужественности вечной: Два – Одно. Люди недаром любят Их вместе. Нет слова для этой любви на языке человеческом, но, сколько бы мы ни уходили от Него, ни забывали о Нем, – вспомним когда-нибудь, что только эта любовь к Нему – к Ней – спасет мир.

XXIII

То, что мы чувствуем или когда-нибудь почувствуем, в поисках живого лица Его, обратно подобно тому, что чувствовали ученики Его на горе Елеонской, в день Вознесения.

Вывел их (из Иерусалима)... и, подняв руки Свои, благословил их. И, когда благословлял, стал отдаляться от них, διέστη ἀπ' αὐτῶν, *и возноситься на небо.* (Лк. 24, 50–51.)

Медленно отдаляясь, все еще благословляет их, смотрит на них; все еще видят лицо Его. Но дальше, дальше, – и уже не видят; видят только уменьшающееся тело, – как бы отрока – младенца – голубя – бабочки – мошки, – и совсем исчез. Но все еще смотрят пристально жадно в пустое небо, ищут глазами в пустоте.

И когда они смотрели на небо... вдруг предстали им два мужа в белой одежде, и сказали: мужи Галилейские! что вы стоите и смотрите на небо? Сей Иисус вознесенный (восхищенный – ἀναληφθείς *от вас на небо, так же придет (снова), как вы видели Его восходящим* (Д. А. 1, 11.)

Сами знают, что придет. Но что из того? Сколько веков – вечностей ждать! А сейчас – одни: здесь, на земле, живого лица Его уже никогда не увидят, голоса живого не услышат никогда. И пусто, страшно в мире, как будто умер, воскрес, и снова умер.

---

[472] В. Розанов, Темный лик, 1914, с. 264.
[473] Heracl., fragm. 8, 10, 67.

С радостью великою возвратились в Иерусалим, – сообщает Лука (24, 52.) Но до того, как наступила радость, была же скорбь: если бы не было ее, не любили бы Господа.

То, что началось тогда, на горе Елеонской, продолжалось две тысячи лет в христианстве, до какой-то очень близкой к нам, но еще невидимой, точки в прошлом или будущем, где произошло или произойдет в нас нечто подобное тому, что испытали бы люди, летящие внутри снаряда с земли на луну, там, где земное притяжение кончается и начинается лунное: медленно сначала, постепенно, нечувствительно, а потом, внезапно, неимоверно, головокружительно, перевернулось бы для них все: только что летели вверх, и вот уже падают вниз. Так и для нас, в какой-то никем не замеченный миг между двумя Пришествиями, первым и вторым, двумя притяжениями, вдруг перевернулось или перевернется все. С этого-то мига и началось, или начнется, в наших поисках Лика Господня, обратно подобное тому, что испытали ученики Господни на горе Елеонской, в день Вознесения: так же пристально жадно смотрим и мы в пустое небо; но там, где для них последняя точка возносящегося тела Его исчезла, – для нас первая точка тела Его, нисходящего, появится; от них отдалялся–к нам приближается; была разлука – будет свидание. В этой единственной точке, как это ни удивительно, ни страшно, мы, несчастные, ничтожные, грешные, блаженнее тех Великих, Святых.

XXIV

Да, как это ни страшно для нас, мы, люди Конца, Второго Пришествия, ближе, чем кто-либо за две тысячи лет христианства, к тому, чтобы увидеть лицо Его – молнию.

Ибо, как молния исходит от востока и видна бывает даже до запада, так будет пришествие Сына человеческого. (Мт. 24, 27.)

Мир испепеляющая молния, землю и небо колеблющий гром, – от Него, а в Нем – тишина «Ты – Сын Мой возлюбленный. Ты – Мой покой – Моя тишина», – говорит Матерь Дух.

Мы еще глазами не видим, но уже сердцем знаем: чудо чудес, тихая, вечная молния, – вот Его лицо.

Конец первой книги о тайной жизни Иисуса Неизвестного.
Следует книга вторая о явной жизни Его, смерти и воскресении.

ТОМ ВТОРОЙ

Часть I. Служение Господне

1. Кана Галилейская

I

«Время исполнилось, и приблизилось царство небесное; покайтесь (обратитесь) и веруйте в Блаженную весть» (Мк. 1, 15), – начал Иисус проповедовать, сойдя в Галилею с Иудейской нагорной пустыни, где искушаем был дьяволом, а в Иерусалиме, дня за три до смерти, кончил так: *Царство небесное подобно человеку царю, который сделал брачный пир для сына своего.*
И послал рабов своих звать званых на брачный пир; и не захотели прийти. (Мт. 22, 2–3).

Вспомнил ли Иисус в эти последние дни Свои тот первый день, когда пришел к людям с Блаженной Вестью о Царстве Божьем? Если первое и последнее, начало и конец, есть главное во всяком деле, то, судя по такому концу и такому началу, главное в деле Господнем есть Царство Божие, брачный пир, где Мать Земля – невеста, а Сын Человеческий – жених.

II

Брачный пир у синоптиков – в слове, а в IV Евангелии, – в деле, в «чуде-знамении».

В Кане Галилейской положил Иисус начало знамениям, ἀρχήν τῶν σημείων *, и явил славу Свою. (Ио. 2, 11.)*

Тотчас после Вифавары-Вифании, первого явления славы, – второе, – Кана Галилейская; после крещения в воде – претворение воды в вино. Это связано с тем не только внешне, по времени, но и внутренне, по смыслу; то противополагается этому: пост и пир, скорбь и радость, вода и вино, закон и свобода. Сам Иисус противополагает Себя Иоанну Крестителю:

до Иоанна – закон и пророки, а после него, царство Божие благовествуется. (Лк. 16, 16.)

Но кому уподоблю род сей? Детям подобен он, которые, сидя на площади, перекликаются, мы играли вам на свирели, и вы не плясали; мы пели вам надгробные песни, и вы не рыдали. Ибо пришел Иоанн – не ест, не пьет; и говорят. «В нем бес». Сын человеческий пришел, – ест и пьет, и говорят. «Вот обжора и пьяница», φάγος καὶ οἰνοπότης *(Мт. 11, 16–19.)*

Последних двух кощунственно-грубых слов смягчать не следует: знает, конечно, Господь, что делает, когда вспоминает их, с какой, должно быть, грустной и к человеческой глупости милосердной усмешкой!

«Лучше бы этого пьяного чуда не было вовсе в Евангелии», – думают о Кане трезвые, так называемые нравственные, люди, «сухие» от вина, но не от крови, которую лили на войне, как воду, вчера и будут лить завтра. То же могли бы и подумать и многие из нынешних **как будто** христиан, будь они поискреннее перед собой и читай Евангелие менее слепыми от привычки глазами. И надо правду сказать: «пьяное чудо» как будто нарочно рассказано так, чтоб это подумали «трезвые».

III

В брачной горнице для «очищения иудейского», омовения рук и ног перед трапезой, шесть водоносов, огромных каменных чанов, по три меры воды в каждом (Ио. 1, 6). Греческая мера жидкости, **метрет**, иудейская – **бат** (bath), – около 40 литров:[474] в каждом чану-водоносе три-четыре меры – от 80 до 120 литров; в шести – от 500 до 700. Слуги наполняют их водою «доверху», «до края» (Ио. 2, 7): помнит рассказчик и эту подробность, видимо радуясь всему, что усиливает впечатление полноты и щедрости дара.

---

[474] W. Bauer, Das Johannes Evangelium, 1925, S. 42. – Joh. Weiss Die Schrifen des N. T., IV, 1920, S. 57.

Свадебные пиры длились, по тогдашнему иудейскому обычаю, не менее трех, а иногда и семи дней. Судя по огромному количеству воды в шести чанах, достаточному для омовения множества гостей, дом – большой и богатый; должно быть, и запас вина обильный. Если же истощился он весь, и так неожиданно, что для пришедших с Иисусом новых гостей вина не хватило (а нового негде было, вероятно, купить в маленьком городке-селении), то значит, все эти дни пили очень много.

Худшее вино (слабейшее) подают, когда люди напьются, а ты хорошее (крепчайшее) сберег доселе (Ио. 2, 10), –

шутит с женихом, как будто чересчур весело-пьяно, **архитриклин**, начальник слуг (столько их в доме, что нужен начальник: тоже признак богатого дома). Значит, и в тот день, когда приходит на пир Иисус, гости уже напились; и вот, шесть новых, полных до края, чанов – по-нашему, бочек, чтоб не прекращался пир.

Этого «пьяного чуда» никогда не поймут трезвые, но, может быть, поймут такие святые, Господним вином упоенные, как Франциск Ассизский и Серафим Саровский.

Духа Бог дает не мерою. (Ио. 3, 2.) *Приняли же мы все от полноты Его… благодать на благодать* (Ио. 1, 16), –

радость на радость, щедрость на щедрость, или, как сказали бы те, на Канском пиру упоенные, – «меру на меру». Да, надо самому опьянеть, чтобы понять это пьяное чудо.

IV

Вспомним иудейских прозелитов, эллинов, пришедших к Иисусу за шесть дней до Голгофы и услышавших слова Его о святейшей тайне Елевзинских мистерий:

если пшеничное зерно, падши в землю, не умрет, то останется одно;

если же умрет, то принесет много плода. (Ио. 12, 24.)

Вспомним, что простонародный греческий язык, на котором написано Евангелие, так называемый «общий», koinê, есть язык мистерий, «объединяющих род человеческий», по слову Претекстата,[475] язык первых двух объединителей, бога Диониса и Александра Великого; вспомним, что Павел, апостол язычников, а за ним и вся Церковь до наших дней называет величайшие святыни свои тем же словом, какое произносилось в Елевзинском святилище: mysteria. Вспомним все это, и мы,

---

[475] Schelling, Philosophie der Offenbarung, 1858, S. 523. – Д. Мережковский, Тайна Запада II, Боги Атлантиды, 10, Елевзинские Таинства, VI, стр. 380.

может быть, поймем, почему в самом эллинском, «общем», koinê, и всемирном из четырех Евангелий, Кана Галилейская, первая вечеря Господня, с претворением воды в вино, так же как последняя – с Евхаристией, претворением вина в Кровь, суть два наиболее всемирных «чуда-знамения», в которых Иисус, объединив род человеческий, действительно «явил славу Свою».

V

Смешивать Христа с Дионисом – грубое кощунство и невежество. Но если, по глубокому слову Августина, «то, что мы называем христианством, было всегда, от начала мира, до явления Христа во плоти»,[476] то в Дионисовых таинствах достигнута, может быть, высшая, и ко Христу ближайшая, точка в дохристианском человечестве. В этом смысле, все язычество есть вечная Кана Галилейская, уныло-веселое пиршество, где люди, сколько ни пьют, не могут опьянеть, потому что вина не хватает, или вино претворяется в воду. «Нет у них вина» (Ио. 2, 3), – жалуется Господу Мать Земля милосердная, как Дева Мария, матерь Иисуса. Вина нет у них и не будет, до пришествия Господа.

Жаждут люди, уже за много веков до Каны Галилейской, истинного чуда, претворяющего воду в вино, и чудесами ложными не утоляется жажда.

В хоре Еврипидовых «Вакханок», кличет Вакх: «Эвое!» и земля вместо воды в родниках, источает вино.

Тирсом в скалу ударяет мэнада, – льется вода;
в землю вонзает свой тирс, – брыжжет вино,[477]

Но верит ли сам Еврипид в это Вакхово чудо, так же как Плиний Натуралист в чудо на о. Андросе, в источнике Дионисова храма, где в январские ноны, по римскому календарю, а по христианскому, в тот самый день, когда вспоминалась в древней церкви, вместе с Богоявлением, Кана Галилейская, – вода претворялась в вино?[478]

VI

Воду в вино претворяет Господь на первой вечере, явной, в Кане Галилейской, а на последней, Тайной, – претворит вино в кровь.

---

[476] A. Jeremias, Die Ausserbiblische Eri ösererwartung, 1927, S. 6.
[477] Euripid., Bakkhai, v. v. 140–141; 705–706.
[478] Plin. Natur., Hist. II, 231. – Joh. Weiss, Die Schriften des N. T., IV, 59. – W. Bauer, Das Johanes-Evangelium, 1912, S. 44.

Я есмь истинная лоза, а Отец Мой – виноградарь. – Сие сказал Я вам... да радость ваша будет совершенна. (Ио. 15, 1, 11.)

Что это за радость, и почему обе двери Евангелия, вход и выход, заткнуты одной виноградной лозой, с одинаково рдеющими гроздьями, – этого никогда не поймут человечески трезвые – те, кто главного чего-то о себе, о мире и Боге не знают; это поймут только божественно-пьяные, потому что знают они или узнают когда-нибудь, что не утоляющее жажды, слабое и грубое, земным вином опьянение, есть только вещее подобие, знамение, иного, иным вином опьянения, всеутоляющего.

Я есмь лоза, а вы ветви; кто пребывает во Мне, и Я – в нем, тот приносит много плода; ибо без Меня не можете делать ничего. (Ио. 15, 5.)

Знают они, или когда-нибудь узнают, что надо человеку «выйти из себя», чтобы войти в Бога; душу свою «потерять», «погубить», чтобы «найти», «спасти». В этой-то высшей точке и прикасается тень к телу, Дионис – ко Христу.

Вышел из себя, ἐξέστη (Мк. 3, 21), –

скажут о Нем, единственно-божественно-пьяном, трезвые, тем же словом, как о посвященных в Дионисовы таинства.

Трепет объял их и ужас-восторг, ἔκστασις (Мк. 16, 8), –

скажет Марк-Петр о женах, «пришедших весьма рано, при восходе солнца», ко гробу воскресшего Господа (Мк. 16, 2). Если бы не этот «восторг», «исступление», «выхождение из себя», *Экстаз*, то не узнали бы они, не увидели, что Христос воскрес.

VII

«Землю целуй и ненасытимо люби... ищи *восторга* и исступления сего... и не стыдись; дорожи им, ибо оно есть дар Божий, великий, да и не многим дается, а избранным», – завещает старец Зосима Алеше Карамазову,[479] и в чудном, у старцева гроба, видении вспомнит Алеша эти слова.

«Кана Галилейская... первое, милое чудо! Радость людскую, а не горе посетил Христос... Чудо сотворив в первый раз, радости людской помог... Но кто это? Почему раздвигается комната?.. Кто встает?..» Встал лежащий во гробе, подошел к Алеше.

– «Тоже, милый, тоже зван, – раздается над ним тихий голос. – Веселимся, пьем вино радости новой... Видишь ли Солнце наше?»

– «Боюсь... не смею глядеть...»

---

[479] Достоевский, Братья Карамазовы, VI, Русский инок.

– «Не бойся. Страшен величием... но милостив к нам бесконечно, нам из любви уподобился, и веселится, воду в вино превращает, чтоб не пресеклась радость гостей... новых ждет, новых зовет, и уже на веки веков. Вот и вино несут новое».

«Что-то горело в сердце Алеши... Слезы *восторга* – (исступления, экстаза) – рвались из души его. Руки простер, вскрикнул, проснулся... Опять гроб, и тихое чтение Евангелия. Алеша глядел на гроб, на закрытого, недвижимого, протянутого в гробу, мертвеца... Только что слышал он голос его, голос этот еще раздавался в ушах его. Он еще прислушивался, ждал... Но вдруг вышел из кельи... Полная *восторга* душа его жаждала свободы. – Над ним широко, необозримо опрокинулся небесный купол, полный тихих, сияющих звезд. – Тишина земная как бы сливалась с небесною, тайна земная соприкасалась со звездною. – Алеша стоял, – смотрел, и вдруг, как подкошенный, повергся на землю. – Целовал ее, плача, рыдая... и *исступленно* клялся любить ее во веки веков. – «Землю облей слезами радости твоей и люби сии слезы твои», – прозвенело в душе его. О чем плакал он? О, он плакал, в *восторге* своем, даже и об этих звездах, которые сияли ему, и «не стыдился *исступления* сего». Нити ото всех этих бесчисленных миров Божиих как будто разом сошлись в душе его, она трепетала, соприкасаясь с мирами иными», – с таким же «восторгом-ужасом», как души тех жен у гроба Господня.[480]

Вот что значит: от чуда опьянеть – чудо понять, чудо совершить, – претворить воду в вино.

VIII

«Было это или не было?» – чтобы об этом спросить Алешу и, услышав ответ его: «Было! Кто-то посетил мою душу в тот час», – все-таки решить: «галлюцинация», – каким надо быть лакеем Смердяковым, хотя бы и ученым, премудрым, во всеоружии «Критики чистого разума»! Но, кажется, надо быть лакеем во сто крат большим, чтобы спросить ев. Иоанна: было это или не было?»

«Все про неправду написано», «голый вымысел», – кто так решил и на этом успокоился, тот очень плохо знает историю, а души человеческой не знает совсем. Как же не понимают левые критики, что для такого «вымысла» надо быть не ев. Иоанном, все равно, учеником ли, «которого любил Иисус», или неизвестным Иоанном Пресвитером, а противоестественной помесью утонченного скептика II века с грубым циником XX века, т. е. баснословнейшей из всех химер.

---

[480] Ibid., VII, Кана Галилейская.

Нет, Кана Галилейская – не «вымысел». Что-то произошло в ней действительно, из чего родился евангельский рассказ. Что же именно? Этого мы, разумеется, никогда не узнаем с точностью. Главное, что здесь затрудняет исследование, есть общее свойство всех исторических свидетельств IV Евангелия. Мастер, никем не превзойденный, в том, что живописцы называют «светотенью», «chiaroscuro», смешивает Иоанн свет ярчайший с глубочайшею тенью, в таких неуловимых для глаза переливах-слияниях, что чем больше мы вглядываемся в них, тем меньше знаем, действительно или призрачно то, что мы видим.

Рано, когда еще было темно, приходит Мария Магдалина ко гробу. (Ио. 20, 1.)

Во всем IV Евангелии такая темнота раннего утра. В винчьевской живописи происходит нечто подобное. Может быть, в Моне Лизе живой мы не узнали бы той, что на портрете, из чего, однако, не следует, что не было живой: так, из того, что мы не узнаем исторической Каны Галилейской в Евангельской, не следует вовсе, что исторической не было.

Два порядка смешивает или нарочно соединяет Иоанн, – Историю и Мистерию, так что все его свидетельство – полуистория, полумистерия; смешивает, или нарочно соединяет, явь с пророческим сном, с тем, что он называет «знамением», σημεῖον, а мы называем «символом», «подобием», – так что все у него, – как полуявь, полусон. Это надо помнить, чтобы понять, что произошло в Кане Галилейской.

IX

Скрытое в свидетельстве Иоанна, исторически-твердое тело осязается лучше всего в таких для нас невообразимых, ненаходимых чертах, как эта:

нет у них вина, –
говорит Мать, а Сын отвечает:
что Мне до тебя, женщина? τί ἐμοί καί σοί γύναι (Ио. 2, 3–4).

Сколько бы ни сглаживали этой режущей остроты, – не сгладят. («Что Мне и тебе, женщина?» – хотя и буквальный, но, по смыслу и по множеству других примеров на тогдашнем простонародном греческом языке, koinê, неверный перевод.) Слово это надо принять, как оно есть: вслушаться ухом, не оглохшим от двухтысячелетней привычки, в эту, для нас «фальшивую ноту», как бы от железа по стеклу скрежещущий звук, – так, как будто мы слышим его в первый, а не в тысячный раз; надо «удивиться-ужаснуться» ему до конца, – и может быть, мы поймем, что, если в нашей человеческой музыке нужны диссонансы для высшей гармонии, для высшего лада – разлады, то и в музыке божественной. Евангелии, – тоже.

Только что услышав в Вифаваре-Вифании глас Матери своей Небесной, Духа: «Ты – Сын Мой возлюбленный: в сей день Я родила Тебя», – не мог бы сказать Иисус земной матери: «Мать», так же как земному отцу: «Отец»; мог – только Небесной Матери и Отцу Небесному.[481]

Вот почему и в слове любви нежнейшей, какая только была на земле, когда, вися на кресте, Сын глазами укажет матери на любимого ученика, брата Своего нареченного, – Он не назовет ее «матерью».

Женщина! вот сын твой. (Ио. 19, 26.)

Мог ли бы Он так назвать ее, если бы не знал, что и ей открыта эта святейшая тайна сердца Его – любовь, соединяющая Их обоих, земную и Небесную?

Вот в какую глубину сердца Господня мы заглядываем сквозь «светотень» Иоанна, как сквозь темную ясность вод – в их глубину бездонную; вот для какой божественной гармонии нужен этот диссонанс человеческий.

Тайно пил Иоанн из сердца Господня, –
Ex ilio pectore in secreto bibebat, –

скажет бл. Августин.[482] Только возлежавший у сердца Его – мог пить из него так, как пчелы пьют мед из цветов. «Женщина», вместо «матери», – горькая, на языке человеческом, полынь, а на языке ангельском – сладчайший мед сердца Господня.

X

Ранним, еще темным утром, когда особенно крепок и сладок сон, мать будит спящего Сына, потому что знает, что час Его пришел, Царства Божьего солнце встает, брачный пир готов, а спящий не хочет проснуться, молит не будить: «Что Мне до тебя, женщина?» Но когда говорит: «Час Мой еще не пришел», – знает, что уже пришел.

Отче! избавь Меня от часа сего (Ио. 12, 27), –

---

[481] Мы не поймем Евангелия (особенно, IV) пока не только не поймем разумом, но и в религиозном опыте не осуществим того, что на родном языке Иисуса и матери Его, еврейско-арамейском, «Дух» – не мужского рода, как Spiritus, и не среднего, как ἀρσενοθηλυς, а женского, Rucha, Ruach, что, разумеется, ничуть не колеблет христианского догмата о Пресвятой Троице, но освещает его новым светом и открывает в нем Лицо Неизвестное. – Д. Мережковский, Иисус Неизвестный, I т., II ч., гл. VI, «Рыба-Голубь».

[482] August., Tract, in Johan., 36.

скажет и Отцу Небесному, в тот канун последнего дня, так же, как в этот – первого, говорит матери земной. Если говорит ей о часе Своем, то, верно, потому, что знает и она, что это за час для Него. Это видно уже из того, что она велит слугам:

Что бы Он вам ни сказал, то сделайте. (Ио. 2, 5.)

Знает ли мать, что не только вода претворится в вино, но и вино в кровь? И если знает, то для этого ли будит спящего, торопит Его, как бы своими руками толкает на это?

Кажется, видишь два эти сближенных, таких друг на друга похожих лица, Сына и Матери; кажется, слышишь таинственный сговор, почти без слов, только в быстро обмененных взорах. И опять «светотень» бездонных глубин, лада небесного земной разлад, диссонанс божественной гармонии; полынь человеческая – ангельский мед.

Если бы мы больше знали Неизвестного, любили Нелюбимого, то может быть, поняли бы, что все равно, был или не был в Кане Галилейской тот, кого мы называем «евангелистом Иоанном», – он как будто своими глазами видел, своими ушами слышал все; возлежал у сердца Господня и «тайно из этого сердца пил».

XI

Первая, исторически подлинная канва Иоаннова свидетельства о Кане Галилейской – вероятно, очень древнее, простодушно-простонародное сказание или, не будем бояться слов, «легенда» только что ко Христу обратившихся прозелитов-эллинов (их здесь, в Галилее «языческой», множество), посвященных в Дионисовы таинства и еще кое-что помнящих о чуде, для них уже не истинном, неутоляющем – претворении воды в вино, кровь лозную (Дионис – Лоза). Очень вероятно, что и в этой легенде мы могли бы прощупать исторически твердое тело.

Кана Галилейская, в отличие от всех других, вне Галилеи, соседних местечек, под тем же именем «Кана» (эта географическая точность – лишний признак не «голого вымысла»), кажется, нынешнее селение Kephar Kenna, в пяти километрах к северо-востоку от Назарета, на пути в Капернаум, есть место действия, а время – первый день служения Господня, или канун этого дня.[483] Нет причины сомневаться в исторической точности этих двух свидетельств.

Идучи из Капернаума в Назарет, Иисус действительно мог зайти в Кану и быть зван на брачный пир, вместе с матерью и перешедшими к

---

[483] Th. Zahn, Das Evangelium des Johannes, 1921, S. 151–152.

Нему от Иоанна Крестителя учениками, что подтверждается и другим свидетельством IV Евангелия:

после того (Каны Галилейской) пришел Он в Капернаум, Сам и матерь Его... и ученики. **(Ио. 10, 2–12).**

Самое же для нас драгоценное в возможном исторически подлинном ядре сказания, это не внешнее, а внутреннее: земная, простая, простым людям доступная, так же физически, как вино их виноградников, пьянящая радость первого дня Господня. «Тихие люди земли», амгаарецы, чистые сердцем, нищие духом, первые увидели что-то в лице рабби Иешуа, поняли в Нем что-то если не умом, то сердцем, от чего обрадовались так, что «вышли из себя»; поняли – увидели чудо Экстаза, претворяющее воду в вино.

XII

Чудо для них, а для нас что?

Десять евангельских стихов о Кане Галилейской – десять загадок – «светотеней». Иоанн слишком хорошо знает синоптиков (в этом никто из критиков не сомневается), чтобы забыть об Искушении. «Камень сделай хлебом», «воду сделай вином» – два одинаковых чуда; если то отверг Господь, как искушение дьявола, то мог ли принять это, как волю Отца?

Кажется, выйти из этого противоречия нельзя иначе, как предположив два, для двух чудес, порядка: для камней-хлебов – Историю, для воды-вина – Мистерию. Сам евангелист называет Кану не «чудом», teras, а «знамением», sêmeïon, так же, как все «чудеса» Господни. Здесь-то, может быть, и ключ ко всему.

Между «чудом», в собственном смысле, и «чудом-знамением» – существенная разница. Только вне человека совершается то, а это – и вне, и внутри. Чудо есть нарушение законов естественных; знамение может им и не быть. Всякое явление, когда просвечивает сквозь него то, что за ним, становится «чудом-знамением».

Alles vergängliche
Ist nur ein Gleichniss.
Все преходящее,
Есть только знак, –

знамение, символ. В толще внешнего опыта, опытом внутренним истонченное, опрозраченное место, как бы узником в стене процарапанная щель; кем-то из того мира в этот поданный знак-мановение; как бы сполох зарницы в ночи – вот что такое «чудо-знамение». Всякое естественное, под свет такого сполоха попавшее явление может сделаться, в этом смысле, «чудом».

XIII

Чудо объяснять «малым разумом», rationalismus vulgaris, значит радовать глупых, старых бесов, огорчать мудрых детей, Ангелов. Чудо – как живое сердце: объяснить его значит обнажить, убить.

Слишком легко догадаться, что «нет у них вина», значит: «вина сейчас *не будет»*. Не сразу же все истощилось, кое-что могло сохраниться в нескольких из шести огромных водоносов-чанов, или других, подобных им, сосудах. Так же легко догадаться, что «наполните сосуды водою» может значить: «долейте», «дополните», и что гости, уж конечно, не только вином упоенные, пили бы и это разбавленное вино, как цельное. Но все такие догадки малого разума идут мимо евангельского чуда-знамения.

В мертвых ли сосудах претворяется вода в вино, или в живых сердцах? Спрашивать об этом могут лишь такие несчастные, трезвые, как мы, но не Господним вином упоенные.

XIV

«В лозах претворяет воду в вино Тот же, Кто претворил ее в водоносах Каны Галилейской; но мы тому чуду не удивляемся, потому что привыкли к нему», – учит бл. Августин, объясняя чудо, уж конечно, не от «малого разума».[484]

Солнце мира, сердце Господне, везде и всегда претворяет воду в вино, вино в кровь. Мертвое в живое претворяющая сила, чей слабый отблеск мы называем «Эволюцией», есть вечная тайна Сына в Отце, Логоса в Космосе. Тайна эта и открылась людям в Кане Галилейской, в первый день Господень и, может быть, откроется в последний:

сказываю вам, что не буду пить от плода виноградного, доколе не придет царствие Божие. (Лк. 22, 18.)

Люди пьянеют и от маленьких радостей; как же могли не опьянеть от величайшей, какая только была на земле, – от Блаженной Вести о наступающем Царстве Божьем?

XV

Как мы ни «сухи», трезвы, но если бы сам Господь сел за нашу трапезу, то, может быть, и наша вода превратилась бы в вино, и мы уже не

---

[484] Alfr. Schroeder, L'Evangile de Jean, 1885, p. 77.

спросили бы, где совершилось это «чудо-знамение», в мертвых ли сосудах или в живых сердцах.

Кое-кто из нас все еще помнит, с каким радостным ужасом, подходя в детстве к чаше с Дарами, чувствовал он, что хлеб сей – воистину Тело, вино сие – воистину Кровь. С кем это было в детстве, с тем будет и в смерти; тот, может быть, услышит над собою тихий голос:

– Видишь ли Солнце наше? С нами веселится, воду в вино претворяет, чтоб не пресеклась радость гостей уже во веки веков.

Услышит – проснется от смертного сна и увидит в Кане Галилейской первый день Господень.

2. Первый День Господень

I

Раннею весною, кажется, в первые мартовские дни 16 года правления кесаря Тиберия, 28 или 29 года нашей эры, бывший строительных и плотничьих дел мастер, будущий рабби Иешуа сошел из горного городка Назарета в рыбачий поселок, «Село Наума», Кафар-Наум, на Геннисаретском озере. Это событие в жизни человека Иисуса не менее исторически достоверно, чем то, что Он родился в Назарете (или Вифлееме) и умер в Иерусалиме.

Услышав же, что Иоанн (Креститель) отдан под стражу, Иисус удалился в Галилею.

И, покинув Назарет, пришел и поселился в Капернауме Приморском (Приозерном), –

сообщает Матфей (4, 12–13); несколько иначе – Лука, вспоминающий первый день Господень не в Капернауме, а в Назарете.

В Назару пришел, где был воспитан, и пошел, по обыкновению Своему, в день субботний в синагогу и встал, чтобы читать (Писание).

Следует рассказ, чей общий смысл таков: тридцать лет молчал Иисус, таясь от назареян так, что никому из них не приходило в голову, с кем они имеют дело; когда же, наконец, заговорил, то сначала удивились:

не Иосифов ли это сын?

даже восхитились, едва ли, впрочем, смыслом речи, слишком для них темным, а скорее тем, как Он ее говорил; но потом, от одного намека, что Мессия может быть послан не только к народу Божьему, Израилю, но и к язычникам – «псам», пришли в такую ярость, что *повели Его на вершину горы, где построен был город их, чтобы свергнуть вниз* (Лк. 4, 16–30), –

убить. Чудом только спасся Иисус: в толпе оказались, должно быть, разумные люди, которые защитили Его и помогли Ему бежать.

II

В этом свидетельстве или, не будем бояться слов, «апокрифе» Луки слишком для нас очевидны исторические неточности: город Назарет построен не на вершине, а по склону горы, и кручи такой, чтобы, сбросив с нее человека, убить насмерть, нет вовсе близ города, а уводить Иисуса далеко незачем было разъяренной толпе: тут же, на месте, могла Его побить камнями, по иудейскому обычаю. К тому же Марк (6, 1–6) и Матфей (13, 54–58) относят проповедь Иисуса в Назарете не к первым дням служения Господня, а к гораздо позднейшему времени. Но если, вопреки всем этим внешним неточностям, в свидетельстве Луки есть внутренняя правда о каком-то прошлом или будущем, окончательном отрыве Иисуса от родной земли, –

истинно говорю вам: никакой пророк не принимается в своем отечестве (Лк. 4, 24), –

то здесь, в III Евангелии, освещается свидетельство 1-го новым светом: «покинул Назарет», значит «бежал» из него; и «поселился в Капернауме», значит: «переселился» в него, что подтверждается и IV Евангелием:

сам (Иисус) пришел в Капернаум, и матерь Его, и братья Его, и ученики Его. (Ио. 2, 12)

А если так, то, бежав из Назарета, понял, вероятно, Иисус, как легко эта колыбель Его могла сделаться гробом; первый к людям шаг Его мог быть и последним; в первый же день Свой понял, что дни Его сочтены.

Прибыл в Свой город (Капернаум), –

скажет Матфей об одном из многих скитаний Господних (9, 1). Но и этот город – не Его, а чужой; второе отечество, не лучше первого. Сын человеческий будет вечным изгнанником, бродягой на больших дорогах, «не имеющим, где приклонить голову», более на земле бездомным, чем степные шакалы и птицы небесные.

III

Не «пришел», а «сошел», «спустился», κατέβη, κατῆλθεν, из Назарета в Капернаум, – с точностью изображают Иоанн и Лука (2, 12; 4, 31), как это часто делают евангелисты, одной чертой целое событие в жизни человека Иисуса, внешней и внутренней.[485]

«Прямо с неба сошел в Капернаум», – скажет Маркион Докет:[486] с неба тридцатилетнего Назаретского молчания, тайны, тишины. Это историческое сошествие Сына человеческого в Капернаум соответствует вечному сошествию Сына Божьего на землю.

Геннисаретское озеро находится часах в десяти пешего пути к северо-востоку от Назарета. Путнику, идущему, как, вероятно, шел Иисус, по плоскогорью Туран (Tur-an), над Арбеельским ущельем (Arbeel), вдруг открывается, глубоко внизу, между темных базальтовых скал, длинное, узкое, в зеленеющих, весенних берегах, воздушно-голубое, в желтеющих, осенних, – воздушно-зеленое озеро, как бы на землю сошедшее небо.[487]

Если бывал Иисус в этих местах и раньше, когда ходил с отцом Своим, плотником Иосифом, на отхожие промыслы, то все же теперь, вероятно, смотрел на озеро так, как будто видел его в первый раз в жизни: только теперь узнал, что волю Отца исполнит, возвестит людям царство Божие, – здесь.

IV

«Геннисаретская область – красоты неописанной, – вспоминает Иосиф Флавий. – Так плодородна здешняя земля и воздух так благорастворен, что различнейшие злаки, от северного орешника до южных пальм, вместе растут: все времена года как бы соперничают здесь. Смоквы и виноград, рядом со всеми другими плодами, зреют в течение десяти месяцев».[488]

Кажется, здесь, как нигде на земле, люди могли бы услышать Блаженную Весть:

все готово, приходите на брачный пир. (Мт. 22, 4).

---

[485] Сам Назарет находится на высоте 350 м над уровнем моря; плоская же вершина холма его, нынешний Neben Said, на высоте 488 м, а Геннисаретское озеро – 208 м ниже уровня моря, так что Иисус «сошел», «спустился», с высоты почти 700 м. Житель горных высот, переселяющийся в глубокую котловину озера, испытывает такое же чувство, как человек, входящий прямо со свежего воздуха в теплицу. – P. Range, Nazareth, 1923, S. 9. – Dalman, Orte und Wege Jesu, 1924, S. 128.

[486] Tertull., contra Marc., IV, 7.

[487] v. Soden, Reisebriefe aus Palästina, 1901, S. 157. – Lagrange, L'Evangile de Jesus-Christ, 1930, p. 115. – Dalman, 127.

[488] Joseph., Bell. Jud., III, 10, 8.

Место святейшее, где царство Божие с неба на землю сошло, – подобно лицу человека Иисуса, – простое-простое, обыкновенное, как все места земли, и необычайное, единственное, какого больше нет нигде на земле. Та же ясность, мир, тишина, что в Назарете; но там – как бы восходящая к небу земля, а здесь – как бы на землю нисходящее небо. Две колыбели: одна – Царя, другая – царства. Две заглавных картинки к Евангелию, чудом до наших дней уцелевшие, не писцом на пергаменте, а Богом на земле написанные: та, к детству Господню, – Назарет, и эта, к царству Божию, – Геннисаретское озеро.

V

Все еще, в наши дни, так же, как в первый день Господень, золотистая дымка окутывает озеро, подобно «славе Божьей», злату старинных икон; так же паруса рыбачьих лодок белеют по голубому озеру, острые, как крылья чаек, и тесные стада пеликанов, белых и розовых, движутся по воде островками плавучими, а черные цапли-кормораны, стоя на прибрежных камнях, выслеживают в прозрачной воде рыбу и падают за нею в воду стремительно; так же, сидя в лодках у берега, чинят сети рыбаки, как чинили их сыновья Заведеевы, когда призвал их Господь, или моют их, как Петр, и потом развешивают на кольях сушиться. Все еще озерные заводи у Капернаума, где воды Семиключья (Heptapygon), семи горячих целебных источников, изливаются в озеро, привлекая вкусом и теплотою такое множество рыб, что здесь можно ловить их руками, – напоминают чудесный лов Петра, когда сеть у него прорывалась от множества рыб, и две наполненных ею лодки начинали тонуть (Лк. 5, 6–7). Все еще запах теплой воды и рыбы смешан в летние полдни с благоуханием лимонных и апельсиновых цветов в прибрежных садах Вифсаиды, где чащи олеандровых кустов свешивают розовые, в голубую воду, цветы. Все еще под ногою путника, идущего по берегу озера, хрустит, как под ногою Господа, на мелком черном песке, множество белых известковых ракушек.[489] А на берегу заливов, кажется, только что стояла полукругом толпа, слушая внятно, по воде, доносившийся голос учившего с лодки, рабби Иешуа. И в бурные ночи, на озере, пенистые гребни волн, освещенные луною сквозь тучи, все еще кажутся белой одеждой идущего по воде Господа.

---

[489] Dalman, 174. – v. Soden, 35, 159. – Pierre Loti, Galilee, 89–91.

VI

Здешняя земля Киннезар-Киннерет посвящена была, с незапамятной древности, богу Киниру-Адонису, умирающему в земле и воскресающему, хлебному семени.[490] Память о боге заглохла в людях, но так же и здесь, как на холмах Назарета, рдели у ног Иисуса цветы анемонов – «Адонисова Кровь»; так же плакала киннора, унылая, как шум ночного ветра в озерных камышах, пастушья свирель умирающего бога Кинира:

воззрят на того, Кого пронзили, и будут рыдать о Нем, как рыдают о сыне единородном, и скорбеть, как скорбят о первенце. (Зах. 12, 10.)

Знала как будто здешняя земля, Кто будет по ней ходить. И если во всякой земной красоте – печаль неземная, то здесь, как нигде; словно чей-то тихий зов, сердце надрывающая жалоба во всем:

брачный пир готов, и никто не пришел.

VII

Путь Иисуса от Арбеельских теснин шел через равнину Геннезара на прибрежное селение Магдалу, а оттуда – на Капернаум, по берегу озера, где горы подступают к нему, иногда почти отвесными кручами, так близко, что для дороги остается лишь узкое место; здесь должна она была проходить, во дни Господни, так же как в наши: люди могут доныне целовать на ней следы от ног Его, неизгладимые.[491]

Был канун субботы, когда, по закону Моисееву, начинается покой субботний, тотчас по заходе солнца; час дня – предвечерний, судя по тому, что рыбаки на озере еще закидывали сети. Западный берег, где шел Иисус, был уже в тени, а противоположный, с рдеющей, как раскаленное железо, кручей Гадары, – весь еще в солнце. К югу, за Магдалой, прямо из голубой воды встающие, как водяные цветы, розовели белые башни Тивериады, только что отстроенной столицы Ирода Антипы, и золотая кровля дворца его горела, как жар углей. А дальше к югу, вытекающие из озера, сквозь Тарихейское ущелье, воды Иордана осиянны были заходящим солнцем, как славой Господней.[492]

---

[490] Kinnezar – Kinneret. – Just., Histor., XVIII, 3. – Th. Keim, Geschichte Jesu von Nazara, 1876, i, 602.

[491] Dalman, 125–127. – L. Schneller, Kennst du das Land? 1925, S. 398.

[492] L. Schneller, Evangelien Fahten, 1925, S. 65. – P. Rohrbach, Jm Larde Jahwes und Jesu, 1911, S. 346.

VIII

Идучи же у моря Галилейского, (Иисус) увидел Симона и Андрея, брата его, закидывавших сети в море, ибо они были рыбаки. (Мк. 1, 16.)

Вот первого дня Господня первый миг. Здесь начинается для нас свидетельство Петра-очевидца: его глазами видеть, его ушами слышать Иисуса мы будем от этого мига до того, когда вознесется он с горы Елеонской.

Симонову лодку увидел Иисус, не доходя до Капернаума, может быть, у обильного рыбой, Семиключья, где, вероятно, поблизости от берега, так же как это делают и в наши дни рыбаки на Геннисаретском озере, Симон с братом своим, Андреем, закидывали сети, или прямо с лодки, или стоя по пояс в воде, на мелком месте.[493]

В первом же слове: «идучи мимо», παραγῶν, сказанном с точки зрения не самого Иисуса, а рыбаков, сидящих в лодке или стоящих в воде и видящих, как Он идет по берегу, – слышится сквозь голос Марка голос Петра, так же, как в рыбачьем слове ἀμφιβάλλοντας, «закидывать кругом, с обеих сторон»; что закидывают, не сказано, потому что всякий рыбак знает, что речь идет о сетях. Круглый невод нынешних геннисаретских рыбаков, shabake, точно так же, вероятно, как во дни Петра, наматывается на левую руку; потом, схватив правою висящий с руки, свинцовым грузом отягченный конец сети, разматывают ее быстро и раскидывают по воде. Оба брата – за работой, Симон с одной стороны, Андрей – с другой.[494] Все описано одной чертой, с такой же чудесной точностью, как в наших светописных, движущихся снимках. Неочевидец не мог бы так описать.

IX

И сказал им Иисус: идите за Мною, и Я сделаю вас ловцами человеков.
И тотчас, бросив свои сети, они пошли за Ним. (Мк. 1, 17–18.)

Вспомнив свидетельства двух Евангелий, IV-го о том, что Симон и Андрей, бывшие ученики Крестителя, перешли от него к Иисусу (1, 40–42) и III-го, что молва о новом Пророке из Назарета уже распространилась по всей Галилее (4, 14), мы поймем, что все произошло, может быть, не так внезапно, как изображает, по своему обыкновению,

---

[493] Dalman, 144. – Joh. Weiss, Das älteste Evangelium, 1903, S. 138.
[494] Lagrange, Marc, 1929, p. 18. – Dalman, 144.

Марк: целый ряд постепенных, внутренних опытов, сгущает он и сосредоточивает в одно мгновенное действие той исходящей от Иисуса «движущей силы», dynamis, которая Симону, также, как всем, кто испытывает ее на себе, кажется чудом, и действительно, как всякий религиозно-первичный опыт, касание к мирам иным, – чудесна. – «Будешь отныне ловцом человеков» (Лк. 5, 10), – словом этим озаряются, как молнией, все грядущие судьбы Верховного Апостола и кидается обратный свет на тот вечно для него памятный миг, когда, стоя в воде, полуголый, с намотанной на руку сетью, и вглядываясь пристально в лицо стоящего на берегу рабби Иешуа, услышал он таинственный зов. Миг тот сделался вечностью не только для него, но и для всего христианского человечества: был, есть и будет Петр, до конца времен, ловец человеческих душ.[495]

X

И, пройдя оттуда немного, увидел Он Иакова Заведеева и Иоанна, брата его, тоже в лодке, чинящих сети. И тотчас позвал их. И, оставив отца своего, Заведея, в лодке с наемниками, пошли за Ним. (Мк. 1, 19–20.)

Чинят к будущему лову большие, для больших глубин, сети, δίκτυα, mebatten:[496] целая картина опять в одной мгновенной черте. Зовом неизвестного Прохожего пораженные, как молнией, оба сына покидают старого отца своего, даже не простившись. Все это опять так сокращенно, стремительно, в духе Маркова-Петрова «тотчас», εὐφύς, и так «чудесно», удивительно, что нельзя и в этом не видеть преднамеренной или невольной, историческую действительность упрощающей, «стилизации», как в слишком явном соответствии двух почти одинаковых призваний: лодка, сети, два брата-рыбака, зов Господень, внезапность решения, – все повторяется, как в песенном ладе припев, или созвучие в музыке.

XI

И входят в Кафарнаум. (Мк. 1, 21.)

Больше всех городов мира, «до неба вознесшийся, до ада низвергнутый», Kaphar Nahum, рыбачье «сельцо Наума», – судя по найденным камням в развалинах от основания древнейшей городской стены,

---

[495] Joh. Weiss, Die Schriften des N. T., 1920, IV, S. 80.
[496] Dalman, 145.

в виде четырехугольника, в 1000 шагов длины, 500 ширины, – маленький, как бы игрушечный городок.[497] Только благодаря его положению на самой границе областей двух Тетрархов, братьев Иродов, Антипы и Филиппа, а также на большой, идущей по северному берегу озера, военно-торговой дороге из Иерусалима в Дамаск, есть в городке таможня, telonium, где взимаются пошлины с переходящих через границу или переплывающих в лодках с того берега, Десятиградия; есть и военный, с римским центурионом, постой.[498]

В тесно-тенистых, соленой рыбой насквозь пропахших улочках, где прохожий ступает осторожно, чтобы не запутаться в разложенных по земле сетях и о рыбью чешую не поскользнуться, рыбачьи домики построены из темных, таких же, как все окрестные холмы и горы, базальтовых плит. Только одна синагога, воздвигнутая римским сотником («он любит народ наш и построил нам синагогу», – скажут Иисусу иудейские старейшины Капернаума, Лк. 7, 5), вся из белого, подобно мрамору, известняка, высится над кучей темных домиков, сияющая белизной, далеко видная с озера. Нежные венцы колонн и архитравы ионического ордера, а также львы, орлы, кентавры и боги-дети с цветочными вязями, а может быть, и с Вакховыми гроздьями, в украшающих стены ваяньях, – все напоминает эллинский храм, – как бы уже предвестье того всемирного, «общего», koinê, греческого языка, на котором будет написано Евангелие.[499]

Внутренность Капернаумской синагоги – такая же, как Назаретской, только побольше и побогаче все: две колоннады, нижняя коринфского, верхняя дорического ордера; голые белые стены; простые деревянные скамьи для молящихся; каменный помост, arona, с «Ковчегом Завета», двухстворчатым шкапиком, где хранятся свитки Закона. Двери главного входа обращены, как всегда, к Иерусалиму; здесь – прямо на озеро, воздушно-голубое, как небо, в чешую солнечных искр, чьи отражения ходят по белым стенам волнистыми полосами.[500]

Камни, может быть, от крылечных ступеней главного хода в синагогу найдены в нынешних Тель-Гумских развалинах: если так, то и здесь, как на той приозерной дороге, люди все еще могут целовать следы Иисусовых ног.

---

[497] Камни от городской стены Кафарнаума найдены в развалинах нынешнего Tell-Hum. – Rohrbach, 348.
[498] J. Wellhausen, Das Evangelium Matthei. 1904, S. 41. – Lagrange, Marc, 41. – Rohrbach, 346.
[499] Rohrbach, 344–345. – Dalman, 149–152. – Д. Мережковский, Тайна Запада, II, К Иисусу Неизвестному, VI.
[500] Dalman, 153–155. – Rohrbach, 348–349.

XII

И тотчас, в день субботний, войдя в синагогу, учил. (Мк. 1, 21.)

В этом излюбленном Марковом «тотчас» уцелела белая нитка шва, соединяющего два дня: будний, пятницу, до захода солнца, и праздничный, субботу, – в один, – первый день Господень.

Как учит Иисус, мы, может быть, узнаем из свидетельства Луки о Назаретской проповеди.

Встал (взошел на арону) читать.

Подали же ему книгу (свиток) пророка Исаии; и, раскрыв (развив свиток), нашел Он место, где было написано: «Дух Господень на Мне; ибо Он помазал Меня благовествовать нищим и послал меня исцелять сокрушенных сердцем, возвещать пленным освобождение, слепым прозрение, отпустить измученных на свободу: проповедовать лето Господне, блаженное».

И, закрыв книгу (свивши свиток) и отдав ее служителю, сел; и глаза всех в синагоге были устремлены на Него. (Лк. 4, 16–20.)

Только повторив Исаиино пророчество, умолк; но, должно быть, так повторил, что все поняли, что оно действительно исполнилось на Нем; поняли, или только казалось им, что поняли, и те первые, на земле услышанные, слова Господни:

Ныне время исполнилось, приблизилось царство Божие; обратитесь же и веруйте в Блаженную Весть. (Мк. 1, 15).

Или, как скажет потом, уже в последние дни служения:

все готово: приходите на брачный пир. (Мт. 22, 4.)

Что еще говорил Иисус в тот первый день, Марк-Петр странно забыл, или не считал нужным вспоминать, может быть, потому, что главное для него не слова Иисуса, а Он Сам. Кажется, Петр вспоминает только, как один из толпы, то, что с нею чувствовал.

Крайне изумлялись учению Его, ἐξεπλήσσοντο, ***ибо Он учил их, как власть имеющий, а не так, как (учат) книжники.*** (Мк. 1, 22.)

С книжниками сравнивать Господа едва ли могло прийти в голову кому-либо из первохристианской общины; но очень вероятно, что те, капернаумские слушатели Его, чувствовали именно так, что могли сделать это сравнение;[501] так же ведь и мы, через двадцать веков, чувствуем, или могли бы почувствовать если бы услышали слова Его первый раз в жизни: самые живые, некнижные, и потому самые властные из всех человеческих слов; все мы – «книжники» «ученые»; Учитель – Он один.

---

[501] Joh. Weiss, Das älteste Evangelium, 1903, S. 150, nota 2.

XIII

И тотчас (вдруг) появился в синагоге их человек в духе нечистом и завопил, говоря: «Что Тебе до нас, Иисус Назарянин? Знаю Тебя, кто Ты, Святый Божий!»

Духи, существа из того же нездешнего мира, откуда и Он, раньше людей и лучше их знают, кто Он такой. Но слыша, как впервые на земле исповедуется Сын Божий устами бесов, что должен был чувствовать Сын человеческий?

И запретил ему Иисус грозно: «Молчи и выйди из него!»

И забив его в судорогах, σπαράαν, и закричав криком великим, вышел из него дух нечистый. И все ужаснулись. (Мк. 1, 23–27).

Замерли, должно быть, от ужаса, и сделалась такая тишина, что, казалось, можно было слышать, как на белой стене с играющими, от водной ряби, солнечными зайчиками, трепещут, звенят у залетевшей в открытую дверь водяной стрекозы, стеклянные крылышки.

«Что это? что за новое учение со властью, что и духам нечистым повелевает, и слушаются Его?» (Мк. 1, 27), —

пронесся вдруг шепотный говор в толпе. Что это, кто это, — еще не знают, но уже чувствуют, что этого никогда не было в мире, и удивляются — ужасаются опять так, как мы, через двадцать веков, могли бы ужаснуться — удивиться, не внешнему чуду, а внутренней, чудеса рождающей силе — «новому учению со властью».

XIV

Дальше, в каждом слове Марка, живой голос Петра-очевидца так внятен, что, не меняя почти ни одного слова в Евангельском подлиннике, можно бы продолжать от первого лица:

Тотчас же, выйдя из синагоги, мы с Андреем, Иаковом и Иоанном, пришли в мой дом, где теща моя лежала больная. И тотчас говорим Ему о ней.

И Он, подойдя к ней и взяв ее за руку с силой, поднял. И тотчас горячка оставила ее. И она служила нам (за вечерью).

Что такое эта «горячка», πυρετός, мы хорошенько не знаем.[502] Может быть, болотная лихорадка, частая во всей Геннисарской низине, у Кафарнаумских же лагун, особенно; или перемежающаяся, чьи приступы сами проходят. Очень вероятно, что и чудотворная, от Господа исходящая «сила» («с силой взял ее за руку») помогла больной. Но ведь

---

[502] E. Klostermann, Das Marcus-Evangel., 1926, S.

и для многих тогдашних равви-целителей вылечить приступ лихорадки – пустое дело. Кажется, Симонова теща получила бессмертье в Евангелии, как мошка в янтаре нетленная, только потому, что слишком хотелось Петру увековечить первый день Господень, весь до последней черты. Эти-то именно, не нужные никому, никем, кроме очевидца, незапоминаемые черточки и внушают нам, может быть, наибольшую веру в исторически подлинное, вопреки всем возможным внешним «стилизациям», внутреннее, в Марковом свидетельстве, ядро.

XV

В сумерки же, когда уже солнце зашло, начали приносить к Нему всех больных и (приводить) бесноватых.

Солнечного захода, конца Субботы, только и ждали, чтобы начать «работу» – ношение больных.

И собрался к дверям дома весь город. И исцелил Он многих, страдавших разными болезнями, и многих бесов изгнал, и не позволял бесам говорить, что знают Его. (Мк. 1, 32–34)

Так было в первый день; так же будет и во все дни Господни: сколько бы ни исцелял больных, все идут к Нему, да идут.

…Сходится народ, так, что им невозможно было и хлеба есть. (Мк. 3, 20.)

Тысячи людей столпились так, что давили друг друга. (Лк. 12, 1.) *Все, имевшие язвы, кидались на Него, чтобы прикоснуться к Нему, и духи нечистые, когда видели Его, падали перед Ним и кричали: «Ты – Сын Божий!»*

Он же запрещал им грозно, чтоб не разглашали о Нем. (Мк. 3, 9–12.)

Так кончилась Капернаумская Суббота, первый день Господень, и наступила ночь.

XVI

Утром же рано весьма, когда еще было темно, Он встал, вышел (из Симонова дома), пошел в пустынное место и молился там.
Симон же и те, кто с Ним, искали Его
И, найдя Его, говорят Ему: «Все ищут Тебя».
Он же говорит им: «Пойдем и в другие ближние города и селения, чтобы Мне и там возвещать, ибо Я на то и вышел». (Мк. 1, 35–38.)

Кажется, все просто; но, пристальнее вглядевшись в эту простоту, как бы гладкую поверхность вод, мы, может быть, увидим проходящую по ней, едва для глаза уловимую, рябь от чего-то движущегося под водою, огромного.

В первых же словах, где с такою точностью указано время: «утром весьма рано, когда еще было темно» πρωἴ ἔννυχα, чувствуется удивление, с каким все в доме, проснувшись, видят, что рабби Иешуа нет: никому не сказавшись, потихоньку ушел, бежал, – куда и зачем, никто не знает. Но больше, чем удивление, – тревога слышится в слове, или, точнее, в смысле его: κατεδίωξεν, «поспешили, кинулись Его искать».[503] В трех же словах Симона: «Все ищут Тебя», – слишком внятен вопрос или недоумение: «Отчего Ты бежал?» – чтоб Иисус мог его не услышать. Слышит, но не отвечает, потому что вовсе, конечно, не ответ: «Пойдем и в другие города», а уклонение, нежелание или невозможность ответить. Симон, вероятно, так и не понял тогда; не поймет и потом, вспоминая об этом: тайну бегства Господня, как принял, так и передал нам, нераскрытую.

Чтобы тайну эту увидеть еще яснее, стоит лишь сравнить два Марковых стиха, этот, 38-й: «Пойдем и в другие города», и следующий, 45-й:

Явно уже не мог войти в город, но находился вне, в местах пустынных.

Что было в Капернауме, то будет и во всех городах: только что входит в город, – чувствует, что не может в нем оставаться, должен уходить, бежать. Так в первые дни служения, так и во все, до последнего: к людям идет, и от людей уходит, бежит. Как бы две равные силы борются в Нем, – притяжение к людям, и от людей отталкивание.

Только вся жизнь Иисуса, все Евангелие, если бы мы поняли его, как следует, могли бы ответить на вопрос, что это значит.

XVII

«Братьями» называет Сын Божий сынов человеческих (Ио. 20,17), любит людей, как никто никогда не любил, и знает, как никто никогда не знал, что есть между людьми нелюди, между сущими – несущие, в пшенице плевелы, «сыны дьявола», «человекообразные», неразличимо с людьми смешанные, между ними снующие, липкой паутиной все оплетающие пауки. Видит их, как никто никогда не видел, больше всего – в человеческих толпах.

---

[503] Joh. Weiss, Das älteste Evangelium. 148–149. – A. Schweitzer, Geschichte der Leben-Jesu-Forschung, 1921, S. 397–399. В II Евангелии (4, 42) это еще яснее: «Вышедши из дому, пошел в пустынное место, и народ искал Его и, пришедши к Нему, удерживал Его, чтобы не уходил от них».

***Вышедши, увидел множество людей и сжалился над ними, потому что они были, как овцы, не имеющие пастыря.* (Мк. 6, 34.)**

Сжалился над ними и в те Капернаумские сумерки, когда у двери Симонова дома собралось такое множество народа, что «люди давили друг друга», как овцы, сбегаясь к Пастырю. В первый раз вошел тогда в это неразличимо-смешанное, человечье-овечье – паучье – стадо; вошел и устрашился, Бесстрашный, – бежал. Изгнан людьми из Назарета; из Капернаума Сам бежит от людей: это бегство страшнее того.

***О, род неверный и развращенный! доколе буду с вами? доколе буду терпеть вас?* – (Мт. 17, 17),**

скажет и Он, терпеливейший.

***О, несмысленные и медлительные сердцем, чтобы веровать!* (Лк. 24, 25),**

это, может быть, уже и тогда, в Капернауме, предчувствовал.

Видя, не видят, и слыша, не слышат... ибо огрубело сердце людей сих (Мт. 13, 13, 15).

Грубостью человеческой ранено, может быть, сердце Господне уже и тогда. Примет все раны потом, но от этой первой бежит.

Слышал, может быть, уже и тогда сквозь клики бесов:

«Ты – Сын Божий», – «бес в Тебе» (Ио. 8, 53).

Око человеческое – выгнутое, вогнутое, исковерканное дьяволом зеркало: глянул в него Сын человеческий, увидел Себя и бежал.

Тошно Сыну Божьему с людьми: «Изблюю Тебя из уст Моих», – мог бы Он сказать всему человечеству (Откр. 3, 16).

Лазарь, друг наш, уснул. Но я иду разбудить его (Ио. 11, 11), –

мог бы и это сказать человечеству; но, прежде чем разбудить его, услышит:

Господи! уже смердит. (Ио. 11, 39.)

XVIII

«Имя Его – ***Прокаженный***», «nomen ejus Leprosus»; а другое имя – «Облачный», скажет о Мессии, может быть, под влиянием христианства, поздний Талмуд.[504] Кажется, в этих двух именах нечаянно вскрыто таинственнейшее противоречие сердца Господня: противоборство двух сил – притяжения к людям и от людей отталкивания. «Облачный» – Белый, Чистый, Солнечный, – белизною в лазури неба Сияю-

---

[504] Th. Keim, Geschichte Jesu ven Nazara, 1867,1, 548. – Grandmaison Jesus Christ, 1929, 1, 324.

щий как облако, – с неба на землю сойдет к Иову прокаженному – всему человечеству; ляжет с ним на гноище, обнимет, телом к телу, устами к устам припадет.

Взял на Себя наши немощи и наши болезни понес (Ис. 53, 4), –

нашу проказу. Но, прежде чем сделать это, увидит Себя в нас, Нечистого – Чистый, Прокаженного – Облачный, и, в страхе, бежит от нас – от Себя.

Отче! спаси Меня от часа сего, –

с этим словом, бежит.

Но на сей час Я и пришел, –

с этим – возвращается (Ио. 12, 27).

О, если бы мы больше знали Неизвестного, любили Нелюбимого, то поняли бы, может быть, отчего Он всегда к нам идет и всегда уходит, бежит!

XIX

Только два дня Господня – этот первый, в Капернауме, и тот, последний, в Иерусалиме, мы знаем, целиком; все же остальные – лишь в дробях, в отдельных точках времени. Между этими двумя днями – вся исторически явная жизнь Иисуса: их поняв, поймем всю Его жизнь.

Двадцать четыре стиха Маркова-Петрова свидетельства о Капернаумской субботе – двадцать четыре часа суток Господних. Вспомним порядок часов: идучи у моря Галилейского, видит рыбаков, зовет их; входит в Капернаум, учит в синагоге; исцеляет бесноватого; идет в Симонов дом, исцеляет тещу его, возлежит за вечерей; идет, по заходе солнца, к дверям дома, где собрался весь город; исцеляет больных; ночью возвращается в дом; рано утром уходит, бежит.

Шаг за шагом, час за часом, – сутки рабби Иешуа; все в ярчайшем свете истории, в личных воспоминаниях очевидца Петра; его ушами слышим, его глазами видим, и можем быть покойны: этот не обманет, не забудет; вспомнит, как никто никогда не вспоминал; скажет правду, как никто никогда не говорил, потому что любит, как никто никогда не любил. И двух тысяч лет как не бывало: все – как вчера – сегодня.

Есть ли что-нибудь подобное в истории? И разве не чудо, что с большею ясностью, чем какой-либо из величайших дней человечества, чем, может быть, наш собственный вчерашний день, мы помним, видим, или могли бы вспомнить, увидеть, первый день Господень?

3. Блаженства

I

«Блаженны нищие духом»...
Небо нагорное сине;
Верески смольным духом
Дышат в блаженной пустыне.
Бедные люди смиренны;
Слушают, не разумея,
Кто это, сердце не спросит
Ветер с холмов Галилеи
Пух одуванчиков носит.
«Блаженны нищие духом»...
Кто это, люди не знают,
Но одуванчики пухом
Ноги Ему осыпают. [505]

II

Если четыре, от четырех Евангелий на лицо Иисуса падающих света нами угаданы верно:[506] в I Евангелии – слово Его, во II – дело, в III – чувство, в IV – воля; то у Иоанна, в Кане Галилейской, начало служения Господня есть то, чего Иисус **хочет** : претворить воду в вино, закон в свободу; у Луки, в Назарете, то, что Иисус **чувствует** : в едва не удавшейся попытке назареян убить Его, свергнув с горы, – необходимость смерти Голгофской; у Марка, в Капернауме, то, что Иисус **делает** : явление «силы», от Него исходящей, в исцелении больных; а у Матфея, на горе Блаженств, то, что Иисус **говорит** : Блаженная весть о царстве Божием.

Кана Галилейская, Назарет, Капернаум, Гора Блаженств, – может быть, вовсе не четыре первых дня Господня, а один, только разно понятый и увиденный под четырьмя светами: у Матфея – утренним, у Марка – полуденным, у Луки – вечерним, у Иоанна – ночным, звездным.

Кажется, у одного Марка дана история в личном воспоминании Петра, очевидца, о Капернаумской субботе, а у остальных трех евангелистов – история, смешанная с тем, в чем «непосвященные», неверующие, видят только «легенду», «апокриф», а верующие, «посвященные»,

---

[505] Мой Апокриф.
[506] «Иисус Неизвестный», I т., 1 ч., гл. Марк, Матфей, Лука; Иоанн, passim.

узнают мистерию – религиозный опыт, внутренний, не менее действительный, чем опыт внешний, исторический, ибо то, что было, есть и будет в вечности, не менее действительно, чем то, что было однажды, во времени.

Если в трех свидетельствах – Иоанна, Луки, Марка – история с мистерией сплавлена на огнях разной степени жара, с разною степенью крепости, то крепчайший и нерасторжимейший сплав их дан у Матфея. Очень вероятно, что та самая проповедь, которую мы называем Нагорною, действительно была произнесена Иисусом, в первый или один из первых дней служения, и сохранилась, с большей или меньшей степенью точности, в памяти ближайших к Нему учеников: вот *история*. Но более чем вероятно, что Блаженства – главное для нас, так же как для самого Иисуса, в этой проповеди, – суть подлиннейший и внутреннейший опыт Его: вот *мистерия*. Эти-то два металла и сплавлены Матфеем на огне жарчайшем в крепчайший сплав, так что они уже не два, а одно; то, что было однажды во времени, в истории, есть и то, что было и будет в вечности, в мистерии: первый день Господень есть уже наступившее царство Божие.

III

Следовало за Ним множество народа из Галилеи, и Десятиградия, и Иерусалима, и Иудеи, и из-за Иордана. Увидев же народ, Он взошел на гору. (Мт. 4, 25; 5, 1.)

Если это свидетельство Матфея относится к первому дню, или вообще к первым дням служения Господня, то очень вероятно, что такое множество народа, следующего за только что начавшим проповедь и вчера еще никому не известным рабби Иешуа, есть преувеличение обобщающей и сокращающей стилизации, – не история, а мистерия. Очень вероятно также, что и в свидетельстве Луки, относящем Нагорную проповедь уже к позднейшим дням – к избранию Двенадцати, – такое же преувеличение.

…На гору взошел Он помолиться в те дни и пробыл всю ночь в молитве к Богу.

Когда же настал день, призвал учеников Своих и избрал из них двенадцать, наименовав их Апостолами…

И сошедши с ними (с горы), стал на ровном месте, и множество учеников Его (было с Ним), и много народа из всей Иудеи, и Иерусалима, и приморских мест, Тирских и Сидонских, которые пришли послушать Его и исцелиться от болезней своих, также и страждущие от нечистых духов; и (все они) исцелялись.

И весь народ искал прикасаться к Нему, потому что от Него исходила сила, и исцеляла всех. (Лк. 6, 12–13, 17–19.)

Судя по свидетельству Марка о Капернаумском бегстве Иисуса после первого дня служения: «Нашедши Его, говорят Ему: все ищут Тебя» (1, 25–27) и о таких же, во все дни служения повторяющихся бегствах: «Находился вне, в местах пустынных, и приходили к Нему отовсюду» (1, 45), – судя по этому свидетельству, народ, ищущий Господа, и в этот день Нагорной проповеди, идет к Нему на гору, а Он, после ночной молитвы, должно быть, по восхождении солнца, сходит к народу с горы и встречается с ним «на ровном месте», ἐπί τόπου πεδινοῦ (Лк. 6, 17), вероятно, на горной площади или плоском выступе горы, где собираются вокруг Него не тысячные толпы со всей Палестины, как в преувеличении Матфея и Луки, а лишь немногие сотни капернаумских жителей.

IV

Время года, кажется, ранняя весна, конец марта, начало апреля;[507] место – над Капернаумским Семиключьем, на горных высотах к северо-западу от Геннисаретского озера. Тамошние жители помнят до наших дней три стоявших на одной из этих высот, теперь уже срубленных, дерева – два теребинта и один ююб (jujube). Судя по их арабскому имени el-mebarakat, «Благословенные», «Блаженные», а также по слову, тоже арабскому, der makir, вероятно, от греческого μακαπισμός. **Блаженство**, уцелевшему на одной из найденных здесь циклопических глыб, должно быть, от развалин очень древней базилики, – судя по этим двум признакам, древнейшее предание искало горы Блаженств в этих местах.[508]

Здесь, в горной пустыне, между темных базальтовых скал, стелются бледные луга асфоделей, бессмертных цветов смерти; зыблются над ними на высоких стеблях, в чьей древесине скрыл похищенный с неба огонь Прометей, огненно-желтые зонтики ферулы (ferula); рдеют ане-

---

[507] В свидетельствах Матфея (12, 1) и Марка (2, 23) Иисус «проходил засеянными полями», где ученики и ели спелые колосья, чтобы утолить голод. Это происходит, по двум первым синоптикам, кажется, значительно позже Нагорной проповеди, а по довольно темному намеку Луки (1,6), до нее, в какую-то субботу после Пасхи, праздновавшейся в начале низана – апреля. Жатва в Палестине зреет в начале мая, так что если Нагорная проповедь значительно раньше срывания колосьев, то она относится к марту. Все это, конечно, при том, довольно, впрочем, вероятном предположении, что срывание колосьев относится не ко второму, а к первому году служения Господня.

[508] Meisterman, Capharnaum et Bethsaïde, 86. Guide, 550. – Dalman, Orte und Wege Jesu, 186.

моны брызнувшими каплями крови по темной зелени вересков, те же, что некогда рдели у ног Пастушка Назаретского; и великолепный гладиол, gladiolus atroviolaceus, ярко-красный и черно-фиолетовый, может быть, евангельская «лилия», κρίνον, арамейская schoschanna,[509] напоминает пурпур царей:

Посмотрите на лилии, как они растут: не трудятся, не прядут; но, говорю вам, что и Соломон, в славе своей, не одевался так, как всякая из них. (Мт. 6, 28–29.)

В воздухе, более редком и свежем на этих горных высотах, чем в душной котловине озера, тянущий с гор холодок, и запах утренней гари в тумане, и углубляющее тишину, невидимых в небе жаворонков пенье, и кукованье кукушки, сладко унылое, как на чужбине память о родине, – все могло здесь напоминать Иисусу родные холмы Назарета.[510]

Солнце уже всходило из-за голых и рдяных, как раскаленное железо, вершин Галаада, а озеро, все еще тенистое в глубокой, между гор, котловине, спало, как дитя в колыбели. Небо и горы отражались в зеркале вод с такой четкостью, что если долго смотреть на них, то казались те, отраженные, настоящими. И пустынно было все, и торжественно безмолвно на земле и на небе, как в приготовленном к брачному пиру и ожидающем гостей, чертоге жениха:

Все готово; приходите на брачный пир.

V

И когда сел, приступили к Нему ученики Его.
Сидя, а не стоя, учит всегда, – в тишине и спокойствии.
И открыв уста Свои, учил их. (Мт. 5, 1–2).
И подняв глаза Свои на учеников, говорил. (Лк. 6, 20).

Молча сперва сидит, опустив глаза, и весь народ, тоже молча, смотрит на Него, ждет, чтоб Он поднял глаза, открыл уста. Небо и земля, и преисподняя, ждут. Миру навеки запомнились эти сомкнутые в молчанье уста, опущенные глаза Господни.

Чтобы видеть и слышать Сидящего, все народное множество тоже сидит, вероятно, по склону горы, так что, глядя на Него снизу вверх, видит лицо Его в небе, окруженное лучами восходящего солнца, как славой Господней.

---

[509] Dalman, 169–170. Нашей полевой, а не садовой, белой лилии, lilium candidum, в Палестине нет вовсе.

[510] Наша северная кукушка залетает из Египта в Палестину ненадолго, в дни ранней весны. Сведениям этим я обязан иерусалимскому старожилу, русскому архиепископу Анастасию.

Проповедь «Нагорная», – верно поняло христианство с первых веков: горнее слово, с неба на землю сходящее, самое небесное из всех на земле сказанных слов.

Блаженны нищие духом, ибо их есть царство небесное.
Блаженны плачущие, ибо утешатся.
Блаженны кроткие, ибо наследуют землю.
Блаженны алчущие и жаждущие правды, ибо насытятся.
Блаженны милостивые, ибо помилованы будут.
Блаженны чистые сердцем, ибо узрят Бога.
Блаженны миротворцы, ибо наречены будут сынами Божьими.
Блаженны изгнанные за правду, ибо их есть царство небесное.
(Мт. 5, 3–10)

VI

Музыки более небесной, чем эта, никогда еще не было и, вероятно, никогда уже не будет на земле; с этим каждый легко согласится, верующий и неверующий одинаково, – все, кто обладает хотя бы в малейшей мере тем, что можно бы назвать «музыкальным слухом сердца». Люди ко всему привыкают, но к этому, кажется, никогда не привыкнут: сколько бы ни слушали, все вновь и вновь удивляются, как будто слышат в первый раз, и все не могут этим насытиться.

В медленно-глубоких гулах океана бьется великое сердце земли: так и в этих «Блаженны, блаженны», бьется сердце Божие, и отвечает ему сердце человеческое: «Истинно, истинно, так!»

«Лето Господне блаженное» наступило в мире. Где-то, высоко над миром, должно быть в раю, Божья гроза пронеслась, и льется с горы солнечный ливень Блаженств, водопадом громокипящим и опьяняющим.

Музыку Блаженств слышат все, но того, что за нею, – величайшего в мире дела, – спасения мира, – почти никто, кроме святых, уже или еще не слышит.

VII

Блаженны богатые, имеющие, beaati possidentes, – вот дело мира, то, на чем он стоит; «блаженны нищие» (не духом, а просто «нищие», как верно, кажется, понял Лука), – вот «безделье» – то, от чего рушится мир. Слуги Мамоновы – Марксовы (новый Мамон – «Капитал»), – все равно, сегодняшние ли, уже успевшие награбить богачи-буржуи, или еще не успевшие, завтрашние богачи-пролетарии, – могут, в лучшем случае, только плечами пожать и усмехнуться на эту беспомощно-детскую мечту, а в худшем, только что дело дошло бы до их шкуры, истребили бы «блаженных нищих», как злейших врагов сегодняшнего государства или завтрашней революции.

Если же верно понял Матфей: «блаженны нищие духом», то для детей мира сего это еще нелепее. «Духом богатые, мудрые блаженны», – мир и на этом стоит; «блаженны нищие духом», «слабоумные», «безумные», – и от этого рушится мир.

Знает ли это Господь? Знает, конечно; потому и говорит: *Если не обратитесь, не войдете в Царство Небесное.* (Мт. 18, 3).

В этом-то именно слове: «обратитесь», στραφῆτε, «обернетесь», «перевернетесь», «опрокинетесь», – ключ ко всему в Блаженствах.

В слове Господнем, не вошедшем в Евангелие, «незаписанном», agraphon, – тот же ключ:

Так сказал Господь в тайне: если вы не сделаете ваше правое левым и ваше левое правым, ваше верхнее нижним и ваше нижнее верхним... то не войдете в Царство Мое.

Dominus in mysterio dixerat: si non feceritis dextram sicut sinistram et quae sursum sicut deorsum, non cognoscetis regnum Dei, οὐ μὴ εἰσέλθτε εἰς τὴν βασιλείαν μου .[511]

Это и значит: «В царство Мое не войдете. Блаженств не познаете, если не обратитесь, не перевернетесь, не опрокинетесь». Первое же слово Господне, сказанное миру: μετανοεῖτε, «покайтесь», «опомнитесь», значит: перемените все ваши мысли, все ваши чувства, всю вашу волю; выйдите из этого мира, из трех измерений, и войдите в тот мир, в измерение четвертое, где нижнее становится верхним, и верхнее – нижним, правое – левым, и левое – правым; где все **наоборот**. Только «перевернувшись», «опрокинувшись», только «вниз головой», к ужасу всех, как будто твердо на ногах стоящих, «здравомыслящих», можно войти, влететь, упасть, из этого мира в тот, из царства человеческого в царство Божье, из печали земной в блаженство небесное.

VIII

Царство Божие есть опрокинутый мир, –

скажет рабби Иозий Бен-Леви, иудейский книжник, может быть, один из тех, кто, по слову Господню, «недалек от царства Божия» (Мт. 12, 34), во всяком случае, ближе к нему всех нынешних – бывших христи-

---

[511] Pseudo-Linus, de passione Petri et Pauli (Biblioth. Part. max. Lugd. II, p. 70, b.). – Acta Philip., c. 34. – Resch, Agrapha, 279. – Henneke, Handb. zu den N. T. Apokryph., 1904, S. 16.

ан.[512] Мир опрокинутый, перевернутый, есть Царство Божие; это и значит: царству человеческому обратно Царство Божие; там все наоборот.

Будут последние первыми, и первые последними. (Мт. 20, 16.) *Что высоко у людей, то мерзость пред Богом.* (Лк. 16, 15.) *Душу свою сберегший потеряет ее, а потерявший... сбережет.* (Мт. 10, 39.)

В самом языке Иисуса, сотканном из таких антитез, – кажущихся противоречий, действительных противоположностей, – слышится как бы до-временная, в вечности усвоенная привычка, лад и строй души нечеловеческие, – музыка, доносящаяся в этот мир из того, где все обратно подобно этому, – все наоборот.

Горе богатым – блаженны нищие; горе пресыщенным – блаженны алчущие; горе смеющимся – блаженны плачущие; горе любимым – блаженны ненавидимые: ряд Блаженств – ряд переворотов, полетов вниз головой, радостно-ужасающих. В небе перевернутая, опрокинутая, как предмет отраженный в зеркале вод, всякая тяжесть земная становится легкостью, всякая печаль – блаженством; и наоборот: здешняя легкость становится нездешнею тяжестью, земное блаженство – небесной печалью.

IX

Здесь еще, на земле, восторжествует праведник, а злодей будет наказан. Царство Божие есть просветленный, возвышенный, очищенный Богом, но все еще стоящий, как стоял всегда, неопрокинутый мир: в это верят Псалмы; Иов уже не верит:

Пытке невинных посмеивается (Бог). – В руки нечестивых отдана земля; лица судей земных Бог закрывает. Если не Он, то кто же? (Иов. 9, 23–24).

Видит и слепой – зрячий Эдип, что «лучше всего человеку совсем не родиться, а родившись, умереть поскорей».

Иисус – Иов-Эдип обратный: больше их страдает и лучше их знает «власть тьмы», царящую над миром; но знает и то, чего не знают они: зло для них бесконечно, а Он видит, что «близко, при дверях». Конец (Мк. 13, 29); мир во зле стоит для них, а для Него опрокинут; царства Божия не знают они, а Он знает, как никто никогда не знал, потому что Он сам – Царь. Вот почему те несчастны, а Он блажен.

Сын превращает Отчий закон в свободу.

Слышали вы, что сказано древним? А Я говорю вам (Мт. 5, 21–22.), –

---

[512] H. Monnier, La mission historique de Jesus, 1914, 196.

по-арамейски wa-ana amar lekhon, – вот рычаг, которым опрокидывает мир Иисус.⁵¹³ Сказано древним в законе, а Он говорит в свободе. Добрых Бог награждает, злых казнит, в законе; а в свободе:
солнцу Своему повелевает Отец ваш небесный всходить над злыми и добрыми, и дождь посылает на праведных и неправедных. (Мт. 5, 45.)
Добрых от злых отделяет закон; свобода соединяет их. Только добрых спасает закон; добрых и злых спасает свобода.

Слуги царевы, посланные звать гостей на брачный пир, –
выйдя на дороги, всех собрали, кого только нашли, и злых, и добрых; и наполнился брачный пир возлежащими.
Царь же, войдя посмотреть возлежащих, увидел там человека в одежде небрачной...
И сказал царь слугам: «...бросьте его во тьму внешнюю; там будет плач и скрежет зубов».
Ибо много званых, но мало избранных. (Мт. 22, 10–14.)

Кто этот человек в небрачной одежде? Злой? Нет, злые с добрыми здесь неразличимо смешаны. Кажется, «небрачный», значит, не «обратившийся», не «перевернувшийся», не перешедший из этого мира в тот, не «блаженный», не «избранный».

X

«Выбрал Он себе в Апостолы самых грешных людей, сверх всякой меры греха», – скажет Послание Варнавы, от времен Мужей Апостольских.⁵¹⁴ Судя по тому, что самим Иисусом Иуда назван будет «диаволом» (Ио. 6, 70), а Петр «сатаною» (Мк. 8,33), так оно и есть. «Выбрал Себе в ученики негодяев отъявленных», – скажет Цельз, разумеется, ничего не понимая и злобно преувеличивая, но спросит, кажется, с искренним недоумением: «почему такое предпочтение грешников?».⁵¹⁵ С тем же недоумением могли бы спросить об этом все, от Канта до Сократа, учителя «нравственности».

Мытари и блудницы впереди вас (праведников) идут в царство Божие (Мт. 20, 16), –
скажет Господь. Мытари, telonai, по Талмуду, – «те же разбойники».⁵¹⁶
И к злодеям причтен (Мк. 15, 28), –

---

⁵¹³ Dalman, Orte und Wege Jesu, 170. – Jesus-Jeschua, 65.
⁵¹⁴ Barnab. Epist., V, 9: ὑπὲρ πᾶσαν ἁμαρτίαν ἀνομωτέρους .
⁵¹⁵ Origen., contra Cels., I, 62, 63. – Renan, Marc Aurel, 1925, p. 364–365.
⁵¹⁶ Osk. Holtzmann, Christus, 1922, S. 123.

будет Сам Иисус. В сонме блудниц и мытарей, Он – «злодей» среди злодеев, «отверженный» среди отверженных, «проклятый» среди проклятых.

Этот народ – невежда в законе; проклят он (Ио. 7, 49), –
скажут люди закона о всех идущих за Иисусом, «беззаконником». Проклят «темный народ», am haarez, – вот это-то «проклятье» и будет Благословением, Блаженством, по закону «опрокинутого мира» – царства Божия.

XI

Равенство в законе – безличность; личность в свободе – неравенство: будет и этим рычагом опрокинут мир.

Кто имеет, тому дано будет, и приумножится; а кто не имеет, у того отнимется и то, что имеет (Мт. 12, 12), –
вот для меры сил человеческих невыносимая, возмутительная, душу переворачивающая, несправедливость, неравенство, – как бы нарочно в лицо всей человеческой справедливости брошенный вызов.

В этом смысле, не только вся Нагорная проповедь, все учение Христа, но и вся Его жизнь, – не что иное, как опрокинутый закон. Мир будет спасен величайшим из всех злодеяний – Богоубийством Голгофским: Крест – всех опрокинутых законов, перевернутых справедливостей венец.

Сколько бы ни доказывал Кант, что христианство есть «учение нравственное», прежде всего, – с тем же, если не с большим, правом могут доказывать другие, что христианство «безнравственно». Главное во всякой и в собственной Кантовой этике – «категорический императив» долга, а в Нагорной проповеди тот же императив опрокинут. Нет, уж если говорить о нравственности, то все религии, от Моисеева Закона до Ислама, все философии, от Сократовой до Кантовой, подводят более широкое и твердое, потому что более общедоступное, в меру человеческих сил осуществимое, основание под нравственность, нежели христианство, с его нечеловеческой безмерностью, таинственной «превратностью», уходом из трех измерений в четвертое, где «все наоборот». Самое шаткое из всех равновесий, конус, поставленный на острие, – вот что такое христианство. Дорого обошлось оно людям, – не слишком ли дорого? Но, прежде чем это решить, надо бы подумать: можно ли было меньшей ценой спасти погибающий мир?

XII

Детскую игрушку, ваньку-встаньку, напоминает человек, с тою лишь разницей, что у того человечка, игрушечного, свинцовый груз –

в ногах, а у настоящего – в голове. Ваньку-встаньку нельзя опрокинуть, все подымается на ноги, а человека нельзя поднять, – все падает, как пал Адам, согрешив. Первородный грех и есть этот, к низу тянущий обратного ваньку-встаньку, свинцовый груз. Падшего в людях Адама поднять не может никакой закон, никакой императив, никакая нравственность. Чтоб это сделать, надо переместить в человеке центр тяжести. Это и делает Нагорная проповедь.

Не собирайте себе сокровищ на земле... но собирайте себе сокровища на небе...

Ибо, где сокровище ваше, там будет и сердце ваше. (Мт. 6, 19–21.)

Радуйтесь в тот день и веселитесь, ибо велика ваша награда на небесах. (Лк. 6, 22–23.)

Сердце человека – истинное сокровище, – тянущий груз, уже не свинцовый, а золотой, – переместится, и обратный ванька-встанька, падший Адам, встанет на ноги. Если царство Божие есть «опрокинутый мир», то и обратно, мир есть опрокинутое царство Божие. Снова опрокинуть раз уже опрокинутое, перевернуть перевернутое, – это и значит восстановить, выпрямить, поднять падший, оживить мертвый, спасти погибающий мир.

Это бесконечно просто, и не трудно, а невозможно людям, кроме одного Человека – Иисуса; этого не только никогда никто не делал, но и никому никогда не приходило в голову, что это вообще можно сделать.

XIII

Горе наше в том, что, за две тысячи лет, мы так привыкли к словам Его (как будто можно к ним привыкнуть, если только услышать их раз), что уже оглохли, ослепли к ним окончательно: твердим их, как таблицу умножения, бессмысленно. Но если б мы могли чуть-чуть отвыкнуть от них и вдруг услышать их так, как будто они сказаны не за две тысячи лет, а вчера-сегодня, то, может быть, мы удивились бы, ужаснулись; поняли бы вдруг, что это самые неимоверные, невыносимые, невозможные для нас, «безумные», как дважды два пять, самые нечеловеческие из всех человеческих слов.[517] И всего неимовернее, может быть, то, что Он говорит их так просто. В каждом слове Его опрокинут мир, с такою же бездонно тихою ясностью, как в совершенно гладком зеркале вод – отраженные в них берега. Самое тяжкое, темное, страшное для нас Он говорит как самое простое, ясное, легкое. «Кто потеряет душу свою, тот сбережет ее». Многие, может быть, и до Него это предчувствовали, как

---

[517] Д. Мережковский, Тайна Запада, II Боги Атлантиды, 2, Стыдный раны, XXV–XXVI.

блаженно-ужасающую тайну, но Он первый это сказал так, как всем понятную и очевидную истину, как дважды два четыре, но в мире не трех, а четырех измерений. В том-то именно и главная особенность Его, что глубочайшее и сокровеннейшее, опрокидывающее мир с неодолимою силою, говорит Он так просто, легко и естественно, как будто не может быть иначе, и это всем известно, а Он только Вспоминает забытое, открывает то, что у всех людей таится в душе.[518]

Если кто приходит ко Мне и не возненавидит отца своего, и матери, и жены, и детей, и братьев, и сестер, а притом и самой жизни своей, тот не может быть Моим учеником (Лк. 14, 26), –

эти раздирающие наше сердце слова Он говорит так тихо и ласково, как и мать не говорит с ребенком. Но мы должны помнить, как все это неимоверно, неслыханно, перевернуто, обратно или даже «превратно»: да, лучше это считать губительно-превратным, «демоническим», чем к этому привыкнуть, как мы привыкли. Те, кто ненавидит Его, ближе к Нему и правее тех, кто лишь терпит Его и считает Нагорную проповедь «отчасти полезною» – «учением нравственным прежде всего».

XIV

«Кто не возненавидит отца своего и матери»... Хочется, не дослушав, бежать от страха, но, может быть, потому именно, что не дослушал. Если это кажется «возмутительным», «противоестественным», то, может быть, потому, что принято, как новая заповедь, закон, повеление: «возненавидь». Но ведь это вовсе не так. Верно понятые слова Его страшно освобождают нас, а не порабощают; ставят перед нами цели, задачи, а не законы.[519] Требует ли Он чего-нибудь, повелевает ли, принуждает ли? Нет, только сообщает опыт, непреложно ясный хотя и не нашему, а иному, как будто опрокинутому, а на самом деле, может быть, восстановленному, здравому смыслу, где все наоборот смыслу нашему, мнимо-здравому, больному, искаженному.

Столь непонятное, страшное для нас, в Его неиспытанной нами любви, небесно-земной, agápê, становится простым, легким и радостным в нашей любви, только земной, – эросе. «Люби врага твоего». Если в плотской любви один любит, а другой ненавидит, то любящий любит и врага, и это так естественно, что ему не надо говорить: «Люби». – «И оставит человек отца и мать, и прилепится к жене своей» (Мт. 19, 5), – столь же естественно.

---

[518] A. Harnack, Das Wesen des Christentums, 1902, S. 24, 44.
[519] Br. Wehnert, Jesu Diesseitsreligion, 1911, S. 21.

Сделавшие опыт Его любви знают, что, любя Его, нельзя не оставить, не возненавидеть, если для Него это нужно, отца и матери, и не прилепиться к Нему так же естественно, легко и радостно, как любящий прилепляется к возлюбленной.

Нет, вовсе не говорит Он: «оставь», «возненавидь»; Он только говорит: «возненавидишь», «оставишь». Вовсе ничего для Себя от человека не требует, а только соблазняет его, пленяет Собой, влюбляет в Себя; не повелевает ничего, а лишь открывает, что было, есть и будет в человеке, или может быть всегда, – скрытое в нем и всегда готовое открыться Блаженство.

XV

Это не легко и не трудно, а *это есть,* или *этого нет;* и у кого есть, тому познать Блаженство не трудно, а невозможно не познать, не потерять для него души своей, не возненавидеть отца и матери, не полюбить врага, – как невозможно берегу не опрокинуться в ясной поверхности вод. Если же есть малейшее усилие, принуждение, несвобода, легчайшая тень «закона» в Блаженствах; если я не лечу, не падаю в них, то это еще не Блаженства. Трудно человеку войти сквозь тесные врата, оторваться от земли, как устрице – от родной скалы; но, раз он вошел, оторвался, то уже легко. Легкость эта и есть главный признак Иисусова бремени:

бремя Мое легко. (Мт. 11, 30.)

Если же слова Его кажутся нам иногда слишком тяжкими, страшными, как будто нарочно ранящими, то лишь потому, что розе Блаженств нужны против ослиных зубов шипы; ограда нужна против топчущих жемчуг свиней. Не забудем сказанного о тесных вратах, не будем обманывать нашей первой, человеческой, а не Его, последней, божественной легкостью. Очень легко увидеть в ясном зеркале вод опрокинутый мир, этот мир – в том; но очень трудно понять, что мир, как будто прямостоящий и действительный, на самом деле отражен и опрокинут, а как будто отраженный и опрокинутый – прямо стоит и действителен; или даже опять-таки не трудно, а невозможно сделать это без Него:

делать без Меня ничего не можете. (Ио. 15, 5.)

XVI

Знайте, что близко, при дверях. (Мк. 13, 29.)
Ибо еще немного, очень немного, и Грядущий придет и не умедлит. (Евр. 10, 37.)

Время уже коротко, так что имеющие... должны быть, как не имеющие; и плачущие, как не плачущие; и радующиеся, как не радующиеся; и покупающие, как не приобретающие; и пользующиеся миром сим, как не пользующиеся; ибо преходит образ мира сего. (I Кор. 7, 29–31.)

Точка промежуточная, interim, между этими двумя сближенными строками, – тем, когда сказано: «Господь грядет», Maranatha, и тем, когда это сбудется, и есть точка зрения Блаженств. Если «завтра», – сколько бы веков и тысячелетий ни отделяли это наступающее в вечности, внутреннее «завтра» от исторического, внешнего, – если завтра Конец, то все блаженно легко, как во сне или на другой планете, с меньшей, чем на земле, силой притяжения. Но вот, Конец замедлится, и все опять отяжелеет прежнею, земною тяжестью, и Блаженства сделаются скорбными; «новый Закон», nova lex, Новый Завет, сделается более тяжелым бременем, чем Ветхий les antiqua; новое вино свободы претворится в старую воду закона. Было, как бы не было? Нет, было, есть и будет. Слышащие слышат, видящие видят, что, как бы ни было далеко внешнее «завтра», внутреннее – близко. Если за две тысячи лет – миг в вечности – это было «близко, при дверях», то теперь еще ближе: может быть, уже входит в двери. Сколько бы ни отдаляли мы нашу смерть, наш конец личный, – наступит минута, когда мы увидим ее лицом к лицу; так же увидит мир и общую смерть, кончину века сего.

Все еще говорят и будут говорить Святые – Блаженные:

Мы неизвестны, но нас узнают; нас почитают умершими, но вот, мы живы; нас казнят, но мы не умираем; нас огорчают, но мы всегда радуемся; мы нищи, но многих обогащаем; мы ничего не имеем, но всем обладаем. (11 Кор. 6, 9–10).

Все еще тлеет под пеплом этот огонь, и может вспыхнуть всегда.

Сколько бы мы ни забывали Блаженств, помнят их детские очи, и звезды, и птицы небесные, и полевые лилии; сколько бы мы ни заглушали его, не заглохнет в мире таинственный зов:

Все готово; приходите на брачный пир.

XVII

Прямо стоящий мир будет опрокинут Иисусом, или опрокинутый – поставлен прямо: сколько бы мы ни уничтожали дело Его, – нарушенное Им равновесие уже не восстановится. Зиждется ли Им все или разрушается в мире; восстает или падает; к добру идет иль к худу, – но дойдет до конца, не остановится. Правильно-планетное, круговое движение земли нарушено, и, превратившись в комету, несется она по какой-то неведомой нам траектории.

Кто ученики Господни? «Всесветные возмутители», οἱ τὴν οἰκουμένην ἀναστατώσαντες (Д. А. 17, 6), «революционеры всемирные», по-нашему: ἀνάστασις значит «восстание»; ἀνάστασις, «воскресение», «восстание из мертвых». Все христиане – «возмутители всесветные», опрокидывающие – или восстанавливающие мир. Первый же из них и величайший – Христос. Кто бы ни был Он, – Губитель или Спаситель, Он Первый Двигатель, Primo Motore, опрокидывающий – или восстанавливающий мир.[520]

Внешние перевороты, политические и социальные революции, – все поверхностны: буйны и кратки, дерзки и робки, грубы и слабы; все останавливаются на полдороги, или кончают своей противоположностью: освобождая, порабощают. В новом порядке возникает старый. Ванька-встанька, только что сваленный, но не с перемещенным центром тяжести, опять встает и крепче утверждается. Новый порядок хуже старого: вместо веревочных уз – железные, стальные, адамантовые; внешнее рабство становится внутренним: люди сами в цепи идут, жаждут рабства все неутолимее. И этот «прогресс» бесконечен.

Тщетны все революции, перевороты внешние; в мнимом движении, неподвижны все. Только один – Его, Первого Двигателя, внутренний переворот действителен, потому что только он перемещает в человеке и в мире внутренний центр тяжести; только он – глубочайший и сильнейший, потому что тишайший.

Кажется, именно мы сейчас яснее, чем кто-либо, когда-либо, за две тысячи лет христианства, могли бы почувствовать, что «близко, при дверях» конец, если не мира, то наш, – бывшего христианского человечества, и могли бы понять тоже яснее, чем кто-либо, за две тысячи лет, что Иисус, «Возмутитель всесветный», действительно опрокинул мир или восстановил. Самое глубокое, сильное в мире, – самое тихое.

Я победил мир (Ио. 16, 33).
Чем? Тишиной.
Будет веяние тихого ветра, и там Господь (I Цар. 19, 12) –
это пророчество на горе Блаженств исполнилось: «тихий ветер этот потряс основание земли и сорвал вершины гор».[521]

---

[520] Слово из механики Леонардо да Винчи, Codex Atlanticus.
[521] В. Розанов, Темный лик, 248.

XVIII

Только в яснейшем зеркале вод может отразиться берег с ясностью такой, чтоб ни одна черта не исказилась в отраженном образе; с тихостью такой, чтоб ни одна черта закона Отчего в свободе Сына не нарушилась, – может опрокинуться мир только в тишайшем сердце Господнем.

Сев, учил народ из лодки. Когда же перестал учить, сказал Симону: отплыви на глубину, и закиньте сети. (Лк. 5, 3–4).

Сети – слово Его, а глубина – Он сам. Только на поверхности души Его – бури, а в глубине – тишина. Бурею нисходит Дух Божий на всех пророков, а на Него – тишиной.[522]

Ты – Мой покой. Моя тишина, tu es... requies mea,

скажет Сыну Матерь Дух.[523] Всех бурь земных тишина небесная – Он.

Придите ко Мне все труждающиеся и обремененные, и Я успокою – утишу вас. (Мт. 11, 28.)

Мира вечный Двигатель, Он сам неподвижен: все вокруг Него движется.

Знают святые, а может быть и посвященные в древние таинства, что в буре экстаза наступает вдруг тишина, подобная голубому небу над смерчем. В круговороте божественной пляски, уносящей души, солнца и атомы, есть неподвижная ось: к ней-то и влечется все захваченное в круговорот. Сам экстаз – все еще жажда; только тишина – утоление; сам экстаз – все еще путь; только тишина – цель; сам экстаз – все еще мир, только тишина – Бог.

XIX

С Богом был Иисус, как никто из людей, и если быть с Богом, значит блаженствовать, то Он, как никто из людей, был блажен. Только что новый Адам вышел из рая, и раем пахнет еще от Него. Души человеческие, все одинаково, злые и добрые, помнят этот райский запах и летят на него, как пчелы на запах цветов; тянутся к Иисусу неудержимо, как компасные стрелки к магнитному северу. Всех увлечет Он на миг в блаженство Свое: этот-то миг – вечность – и есть Царство Божие.

Первый Адам и последний – один и тот же. Весь зон истории – времени – как бы сон Адама в раю, где с древа жизни вкушаемые пло-

---

[522] Osk. Holtzmann, War Jesus Ekstatiker? 1903, S. 42.

[523] Hieronim., Comment, in Jes. XI, 2. – Resch, Agrapha, 234.

ды – Блаженства. Память о рае – Блаженствах – есть у всех людей в душе, а Сын человеческий – только первый проснувшийся, вспомнивший Адам.

Отче! Ты возлюбил Меня, прежде основания мира (Ио. 17, 24), – вот религиозный опыт Иисуса, нами не сделанный, невозможный для нас. Тут кончается вся наша земная. Евклидова геометрия; тут мы – «комнатные собачки», κυνάρια, подбирающие крохи под столом (Мт. 15, 27); но и у крох тот же вкус, как у хлеба на столе, – плода с древа жизни. Опыта Блаженств нет у нас, и мы почти ничего не знаем о них; но глядя в лицо Его, слыша голос Его, не можем не чувствовать, что это и для нас возможно, или, по крайней мере, желанно. Кто понял Блаженства, тот принял их, потому что сердцу человеческому этого нельзя не желать.

Ваши же очи блаженны, что видят, и уши ваши, что слышат. (Мт. 13, 16.)

Все блаженства в том и заключаются, чтобы это видеть и слышать, – знать, что *это есть*.

XX

Будьте совершенны, как совершенен Отец ваш небесный. (Мт. 5, 48).

Ясно, или кажется ясным, что этого не только исполнить, но и помыслить человеку нельзя. Зачем же Он этого требует, или к этому зовет, манит? Зачем об этом говорить, как о самом простом, очевидном и даже как будто легком: «бремя Мое легко»? Кто возлагал на людей более тяжкое бремя?

Но вот что удивительно: сердце наше, внимая словам Его, все-таки знает – вспоминает, что тяжесть эта вдруг может сделаться легкостью.

И верится, и плачется,
И так легко, легко...

Каждый из нас, внимая Блаженствам, вспоминает или мог бы вспомнить, если бы так страшно не забыл, свой детский, райский сон, то, что своими ушами слышал, своими глазами видел на горе Блаженств.

XXI

Однажды, когда народ теснился к Нему, чтобы слышать слово Божие, а Он стоял у Геннисаретского озера, увидел Он две лодки, стоявшие на озере; а рыбаки, вышедши из них, вымывали сети.

Он же, войдя в одну лодку, которая была Симонова, просил его отплыть немного от берега и, сев, учил народ из лодки. (Лк. 5, 1–3.)

Так у Луки, а у Марка (4, 1–2):

... И вошел в лодку, и сидел на озере; а весь народ был на земле у озера.

И учил их притчами много.

«Притча», по-гречески αἴνγμα, «загадка», или παραβολή, «сравнение», «подобие», от παραβάλλειν, «перекидывать»: притча-парабола – как бы перекинутый мостик, сходня с корабля на берег – из того мира в этот, из вечности во время. По-еврейски «притча» – agada, «повествование», «рассказ» о том, что было однажды и бывает всегда; а «притча» maschal, – «иносказание», «подобие», в смысле Гётевском: «все переходящее есть только подобие», «символ», как бы из того мира в этот поданный знак.[524] В притчах-символах является не только Слово, Логос, но и мир, космос: *в притчах... изреку сокровенное от создания мира* (Пс. 77, 22 – Мт. 13, 35).

Форма совершеннейшая, в какую только могла отлиться Иисусова мысль, чувство и воля; внутреннейшая, на ядре их, оболочка; больше, чем одежда на теле, – тело на душе, – вот что такое притча. Явственней, чем на всех остальных словах Господних, отпечатлелось на притчах живое лицо Иисуса; внятнее слышится в них «живой, неумолкающий голос» Его;[525] как бы само «дыхание божественных уст», suavitates quae velut ex ora Jesu Christi afflari videntur, – все еще веет в притчах;[526]

XXII

Евангельская притча есть нечто единственное, небывалое и неповторимое. Чтобы в этом убедиться, стоит лишь поискать чего-нибудь подобного притчам о бедном Лазаре, о блудном сыне или о милостивом Самарянине не только во всех книгах человеческих, но и во всей Книге Божественной, кроме Евангелия.[527] Этот небесный цветок цвел на земле только раз.

Был Соломон мудрее всех людей... и изрек он три тысячи притч, meschalim. (III Цар. 4, 31–33.) *Но вот, здесь – (в притчах Иисуса) – больше Соломона* (Мт. 12, 42), –

по слову самого Господа.

---

[524] Lagrange, Evangile de Jesus Christ, 1930, p. 13. – A. Jülicher. Die Gleichnisreden Jesu, 1910, S. 33.
[525] Papias ap. Euseb., Hist. Eccl., III, 39.
[526] Widmanstadt (1555 anno) ap. Arn. Meyer, Jesu Muttersprache, 1896, S. 10.
[527] Jülicher, 23.

Как ни прекрасны и глубоки многие притчи в Талмуде, левая критика только по недостатку религиозного и художественного вкуса может сравнивать их с евангельскими притчами: школьным потом пахнет от тех, а от этих – росною свежестью Галилейского утра; то, человеческое, отличается от этого, Божьего, как земные огни – от звезд небесных.[528]

XXIII

«Все, что у вас есть, есть и у нас; это я уж тебе по дружбе, одну нашу тайну открываю, хоть и запрещено», – скажет черт Ивану Карамазову.

«Все, что у вас», в здешнем мире, «есть и у нас», в мире нездешнем. Притча – подобие, соответствие, согласие, созвучие, символ, симфония двух миров: тот мир отвечает этому в притче, как звенящий на лютне струне отвечает немая струна.[529] Тот мир обратно подобен этому, опрокинут в нем, как небо в зеркале вод; и стоящие на берегу люди, и лодка на озере, и сидящий в лодке, сказывающий притчу, Иисус, – как бы два ряда символов: один ряд – в слове, другой – в действии.

Узами подобий, символов, как звеньями золотой, с неба на землю спущенной, цепи, возносится душа человеческая от земли к небу, в неощутимых для нее полетах, как бы в исполинских, астрономических «параболах» (то же слово для притчи, parabolê, как движения небесных тел).

Мир сей как бы пленяется, соблазняется в притчах его же собственным мирским соблазном; побеждается его же собственным мирским оружием; уловляется в его же собственные мирские сети.[530]

Отплыви на глубину, и закиньте сети.

Сети – притчи; мир – глубина.

XXIV

И, приступив, ученики сказали Ему: для чего притчами говоришь им?

Он же сказал им в ответ: для того, что вам дано знать тайны царства небесного, mysteria, а им не дано...

Потому говорю им притчами, что они, видя, не видят, и слыша, не слышат, и не разумеют. (Мт. 13, 10–13).

---

[528] Jülicher, 161.
[529] Существо притчи – «соответствие», «подобие», homoion. – Jülicher, 105.
[530] Jülicher, 118.

Сидя в лодке, сказывает притчи стоящим на берегу. Голос, по воде звучащий, слышнее слуху телесному, но не духовному. «Тайна Царства Божьего», «мистерия», отдаляет, как водная черта, «посвященных» в мистерию, «внутренних» от «непосвященных», «внешних».[531]

XXV

Слово о разделении на «посвященных», спасаемых, «непосвященных», погибающих, «неисторично», «неподлинно», потому что слишком «несправедливо», – с легкостью решает левая критика.[532] Но по общему правилу: чем слово Господне для нас неимовернее, тем подлинней; и, может быть, лучшая порука в исторической подлинности этого слова – крайняя, с нашей человеческой точки зрения, невыносимая тяжесть его, странность, парадоксальность, неземная чудесность, – чудовищность, опрокинутость, обратность всей Канто-Аристотелевой этики, всей нашей земной, Эвклидовой геометрии, как бы вывернутость наизнанку, трех измерений в четвертом, где «все наоборот», так, что левая перчатка надевается на правую руку, и происходит ломающий вывих всего.

XXVI

Притчи только у синоптиков; их нет в IV Евангелии, самом таинственном из всех четырех, прозрачно-темном, бездонно-ясном, как ночное небо.

Притчами говорил Я вам доселе, но наступает время, когда уже не буду говорить вам притчами, но прямо возвещу вам об Отце...

Я исшел от Отца, и пришел в мир, и опять оставляю мир и иду к Отцу.

Ученики сказали Ему: вот теперь Ты прямо говоришь и притчи не говоришь никакой.

Теперь видим, что Ты знаешь все... Посему веруем, что Ты от Бога исшел.

Иисус отвечал им: теперь веруете? Вот, наступает час, и настал уже, что вы расстаетесь, каждый в свою сторону, и Меня оставите одного. (Ио. 16, 25–32.)

Слово это сказано, конечно, не только Двенадцати на Тайной Вечере, но и всем ученикам Его, до конца времен.

---

[531] W. Wrede, Das Messiasgaheimniss in den Evangelien, 1913, S. 54–61.
[532] P. Wernle, Die synoptische Frage, 1899, S. 145.

Те, кто со Мной, Меня не поняли.[533]
Сын человеческий, пришед, найдет ли веру на земле? *(Лк. 18, 8.)*
Как надо не знать Его, не любить, чтобы не услышать, с какою мукой стучится Он, в притчах, в запертые двери нашего сердца: «кто имеет уши слышать, да слышит!»
Так, многими притчами проповедовал им слово, *сколько они могли слышать* **(Мк. 4, 33).**

В этом-то «сколько» и ключ ко всему: люди, как ни глухи, все-таки слышат, сколько могут слышать, в притчах, а без них совсем ничего не услышали бы – «рассеялись бы, каждый в свою сторону, и оставили бы Его одного». Нет, в притчах – не самое «жестокое», «нелепое», как нелепо и жестоко думает левая критика, а самое милосердное и мудрое подхождение к истине.

XXVII

«В евангельских притчах мы имеем нечто подобное греческому ваянию, где совершенная прелесть как бы дает себя осязать и любить», – замечает Ренан только отчасти верно:[534] увы, есть и у греческих ваятелей, так же, как и у Гомера, полынь в меду – в сладчайшей любви к жизни горький привкус смерти. Жизнь любить такою бессмертной любовью, какою любит ее Иисус в притчах, мог только Он один, победивший смерть.

В тихой ясности притч, ласково покоится взор Его на всех явлениях мира и, проникая сквозь все покровы их, видит руку Бога живого во всем, что растет и зреет под Божьим солнцем и росою небесною, до последней жатвы – Конца.[535]
Ты возвестил Меня, Господи, творением Твоим; я восхищаюсь делами рук Твоих *(Пс. 91, 5),* –
мог бы Он сказать, как никто, потому что и Сам участвует в деле Отца, в творении мира:
Отец Мой доныне делает, и Я делаю *(Ио. 5, 7).*
Две у Него родины – земля и небо, и Он как будто иногда не знает Сам, какая из двух Ему роднее, какую Он больше любит.

Все земное отражается в притчах с неземною четкостью, как в ясных водах райских озер; снится, вспоминается как уже в царстве небесном – вечности, все, что было на прежней, покинутой, скорбной,

---

[533] Acta Petri cum Simone, c 10 – Resch, Agrapha, 277.
[534] Renan, Les Evangiles, 1923, p 99.
[535] Harnack, Das Wesen des Christentums, 25.

скудной, и все-таки милой, земле. Как бы оттуда сюда, с неба на землю смотрит Он взором любви бесконечной.[536]

О, как понятно, что дети и взрослые, глупые и мудрые, злые и добрые, все одинаково слушали и будут слушать Иисусовы притчи с ненасытимою жадностью, даже не понимая тайного смысла их, как неземные и все-таки вечно родные, детские, райские сны!

XXVIII

Отнятые у небесных детей. Ангелов, и подаренные людям, детям земли, игрушки, – вот что такое притчи. Кажется иногда, что Иисус играет в них сам, как дитя, с людьми, миром и даже с Отцом. Тихая на всем улыбка: «ласков и тих в увещании, весел с достоинством hilaris servata gravitate», – по апокрифу Лентула.

Мог ли бы Он, без внутренней улыбки, грустной и радостной вместе, как солнце сквозь облако, сравнивать Себя с «подкапывающим

---

[536] В притчах Иисуса – жадно, как у маленьких детей или у Адама в раю, на все открытый и все видящий глаз.

Поняли бы, может быть, и нынешние «тихие люди земли», так же как тогдашние, почему Иисус едва ли мог сказать с поэтической общностью, как у Матфея (6, 26) «посмотрите на птиц небесных», а сказал, вероятно, с наглядною точностью, как у Луки (12, 24) «Посмотрите на воронов они не сеют, ни жнут, нет у них ни хранилищ, ни житниц, а Бог питает их Всех птиц небесных мудрее, к Богу, доверчивее всех, – ворон, вылетающий искать себе пищи с первым веяньем весны, на голые, еще зимние поля».

Поняли бы также в притче о соли (Мк 9, 50) то, чего мы не понимаем, как может быть соль «несоленой» Генисаретские солильщики рыбы, употреблявшие «слабую», из Мертвого моря, потому что нечистую, с другими веществами смешанную соль» (Lagrange, Marc, 254)

Всякая хозяйка бедного галилейского домика узнала, бы себя в притче о потерянной драхме (Лк 15, 8–10), где женщина, зажегши днем лампадку, λυχνον, потому что в сельских домах Галилеи темно и днем, особенно в углах, куда могла закатиться драхма, метет пол, чтобы пропавшая денежка звякнула, а что не украдена, знает, вероятно, потому что не выходила из дому (Ad Julicher, Die Gleichnisreden Jesu, 321.)

Всякий винодел и садовник узнал бы себя в притче о бесплодной смоковнице (Лк 13,6–9) лучшие соки земли высасывают глубоко в нее входящие корни этого дерева, а ветви его слишком густою тенью лишают солнечного света и тепла соседние злаки, особенно лозы виноградников, где большей частью сажаются смоковницы (Julicher, 436.)

Понял бы всякий нищий, из иудеев же особенно, потому что свиньи для них, по Закону, «нечисты», – до какого лютого голода должен был дойти Блудный сын, когда «рад был наполнить чрево свое рожками которые ели свиньи, но никто не давал ему» (Лк 15, 61.)

дом, ночным вором» (Лк. 12, 39), или Отца, то с «неправедным судьею» (Лк. 18, 1–7), то с ленивым другом, не желающим вставать ночью с постели, чтобы дать хлеба взаймы просящему другу (Лк. 11, 5–8), то с обманутым домовладыкой, который хвалит управителя неверного, бесчестного, за то, что тот обманул его, поступил «догадливо», ибо «сыны века сего догадливее, φρονιμώτεροι (житейски умнее) сынов света в своем роде»? (Лк. 16, 1–8).

Многие притчи запечатлены таким божественным здравым смыслом, что наш человеческий смысл кажется перед ним лишь обезьяньей или сумасшедшей хитростью. И тут же, рядом с детской простотою, – неземная метафизика, темная глубина под светлой поверхностью. Точно мимоходом, нечаянно, открываются иногда премирные тайны: притча-парабола, как будто только земная, – становится вдруг исполинскою, из этого мира в тот уходящею, «астрономической параболой».

XXIX

За две тысячи лет, почти никто не увидел, какая загадка о премирном, не только от человеческой воли идущем зле заключена в притче о плевелах, неразличимо-смешанных, в искушающем равенстве с доброй пшеницей – «сынами Божьими» (Мт. 13, 24–30; 36–43).

Точно такая же «астрономическая парабола» – в притче о соли.

Вы – соль земли. Если же соль потеряет силу, чем сделаешь ее соленою? Она уже ни к чему не годна, как разве выбросить ее вон на попрание людям. (Мт. 4, 13) *Ибо всякий огнем осолится, и всякая жертва солью осолится.* (Мк. 9, 49.) [537]

Судя по тому, что в предыдущих стихах говорится у Марка о «вверженных в геенну огненную» (9, 44; 47), речь идет и в этом стихе о том же огне: всякий, не только ввергаемый в геенну, но и вступающий в рай, «огнем сселяется», как «жертва – солью», проходит через какой-то общий для всех огонь. Какой же именно? «Бог есть любовь» (I Ио. 4, 16), и «огнь поядающий» (Втор. 4, 24): значит, Бог есть огонь любви – начало бессмертия для всех одинаково, спасаемых и погибающих, как соль есть начало нетления для всех сселяемых веществ. Вечною мукою в аду или вечным блаженством в раю будет один и тот же огонь любви, там неутолимой, здесь утоляемой.

---

[537] Слово это, во второй, главной части своей, выпавшее из канонического текста, вошло снова только в позднейшие чтения из латинской Вульгаты и из греческого textus receptus Глубокая древность и, вероятно, подлинность его, однако, засвидетельствована в Codex Cantabrigiensis, ad Marc 9, 43 (Resch, Agrapha, 41, 339).

«Что есть ад?.. Страдание о том, что нельзя уже более любить, – учит старец Зосима у Достоевского. – Раз, в бесконечном бытии, дана духовному существу, появлением его на земле, способность сказать себе: „Я есмь и люблю". И что же? Отвергло сие существо... дар бесценный, не возлюбило... и осталось бесчувственным. Видит таковой, уже отошедший... и лоно Авраамово, как в притче о богатом и Лазаре, и рай созерцает, и ко Господу восходить может, но именно тем-то и мучается, что ко Господу взойдет он, не любивший... Ибо зрит ясно и говорит себе уже сам: „ныне уже и знание имею и, хоть возжаждал любить, но уже подвига не будет в любви моей, не будет и жертвы, и не придет Авраам, хоть каплею воды живой... прохладить пламень жажды любви деятельной, которою пламенею теперь, на земле ее пренебрегши; жизни нет уже, и „времени более не будет"... Говорят о пламени адском материальном: не исследую тайну сию и страшусь, но мыслю, что если б и был пламень материальный, то воистину обрадовались бы ему, ибо в мученье материальном, хоть на миг, позабылась бы ими страшнейшая всего мука духовная. Да и отнять у них эту муку невозможно, ибо она внутри их... А если б и возможно было отнять, то стали бы оттого еще горше несчастными. Ибо хоть и простили бы их праведные, из рая созерцая муки их, и призвали бы их к себе, любя бесконечно, но тем самым им еще более приумножили мук, ибо возбудили бы в них еще сильнее пламень жажды ответной, деятельной и благодарной любви, которая уже для них невозможна".[538]

Нынешние – бывшие христиане, «соль, потерявшая силу», те, кто страдает «розовой немочью» христианства, кто не верит в вечные муки (как будто не познается, уже и на пределах муки земной, возможность вечных мук), и кому пустыми кажутся слова Судии: «Идите от Меня, проклятые, в огонь вечный» (Мт. 25, 41), – пусть подумают об этих страшных словах Достоевского: может быть, поймут они, что значит исполинская притча-парабола: «Всякий огнем осолится».

XXX

Все эти, в притчах, как будто мимоходом и нечаянно открываемые тайны – только падающие со стола и нами, «комнатными собачками», подбираемые крохи; но можно и по ним судить, каков пир. В притчах говорит людям Иисус, «сколько могут они слышать», – бесконечно много для них, а для Себя бесконечно мало.

---

[538] Достоевский, Братья Карамазовы, Книга VI, Из бесед и поучений старца Зосимы, IX, О аде и адском огне рассуждение мистическое.

Если Я сказал вам о земном, и вы не верите, как поверите, если я буду говорить вам о небесном? (Ио. 3, 12.)

Сила, побеждающая мир, та же в притчах, что в Блаженствах, – тишина. Только в сердце Господнем, тишайшем, внятны символы, симфонии, созвучия двух противоположно подобных миров, того и этого.

Чему уподобим царство Божие, или какою притчею изобразим его? (Мк. 4, 30.) –

спрашивает Господь, как будто знает, что изобразить его нельзя ничем.

Тайна царства Божия дана вам, а тем, внешним, все бывает в притчах.

Это и значит: неизобразимая тайна всех притч есть царство Божие. Все озаряется в них тихим светом незакатного солнца – как бы уже наступившего царства Божия.

Блаженны нищие духом, ибо их есть царство небесное.

Не будет, а уже есть. В притчах, так же, как в Блаженствах, – вечный мир, субботний покой, тишина райская.

Сердце Господне, тишайшее, солнце Блаженств, солнце всех притч, – царство Божие.

4. Царство Божие

I

И призвав двенадцать учеников Своих... послал их Иисус, говоря:...проповедуйте, что приблизилось царство небесное. (Мт. 10, 1, 7.) *Они пошли, и проходили по селениям, возвещая Блаженную Весть* (Лк. 9, 6.)

После сего же, избрал Господь и других семьдесят учеников, и послал их по два пред лицом Своим во всякий город и место, куда сам хотел идти.

И сказал им: жатвы много, а делателей мало; итак, молите Господина жатвы, чтобы выслал делателей на жатву Свою. Идите! Я посылаю вас, как агнцев среди волков... И, если придете в какой город и примут вас... говорите: «приблизилось к вам царствие Божие». Если же не примут, то, вышедши на улицу, скажите: «И прах, прилипший к нам от вашего города, отрясаем вам; однако ж знайте, что приблизилось к вам царствие Божие» (Лк. 10, 1–3, 8–11.)

Первых двенадцать учеников послал Иисус, по свидетельству Матфея, еще до казни Иоанна Крестителя (11,2), следовательно, в начале служения; а по свидетельству Марка (6, 7–12) и Луки (9, 1–6), уже после казни, значит, в конце служения.

Ирод же, услышав об Иисусе, ибо имя Его стало гласно... говорил: это Иоанн Креститель воскрес из мертвых (Мк. 6, 14).

И недоумевал:... «кто же этот, о котором я слышу такое?» И искал увидеть Его. (Лк. 9, 7–9.)

А на последнем пути Господа в Иерусалим, некоторые из фарисеев говорили Ему:

выйди и удались отсюда, ибо Ирод хочет убить Тебя (Лк. 13,31.)

Маленький Ирод Антипа, слыша народную молву об Иисусе:

не это ли Христос-Мессия (Мт. 12, 22.), –

вспомнил, может быть, отца своего Ирода Великого: «Ирод есть Христос (Мессия), – говорили Иордане».[539] Ирод-отец хочет убить Христа Младенца (Мт. 2, 13), а Ирод-сын – Мужа.

Иродовой закваски берегитесь (Мк 8, 15), –

скажет Господь, по умножении хлебов, когда захотят Его самого сделать царем, новым Иродом (Ио. 5, 15); скажет и о всех подобных Мессиях:

все, сколько их ни приходило до Меня, суть воры и разбойники. (Ио. 10, 8.)

Близкий к Нему, в Галилее, «разбойник» – Ирод; дальний, в Риме, – Тиберий, тогда, а потом – Нерон, «Зверь» Апокалипсиса. «Царство Зверя» – против царства Божия.

В день, когда посылает Господь учеников на проповедь, царство Божие входит в историю – встречается лицом к лицу с царством Зверя. Брошенное в землю, зерно прорастает; тайна Царства открывается, насколько может вечное открываться во времени.

Что говорю вам в темноте, говорите при свете; и что на ухо слышите, проповедуйте на кровлях (Мт. 10, 27).

Эта первая точка царства Божьего в пространстве и времени, разрастаясь бесконечно, обнимет вселенную:

И проповедана будет сия Блаженная Весть царствия по всей вселенной (Мт. 24, 14).

II

Что такое царство Божие?

Много недоразумений между Христом и христианством, но, кажется, нет большего, чем это, – в сердце Евангелия, сердце Господнем.

---

[539] Tertullian, Prescript, 45 Herodiani Herodem Christum (Messiam) esse dixerunt – Th Keim, Geschichte Jesu von Nazara, I, 177.

Где царство Божие? «Не на земле, а на небе», – отвечают христиане; «на земле, как на небе», – отвечают иудеи. Кто, в этих двух ответах, ближе ко Христу, – те ли, кто отверг Его, или те, кто принял?

Да будет воля Твоя и на земле, как на небе, –

здесь, для христиан, глухо, мертво звучит «на земле»; живо, внятно, – только «на небе». Вот почему и главное прошение молитвы Господней:

да приидет царствие Твое, –

так бессильно, глухо, мертво. Сколько веков повторяют люди эту молитву – живое биение сердца Господня, – с каждым днем все глуше, мертвее, бессильнее! Если царство Божие не на земле и на небе, а только на небе, то приходить ему некуда. Вот где мог бы сказать Господь: «Те, кто со Мной, Меня не поняли». Поняли Его свои, дети Израиля, и не приняли, распяли; приняли чужие, «псы», язычники, но не поняли, и тоже, хотя по-иному, распяли. Эллины, если бы к ним пришел Господь и проповедал у них царство Божие, не только небесное, но и земное, может быть, не распяли бы Его по плоти, но сделали бы хуже, – посмеялись бы над Ним, как над Павлом, в Ареопаге:

об этом послушаем тебя в другое время (Д. А. 17, 31–32.)

III

То, что нам, арийцам, эллинам, «псам», трудно, почти невозможно, – детям Божьим, семитам, легко: не разделять метафизически, холодно, и не смешивать мифологически, кощунственно, а плотски, кровно, огненно соединять два мира, тот и этот; два порядка, божеский и человеческий. Наша движущая сила, религиозная или антирелигиозная, – в уходе от мира к Богу или от Бога к миру; сила же семитов – обратная, в соединении Бога с миром. Глаз наш, арийский, видит лишь бесконечность времени; глаз же семитский видит Конец – тот горизонт всемирной истории, где земля сходится с небом, время с вечностью.

В этом религиозном опыте – сила вообще всех семитов, иудеев же особенно. Чувствовать с такою силою Бога, входящего в историю, дано было только одному народу – Израилю. «Царство небесное» по-еврейски, malekut schamajim, по-арамейски, malek ûta di schemaija, открывалось еще на Синае; на Сионе же, когда воцарится Мессия, – откроется, явится уже окончательно. В этом-то именно смысле и употребляется слово «царство» в простом народе, во времена Иисуса.[540] «Царство небесное», значит не только «сущее на небе», но и «сходящее с неба на землю».[541]

---

[540] Fr. Barth, Die Hauptprobleme des Leben Jesu, 1918 S. 42.
[541] Arn. Meyer, Die moderne Forschung über die Geschichte des Urchristentums, 73.

В книге Даниила, всемирная история, чем больше удаляется сознательно, вольно, от цели своей – царства Божия, тем больше приближается к нему невольно, бессознательно. Кончится внезапно все старое, и начнется новое: царство Божие с неба на землю падет, как созревший плод с дерева; здесь еще, на земле, во времени, осуществится, как новый эон всемирной истории, где все земное сделается вдруг небесным, и небесное – земным.[542]

Скоро, во дни жизни нашей, да воцарится Господь, и да приидет Помазанник Его (Мессия), и да освободит народ Свой, –

таково прошение древнеиудейской молитвы Kaadisch.[543]

Бог идет судить землю:
трепещи пред лицом Его вся земля.

... Да веселятся небеса, и да торжествует земля; да шумит море, и что наполняет его.

Да радуется поле и все, что на нем, и да ликуют все дерева дубравные, перед лицом Господа, ибо идет, ибо идет судить землю. (Пс. 95, 9; 11–13.)

Вот что значит: «да будет воля Твоя и на *земле,* как на небе». Главное здесь ударение для нас на слове «небо», а для первохристиан, так же как для иудеев, на слове «земля». Весть о царстве Божьем, конце всемирной истории, звучит для нас, как похоронный колокол, а для них – как зовущая к победному бою труба.

IV

То же ударение на слове «земля» – в Блаженствах и в притчах.
Блаженны кроткие, ибо они наследуют землю. (Мт. 5, 5.)
Царство Божье – «семя, брошенное в *землю*» (Мк. 4, 26), зреющая на земле «жатва», «сокровище, скрытое в *земле*» (Мт 13, 38, 44).
Царство небесное подобно купцу, ищущему хороших жемчужин, который, нашедши одну драгоценную жемчужину, пошел и продал все, что имел, и купил ее. (Мт. 13, 45–46.)
Как бы двумя цветами переливается жемчужина Царства; голубым, холодным, небесным, и розовым, теплым, земным. Вся красота, вся драгоценность жемчужины – в этом сочетании двух цветов. Только один голубой – остался в позднем христианстве, а розовый – потух.
С неба на землю сходит царство Божие, – это огненное жало притупить, значит умертвить Евангелие: уже не физически, плотски, как

---

[542] Wellhausen, Israelitische und Judiche Geschichte, 1921 S. 287.
[543] Joh. Weiss, Die Predigt Jesu vom Reiche Gottes, 1900, S. 14–15.

это сделал Израиль, а духовно, метафизически, как мы это делаем, – распять Христа.

V

«Царство Божие есть Церковь: большего, лучшего царства на земле не будет, – будет только на небе», – так думают или чувствуют христиане наших дней, как будто не для них сказано это слово Господне о Царстве:

Сын человеческий придет во славе Отца Своего, с Ангелами Своими.

Есть же некоторые из стоящих здесь, которые не вкусят смерти, как уже увидят Сына человеческого, грядущего в царствии Своем. (Мт. 16, 17–28.)

Так, в I Евангелии, а во II-ом:

… смерти не вкусят, как уже увидят царствие Божие, пришедшее в силе. (Мк. 9, 1.)

Надо быть глухим, как мы глухи к словам Господним, чтобы не понять, что, по этому слову, Церковь, во времени, в истории, не может быть царством Божиим в конце времен. Церковь есть путь в далекую страну, возвращенье блудного сына, мира, в отчий дом; но Церковь не Царство, как путь не дом. В Церкви успокоиться, как в Царстве, все равно что поселиться на большой дороге, как дома. Только что Церковь сказала: «Я – Царство», мир остановился на пути своем, и Царство сделалось недосягаемым: ради «бесконечного прогресса» отменен Конец; ради «царства человеческого», все равно, мирского, – государства, или церковного, – теократии, отменено царство Божие.

«Взять на себя иго Царства» – эта заповедь Талмуда (Гамалиил II, 110 г. по Р. Х.), – ее же могла бы повторить и Церковь, – наиболее противоположна евангельским словам о царстве Божьем: здесь оно – буря, а там – длительный порядок вещей.[544]

Два религиозных опыта – близость Конца и близость Царства – в первохристианстве, нерасторжимые, в христианстве позднейшем, расторгнуты. Первое же слово Господне о Царстве два эти опыта соединяет, как та драгоценная жемчужина Царства соединяет два цвета.

Время исполнилось, и приблизилось Царствие Божие; обратитесь же и веруйте в Блаженную Весть. (Мк. 1, 15.)

«Время исполнилось, πεπλήρωται, „кончилось"; наступает вечность – Царство Божие.

---

[544] Joh. Weiss, 5.

Знайте, что близко, при дверях. (Мк. 13, 29.)
Царство небесное, от дней Иоанна Крестителя доныне, силою берется. (Мт. 11, 12.)
Царство Божие достигло до вас (Мт. 12, 28), – ἔφθασεν ἐφ' ὑμᾶς, «нашло на вас».
Вот (уже) царство Божие посреди вас, ἐντός ὑμῶν. (Лк. 17, 21)
Этим все начинается и кончается в Евангелии.
Возведите очи ваши и посмотрите на нивы, как они пожелтели и поспели к жатве. (Ио. 4, 35.)

Это, может быть, последняя жатва на земле, не в иносказательном, а в прямом смысле; последнее, «блаженное лето» мира, потому что «времени уже не будет» (Откр. 10, 6), – наступает вечность: посланы будут, в один и тот же день, жнецы – на жатву земную, и Ангелы – на жатву небесную.[545]

С какою силою чувствует сам Иисус близость Конца, можно судить по тому, что, посылая учеников на проповедь, Он велит им спешить, нигде не останавливаясь; если в одном городе не примут их, идти немедленно в другой:

ибо истинно говорю вам: не успеете обойти городов Израилевых, как приидет Сын человеческий. (Мт. 10.)

Все для Него в Израиле, в мире, и в Нем самом, – как на острие ножа: сейчас Конец.[546]

VI

Нет никакого сомненья, что все эти слова Иисуса о Конце подлинны: вложить их в уста Его не могло бы прийти в голову никому, уже во втором поколении учеников, когда были написаны Евангелия и когда все, о ком сказано:

«Смерти не вкусят, как уже увидят царствие Божие», – вкусили смерть, а Царства не увидели.

В этом – великий скрытый, но тем более неодолимый, «соблазн», skandalon, не только первых веков христианства:

вся его история до наших дней определяется замедлением Царства, отсрочкой Конца, вольным или невольным от него отречением, убылью в христианстве эсхатологии. Слишком очевидным казалось, что конец всемирной истории отменен ее продолжением; сверхъестественный ход ее опровергнут естественным, вечность – временем.

---

[545] A. Schweitzer, Geschichte der Leben-Jesu-Vorschung, 1921, S. 40.

[546] Joh. Weiss, Die Predigt vom Reiche Gottes, S. 100.

Где обетование пришествия Его? Ибо с тех пор, как стали умирать отцы, от начала творения, все остается так же. (II Петр. 3, 4)
Это – (о кончине мира) – слышали мы давно; но вот, состарились, ждавши день за днем, и ничего не дождались. [547]

Если Конец не пришел, значит, Иисус ошибся? Вывод этот кажется нам неотразимым, может быть потому, что у нас нет религиозного опыта, хотя бы издали приближающегося к Иисусову опыту. Мы живем во времени; Он – во времени и в вечности. Мы разделяем их; Он соединяет. Вечность для Него не мысль, как для нас, а жизнь. Наша мера одна – время; две меры у Него – вечность и время.

День один у Господа, как тысяча лет, и тысяча лет, как один день. (Пс. 89, 5.)

Это знает Он, чувствует так, как никогда никто из людей не знал и не чувствовал. Все наши слова одноцветно временны, тусклы и серы; каждое слово Его, как та жемчужина царства Божия, переливается двумя цветами – розовым, теплым, земным, – времени, и голубым, холодным, небесным, – вечности.

Если бы доказано было с астрономической точностью, что в 16–17-м году кесаря Тиберия к земле приближалась комета, которая могла бы ее уничтожить, и, лишь в последней точке пути своего, увлекаемая силой притяжения окружающих небесных тел, пронеслась мимо земли; если бы доказано было, с такою же точностью, что в известный период времени, вероятно, очень близкий к тому, когда мы живем, та же комета вернется снова на ту же роковую точку и уже от пути своего не уклонится, взойдет над землей великим светилом Конца, в тот предреченный день, когда

земля и все дела на ней сгорят... воспламененные небеса разрушатся, и разгоревшиеся стихии растают (II Петр. 3, 10, 13);

если бы, наконец, доказано было, что один только человек на земле, Иисус, знал об этих двух *возможных Концах,* настоящем и будущем, но не знал, какой из двух совершится, то, может быть, мы поняли бы, что значит в устах Его:

время исполнилось – кончилось: близко, при дверях.

VII

Нет, Иисус не ошибся: Он видел то, что действительно совершалось в мире – восходившее тогда, хотя еще не во внешнем, а только во внутреннем небе, в Его же собственном сердце, великое светило Конца,

---

[547] Clement, I, Epist, 23, 3.

и знал безошибочно, что внешний Конец совпадает с внутренним, потому что Сын человеческий для того и пришел, чтобы эти два конца совпали в царстве Божием; знал, что люди могут войти в Царство сейчас, если только захотят; но *захотят* ли, не знал, в начале служения; лишь в конце узнал:

Иерусалим, Иерусалим, избивающий пророков и камнями побивающий посланных к тебе! Сколько раз Я хотел собрать детей твоих, как наседка собирает птенцов своих под крылья, и вы не захотели! (Мт. 23, 37.)

Это и значит: чудо царства Божия уже наступало, уже входило во время, в историю, и могло бы войти окончательно, если бы люди этого так захотели, как Он.

Лучше всех бывших и будущих историков знал Иисус царящий в истории закон необходимости – страшную силу человеческой слабости, косности, тупости, трусости, лжи, маловерия; но знал и то, что если преодолеть их людям невозможно, то «все возможно Богу» (Мк. 10, 27).

Нет, Иисус не ошибся: действительно, одну минуту, все в Нем самом, в людях и в мире колебалось, как на острие ножа, чтобы в следующую минуту упасть в ту или другую сторону, – в какую именно, – этого Он опять не знал – не мог, не хотел, не должен был знать, чтобы Своей и человеческой свободы не нарушить. Царство Божие, благой конец «дурной бесконечности» – всемирной истории, было действительно, одну минуту, так близко и возможно, как еще никогда, потому что только в те дни был на земле истинный Царь, Помазанник Божий, Христос; а в следующую минуту, когда люди отвергли Его, было оно так же далеко и невозможно. Мимо человечества Царство прошло, как чаша мимо уст. Две были чаши: страданий Голгофских и Царства Божия; та прошла мимо Сына человеческого, если бы не прошла эта мимо человечества. Знал Иисус, что есть две чаши; но мимо кого какая пройдет, не знал – не мог, не хотел, не должен был знать, до конца, до Гефсимании, где все еще молится:

да минует Меня чаша сия. (Мт. 26, 39.)

VIII

«Мог ли Он не лгать перед Самим Собою, говоря, в течение двух-трех лет служения Своего: „царство Божие наступит сейчас", – спрашивает кто-то из левых критиков.[548] Этот нелепый вопрос показы-

---

[548] M. Mauerenbrecher, Von Nazareth nach Golgotha, 1909, S 217.

вает только, до какой слепоты доводит людей недостаток религиозного опыта. Надо бы спросить не «мог не лгать Иисус», а «мог ли лгать?». Не был ли Он умнее, чем это кажется левым критикам? На смех не только умным врагам своим, но и глупым детям, мог ли говорить сегодня: «царство Божие наступит сейчас», а завтра: «не сейчас», – если бы между сегодняшним и завтрашним днем не произошло что-то решающее, понятное всем: «и вы не захотели»?

Надо бы также спросить: легче ли два-три месяца говорить: «конец мира будет сейчас», чем два-три года? Или для Того, Кто вышел, хотя бы на одно мгновенье, из времени в вечность, нет вовсе такой ощутимой между временами разницы, как для нас, погруженных во время безвыходно? Что для Него значит «сейчас», нам трудно понять, потому что мы и Он говорим на разных языках: мы – на языке только времени, Он – на языке времени и вечности. В лучшем случае, мы видим один далекий, будущий Конец; Он видит их два: близкий, наступающий, – в первые дни служения Своего: «время исполнилось – кончилось», а в последние дни, – далекий, будущий:

это еще не конец... Проповедана будет сия Блаженная Весть царствия по всей вселенной, во свидетельство всем народам; и тогда придет конец. (Мт. 24, 6, 14.)

IX

Как бы две меры перемежаются в Нем: мера Сына человеческого – время, и мера сына Божьего – вечность: если у Господа «тысяча лет, как день вчерашний», – миг, то две тысячи лет христианства – два дня – два мига.

Когда Иисус говорит: «близко, при дверях», то главное здесь не то, насколько близко Царство, а то, что оно будет наверное, как завтра **наверное** солнце взойдет, или сегодня наверное будет гроза, если туча надвинулась, и вдали уже сверкает молния.[549]

Полного знания о том, когда будет Конец, у Сына человеческого быть не может. С большею ясностью этого нельзя сказать, чем говорит Иисус:

Дня же того или часа никто не знает, ни Ангелы небесные, ни Сын; знает только Отец. (Мк. 13, 32.)

Сыну открыл Отец все, кроме этого. В этой единственной точке надо было Сыну отделиться от Отца, чтобы войти из того мира в этот, из вечности во время, – жить, страдать и умереть. Если бы знал Иисус **наверное,** что Конец сейчас, или также наверное знал, что не сейчас, то, в обо-

---

[549] Joh. Weiss, Die Predigt Jesu vom Reiche Gottes, 69.

их случаях, не возвестил бы Блаженной Вести так, как возвестил; не жил бы и не умер так, как жил и умер. Самое беззащитное, открытое, уязвимое место в сердце Его, самое человеческое в Сыне человеческом, родное людям, близкое, братское, – это незнание: сейчас или не сейчас Конец. Это вольное незнание, как бы отпадение, отречение Сына от Отца, – может быть, величайшая, неизреченнейшая из всех Его жертв. Здесь главная, тайная мука Его, сомнение, искушение, до креста неодолимое; начало страданий – Страстей Господних; здесь же Гефсиманское борение, агония не только Христа, но и всего христианского человечества:

Доколь же, Владыка святой и праведный, не судишь и не мстишь... за кровь нашу?
вопиют души убиенных свидетелей Божьих из-под жертвенника перед престолом Всевышнего.

И сказано им, чтобы успокоились еще на малое время – (Откр. 6, 9–11.)

Малое – для них, а для нас – великое: «агония» всемирной истории, «дурная бесконечность», вместо благого Конца.

X

Если Учитель соединяет две меры, человеческую – времени, и божескую – вечности, то ученики смешивают их. С точностью передают они слова Его о том, что Сыну должно пострадать, но не понимают их и ужасаются.

Слова сего не поняли они, и оно было закрыто от них, так что они не постигли его, а спросить Его... боялись. (Лк. 9, 45.)

Вот почему так трудно понять, что значит для самого Иисуса отсрочка Конца.

Все еще земля горит под ногами Марка-Петра, а в III Евангелии, уже остывает. Видя, что Конец не наступает, люди начинают устраиваться для продолжения мира.[550]

Вдруг – тотчас, ευθέως, после скорби дней тех... силы небесные поколеблются... и все племена земные... увидят Сына человеческого, грядущего на облаках небесных (Мт. 24, 29–30), –
так, в I Евангелии, а в III-м:
не тотчас Конец, οὐκ εὐθέως. (Лк. 21, 9).

Этим-то и решается все в христианстве. Павел уже переводит стрелку на часах всемирной истории с ночного счета – Конца, на дневной – продолжения мира:

---

[550] Joh. Weiss, Das älteste Evangelium, 1903, S. 94.

молим вас, братия... не спешить... и не смущаться... от слова, будто уже наступает день Христов. (II Фесс. 2, 1.)

Но огненное жало Евангелия, чувство Конца, стынет медленно. «*Маран афа,* Господь грядет», – все еще воздыхание Павла, так же как всего первохристианства. «Молимся мы, да приидет Господь и да разрушит мир», – скажет Ориген.[551] «Все воздыхание наше – о кончине века сего, vota nostra suspirant saeculi hujus occasum», – скажет и Тертуллиан.[552]

Се гряду скоро, –
трижды повторяет Господь в Откровении (22, 7; 12, 20). Смерти не вкусит, как уже увидит Сына человеческого, «грядущего в силе», Иоанн на Патмосе. Слово Господне о скором пришествии Царства исполнится, хотя и не так, как было понято, – не в Истории, а в Мистерии. Но если бы все первохристианство уже не видело воочию Пришествия – Присутствия Господня, Парузии, то и христианства бы не было.

XI

Правда ли, что с точки зрения Самого Иисуса, как утверждает левая критика, не может быть и речи о постепенном росте и развитии царства Божия в истории, во времени; что оно совсем есть, или его совсем нет? Правда, в том смысле, что нельзя быть отчасти живым или мертвым, а можно только совсем; но не правда, что долго царство Божие не может долго расти, развиваться в жизни человечества.

Царство Божие подобно тому, как если человек бросит семя в землю;
и спит, и встает, ночью и днем; и как семя растет, не знает он. Ибо земля сама собою производит сначала зелень, потом колос, потом полное зерно в колосе.
Когда же созреет плод, тотчас – вдруг, εὐθὺς *человек посылает серп, потому что настала жатва.* (Мк. 4, 26–29.)

Это и значит: царство Божие, вопреки отсрочке Конца, совершается во времени, в истории; медленная в нем постепенность развития сочетается с мгновенною внезапностью Конца: долго грозовая сила копится в туче, прежде чем разразится молнией; туча – история, молния – Конец.

В царстве Божьем происходит взаимодействие двух сил – постепенной, человеческой, и Божеской, внезапной. Та же и здесь антино-

---

[551] Origen., in Jesu Nazar homel, 6, 4.
[552] Tertull., Apolog, 39.

мичность, «согласная противоположность», как во всех глубинах религиозного опыта.

XII

Только при свете Конца, мы понимаем, видим, что такое царство Божие. Можно сказать с точностью математической формулы: наше познание Царства прямо пропорционально чувству Конца и обратно пропорционально чувству исторической бесконечности, того, что мы называем «бесконечным прогрессом».

Житницы мои сломаю и построю большие, и соберу туда весь хлеб мой и все добро мое.

И скажу душе моей: душа! много добра лежит у тебя на многие годы; покойся, ешь, пей, веселись, –

говорит Бесконечный Прогресс, и слышит:

безумный! В эту ночь душу твою возьмут у тебя; кому же достанется то, что ты заготовил? (Лк. 12, 16–20.)

XIII

Бесы исповедуют Господа раньше людей. Ближе к нему могут быть бесноватые, чем здоровые: к царству Божьему, земному, malekut schamajim, может быть ближе террорист с бомбою, чем провожающий его на казнь священник. Быть настоящим революционером нельзя, не веря, что завтра будет революция; так же нельзя быть и настоящим христианином, не веря, что завтра будет царство Божие. Надо, конечно, делать мудрую поправку на время – закон исторической необходимости, – ту самую, которую делает Господь: «дня того или часа не знает никто»; но первично-парадоксальное чувство Конца остается: «близко, при дверях»; завтра – сегодня – сейчас Конец.

XIV

«Иисус есть Христос» – Царь: в этих трех словах все христианство.[553] Но сам Иисус никогда не называет Себя ни «Христом», ни «Сыном Божиим», а только «Сыном человеческим». Левая критика предполагает, что имя «Сын человеческий», в мессианском значении, основано на ошибочном переводе арамейского barnasch (bar enach, по-еврейски, у Даниила, ben adam): «человек»; что, следовательно, Иисус называл Себя

---

[553] Soden, Hat Jesus gelebt? 1910, S. 35.

просто «человеком», и только позднейшие христиане, не поняв, что значит, в устах Его, «человек», сделали из этого слова мессианское наименование «Сын человеческий».[554] Но, должно быть, слово «человек», в устах Самого Иисуса, звучало так, что не могло быть передано иначе, как этим загадочным, на языке греческих классиков не существующим вовсе, сочетанием слов: «Сын человеческий» ὁ υἱὸς τοῦ ἀνθρώπου.

Слова этого нет ни в посланиях Павла, ни во всем Новом Завете (кроме видения первомученика Стефана, Д. А. 7, 56), ни у ранних Отцов; только к началу II века, у гностиков, Маркиона, Валентиниана и Офитов, оно появляется снова.[555]

«Ныне Иисус уже не Сын человеческий, а Сын Божий», – учит Послание Варнавы, в конце I века.[556] Имя «Сын человеческий», в смысле первичном, евангельском, здесь уже забыто, или еще не понято. Лучшая порука в исторической подлинности этого слова и есть именно то, что Церковь не поняла его и не усвоила.[557]

Кто этот Сын человеческий? (Ио. 12, 34), –
спрашивают иудеи самого Иисуса; так же могли бы и мы спросить, через две тысячи лет: это и для нас все еще непонятное имя Непонятного, неизвестное – Неизвестного.

XV

Имя «Сын человеческий» ничего не значило бы, в устах Иисуса, если бы не напоминало Даниилова пророчества:

Вот, с облаками небесными, шел как бы Сын человеческий, bar enach; дошел до Ветхого деньми, и подведен был к Нему. И дана Ему власть, и слава, и царство, чтобы все народы, племена и языки служили Ему; владычество Его – владычество вечное, оно же не пройдет, и царство Его не разрушится. (Дан. 7, 13–14).

Именем этим утверждает Иисус Свою нерасторжимую связь с Израилем:

Ибо спасение от Иудеев. (Ио. 4, 22.)

Именем этим говорит Иисус, что Он есть Тот, в Ком исполнилось Данииловo пророчество. Полного, однако, понимания не мог Он ожидать от слушателей и, как бы нарочно, загадывал им загадку этим прозрачно-темным именем, чтобы заставить их самих подумать, кто Он

---

[554] H. Lietzmann, Der Menschensohn, 1896, S. 26, 32, 40.
[555] Lietzmann, 51, 57, 60–61.
[556] Epist Barnab, 12, 10.
[557] H. Monnier, Essai sur la Rédemption, 134 – Joh. Weiss, Die Predigt Josu vom Reiche Gottes, 165.

такой. Только «посвященные», может быть, знают, – «вам дано знать тайну царства Божия», – что «Сын Человеческий», bar enaḥ, в смысле Даниилова пророчества, – сам Иисус; остальные же думают, что Он говорит о третьем лице.[558] Сам Себя называть «Мессией-Христом» не мог Иисус, потому что нужно было, чтобы люди узнали и признали Его свободно; сами для себя сделали Его Христом – Царем единственным не извне, а изнутри; поняли, узнали, что «это Он»,

Кто же Ты? –

спрашивают Иудеи, кажется, с искренним недоумением (Ио. 8, 25). Но на этот вопрос – единственный ответ Его:

«Я».

Если не уверуете, что это Я, ἐγώ εἰμι, *то умрете во грехах ваших. Когда вознесете – (на крест) – Сына человеческого, тогда узнаете, что это Я.* (Ио. 8, 24, 28.)

Раз только в жизни открыл Иисус, что значит «Сын человеческий», когда на вопрос первосвященника:

Ты ли Христос, Сын Благословенного? –

ответил: «Я» (Мк. 14, 61–62), и это Ему стоило жизни.

XVI

Каждый день Кущей совершалось шествие вокруг жертвенника (в Иерусалимском храме), с возглашением псалма (117, 15): «О, Господи, спаси же!» – вспоминает Мишна.[559] «Молились же так: Ani we-Hu, „спаси!" – сообщает рабби Иегуда. В этом „Ani we-Hu – то неизреченное имя Божье", которое Бог откроет людям только тогда, когда придет Мессия. „Ani we-Hu, значит: „Я и Он"; „Я есмь Он", – объясняет Мишна. «Чтобы открыть тайну этого имени, и пришел Иисус", – учит раввин XX века, и, может быть, поняли бы его, хотя и прокляли, раввины I–II века.[560]

Когда Иисус открывает тайну Свою ученикам:

Я и Отец одно (Ио. 10, 15), –

то это и значит: «Я есмь Он», Ani we-Hu.

XVII

Именем «Сын человеческий» Иисус как бы говорит людям: «Я такой же человек, как вы». Но в этом принятии человеческого равенства

---

[558] Alb. Schweitzer, Geschichte der Leben-Jesu-Vorsehung, 270–271.
[559] Mischna Sukka, IV, 5.
[560] Раввин в Стокгольме, Gotti Klein, 1st Jesu eine historische Persönlichkeit? 1910, S. 41.

чувствуется, может быть, больше всего иная, нечеловеческая природа, иное существо Иисуса: сколько бы ни погружался Он в человечество, не может погрузиться в него до конца, потому что у Него иной удельный вес. Bar enosch, «Сын человеческий», в устах Его звучит как bar elaha, «Сын Божий».[561]

Если бы людей спросили жители другой планеты, по ком судить им о человечестве, то не на кого бы людям указать, не о ком бы сказать, кроме Иисуса:

Се Человек. Ecce Homo.

Можно во Христа не верить, но нельзя не признать, что было что-то в человеке Иисусе, что заставило людей преклониться перед Ним, как ни перед кем никогда еще не преклонялись они и, вероятно, никогда уже не преклонятся.

Бог превознес Его и дал Ему имя выше всякого человеческого имени, дабы пред именем Иисуса преклонилось всякое колено небесных, земных и преисподних, и всякий язык исповедал, что Господь Иисус есть Христос-Царь. (Филлип. 2, 9–11.)

XVIII

После одной неудачной попытки превратить Иисуса в «миф» сделана была другая, столь же неудачная, – доказать, что Иисус не Христос, сам Себя никогда не называл «Христом» и никем не был Им признаваем при жизни, а был только после смерти признан.[562] Но крестная надпись, titulus crucis:

Иисус Назорей, Царь Иудейский (Ио. 19, 19), –

самое первое и подлинное историческое свидетельство о жизни и смерти человека Иисуса, делает невозможным сомнение, что Он осужден и казнен римской властью как Мессия, Царь Израиля, «противник кесаря» (Ио. 19, 12), «виновник мятежа», auctor seditionis.[563] Если же Он умер за это, то с этим, конечно, и жил. Надо отвергнуть историческую подлинность распятия, надо превратить Иисуса в «миф», чтобы отвергнуть мессианство Христа.[564]

Что же значит «Иисус есть Христос-Царь?» Этот вопрос ставится и разрешается жизнью всего христианского человечества, всемирной

---

[561] Ch. Guignebert, La vie cachee de Jesus, 1921, p. 127.
[562] W. Wrede, Das Messias-Geheimnis in den Evangelien, 1913, passim.
[563] H. J. Holtzmann, Hand – Commentar zum N. T., 1901, I, 388 – Das messianische Bewusstsein Jesu, 1907, S. 35 – Wellhausen, Einleitung in die drei ersten Evangelien, 38, 92.
[564] P. W. Schmidt, Die Geschichte Jesu, 1904, S. 158.

историей. Чтобы заглушить вопрос или пройти мимо него, как мы заглушаем или проходим мимо, надо уничтожить христианство.

И одели Его в багряницу, и, сплетши терновый венец, – возложили на Него,

И начали приветствовать Его. «радуйся, царь Иудейский!»

И били Его по голове тростью, и плевали на Него, и, становясь на колени, кланялись Ему. (Мк. 15, 17–19.)

Это люди сделали с Ним и все-таки поверили, что Бог

посадил Его одесную Себя на небесах, превыше всякого начала, и власти, и силы, и всякого имени, именуемого не только в сем веке, но и в будущем;

и все покорил под ноги Его и поставил Его выше всего. (Ефес. 1, 20–22.)

Можно во Христа не верить, но нельзя не признать, что не было в мире большей силы, чем та, которая заставила людей в это поверить. Сколько бы люди ни забывали об этом, вспомнят когда-нибудь, что единый Царь царствующих и Господь господствующий – этот поруганный, осмеянный, оплеванный, тернием венчанный, распятый Царь.

XIX

Кажется, и людям наших дней, меньше всего думающим о царстве Божьем, чаще всего приходит в голову, что европейская, бывшая христианская, цивилизация доживает свои последние дни. Если даже «конец Европы» не значит еще «конец всемирной истории», а значит только подъем на один из тех перевалов, откуда виден ее горизонт, – действительный Конец, – то, за две тысячи лет христианства, не был никто на таком крутом перевале, как мы, и никому не открывался горизонт всемирной истории, конец ее с такою ясностью, как нам. Если же, по найденной нами формуле, познание царства Божия прямо пропорционально чувству Конца и обратно пропорционально чувству исторической бесконечности, то мы, как никто, могли бы знать, что такое царство Божие. Почему же не знаем? Почему так забыли о нем, как, за две тысячи лет христианства, не забывал никто? Почему самая непонятная для нас, невозможная, бессильная, безнадежная из всех молитв: «да приидет царствие Твое»? Кажется, все потому же: потому что два религиозных опыта, нерасторжимых в первом же слове Иисуса о Царстве, – опыт Конца: «время исполнилось, кончилось», и опыт Царства: «приблизилось», – для нас уже расторгнуты; потому что царство Божие для нас уже не на земле и на небе, а только на небе, и весть о нем, труба, некогда звавшая к победному бою, теперь звучит как похоронный колокол; потому что Церковь, как царство Божие на земле, есть на половине прерванный, сделавшийся домом, путь, и люди успокоились в Церкви, как в Царстве, уже потеряв надежду вернуться в отчий дом, поселились на большой дороге, как дома; и, наконец, главное, потому, что мы все еще не «обратились», не «перевернулись», не «опрокинулись», не поняли, что больные, а не здоровые, имеют нужду во враче; не праведников пришел Господь призвать к покаянию, а грешников; что не святые, богатые, сытые, пьяные, а нищие, голодные, жаждущие, – такие, как мы, может быть, первые услышат из уст Его: «блаженны»; мытари и блудницы могут войти в царство Божие вперед тех «праведных». Кажется, мы не знаем, что такое царство Божие потому, что все еще не поняли, что значит:

брачный пир готов, а званные не были достойны. Итак пойдите на распутья, и всех, кого найдете, зовите на брачный пир.

И рабы те, вышедши на дороги, собрали всех, кого только нашли, и злых, и добрых; и брачный пир наполнился возлежащими. (Мт. 22, 8–10.)

Может быть, эти, на распутьях найденные и лишь в последнюю минуту званные, злые с добрыми смешанные, – мы. Кажется, Господу сейчас нужнее святых, ушедших из мира и спасшихся, грешные, погибающие с миром, почти отчаявшиеся, готовые всунуть шею в петлю, но все-таки надеющиеся, хотя и сами этого не знающие, – что, в последнюю минуту, Он придет и спасет их, вынет их шею из петли, – точно такие, как мы.

О, если бы мы только могли сказать, как разбойник на кресте:

помяни меня. Господи, когда приидешь в царствие Твое!

мы, может быть, услышали бы:

сегодня же будешь со Мною в раю. (Лк. 23, 42–43.)

Не завтра, не через две тысячи лет, а сегодня, сейчас, – в этом вся Блаженная Весть, Евангелие.

О, если бы мы только поняли, что значит:

да будет воля Твоя и на земле, как на небе, –

мы, может быть, спаслись бы, и с того самого места, в ту самую минуту, где и когда поняли бы это, начался бы для нас путь к царству Божию; если бы мы только поняли, что нам, может быть, больше, чем кому-либо, за две тысячи лет христианства, сказано:

люди будут издыхать от страха и ожидания бедствий, грядущих на вселенную, ибо силы небесные поколеблются.

... Когда же начнет сбываться то, тогда восклонитесь и подымите головы ваши, потому что приблизилось избавление ваше. (Лк. 21, 26–28).

Ужас конца для одних – радость избавления для других: в этом вся Блаженная Весть о царстве Божьем.

XX

Ужас христианского человечества в том, что миром овладели сейчас, как никогда, не злые люди и не глупые, а совсем **не-люди** – человекообразные, «плевелы», не-сущие, не только русские, но и всемирные слуги Мамоновы-Марксовы, гнусная помесь буржуя с пролетарием. И люди запуганы так, что уже не смеют быть людьми и спешат потерять человеческое лицо свое, чтобы сделаться такими же безличными, как те, над ними царящие «не-люди». Больше, может быть, и сейчас людей, а человекообразных меньше, чем это нам кажется; но сплоченные в дьяволову церковь – Всемирный Интернационал, они всемогущи, а люди бессильны, безвластны, потому что разрозненны: Церкви Вселенской, единственного места, где могли бы они соединиться, все еще нет. Вот почему, если дело христианского человечества и дальше пойдет, как сейчас, то человек, потеряв лицо свое окончательно, приобретет насекомообразную мордочку, и кучка термитов-титанов (такими кажутся они запуганным людям), или даже один из них, единственный, станет во главе человеческого термитника, что и будет концом всемирной истории, – царством Не-сущего.

«Не-люди» делают с людьми уже и сейчас то же, что с русскими удельными князьями делали татаре Золотой Орды: кладут их на землю в ряд и, придавив досками так, что хрустят у них кости, садятся на них и, празднуя победу, пируют. Выбиться из-под не-людей, вскочить и увидеть, как те опрокинутся навзничь, и прахом и пылью рассыплются, – вот уже всем людям понятное, простейшее начало царства Божия.

Не-люди хоронят людей заживо, а те и пошевелиться не могут, как в летаргическом сне. Сон встряхнуть, встать из гробов и увидеть, как могильщики сами в вырытую ими яму рухнут, – вот опять понятное всем, начало царства Божьего.

Если Богу и нам будет угодно, то, может быть, завтра, когда нас ударят по одной щеке, мы подставим другую; но сегодня, может быть, святее и праведнее вспомнить, что здесь еще, на земле, в истории, Страшный Суд начинается; здесь еще услышат не-люди приговор: ***идите от Меня, проклятые, в огонь вечный.*** (Мт. 25, 41).

И пойдут, и сгорят, и ничего от них не останется, кроме кучки смрадного пепла. Это увидеть – тоже понятное нам всем начало царства Божия.

XXI

Грешные Царство начнут – кончат святые.
***Меч обоюдоострый да будет в руке их, для того чтобы совершать мщение над народами, суд над племенами* (Пс. 149, 6–7),**
... Господи! вот здесь два меча. Он сказал им: довольно. (Лк. 22, 38.)
И один из них ударил раба первосвященникова и отсек ему правое ухо. (Лк. 22, 50).

Не было бы, может быть, и христианства, если бы Господь не сказал Петру:
***вложи меч в ножны* (Ио. 18, 11);**
но, если бы Петр не обнажил меча, может быть, тоже христианства бы не было.

Завтра, может быть, святые падут от меча, но сегодня праведно и свято обнажат они меч на овладевших миром не-людей. Сущих против не-сущих крестовый поход – тоже понятное всем людям начало царства Божия.

Были святые, одинокие, от мира ушедшие, безвластные, бессильные; будет «народ святых»:
***Царство, и власть, и величие царственное дано будет народу святых.* (Дан. 7, 27.)**

Так же, как сейчас правит миром «народ окаянных», «Всемирный Интернационал», будет править «народ святых».
***Будут царствовать с Ним (Христом)* *тысячу лет* (Откр. 20, 6),**
еще до конца мира, – во времени, в истории.

XXII

Все это и значит: с того самого места, в тот самый миг, где и когда мы это поймем, начнется для нас путь к царству Божию, и, если оно еще не наступит, то приблизится безмерно уже здесь, на земле, в каждой точке пространства и времени.
***Буду ходить пред лицом Господним на земле живых.* (Пс. 114, 9).**
Если мы это поймем, то сердце наше – размагниченная стрелка на компасе, снова намагнитится, дрогнет и обратится к магнитному северу, – царству Божию; снова почувствуем мы, что «близко, при дверях»: «не прейдет род сей, как все это будет», по непреложнейшему слову Господню:
***небо и земля прейдут, но слова Мои не прейдут.* (Мт. 24, 35).**

Только бы не успокоиться на большой дороге, как дома, – в Церкви, как в Царстве.

Ищущий да не покоится... пока не найдет; а найдя, удивится; удивившись, воцарствует; воцарствовав, упокоится». [565]

XXIII

Первые точки царства Божия теплятся уже и сейчас, как первые звезды в ночи.

Все, или почти все наше искусство – «Не-божественная Комедия», притча о царстве Не-божьем. Но если было в средние века и еще за много веков до христианства, в древних мистериях, иное искусство, то, может быть, и снова будет.

Иная Десятая Симфония иного Бетховена, может быть, восславит уже не древний хаос, а новый космос, новое небо и землю, – царство Божие.

Все, или почти все наше знание учит нас биться головой об стену, голую или обитую подушками, как в одиночной камере для буйных помешанных, – о «закон тождества» – смерти. Но если было иное знание, от Гераклита до Паскаля, ломающее стену, то, может быть, и снова будет.

В ночь самоубийства, уже с холодком пистолетного дула на виске, вспоминает бесноватый Кириллов «минуты вечной гармонии»; вспоминает и то, что понял в одну из них: почему Ангел Откровения «клянется Живущим во веки веков, что времени уже не будет» (10, 6): «время исполнилось – кончилось»; наступила вечность – царство Божие.

Мальчик влюбленный еще не знает, но, может быть, узнает, выросши, что в благоухании розы – дыхании уст возлюбленной – есть уже райское веяние новой земли и нового неба – царства Божия.

После изгнания, такого долгого, что мы успели в нем состариться, снова, может быть, вернемся мы в отчий дом; ранним утром откроем окно, всею грудью вдохнем росистую свежесть черемухи, такую знакомую, вчерашнюю, как будто чужбины вовсе не было; вслушаемся в райский щебет только что проснувшихся птиц; вглядимся в голубое, без единого облачка, небо, такое же далекое – близкое, как в самом раннем детстве, – и вдруг поймем, что значит:

все готово; приходите на брачный пир.

В длинном коридоре, с большими, полукруглыми, точно слуховыми окнами, такими высокими, что видно в них только небо, в старинном, желтом, с белыми колоннами, времен Александровых, дворцовом

---

[565] Clement. Al., Strom, 11, 45, V, 14, 57 – Resch, Agrapha, 70.

флигеле на Елагином острове, где я родился, – вечные, милые, райские, зеленые, с золотом, фарфоровые чашечки, с утренним, холодным молоком: видел ли я их наяву или во сне, не знаю; знаю только, что когда-нибудь увижу опять, и они помогут мне «обратиться», стать, как дитя, чтобы войти в царство Божие.

XXIV

Бедный Афанасий Иванович! Когда умерла Пульхерия Ивановна, лучше бы и ему умереть с нею, чем пять лет мучиться так, что на него было жалко смотреть.

«Боже! – думал я, – пять лет всеистребляющего времени; старик уже бесчувственный… которого вся жизнь, казалось, состояла только из сидения на высоком стуле, из ядения сушеных рыбок и груш, из добродушных рассказов, – и такая долгая, такая жаркая печаль!.. Несколько раз силился он выговорить имя покойницы, но на половине слова… лицо его судорожно исковеркивалось, и плач дитяти поражал меня в самое сердце» (**Гоголь**. «Старосветские помещики»).

Если бы не где-то на небе, в далекой вечности, а тут же, на земле, в том же старосветском домике под очеретовою крышею, с жарко натопленными комнатками и разнообразно поющими дверями, снова увидел Афанасий Иванович живую Пульхерию Ивановну, сидящую на том же высоком стуле, в том же стареньком, коричневом с цветочками, платье, с тем же лицом в милых, добрых морщинках; если бы он мог ее спросить, как, бывало, спрашивал:

«– А что, Пульхерия Ивановна, может быть, пора закусить чего-нибудь?»

И услышать ответ:

«– Чего же бы теперь, Афанасий Иванович, закусить? разве коржиков с салом, или пирожков с маком, или, может быть, рыжиков соленых?» – и все было бы точно такое же, как до разлуки их, и совсем, совсем иное, потому что оба знали бы, что не разлучатся уже никогда; если бы все это было, то, может быть, Афанасий Иванович понял бы, что царство Божие значит радость вечного свидания любящих друг друга и вместе любящих Его.

XXV

Не будут уже ни алкать, ни жаждать… и не будет палить их солнце и никакой зной, ибо Агнец будет пасти их и водить их на живые источники вод.

И отрет Бог всякую слезу с очей их. И смерти не будет уже; ни плача, ни вопля, ни болезни уже не будет, ибо прежнее прошло; се, творю все новое. (Откр. 7, 16–17; 21, 4.)

Для тех, кто больше, чем верит, *будет*, – это уже *есть*.

кто знает, что это

Истинно, истинно говорю вам: кто соблюдет слово Мое, тот не увидит смерти вовек. (Ио. 8, 51.)

Мы, нищие, услышим: «блаженны»; мы, алчущие, услышим: «насытитесь»; мы, плачущие, услышим: «утешитесь».

Гарь сгоревшего мира будет для нас лишь утренней гарью в тумане, смешанной с запахом мяты, полыни и вереска, там, на горе Блаженств. Снова увидим лицо Его, снова услышим голос Его:

«Блаженны нищие духом»…
Небо нагорное сине,
Верески смольным духом
Дышат в блаженной пустыне…
«Блаженны нищие духом»…
Кто это, люди не знают,
Но одуванчики пухом
Ноги Ему осыпают.

В царстве Божьем люди узнают, Кто это.

О, только бы легкой пушинкой приникнуть к ногам Твоим, Господи, в Царстве – Блаженстве Твоем!

5. Освободитель

I

Идучи в день субботний хлебными полями, должно быть по равнине Геннизарской, ученики Господни срывали колосья и, растирая их между ладонями, ели. Голода этим не утолишь: будь по-настоящему голодны, могли бы зайти и купить хлеба в любое селение, от Арбеелы до Магдалы, на богатейшей равнине, житнице всей Галилеи, а если бы не на что было купить, то ученикам рабби Иешуа не отказал бы никто в куске хлеба.

Только Матфей упоминает о «голоде» (12, 1); Марк и Лука ничего о нем не знают. Кажется, и в самом деле это не столько утоление голода, сколько игра взрослых детей. Но, если забыли ученики, как же Учитель не напомнил им, чем они играют; что в тех же громах Синайских, Тот же сказал: «помни день субботний», – Кто сказал: «не убий»; и что «ни одна йота или ни одна черта из Закона не прейдет, пока не исполнится все» (Мт. 5, 18)?

Прячась, должно быть, в буйной пшенице Геннизарских полей, где иногда бывает она выше человеческого роста, наблюдали фарисеи за учениками рабби Иешуа и, увидев, что они делают, вышли из засады, подошли к Нему и сказали:

Вот, ученики Твои делают, чего не должно делать в субботу.

Он же сказал им: разве вы не читали, что сделал Давид, когда был голоден сам и бывшие с ним?

Как взошел он в дом Божий и ел хлебы предложения, которых не должно есть никому, кроме священников.

И сказал им: суббота для человека, а не человек для субботы.

Посему Сын человеческий есть господин и субботы. (Мт. 12, 1–2; Мк. 2, 25–28).

Очень бы легко могли возразить фарисеи, что нельзя сравнивать того, что сделал Давид, с тем, что делали ученики рабби Иешуа: тот спасался от голодной смерти, а эти играли с голодом. Главное же в ответе Иисуса: «суббота для человека», им было совсем не понятно; надо бы весь Закон ниспровергнуть, чтобы это принять, потому что Закон, воля Божия, выше воли человеческой.

Выслушали молча, отошли, спрятались, должно быть, опять, как давеча, в засаду, и продолжали наблюдать, что будет дальше.

II

Иисус вошел в Капернаум, и они – за Ним. Он – в синагогу, и они.

Был же там человек, имевший иссохшую руку.

И наблюдали за Ним (Иисусом), не исцелит ли в субботу, чтобы обвинить Его.

Он же говорит человеку: стань на середину. А им говорит: должно ли в субботу добро делать или зло? Душу спасти или погубить? Но они молчали.

И, взглянув на них с гневом, скорбя об ожесточении сердец их, говорит: протяни руку твою. Он протянул, и стала рука его здорова, как другая. (Мк 3, 1–5.)

Они же пришли в бешенство. (Лк. 6, 11.) *И, вышедши, немедленно составили с Иродианами совещание против Него, как бы Его погубить.* (Мк 3, 6.)

Здесь, в Капернауме, началось; там, на Голгофе, кончится. Эта первая, на безоблачном небе блаженного лета Господня, черная точка, разрастаясь, затмит солнце, уже засиявшее было над миром, – царство

Божие. Всей Иисусовой жизни и смерти движущий рычаг – тяжба Его не только с фарисеями, но и со всем Израилем за нарушенную или исполненную Сыном волю Отца – Закон.

Можно ли есть яйцо, снесенное курицей в субботу? Рабби Гиллель говорит: «можно», а рабби Шаммай: «нельзя». Можно ли есть хлебные зерна растертых в субботу колосьев? Рабби Иешуа говорит: «можно», а другие рабби говорят: «нельзя». Оба спора кажутся нам одинаково пустыми.

Но если так, то Сын Божий сошел на землю, жил и умер из-за пустяков.

Если мы так мало знаем жизнь Иисуса, то, может быть, отчасти потому, что действительный смысл этой тяжбы Его с фарисеями нам все еще непонятен.

III

Кто такие фарисеи? Только ли мертвые законники, начетчики, оцеживающие комара, а верблюда поглощающие, лицемеры, набеленные гроба, снаружи красивые, а внутри полные мертвых костей и всякой нечисти? Кто такие вообще иудеи? Те ли самые «жиды», что, по средневековой, может быть, и в наших сердцах все еще тлеющей, мифологии, распяли Христа и за это величайшее в мире злодейство – единственные ответчики:

кровь Его на нас и на детях наших? (Мт. 27, 25)

Но если так, что же значит:

спасение от Иудеев? (Ио. 4, 22.)

За что Иисус, по чудному слову Варнавы, «слишком любил – перелюбил Израиля» ὑπεραγάπεσεν ?[566]

Умер ли, во дни Господни, Израиль? Нет, «жив как никогда», – отвечает глубокий знаток иудейства, историк Вельгаузен. В рабстве ли духовном Израиль? Нет, «сухость и строгость законов господствуют только в делах; в вере же свобода изумительна», – отвечает тот же историк.[567]

Стоит лишь вспомнить фарисея Гамалиила, Павлова учителя, сказавшего одно из мудрейших и свободнейших человеческих слов против иудеев, гонителей христиан (Д. А. 5, 34–39), и самого Павла, бывшего Савла, «фарисея из фарисеев», злейшего врага Господня; стоит лишь

---

[566] Barnab, Epist V, 8.
[567] Wellhausen, Einleitung in die drei ersten Evangelien, 278, ap Wendland, Die Hellenistisch Romische Kultur, 191.

вспомнить и того книжника, тоже, вероятно, фарисея, которому скажет Иисус:

недалеко ты от царствия Божия (Мк. 12, 33), –

чтобы понять, что не все фарисеи – «лицемеры»; что не всем иудеям сказано:

ваш отец – диавол (Ио. 8, 44);

и что, может быть, суд язычников над Израилем, наш суд, – только лай «псов» на детей Божьих.

В том-то и ужас этого Капернаумского совещания, что здесь фарисеи, люди глубокой совести, не худшие, а лучшие в Израиле, когда решают убить Иисуса, «осквернителя субботы», «беззаконника», – могут считать себя правыми, по совести.

Кто осквернит субботу, да будет предан смерти. Кто станет в субботу делать дело, та душа да истребится из среды народа своего, –

говорит Господь. (Исх. 31, 14.)

В том-то и узел Иисусовой «трагедии» (слово это хотя и не точно для такого Существа, как Он, но зато понятно всем), что двух иудеев – Иуду, о котором скажет Господь ученикам:

один из вас диавол (Ио. 6, 70.), –

и Петра, которому скажет:

отойди от Меня, сатана (Мк. 8, 33.), –

разделяет, может быть, только один волосок, а соединяет Павел, бывший Савл: на том Капернаумском совещании, решил бы, конечно, и он: «убить!».

IV

«Должно ли в субботу добро делать или зло, душу (жизнь) спасти или погубить?» – на этот вопрос очень легко могли бы ответить фарисеи, как отвечает Талмуд: «сохранение жизни отменяет субботу».[568] «Вам дана суббота, а не вы субботе», – повторит, как будто подслушав слово Господне, рабби Шимон, бен-Манассия.[569] Если бы даже фарисеи времен Иисуса с этим не согласились, все же в слове этом дана мера их внутренней к Иисусу близости. «Милость больше закона», – скажет рабби Иоханан.[570] «Более важное дело для них чистота сосудов, чем не-

---

[568] Omne periculum vitae tollit sabbatum – Talm Joma, VIII, 6 – Conservatio vitae pellit sabbatum – Talm. ap. Keim, geschichte Jesu von Nazara, III, 474.

[569] Mechilta ad Exod 33, 14, ap Klausner, Jesus of Nazareth, 1929, p. 122.

[570] Jeruschal. Talm. Peach, 1, 1.

пролитие человеческой крови», – повторяет и Талмуд тоже как будто подслушанное слово Господне о «фарисеях-лицемерах».[571] – «Делающий мало (по Закону) равен делающему много, только бы устремлен был сердцем к Богу».[572] И еще острее, «удивительнее», «парадоксальнее», подобнее словам Господним: «милостыню втайне творящий больше Моисея».[573] Отче наш и древнеиудейская молитва Shemone hezra так схожи, что, и в наши дни, каждый иудей мог бы повторить молитву Господню.[574]

По всему этому видно, как близко было, в те дни, к Израилю, как возможно, по крайней мере, на одну минуту, царство Божие. Что говорит Иисус тому фарисею-книжнику, мог бы Он сказать и всему Израилю:

недалеко ты от царствия Божия.

V

Но если так легко фарисеям ответить Иисусу, почему же они молчат? Трудно, по Евангелию, решить, какая из двух возможностей вероятнее: то ли не слышат вопроса, как «дети дьявола», «плевелы», «не-сущие»; то ли смутно чувствуют, как люди глубокой совести, что тяжба их с Иисусом не о добре и зле человеческом, а о существе Божеском.

Субботы Мои соблюдайте, ибо это – знамение между Мною и вами... навеки, потому что в шесть дней сотворил Господь небо и землю, в день же седьмой почил и покоился. (Исх. 31, 13, 17.)

В царстве Божием весь мир упокоится, так же, как Бог в седьмой день творения. Вечное напоминание о Царстве, прообраз его и путь к нему, – вот что такое Суббота. «Если б освятил Израиль хоть одну субботу, как следует, то освободился бы», – и пришел бы Мессия, наступило бы царство Божие.[575] Эту святейшую связь между Субботой и царством Божиим расторгает Иисус, или фарисеям кажется, что Он ее расторгает: сам же Мессия нарушает субботу.

Слышали вы, что сказано древним, а Я говорю вам wa-ani amar leckhon, –

---

[571] Talm Joma, 23 a, ap Klausner, 321.
[572] Berakoth, 17 a, ap. H, Monnier, Jesus dans sa mission historique, p. 130.
[573] Слово rabbi Eleazar (около 270 г по Р. Х.), в Baba Bathra, 9 b, ap. Klostermann, Mattheus, 1927, S. 53.
[574] Klostermann, 55.
[575] Er. Barth, Die Hauptprobleme des Leben-Jesu, 1918, S. 40.

словом этим как бы разрывает Он все рукописание Закона, разбивает скрижали Моисеевы; здесь, в Капернаумской синагоге, также как там, на горе Блаженств, «опрокидывает мир».

VI

Надо бы отменить весь Закон, чтобы отменить Субботу, потому что нельзя часть Закона принять, а часть отвергнуть.

Так говорит Господь: души ваши берегите, не носите нош в день субботний. (Иер. 17, 21)

Встань, возьми постель твою и ходи, –

скажет Иисус Вифездскому расслабленному.

Было же это в день субботний.

Посему иудеи говорили исцеленному: сегодня суббота; не должно тебе носить постели. (Иер. 17, 21.)

Здесь уже бесполезное нарушение субботы для иудеев очевидно: можно бы исцелить, и не приказывая нести через весь город постель. Сам же говорит: «Блажен, кто не соблазнится о Мне», и, как будто нарочно, соблазняет.

До Иоанна (Крестителя) – закон и пророки. (Лк. 16, 16.)

От дней же Иоанна... царство небесное силою – (насильем над Законом) – берется βιάζεαι, ***и насильники,*** βτασται, ***восхищают его.*** (Мт. 11, 12.)

Это значит: между Законом и Царством – прерыв, меч рассекающий: ***не мир пришел Я низвести, но меч (Мт. 10, 34).***

Я пришел не исполнить, ***а*** нарушить ***закон,*** –

исказит, опрокинет, или исправит, восстановит слово Господне Маркион, – это решить, может быть, не так легко, как нам кажется.[576] Так же нелегко решить, право ли Послание к Евреям, не Павлово, но, вероятно, очень близкое к Павлу:

вот, наступают дни, говорит Господь, когда Я заключу с домом Израиля новый завет...

Говоря «новый», показывает ветхость первого, а ветшающее... близко к уничтожению (Евр. 8, 8, 13);

прав ли сам Павел, что «Христос – конец Закона» (Рим. 10, 4)? «***Ваш*** закон; ***их*** закон», – говорит Иисус в IV Евангелии (8, 17; 10, 34; 15, 25). «Ваш», значит «не Мой»; «их», значит «не Его». Здесь уже не спорит Он о законе, как у синоптиков, а стоит ***вне закона.***[577]

---

[576] Klostermann, Mattheus, 40.

[577] Wellhausen, Das Evangelium Johannes, 1908, S. 111.

Се, оставляется вам дом ваш пуст. (Мт. 23, 38.)
Все это будет разрушено, так что не останется здесь камня на камне. (Мк. 13, 2.)

Это исполнится с ужасающей точностью: дом Израиля, дом Закона, будет разрушен. Свалку нечистот на месте Иерусалимского храма, устроенную христианами, из ненависти к иудеям, «жидам, распявшим Христа», найдет халиф Омар.[578]

Этот человек – (первомученик Стефан) – не перестает говорить хульные слова на святое место сие и на закон;
ибо мы слышали, как он говорил, что Иисус Назорей разрушит место сие (храм) и переменит обычаи (Закон), которые передал нам Моисей (Д. А. 6, 13–14).

«Первохристианская община. Церковь, есть дочь иудейской матери; но мать оттолкнула дочь, когда увидела, что та убьет ее своим поцелуем».[579]

Э! разрушающий храм – (Закон) – и в три дня созидающий, спаси Себя самого и сойди с креста. (Мк. 15, 29–30).

Это и значит: Иисус распят за то, что преступил и разрушил Закон.

VII

Только в том случае, позволено было бы отменить Субботу, закон премирный, вечное напоминание о царстве Божьем, если бы оно уже наступило.

В древнем кодексе Cantabrigiensis D уцелело слово Господне, agraphon, не вошедшее в наше каноническое чтение Луки:

в тот же день – (срывания колосьев) – Иисус, увидев человека, работавшего в субботу, сказал ему: человек! если ты знаешь, что делаешь, то ты блажен, если же не знаешь, то проклят и преступник закона.[580]

Это значит: блажен, кто нарушает Субботу – Закон, ради царства Божия.

Входим же в покой – (субботний покой Царства) – мы, уверовавшие – (во Христа-Мессию), а для народа Божия еще остается субботство;
ибо кто вошел в покой Его, тот и сам упокоился от дел своих, как и Бог – от Своих. (Евр. 4, 3, 9.)

---

[578] Renan, L'Eglise Chretienne; 1923, p. 278.
[579] Klausner, Jesus of Nazareth, 376.
[580] Resch, Agrapha, 45.

«Новый Закон (Завет) повелевает вам освящать субботу *всегда*» (т. е. каждый день – Суббота), – учит Юстин Мученик.[581]

Если покой субботний есть начало царства Божия, то не суббота для человека, а человек для субботы.

Кажется, на арамейском языке, где слово bar nacha может иметь два смысла: или «человек», в обыкновенном смысле, или в мессианском: «Сын человеческий», – слово о человеке и Субботе должно быть понято так: «Суббота для Сына человеческого, а не Сын человеческий для Субботы». Только тогда понятен и вывод: «Посему Сын человеческий есть господин и Субботы» – царства Божия Царь.

Суббота есть ожиданье Царства; только наступленьем ожидание отменяется. Царство – цель. Суббота – путь: если достигнута цель, кончен путь.

VIII

Равви! женщина эта взята в прелюбодеянии. А Моисей заповедал нам побивать таких камнями. Ты что скажешь? – искушают Иисуса книжники и фарисеи, как будто Его же словами: «слышали вы, что сказано древним, а Я говорю вам»...

Но Иисус, наклонившись низко, писал перстом на земле, не обращая на них внимания.

Когда же продолжали спрашивать Его, Он, восклонившись, сказал им: кто из вас без греха, первый брось в нее камень.

И опять наклонившись низко, писал на земле.

Они же, услышав то и будучи обличаемы совестью, стали уходить, один за другим, начиная от старших до последних; и остался один Иисус и женщина, стоявшая посреди. (Ио. 8, 4–9.)

Вот где видно, что не все книжники и фарисеи – «лицемеры», «сыны диавола», «плевелы», «не-сущие»; только люди глубокой совести могли так понять, что значит: «кто из вас без греха». Что мешает им исполнить закон?

Если Ты хочешь. Господи, чтобы мир был, то нет правосудия (Закона), а если хочешь, чтоб было правосудие (Закон), то нет мира. Выбери одно из двух[582] –

эту молитву Авраама за осужденный мир – Содом – вспомнили, может быть, судьи, и выбрали мир, вместо Закона; вспомнили, что «милость больше Закона». Сами же делают то, за что осуждают Иисуса,

---

[581] Just. Dial. Tryph., XII.
[582] Talmud, ap. Dalman, Jesus– Jeschua, 1922, S. 158.

«беззаконника». Если еще не поняли, то уже один волосок отделяет их от понимания, что это мнимое нарушение есть действительное исполнение закона Отчего в свободе Сына. Тихий голос человеческого сердца в эту минуту внятнее для них громов Синайских. Почти узнали, что *это Он.*

Тогда сказал Иисус к уверовавшим в Него Иудеям: если пребудете в слове Моем, то вы истинно Мои ученики.

И познаете истину, и истина сделает вас свободными. (Ио. 8, 31–32.)

Дело происходит за несколько дней до Голгофы. Видно опять и поэтому, как близко было до последней минуты к Израилю, – как возможно царство Божие. Если же не познает он истины, распнет Сына человеческого, то потому только, что не узнает в Нем **Освободителя.**

IX

Делает Отец Мой доныне, и Я делаю (Ио. 5, 17), –

вот одно из глубочайших и неизвестнейших слов Иисуса Неизвестного, сказанных тотчас по исцелении Вифездского расслабленного, – этом как будто бесполезном нарушении субботы: «встань, возьми постель твою и ходи».

И искали иудеи убить Его за то, что Он делает такие дела в субботу.

После же того слова об Отце и Сыне, «делающем доныне», –

еще более искали убить Его... за то, что Он не только нарушал субботу, но и Отцом Своим называл Бога, делая Себя равным Богу.

На это Иисус сказал: истинно, истинно говорю вам: Сын ничего не может творить сам от Себя, если не увидит Отца творящего: ибо что творит Отец, то и Сын творит также. (Ио. 5, 16, 18–19.)

«Делает» – «творит» Отец доныне, и Сын тоже. Это значит: Бог, положивший в основание мира Закон, тот самый, который мы называем «законом причинности», – неизменно повторяющийся, при одинаковых условиях, ряд явлений, – не почил навсегда от дел Своих, в седьмой день творения: Он все еще творит и будет творить мир до конца мира. То, что опыт религиозный называет «законом Отца», а опыт научный – «законом причинности», – еще не конец всего: есть что-то за чертою Закона, для чего и пришел Сын.

Не думайте, что Я пришел нарушить закон... не нарушить пришел Я, а исполнить (Мт. 5, 17), –

вот другое слово, столь же непонятное, как то, о продолжающемся творении мира, потому что противоречащее всему, что Иисус не говорит, а делает. Кажется, два эти слова внутренне связаны, и, только поняв это, мы поймем и то.

Слово об исполнении закона Отчего Сыном уцелело на арамейском языке, в Талмуде, где, кажется, глубочайший смысл его лучше понят и передан, чем в Евангелии.

Не нарушить пришел Я закон, а восполнить, –

это значит: прибавить к Закону недостающее. Между этими двумя понятиями: «исполнить» и «восполнить», – разница, конечно, огромная: кто «исполняет» закон, тот сам ничего не творит; а кто «восполняет» его, – творит и сам.

Ибо истинно говорю вам: доколе не прейдет небо и земля, –
порядок, установленный в природе, космосе, Отчий закон, –
ни одна йота или ни одна черта не перейдет из закона, –
того же Отчего закона в человеке, в логосе, –
пока не исполнится все. (Мт. 5, 21–22.)

Вот что значит: «Отец Мой делает доныне, и Я делаю».

X

«В мире вездесущ механизм, но вторичен», – с гениальною точностью определяет Лотце.[583] «Творческая эволюция» (Бергсона), – движение мира, жизнь, – не объясняется ни законом причинности в механике, ни законом тождества в логике: к арифметической сумме слагаемых, в причине, – действующих физических сил, прибавляется, в следствии, величина неизвестная, x, – то, что мы называем «чудом» или «свободой». Если в причине, в механике: $a + b + c$, то в следствии, в жизни, $a + b + c + x$.

Было живое тело мертвой материей, – мертвой материей будет; «вышел из праха – в прах отойдешь»: таков закон механической причинности, логического тождества, – смерть.

XI

Страшное «Снятие со креста» Голбейна вспоминает, в предсмертном бреду, Ипполит у Достоевского.

«Если такой точно труп (а он непременно должен был быть точно таким) видели все ученики Его... все веровавшие в Него... то как могли они поверить, что Он воскреснет? Тут невольно приходит мысль, что если так ужасна смерть и так сильны законы природы, то как же

---

[583] Lotze, Mikrokosmus, 1869, S. XV. – Fr. Peebody, Jesus Christ el la question morale, 1909, p. 323.

одолеть их?.. Природа мерещится, при взгляде на эту картину, в виде какого-то огромного, неумолимого и немого зверя, или, вернее... в виде громадной машины новейшего устройства, которая бессмысленно захватила, раздробила и поглотила в себя, глухо и бесчувственно, великое и бесценное Существо – такое Существо, Которое одно стоило всей природы и всех законов ее, всей земли, которая и создавалась-то, может быть, единственно для одного только появления этого Существа. Картиной этой как будто именно выражается это понятие о темной, наглой и бессмысленно-вечной силе, которой все подчинено... Мне как будто казалось, что я вижу... эту бессмысленную силу, это глухое, темное и немое существо. Я помню, что кто-то, будто бы, повел меня за руку, со свечкой в руках, показал мне какого-то огромного и отвратительного тарантула и стал уверять меня, что это – то самое темное, глухое и всесильное существо, и смеялся над моим негодованием».[584]

На две половины делится человечество, и надо быть с одной из двух: или с теми, кто верит в Тарантула, или с теми, кто верит, что Христос воскрес. Надо выбрать один из двух опытов: или внешний, чувственный, где неизменна, по закону тождества – механики, сумма действующих физических сил – арифметическая сумма слагаемых: $a + b + c$; или внутренний, религиозный опыт, где к этой сумме прибавляется неизвестная величина, x – чудо.

«Я пришел не нарушить, а *восполнить* закон», – значит: «Я пришел прибавить к закону Отчему свободу Сына; восстановить искаженный, восполнить ущербленный в законе причинности, в законе тождества – смерти, отчий закон – жизнь».

Верующий в Сына имеет жизнь вечную. *(Ио. 3, 36.)*

Я есмь воскресение и жизнь... верующий в Меня не умрет вовек. *(Ио. 11, 25–26.)*

Надо верить в Того, Кто это сказал, или в Тарантула.

XII

Дух Господень на Мне; ибо Он... послал Меня... проповедовать пленным *освобождение...* ***отпустить измученных на*** *свободу (Лк. 4, 18),* –

этим Иисус начинает Блаженную Весть, и этим же кончает:

Если Сын *освободит* ***вас, то истинно свободны будете.*** *(Ио. 8, 36.)*

Как труден и неизвестен людям религиозный опыт свободы, вместо закона, видно из того, что даже в Исаиином пророчестве, этой ближайшей к Иисусу точке откровения, или, как мы говорим, «религиоз-

---

[584] Достоевский, Идиот.

ного опыта», – даже здесь, единственно понятное людям, имя Царя Мессии: **Раб,** ebed Jahwe, «раб Господень» (Ис. 53).

Явное и для нас, имя Иисуса: «Христос», «Царь»; а все еще тайное: «Освободитель».

Люди, без Христа, живут и сейчас, как жили иудеи, под игом закона. Все наши законы государственные суть отражения законов естественных, искажающих в смерти, как в дьявольском зеркале, Отчий закон – жизнь: принудительная сила тех, так же как этих, – страх смерти. Чтобы освободить от него человека, надо сломить иго закона. Вот за что Иисусова тяжба не только с иудеями, но и со всеми рабами закона – со всеми людьми.

Рабство всех рабств, всех цепей железо крепчайшее, – смерть. Мнимые освободители человечества, крайние бунтовщики и мятежники, остаются все-таки рабами смерти: никому из них и на мысль не приходит, что можно освободить человека от смерти, и что, без этой свободы, все остальные – ничто. Только один человек, Иисус, во всем человечестве, восстал на смерть. Так же просто, естественно, разумно, как всякий из нас говорит: «умру», Он говорит: «воскресну». Он один почувствовал в Себе силу, нужную, чтобы смертью смерть победить не только в Себе, но и во всем человечестве, во всей твари. И люди этому поверили и, вероятно, будут верить, хотя бы немногие, до конца времен. Веры этой нельзя понять, если не прибавить и здесь, в истории, так же как там, в природе, к арифметической сумме слагаемых, действующих исторических сил: $a + b + c$, неизвестную величину, ослепительное x – чудо.

Все это значит: мы не узнаем, чем жил Иисус и за что Он умер, если не поймем, чем было для Него чудо.

XIII

«Иисус, как первобытный человек, или как маленький ребенок, не знал закона причинности».[585]

«Первобытный человек», значит «дикарь»; «маленький ребенок», значит «глупенький». Вот до чего доводит людей, в вопросе о чуде, недостаток религиозного опыта. Эту, увы, не первобытную дикость и не ребяческую глупость лучше всего выразил Цельз, еще за семнадцать веков до утонченнейшего Ренана и ученейшего Штрауса: «Чудеса евангельские жалки; странствующие маги творят не меньше чудес, но никто за это не почитает их сынами Божиими».[586] Трудно себе предста-

---

[585] D. R. Bultmann, Jesus, 161.
[586] Origen., contra Cels, I, 18.

вить, чтобы эта точка зрения могла господствовать в течение полутора веков, от середины XVIII до начала XIX, когда первое прикосновение исторической критики смело ее окончательно.

Что Иисус действительно являл «силы» в чудесах δυνάμεις, в этом сомневается лишь плоский rationalismus vulgaris. «Нет, такие рассказы, как Talipha kumi (воскрешение Иаировой дочери), не сочиняются», – этот общий вывод о чудесах Иисуса, сделанный одним из левых критиков, в 1906 г., стоит лишь сравнить с тем, что говорилось в середине прошлого века, Ренаном и Штраусом, чтобы измерить весь пройденный исторической критикой, путь.[587]

«В те времена и для той личности, границы возможного и действительного были бесконечно шире, чем для мещанского разума наших дней», – делает тот же общий вывод и другой левый критик.[588]

«В лед не верил царь Индии, потому что отроду не видел льда» (Гердер).[589] Так скептики наших дней не верят в чудеса Иисуса. Но если все меньше сомневается в них и, вероятно, будет сомневаться историческая критика, то, может быть, не потому, что люди все больше верят или хотели бы верить во Христа, Сына Божия, а потому, что все лучше узнают человека Иисуса, по общему, кажется, правилу: чем меньше знают, тем меньше верят, и наоборот, чем больше – тем больше, так что если совсем узнают, то и поверят совсем.

XIV

Иисус творил чудеса – это мы знаем с наибольшей достоверностью, какая только возможна в истории; но что Он думал и чувствовал, когда творил чудеса, этого мы почти не знаем, но, может быть, не потому, что этого нельзя узнать из евангельских свидетельств, а потому, что мы не умеем читать их, как следует. Ясно, впрочем, одно: что такое «закон причинности», знал Иисус не хуже нашего.

Мог ли не знать, когда только и думал о том всю жизнь, как закон Отца – по-нашему, «закон причинности» – исполняется в свободе Сына – «чуде», по-нашему?

Кажется, в трех словах, обозначающих в Евангелии чудо: «сила», δύναμις, «знамение», σημεῖον, и «чудо», в собственном смысле, τέρας, – отразилось то, что думал и чувствовал сам Иисус, творя чудеса.[590] Раз

---

[587] A. Jülicher, Einleitung in das N. T., 1906, S. 330.
[588] Wernle, Die synoptische Frage, 1899, S. 205.
[589] Alb. Schweitzer, Geschichte der Leben-Jesu-Vorschung, 1921, S. 37.
[590] Fr. Barth, 104.

навсегда отвергнув, на горе Искушения, чудо внешнее, предложенное дьяволом, Он являл только «силы» и «знамения».

Что от чего, – вера от чуда, или чудо от веры? Надо ли увидеть чудо, чтобы поверить, или поверить, чтобы увидеть? Вся жизнь и смерть Иисуса – ответ на этот вопрос.

Блаженны не видевшие и уверовавшие (Ио. 20, 29), –

в этом вся Блаженная Весть об исполнении закона Отчего в свободе Сына – в чуде.

Слепые прозревают и хромые ходят, прокаженные очищаются и глухие слышат, мертвые воскресают и нищие благовествуют.

И блажен, кто не соблазнится о Мне. (**Мт. 11, 5–6.**)

Это значит: блажен, кто не соблазнится чудесами внешними, τέρατα; кому не надо видеть, чтобы верить: таков ответ Иисуса на вопрос Иоанна Крестителя:

Ты ли Тот, Который должен прийти, или ожидать нам другого? (Мт. 11, 3).

Тот или не Тот, никакими чудесами недоказуемо.

Между верой и чудом для самого Иисуса нерасторжимая связь, но обратная той, где вера от чуда:

если будете иметь веру с горчичное зерно и скажете горе сей: «перейди отсюда туда», то она перейдет, и ничего не будет для вас невозможного. (**Мт. 17, 20**).

Это Он сам испытал на Себе, как никто. «Вера переставляет горы» – это подтверждается личным опытом каждого человека и всего человечества так, что и для маловерных сделалось общим местом.

Чудо для Иисуса есть взаимодействие двух мер, двух сил: одной, исходящей от Него, и другой, – от людей: если люди верят в чудо, Он может его совершить; если не верят – не может.

И не мог совершить там (**в Назарете**) *никакого чуда.* (**Мк. 6, 5.**)

Как исторически подлинно это свидетельство Марка-Петра, видно из того, что для Матфея оно уже соблазнительно: он смягчает его, притупляет жало соблазна:

И не совершил там многих чудес, по неверию их. (**Мт. 13, 58**).

Смерть на кресте есть величайшее отрицание чуда, только внешнего, τέρας, и утверждение чуда внутренне-внешнего, σημεῖον.

Пусть сойдет теперь с креста, чтобы мы видели, и уверуем. (**Мк. 15, 32.**)

Если б Он сошел с креста, а не воскрес, то совершилось бы только внешнее чудо, порабощающее. Антихристово, а не освобождающее, Христово.

XV

Вышли фарисеи, начали с Ним спорить и требовали от Него знамений с неба, искушая Его. **(Мк. 8, 18.)**

Требуют знамения, тотчас по умножении хлебов – величайшем знамении, когда народ «хотел нечаянно взять Его и сделать царем» Израиля, новым Иродом (Ио. 6, 15).

Иродовой закваски берегитесь **(Мк. 8, 15.),** –

скажет Господь ученикам.

Если не все фарисеи – «лицемеры», но есть между ними люди глубокой совести, то, может быть, эти не только Его искушают, но и сами искушаются Им: верят или могли бы поверить, что царство Божие так близко к Израилю, так возможно сейчас, как еще никогда; видят или могли бы увидеть восходящее над миром великое светило Конца; ждут со дня на день, что «явится знамение Сына человеческого на небе» (Мт. 24, 30), и готовы, вместе с народом, примкнуть к Иисусу, только бы Он открыто объявил Себя Мессией, согласился, чтоб Его сделали царем: вот почему и требуют, молят знамения с неба:[591]

Учитель, хотелось бы нам видеть от Тебя знамение. **(Мт. 12, 38).**

Если так, то никогда еще не было сильнее, чем в эту минуту, искушение дьявола Царством:

все это дам Тебе, если, падши, поклонишься мне. **(Мт. 4, 9) *И Он, простонав в духе Своем,*** ἀναστενάξας τῷ πνεύματι ***, сказал: для чего род сей требует знамения? Истинно говорю вам: не дастся роду сему знамение.*** **(Мк. 8, 13.)**

Этот затаенный, тихий, может быть, только одним очевидцем Петром подслушанный, стон открывает нам такую глубину сердца Господня, что страшно в нее заглянуть. Кажется, к самому больному месту его – никогда не заживающей ране, прикоснулись фарисеи нечаянно. Думают, что царство Божие все еще близко, а Он знает, что оно уже далеко; думают, что великое светило Конца все еще восходит над миром, а Он знает, что уже заходит. Только что все колебалось, как на острие ножа, и могло упасть в ту или другую сторону, и вот упало; царство Божие могло наступить, и не наступило, потому что люди не захотели его так, как хотел Он: царство Божие прошло мимо человечества, как чаша мимо уст.

Знамение с неба – чудо – не дастся людям, потому что уже было дано и не было принято.

---

[591] Weitzsäcker, Untersuchungen über die evangelische Geschichte, 1901, S. 290.

Ниневитяне восстанут на суд с родом сим и осудят его, ибо они покаялись от проповеди Иониной; и вот здесь больше Ионы.

Царица Южная восстанет на суд с родом сим, и осудит его, ибо она приходила от края земли послушать мудрости Соломоновой; и вот здесь больше Соломона. (Мт. 12, 41–42).

Это значит: выше всех «чудес» и «знамений» «мудрость», σοφία, и «проповедь», κήρυγμα. «Род лукавый и прелюбодейный», требующий знамения-чуда, – не только фарисеи, не только весь Израиль, но и весь род человеческий.

Чудо не дастся ему, потому что «мудрость» и «проповедь», само явление Сына человеческого, есть уже величайшее чудо и знамение.

Когда вознесете Сына человеческого, тогда узнаете, что это Я, ἐγώ εἰμι. (Ио. 8, 28.)

Тот единственный Человек во всем человечестве, кто мог сказать, как сказал Иисус: «это – Я», – есть чудо чудес.

Род лукавый и прелюбодейный ищет знамения (чуда); и чудо не дастся ему, кроме чуда Ионы-пророка;

ибо, как Иона был во чреве кита три дня и три ночи, так и Сын человеческий будет в сердце земли три дня и три ночи. (Мт. 8, 38–39.)

Это значит: только тому, кто, не видя, поверит, узнает, что это Он, дано будет чудо единственное – Воскресение.

XVI

В самой «удивительной», «парадоксальной» из книг, Евангелии, самое, может быть, удивительное – то, как Иисус чудотворец бежит от Своих же чудес, как бы от Себя самого.

В первый же день служения в Капернауме, когда ранним, еще темным утром, Он встает потихоньку и, крадучись, уходит из дому, бежит в пустынное место, и все ищут Его, недоумевая, куда и зачем Он ушел, – бегство Его начинается и продолжается, усиливаясь, до последнего дня.

И отправились – (ученики с Иисусом) – в пустынное место, в лодке, одни.

…И бежали туда пешие из всех городов, и предупредили (их), и собрались к Нему. (Мк. 6, 32–33.)

Слуха одного довольно, чтобы люди бежали к Нему:

всю окрестность ту обежали и начали на постелях приносить больных туда, где Он, как слышно было, находился. (Мк. 6, 55.)

Люди бегут за Ним, а Он бежит от людей.

Грозно запретил (исцеленному) и сказал ему: смотри, никому ничего не говори…А тот, вышедши, начал провозглашать и рассказы-

вать о происшедшем, так что (Иисус) не мог уже явно войти в город, но находился вне, в местах пустынных. И приходили к Нему отовсюду. (Мк. 1, 43, 45.)

Точно игра: бежит от людей, прячется, а те ищут, ловят Его. Что его нудит бежать? Странная, людям непонятная, неизвестная, *мука чудес*. Что нудит Его возвращаться к людям? Жалость, любовь-Жалость.

XVII

В самой трогательной из книг, Евангелии, самое, может быть, трогательное, как побеждается Непобедимый жалостью.

Вышедши, Иисус увидел множество людей, и сжалился над ними, и исцелил больных их. (Мт. 14, 14.)

В те дни, когда собралось весьма много народа и нечего было им есть, Иисус, призвав учеников Своих, сказал им:

Жаль Мне народа... (Мк. 8, 1–2.)

Чудо любви – умножение хлебов – одно из величайших и несомненнейших чудес Своих, совершает Он, только из жалости. Можно бы сказать, что все чудеса в большей мере делаются с Ним, чем Он их делает Сам.[592] Только вынуждаемый народом, Он творит чудеса, как бы нехотя, наперекор Себе. Хочет любить равных, свободных, и любит-жалеет рабов.

Часто отводит исцеляемых «в сторону», κατιδίαν, как будто прячет исцеления, стыдится их.

Привели к Нему глухого, косноязычного, и просили возложить на него руку. Иисус, отведши его в сторону от народа, вложил персты Свои в уши ему.

Кажется видишь эти персты, женственно-тонкие, как у девы Марии («матери Своей во всем подобен»), божественной «прелести», delectabilia, по слову Лентула, и силы божественной, ими же созданы солнца и звезды, – кажется, видишь их в страшных и жалких дырах – ушных впадинах глухого-косноязычного.

И, плюнув, коснулся языка его.

О, милосердная небрезгливость Врача! Люди посмеются над ней – ужаснутся Ангелы.

И, взглянув на небо, простонал «эффафа! откройся». (Мк. 7 32–34).

Вместе со всею тварью, стенающей об избавлении, стонет и Он, Творец. Так же «простонал в духе Своем», когда фарисеи потребовали от Него знамения с неба.

---

[592] Joh. Weiss, Das älteste Evangelium, 355.

XVIII

Дальше, все дальше бежит от Своих же чудес – от Себя самого: в горную, над Капернаумом, пустыню – сначала; потом – на ту сторону озера; потом – в Кесарию Филиппову, Тир и Сидон, страну язычников – «псов»; и, наконец, – на «весьма высокую гору» Преображения (Мк. 9, 2), – должно быть, снежную вершину Ермона, где нога человеческая не ступала никогда. Но, только что сойдет с горы, увидит у ног Своих бьющегося с пеною у рта, бесноватого отрока и отца его, молящего:

сжалься над нами, помоги! (Мт. 9, 22.);

увидит учеников Своих, которые не могли изгнать беса.

О, род неверный и развращенный! доколе буду с вами? Доколе буду терпеть вас?

стонет опять, с отвращением, с тошнотою смертною. Но и это, как все, превозмогается жалостью:

Приведите его ко Мне, сюда. (Мт. 17, 14–17.)

XIX

Чтобы понять, от каких чудес бежит Иисус, стоит только заглянуть в «Евангелие Детства», Псевдо-Матфея, и другие поздние апокрифы, собрание таких кощунственных и нелепых чудес, что трудно поверить, чтобы книги эти могли быть написаны верующими людьми.

Четырехлетний младенец Иисус уже воскрешает мертвого,[593] а Отрок, в мастерской плотника Иосифа, удлиняет, растягивая, слишком короткую доску;[594] посланный Марией на колодезь по воду, когда разбивается глиняный кувшин по дороге, – приносит воду в подоле рубахи.[595] Маленькое чудовище, шаля, убивает школьных товарищей. Люди бегут от Него, как от чумы. Иосиф умоляет Его прекратить чудеса, но тщетно: чем дальше, тем хуже, – все нелепее, кощунственней и отвратительней:[596] как бы написанный дьяволом лик, Господень.

И всего страшнее то, что Церковь это не только терпит, но и поощряет. Истинные, древние апокрифы – «Утаенные Евангелия» – такие, как «от Евреев», или «от Петра»; подлинные и драгоценные слова Господни, не записанные в Евангелии, Agrapha, уничтожаются Церковью,

---

[593] Pseudo-Mattheus, ap. Th. Keim, Die Geschichte Jesu von Nazara, I, 418.
[594] Evang. Infant., с. 13.
[595] Evang. Infant., ap. K. Hase, Geschichte Jesu, 84.
[596] Renan, Les Eglises Chrétiennes, 514.

под предлогом мнимых «ересей», а эти варварские, позднейшие апокрифы остаются нетронутыми. Все чудеса их, уже с XVII века, принимаются, без малейших оговорок, такими великими учителями Церкви, как св. Епифаний и св. Григорий Нисский. В средние века, когда Священное Писание под запретом и читается в церкви лишь на латинском языке Вульгаты, Апокрифы у всех в руках и заменяют Евангелие.[597]

Да и в наши дни, разделяющая черта между отвергнутым на горе Искушения чудом внешним, рождающим веру, и чудом истинным, рождаемым верою, проведена ли в Церкви догматически опытно?

Свято и праведно, в защиту истинной веры, утверждается критикой познания, что бытие Божие недоказуемо разумом. Когда же постановлением Ватиканского собора объявляется анафема тому, кто отрицает, что «при свете естественного человеческого разума, бытие Божие достоверно-познаваемо»,[598] то здесь для Церкви критика познания – такая же «игрушка дьявола», как для иезуитов, изобразивших в одном испанском монастыре Архангела Михаила, который попирает ногами дьявола с микроскопом в руках.[599]

XX

Все это как будто предвидит Иисус, когда бежит от чудес. Вот от чего Он стонет:

зачем род сей требует знамения-чуда?

О, смрадное, смертное удушье человеческих толп, одержимых похотью чуда и бегущих за Иисусом, «кидающихся на Него», как тот Гадаринский бесноватый. Так же побегут они и за другим, который придет во имя свое:

Я пришел во имя Отца Моего, и не принимаете Меня, а если иной придет во имя свое, его примете. (Ио. 5, 43.)

Сколько раз, сколько мигов, – кажется, больше одного мига для каждого раза не вынес бы и Он, – сколько раз задыхался Он в этом смертном удушье? Может быть, кровавый пот Гефсимании и даже тот последний вопль на кресте: *лама сабахтани,* не страшнее, чем это. Вот в такие-то минуты и стонет Он: «*Эффафа!* Откройся!» – глядя на небо, и для Него закрытое наглухо, как те страшные темные дыры – ушные впадины глухого косноязычного.

---

[597] Renan, 518.

[598] Naturalis rationis humanae lumini certi congnoscere posse, ap. Unamuno, L'agonie du Christ, 1926, p. 116.

[599] Unamuno, 129.

Может быть, в одну из этих минут скажет он с такою бездонною горечью, что мы ее даже измерить не можем:

***Сын человеческий, пришед, найдет ли веру на земле?* (Лк. 18, 8.)**

Мог ли бы Он это сказать, если бы не было у Него чувства, для которого у нас нет имени, потому что слишком человеческое слово «отчаянье» – не для Него? Кажется, это что-то подобное чувству вины тягчайшей, хотя и невиннейшей, перед Собой, перед людьми и, может быть, даже перед Отцом: как бы чего-то недосказал, недоделал, недострадал, недолюбил; мир хотел спасти, и не спас. Кажется, чувство это у Него будет всю жизнь, до последнего вопля на кресте: «для чего Ты Меня оставил?» Только воскреснув, узнает Он, что сделал все, –

***возлюбив Своих, сущих в мире, возлюбил их* до конца (Ио. 13, 1),** – спас мир.

XXI

Но если единственное чудо – Он Сам, и вера в Него, какой Он хочет от нас, лучше всего выражена словами: «блаженны не видевшие и уверовавшие», то что же значит воскрешение Лазаря? Чтоб это чудо увидеть, не надо было верить. Тут уже как будто не чудо от веры, а вера от чуда. Вот где, кажется, соблазн соблазнов не только для малых сих; вот где «блажен, кто не соблазнится о Мне».

Мог ли воскреснуть Лазарь, прежде чем воскрес Христос? На этот прямой вопрос надо бы ответить прямо: не мог. Мог ли Христос победить смерть в другом, прежде чем в Себе? Надо бы и на этот вопрос ответить прямо: не мог.

Но верен ли ответ или неверен, он слишком легок сейчас. В средние века, и даже еще во дни Кальвина, он был бы труднее: в те дни за такие ответы жгли на кострах. Если же теперь огонь костров потух, то, может быть, не потому, что люди верят свободнее, а потому, что не верят совсем, что еще не значит, конечно, что этот, слишком легкий, ответ менее страшен теперь, чем тогда. Прежде чем ответить с легкостью, надо бы вспомнить тяжкое – в наши дни великих соблазнов тягчайшее, – слово о мельничном жернове и о глубине морской (Мк. 9, 42). Но надо бы вспомнить и другое слово, не менее тяжкое, о взявших ключ разумения, самих не входящих и других не впускающих (Мт. 23, 13). Если новый ответ на вопрос о чуде может соблазнить малых сих, то сколько их уже соблазнено и еще соблазнится старым ответом или безответностью! Чья шея всунется раньше в мельничный жернов – тех ли, кто отвечает, или тех, кто молчит? Чудо некогда к вере влекло, а теперь от нее отвращает, – по чьей вине, – тех ли, кто отвечает, или тех, кто молчит? Надо бы вспомнить и то, что Великий Инквизитор, предвидя новый ответ самого Христа, говорит Ему, снова пришедшему в мир: «Я Тебя сожгу».

Хочет или не хочет сам Христос, чтобы такие люди, как мы сейчас, верили в чудо так, как будто религиозного опыта двадцати веков христианства вовсе не было, – вот вопрос, на который надо бы тоже ответить, помня о мельничном жернове.

XXII

«Должны ли были люди верить во Христа, если бы Он не сотворил никаких чудес?» – спрашивает св. Фома Аквинский, и отвечает: «Должны бы».[600]

Трудно и Великому Инквизитору сжечь св. Фому на костре; труднее, пожалуй, чем самого Христа. А между тем вывод из того, что говорит Фома, ясен: если бы Иисус воскресил 10 000 Лазарей, это вовсе не доказывало бы, что Он – Христос, так же, как не доказывало бы противного, если бы Он не воскресил ни одного.

«Всю мою систему я разбил бы вдребезги и крестился бы, если бы поверил, что Лазарь воскрес», – скажет Спиноза.[601] Ничего и это, конечно, не доказывает, не только потому, что тут дело идет о том, что больше всех систем, но и потому, что вопрос о чуде с Лазарем, так же, как о всяком чуде, решается не в той плоскости, в которой ставит его Спиноза, – не в разуме, а в опыте. Или, другими словами: единственным для нас, историческим опытом евангельского свидетельства здесь решается все.

Первое, над чем не может не задуматься всякий, кто оценивает историческую подлинность этого свидетельства, есть, конечно, то, что у синоптиков даже места нет, куда бы можно было вставить воскресение Лазаря. Чем больше говорит нам об этом событии IV евангелист, тем немота синоптиков многозначительней.

В самый день воскресения Лазаря первосвященники и фарисеи, собрав совет, говорят:

что нам делать? Этот человек много чудес творит.
Если оставим Его так, то все уверуют в Него...
...С этого дня положили убить Его. (Ио. 11, 47–48, 53.)

Это значит: главное, чем все решается в последних судьбах Иисуса, есть воскрешение Лазаря. Как же этого не знают синоптики? И еще удивительней: Лазарь воскресший присутствует вместе с Иисусом, на Вифанийской вечере, за шесть дней до Пасхи.

---

[600] Thomas Aquin., Quest, quodlibet., IV, 6.
[601] Bern. Weiss, Das Leben Jesu, 1884, II, 419.

Многие из иудеев узнали, что он (Лазарь) там, и пришли, – чтобы видеть его.

Первосвященники же положили убить и Лазаря, потому что, ради него, многие из Иудеев приходили и веровали в Иисуса. (Ио. 12, 1, 9–11.)

Как же и этого не знают синоптики? И еще удивительней:

бывший с Ним прежде народ свидетельствовал, что Он вызвал из гроба Лазаря и воскресил его из мертвых. Потому и встретил Его (Иисуса) народ, –

при вшествии в Иерусалим.

Фарисеи же говорили между собою: видите ли что не успеваете ни в чем? Весь мир идет за Ним. (Ио. 12, 17.)

Это значит: весь мир знает, или вот-вот узнает, о воскресении Лазаря. Как же ничего не знают синоптики, а если знают, то как же молчат об этом величайшем, кроме воскресения самого Христа, чуде-знамении, подтверждающем главное, что благовествуют они – что Иисус есть Христос?

XXIII

Знает, впрочем, кое-что о воскресении Лазаря, один из трех синоптиков, ближайший к Иоанну, Лука; но знает не в том порядке, где чудо происходит по Иоаннову свидетельству, – не в истории, а в мистерии, – в подобии, символе, притче.

Отче!.. пошли его (Лазаря) в дом отца моего, ибо у меня пять братьев: пусть же он засвидетельствует им, чтобы и они не пришли в это место мучения, –

молит Авраама богач в аду.

Тогда Авраам сказал ему: если Моисея и пророков не слушают, то если бы кто и из мертвых воскрес, не поверят. (Лк. 16, 27–31.)

То, что здесь, у Луки, в мистерии, там, у Иоанна, в истории: Лазарь воскрес, – не поверили.

В чуде с бесплодной смоковницей, у двух первых синоптиков, и в притче о ней, у третьего, происходит нечто подобное.

«Да не будет же от тебя плода вовек». И смоковница тотчас засохла. (Мт. 21, 19; Мк. 11, 14, 20.)

Здесь притча в действии. Если не принесет смоковница плода и на этот год, то «в следующий срубишь ее» (Лк. 13, 6–9): здесь действие в притче.[602]

---

[602] Wellhausen, Evangelium Matthei, 123–137.

Две притчи – два чуда: Лазарь и смоковница. Если возможно в одном случае, то почему и не в другом – движение от притчи-символа к чуду-событию – от мистерии к истории?

XXIV

Между двумя чудесами-знамениями, – Каной Галилейской, первым чудом радости человеческой, и воскрешением Лазаря, последним чудом радости божественной, – совершается, в IV Евангелии, всё служение Господне. То, что мы сказали о Кане Галилейской, надо бы повторить и о воскресении Лазаря: мастер, никем не превзойденный в «светотени» chiaroscuro, смешивает Иоанн свет ярчайший с глубочайшей тенью, в таких неуловимых для глаза переливах, – слияниях, что, чем больше мы вглядываемся в них, тем меньше знаем, действительно или призрачно то, что мы видим. Два порядка смешивает он или нарочно соединяет, – Историю и Мистерию, так что все его свидетельство – полуистория, полумистерия; смешивает, или опять-таки соединяет нарочно, явь с пророческим сном, с тем, что он называет «чудом-знамением», а мы называем «подобием»,»символом».

Это надо помнить, чтобы понять, что произошло в тот первый день Господень, в Кане Галилейской, и в этот, один из последних дней, в Вифании.

XXV

Стоит лишь сравнить два воскресения, – одно Иаировой дочери, у синоптиков, и другое, Лазаря, в IV Евангелии, чтобы понять, какая между ними разница. Там все происходит в одном порядке, – в яви, в истории, а здесь в двух, – между явью и сном, Историей и Мистерией; там – однородный металл, а здесь – крепчайший сплав двух металлов; там зрительно для нас представимо все, а здесь не все: кое-что, может быть, еще нагляднее, чем у синоптиков, а кое-что призрачно, почти неуловимо для глаза, и, чем ближе к чуду, тем неуловимее, тем больше противоречит тому, что можно бы назвать «логикой зрения». Все происходит как будто в трех измерениях, но рассказано так, что непредставимо, невместимо в трех, а переходит, переплескивается в четвертое; все предполагается видимым, но изображается так, что кое-чего нельзя увидеть.

Зрительно для нас непредставимо, как Лазарь, связанный, обвитый по рукам и ногам погребальными пеленами, закутанный в них, подобно мумии, выходит из гроба.

Развяжите его, пусть идет (11, 44), –
скажет Господь уже после того, как он выйдет. По толкованию древних отцов Церкви, Лазарь «вылетает из гроба по воздуху, реет», как видение, призрак, и только тогда, когда развязывают его, начинает ходить естественно.[603] Это, в сущности, меньшее чудо полета кажется невероятнее большего чуда – воскресения, может быть, потому, что последнее не воображается, не видится глазами вовсе, а то, первое, все-таки видится, но, чем оно видимее, тем невероятнее.

Здесь, в самом сердце чуда, все – как во сне или в видении; все переплескивается из трех измерений в четвертое; да и не там ли происходит действительно?

Было лицо его обвязано платом. (11, 44.)

Кто развязал плат? Марфа или Мария? Это еще представимо: может быть, и в такое лицо смеет заглянуть любовь. Но как представить себе, что некоторые из фарисеев, после только что виденного чуда, сохраняют достаточно присутствия духа, чтобы донести первосвященникам и, на собранном тут же совете, рассуждать о римской опасности:

что нам делать?.. Придут римляне и овладеют местом нашим и народом. (11, 48).

И еще непредставимее: Лазарь на Вифанийской вечере, хотя и воскресший, а все-таки мертвец среди живых, званый или незваный гость, прямо из гроба на пир. Прочие гости не принюхиваются ли, как бы сквозь благоухание мира, которыми сестра Лазаря умащивает ноги Господни, к ужасному запаху тления? И это, может быть, знает Лазарь. Какими же глазами смотрит он на них, и они – на него? Как делят с ним хлеб и обмакивают кусок в то же блюдо, куда и он? О чем спрашивают его, и что он им отвечает? Помнит ли еще что-нибудь о тайне гроба, или все уже забыл? Нет, не все:

пусть он засвидетельствует им, чтоб и они не пришли в это место мучений. (Лк. 16, 28.)

Как же приняли они свидетельство его? Мы знаем как «положили убить Лазаря» (Ио. 12, 10).

Я – фарисей, сын фарисея; за чаяние воскресения мертвых судят меня, –
скажет Павел в Синедрионе (Д. А. 23, 6–8). Если кое-что знают фарисеи о воскресении мертвых, – знают, конечно, и те, осудившие Лазаря, что «воскреснуть» значит вернуться из того мира в этот, но уже не в прежний, а новый, и уже не в прежнем теле, а в новом. В какой же

---

[603] Joh. Weiss, Die Schriften des N. T. II, 130.

мир, и в каком теле, Лазарь воскрес? Могут ли его фарисеи убить? Может ли воскресший снова умереть? Все эти вопросы как будто не приходят в голову рассказчику, что понятно только в пророческом сне, видении, но наяву совсем непонятно.

XXVI

И еще непонятнее: если Лазарь воскрес в мире трех измерений, в истории, то начало евангельского рассказа об этом хуже, чем непонятно, – соблазнительно. Сестры Лазаря, Марфа и Мария, когда заболевает брат их, посылают сказать о том Иисусу, находящемуся за Иорданом, кажется, в двух днях пути от Вифании.

Господи! вот, кого Ты любишь, болен. **(11, 3).**

Это значит: «приходи, пока еще не поздно, исцелить больного». Но Иисус не спешит на зов; зная наверное, что друг Его умрет, остается два дня на том месте, где находится; дает ему время умереть и даже быть похороненным, да «прославится через эту смерть Сын Божий» (11, 4); и радуется, что он умирает:

радуюсь, что Меня не было там. **(11, 15.)**

Надо иметь очень грубое от природы, или, от двухтысячелетней привычки к тому, что мы читаем в Евангелии, огрубелое сердце, чтобы не почувствовать, что это невозможно; что никакое сердце, бьющееся в мире трех измерений, ни даже Его, или даже Его тем более, – **так не любит**. Это напоминает худшие из апокрифов, где Отрок Иисус убивает чудесами школьных товарищей, чтобы явить миру «славу Свою», и чтобы люди в Него поверили, как в Сына Божия. Мог ли так не знать сердца Господня тот, кто возлежал у этого сердца, – Иоанн?

Очень легко, конечно, решить, что все эти вопросы, идущие, будто бы, только от «малого разума», rationalismus vulgaris, достойны лакея Смердякова. Но ведь мы здесь имеем дело вовсе не с благородством или подлостью человеческого разума, а с неодолимой для человека, потому что не им созданной, «логикой пяти чувств». Можно совсем от нее отказаться, но, раз приняв ее (а кто вводит чудо в мир трех измерений, как это делает Иоанн, тот принимает ее), нельзя не считаться с нею, требуя от человека того, чего он дать не может.

XXVII

Все это в порядке Истории; но все иначе, в порядке Мистерии, или, точнее, на рубеже двух порядков: Истории – Мистерии.

И вот что, может быть, самое удивительное в Иоанновом свидетельстве о воскресении Лазаря: сколько бы нас ни убеждали другие, сколько бы сами ни убеждали себя, что Лазарь не воскрес, что это лишь голый «вымысел», «миф», или, как выражается лакей Смердяков, здесь «про неправду все написано» – стоит только перечесть евангельский рассказ, чтобы снова убедиться, что люди так не сочиняют, не лгут, не обманывают так не только других, но и себя; чтобы снова почувствовать сквозь призрачную оболочку мистерии твердое тело истории, увидеть смешанную с облаками гряду снеговых вершин; чтобы снова почувствовать, что здесь, рядом с тем, что могло и не быть, есть то, что наверное **было;** что здесь, по Лотцевой формуле, к арифметической сумме слагаемых в причине, тусклому ряду $a + b + c$, прибавляется в следствии неизвестная величина, ослепительное x – чудо.

В письменности всех веков и народов нет такого убедительного рассказа о таком невероятном событии, такого естественного – о таком сверхъестественном, как этот. Здесь, может быть, всего убедительнее не внешние исторические черточки: «Вифания близ Иерусалима, в стадиях пятнадцати» (11, 18); «уже смердит, ибо четыре дня, как он во гробе» (11, 39); «Иисус еще не входил в селение, но был там, где встретила его Марфа» (11, 30). Можно бы заподозрить рассказчика в желании искусственно усилить правдоподобие событий, при помощи таких подробностей – отдельных точек ярчайшего света в глубочайшей тени, освещенных, со свойственным одному Иоанну, мастерством «светотени». Нет, самое убедительное – не эти внешние черточки, а внутренние, открывающие такую глубину сердца Господня, в какую мог заглянуть только тот, кто возлежал у этого сердца.

XXVIII

Иисус, когда увидел ее (Марию), плачущую и пришедших с нею Иудеев плачущих. Сам восскорбел духом и возмутился – разгневался, ἐνεβριμήσατο ;

И сказал: где вы положили его? Говорят Ему: Равнуни! Пойди и посмотри.
Иисус заплакал. (Ио. 11, 33–35.)

Мог ли бы Он плакать, если бы знал, что Лазарь через минуту воскреснет? Но люди усомнятся во всем, только не в этих слезах. След неизгладимый выжжен ими в сердце человечества: им поверило оно и будет верить до конца времен. Смертным смертную тьму осветили слезы эти, как незакатные звезды.

Часто, бывало, идучи за Ним, искал я следов Его на земле, но не находил, и мне казалось, что Он идет, не касаясь земли.[604]

Призрачно-легким шагом идет по земле, как бесплотная тень. Ищут люди следов Его – не находят. Но вот нашли: призрачно-легкое облако плоти Его вдруг сгустилось, отяжелело, сделалось таким же, как наша плоть, – уже не «подобием» ее, homoiôma, по слову Павла, а ею самой. Вот когда всей нашей смертной тяжестью, смертным страхом, мукой смертной, мы осязаем плоть Его как свою. Плачет о братьях Своих Брат человеческий, Смертный – о смертных; плачет, как мы; страдает, как мы; любит, как мы. Вот когда дострадал, долюбил до конца, – спас мир.

Зная, что пришел час Его перейти от мира сего к Отцу, – возлюбив Своих, сущих в мире, возлюбил их до конца. (Ио. 13, 1.)

Кажется, если бы не было этих слез Господних, то не было бы христианства, не было бы Христа.

XXIX

Иисус же, опять возмутившись-разгневавшись, ἐμβριμώμενος, ***входит в гробницу. То была пещера, и камень лежал на гробе.*** (11, 38.)

Это «возмущение», «гнев», вовсе, конечно, не на маловерных иудеев, как объясняют истолкователи, – не на людей вообще, а на последнего врага их, «человекоубийцу исконного», дьявола – Смерть, за то что он так долго держит их в рабстве, бесчестит и мучает; это гнев бойца, идущего на бой за освобождение человечества.

Дух Господень на Мне... ибо Он... послал Меня... проповедовать пленным *освобождение... отпустить измученных на* ***свободу.***

Это возмущение в мире небывалое: никогда никто из людей не возмущался так против смерти, не кидал ей такого вызова в лицо; только один человек, Иисус, во всем, человечестве, восстал на смерть, как Сильнейший на сильного, Свободный на поработителя.

Внутренний смысл всего чуда-знамения здесь: победа над смертью, законом естества – законом «логического тождества», механической причинности *(a + b + c = a + b + c + x)*; преодоление закона свободою – чудом Воскресения. Здесь Иисус – Чудотворец – Освободитель.

XXX

Что же значит эта, как будто неразрешимая для нас в Иоанновом свидетельстве и, по мере того, как мы углубляемся в него, всевозраста-

---

[604] Acta Johan., с. 93. – Henneke, Neutestamentaliche Apokryphen, 1924, S. 186.

ющая двойственность: История – Мистерия; было – не было; воскрес – не воскрес? Чтобы это понять, вспомним слово бл. Августина:
тайно пил Иоанн из сердца Господня,
ex ilio pectore in secreto biberat. [605]
Что это действительно так, мы увидим по Тайной Вечере, где, «припадши к сердцу Иисуса», выпил Иоанн из него горчайшую тайну предательства (Ио. 13, 23–26). А если так, то многое мог знать Иоанн, чего не знали другие ученики. Судя по некоторым признакам или хотя бы намекам у самих синоптиков (Иосиф Аримафейский, член Синедриона, давний тайный друг Иисуса; тайное ночное убежище Господа в Вифании, кажется, в доме Лазаря; неизвестный хозяин дома в Иерусалиме, должно быть, тоже давний друг Иисуса, приготовивший горницу для Тайной Вечери), судя по таким намекам, связь более глубокая и давняя, чем знают или считают нужным говорить о том синоптики, соединяет Иисуса с Иерусалимом. Следовательно, между двумя точками зрения – галилейской, у синоптиков, и иерусалимской, в IV Евангелии, нет вовсе такого противоречия, как это прежде казалось, а теперь все меньше кажется даже кое-кому из левых критиков.[606] Очень вероятно, что Иисус провел в Иерусалиме, кроме последней Пасхи, много дней, может быть, даже недель, если не месяцев. Кажется, из этих-то Иерусалимских дней и течет у Иоанна, недоступный синоптикам, источник исторически-подлинных преданий – воспоминаний.[607] К ним, может быть, принадлежит и событие, малое во внешней, огромное во внутренней жизни Господа – в тайной жизни сердца Его, – смерть Лазаря, «друга» Его, как Он Сам его называет:
Лазарь, друг наш, уснул (**Ио. 11, 11**), –
одного из тех трех единственных, кроме Иоанна, людей, о которых сказано, что Иисус их «любил» (Ио, 11, 3, 5, 36). Историческая подлинность Иоаннова свидетельства о любви Иисуса к сестрам Лазаря, Марфе и Марии, подтверждается и III Евангелием, ближайшим к IV-му.

XXXI

В сумерках Воскресного утра, так же как в сумерках церковного предания, таинственно сливаются для нас три женских образа: Марии Вифанийской, сестры Лазаря, Марии Магдалины, из которой Господь

---

[605] August., Tract, in Johan., 36.
[606] Wellhausen, Spitta, Carl Clemen.
[607] Чтобы в этом убедиться, стоит только вспомнить такое «маленькое историческое сокровище», по слову Ренана, как беседа Иисуса с братьями, Ио. 7, 3–8.

изгнал семь бесов и которая, сделавшись Его ученицей, «служила Ему именем своим» (Лк. 8, 2–3), и той неизвестной, которая возливала миро на Тело Господа, «приготовила Его к погребению» (Мк. 14, 3–9), – может быть, той самой грешницы, о которой сказано:

прощаются ей грехи ее многие, за то что возлюбила много. (Лк. 7, 36–50.)

Чудно, страшно и свято сливаются для нас эти три лица, не только над гробом Лазаря, но и над гробом самого Господа. Первое человеческое существо, увидевшее Христа воскресшего, – не *он*, а *она*; не Петр, не Иоанн, а Мария. Рядом с Иисусом – Мария, рядом с Неизвестным – Неизвестная.

В древних таинствах воскрешает Озириса Изида, Диониса – Деметра-Персефона: Сына – Брата – Жениха воскрешает Мать – Сестра – Невеста.

Это есть тень будущего, а тело во Христе. (Кол. 2, 17.)

Две Марии – одна в начале жизни, другая – в конце; та родила – эта воскресит.

Тайну Вечно-Женственного в Вечно-Мужественном мог подслушать в сердце Господнем только тот, кто возлежал у этого сердца, – шестнадцатилетний, по древнему преданию Церкви, отрок Иоанн, с лицом, по чудной Винчьевской догадке, женственной, или точнее, страшнее, святее, – мужеженственной прелести; только он мог выпить из сердца Господня, как райская пчела из райского цветка, этот чистейший мед любви чистейшей, для которой нет имени на языке человеческом.

XXXII

Тщетны все попытки отделить в Иоанновом свидетельстве, сплаве двух металлов, один из них от другого – Историю от Мистерии.

Лазарь умер; Иисус тайно беседует о смерти его и воскресении с Марией, сестрой его, – вот история – то, что было однажды во времени. Лазарь воскрес; Мария видит выходящего из гроба Лазаря: вот мистерия – то, что есть, было и будет в вечности. Где порог двери из одного порядка в другой, пограничная между ними черта, – этого мы никогда не узнаем с точностью; но кажется, где-то около слез Господних. Мир для того, кто смотрит на него сквозь такие слезы, как эти, зыблется, тает, течет, как расплавленный металл; в призме слез преломленный, образ мира как будто искажен, а на самом деле восстановлен, выправлен; только сквозь такие слезы можно увидеть мир как следует: «преходит образ мира сего», и сквозь этот мир сквозит иной; в том, что мы называем «видением» или «подобием», «символом», а Иоанн называет «чудом-знаменьем», открывается иная действительность, большая, чем та, в которой мы живем.

XXXIII

«Марфа, услышав, что идет Иисус, вышла к Нему навстречу» и сказала:
Раввуни! если бы Ты был здесь, не умер бы брат мой. (11, 20–21.)
То же, теми же словами, скажет и Мария (11, 32), потому что здесь Марфа – Любовь Деятельная, и Мария – Любовь Созерцательная, две сестры, – одно существо. «Брат мой не умер бы», – тихая жалоба всей твари, от начала мира об избавлении стенающей и все еще не избавленной. «Если бы Ты был здесь», – тихий укор любви, как бы ответ на то непостижимое, нечеловеческое слово:
радуюсь, что Меня не было там, дабы вы уверовали.
Марфа-Мария вся еще в мире здешнем, на пороге, отделяющем тот мир от этого.
Но и теперь знаю, что чего Ты попросишь у Бога, даст Тебе Бог.
Знает только умом, – еще не сердцем.
Иисус говорит ей: воскреснет брат твой.
...Знаю, что воскреснет в воскресение (мертвых), в последний день.
Вот не переступленный ею, непереступаемый для нас, порог между временем и вечностью. Остановилась на нем и не может сдвинуться. Но с чудною силой сдвигает ее Господь.
Я есмь воскресение и жизнь; верующий в Меня, если и умрет, оживет.
И всякий живущий и верующий в Меня, не умрет вовек. Веришь ли сему?
Она говорит Ему: так, Господи, я верую, что Ты Христос, Сын Божий, грядущий в мир. (11, 21–27.)
Вот сила, которая еще не перенесла, но сейчас перенесет ее за порог, – вера в Него Самого, как чудо из чудес. Верит, а все-таки плачет.
Иисус, когда увидел ее плачущую, –
Марфу-Марию – всю обреченную смерти тварь – плачущую, –
сам восскорбел духом и возмутился (разгневался),
И сказал: где вы положили его? Говорят Ему: Раввуни! пойди и посмотри.
Иисус заплакал.
Вот рубеж двух миров: вечно-женственные слезы – вечно-мужественный гнев. Плачет, как все; как никто, возмущается. Слезы челове-

ческие – до рубежа, а за ним – «возмущение», «гнев» божественный. В этом чувстве все люди с Ним – «сыны Божий», потому что смерть для них всех противоестественна, возмутительна.

...И опять возмутившись, входит в гробницу, – и говорит:

отвалите камень.

Это сказано уже там, за порогом, в вечности. Но все еще здесь – Марфы-Марии, всей смертной твари ужас смертный:

Господи! уже смердит, ибо четыре дня, как он в гробе.

Не было и не будет более страшного слова о смерти, чем это, сказанное пред лицом самой Жизни. Вот, во всей своей неодолимой, наглой силе, закон механической причинности, логического тождества: *a+b+c=a+b+c*; «вышел из праха – в прах отойдешь». Кажется, видишь, как Сила на Силу идет, Враг на Врага, Жизнь на Смерть; кажется, слышишь, как устами всей твари Смерть говорит самой Жизни: «*его* три дня прошло, и вот что с ним; пройдут **Твои** три дня, и что будет с Тобой?»

Иисус говорит ей, –

Марфе-Марии – всей твари:

если будешь веровать, увидишь славу Божию (38–40).

Все, что затем, и есть это «**видение**» славы. Но только ли «видение», «обман чувств», «галлюцинация» – то, чего нет? Надо быть во сто крат большим лакеем, чем лакей Смердяков, чтобы так решить и на этом успокоиться; не почувствовать, что это видение есть прозрение, прорыв в иную действительность, большую, чем та, в которой мы живем, так что по сравнению с нею все, что мы считаем «действительным», может быть, только «обман чувств», «галлюцинация» – то, чего нет.

XXXIV

Что увидела Мария, мы никогда не узнаем; мы можем только смутно догадываться об этом по слову Господнему, сказанному в ту Субботу, когда исцелением Вифездского расслабленного как будто нарушил Иисус, а на самом деле, исполнил – «восполнил» – закон Отца в свободе Сына:

Если Сын освободит вас, то истинно свободны будете. – Кто соблюдет слово Мое, тот не увидит смерти вовек. (Ио. 8, 36, 51.)

Мы можем судить об этом и по другому слову, сказанному в тот день, когда сами фарисеи-законники, не смея казнить прелюбодейную жену, как будто нарушают, а на самом деле исполняют Отчий закон:

Делает (творит) Отец Мой доныне, и Я делаю (творю). Ибо, как Отец воскрешает мертвых и оживляет, так и Сын оживляет, кого хочет...

Истинно, истинно говорю вам: наступает время и настало уже, когда мертвые услышат глас Сына Божия и, услышав, оживут...
Ибо, как Отец имеет жизнь в самом Себе, так и Сыну дал иметь жизнь в самом Себе...
Не дивитесь сему, ибо наступает время, когда все, находящиеся в гробах, услышат глас Сына Божия. И изыдут... (Ио. 5, 7, 21, 25–28.)
После этого тихого слова во времени, громовое — в вечности:
Лазарь, изыди!
И вышел умерший, обвитый по рукам и ногам погребальными пеленами, и лицо его было обвязано платом. (Ио. 11, 43–44.)
Если бы не пала к ногам Господним Мария, испепеленная этим неимоверным видением-прозрением, то не увидела бы и воскресшего Господа, и с нею — вся тварь.
Здесь уже История соприкасается с Мистерией, время — с вечностью. В этом смысле, Лазарь воскрес воистину, и можно бы сказать: не будь воскресения Лазаря, не было бы христианства, не было бы Христа.

XXXV

Ты открыл нам многие тайны, а меня избрал из всех учеников Своих и сказал мне три слова, ими же я пламенею, но другим сказать не могу, —
вспоминает Фома Неверный.[608] Очень вероятно, что эти три слова, открытые тому, кто сказал:
если не увижу... не поверю (Ио. 20, 25.), —
относятся и к чуду Воскресения. Если для каждого времени они — свои, то для нашего, пред лицом грозящего людям нашествия «человекообразных», «не-людей», рабов-поработителей, — вспыхнули бы на небе крестным знамением Лабарума: *Сим победиши,* — знамением Сына человеческого, эти три слова:
Чудо — Любовь — Свобода.
Может быть, сейчас, как никогда, могли бы люди услышать, —
что Дух говорит церквам: побеждающему дам... белый камень и на камне написанное, новое имя, которого никто не знает, кроме того, кто получает. (Откр. 2, 17.)
Новое имя возвещено будет миру в Судный День, трубой Архангела. Но, может быть, слышится оно уже и сейчас в шепоте узников, помнящих Блаженную Весть:

---

[608] Acta Thomae, с. 39, с. 47. — Walt. Bauer, Das Leben Jesu im Zeitalter des N. T. Apokryphen, 1909, S. 375.

Дух послал Меня... проповедовать пленным освобождение. Если Сын освободит вас, то истинно свободны будете.
Нового имени Его еще никто не знает; но, может быть, скоро узнают – вспомнят рабы вечное имя Христа:
Освободитель.

XXXVI

Кажется, не случайно, говоря о начале служения Господня, мы заговорили о конце его, потому что начало связано с концом, первое чудо-знамение – с последним, Кана. Галилейская – с воскрешением Лазаря. Эта связь – лучшее доказательство того, что в Евангельских свидетельствах уцелел исторически подлинный порядок событий в жизни Христа; если же мы этого порядка не видим, то, может быть, только потому, что еще не умеем читать Евангелия как следует.

Сколько лет или месяцев длилось служение Господне? Около года, по синоптикам; около двух лет, по IV Евангелию. Если и это для нас неопределимо с точностью, по евангельским свидетельствам, то, может быть, уже не только потому, что мы не умеем читать их, как следует, но и потому, что у самих свидетелей естественное для нас восприятие времени нарушается слишком острым чувством Конца – наступающей вечности: их время – не наше.[609]

---

[609] Общее, во II веке, предание Церкви принимает один год служения Господня: если начало его – 15-й год правления кесаря Тиберия (Лк. 3, 1), то все время служения – от начала 29 года нашей эры до Пасхи 30-го. Но св. Ириней Лионский возражает против этого общего предания (11, 22, 5). – Knopf, Einleitung in das N. T., 1923, с. 241. – Ориген колеблется, но иногда склоняется к трем годам: predicatio fere annos tres. – P. W. Schmidt, Die Geschichte Jesu, 1904, с. 129–130. – Евсевий (H. E., l, 10) стоит за несколько лет служения, неполных четыре; Иероним – за три года (15–18 Тиберия); также Епифаний (Haeres, 51, 23–26).

Так как ни один разумный человек не скажет о проповеднике, кончившем деятельность свою в том же году, в котором начал ее, как говорит Лука об Иисусе: «начиная служение, был лет тридцати» (3, 23), то этим свидетельством подтверждается, что служение Господне продолжалось больше одного года. – K. L. Schmidt, Der Rahmen der Geschichte Jesu, 1919, S. 31. – Судя по тому, что, при умножении хлебов, Господь велит «рассадить всех на зеленой траве» (Мк. 6, 29), а трава в Палестине высыхает уже в конце мая, – дело происходит не позже апреля, до Пасхи; а предшествующее умножению хлебов вырывание колосьев (Мк. 2, 23–28), – вероятно, после Пасхи; если так, то между 2-й и 6-й гл. Марка прошел или выпал целый год, что сближает Марка с Иоанном, в исчислении времени. – K. L. Schmidt, 191. – Lagrange, Marc, 169. – «Приближалась Пасха, праздник Иудейский»

Есть в Евангелии «предварение событий» и «возвращение» к ним, anticipatio et recapitulatio, – учит бл. Августин: истина Евангелия («историческая подлинность», по-нашему) не зависит от того или иного «порядка в рассказе о событиях», – ordo rerum gestarum; этот порядок может и не соответствовать «порядку воспоминаний», ordini recordationis.[610] Это и значит: надо уметь читать Евангелие, как следует, чтобы увидеть в нем исторически подлинный порядок событий; или, другими словами: вопреки левым критикам, утверждающим, будто бы «жизнь Иисуса Христа не может быть написана, scribi nequit (A. Harnack), это, хотя и труднее, чем даже им кажется, но все-таки возможно: жизнь Христа в Евангелии уже написана.

Чтобы в этом убедиться, вспомним найденный нами порядок событий: первый день в Капернауме; Нагорная проповедь; спор о субботе с фарисеями; первое совещание фарисеев с иродианами, как бы погубить Иисуса; послание Двенадцати на проповедь; открытие царства Божия.

Царство, Блаженство, Чудо: в этих трех словах-делах – все служение Господне. Просто, тихо, однообразно, почти без всяких внешних, видимых событий и с громадою невидимых, внутренних, – большею, чем во всей остальной всемирной истории (жизнь Христа – как ночное небо: чем больше смотришь на него, тем больше видишь звезд), протекает жизнь Иисуса. Странствуя, благовествуя, исцеляя больных, утешая скорбных, собирая учеников, ходит Он по городам и селам Галилеи. Год от Пасхи Блаженств до Пасхи Умножения хлебов – «лето Господне, блаженное» – блаженнейший год человечества.

(Ио. 6, 4). В древних кодексах, по святоотеческим свидетельствам, не было τὸ πάσχα , если так, то все хронологическое отличие IV Евангелия от синоптиков то, что у них служение Господне начинается после первой Пасхи 15-го года Тиберия, 29-го – нашей эры, а в IV Евангелии оно продолжается между двумя Пасхами (первая Ио. 2, 23: «Когда он был в Иерусалиме на празднике Пасхи»; вторая: «За шесть дней до Пасхи, пришел Иисус в Вифанию» (Ио. 12, 1).

По новейшим исследованиям, у Марка – 4 1/2, месяца служения, у Матфея – 5, у Луки – 4 1/2; но, судя по срыванию колосьев между Пасхой и Пятидесятницей, месяцы эти вмещают больше одного года (распределяются на два года); а по IV Евангелию, служение продолжается не меньше двух лет. – Windrisch, Die Dauer der öffentlichen Wirksamkeit Jesu (Zeitschrift der N. T. Wissensch., XII, 1911, S. 141 f.f.). – K. L. Schmidt, 12. – Alb. Schweitzer, Geschichte der Leben-Jesu-Forschung, 397, приходит к более смелому, чем убедительному, заключению, что проповедь Иисуса длилась, может быть, всего несколько недель.

[610] August., De consensu evangelistarum, II, 21, 55, s. – K. L. Schmidt, 9.

XXXVII

Медленно торжественно восходит над миром невидимое солнце – великое светило Конца. Смутно чувствует его все человечество, как слепой – теплоту восходящего солнца. Видит его только один из народов – Израиль; яснее всего Израиля видят идущие за Иисусом, галилейские толпы; еще яснее – те сотни людей, что слышали Иисуса на горе Блаженств; еще яснее – ученики Его. Полным же светом Конца озарен только один человек на земле – сам Иисус.

Если не оледенеет земля раньше, чем наступит на ней царство Божие, то, может быть, потому только, что солнце лета Господня прогрело ее до самого сердца.

День умножения хлебов, полдень Иисусовой жизни – точка наибольшего приближения великого светила Конца к земле, царства Божия – к человечеству. Кажется, в этот самый день посланные Иисусом на проповедь, ученики

вернулись к Нему с радостью (Лк. 10, 17),

…и рассказали Ему все, что сделали и чему научили. (Мк. 6, 30.)

В тот час возрадовался духом Иисус и сказал: славлю Тебя, Отче, Господи неба и земли, что Ты утаил сие от мудрых и разумных, и открыл младенцам. Ей, Отче! ибо таково было Твое благоволение. (Лк. 10, 21.)

Придите ко Мне, все труждающиеся и обремененные, и Я успокою вас. Возьмите иго Мое на себя, ибо Я кроток и смирен сердцем; и найдете покой душам вашим.

Ибо иго Мое благо, и бремя Мое легко. (Мт. 11, 28–30.)

Сколько бы ни забывало человечество Того, Кто это сказал, – вспомнит когда-нибудь; сколько бы ни сомневалось, – поверит когда-нибудь, что Им спасется мир.

6. И мир его не узнал

I

В мире был, и мир через Него начал быть, и мир Его не узнал. Пришел к своим, и свои Его не приняли. (Ио. 1, 10–11.)

Тайну эту – тайну всей жизни человека Иисуса – подслушал у сердца Его один из всех учеников, Иоанн.

II

Как это ни странно сказать, догмат об Искуплении, каков он сейчас для большинства христиан, – не совсем неподвижный, но еле движущийся, не мертвый, но и не живой, – отделяет их от жизни Христа Искупителя; с ней соединял их некогда и, может быть, когда-нибудь вновь соединит лишь догмат живой, движущийся и раскрывающийся в религиозном опыте. Опыт первичнее догмата, – только поняв это, можно понять жизнь человека Иисуса.

III

Петр, Верховный Апостол, «соблазняет» Христа. Кто это говорит, сумасшедший? Нет, сам Господь:

Отойди от Меня, сатана! ты Мне соблазн. (Мт. 16, 23.)

Мертвому догмату с этим делать нечего, а догмат живой только с таких «соблазнов» и начинается.

Нет той человеческой немощи – сомнения, искушения, отвержения, проклятья, нет того соблазна человеческого, где бы рядом с нами не был человек Иисус; где бы мы не узнавали в Нем себя. Слишком человеческого нельзя сказать о Нем ничего, ибо Он, –

подобно нам искушен во всем, кроме греха. (Евр. 4, 15.)

В каждой капле воды – та же вода, что в океане; в каждой искре огня – тот же огонь, что в солнце; в каждом человеке – тот же Сын человеческий, что во Христе.

Я есмь Ты, –

сказано с чудным опытным знанием в одной гностической молитве-заклятии для благополучного прохождения души по мытарствам ада.[611]

Только через наше человеческое сердце можем мы заглянуть в сердце человека Иисуса; только через наше смертное борение можем мы заглянуть в Гефсиманию; тяжесть креста Его можем измерить, только взяв крест на себя. Кто же никогда ничего подобного не испытывал, тому нечего делать с Евангелием, и лучше всего согласиться с Цельзом, что «жалкою смертью кончил Иисус презренную жизнь», или, что едва ли не хуже, – с Ренаном, что «жалкою смертью кончил Иисус великую жизнь». И не спасет нас от этого согласия никакой догмат.

---

[611] В Лейденском папирусе W: σὺ γάρ ἐι. – G. Anrich, Das antike Mysterienwesen, 1893, S. 89.

IV

Чем больше мы вдумываемся, вживаемся в жизнь человека Иисуса, тем больше узнаем, что в ней должна была наступить такая минута, когда Он вдруг понял, – медленно, должно быть, понимал, но понял вдруг, что «в мире Он был и мир через Него начал быть, и мир Его не узнал»; «пришел к своим, и свои Его не приняли»; и что эта минута пронзила душу Его, как некогда пронзит тело Его острие крестных гвоздей.

Знал от начала Сын Божий, что «пришел в мир для того, чтобы отдать душу Свою в выкуп за многих» (Мт. 20, 28), – это очень легко сказать в догмате, но очень трудно понять в опыте.

Видел Иисус, как никто, восходящее светило Конца, – наступающее царство Божие. Но до какой точки светило взойдет; какой из двух возможных Концов наступит, близкий или далекий; царство ли Божие пройдет мимо человечества, или чаша страданий мимо Сына человеческого, – этого не знал Он, – не хотел, не мог, не должен был знать, потому что ни Ангелы, ни Сын о дне и часе Конца не знают, знает только Отец. А не зная этого, должен был говорить, делать, жить, умирать, – все решая *надвое*. В этом-то раздвоении – вся терзающая мука Его, смертное борение до Гефсиманского кровавого пота и до последнего крестного вопля: «для чего Ты Меня оставил?» – непостижимая для нас пытка надеждой и тем, для чего у нас нет слова, потому что наше слово «отчаяние» не для такого, как Он.

Сын человеческий, пришед, найдет ли веру на земле? (Лк. 18, 8.)

Если это значит: «Все, что Я сделал, для чего жил и умер, – не даром ли?», то, может быть, тихое слово это не менее страшно, чем тот последний вопль на кресте.

V

С каждым днем служения Своего все меньше мог Он надеяться, что мир узнает Его; но должен был сохранять искру надежды, до конца, до креста. Этой нечеловеческой муки Его мы никогда не узнаем.

Если бы могли мы увидеть ту первую точку служения Господня, когда величайшее из всех искушений: «мир не узнает Меня», пронзило сердце Его, как острие гвоздное, то каким новым светом озарилась бы для нас вся Его жизнь, как приблизилась бы к нашему человеческому опыту!

Очень глухие, но согласные намеки всех четырех Евангелий указывают на день Умножения хлебов, как на эту первую точку. Может быть, так глухи намеки потому, что уже и здесь, в самом Евангелии, религиозный опыт Сына человеческого начинает заглушаться догматом о Сыне Божием. Но, кажется, тайный смысл намеков, если бы раскрыть его до конца, привел бы нас к выводу: именно в этот день – Умножения хлебов, понял Иисус так ясно, как еще никогда (ясности совершенной быть не могло, и в этом вся мука Его), понял вдруг, что вчера еще близкий Конец, сегодня отсрочен; что восходящее солнце царства Божия, достигнув высшей точки своей, начало опускаться; и, поняв это, увидел тоже так ясно, так близко, как еще никогда, – Крест.

Это значит: жизнь Иисуса Христа, Сына человеческого – Сына Божия, мы перенесем из неподвижного, мертвого догмата в живой, движущийся религиозный опыт только в том случае, если поймем до конца, что произошло в этот великий, но, может быть, самый забытый, непонятный, неузнанный – неизвестный день Господень.

VI

Где и когда произошло, мы знаем с почти несомненной исторической точностью.

Взяв учеников с Собою, удалился один ὑπεχώρησεν κατ' ἰδίαν, *в пустынное место близ города, называемого Вифсаидою.* (Лк. 9, 10.)

В северо-восточном конце Геннисаретского озера, на левом берегу Иордана, при его впадении в озеро, в области Ирода Филиппа Четверовластника, находился старый Иудейский городок Beth-Saïda, что значит «Рыбачий Поселок», родина трех учеников Господних, Петра, Андрея и Филиппа (Ио. 1, 44), а рядом со старым городком – новый, только что отстроенный во вкусе римского зодчества, Вифсаида Юлия, названный так в честь Августовой дочери, Юлии.[612] Горные, над Вифсаидой, луга, – вот, вероятно, то «пустынное место», куда удалился Иисус.

Знаем мы и время с такою же историческою точностью.

«Приближалась Пасха Иудейская», по свидетельству Иоанна (6, 4), совпадающая с Марковым-Петровым воспоминанием о весенней «зеленой траве» χλωρῷ χόρτῳ тех Вифсаидских лугов (Мк. 6, 39). «Было же на месте том много травы», – вспоминает и IV Евангелие (6, 10).

Пасха Иудейская – в начале апреля, а в конце его, с первым иссушающим полуденным ветром, свежая зелень трав на Геннисаретских лугах вянет, желтеет.[613]

---

[612] Joseph Fl., Ant. XVIII, 2, 1. Dalman, Orte und Wege Jesu, 187–188. – Klostermann, Das Marcus-Evangelium, 1926, S. 75.

[613] L. Schneller, Evangelien-Fahrten, 1925, S. 159.

Распят Иисус тоже в Пасху Иудейскую; по очень, кажется, древнему, у Климента Александрийского (200 г.), уцелевшему преданию – воспоминанию Церкви, 7 апреля 30 года нашей эры, 17–18-го – кесаря Тиберия.[614] Если так, то Пасха Хлебов относится к 29 году по Р. Х., 16–17-му – Тиберия. Та Пасха, Иерусалимская, – годовщина этой, Вифсаидской. Тайна Пасхи той, предпоследней, – Хлеб, а этой, последней, – Плоть.

Я – хлеб живой, сшедший с небес... Хлеб же, который я дам, есть плоть Моя, –

тайну эту подслушал у сердца Господня Иоанн (6, 51).

VII

В этот день, как часто бывает в такие решающие дни, все, от начала жизни к ее концу идущие нити сплелись в один, неразрешимый для жизни, лишь смертью разрешимый узел.

Только что похоронив Иоанна Крестителя, ученики его возвещают о том Иисусу (Мт. 14, 13); возвещают, может быть, и о том, что сказал о Нем Ирод:

это Иоанн, которого я обезглавил, воскрес из мертвых. (Мк. 6, 16.)

И искал увидеть Его. (Лк. 9, 9.)

А может быть, и остерегают Его, как потом – фарисеи:

выйди и удались отсюда, ибо Ирод хочет убить Тебя. (Лк. 13 31.)

В судьбе Иоанна свою мог узнать Иисус:

Илия – (Иоанн, предтеча Мессии) – уже пришел, и не узнали ли его, и поступили с ним, как хотели; так и Сын человеческий пострадает от них. (Мт. 17, 12.)

И так же не будет узнан.

В тот же день Умножения хлебов собрались к Иисусу ученики, посланные на проповедь о царстве Божием, –

и рассказали Ему все, что сделали и чему научили. (Мк. 6, 30.)

С радостью, должно быть, такой же вернулись к Нему Двенадцать тогда, как потом – Семьдесят:

Господи! и бесы повинуются нам о имени Твоем. (Лк. 10, 17.)

Радовались так потому, что царство бесов, отходящее, – признак наступающего царства Божия:

Может ли кто войти в дом сильного и расхитить его, если прежде не свяжет сильного? (Мт. 12, 29.)

---

[614] Osk. Holtzmann, Christus, 1922, S. 73.

В тот час возрадовался духом Иисус и сказал, славлю Тебя, Отче, Господи неба и земли, что Ты утаил сие от мудрых и разумных, и открыл младенцам. Ей, Отче! Ибо таково было Твое благоволение. (Лк. 10, 21.)

И обратившись к ученикам, сказал им особо: ваши же блаженны очи, что видят, и уши ваши, что слышат. Ибо истинно говорю вам, что многие пророки и праведники желали видеть, что вы видите, и не видели; и слышать, что вы слышите, и не слышали. (Лк. 10, 23 – Мт. 13, 16–17.)

В жизни всего человечества, а может быть, и в жизни человека Иисуса не было радости большей, чем эта.

Друг жениха, стоящий и внимающий ему, радостью радуется, слыша голос жениха. Сия-то радость Моя исполнилась. Ему должно расти, а мне умаляться (Ио. 3, 29–30.), –

вспомнил, может быть, Иисус это слово Предтечи.

Друг жениха умер, умалился перед Ним, как утренняя звезда – перед солнцем.

VIII

Радовались и толпы галилейских паломников, шедших на праздник Пасхи в Иерусалим, по большой Морской дороге, via Maris, через Капернаум, где находился тогда Иисус, – вероятно, в доме Симона Петра, – и куда собрались к Нему ученики в заранее назначенный день; радовались потому, что надеялись, что

царство Божие откроется сейчас, παριχρῆμα ἀναφαίνεσθαι . (Лк. 19, 11.)

«Не Он ли Христос (Мессия), сын Давидов?» – спрашивал народ об Иисусе (Мт. 12, 23). Громко говорить еще не смел, но, может быть, шепот уже носился в толпе: «Malka Meschiah, malka Meschiah! Царь Мессия, Царь Мессия!» Как же Царству не быть, если Царь уже есть? Ждали, что не сегодня завтра солнце, восходящее над Галилейским озером, будет солнцем незакатным царства Божия.

Вот почему запружены были несметной толпой тесные улочки Капернаума городка и осажден ею маленький рыбачий домик Симона.

И сказал ученикам Иисус:

Пойдите вы одни в пустынное место и отдохните немного. Ибо много было приходящих и отходящих, так что и есть им было некогда. (Мк. 6, 31.)

Может быть, и Сам Иисус, в скорби Своей об Иоанне Крестителе и в радости о царстве Божием, хотел уйти от людей к Отцу.

IX

И отплыли в пустынное место в лодке одни.
Народ же увидел, как они отплывали, и многие узнали их. И бежали туда пешие из всех городов. (Мк. 6, 32–33.)

Десять километров, включая обход через мост на Иордане, часа два пешего пути, отделяют Капернаум от Вифсаиды Юлии.[615] К вышедшей из Капернаума толпе присоединялись, должно быть, по дороге все новые толпы, возрастая, как снежный катящийся ком.

…И предупредили их, и собрались к Нему. (Мк. 6, 33).
На гору взошел Иисус, и там сидел с учениками Своими.
…И увидел множество народа, и сжалился над ними, потому что они были как овцы, не имеющие пастыря; и начал учить их много.
…И беседовал с ними о царстве Божием, и требовавших исцеления исцелял.
День же склонялся к вечеру. И, приступив к Нему, Двенадцать говорили Ему:
Отпусти их, чтоб они пошли в окрестные хутора и селения купить себе хлеба, ибо им нечего есть… потому что мы в месте пустынном.
Но Иисус сказал им: не нужно им ходить; вы дайте им есть. Они же говорят Ему:… им и на двести динариев хлеба не хватит, чтобы каждому досталось хотя понемногу. (Мт. 14; Мк. 6; Лк. 9; Ио. 6.)

Тайная досада, может быть, слышится в этом ответе учеников: «Где же взять хлеба для такого множества?» Иуда, имевший при себе денежный ящик и носивший, что туда опускали (Ио. 12, 6), знал, конечно, лучше всех, что в скудной казне их не могло быть двухсот динариев. В этот миг, с Иудой, «другом» Своим, как называет его Сам Иисус (Мт. 26, 50) не обменялся ли Он глубоким взглядом?

Если одну из двух тайн подслушал у сердца Господня Иоанн, то, может быть, другую подслушал Иуда. В этом глубоком взгляде Его, может быть, прочел Иисус: «Не Ты ли Сам сказал:
не заботьтесь что вам есть и что пить… взгляните на птиц небесных: они ни сеют, ни жнут, ни собирают в житницы, а Отец ваш небесный питает их. Вы не гораздо ли лучше птиц?» (Мт. 6, 25–26.)

«Что сказал, то и сделай!»
Он же спросил их: сколько у вас хлебов? Они, узнав, сказали: пять хлебов и две рыбы.

---

[615] H. J. Holtzmann, Hand-Commentar zum N. T., I, S. 139 – Lagrange Marc, 166.

Тогда велел им рассадить всех застольными, ложами-ложами, συμπόσαι συμπόσαι, *на зеленой траве.*
И возлегли грядками-грядками, πρασιὰι πρασιάι , *по сту человек и по пятидесяти.*
И взяв пять хлебов и две рыбы, и воззрев на небо, благословил и преломил хлебы, и дал ученикам, чтобы роздали им; и две рыбы разделил на всех.
И ели все, и насытились.
И собрали кусков хлеба и рыбы двенадцать полных корзин.
Было же евших около **пяти тысяч человек, кроме жен и детей.**
(Мк. 6, 38–48; Мт. 14, 21).

X

Чудо с хлебами совершается у первых двух синоптиков дважды, хотя и в разные времена, в разных местах, но совершенно одинаково, так что мы имеем о нем шесть евангельских свидетельств, – столько, как ни о каком другом событии в земной жизни Господа, кроме распятия и Воскресения. Но вот что удивительно: все, что предшествует чуду, и все, что следует за ним, мы видим, но само оно остается невидимым; только что дело доходит до него, как непроницаемая завеса падает. Все слова относятся к тому, что было до чуда и будет после него, а о нем самом – ни слова.[616] Между двумя мигами – тем, когда Иисус раздает ученикам пять хлебов и две рыбы, и тем, когда пять тысяч человек насытились, – как бы зияющий провал, пустота. Сколько бы мы ни хотели верить в чудо, надо видеть его, чтобы верить, а здесь мы ничего не видим. «Чудо с хлебами непредставимо для нас», – вынуждены сознаться и апологеты церковные.[617]

Чтобы насытить пять тысяч человек, нужно было двадцать, тридцать тысяч тех маленьких «ячменных хлебцев», ἄρτοι κριθίνοι, какие пеклись тогда в сельских пекарнях или на бедных домашних очагах, считая по три, по четыре хлебца на человека; а маленьких копченых или соленых рыбок, ὀφάρια (Ио. 6, 9), вдвое, втрое больше. Если так, то каждый из пяти хлебов должен был раздробиться, размножиться, с неимоверной быстротой, или, увеличиваясь в размере, удлиниться или утолститься в пять-шесть тысяч раз. Где же это происходит – в руках Самого Господа, когда Он преломляет хлебы, или в руках учеников, когда они раздают их народу? Чудо не могло не быть видимо, но всякая попытка увидеть его приводит нас к нелепости. И вовсе не надо стра-

---

[616] Joh. Weiss, Das älteste Evangelium, 212.
[617] Lagrange, Marc., 171.

дать болезнью двух прошлых веков, rationalismus vulgaris, чтобы в таком чуде усомниться.

Отрок Иисус, в апокрифическом «Евангелии Детства», чудом удлиняет, растягивает слишком короткую доску в мастерской плотника Иосифа.[618] Нечто подобное происходит и в чуде с хлебами, по толкованию Фомы Аквинского: «Хлебы умножил Господь не сотворением нового вещества, а прибавлением внешнего, не хлебного, к внутреннему, хлебному».[619]

Если так, то чудо дьявола, отвергнутое Господом на горе Искушения: *вели камню сему сделаться хлебом* (Лк. 4, 3.), – принято здесь, на горе Хлебов.

XI

Неудивление народа и учеников перед чудом также удивительно. Как удивлены, поражены бывают свидетели всех чудес Господних, Марк-Петр никогда не забывает об этом сказать; только здесь почему-то забыл.[620] Что это значит? Судя по тому, как неизгладимо запечатлелась память об этом событии в евангельских свидетельствах, чувство, испытанное от него учениками, было очень глубоко, но это не удивление, а что-то иное, может быть большее, для чего у них нет еще слов, и у нас все еще нет.

Кажется, не случайно первый из наших свидетелей, едва ли не очевидец события, Петр, говоря о нем устами Марка, слово «Чудо» не употребляет вовсе, а говорит просто: «не поняли того, что было с хлебами», ἐπὶ τοῖς ἄρτοις (6, 52).

Удивительно и то, что фарисеи требуют чуда-знамения, только что увидев его на горе Хлебов.

Начали с Ним спорить и требовали от Него знамений, искушая Его. (Мк. 6, 11.)

Какое же Ты дашь знамение, чтобы мы увидели и поверили Тебе? Манну в пустыне ели наши отцы, как написано: «Хлеб с неба дал им есть». (Ио. 6, 30–31.)

Сами же ели вчера, а сегодня об этом забыли.[621]

---

[618] Evangel. Infant. – Acta Thomae, с. 13. – Keim, Geschichte 1867, I, 418–419. – Henneke, N. T. Apokryphen, 100.

[619] Non per creationem sed per additionem extraneae materiae, in panes conversae – Thomas Aquin, Simma Theolog, III pars, qu XLIV, a 4, ad 4.

[620] Joh Weiss, Der Schriften des N. T. I, 130.

[621] C. Klemen, Die Entstehung des Johannes-Evangelium, 1912, S. 157 – Joh. Weiss, Das alteste Evangelium, 220.

XII

Так же забывают ученики в Десятиградии о том, что было в Вифсаиде, повторяя, как бы в беспамятстве, перед этим вторым чудом, слова, сказанные перед первым:

откуда нам взять в пустыне столько хлебов, чтобы накормить такое множество? (Мт. 15, 33; Мк. 8, 4.)

И еще удивительнее: после другого чуда, или видения – прозрения в иную действительность, – Иисуса, идущего по водам, – ученики *чрезвычайно изумились, так что были вне себя.*

Ибо того, что было с хлебами, не поняли, потому что сердце их было окаменено. (Мк. 6, 51–52.)

Если бы чудо с хлебами было «прибавлением внешнего вещества, не хлебного, к внутреннему, хлебному», как учит Фома Аквинский, то как могли бы не понять; как могло бы сердце их «окаменеть»? Сердца не нужно, нужны только глаза, чтобы такое чудо увидеть.

Слово же Господне к ученикам, после второго умножения хлебов, всего непонятней:

Еще ли не понимаете и не разумеете? еще ли окаменено у вас сердце?

Имея очи, не видите? имея уши, не слышите? Когда Я пять хлебов преломил для пяти тысяч, сколько полных коробов набрали вы остатков? Говорят Ему: двенадцать. А когда семь – для четырех тысяч, сколько корзин набрали вы кусков? Говорят: семь. И сказал им: как же не понимаете? (Мк. 8, 17–21.)

Так же не понимаем, не помним и мы; имея очи, не видим; имея уши, не слышим; так же окаменено и наше сердце, вот уже двадцать веков.[622]

Тотчас после второго чуда с хлебами приходит Иисус туда, где совершилось первое чудо, – в Вифсаиду.

И приводят к Нему слепого, и просят, чтобы прикоснулся к нему.

Он... возложил на него руки и спросил, видит ли что. Тот, взглянув, сказал: вижу проходящих людей, как деревья. И снова возложил (Иисус) руки на глаза его и велел ему взглянуть. И он исцелел и стал видеть все ясно (Мк. 8, 22–25).

Кто этот слепой? Не все ли христианское человечество? Раз уже возложил руки Господь на глаза его, но оно увидело лишь смутно. О, если б возложил опять!

---

[622] Joh. Weiss, Das alteste Evangelium, 215.

XIII

Что же было с хлебами?

Есть, кажется, два ключа ко всему. Один – мнимое противоречие, действительное согласие и в этом случае, как в стольких других, первого свидетеля, Марка-Петра, с последним – Иоанном.

Пять хлебов и две рыбы у Двенадцати, по Маркову свидетельству (6, 38), а по Иоаннову:

Один из учеников Его, Андрей, брат Симона Петра, говорит Ему (Иисусу): Здесь есть у одного мальчика, παιδάριον, –

(продавца съестных припасов, «маркитанта», по-нашему),[623] –

пять ячменных хлебов и две рыбки. (Ио. 6, 8–9.)

Те же, очевидно, пять хлебов и две рыбы – то у народа, то у Двенадцати. Что это значит? Надо ли принять одно из двух свидетельств и отвергнуть другое? Нет, надо соединить оба. Два предания-воспоминания: по одному – хлебы у Двенадцати, по другому – у народа; оба могут быть исторически подлинны.

Бедные люди запасливы, земледельцы же особенно: не выходят в дорогу без хлеба, как мы – без денег.[624] Два огромных табора: один, пятитысячный. Израильский, близ Вифсаиды, – должно быть, большею частью, толпы идущих издалека в Иерусалим на праздник Пасхи, галилейских паломников; другой – четырехтысячный, языческий, в Десятиградии, людей, пришедших тоже издалека:

три дня уже народ находится при Мне, и нечего им есть. Если не евшими отпущу их в домы их, то ослабеют в дороге, ибо некоторые пришли издалека. (Мк. 8, 2–3.)

Чтобы все эти тысячи людей, с больными, с детьми и женами, вышли в пустыню, на один или на три дня пути, из городов и селений богатейшей земли, житницы всей Галилеи, не взяв с собой куска хлеба, в обоих случаях почти так же невероятно, как то, чтобы они вышли голыми. Если же у одного мальчика-продавца оказались не съеденными или не раскупленными пять хлебов и две рыбы, то еще невероятнее, чтобы у всех остальных пяти тысяч не оказалось ни одного куска; что-то, во всяком случае, *могло* оказаться, а этим решается все, и вовсе не надо опять-таки страдать болезнью rationalismus vulgaris, чтобы это понять и услышать слово Господне, к нам обращенное: «Как же не понимаете?...имея очи, не видите; имея уши, не слышите?»

---

[623] Bern Weiss, Das Leben Jesu, 1884, II, 190.
[624] K. Furrer, Das Leben Jesu Christi, 1905, S. 133–135.

Что было с хлебами, мы не знаем, но можем догадываться, что это неизвестное, так неизгладимо запечатлевшееся в Евангелиях, «Воспоминаниях Апостолов», по слову Юстина, есть нечто большее, чудеснейшее, чем то, что нам кажется «чудом».

Вот один из двух ключей ко всему, а вот и другой.

XIV

Равенству учит Павел Коринфскую церковь на примере церквей Македонских:

Нищета их глубокая преизбыточествует в богатстве их щедрости.

Ибо щедры они по силам и даже сверх сил.

...Знаете вы милосердие Господа нашего Иисуса Христа, как, будучи богат, обнищал Он ради вас, дабы вы обогатились Его нищетою.

...Легкости другим и тягости вам да не будет, но да будет равенство, ἰσότης.

Ныне вашим избытком восполнится их недостаток, а после избытком их – недостаток ваш, да будет равенство. Как написано: «Кто собрал много, не имел лишнего; и кто мало – не имел недостатка». (II Кор. 8, 2–3, 9, 13–15.)

Павел вспоминает здесь первое чудо равенства в хлебе, манне Синайской. Могли бы он вспомнить и второе чудо, большее, в пустыне Вифсаидской, – или не мог, уже забыл, как мы забыли? Но, если ум забыл, то сердце помнит:

было же одно сердце и одна душа у множества уверовавших. И никто ничего из имени своего не называл своим, но все у них было общее.

...И, преломляя хлеб, принимали пищу в радости. (Д. А. 4, 32–33; 2, 46.)

Если будет когда-нибудь царство Божие на земле, то потому, что это было в первый раз от начала мира, в тот великий день Господень, при Умножении хлебов.

Царство Божие – как зерно горчишное, которое, когда сеется в землю, есть меньше всех семян на земле. А когда посеяно, всходит и бывает больше всех злаков, и пускает большие ветви, так что под тенью его могут укрыться птицы небесные. (Мк. 4, 31–32.)

Первая точка этой исполинской параболы-притчи – там, на горных лугах Вифсаиды: семя, посеянное там, меньше всех семян на земле; когда же взойдет, будет больше всех злаков, – царством Божиим на земле, как на небе.

XV

Там, на горе Хлебов, сделал человек Иисус то, чего никто из людей никогда, от начала мира, не делал и до конца не сделает, – разделил хлеб между людьми, сытых уравнял с голодными, бедных с богатыми, не в рабстве, ненависти, вечной смерти, как это делают все мятежи – «революции», а в свободе, в любви, в жизни вечной. Люди сами, без Него, не разделили бы хлеба, продолжали бы войну из-за него бесконечную, горло перегрызли бы друг другу, как это делали от начала мира и будут делать до конца. Но пришел к людям Он, и они узнали Его, – потом опять забудут, но тогда, на минуту, узнали. Только глядя на Него, Сына человеческого, вспомнили, что все они – братья, дети одного Отца; поняли, как еще никогда не понимали, что значит:

душу твою отдашь голодному и напитаешь, душу страдальца; тогда свет твой взойдет во тьме, и мрак твой будет, как полдень. (Ис. 58, 10.)

Поняли, что «мое» и «твое» – смерть, а «мое – твое» – жизнь.

Было ли чудо? Было. И здесь, как везде, всегда, чудо единственное, чудо чудес – Он Сам. Отдал все, что имел; будучи богат, обнищал, и Его нищетой обогатились все. Только на Него глядя, «обратились» – «опрокинулись» – стали, как дети, и вошли в царство Божие. Первый вошел тот маленький мальчик-продавец, отдавший голодным все, что имел, – пять ячменных хлебов и две копченые рыбки, а за ним – все. Так же чудесно-естественно сердца открылись Единственному, Возлюбленному, как цветы открываются солнцу; полюбили Его – полюбили друг друга. Чудом любви сердца открылись – открылись мешки, и пир начался.

Все готово; приходите на брачный пир, сердце одно, одна душа у всех, – Его.

Все да будут едино; как Ты, Отче, во Мне, и Я в Тебе так и они да будут в Нас едино (Ио. 17, 21.), –

молится, может быть, Иисус уже и на этой, первой Тайной Вечере, как на той, последней. Три мольбы молитвы Господней:

*Да приидет царствие Твое;
да будет воля Твоя и на земле, как на небе;
хлеб наш насущный даждь нам днесь,* –

эти три мольбы исполнились. Так было однажды – так будет всегда.

XVI

Чудо с хлебами повторяется: это еще помнят ученики, но уже не знают, почему повторяется. Первое чудо в Вифсаиде, в Израиле; второе –

в Десятиградии, в земле язычников – во всем человечестве:[625] это еще помнят Марк и Матфей, но Лука уже забыл, не понял, не поверил; исключил второе чудо, как лишнее. Кажется, это непонимание – лучшая порука в том, что свидетельство о повторении чуда – очень древнее, идущее из первоисточника, исторически-подлинное, по общему закону евангельской критики: чем невероятнее, тем достовернее. Так же не верят, не понимают и левые критики наших дней, – да и кто понял за две тысячи лет? – так же думают, что это два свидетельства об одном чуде, как будто Марк и Матфей глупее нашего, когда говорят об одном событии, как о двух:

Когда Я пять хлебов преломил для пяти тысяч, сколько коробов набрали вы остатков? Говорят Ему: двенадцать.

А когда семь для четырех тысяч, сколько корзин?...Говорят Ему: семь.

И сказал им: как же вы не понимаете?

Нет, не понимаем, что на горе Хлебов открылся новой твари новый закон.

Се, творю новое небо и новую землю, и прежние не будут уже вспоминаемы. (Ис. 65, 17.)

Все, что было в первом умножении хлебов, повторяется и во втором, потому что это два явления одного закона: так было однажды – так будет всегда.

Не нарушить пришел Я закон, а исполнить.

По Лотцевой формуле: $a + b + c$, в причине, – «пять хлебов и две рыбы»; пять тысяч человек не могут насытиться; $a+b+c+x$, в следствии, – сердца и мешки открылись: «ели все и насытились».

Первое чудо забывают ученики перед вторым, как сон наяву забывается.

Где же нам взять хлебов, чтобы накормить такое множество?

повторяют они, как в беспамятстве, глупея неестественно, потому что не могут поверить новому порядку естества, привыкнуть к нему и войти в него: ведь и мы, за двадцать веков, так же не привыкли, так же глупы, – нет, еще глупее, и, кажется, будем глупеть до Конца, в бесконечной из-за хлеба войне всех против всех.

XVII

Если то, что было с хлебом, – только внешнее чудо – «прибавление вещества», как думают одинаково те, кто верит в него, и те, кто не ве-

---

[625] Joh. Weiss, 218.

рит, то это было однажды и уже не будет больше никогда: людям сейчас с этим нечего делать. Если же это – внутренне-внешнее чудо любви и свободы – прозрение, прорыв в иную действительность, где утоляется одна из величайших человеческих мук – неравенство, разрешается то, что мы называем «социальной проблемой»; где только и может быть найдено то, чего мы ищем так жадно сейчас и никогда не найдем, без Христа; если таков смысл Умножения хлебов, то это чудо, завтрашнее – сегодняшнее, – самое нужное, близкое, родное из всех чудес Господних, именно в наши дни, когда совершается перед нами воочию обратное чудо дьявола – **умаление хлебов.**

«В мире был, и мир Его не узнал», не узнала и Церковь: только в катакомбных росписях еще изображается чудо с хлебами, как величайшее из таинств, Евхаристия,[626] а потом забывается и уже не вспомнится, что первая обедня – Вифсаидский обед. В память о нем, за две тысячи лет, – ни образа, ни праздника.

Но не этим ли чудом с хлебами и спасет погибающий мир Иисус Неизвестный?

XVIII

В Интернационале, этом «Отче наш» безбожников, есть одно глубокое слово:
Сделаем гладкую доску из прошлого
Du passe faison table râse.

Можно бы сказать, что и там, в Вифсаидской пустыне, сделана, хотя и в ином, конечно, обратном смысле, «гладкая доска из прошлого».

Самое черное, чумное пятно на всей твари – человек: весь круг естества от него воспаляется. Пал Адам – пала тварь, но не по своей вине, а по его, так что и доныне перед человеком невинна: звери, злаки, земля, вода, воздух, – чем дальше от человека, тем чище; и неба чистейший эфир объемлет все.

Вот почему уводит Иисус людей в пустыню, на гору, – к зверям, злакам, земле и небу.

Если не евшими отпущу их в домы их, то ослабеют в дороге.

Вот в какую пустыню увел их, или сами они ушли за Ним. Здесь-то, в пустыне, и делает «гладкую доску из прошлого», сызнова все начинает, как будто ничего не было раньше, или все, что было, «будет разрушено, так что не останется камня на камне» (Лк. 21, 6).

---

[626] H. J. Holtzmann, Hand-Commentar zum N T, Die Synoptiker, 1901, S 80–81 – Capella Greca в римских катакомбах Присциллы.

***Царство Мое не отсюда* (Ио. 18, 36),** –
скажет Пилату – Риму – миру сему.
***Все, сколько их ни приходило до Меня, суть воры разбойники* (Ио. 10, 8.),** –
скажет всем строителям Града человеческого.
Кто поставил Меня судить и делить вас? (Лк. 12, 14.), –
скажет в этом Граде чужом, а в Своем, – так рассудит – разделит, как никто никогда не судил и не делил.

XIX

Всем велит возлечь на траву, «застольными ложами-ложами, грядками-грядками». В этой музыке повторяемых слов: symposia-symposia, prasiai-prasiai, – как бы хрустально-прозрачная музыка сфер, так же как в точности чисел: «по сту, по пятидесяти», – божественная математика равенства.

Длинные, на зеленой траве, как бы цветочные грядки, с яркими пятнами одежд, красных, синих, желтых, белых, – цветники человеческие среди Божьих цветов; драгоценные камни – «двенадцать камней, заложенных в основание Града Божия – сапфир, халкедон, топаз, гиацинт», и прочие (Откр. 21, 19–20); «светило же Града – камень драгоценнейший – подобно яспису кристалловидному» (Откр. 21, 11); «камень, который отвергли строители, и который сделается главою угла» (Мт. 21, 42).

Между рядами, расположенными, должно быть, в виде концентрических кругов, чтобы всем пирующим был виден Пироначальник, Архитриклин Божественный, ходят Двенадцать, раздают хлебы и рыбу, «сколько кто хочет», с царственной щедростью; когда же насытятся, соберут оставшиеся куски, с мудрою скупостью (Ио. 6, 11–12). Меньшие ходы между рядами – улочки вдоль кругов, а поперек – большие ходы, по радиусам, идущим к центру всех кругов, где находится этих двенадцати планет движущихся, учеников, неподвижное солнце, Господь.

Все же вместе – как бы начертанный зодчим на гладкой доске чертеж великого Града.

XX

Пир начался. Хлебы и рыбу едят, запивают водой из невидимо журчащих под высокими травами горных ключей.

«Людям – пшеница, ячмень – скотам и рабам», – говорили в те дни богатые.[627] Этот-то рабий, скотский хлеб и сделается хлебом царского пира.

Блажен, кто вкусит хлеба в царствии Божием. (Лк. 14, 15.)

Все вкусили – познали блаженство. Так же на этом пиру Вифсаидском, как на том, в Кане Галилейской, опьянели все, обезумели – сделались мудрыми. Сердце одно, одна душа у всех, – Его. Глядя на Него, Единственного, Возлюбленного, вышли из себя и вошли в Него.

Трепет объял их и ужас-восторг, ἔκστασις. **(Мк. 16; 8.)**

Слухом еще не слыхивали, но сердцем поняли уже, услышали:

Я семь хлеб жизни.

Ядущий плоть Мою и пиющий Кровь Мою пребывает во Мне, и Я в нем.

Ядущий Меня жить будет Мною (Ио. 6, 48, 56–57).

Поняли – потом забудут, но поняли тогда, что никакою пищей голод не насытится, кроме этой, – Плоти Его; жажда никаким питием не утолится, кроме этого, Крови Его.

Блаженны алчущие и жаждущие... ибо насытятся (Мт. 5, 6), – это на горе Блаженств сказано, а на горе Хлебов сделано.

XXI

Две горы – Капернаумская – Блаженств, и Вифсаидская, – Хлебов. Та обращена к востоку, эта – к западу. Царства Божия солнце взошло на той, а на этой заходит.

День уже начал склоняться к вечеру. (Лк 9, 12.)

Солнце заходит за Галилейские горы над Тивериадой, и озеро, в глубокой котловине, уже тенистое, спит, как дитя в колыбели. Горы и небо отражены, опрокинуты на озере с такою четкостью, что если долго смотреть на них, то кажется, что и те, отраженные – настоящие. И снежного Ермона, как Ветхого деньми, в несказанном величии, седая глава тоже опрокинута в озере – в нижнем небе, земном, как будто Сам Отец с неба на землю сошел. И светло и торжественно все на земле и на небе, как в приготовленном к брачному пиру чертоге жениха.

Все готово; приходите на брачный пир.

Небо и земля, и преисподняя ждут, что люди решат: быть ли пиру, царству Божию на земле, как на небе, или не быть?

---

[627] Libanius, De vita sua. VIII, – Walt Bauer, Das Johannesevangelium, 1925, S. 88.

XXII

Апокриф
Слишком рано солнце зашло, не за гору, а за тучу. Тени побежали по земле и по небу, как будто распростер кто-то исполинское черное крыло надо всем. Холодом пахнуло. Тонко заныл, зажужжал, как ночной комар в ухо, начинающийся ветер, северо-западный. Рябь пошла по гладкой поверхности озера. Сухо зашелестели травы, живые, как мертвые.

Белый на белом камне сидит так же, как тогда, на горе Искушения. Тихо закрыл глаза; веки опустились на них так тяжело, что кажется, уже никогда не поднимутся.

Смотрят все на Него, на Него одного; ждут; как будто не они решают, а Он. Страшной свободы взять на себя не хотят, помощи ждут от Него. Но Он помочь им не может; не может нарушить свободы в любви: сами должны решить.

Замерли все, ждут. Только один не ждет; среди неподвижных, движется, бегает, снует в толпы, как паук в паутине; что-то шепчет людям на ухо. Страшную свободу взял на себя, решил один за всех, – Иуда Искариот.

– Malka Meschiah, malka Meschiah! Царь Мессия, царь Мессия! – повторяет толпа шепот Иуды.

Шедшие в Иерусалим на праздник Пасхи, галилейские паломники, первые вспомнили, что «царство Божие должно открыться сейчас» (Лк. 19, 11), первые поняли, что сделавший то, что Мессии предсказано: чудом накормит народ в пустыне, как древле Моисей, – и есть Мессия; первые вняли Иудину шепоту:

это истинно тот Пророк, которому должно прийти в мир, – царь Израиля. И решили схватить Его ἁρπάειν, *и сделать царем*. **(Ио. 10, 6, 14.)**

Будет царь – будет и царство: в Иерусалим поведет их, подымет восстание, освободит их от Римского ига, воцарится в Сионе, примет все царства мира и славу их, да поклонятся Ему все племена и народы, да скажут вместе с Израилем:

Господи! царствуй над нами Один. [628] *Вдруг неподвижные задвигались, немые заговорили, громче, все громче.*

– Осанна! – крикнул кто-то, и другие подхватили:

– Благословен Грядущий во имя Господне! Благословенно царство отца нашего, Давида! **(Мк. 11, 9.)**

---

[628] Bern Weiss, Das Leben Jesu 1884, II, 200–201.

И все голоса слились в один оглушающий крик:

— *Осанна в вышних! Господи, царствуй над нами один! Поднял глаза Иисус и увидел, что идет к Нему Иуда с Одиннадцатью. Подошел, поцеловал Его и сказал.*

— *Радуйся, Царь Иудейский!*

Прямо в глаза ему глянул Иисус, и вспомнил, как на горе Искушения предлагал Ему дьявол все царства мира и славу их:

Все это дам Тебе, если, падши, поклонишься мне. И так же теперь, как тогда, сказал Господь:

Отойди от Меня, сатана!

XXIII

Надвое преломилась жизнь Иисуса между двумя мигами, — тем, когда Он узнал, что хотят Его схватить, чтобы сделать царем, и тем, когда бежал от царства. Что произошло между этими двумя мигами, мы не знаем, и, если прав Юстин, что «Евангелия — Воспоминания Апостолов», то этого не знают и они, не помнят или не хотят вспоминать, потому ли, что это слишком страшно для них, или потому, что согласно, кажется, с очень древним церковным преданием, уцелевшим у Оригена «нечто, открытое Господом ученикам наедине, не записано в Евангелии, ибо знали они, что ни записывать, ни даже говорить всего всем не должно».[629]

Смутно, должно быть, как в бреду, невспоминаемо, прошел великий соблазн мимо них, а может быть, и мимо самого Иисуса, в тот миг, когда Он мог бы сказать всему Израилю:

отойди от Меня, сатана, потому что ты Мне соблазн. (Мт. 16, 28.)

Если бы пять тысяч человек, только что увидевших чудо-чудес — Его Самого, — вкусивших хлеба почти в царстве Божием, на один волосок от него и забывших об этом так, что захотели сделать Его, Царя царствующих и Господа господствующих, новым Иудой Галилеянином или новым Иродом Великим, полумессией, полуразбойником, — если бы эти пять тысяч человек вышли из пустыни к людям с жалкой и страшной добычей своей — схваченным, связанным, насильно венчанным царем Иудейским, — какой соблазн произошел бы в Израиле, в мире! Был уже один великий соблазн там, на горе Искушения, и вот другой, еще больший, здесь, на горе Хлебов, где сам Дух Искуситель воплотился в одном из Двенадцати, избранном, возлюбленном, вместе

---

[629] Origen., c. Cels, VI–Wrede, Das Messiasgeheimnis, 247.

с Петром и Иоанном, потому что, если бы не любил Иуду Господь, то не избрал бы его.

Не двенадцать ли вас избрал Я? Но один из вас диавол (Ио 6, 70), – скажет или, что гораздо вероятнее, только подумает Иисус, на следующий день, в Капернауме, вспоминая то что было накануне, на горе Хлебов. Судя по этому слову, Иуда был главным подстрекателем тех, кто замышлял сделать Иисуса царем. Может быть, уже на этой первой Тайной Вечере, умножении хлебов, так же, как на той, последней, – с поданным куском хлеба, «вошел в Иуду сатана» (Ио. 13, 27).

XXIV

Как спас Иисус от соблазна учеников Своих, – всех вместе с Иудой, – этого мы тоже не знаем; скрыто и это от нас в том же темном, между двумя освещенными точками, провале-молчании евангельских свидетельств, может быть, потому, что знали ученики, что об этом «говорить не должно».

Понял ли Иуда, что сделал, кого предал, какой огонь зажег, и, поняв, помог ли Иисусу бежать из огня; или сама толпа, разделившись в себе, как это часто бывает с такими буйными толпами, помогла Ему бежать из нее, как человек бежит из охваченного пламенем дома или из разрушающегося от землетрясения города? Как бы то ни было, Иисус, выйдя из толпы, сошел вниз, на берег озера.

И тотчас понудил учеников Своих войти в лодку и отправиться вперед, на другую сторону (озера), пока Он отпустит народ. (Мк. 6, 45.)

В этом слове «понудил», ἠνάγκασεν, вспыхивает опять, после темного провала – молчания, внезапный свет в Марковом свидетельстве – кажется, исторически подлинном воспоминании очевидца, Петра. Но, вспыхнув, потух бы, не осветив провала, не будь у нас другого свидетельства – Иоаннова: «Иисус узнал, что хотят Его схватить и сделать царем».

Помнит ли сам Петр-Марк, что значит «понудил», и, помня, молчит ли, потому что «говорить об этом не должно», или уже забыл? Если надо Иисусу «понуждать» учеников отплыть и оставить Его наедине с народом, значит, ученики противятся Ему; может быть, хотят, оставшись с Ним до конца, увидеть, что будет, – сделают ли Его царем.[630] А если так, то соблазн и мимо них всех не прошел.

---

[630] Bern Weiss, Das Johannesevangelium, 1912, S. 117 – Joh. Weiss, Das alteste Evangelium, 222–223.

Все вы соблазнитесь о Мне в эту ночь, ибо написано: «Поражу пастыря, и рассеются овцы». (Мк. 14, 27).

Это знает Иисус, – вот почему и «понуждает» их отплыть. Очень знаменательно, хотя и непостижимо для нас, как одна из «глубин сатанинских» (Откр. 1, 24), – что Иуда не отпал от Двенадцати в ту минуту последнего выбора, послушался Господа, вошел с прочими в лодку. Понял, может быть, что на этот раз дело его и сообщников его проиграно: силой венчать Иисуса на царство не так легко, как это им казалось; или, может быть, «вошел в Иуду сатана» – и вышел, как некогда войдет в Петра и выйдет?

Как бы то ни было, ученики отплыли, Иисус остался один и, чтобы отпустить народ, Должен был вернуться к нему на то страшное место, где начал строить Град Божий и не кончил, как погорелец возвращается на пожарище, или бежавший от землетрясения – на развалины отчего дома. Только что начал Он строил здесь, в пустыне, как на «гладкой доске», – кто-то пришел и все уничтожил, стер, как стирается влажной губкой чертеж на аспидной доске.

XXV

Как Иисус отпустил народ, или, может быть, надо бы сказать: «Как народ отпустил Иисуса» (смысл греческого слова ἀποταάμενος, (Мк. 6, 46) сильнее, чем «отпустил», – «отверг»), этого мы тоже не знаем; знаем только, с каким чувством Он это сделал.

Вы ищете Меня не потому, что видели знамение, но потому, что ели хлеб и насытились...

...И видели Меня, и не веруете (Ио 6, 26–36.), –

скажет на следующий день, в Капернаумской синагоге, когда вчерашняя толпа снова найдет Его и потребует от Него чуда знамения:

Равви! подавай нам всегда такой хлеб (Ио. 6, 34);

скажет о том, что накануне чувствовал, когда отпустил – «отверг» народ.

Легче было, может быть, сделать это, чем думал Он, когда шел к народу, – легче потому, что давешний жар в толпе, покинутой главным вождем своим. Иудой, остыл, и начавшееся в ней разделение усилилось; а может быть, и еще легче, проще, потому что при наступлении ночи, после того большого пира, – малого царства Божия (что не удалось большое, чувствовали все, конечно), захотелось людям спать; «царство же Божие, – думалось им, – не уйдет; можно его отложить и назавтра».

И, отпустив народ. Он взошел на гору помолиться наедине, так по Матфею (14, 23) и Марку (6, 46); почти так же и по Иоанну: ***на гору опять удалился один. (6, 15.)***

Вместо канонического чтения: «удалился», «ушел», ἀνεχώρησεν, в древнейших кодексах: «бежит», φεύγει.

Слово это, должно быть, из страха соблазна, в позднейших кодексах исправленное, опять кидает внезапный свет на все.[631]

Три слова – три света. Первое: «хотят Его сделать царем»; второе: «понудил учеников Своих войти в лодку»; третье: «бежит». Этими тремя светами, как вспышками зарниц в ночи, и освещается для нас то темное, может быть, темнейшее, место в Евангелии, тот неизвестнейший для нас и таинственнейший миг, когда вся жизнь человека Иисуса переламывается надвое; когда Сын человеческий – Сын Божий, понял, что «в мире Он был, и мир через Него начал быть, и мир Его не узнал».

«На гору взошел ***опять***». Был уже на горе; «опять взошел», значит: с меньшей высоты, где произошло чудо с хлебами, взошел на большую, – может быть, на самую вершину горы.

Первая Тайная Вечеря – умножение хлебов, а эта молитва на горе – первая Гефсимания.

XXVI

Часто разражающиеся на Геннисаретском озере, около весенних полнолуний, светлые, сухие бури страшнее самых темных, с грозой и ливнем. Северо-западный ветер – сквозняк, вдруг подымаясь из горных ущелий над озером, падает на него, как бешеный, и буровит с такою внезапною силою только что гладкую поверхность вод, что вся она кипит и бурлит, как котел на огне.

Может быть, такая светлая буря была и в ту ночь, когда Иисус молился на горе Хлебов. Полная почти луна (Пасха Иудейская, Ио. 6, 4, праздновалась в полнолуние) стояла в небе ровно-мглистом от света, где звезды гасли одна за другой, в разгоравшемся ярче, все ярче, почти ослепляющем свете луны.

И на земле было светло, как днем – все видно, все четко, но на себя не похоже, бело, мертво, неподвижно в буре, луной зачаровано, как широко открытый глаз лунатика. Тихая в небе луна, а на земле буря, и, кажется, чем тише луна, тем буря неистовей.

---

[631] Th. Zahn, Das Evangelium des Johannes, 1921, S 323 – Tertul, Jodol 18 «refugit» В некоторых кодексах, Ss. Ss: «оставляет их, бежит» – Joh. Weiss, Das alteste Evangelium, 222.

7. Пришел к своим

I

«Жизнь Иисуса не кончена, но, едва начатая, прервана, – вот главное от нее впечатление», – замечает историк Вельгаузен очень глубоко, – глубже, может быть, чем думает сам, потому что та глубина религиозного опыта, где впечатление это возникает, остается невидимой тому, кто, подобно Вельгаузену, смотрит на жизнь Иисуса как на явление не двух порядков, исторического и религиозного, а лишь одного, исторического; кто забывает, что Иисус для нас *может быть*, а для Себя *наверное был* Христом, Сыном Божиим, чем и в жизни, и в смерти Его решается все.[632]

«Прервана» жизнь человека Иисуса во времени, в истории, но если Он – Христос, то и в мистерии, в вечности, прервана. Слишком рано ушел Спаситель мира, не сделав для мира всего, что мог бы сделать. Каждый год, каждый день жизни Его приближал человечество к царству Божию. Сколько дней, сколько лет отнято у нас этой преждевременной смертью?

Прав Вельгаузен: таково неизгладимое в сердце нашем, от евангельских свидетельств, впечатление. Но этот религиозный опыт сталкивается, в неразрешимом, как будто, противоречии, с догматом, потому что догматически-ясно, что все времена и сроки в земной жизни Господа предустановлены Промыслом Божиим в вечности, и, следовательно, человек Иисус жил ровно столько и умер именно тогда, сколько и когда это нужно было для спасения мира.

Так, по таблице умножения, арифметике догмата; но так ли по высшей математике?

II

Если в догмате ясно все, как дважды два четыре, что же значит притча о злых виноградарях, одна из глубочайших и таинственнейших притч Господних, кажется, недаром предсмертная?

После того как избили и выгнали злые виноградари всех посланных к ним за плодами, рабов, сказал господин виноградника:

«*Что мне делать? Сына моего возлюбленного пошлю; может быть, увидев его, постыдятся*».

---

[632] Wellhausen, Einleitung in die drei ersten Evangelin, 1905, S. 115 H. J. Holtzmann, Das messianische Bewustssein Jesu, 1907, S. 96.

Но виноградари, увидев его, рассуждали между собою, говоря: «Это наследник; пойдем, убьем его, и наследство будет наше» (Лк. 20, 13–14).

Вот где конец арифметики, начало высшей математики в догмате. Если Отец, посылая Сына в мир, говорит: «Может быть», то значит, и в этом – в спасении мира, как во всем, – свобода человеческая Промыслом Божиим не нарушается: люди могли убить и не убить Сына, и, если б не убили, весь ход мира был бы иной.

То, что о Мне, приходит к концу. (Лк. 22, 37)

Было два возможных конца, – или мира, или Сына, – и людям надо было сделать между ними выбор. Царство Божие, конец мира, отвергли; выбрали конец Сына.

Вот что значит: «жизнь Иисуса, едва начатая, внезапно прервана». Но в эту глубину уже не нашего, человеческого, опыта мы можем только заглянуть и молча пройти мимо, с тем «удивлением-ужасом», о котором сказано:

к высшему познанию (гнозису) первая ступень – удивление. [633]

III

Если в догмате все ясно, как дважды два четыре, что же значит:

Авва, Отче! все возможно Тебе; пронеси чашу сию мимо Меня. (Мк. 14, 36.)

Мог ли бы так молиться Иисус, если бы знал, с нашей догматической ясностью, что чаша мимо Него не пройдет?

Сына земного земной отец любит и милует, щадит. Но «Сына Своего не пощадил, предал за нас всех». Отец небесный, по страшному слову Павла (Рим. 8, 32) и по Исаиину пророчеству:

Господу угодно было поразить Его, и Он предал Его мучению. (Ис. 53, 7.)

И по слову самого Иисуса:

так возлюбил Бог мир, что Сына Своего единородного отдал, – в жертву за мир (Ио. 3, 16).

В догмате все безболезненно, потому что привычно; но в опыте мы поняли бы, может быть, от какой боли проступают на теле ап. Павла и Франциска Ассизского крестные язвы, стигматы. В догмате все невозмутимо, а в опыте не только наша, но и Его душа возмущается:

Ныне душа Моя возмутилась, и что Мне сказать? Отче! спаси Меня от часа сего? Но на сей час Я и пришел. (Ио. 12, 27.)

---

[633] Clement Alex, strom II, 8, 45 Paradosis Matthiae – Resch, Agrapha, 282.

IV

Знает ли Он, на что идет? Все великие люди знают, что плоды жизни бессмертной зреют только в страдании, в смерти; могли этого не знать Он, величайший?[634] Более чем вероятно, что Иисус действительно говорил ученикам Своим:

Сыну человеческому должно, δεῖ, пострадать (Мк, 8, 31).

Мысль о необходимом страдании должна была возникнуть в Иисусе лишь очень поздно, по толкованию новейших критиков. Но что значит «поздно»? Через сколько дней или месяцев от Сначала служения? Не все ли равно? Весь вопрос в том, была ли эта мысль в самом Его служении. Трудно поверить, чтобы такой человек, как Иисус, приступил к делу, «начал строить башню», «вышел на войну с врагом» (Лк. 14, 28–32), не рассчитав заранее возможных последствий и не поняв сразу, что одно из них, и вероятнейшее, – смерть.[635] Это и значит: Он знал, что «жизнь Его, едва начатая, будет прервана». Чтобы понять, чем прервана, – вспомним «парадокс» того же Вельгаузена: «Иисус не был христианином; Он был Иудеем».[636]

Мы никогда не узнаем «Христа по плоти», жизни и смерти Его не поймем, если не вспомним того, что все забываем, – что и Он, так же как Павел, – «Иудей из Иудеев, обрезанный из обрезанных».

Я желал бы сам быть отлученным от Христа за братьев моих, родных мне по крови, – Израильтян. **(Рим. 9, 3.)**

Это сказано слишком сильно: быть от Христа отлученным не пожелал бы Павел ни за что и ни за кого в мире, но действительная мера любви его к Израилю все-таки слышится в этих словах. Оба, Иисус и Павел, отлучены от Израиля; но Павел остался жив, а Иисус умер, потому что, по чудно-глубокому слову Варнавы, «слишком любил – перелюбил Израиля», ὑπερηγάπησεν.[637]

V

Царство Божие для Иисуса начинается и кончается Израилем.

На путь к язычникам не ходите… а идите к погибшим овцам дома Израилева (Мт. 10, 5–6.), –

говорит Он ученикам Своим, посылая их на проповедь. И уже покинув Израиля, теми же почти словами, повторяет:

---

[634] Joh. Weiss, ap H. Monnier, Essai sur la Redemption, 23.
[635] H. Monnier, 19.
[636] Wellhausen, Einleitung, 1911, S. 102.
[637] Barnab Epist V, 8.

Я послан только к погибшим овцам дома Израилева. (Мт. 15, 24).

И жене хананеянке, молящей об исцелении дочери, скажет Милосерднейший как будто жесточайшее слово:

Нехорошо взять хлеб у детей и бросить псам. (Мт. 15, 26).

Если же все-таки бросить, то, уж конечно, не с легким сердцем.

Будет плач и скрежет зубов, когда увидите Авраама, Исаака и Иакова, и всех пророков в царствии Божием, а себя изгоняемыми вон,

– тоже не с легким сердцем скажет.

И придут от востока, и запада, и севера, и юга, и возлягут в царствии Божием. (Лк. 13, 28–29.)

Но к нему же придут, к Израилю, потому что в средоточии Царства все-таки – Он.

Вы, последовавшие за Мною, в новом рождении, παλιγγενεσία, ***когда сядет Сын человеческий на престоле славы Своей, сядете и вы на двенадцати престолах судить двенадцать колен Израилевых.*** (Мт. 19, 28).

Крестная надпись: «Царь Иудейский», будет насмешкой Рима – мира – над царем Израиля; но не спасется мир, пока не узнает, что «спасение от Иудеев» (Ио. 4, 22) и от распятого Царя Иудейского, или, как тогда ругались и теперь еще ругаются враги всех вообще иудеев и Христа-иудея особенно, – спасение от «Жида Распятого».

VI

Может быть, самое нежное человеческое место в этом Божественном Сердце то, где пламенеет любовь Иисуса к Израилю, Сына – к Матери-Земле.

Сколько раз хотел Я собрать детей твоих, как наседка собирает птенцов своих под крылья, и вы не захотели! (Мт. 23, 37).

Большей любви, чем эта, не было в мире и не будет. Вот какую любовь надо было Ему вырвать из сердца Своего, «Кто не возненавидит отца своего и матери»… только ли другим Он это говорит? Нет, и Себе. Матерь Свою возненавидит, родную землю. Вот чем насмерть будет ранен.

Но здесь уже кончается ведомый нам, земной опыт Иисуса, Сына человеческого, и начинается небесный опыт Христа, Сына Божия, нам неведомый. Сыну человеческому «должно пострадать», – это Он уже знает; но, может быть, еще не знает, что не от чужих пострадает Он, а от своих; все еще надеется, и до конца, до креста, будет надеяться, что отвергнут Его чужие, – примут свои. В этой-то терзающей пытке надеждою – внутренний крест Его тяжелее внешнего. До той последней минуты будет надеяться, когда услышит вопрос чужого – Пилата:

царя ли вашего распну?
и ответ своих:
Возьми, возьми, распни Его (Ио. 19, 15.);
когда услышит, как, умыв руки, скажет чужой:
невиновен я в крови Праведника сего, –
и ответят Свои:
кровь Его на нас и на детях наших. (Мт. 27, 24–25.)
Вот какое оружие пройдет Ему душу. В тот день, когда люди, на горе Хлебов, захотят Его сделать царем, и Он «отпустит» – «отвергнет» народ, – оружие начнет входить в душу Его, а войдет в нее совсем на следующий день, в Капернауме, когда уже Он Сам будет отвергнут народом и вдруг поймет так ясно, как еще никогда, что «пришел к своим, и свои Его не приняли»; увидит так близко, как еще никогда, – Крест.

VII

В ночь между тем днем, на горе Хлебов, и следующим – в Капернауме, произошло то, для чего у свидетелей, учеников, еще не было слова, да и у нас все еще нет, потому что наше слово «чудо» недостаточно или двусмысленно; произошел мгновенный выход, прозрение-прорыв из этого мира в тот, из времени, истории, в вечность, мистерию, – Хождение по водам.

Как вернулся Иисус в Капернаум с горы Хлебов, – так же, как пришел, по земле, естественно, или по воде, чудесно? Кто ближе к тому, что действительно было, – те ли, кто просто верит в чудо, или те, кто просто не верит, – вот вопрос, на который ответить, может быть, труднее, чем это кажется верующим и не верующим одинаково.

Чтобы это понять, вспомним то, что мы узнали о лице Иисуса по историческим и евангельским свидетельствам.

«Тело Его не совсем такое, как наше» – это, вероятно, чувствуют «знающие Христа по плоти», ближайшие ученики Его. Вспомним рассказ неизвестного в «Деяниях Иоанна»:

Брал Он меня на грудь Свою, когда возлежали мы с Ним за трапезой... и я осязал то вещественно-плотное тело Его, то бесплотное, как бы ничто... И проходя сквозь него, рука моя осязала пустоту.

Что это, «обман чувств», «галлюцинация», или мгновенное прозрение-прорыв в иную действительность? Только ли внутреннее что-то происходит в теле ученика, или внутренне-внешнее – в обоих телах ученика и Учителя? Как бы мы ни судили об этом, здесь могло сохраниться исторически-подлинное воспоминание о том, что, по слову Иоанна, – вероятно, «ученика, которого любил Иисус», –

было от начала; что мы слышали, что видели, что рассматривали и что осязали руки наши (I Ио. 1, 1.), –

о сыне Божием, пришедшем в «подобии» плоти человеческой.

Часто, бывало, идучи за Ним, искал я следов Его на земле, но не находил, и мне казалось, что Он идет, земли не касаясь, –

вспомним и этот рассказ того же неизвестного в «Деяниях Иоанна». Призрачно-легким шагом Идущий по камню, где не могло быть следов, начинает, а Идущий по воде кончает: то связано с этим, – какою связью, внутренней ли только или внутренне-внешней, мы опять не знаем, но этого нам и не нужно знать, чтобы осязанием ученика прикоснуться к внутренней плоти Господа сквозь внешнюю; глазами ученика увидеть внутреннее лицо Господне сквозь внешнее; и уже от нас зависит, соединим ли мы эти два лица в одно – то самое, о котором сказано:

вот, Я с вами до скончания века. Аминь. (Мт. 28, 20.)

Вспомним все это, и, может быть, мы поймем, что Хождение по водам действительно было, хотя и не в протяжении нашего геометрического пространства, а лишь в одной точке его, где наше пространство, трехмерное, соприкасается с четырехмерным; не в длении нашего исторического времени, а лишь в одном миге его, где время соединяется с вечностью.

Теми же словами, какими говорит Иоанн о Воскресении, можно бы сказать и о Хождении по водам:

Иисус явил **Себя ученикам Своим.** (Ио. 21, 1.)

Не «явился», потому что и призрак – то, чего нет, может «являться», – а «явил Себя», ἐφανέρωσεν ἑαυτόν, «Себя Самого», как то, что есть, и перед чем, может быть, призрачно все, что мы считаем действительным.

VIII

...На гору взошел помолиться. Вечером же, лодка была посреди озера, а Он Один – на земле.

И увидел их, бедствующих в плавании, потому что ветер был им противный. (Мк. 6, 46–48.)

Так как еще до Умножения хлебов «времени прошло много», «время было позднее», по свидетельству Марка (6, 35); «день склонялся к вечеру», по свидетельству Луки, (9, 12); «настал вечер», по свидетельству Матфея (14, 15), то здесь, у Марка, «вечером», ὀψίας, значит, вероятно, «в ранний час ночи». Мог ли Иисус ночью, даже при свете почти полной, предпасхальной луны, увидеть лодку посреди озера, в «двадцати пяти или тридцати стадиях», четырех-пяти километрах от берега (так по Иоанну, 6, 1), с вершины горы в 500–600 метров (средняя вышина гор на северо-восточном берегу озера, близ Вифсаиды)? Видел, может быть, лишь черную точку в дрожащей и сверкающей сетке лунных искр на волнах, как бы в ослепительном кипении расплавленного серебра; но не знал, что это, – лодка или только одна из тех черных мушек, что призрачно плывут и тают в глазах от слишком яркого света. Но если не внешним, то внутренним зрением увидел «бедствующих в плавании». Думал о них в эту минуту и любил их так, как еще никогда. Эти Двенадцать (все, вместе с Иудой: предал, или хотел предать, но, может быть, раскается; «вошел в него сатана», но, может быть, выйдет), эти Двенадцать были последним и единственным, что осталось у Него на земле, – спасенным, как из пожара, сокровищем. «Мир Его не узнал», – эти узнали; «свои не приняли», – приняли эти. Может быть, уже молился о них, в эту ночь, как в ту, предсмертную:

Отче Святый! соблюди их во имя Твое, тех, которых Ты дал Мне, чтобы они были едино, как Мы. (Ио. 17, 11.)

Лодку посреди озера, или ту черную, в лунном серебре, точку увидел, раннею ночью, следовательно, в самом конце первой или начале второй стражи ночи, по римскому счету, – в девять – десять часов вечера, по-нашему, а пловцы увидят Идущего по водам, «около четвертой стражи» (Мк. 6, 48; Мт. 14, 16), между тремя и шестью часами утра.[638] Значит семь – восемь часов видит внутренним зрением «бедствующих в плавании», может быть, погибающих, и ничего для них не делает; любит их, знает, что может и должен прийти к ним на помощь, и не приходит. Что это значит? Значит: вышел из времени, уже не чувствует его; время остановилось для Него в одной точке – миге-вечности.

Не происходит ли и с учениками чего-то подобного? Чтобы исполнить волю Учителя, переправиться на ту сторону моря или мира, борются с противным ветром до изнеможения; гребут-гребут, но почти не движутся. Сделали четыре километра за восемь часов: полкилометра в час. Лодка их – неподвижная точка в пространстве и времени: время и для них остановилось, сделалось вечностью. Думают о Нем и они в эту ночь и любят Его так, как еще никогда; видят Его и они не внешним зрением, а внутренним.

Его молитва о них исполнится: будут с Ним едино во Отце.

---

[638] Augustin, Sermo 75, VI, 7 – Lagrange, Marc, 173.

IX

Ночь кончается, белеет рассвет; белая пена волн – как белая одежда призрака.

Вдруг увидели кого-то, идущего к ним по воде, и закричали в ужасе: призрак! φάντασμα!

Он же тотчас заговорил с ними и сказал им: мужайтесь, это Я, не бойтесь. И вошел к ним в лодку, и ветер утих. (Мк. 6, 48–51.)

Так же внезапно утих, и сделалась такая же «великая тишина», как тогда, при первом укрощении бури, перед чудом с Гадаринским бесноватым (Мк. 4, 39). Эта тишина – от Него, Тишайшего.

«В лодку вошел», по Маркову свидетельству, – может быть, воспоминанию очевидца Петра, а по свидетельству IV Евангелия – может быть, тоже воспоминанию другого очевидца, Иоанна: только «хотели принять Его в лодку», но не успели, потому что «лодка тотчас же пристала к берегу, куда плыли» (6, 21).

Стадий тридцать, около пяти километров от средины озера, где находились пловцы, когда увидели Идущего по воде, до противоположного берега, лодка, а значит, и рядом с нею, не успевший войти в нее, Иисус – пролетают, как стрела, как молния, как мысль. Не только пять километров, но и пять миллионов – пролетели бы с такою же быстротою, между двумя мигами – тем, когда веко мигающего глаза опускается, и тем, когда оно подымается: миг, – веко опустилось, – пловцы еще на середине озера, в начале первой стражи ночи, в десять часов вечера, в столбе червонного, на черной воде, золота от восходящей луны; миг, – веко поднялось, – пловцы уже в Семиключной, у Капернаума, заводи, в бездыханной тишине, в конце четвертой стражи, часов в пять утра, в столбе червонного, на голубой воде, золота от восходящего солнца.

Когда же настало утро, Иисус стоял на берегу. Но ученики не узнали, что это Иисус.

…Тогда ученик, которого любил Иисус, говорит Петру: «Это Господь!» (Ио. 21, 4, 7.)

В этом последнем явлении Воскресшего, Живого в вечности, все – как в том первом явлении живущего во времени, Которому должно еще умереть и воскреснуть: та же лодка, те же пловцы, в той же, вероятно, Семиключной заводи; та же тишина бездыханного утра; тот же первый луч восходящего солнца на лице Неузнанного, и так же слава лица Его лучезарнее солнца. Все теперь, как тогда, с тою лишь разницей, что сердце их еще «окаменено» (Мк. 6, 52); все еще для них только может быть, не наверное; а тогда сердце их расплавится, и все уже будет наверное: узнают Неузнанного, поверят, что это Он.

X

Два свидетельства, два воспоминания, может быть, очевидцев – Петра: «в лодку вошел»; и Иоанна: «хотели принять Его в лодку», но не успели. Сколько бы ни уверяли нас апологеты, что противоречие это несущественно, мы хорошо знаем, что и в наших человеческих тяжбах такие противоречия свидетелей слишком существенны; тем более в этой тяжбе, нечеловеческой. Если все происходит только в нашем мире, трехмерном, в земной физике и геометрии, то один и тот же человек, в одно и то же время, не может быть и не быть в одном и том же месте, войти и не войти в лодку. Но если все происходит на рубеже двух миров, двух физик, двух геометрий, нашей и не нашей, нам неведомой, то противоречие легко разрешается. Разным людям «являет Себя» Иисус по-разному. Вспомним Оригена: «Каждому являлся в том образе, какого достоин был каждый».[639] Для одних – в лодку вошел; для других – не входил. В самых первых и точных воспоминаниях самых первых и правдивых свидетелей, уже могло быть это противоречие. Им-то, может быть, лучше всего и подтверждается истина всего свидетельства.

XI

Все видели Его, –
вспоминает Марк-Петр, и недаром, конечно, настаивает, что увидели все Двенадцать, вместе с Иудой. Все – одна душа, одно тело, – Его, по Его же молитве:
все да будут едино, как Ты, Отче, во Мне, и Я в Тебе. (Ио. 17, 21.)
Вместе с Иудой, может быть вчерашним и завтрашним «дьяволом», все – в одном теле Господнем. Чем это неимоверней, «соблазнительней», тем достоверней, исторически подлинней.

Видя Идущего по воде, думают, что это «призрак», phantasma или, по древнейшему кодексу Марка, – «демон»;[640] так же как, увидев Воскресшего, подумают, что это «дух», πνεῦμα (Лк. 24, 37), или, по «Евангелию от Евреев», – «бесплотный демон», δαιμόνιον ἀσώματον.[641] В первом чуде, когда Господь говорит: «Это Я», так же, как скажет во втором:
Это Я сам; осяжите Меня и рассмотрите, ибо дух плоти и костей не имеет, как видите у Меня (Лк. 24, 39.), –

---

[639] Origen., comment in Matth, 100 – W. Bauer, Das Leben Jesu im Zeitalter der neutestamentalischen Apokryphen, 1909, S. 314.

[640] Codex Syra Sinait ap Wellhausen, Evangelium Marci, 51.

[641] Evang Hebr, 22, ap. Klostermann, Das Marcusevangelium, 75.

верят Ему, или хотели бы верить, все, кроме Иуды: после того, что он сделал вчера и, может быть, сделает завтра, легче (страшная легкость, соблазнительная, с которой он уже не имеет силы бороться), легче ему не верить.

Он одержим бесом (Ио. 10, 20.), –

скажут иудеи – скажет Иуда. Не этот ли скрытый в Иисусе «бес» и вышел теперь наружу, явил себя в идущем по воде, «призраке»? Кажется, именно так должен был, если не думать, то чувствовать Иуда, тогда уже полудьявол.

XII

Очень показательно, что хождение Петра по водам, эта жемчужина первого Евангелия, из Маркова-Петрова свидетельства выпала, а кому бы, кажется, и помнить об этом, как не самому Петру. Но вот забыл, а если и помнит, то молчит, «из смирения», как хотят нас уверить апологеты. Так ли это? Многим мог бы гордиться Петр, но меньше всего, – этим неудавшимся чудом.

Равви! если это Ты, повели мне прийти к Тебе по воде.

Сразу весь, как живой, в этом слове: в первой половине его, – только что услышав: «Это Я», и поверив, опять сомневается, слабеет, искушает Его и себя: *если это Ты*; а во второй половине: *повели мне прийти к Тебе*, – крепнет, верит опять. Слышит: «иди», –

и, вышедши из лодки, Петр пошел по воде, чтобы подойти к Иисусу.

В силе и славе нечеловеческой, победитель утишенных, точно елеем углаженных, волн идет по ним, немокрою стопою, как сам Господь.

Но, видя сильный ветер, –

(слово рыбачье Петра рыбака, соединяющее два впечатления – осязательное – силу ветра, и зрительное – вышину волн), –

видя сильный ветер, испугался, –

в третий раз усомнился – ослабел. И только что утишенные волны забушевали вновь; только что твердая, как лед, вода растаяла, и стопа немокрая бесславно мокнет, тяжелеет, угрузает. Начал тонуть и закричал:

Господи, спаси меня!

Плачет, кричит, жалко, страшно и смешно, как наказанный маленький мальчик-шалун.

Руку тотчас протянул (к нему) Иисус, поддержал его и говорит: «маловерный! зачем ты усомнился?» (Мт. 14, 28–31.)

Смелый и робкий, сильный и слабый, великий и малый, Петр, в этом странном приключении, так похож на всех нас, так нам братски близок и мил, как, может быть, никто из Апостолов. Но, если он молчит об этом, то, уж конечно, не из смирения, а по какой-то другой причине, более глубокой и, может быть, решающей все.

XIII

Кажется, нет у Петра человеческих слов, чтобы выразить то, что пережил он в эту ночь. Может быть, сам хорошенько не знает, почему об этом нельзя говорить. Кажется, лучше всех учеников увидел, узнал в Иисусе что-то новое, никому еще не известное; дальше всех заглянул через чудо, прозрение-прорыв, в иную действительность, из этого мира – в тот; был к Иисусу ближе всех. Оба, Иисус и Петр, «явили себя»; но между этими двумя «явлениями» – одного из величайших людей и Величайшего, Единственного. – та самая бездна, в которой Петр едва не погиб.

Может быть, когда он вспоминает об этом, ему не до себя, не до гордыни своей или смирения, а до Него, до Него Одного, Неузнанного тогда и все еще и теперь Неизвестного.

Что это было, все хочет вспомнить, понять, и не может. «В теле или вне тела», восхищен был с Ним, – этого Петр никогда не узнает, так же, как Павел (II Кор. 12, 1–4); знает только, что об этом нельзя говорить, – слишком страшно.

Может быть, вспоминая об этом, чувствует и он то же, что жены-мироносицы почувствуют, вспоминая о Воскресении.

Только что выйдя из гроба Господня и услышав от Неизвестного:

Он воскрес... идите, скажите о том ученикам Его, –

и еще не обрадовавшись, только «ужаснувшись», –

побежали от гроба; трепет объял их и ужас. И никому ничего не сказали, потому что боялись. (Мк. 16, 5–8.)

Этим словом: «боялись», ἐφοβοῦντο γάρ, внезапно кончается, обрывается все Марково-Петрово свидетельство о Воскресении: что затем следует, уже позднейшая прибавка, может быть, Аристиона, из круга Эфесских учеников Иоанна Пресвитера или Апостола.[642]

Жены-мироносицы, первые на земле существа, узнавшие о Воскресении, никому ничего не сказали о нем, «потому что боялись». Так же боялся и никому ничего не сказал о своем хождении по водам Петр; разве только шепнул кое-кому на ухо (этот-то шепот, может быть, и дошел до нас в свидетельстве Матфея). Но как ни драгоценна

---

[642] Joh. Weiss, Die Schriften des N. T., I, 224–225 – H. J. Holtzmann Hand-Commentar zum N. T., 183–184.

жемчужина I Евангелия, слово о Петре – молчание самого Петра еще драгоценнее.

XIV

И вошел к ним в лодку, и ветер утих. И они изумились так, что были вне себя.
Ибо не вразумились хлебами, но сердце их было окаменено. (Мк. 6, 51–52.)

Так же внезапен и этот конец – обрыв, в свидетельстве Марка о хождении по водам, как тот, в его же свидетельстве о Воскресении.

Жен, бегущих от Гроба Господня, «трепет объял и ужас-восторг», ἔκστασις, «исступление», «выхождение из себя». И ученики, приняв Идущего по воде в лодку, «были вне себя», εἴσταντο.

Корень этих двух слов один, – древнейший, от начала до конца времен, вечный корень всех таинств, ἔκστασις, *Экстаз*. Здесь-то, кажется, и ключ, ко всему.

«Вышли из себя», из тела своего, трехмерного, отдельного, и вошли в единое, общее тело, – Его.

Да будут все едино, как Ты, Отче, во Мне, и Я в Тебе.

Но вышли только в одно мгновение, чтобы тотчас же снова вернуться в себя, отяжелеть, упасть назад, каждый в свое тело, угрузнуть в нем, так же как, усомнившись, Петр угрузает в пучине вод. Только что расплавленное, сердце их окаменеет вновь. Так же не поймут того, что было давеча с хлебами, как и того, что было сейчас с их телом. Верят во все чудеса, и в это; но все еще не верят в Него, чудо чудес.

Вы и видели Меня, и не верите (Ио. 6, 26.), –
мог бы сказать Господь и ученикам Своим, как скажет всему Израилю, всему человечеству.

Сын человеческий, пришед, найдет ли веру на земле?

XV

Идучи по морю, подошел к ним и хотел пройти мимо них, παρελθεῖν (Мк. 6, 48.)

Это, может быть, самое страшное для них, потому что самое нездешнее.[643] К бедствующим в плаванье идет на помощь; как же хочет пройти мимо? Своим путем идет, неведомым, не только мимо них, но и мимо всего человечества, – уходит от мира?

---

[643] E. Klostermann, Das Marcusevangelium, 75.

Я исшел от Отца и пришел в мир; и опять оставляю мир и иду к Отцу. (Ио. 16, 28.)

Это первое чудо – новое по качеству, небывалое. Все чудеса бывшие – были для людей, а это – уже не для них; все – в чужих телах, а это – в Его собственном теле; к миру от Отца нисходит Он во всех чудесах, а в этом – восходит от мира к Отцу.

Это ли соблазняет вас?
Что же, если увидите Сына человеческого, восходящего туда, где был прежде? (Ио. 16, 61–62.)

Нет, не забудет их, мимо них не пройдет; но жалеет их, милует, помнит, что они плоть. Если бы сразу пришел к ним оттуда, где был, может быть, не вынесли бы, умерли от страха. Издали, медленно подходит к ним и осторожно, делая вид, что хочет пройти мимо; как бы приучает их к Себе новому, каким не был для них еще никогда; «это Я, не бойтесь». Но, сколько бы ни приучал, не могут привыкнуть, боятся. И когда уже вошел к ним в лодку, все еще не верят, не знают, кто это, – человек или дух, Он или не Он. «Вышли из себя», как бы сошли с ума от «удивления-ужаса».

Что смущаетесь, и для чего такие мысли входят в сердца ваши? Это Я Сам; осяжите Меня и рассмотрите, ибо дух плоти и костей не имеет, как видите у Меня. (Лк. 24, 38–39.)

Жадно любопытствуют сквозь ужас: может быть, хотели бы прикоснуться к Нему, ощупать, узнать, какое тело на Нем; но не смеют: что, если рука, пройдя сквозь тело, пустоту ощупает? Только жмутся друг к другу, глядя на Него; дрожат, как овцы в загоне, нечаянно к себе пустившие льва. Чувствуют, что пахнет от Него миром нездешним, как морозом – от человека, вошедшего прямо с крещенской стужи в теплую комнату.

XVI

Было это или не было? Горе нам, если мы ответим с невежественной легкостью или с ученою тяжестью: «не было; про неправду все написано»; если отвергнем, как нелепую сказку, это чудо – прозрение-прорыв в иную действительность, туда, где зачинается новая, смертная тяжесть механики побеждающая, «невесомая материя», преображенная, прославленная, над хаосом торжествующая плоть Космоса-Логоса.

Это первое чудо с тем, последним – Воскресением, внутренне связано. В то же раннее, «темное утро», «в четвертую стражу ночи», совершаются оба; одно из явлений Воскресшего происходит на том же

Геннисаретском озере (Ио. 21, 1–14); так же в Обоих видящие не узнают Иисуса и думают, что это «призрак» или «демон»; так же Он говорит им: «Это Я Сам»; так же Петр, узнав Его, бросается в воду.

Горе нам, если мы отвергнем это первое чудо, Хождение по водам, так нерасторжимо связанное с тем, последним, – Воскресением, что можно только вместе принять их или вместе отвергнуть. Если же мы скажем, что и того чуда не было, что Христос не воскрес, то нет христианства, нет христианского, а может быть, и никакого человечества; есть только человекообразное животное, огню обреченный плевел.

XVII

«Равви! ходил ли Ты по водам?» – если бы так спросили ученики, то более чем вероятно, что Он ответил бы: «ходил».

Равви! когда Ты сюда пришел? (Ио. 6, 25.),

спрашивает Его народ, вернувшийся на следующий день в Капернаум с горы Хлебов, кажется, смутно подозревая что-то чудесное в этом внезапном пришествии. Но если бы спросил Его народ не «когда», а «*как Ты сюда пришел?*», то более чем вероятно, что Иисус ответил бы: «Пришел, как вы, по земле». Противоречие между двумя этими ответами неразрешимо в нашем геометрическом пространстве и в нашем историческом времени; но может быть разрешается в той, еще или уже неведомой нам, предельной точке религиозного опыта, где наше пространство, трехмерное, соприкасается с четырехмерным, наше время – с вечностью, История – с Мистерией. В двух местах не может быть в одно и то же время одно и то же тело; но два тела – могут.

Есть тело душевное, ψυκικόν; есть и тело духовное, πνευματικόν (I Кор. 15, 44), –

учит Павел.

Два тела – у человека Иисуса. В теле «душевном», «психическом», Он стоит на горе; в теле же «духовном», «пневматическом», идет по водам. Вот почему на вопрос: «как пришел Он в Капернаум, по воде или по земле?» – два, как будто противоречивых, а на самом деле согласных ответа: «по земле» и «по воде».

Еще ли не понимаете и не разумеете? еще ли окаменено у вас сердце?

XVIII

Но как бы ни было окаменено сердце учеников – и наше, – что-то узнали они в эту ночь, – и мы могли бы узнать, чего уже никогда не забудут, и мы не забудем: ко Христу в Иисусе приблизились так, как еще никогда; Божеское лицо Его увидели сквозь человеческое, хотя и очень смутно, как рыбы видят солнце сквозь воду.

Кажется, не воспоминание учеников, а лишь предание церковной общины хочет прояснить это смутное, перенести его оттуда, где только и могло оно совершиться, – из утренних сумерек – в полный свет дня, с границы между временем и вечностью – во время целиком.

Бывшие же в лодке подошли, пали ниц перед Ним и сказали: истинно Ты – Сын Божий! (Мт. 14, 33.)

Если это уже тогда могло быть сказано, то незачем бы Иисусу спрашивать учеников в Кесарии Филипповой:

за кого вы почитаете Меня?

И исповедание Петра:

Ты – Христос, Сын Бога живого, –

так же, как слово Иисуса к Петру:

блажен ты, Симон, сын Ионин (Мт. 16, 16–17.), –

потеряли бы всякий смысл.

Нет, в окамененном сердце учеников это исповедание в ту ночь могло быть только немым.

XIX

«Тело Его не совсем такое, как наше», это они, вероятно, всегда чувствуют; но в эту ночь почувствовали так, как еще никогда.

Вспомним «Утаенное Евангелие», Апокриф Матфея, где уцелел, может быть, след исторически подлинного воспоминания о том, что действительно испытывали знавшие Христа по плоти:

Почивал ли Он, ночью или днем, было над Ним божественное свечение.[644]

Только маленькие дети, да старые старушки все еще видят в потускневшем золоте сияния вокруг лика Господня на старых иконах нечто подобное. Но, если и для нас не озарится человеческое лицо Иисуса этим «божественным свечением», мы его никогда не узнаем. Плотски-физически чувствуют ученики, осязают всегда, в живой плоти человека Иисуса какую-то одну, неуловимо от пяти чувств ускользающую, из этого мира в тот уходящую, призрачно-прозрачно-огненную точку. В теле же Идущего по водам внезапно разрастается она, как искра – в пламя, так что все тело, охваченное и как бы раскаляемо этим пламенем, становится тоже огненно-прозрачно-призрачным.

---

[644] PS.-Matth., C 42 – Henneke, Handbuch zu den N. T. Apokryphen, 524.

Славу Свою явил Иисус, –
говорит Иоанн о Кане Галилейской (2, 11), первом чуде Господнем, идущем от Отца в мир. «Слава», δόη значит «сияние», «свечение». Можно бы сказать то же и о первом чуде Его, идущем от Отца к миру, – Хождении по водам.
Свет во тьме светит, и тьма не объяла его. (Ио. 1, 5.)
Три возрастающих света – три чуда:
Хождение по водам, Преображение, Воскресение.
В первом – солнце восходящее; во втором – полдневное; в третьем – незакатное. И эти три чуда, три солнца, – одно, потому что во всех трех Иисус «явил Себя» – чудо чудес, солнце солнц.

8. И свои не приняли

I

Надвое переламывается служение Господне от Вифсаидского вечера до Капернаумского утра.
В начале было Слово, и Слово было у Бога. (Ио. 1, 1.)
В первой половине служения – Слово сказанное, во второй – сделанное; в первой – Слово низошло в мир, во второй – стало плотью; слышимое Слово – в первой, во второй – вкушаемая Плоть.
Плоть Мою ядущий пребывает во Мне, и Я – в нем. – Ядущий Меня жить будет Мною (Ио. 6, 56–57), –
это не мог бы сказать никакой человек в теле трехмерном, во времени, в истории; это мог сказать только человек на той последней черте, где время соприкасается с вечностью. Вот для чего и нужно связующее, между Вифсаидским вечером и Капернаумским утром, звено – Хождение по водам.

II

И переправившись на ту сторону (озера) моря, прибыли в землю Геннисаретскую. (Мк. 6, 53.)
Может быть, в какой-то одной, все для них решающей, огненной точке «экстаза», «исступления», «выхождения из себя», переправились «на ту сторону» не только моря, но и мира.
Когда же вышли из лодки, тотчас, узнав Его, люди обежали всю окрестность ту и начали приносить больных...
...И просили Его, чтоб им прикоснуться хотя бы к краю одежды Его. И которые прикасались к Нему, исцелялись. (Мк. 6, 54–56).

Многим, вероятно, из тех пяти тысяч, что, прождав Его всю ночь на горе Хлебов, сошли, в поисках за Ним, в Капернаум, казалось, что они нашли Его не совсем таким, каким оставили вчера. Новое что-то, как бы не сошедший с лица Его отблеск Божественного Свечения, могло им забрезжить, хотя и очень смутно, как солнце рыбам сквозь воду:

Равви, когда Ты сюда пришел? –

в этом явном вопросе слышится, может быть, тайный: «Где Ты был? что с Тобой произошло?»

III

Часто, весной, на Геннисаретском озере, после таких мгновенных бурь при безоблачном небе, какая, вероятно, была в ту ночь, наступает вдруг тишина бездыханная. В воздухе теплеет, низкие тучи сгущаются, и сеет мелкий дождь как из сита, заволакивая свинцовой пеленой горы и озеро. Если и это Капернаумское утро было таким, то, может быть, люди, сошедшие с горы Хлебов, вспоминая, здесь, на скучной земле, как райский сон, то, что было вчера, – едва не наступившее царство Божие, испытывали, как после пьяного пира, похмелье.

Все, как всегда, и еще скучнее, в это дождливое утро в Капернауме-городке: так же медные денежки звякают на таможенном прилавке при входе в городок; так же римские трубы играют в казармах унылую зорю; так же пахнет соленой и вяленой рыбой в тесных и темных улочках, где прохожий ступает осторожно, чтобы не запутаться ногою в рыбачьих сетях и о рыбью чешую не поскользнуться.

Все, как всегда. Но может быть, сошедшим с горы чудится что-то в лице земли и неба едва уловимое, новое, так же как в лице Иисуса; как будто чуть-чуть переменилось, передвинулось все, грозно для одних, а для других желанно.

Иисус вошел в синагогу (Ио. 6, 59), –

и народ – за Ним; не все пять тысяч, конечно, а лишь несколько сотен, которые могли в ней поместиться, в том числе фарисеи и книжники, учителя Израиля. Только, вероятно, немногие, с надеждой и страхом, большинство же, с праздным любопытством, ждут, чем кончится сегодня то, что началось вчера: будет ли Иисус царем, наступит ли царство Божие?

IV

Что произошло в синагоге? Очень вероятно, что в свидетельстве о том IV Евангелия мы имеем дело с исторически подлинным ядром воспоминания, хотя и закутанным в покровы мистерии. Лучшая порука в том – совпадение свидетельства Иоаннова с Марковым, вопреки различным степеням их приближения к тому, что нам кажется «исторически подлинным».

Какое же Ты дашь знамение, чтобы мы увидели и поверили Тебе (Ио. 6, 30), –

спрашивает Иисуса народ в синагоге. Так, по Иоанну, а по Марку: *Вышли фарисеи, начали с Ним спорить и требовали от Него знамения с неба, искушая Его.* (Мк. 8, 11.)

Это происходит, по свидетельству Марка, хотя и не в самом Капернауме, а где-то поблизости от него, на берегу Геннисаретского озера, в неизвестных, кажется, самому Марку, «пределах Далмануфских» (8, 10), и не после первого умножения хлебов близ Вифсаиды, а после второго, в Десятиградии; но, так как первое и второе слиты в одно у Иоанна, то эта разница двух свидетельств несущественна. В главном же оба согласны; требуемое «знамение с неба» есть исходная точка всего, что произойдет и чем решится земная судьба Иисуса.

V

С тем же исторически подлинным ядром воспоминания мы имеем дело и в другом глубоком совпадении синоптиков с IV Евангелием.

Очень знаменательно и не случайно, конечно, целых шесть согласных свидетельств (по два – в первом и втором Евангелии, по одному – в третьем и четвертом) изображают теми же почти словами Евхаристическое действие Господа перед Умножением хлебов:

Взял пять хлебов... взглянув на небо, благословил и преломил хлебы, и дал ученикам Своим. (Мк. 6, 41; Мт. 14, 19.)

То же действие изображается и в Тайной Вечере, у синоптиков. Обе вечери соединяются повторением слов: «преломил, благословил», ἔκλασεν εὐχαρίστη , – в одно таинство – Евхаристию. Если же мы имеем в Евангелиях, хотя бы отчасти, «Воспоминания Апостолов», по слову Юстина, то в этом соединении Вифсаидской вечери с Тайною могло уцелеть исторически подлинное воспоминание о том, что действительно испытывали первые свидетели обоих событий.[645]

Двое учеников, по воскресении Господа, пройдя с таинственным Спутником шестьдесят стадий, пяти-шестичасовой путь, от Иерусалима до Эммауса, и не узнав Учителя ни по лицу, ни по голосу, тотчас узнают Его по тому, как Он благословляет и преломляет хлеб за вече-

---

[645] Joh. Weiss, Das älteste Evangelium, 213, 217.

рью, – видимо, для них давно привычному и незабвенно-памятному действию (Лк. 24, 13–31). Если так, то предсмертная Тайная Вечеря – не первая и не единственная, а одна из многих. Если же в IV Евангелии не повторяется о ней свидетельство Синоптиков, то это еще не значит, что оно здесь отвергнуто.

Приимите, ядите; сие есть тело Мое (Мк. 14, 22), –

этим словам Иисуса, сказанным, по свидетельству Синоптиков, на Тайной Вечере, соответствуют слова Его, сказанные, по свидетельству IV Евангелия, в Капернаумской синагоге:

хлеб, который Я дам, есть плоть Моя. (Ио. 6, 51.)

Хлеб Вифсаидской вечери – плоть Капернаумской утрени.

Если тот, неизвестный нам, творец IV Евангелия, которого мы называем «Иоанном», в этом прав, то очень вероятно, что Иисус, в последний год жизни Своей, от Вифсаидской Пасхи до Иерусалимской, готовил учеников к последней Тайной Вечере, – к тому, чтобы они поняли, что значит: «приимите, ядите; сие есть Тело Мое». Этого они не могли бы понять в Иерусалиме, если бы уже раньше, в Капернауме, а может быть, и еще много раз, не слышали: «хлеб, который Я дам, есть плоть Моя». Только постепенно и медленно могло войти это неимоверное слово в их душу и плоть.

Если все это действительно так, то и в этом согласии Марка-Петра с Иоанном мы прощупываем исторически подлинное ядро воспоминания сквозь все покровы мистерии: не было бы и Тайной Вечери, не будь Капернаумской утрени.

VI

...Начали же иудеи спорить между собою, «как Он может дать нам есть плоть Свою?» (Ио. 6, 52.)

Спор их между собою кончается спором с Иисусом. Так у Иоанна; почти так же у Марка:

вышедши, фарисеи начали с Ним спорить (8, 11.)

Марк не говорит, о чем, но более чем вероятно, что и этот спор, после Умножения хлебов, так же как тот, Капернаумский, относится к непостижимому для иудеев смыслу Вифсаидской вечери: «Хлеб, который Я дам, есть плоть Моя». Спор, начатый в Капернауме, в предсмертную Пасху Господню, кончается в Иерусалиме, в Пасху смертную, и опять-таки более чем вероятно, что Иисус знает уже тогда, в Капернауме, чем и где кончится спор.

Если и это действительно так, то и здесь, в Иоанновом свидетельстве, мы заглядываем так глубоко, как, может быть, нигде в Евангелии, сквозь мистерию в историю; открываем и здесь ту невидимую точку, как бы ось, на которой вращается вся жизнь человека Иисуса, а потом разбивается, как задевшая осью колеса за мету ристалища, колесница. Снова и здесь, еще яснее, страшнее, мы понимаем, что значит для нас и для всего человечества: «жизнь Иисуса не кончена, но, едва начатая, прервана».

VII

Что исторически подлинное ядро в этом соединении Вифсаидской вечери с Тайною, возможно не только в воспоминаниях учеников, но и в сознании самого Учителя, нами прощупано верно, видно также из того, что первое Дошедшее до нас изображение Евхаристии, в катакомбных росписях, есть Умножение хлебов,[646] а весь евхаристический опыт первохристианства, насколько мы можем судить о нем, по учению древнейших Отцов, от Юстина Мученика до Иринея Лионского, ученика учеников «Иоанновых», вытекает не из Тайной Вечери синоптиков, а из Капернаумской утрени IV Евангелия.[647]

Это значит: каждая церковная обедня – обед Вифсаидский; в каждой Евхаристии все еще совершается и будет совершаться до конца времен Умножение хлебов, – вечно неудающееся и возобновляемое, с надеждой, что удастся, наконец, когда-нибудь, царство Божие на земле, как на небе; разрешение того, что мы называем так плоско и грубо «социально-экономической проблемой»; вместо нашего равенства в рабстве и ненависти – «коммунизма» сатанинского, равенство в любви и свободе – Коммунизм Божественный; вечное воздыхание мира:

да приидет царствие Твое.

VIII

Это говорил Он в синагоге, уча в Капернауме. (Ио. 6, 59.)

Рабби Иешуа учит народ в синагоге, «по обыкновению Своему» (Лк. 5, 16) и всех тогдашних учителей Израиля, в субботние дни: значит, и этот Капернаумский день – суббота, а канун его, день Вифсаидской вечери, – пятница, должно быть, предпасхальная. Ровно через год, в Страстную Пятницу, по свидетельству IV Евангелия, вопреки синопти-

---

[646] H. J. Holtzmann, Hand-Commentar zum N. T., 80–81.
[647] Justin, Apolog I, 65, 66 – Ignat, Philad IV, I, Smyrn, VII, 2, VIII, 1 – Didachê, IX, 5, X, I, XIV, I– Iren, IV, 18, 5, V, 2,2 – Zahn, Das Evangelium des Johannes, 1821, S. 555 – W. Bauer, Das Johannes evangelium, 1925, S. 98.

кам, – в тот самый день, когда закопается Пасхальный агнец, распят был Иисус. Вот что значит, в самом начале Иоаннова свидетельства о Вифсаидской вечере и Капернаумской утрене, как бы мимоходом оброненный намек:

приближалась же Пасха, праздник Иудейский. **(6, 4).**

Пасха против Пасхи, Агнец против Агнца: таков для Иоанна смысл обеих Пятниц, – первой, Блаженной, Вифсаидской, едва не исполнившей весть о царствии Божием, и последней, Голгофской, Страстной.

Кость Его да не сокрушится, –

вспомнит Иоанн (19, 36) пасхального Агнца (Исх. 12, 46), свидетельствуя о неперебитии голеней Распятого. Агнцева плоть вкушаема, по закону Моисееву, вместе с «опресночным хлебом», *азимом* : здесь уже дано в прообразе будущее соединение хлеба с Плотью:

хлеб, который Я дам, есть плоть Моя.

Если же сердцу человека Иисуса ближайшее из всех пророчеств – Исаиино, об «Агнце, взявшем на Себя грех мира» (53, 6–7), то, может быть, и для самого Иисуса, так же, как для Иоанна, тайна Вифсаидской вечери открывается в Капернаумской утрене.

Ядущий Меня жить будет Мною, –

говорит уже не только человек Иисус, во времени, в истории, но и закланный от создания мира, Агнец, – в вечности, в мистерии.

IX

«Не бо врагом Твоим тайну повем», – молятся причастники. Мог ли Сам Господь поведать тайну Свою врагам?

Не давайте святыни псам, и не бросайте жемчуга вашего перед свиньями. **(Мт. 7, 6.)**

Это делать другим не велит; как же делает Сам? Чтобы ответить на этот вопрос, с такою же нерелигиозной, а, может быть, и неисторической, легкостью, с какою отвечает на него почти вся евангельская критика наших дней, вспомним, что во всякой человеческой толпе, кроме «псов» и «свиней», могут быть и дети Божий, а в этой Иудейской, – больше, чем в какой-либо другой, потому что «спасение от Иудеев» (Ио. 4, 22). Вспомним, что люди, только что сошедшие с горы Хлебов, были там уже на один волосок от царства Божия; ели хлеб с неба вчера, и сегодня все еще верят, что Иисус может сделать то, чего не сделал Моисей, – дать людям «истинный хлеб, сходящий с небес».

Равви! подавай нам всегда такой хлеб. **(Ио. 6, 33–34.)**

Вспомним, что в какой-то одной, внутренней, огненной точке экстаза, «выхождения из себя», может быть, весь народ, так же как Иисус с

Двенадцатью, сойдя с горы, «переправился на ту сторону» не только моря, но и мира; что-то и для всего народа переменилось, передвинулось в мире; что-то увидел и он в лице земли и неба, чего не видел еще никогда. Вспомним, что Иисус говорит, и народ слушает Его, уже не совсем во времени, в истории, хотя еще и не совсем в вечности, в мистерии, а на сумеречной между ними границе, – там, где мы никогда не бывали, а потому и не знаем, что здесь может и что не может быть сказано.

Левые критики утверждают, будто бы Господь всегда говорит одним и тем же голосом, который слышится им у синоптиков; но наблюдение это поверхностно и недоказуемо. Более, чем вероятно, что, когда близким Иисуса кажется, что Он «вышел из Себя», «сошел с ума» (Мк. 3, 21), то Он говорит уже и здесь, у синоптиков, иным голосом, может быть, тем самым, который слышится нам в IV Евангелии.

Вспомним, наконец, что, когда на вопрос иудеев, в Капернаумской синагоге:

что нам делать, чтобы творить дела Божьи? –

Иисус отвечает:

вот дело Божие, чтобы вы веровали в Того, Кого послал Бог (Ио. 6, 28–29.), –

то Он говорит уже не только слушающим Его иудеям, но и всему Израилю – всему человечеству. Стены синагоги бесконечно, в эту минуту, раздвигаются для нас, так же, как для самого Иисуса; мы знаем, знает и Он, что будет услышан до пределов земли и до конца времен.

Вспомнив все это, мы, может быть, поймем, что Иисус, хотя и не знал, – не хотел, не мог, не должен был знать, – примет ли Его мир или не примет, но должен был открыть миру тайну Свою:

Я есмь хлеб жизни: приходящий ко Мне не будет алкать, и верующий в Меня не будет жаждать вовек. (Ио. 6, 35.)

Это и значит: Иисус, в то Капернаумское утро, должен был говорить так, как Он говорит в IV Евангелии.

X

Было, может быть, серенькое утро; был скучный день, и наверное, – жалкая толпа иудеев, для Рима – мира – уже и тогда, как теперь, отверженного племени «жидов». И самый жалкий из них, самый отверженный, был «маленький Жид», бывший каменщик, рабби Иешуа, – и были эти неимоверные, ни на что земное не похожие, самые нечеловеческие, нездешние слова, какие когда-либо были и будут сказаны, решающие судьбы мира на веки веков. Только один Человек на земле, Он, – больше никто никогда, в этом чудо, – мог их сказать:

Плоть Мою ядущий и кровь Мою пиющий имеет жизнь вечную, и Я воскрешу Его в последний день.

Ибо плоть Моя истинно есть пища, и кровь Моя истинно есть питие.

Плоть Мою ядущий и кровь Мою пиющий во Мне пребывает, и Я в нем.

Как послал Меня живой Отец, и Я живу Отцом, так и ядущий Меня жить будет Мною.

Сей-то есть хлеб, сшедший с небес. (Ио. 6, 54–58.)

Слушают иудеи в синагоге, слушает все человечество до пределов земли и до конца времен; слушает – не слышит: видит – не узнает:

Не Иисус ли это, сын Иосифов, Которого отца и мать мы знаем?

Как же Он говорит: «Я сшел с небес»?

...Как может Он дать нам есть плоть Свою?

...Какое жестокое слово! Кто может это слушать? (Ио. 6, 42; 52; 60.)

Ἐκληρὸς λόγος, «жестокое», «жесткое», как бы каменное, слово, непонятное, нерастворимое ни в разуме, ни в сердце человеческом. Плоть человечью есть, кровь человечью пить, чтобы спастись, – не надо ли «сойти с ума», чтобы это понять и принять? Вот когда Он «вышел из Себя», «сошел с ума», не только для близких, но и для всего Израиля – всего человечества. Здесь же, в Капернаумской синагоге, год назад, тоже в день субботний, первый день служения Своего, исцелил Он бесноватого, и вот теперь кажется Сам бесноватым.

Теперь узнали мы, что бес в Тебе (Ио. 8, 52), –

думает, может быть, уже не только Иуда Дьявол.

Бесом Он одержим и безумствует; что слушаете Его? (Ио. 10, 20.), –

может быть, тогда уже говорят, в Капернаумской синагоге, шепотом, как потом скажут громко, во всем Израиле – во всем человечестве.

«Кто может это слушать?» – ропщут, а все-таки слушают. Будь Он просто «сумасшедший», «бесноватый», – руки на него наложили бы, как некогда хотели это сделать близкие Его. Но это не так просто: все еще помнят, как вчера, а может быть и сегодня, только что надеялись, что Он – Мессия, царь Израиля. Чем пристальнее вглядываются в Него, тем больше недоумевают: «Кто это? что это?» В том-то и ужас их, что не могут решить, кто Он, – Сын Божий или «сын дьявола»; только жмутся друг к другу, глядя на Него, дрожат, как овцы в загоне, пустившие к себе нечаянно льва; только чувствуют, что пахнет от Него миром нездешним, как от человека, вошедшего прямо с крещенской стужи в теплую комнату, пахнет морозом. Так же и у них, как у Двенадцати в лодке, когда они увидели Его, идущего по водам, волосы на голове дыбом встают от неземного ужаса: так же и они готовы закричать: «призрак! phantasma!» и бежать от Него, как от страшилища.

XI

Знает ли Он это? И если знает, то зачем выбирает, как будто нарочно, самые для них «жестокие», невыносимые, непонятные слова: как будто не может насытиться соблазном их, возмущеньем и ужасом?[648] Видит, что каждое слово Его – острый нож для них, и все глубже вонзает его в сердца их и переворачивает в нем.

Вместо обычных для еды человеческой слов: ἐσθίειν φαγεῖν, и без того уже страшных в этом сочетании слов: «есть плоть Мою», «есть Меня», – употребляет еще страшнейшее, только для еды звериной обычное слово: τρώγειν, «пожирать». Так в греческом подлиннике; так же, конечно, и в арамейском. Кто бы ни был творец IV Евангелия, в этом не мог не ослышаться, неверно запомнить или сочинить от себя: слишком это страшно, соблазнительно, и потому, незабвеннопамятно, подлинно. И уж конечно, тоже не случайно слово это повторяется в четырех стихах (54–58) четыре раза, один за другим:

Плоть Мою пожирающий... имеет жизнь вечную...
Плоть Мою пожирающий... пребывает во Мне, и Я в нем.
...Пожирающий Меня, жить будет Мною.
...Пожирающий хлеб сей, жить будет вовеки.
Что это значит?
Господь Бог твой (Израиль) есть огнь *пожирающий.* **(Исх. 4, 24.)**
Огнь Божий – любовь. Огнем пожирается все, что горит, а любовью – все, что любит. Всею плотью и кровью своей любящей хочет соединиться с любимым, как огонь соединяется с тем, что горит, пожирающий – с пожираемым. Кто знает, какое блаженство больше – любить или быть любимым, пожрать или быть пожранным? Но лютее ненависти кажется любовь тому, кто не любит: самые нежные слова любви – самые жестокие; и бежит нелюбящий от любви, как от огня.

Вот неизвестнейшая мука Иисуса Неизвестного; казаться не тем – обратным тому, что Он есть; любящему казаться ненавидящим, пожираемому – пожирающим. Это и значит:
В мире был, и мир через Него начал быть, и мир Его не узнал.

---

[648] Joh. Weiss Die Schriften des N. T., IV, 102–103.

XII

Если мы верно угадали тайну «Атлантиды», «Запада», – обетование первому человеку первого человечества, Адаму-Атланту:
Семя Жены сотрет главу Змия, –
то люди, от начала мира, знали так же несомненно, что Христос будет, как мы знаем, что Он был.

Если мы угадали верно тайну «богов Атлантиды» – Озириса, Таммуза, Адониса, Аттиса, Митры, Диониса, – Боговкушение, Теофагию, то люди, от начала мира, алкали Плоти Сына, как хлеба алчет умирающий от голода; жаждали Крови Его, как умирающий от жажды жаждет воды. Когда же Сын пришел, чтобы дать людям Плоть и Кровь Свою, не узнали Его и не приняли.

XIII

Как соблазнительно «жестокое» слово Господне о Плоти и Крови Его не только для иудеев, но и для ближайших учеников Его, из которых многие, после того слова, –
отошли от Него, и уже не ходили с Ним, –
видно по заключительным словам Иисуса, измененным в нашем каноническом чтении:
Это ли соблазняет вас?..
Дух животворит, плоть не пользует ни мало. Слова, которые Я говорю вам, суть дух и жизнь. (Ио. 6, 61–63.)

Если бы это действительно сказал Иисус, то Он не только смягчил бы «жестокое» слово, как бы Сам ужаснувшись его, но взял бы его назад, уничтожил вовсе, отрекся от Себя самого; таинство Плоти и Крови понял бы «духовно», иносказательно. А если так, то незачем было бы Ему ни рождаться, ни умирать, ни воскресать во плоти. Слишком явное противоречие это почувствовал древнейший Сиро-Синайский кодекс, и сделал попытку восстановить подлинные слова Господни:
Дух животворит плоть. Как же вы говорите: «Плоть не пользует нимало?» [649]

Когда священнослужитель прободает копием проскомидийного Агнца на жертвеннике, то предстоящие ему Херувимы и Серафимы закрывают лица свои, в ужасе:
Царь бо царствующих и Господь господствующих приходит закластися и датися в снедь верным.

---

[649] Fr. Spitta, Das Johannes-Evangelium, 1910, S. 161.

«Ядущий Меня жить будет Мною». – «Кто может это слушать?» Слушаем, но уже не слышим; так привыкли – оглохли, за две тысячи лет. Дальше иудеев, дальше язычников, мы, христиане, от того жесточайшего-нежнейшего слова любви. В скольких беспечных причастников, как в Иуду на Тайной Вечере, вошел сатана!

– «Вы сегодня причащались?» – «Да, сподобился». – «Поздравляю». И дело с концом, а завтра, может быть, вторая всемирная война. «Все будут убивать друг друга» – это вавилонское пророчество исполняется над нами так, как ни одно из пророчеств.

Слово о вкушаемой Плоти Господней – одно из тех слов Его, которые кажутся обращенными к нам больше, чем к кому-либо другому, за две тысячи лет христианства. Хотим не хотим, мы сделаем выбор между спасением и гибелью: поймем, что значит: «Ядущий Меня жить будет Мною», – или себя пожрем.

XIV

Все ли единодушны в толпе иудеев, слушающих Иисуса, в то Капернаумское утро? Нет, не все.

…Стали спорить между собою, говоря: как может Он дать нам есть плоть Свою?

Спорят – значит, несогласны: одни ближе к Нему, другие дальше. Приняли Его и узнали, может быть, только те, кого называет Он «младенцами»:

утаил сие от мудрых и разумных, и открыл младенцам. (Мт. 11, 25.)

Но решают, увы, в делах человеческих, и в этом деле решат, не младенцы, а взрослые.

Что произошло тогда в Капернаумской синагоге, мы не знаем с точностью; знаем только, по свидетельству Иоанна, что с этого времени, многие из учеников отошли от Него, и уже не ходили с Ним (6, 66).

Если отошли, отпали самые близкие, то тем более далекие – весь народ. Как произошло отпадение, мы можем отчасти догадываться, по свидетельству того же Иоанна.

«Как может Он дать нам есть плоть Свою» – начали спорить *между собою*»: значит, уже не с Ним. Молча слушают Его, с возрастающим недоумением и ужасом. Очень вероятно, что, когда отзвучали последние слова Его:

никто не может прийти ко Мне, если то не будет дано ему от Отца Моего (Ио. 6. 65.), –

наступила вдруг такая тишина, что слышался только однозвучный шелест дождя на дворе синагоги. Вслушиваясь в эту тишину, вглядываясь в отдельные лица и в общее лицо толпы, враги Его, книжники и фарисеи, «мудрые и разумные», могли торжествовать; дело Его, казалось им, проиграно. Взял певец фальшивую ноту, глупость сказал умный человек, и наступило вдруг неловкое молчанье, а здесь – еще хуже.

Несколько месяцев назад, по исцелении сухорукого, в день субботний, в этой же Капернаумской синагоге, –

вышедши, фарисеи немедленно составили с иродианами заговор против Него, как бы Его погубить. (Мк. 3, 6.)

Заговора теперь не нужно: сам Себя погубил. Был вчера Мессия, царь Израиля, а сегодня – ничто.

Притчу о недостроенной башне могли бы Ему сегодня напомнить и фарисеи: положил основание и не мог совершить, и все видящие то посмеются, говоря: «начал строить, и окончить не мог». Только что было страшно, а теперь смешно: так думали враги Его, или, может быть, только хотели бы думать так.

XV

Вышел Иисус из синагоги, вместе с двенадцатью последними, от Него не отошедшими, верными Ему, – в том числе и с Иудой: этот не отойдет от Него; будет верен Ему до конца.

Вышли и фарисеи. С тихой и жадной усмешкой следят за Ним, должно быть узнали: как идет Он по тесной улочке Капернаума-городка, под дождем, ступая босыми ногами по грязным лужам, низко опустив голову, точно под навалившейся вдруг неимоверной тяжестью.

Быстрым шагом уходит, точно бежит от Своих, от братьев, как братоубийца Каин:

ныне проклят ты от земли... будешь на ней скитальцем. **(Быт. 4, 11.),**

Вот когда исполнилось над Ним пророчество:

паче всякого человека обезображен был лик Его, и вид Его – паче сынов человеческих...

Презрен был и умален пред людьми, и мы отвращали от Него лицо свое. (Ис. 52, 14; 53, 3.)

Радуются враги Его, а что, если бы узнали, что тридцати лет не пройдет, как один из них же, рабби Савл, скажет миру:

Бог посадил Его одесную Себя, на небесах.

...И дал Ему имя выше всякого имени, дабы пред именем Иисуса преклонилось всякое колено небесных, земных и преисподних. **(Ефес. 1, 20–22; 2, 9–10.)**

XVI

Вышли из Капернаума-городка на большую дорогу двенадцать нищих бродяг, а впереди них – Тринадцатый. Сам, должно быть, не знал, куда идет, – только бы прочь от Своих – от Израиля. Может быть, не знали и они; шли этим первым, для них еще неведомым, крестным путем, с таким же недоумением и ужасом, с каким пойдут тем последним, в Иерусалим:

Шел Иисус впереди них, а они недоумевали, и, следуя за ним, ужасались. (Мк. 10, 32.)

Вдруг остановился, обернулся к ним и, когда они подошли, заглянул в глаза им всем, от Петра, до Иуды, таким глубоким взглядом, каким еще никогда не заглядывал. И сделалась опять такая же тишина, как давеча в синагоге.

Тогда Иисус сказал Двенадцати: не хотите ли и вы отойти от Меня? (Ио. 6, 67.)

В миг между вопросом и ответом, снова, как уже столько раз это было и будет, все заколебалось, как на острие ножа; судьбы человечества решались на веки веков; ужас был такой, какого, может быть, не было еще никогда и не будет в мире: что, если и эти Двенадцать последних отойдут, оставят Его одного? Сын Божий пришел спасти мир и не спас, – может ли это быть? Может, если и Бог Всемогущий мир спасти не может насильно; если свободы человеческой в любви не нарушает и Он. Вот что решалось в тот ужасающий миг.

Ныне все народы – как капля из ведра и как пылинка на весах... как ничто перед Ним. (Ис. 40, 15–16.)

Все народы – все миры. Сколько их уже угасло и еще угаснет, как улетающих под вьюгою искр от ночного костра! Мог бы и наш мир погибнуть так же бессмысленно.

Но Симон Петр ответил:

Господи! к кому нам идти? Ты имеешь глаголы вечной жизни.

Следующие за тем слова не могли быть сказаны Петром тогда; сказаны были потом, в Кесарии Филипповой. В этом синоптики правее IV Евангелия внешне-исторически; но внутренне все-таки прав Иоанн; эти, еще не сказанные, слова уже прочел Господь в сердце Петра:

и мы уверовали и узнали, что Ты – Христос, Сын Бога Живого. (Ио. 6, 68–69.)

Это значит: «мир Тебя не узнал – узнали мы».

Ужас миновал – спасся мир.

И дальше пошли, куда глаза глядят, по грязной дороге, под скучным и злым дождем, двенадцать нищих бродяг, а впереди – Тринадцатый, – все, кроме Иуды Дьявола, с такою радостью в сердце, как будто уже наступило царство Божие.

XVII

Здесь начинается вторая, после первой, до Крещения, утаенная жизнь Иисуса; второе «лето Господне», уже не «блаженное», а скорбное; бегство Иисуса от Израиля к язычникам, от своих к чужим; изгнание вольное и невольное. Месяцы этого года, 30–31-го нашего летосчисления, 16–17-го кесаря Тиберия, определяются для нас с почти несомненной исторической точностью: от Пасхи, начала апреля-низана, 30 года, до начала того же месяца 31 года, – 7 апреля, по очень, кажется, древнему, у Климента Александрийского уцелевшему преданию Церкви, о том, когда Иисус был распят.[650] Кроме этих двух точек есть и третья, в конце скитальческого года, перед последним смертным путем из Капернаума в Иерусалим.

Когда же пришли в Капернаум, то подошли к Петру собиратели дидрахм и сказали. Учитель ваш не даст ли дидрахмы?
(Мт. 17, 24).

Это собирание дидрахм, иудейской дани на храм, происходило 15 марта-адара.[651]

В этот последний год, чем дальше отходит от Иисуса и учеников Его, ближайших свидетелей жизни Его, великое светило Конца – Вечности, тем глубже эта жизнь, вышедшая только что из времени в вечность, снова вдвигается во время, возвращается в нашу историческую оптику времени. Вот почему и в евангельских свидетельствах, чем дальше от конца мира, ближе к концу Иисусовой жизни, тем точнее становится счет времени: месяцы скитаний, недели последнего пути в Иерусалим, дни в Иерусалиме, часы после Гефсимании, минуты на кресте.

XVIII

Оптике времени соответствует и оптика пространства: чем дальше от конца мира, ближе к концу Иисусовой жизни, тем точнее становятся меры пространственные, географические, в евангельских свидетельствах; видимому для нас все яснее движению во времени соответствует и движение в пространстве, тоже все яснее видимое для нас.

---

[650] Osk. Holtzmann, Christus, 1922, S. 7.

[651] Mischna, Schek, I, 1–3 – H. J. Holtzmann, Hand-Comentar zum N. T., 261 – Klausner, Jesus of Nazareth, 304.

Кажется, по свидетельству Марка-Петра, неразлучного Иисусова спутника, можно проследить почти все пути Его скитаний.

После первого Умножения хлебов, –

отправившись оттуда – (из Капернаума) – пришел в пределы Тирские и Сидонские. **(Мк. 7, 24.)**

Значит, от Израиля уходит к язычникам, от своих – к чужим.

Вышедши же из пределов Тирских через Сидон, пошел опять к морю (озеру) Галилейскому, через пределы Десятиградия **(Мк. 7, 31)**, –

на восточном берегу озера, в земле язычников: снова, значит, приближается к Израилю. После второго Умножения хлебов, –

прибыл в пределы Далмануфские **(Мк. 8, 10)**, –

на западном берегу озера: значит, снова уходит от язычников к Израилю, от чужих к своим; но не надолго. После требования знамения с неба фарисеями, –

оставив их, опять вошел в лодку и отправился на ту сторону (озера) **(Мк. 8, 13.)**, –

в Вифсаиду Юлию. После исцеления слепого в Вифсаиде, –

пошел... в селения Кесарии Филипповой. **(Мк. 8, 27).**

Значит, опять от Израиля уходит к язычникам. После исповедания Петра и Преображения, –

вышедши оттуда (из Кесарии), проходили через Галилею. **(Мк. 9, 30.)**

Значит, опять от язычников – к Израилю. И, наконец, – последний путь в Иерусалим (Мк. 10, 1).

Сам остерегает учеников Своих, посылая их на проповедь:

на путь к язычникам не ходите **(Мт. 10, 5)**, –

и Сам же к ним идет. Но, и покинув, отвергнув Израиля, как будто навсегда, вдруг вспоминает:

Я послан только к погибшим овцам дома Израилева.

...Нехорошо взять хлеб у детей и бросить псам. **(Мт. 10, 25–26.)**

Вот человек Иисус, в человеческой немощи своей, в сомнении, борении с самим Собою.

«Мечется, прячется, как насмерть раненый зверь», – могли бы сказать о Нем враги Его; мог бы сказать Иуда враг, тоже спутник Его неразлучный.

Норы имеют шакалы, и птицы небесные – гнезда, а Сын человеческий не имеет, где приклонить голову. **(Лк. 9, 57).**

То бежит от Израиля к язычникам, то возвращается к нему, как будто подходит к порогу его, с надеждой заглядывает в него, и тотчас опять отходит с безнадежностью; хочет и не может покинуть его навсегда: «слишком любил – перелюбил Израиля».

Сколько раз я хотел собрать детей твоих... и вы не захотели! (Лк. 13, 34).

XIX

Где-то в Тиро-Сидонской области, –,
вошедши в дом, не хотел, чтобы кто узнал Его; но не мог утаиться. (Мк. 7, 24.)
Так же точно, и на последнем пути в Иерусалим, –
проходили через Галилею, παρεπορεύοντο, –
как бы «крадучись», «тайком», минуя населенные места,[652] –
и не хотел, чтобы кто узнал Его. (Мк. 9, 30.)
Кажется, ясно, что прячется, но от кого и от чего, – совсем не ясно, и в голову никому не придет, за две тысячи лет, спросить об этом. Смутно помнит Петр-Марк о скитальческих путях Иисуса; помнит еще, куда Он ходил, но зачем, – уже забыл, или не хочет, боится вспоминать. Матфей и о самих путях уже почти забыл, а Лука забыл совсем.[653]
Внешними только, географическими точками отмечен в евангельских свидетельствах утаенно-скитальческий путь Иисуса, и за две тысячи лет никто не увидит, что эти точки – капли крови; что этот страшно людьми забытый путь на земле Сына человеческого – как бы, в самом деле, насмерть раненого зверя кровавый след.

XX

Медленно великое светило Конца, солнце царства Божия, отходит от земли; медленно понимает Иисус, что время еще не исполнилось, брачный пир не готов: Агнец еще не заклан. С медленно в сердце проникающей горечью видит Он, как поворачиваются люди спиной к царству Божию:
...звать послал... на брачный пир... и не хотели прийти... но, пренебрегши то, пошли, кто на поле свое, а кто на торговлю свою. (Мт. 22, 3–5.)
Косность и тупость людей бесконечную так испытал на Себе Иисус, как никто.[654]
Мертвым мертвецов своих погребать предоставь (Мт. 8, 22), –
вот страшное слово Живого в царстве мертвых. Понял Он, что весь Израиль, а может быть, и все человечество – поле мертвых костей.

---

[652] W. Wrede, Das Messiasgeheimniss in den Ev., 34 «stahlen sich durch Galilaea hin».
[653] Osk. Holtzmann, Leben Jesu, 1901, S. 234–238.
[654] Joh Weiss, Die Predigt Jesu vom Reiche Gottes, 1900, S. 100–101.

Сын человеческий, пришед, найдет ли веру на земле?
Весь труд Его жизни не даром ли? Мир пришел спасти, и не спас?
Вот рана в сердце Его, источающая кровь.

XXI

...Не хотел, чтоб кто-либо узнал (Его), ибо учил Своих учеников и говорил им, что Сын человеческий предан будет в руки человеческие, и убьют Его. (Мк; 9, 30–31.)

Вот для чего уходит от мира, – чтобы остаться наедине с Двенадцатью, учить их и готовить к последнему пути, крестному. Уходит от мира сего, чтобы увести их в свой мир; спасти это последнее, единственное, что осталось у Него на земле. «Мир Его не узнал», – эти узнают; «свои не приняли», – примут эти.[655]

Зная, что пришел час Его перейти от мира сего к Отцу, – возлюбив Своих, сущих в мире, возлюбил их до конца, –
сказано о всех Двенадцати на Тайной Вечере, –
когда диавол уже вложил Иуде Симонову Искариоту предать Его (Ио. 10, 13, 1–2).
Знал же Иисус от начала, кто предаст Его.
...Не двенадцать ли вас избрал Я, но один из вас – дьявол (Ио. 6, 64; 70).

Как бы легко мог сказать ему: «уйди»; но вот, не скажет.
Приходящего ко Мне не изгоню вон. (Ио. 10, 6, 37.)
Будет и его любить до конца – до последнего лобзания, которым тот предаст Его в Гефсимании.

Все они идут за Ним покорно, еще не зная, куда Он ведет их и зачем; молча удивляются-ужасаются, почему ушел Он от царства тогда, на горе Хлебов, и теперь уходит от мира.

Господи! что это, что Ты хочешь явить Себя нам, а не миру? (Ио. 14, 22.)

Так же, как братья Его, могли бы и они сказать:
Втайне не делает никто ничего (доброго), но всякий ищет сам быть известным. Если Ты делаешь такие дела, то яви Себя миру. (Ио. 7, 4.)

Не понимают, ужасаются, а все-таки идут за Ним, куда бы Он их ни повел, потому что любят Его бесконечно.

Может быть, уже и теперь Он говорит им, что скажет в ту предсмертную ночь:

---

[655] Osk. Holtzmann, 235.

вы - друзья Мои... Я уже не называю вас рабами, потому что раб не знает, что делает господин его; но Я назвал вас друзьями, потому что сказал вам все, что слышал от Отца Моего. **(Ио. 15,15.)**

Может быть, уже и теперь молится за них, как будет молиться в ту предсмертную ночь:

Отче! Я о них молю: не о всем мире молю, но о тех, которых Ты дал Мне.

...Отче Святый! соблюди их во имя Твое... чтобы они были едино, как и Мы. **(Ио. 17, 1–13.)**

XXII

Слишком рано, конечно, празднуют враги Его победу над Ним, после Капернаумского утра: только теперь начинается между ними неземной поединок. Только тело врага убивает враг, в поединке земном, а в этом – и тело, и душу; временная жизнь или смерть решается в земном поединке, а в этом – вечная. Если Он – с Богом, то они – с дьяволом, и наоборот. Самое страшное, что может сделать человек с людьми. Он делает с ними, когда говорит:

ваш отец – диавол. **(Ио. 8, 4.)**

То же и они делают с Ним, когда говорят:

теперь узнали мы, что бес в Тебе. **(Ио. 8, 52.)**

Большего поединка Бога с дьяволом не было в мире и не будет, потому что большей любви, чем у Него, и большей ненависти, чем у них, не было в мире и не будет. Что разжигает их ненависть? Тайный, скрытый от них самих, только изредка, прямо в глаза им заглядывающий, в жилах их всю кровь леденящий ужас: «Кто это? что это? откуда?» Смутно чувствуют они в Нем Существо неземное. То, что говорят им в свое оправдание слуги их, посланные схватить Его и не посмевшие это сделать:

никогда человек не говорил так, как этот Человек **(Ио. 7, 46),** – сами они чувствуют, сами признаются:

мы не знаем, откуда Он. **(Ио. 9, 29.)**

Кто же Ты? – Долго ли Тебе держать нас в недоумении? **(Ио. 8, 25; 10, 24).**

Сколько бы ни брали Его – не возьмут: «между них» – сквозь них – проходит как дух. Сколько бы ни убивали Его, – не убьют: все мечи их проходят сквозь Него, как сквозь дух. Сколько бы ни уверяли себя и других, что «в Нем бес», – не уверят: тайное сомнение шевелится в них. Душу бы отдали – и отдадут, чтобы подавить сомнение, но не подавят.

Всякий грех и хула простятся человекам...

Но кто будет хулить Духа Святого, тому не будет прощения вовек (Мт. 12, 31; Мк. 3, 29), –
слышат приговор Его над собою.
Идите от Меня, проклятые, в огнь вечный (Мт. 25, 41).
Этим-то вечным огнем и распаляется их ненависть. Вот чем Он держит их за сердце.

XXIII

Но и они держат Его. «Ваш отец – дьявол», – кому Он это говорит, – всем ли иудеям? Но «от Иудеев спасение» (Ио. 4, 22). На две половины делится для Него не только Израиль, но и все человечество – на пшеницу и плевелы, сынов Царства и сынов Лукавого, смешанных так, что не различить.
...Хочешь ли, пойдем, выберем их?...Нет, чтобы, выбирая плевелы, вы не выдергали с ними и пшеницы.
Оставьте расти вместе то и другое до жатвы. (Мт. 13, 28–30.)
Кто пшеница, кто плевел, не знает и Он; борется с врагом неуловимым. Сколько бы ни брал его – не возьмет; сколько бы ни убивал – не убьет. Плевел сегодня – завтра пшеница; в Иуду вошел сатана сегодня, а завтра войдет в Петра, и ему скажет Господь: «Отойди от Меня, сатана!»
Вот чем и они держат Его за сердце – плевелом-пшеницей: Иудой Дьяволом – Иудой Возлюбленным.
На две половины делится мир: Петр – в одной, в другой – Иуда. И поединок в мире бесконечен: конец его – конец мира – Страшный Суд.

XXIV

Мартовские розы Тивериады отцветают так же скоро, как мечты о царстве Божием в слабых сердцах людских.
С первым полуденным ветром, в начале мая, в глубокой, отовсюду горами стесненной котловине Геннисаретского озера наступает зной, а в конце мая, в начале июня становится невыносимым. Дышат болотной лихорадкой стоячие воды озерных лагун. Сквозь запах теплой воды и гниющей рыбы томно-лекарственно пахнут эвкалипты с облупленной кожей розово-телесных стволов, – в голубоватом, лихорадочно-знойном тумане, мглистые призраки, а от дремлющих по шею в воде, облепленных черною тиною, буйволов пахнет свинятником. Даже ночи бездыханно-жарки. Тучи жалящих мух и мошек не

дают заснуть, и тягостно в знойном мраке благоухание лимонных цветов. Вся цветущая равнина Геннизара – как бы увядающий и тлеющий рай.[656]

Ирод Антипа, построив столицу свою, Тивериаду, на старом кладбище, населил ее всяким языческим сбродом, потому что ни один благочестивый иудей не согласился бы жить на этом «нечистом месте».[657] Тивериада – на западном берегу озера, а на восточном – Гадара, тоже бывшее языческое кладбище, ныне – свиное пастбище, где бесы ютятся в запустевших гробах и живет Гадаринский бесноватый (Мк. 5, 1–5). Между этими двумя нечистыми местами, все оскверненное святое озеро – святейшее место земли, где едва не наступило царство Божие, – как бы с адом смешанный рай; царство Божие, смешанное с царством дьявола.

XXV

Знал Иисус, что надо Ему не только покинуть Израиля, но и отвергнуть его, проклясть; надо сказать:

Се, оставляется вам дом ваш пуст. (Лк. 13, 35.)

Но решиться на это, кажется, долго не мог. Всех утаенно-скитальческих путей Его мы не знаем: в IV Евангелии они иные, чем у синоптиков. Но и по тому, что мы знаем, видно, что много раз уходил Он от Израиля и опять возвращался к нему, с надеждой: «сколько раз Я хотел…»

Долго решиться не мог – наконец решился. Кажется, после второго Умножения хлебов, выйдя из пределов Далмануфских (Магдалинских, по Матфею, 15, 39), –

пошел, с учениками Своими, в селение Кесарии Филипповой (Мк. 8, 27.), –

на север, в горную страну, у подножия Ермона. Знал, уходя, что вернется в родную землю только для того, чтобы в ней умереть.

Если мы верно угадываем времена последнего года Господня, то Иисус пошел в Кесарию в начале Геннизарского лета. Может быть, в эти знойные дни, тосковал Он о горной свежести родных Назаретских высот, а белеющий между выжженных холмов над озером снежный Ермон манил Его к свежести еще более родных, неземных высот.

---

[656] Dalman, Orte und Wege Jesu, 131 – Температура в мае-июне, 30–40 °C. Люди по ночам спят в воде озера, достигающей 29°. – C. Soden, Reisebriefe aus Palästina, 1901, S. 35.

[657] G. Volkmar, Jesus Nazarenus, 1882, S. 363.

XXVI

Где и когда проклял Господь Израиля, мы не знаем с точностью, но можем догадываться об этом по трем намекам. Первый – то, что город Хоразин (Ker âse) упоминается только однажды, в слове Иисуса о трех нечестивейших городах Израиля – Вифсаиде, Хоразине, Капернауме, и больше нигде в Евангельских свидетельствах: будучи в Хоразине или около него, Иисусу было естественно вспомнить о нем. Второй намек – то, что нечестие этих городов сравнивает Господь с нечестием Тира и Сидона, а Кесария Филиппова находится в Сидонской области: идучи туда, было опять-таки естественно вспомнить Сидон. И, наконец, третий намек: на прямом и кратчайшем, двухдневном пути в Кесарию с Геннисаретского озера (через Tibnin или Gatir) находятся высоты Хоразинские, откуда Иисус мог окинуть последним, прощальным взором все расстилавшееся у ног Его, в белую знойную мглу закутанное озеро, место Блаженной Вести, от ее начала, горы Блаженств, над Капернаумом, до ее конца, горы Хлебов, над Вифсаидой, – некогда святейшее место земли, а теперь оскверненное, – смешанный с адом рай, царство Божие, смешанное с царством дьявола.

Кажется, именно там, именно тогда, и сказал Господь притчу о «злом роде сем», – может быть, не только Израиле, но и всем человечестве:

Выйдя из человека, дух нечистый ходит по безводным местам, ища покоя, и не находит. Тогда говорит: «Возвращусь в дом мой, откуда я вышел». И пришедши, находит его незанятым, выметенным и убранным.

Тогда идет и берет с собою семь духов, злейших себя, и, вошедши, живут там; и бывает для человека того последнее хуже первого.

Так будет и с этим злым родом. (Мт. 12, 44–45.)

Тогда начал укорять города, в которых наиболее явлено было сил Его, за то, что они не покаялись:

Горе тебе, Хоразин! горе тебе, Вифсаида! ибо, если бы в Тире и Сидоне явлены были силы, явленные в вас, то давно бы они, сидя во вретище и пепле, покаялись.

Но говорю вам: Тиру и Сидону отраднее будет в день суда, нежели вам.

И ты, Капернаум, до неба вознесшийся, до ада низвергнешься; ибо, если бы в Содоме явлены были силы, явленные в тебе, то он оставался бы до сего дня. Но говорю вам, что земле Содомской отраднее будет в день суда, нежели тебе. (Мт. 11, 20–23.)

Это, может быть, не только тем трем, но и всем городам земли – всему Граду Человеческому сказано; может быть, и наш Капернаум, христианский, до неба вознесшийся, до ада низвергнется.

XXVII

Проклял Господь Израиля, а все-таки любит его и будет любить до конца. На последнем пути в Иерусалим, когда Он увидит Его, то заплачет о нем:

О, если бы и ты, хотя в сей твой день, узнал, что служит к миру твоему! Но это сокрыто ныне от глаз твоих. (Лк. 19, 42.)

Что произошло бы, если бы Иерусалим узнал, «что служит к миру его»; если бы начатая там Иисусом борьба кончилась Его победой, и в одном углу эллино-римского мира, orbis terrarum, основан был Град Божий, царство Божие? «Стал ли бы Иисус во главе народа Своего, чтобы начать новую эру всемирной истории, от нынешнего хода ее совершенно отличную?» – спрашивают левые критики и отвечают: нет, если бы «Царю Иудейскому» удалось поднять восстание в народе, свергнуть власть иерархии, то Он был бы и Сам в величайшем затруднении, не зная, что Ему делать с этою властью».[658]

Если так, то люди оказали благодеяние Сыну человеческому, распяв Его; это, конечно, с той предпосылкой, что вера Иисуса и наша в царство Божие – самообман.

Что было бы, если бы Он победил? А что *будет,* если Он снова придет и победит? Ведь и это будущее столь же невообразимо для нас, как и то прошлое, возможное или невозможное, и даже так, что эти недоумевающие люди решают: «Никогда не придет».

Сын человеческий говорит нашему второму человечеству о гибели первого:

как во дни перед потопом, ели, пили, женились, выходили замуж, до того дня, как вошел Ной в ковчег: и не думали, пока не пришел потоп и не истребил всех, так будет и в пришествие Сына человеческого. (Мт. 24, 38–39.)

Если не покаетесь, все так же погибнете (Лк. 19, 3.)

Что было бы, если бы Иисус тогда победил? Можно с уверенностью сказать одно: не было бы грозящей нам сейчас гибели второго человечества.

---

[658] Stalker, Das Leben Jesu, 1895, S. 100 – Wilh Hess, Jesus von Nazareth in seiner Geschichtlichen Lebensentwickelung, 1906, 92 – H. J. Holtzmann, Das messianische Bewusstsein Jesu, 1907, S. 94–95.

Надо быть религиозно невменяемым, как люди наших дней, чтобы думать, что человечеству могло пройти даром убийство Сына Божия и что мир будет искуплен Им, не искупив себя перед Ним.

XXVIII

Все это, может быть, уже предвидел Иисус на Хоразинских высотах: может быть, тогда уже плакал о том, кого проклинал, – не только о «злом роде сем», Израиле, но и о всем роде человеческом: *сколько раз Я хотел... и вы не захотели!* (Лк. 13, 34.)

И окинув последним взором Землю Святую – Проклятую, пошел.

Днем и ночью, в зной и стужу, в дождь и ведро, идут-идут двенадцать нищих бродяг, а впереди их Тринадцатый. Куда идут, сами не знают; знает Он один: – на Крест.

9. Кесария Филиппова

I

Ирод Филипп, четверовластник, сделал столицей своей древний город бога Пана, Паниас, на южных предгорьях Антиливана, у подножия Ермона, отстроив его заново, со всем великолепием эллино-римского зодчества, и назвав «Кесарией», в честь кесаря Августа.[659] Но верной осталась древнему богу земля его и под новым именем. «Жив Великий Пан», – журчали воды, шумели листья, жужжали пчелы; и гром гремел, и трепетала звездами ночь от радости, что жив великий Пан.

В северной части города высилась огромная скала, с темной пещерой, Панионом, незапамятно-древним святилищем Пана, где бил из бездонной расщелины, как бы адова устья, один из великих Иорданских источников. Новорожденные воды Святой Реки вытекали из адова устья сначала широкой и гладкой, хрустальной волной, как из наклоненной чаши, а потом низвергались водопадами в ущелье, где, разбившись на тысячи русл, то прядали шумно сверкающей пеной, между черных базальтовых глыб, то стлались по песчаному ложу, тонко звеня невидимо-прозрачным стеклом. Все эти живые воды орошали священные Пановы рощи, где возносились осокори, вязы, клены, дубы

---

[659] Joseph, Ant, XV, 10, 3, XVIII, 2, 1, Bell Jud, I, 11, II, 9 – Lagrange, Marc, 214 – Keim, Jesus v Nazareth, II, 541 – H. J. Holtzmann, Hand-Commentar zum D. T., 148.

и тополя такой вышины и красоты «божественной» – «демонической», δαιμόνιον, по слову Платона о рощах Атлантиды, Блаженного Острова,[660] что казались насажденными самим богом Паном, в веке Золотом, или Богом Адонаем, в раю.[661]

II

Отец Ирода Филиппа, Ирод Великий, тот, самый, что «искал погубить Младенца» Спасителя (Мт. 2, 23), воздвиг земному богу, кесарю Августу, иному «Спасителю», на узком выступе скалы над самой кручей, где зияла пещера Паниона с Иорданским источником, великолепный, из белого мрамора, эллинского зодчества храм. Были, должно быть, и на нем, как на всех подобных храмах, посвятительные надписи; какие – мы можем судить по дошедшим до нас, надписям, Приенской и Галикарнасской, от 9 года до Р. Х., прославляющим день рождения Августа:

Бог послал нам Спасителя, σωτήρ... Море и суша радуются миру... Большего, чем он, не будет никогда... Ныне Евангелие, εὐαγγέλιον, *о рождестве бога исполнилось.* [662]

III

Путнику, восходившему, как Иисус, в летние дни, с раскаленной равнины Геннизара на лесистые предгорья Антиливана, у Кесарии Филипповой, где, в многоводных и густолиственных рощах Пана, веет и в самые жаркие дни сквозь благовонный мед лавро-розовых чащ девственный холод Ермонских снегов, – путнику казалось, что, выйдя из адского пекла, входит он в свежесть райских садов.

Здесь, в Кесарийских ущельях, отпечатлелся, может быть, в те дни, на гладком песке Иорданских источников, рядом с копытами горной козы или самого бога Пана, след ноги Господней.

Сын человеческий не имеет, где приклонить голову. (Мт. 8, 20.)

Здесь приклонил на глубокие, между корнями дубов, мягкие – мягче изголовий царских – мхи; здесь отдохнул перед последним путем, Крестным.

---

[660] Plato, Critias, 118, a.

[661] L. Schneller, Evangelien-Fahrten, 1925, S. 204–205 – P. Rohrbach, Im Lande Jahwes und Jesu, 1911, S. 267–270. – Dalman, Orte und Wege Jesu, 217 – Loti, Galllee, 112–114 – Renan, Vie de Jesus, 1925, p. 152.

[662] K. Furrer, Das Leben Jesu Christi, 1905, S. 43 – Lagrange, Marc, 2.

IV

Более чем вероятно, что свидетельство Марка об утаенно-скитальческом пути Господнем в Кесарию Филиппову относится к тому древнейшему, может быть, доевангельскому, слою преданий-воспоминаний, где исторически подлинно все, насколько вообще религиозный опыт, сверхисторический, вместим в порядок истории. Вот одно из тех свидетельств, где все еще слышится живой голос Петра сквозь голос Марка: Петр говорит, Марк записывает. В этом убеждает нас редчайшая во всех вообще евангельских свидетельствах, а в Марковых особенно, точность в указаниях места и времени.

Время Кесарийского действия – после Умножения хлебов и отвержения обоюдного, – Иисуса Израилем и Израиля Иисусом. В этом точном указании времени синоптики согласны с IV Евангелием, что также для нас порука в исторической подлинности Кесарийского свидетельства. Смысла, решающего все в жизни учеников и Учителя, не получает ли, в самом деле, только после такого отвержения обоюдного этот удивительный, Иисусом в Кесарии Филипповой заданный ученикам вопрос:

а вы за кого почитаете Меня?

Или еще удивительнее в греческом подлиннике:

а вы что обо Мне говорите, – кто Я такой?

ὑμεῖς δὲ τίνα με λέγετε εἶναι **(Мк. 8, 29; Мт. 16, 15; Лк. 9, 20).**

Темный у синоптиков, ясный только в IV Евангелии вопрос:

не хотите ли и вы отойти от Меня? **(Ио. 6, 68)**, –

как отошел Израиль, и отойдет, может быть, весь мир? Сказано ли это Иисусом или только подумано, – глубже и исторически подлинней нельзя объяснить того, из чего вышло все Кесарийское действие. Здесь, как почти везде, первый и лучший истолкователь синоптиков – Иоанн.

V

Точность в указании времени, доходящая до счета дней, в Марковом свидетельстве о Кесарии, есть нечто единственное, больше нигде не встречающееся в нем, до страстей Господних.

Дней через шесть μετὰ ἡμέρας ἓ *(9, 2),* –

после того вопроса: «Кто Я такой?» будет услышан ответ на горе Преображения:

Сей есть Сын Мой возлюбленный. **(Мк. 9, 7.)**

«Дней через шесть», – по свидетельству Марка, а по свидетельству Луки (9, 28): «через восемь». Шесть – восемь: около семи – седмица. Эта,

Кесарийская, и та, Страстная: эта – как бы тень и прообраз той; сказано в этой, сделано в той. Здесь, в Кесарии, Марк считает время днями, а там, в Иерусалиме, будет считать уже часами, минутами.

Есть у памяти сердца свое особое время, не то, что у памяти ума. Память сердца считает время тем в меньших дробях, чем больше для нее то, что происходит во времени; время умаляется, как бы сжимается для сердца, по мере того как событие для него растет; сердце бьется все чаще, быстрее, – быстрее льется в часовой склянке песок, движется стрелка на часах памяти: годы, месяцы, дни, часы, минуты, секунды, и последний миг – вечность – Конец. Меньше произойдет в десять веков всемирной истории, чем в десять секунд – миг – на кресте. Это умаление, сжимание времени началось для Петра в Кесарии Филипповой. «Дней через шесть» – эти три слова – как бы памятная, сделанная рукой самого очевидца Петра заметка на полях Евангелия; ею хочет он сказать: «Главное начинается здесь; здесь сказал нам Иисус, и мы Ему поверили, что Он – Христос».

VI

Точности в указании времени соответствует точность и в указании места.

Есть у сердца и память мест особая, не та, что память ума. Чем событие огромнее для сердца, тем крепче и уму непонятнее прилепляется память к мельчайшим черточкам тех мест, где событие происходит. Две такие черточки уцелели в воспоминаниях Петра о Кесарии.

Спрашивал Он, дорогою, ἐντῇ ὁδῷ, *учеников своих.* (Мк. 8, 27).

Помнит ли Марк, помнит ли сам Петр, что значит «дорогою»? Если ум забыл, то сердце помнит: «Сын человеческий не имеет где приклонить голову», – в скитании, в изгнании, в отвержении, в проклятии, может быть, не только Израилем, но и всем человечеством. Все идут, да идут, и будут идти до пределов земли, до конца времен, двенадцать нищих бродяг, а впереди – самый нищий, Тринадцатый.

Вот одна из черточек, а вот и другая.

VII

В пригороды-села, κώμας, *Кесарии Филипповой, пошел Иисус.* (Мк. 8, 27.)

В пригородах был, а в города не входил. Помнит ли Марк, помнит ли сам Петр, что и это значит? Если через двадцать лет забыл, а через двадцать веков это темное место в памяти Петра осветилось для нас, как внезапным лучом, светом истории, то разве и это не чудесная порука в истине всего свидетельства?

Больше года ходит Иисус около Тивериады, столицы «государя» своего, Ирода Антипы, и тот «ищет Его увидеть» (Лк. 9, 9), но Он в нее не войдет. Многие дни, может быть месяцы, ходит и около столицы Ирода Филиппа, Кесарии, но не войдет и в нее. Кажется, всю жизнь уходит от больших городов, где люди, как Марфа, «суетятся о многом», забыв, что «нужно только одно» (Лк. 10, 41–42); где князь мира сего дает людям «власть и славу, ибо она предана ему» (Лк. 4, 6). В Иерусалим войдет только для того, чтоб умереть, но будет и в эти последние дни уходить каждую ночь из города в селение Вифанию.

Так всю жизнь уходит из городов-темниц на волю, от людей и камней – к лилиям долин и птицам небесным, из ада человеческого – в Божий рай.

Вот один из двух глубоких, может быть, умом Петра забытых, но сердцу его памятных, смыслов этой черточки: «пошел в селения Кесарии Филипповой», а вот и другой. Именно здесь, в Кесарийском ущелье, откуда виднелся вдали, на узком выступе скалы над пещерой Паниона, храм «Спасителя» Августа, – именно здесь, как нигде, должен был прозвучать вопрос Спасителя Христа: «кто Я?» Здесь же, на Иорданских источниках, должен был Иисус, вспомнив о Крещении, начале своем, возвестить и свой конец – Крест.

VIII

Скупы вообще все евангельские свидетельства на обозначения мест. Только тогда вспоминают их, когда речь идет о главнейших событиях в жизни Христа. В Вифлееме или Назарете – Рождество, в Вифаваре – Крещение, в Капернауме – Блаженная Весть, а в Кесарии что? Здесь впервые людям явлен Крест.

Мог ли знать Иисус, без чудесного дара предвидения, что умрет на кресте? Мог, вопреки всей левой критике. Вспомним, что в самый год Р. Х. (4–5-й до нашей эры), римским проконсулом Варом, подавившим мятеж Иуды Галилеянина, «Мессии», распято две тысячи мятежников, чье главное гнездо находилось в соседнем с Назаретом, Сепфорисе, так что лес крестов осенил черною тенью колыбель Младенца Христа.[663] Вспомним, что в 6 году нашей эры, 10–11-м – по настоящем Р. Х., подавлен проконсулом Конопием второй мятеж того же Иуды Галилеянина или другого «Мессии», нам неизвестного, и

---

[663] Joseph, Ant. XVII, 10, 4–10.

снова множество мятежников распято.[664] Эти кресты мог уже видеть Отрок Иисус.

Дерева не хватит на кресты, в безлесой пустыне Иудейской, у стен осажденного Иерусалима, в конце Иудейской войны, так что один и тот же крест будет служить для многих распятий.[665]

Всех «Мессий, царей Израиля», казнь, по римским законам, – крест. Этого не мог не знать Иисус; не мог не предвидеть, что «преступник» двух законов, Моисеева и кесарева. Он будет казнен, а для Него, Мессии, казнь – значит крест.

Только что сказал себе: «Я – Христос, Мессия», как уже увидел Крест. Видел всегда, но впервые явил его людям здесь, в Кесарии Филипповой; думал о Кресте всегда, но лишь здесь сказал впервые людям: «Крест». Смысл Кесарии Филипповой – в этом. Это помнит Петр-Марк.

Кто хочет идти за Мною... возьми свой крест. (Мк. 8, 34.)

Или, по «незаписанному» в Евангелии слову Господню, Аграфу:

кто не несет креста своего, тот Мне не брат.[666]

Сын человеческий сделается Братом человеческим впервые здесь, в Кесарии Филипповой.

Первенцем был между многими братьями (Рим. 8, 29.), –

скажет Павел.

К братьям Моим иди (Ио. 20, 17), –

скажет сам Господь, по воскресении.

IX

Это лицо Брата, неузнанное тогда, и теперь, через две тысячи лет, все еще неизвестное, потому что слишком человеческое – в Божеском, является здесь, в Кесарии Филипповой, так, как, может быть, нигде в жизни человека Иисуса, кроме Гефсимании. Но уже и здесь, в самом Евангелии, религиозный опыт застилается позднейшим догматом, лицо Иисуса, Сына человеческого, – лицом Христа, Сына Божия, как слишком ярким полуденным светом застилается даль. Тайну Иисуса во Христе уже само Евангелие открывает невольно, нехотя, как бы вопреки себе. Здесь, в Кесарии Филипповой, как нигде, кроме Гефсимании (но и ее начало уже здесь), борется, может быть, не только в сердце учеников, но в сердце Петра, нашего главного свидетеля, но и в сердце

---

[664] Joseph, Ant. XVIII, I, 1, XX, 5, 2.
[665] Joseph, Bell, V, 9, 11.
[666] Excerpta ex Theod,42 – W. Bauer, Das Leb Jes im Zeitalter d. N. T. Apokryphen, 1909, S. 384.

самого Учителя, – Иисус с Христом, Сын человеческий – с Сыном Божиим. Кто Кого победит, – вот вопрос Кесарии Филипповой.

Мы никогда ничего не поймем ни в жизни, ни в смерти человека Иисуса, никогда не увидим ни первого утаенного лица Его, Назаретского, ни последнего – Гефсиманского, Голгофского, если не увидим Его лица Кесарийского. Здесь, как нигде, наша воля к спасению противоположно согласна с волей учеников Его: увидеть в Иисусе Христа, в Сыне человеческом – Сына Божия, – их воля; а наша – во Христе увидеть Иисуса, в Боге – человека. Им погибнуть или спастись значит узнать в Иисусе Христа, а нам – во Христе узнать Иисуса.

Я не тем казался, чем был;
Я не то, чем кажусь, –
говорит Иисус в «Деяниях Иоанна»;[667] это мог бы Он сказать и нам, через две тысячи лет. Все еще Он кажется и нам, так же, как ученикам своим, или только Иисусом, или только Христом; все еще и мы до конца не поняли тайны Кесарии Филипповой: Иисус – Христос. Мог бы Он сказать и о нас, как о них:

те, кто со Мной, Меня не поняли. [668]

X

Чтобы понять разговор, как следует, надо знать не только, о чем люди говорят, но и где. «Спрашивал (Иисус) дорогою учеников своих», – кажется, не значит: «идучи дорогою». Слишком невероятно, чтобы тринадцать человек могли на ходу говорить или хотя бы только слушать, участвовать молча в беседе о сокровеннейшей тайне своей, о том, от чего зависит спасение не только их, но и всего человечества. Кажется, «дорогою» значит: «в пути», «в странствии».

Слишком верить Луке в Кесарийском свидетельстве нельзя: даже имени Кесарии не помнит он, или не считает нужным вспоминать. Но, кажется, одной у него черточке, объясняющей Марка, можно верить.

...Однажды, когда Он молился в месте уединенном κατὰ μόνας, *и ученики были с Ним, Он спросил их...* (Лк. 9, 18.)

Перед каждым великим шагом в жизни своей молится Иисус, чтобы узнать волю Отца: так же и перед этим, величайшим – первым шагом на Крестном пути, потому что Крестный путь начинается для Него уже здесь, в Кесарии. Молится почти всегда в ночные часы или вечерние. Так же, вероятно, и теперь, в конце дневного пути, на привале

---

[667] Acta Joh, с. 99, с. 96.
[668] Acta Petri cum Simone, с. 10 – Resch, Agrapha, 277.

у костра, под сенью одной из священных Кесарийских рощ бога Пана, у одного из множества русл Иорданского источника, а после молитвы и такого же, может быть, преломления хлеба, как на той последней Тайной Вечере, спрашивает учеников:

что говорят обо Мне люди, – кто Я такой?

Так по свидетельству Марка (8, 27), а по Матфееву (16, 13):

что говорят люди о Сыне человеческом, – кто Он такой?

И, наконец, еще по свидетельству Луки. (8, 18):

что говорит обо Мне народ, – кто Я такой?

Странный, как будто невозможный, вопрос. Чтобы не знать или забыть, что говорят о Нем люди, не должен ли Он был забыть всю свою жизнь – кто Он, где Он, откуда и куда идет; забыть, как уже в начале служения, –

весь народ говорил о Нем: не это ли Христос (Мессия)? (Мт. 12, 23);

и, в конце, на горе Хлебов, –

люди, видевшие чудо... сказали: это истинно тот Пророк, которому должно прийти в мир (Мессия). (Ио. 6, 14.);

и как хотели Его сделать царем Израиля, новым Иудой Галилеянином или Иродом Великим; и как ушел Он от народа, отверг его, проклял? Все это не должен ли Он был забыть, – как бы вдруг сойти с ума, погрузиться в беспамятство? А если не так, то за явным смыслом вопроса есть тайный. Чувствуют это и ученики, когда отвечают:

(одни) говорят, что Ты – Иоанн Креститель (воскресший из мертвых); другие, что Илия, а иные, что один из пророков. (Мк. 8, 28.)

XI

Тайный смысл вопроса чувствуют и ждут, не заговорит ли Он, наконец, о себе уже прямо, не в третьем лице, как всегда: «Сын человеческий», а в первом: «Я»; не скажет ли им Сам, кто Он такой?

Долго ли Тебе держать нас в недоумении? Если Ты – Христос (Мессия), скажи нам прямо. (Ио. 10, 24.)

С трепетом ждут, не прозвучит ли, наконец, всегда заглушаемый, но незаглушимый между ними вопрос:

а вы что обо Мне говорите, – кто Я такой? (Мк. 8, 29) –

Дождались – прозвучал.

Очень знаменательно, что вопрос повторяется у всех трех синоптиков, слово в слово: врезался, должно быть, в память учеников неизгладимо; услышали его из уст Господних точно так, как мы его читаем в Евангелии. Внутренний же смысл его опять объясняет Иоанн. Место у него не указано, но, судя по времени, – после Умножения хлебов, и отступления от Иисуса Израиля, – дело происходит, и по IV Евангелию, там же, где по синоптикам, – в Кесарии Филипповой.

Тогда Иисус сказал Двенадцати: не хотите ли и вы отойти от Меня? (Ио. 6, 67.)

В двух грамматических частицах – в союзе δέ, у синоптиков: «*а вы что обо Мне думаете?*» и в союзе καί, у Иоанна: «*и вы отойти от Меня не хотите ли?*» – в этих двух частицах скрыто жало одного вопроса. Вовсе не о том спрашивает Господь, верят ли ученики *уже* (после Его отвержения Израилем, это было бы нелепо), а о том, верят ли они еще, что Он – Христос. Этот-то именно смысл Кесарии Филипповой, темный у синоптиков, ясен только в IV Евангелии.

XII

Можно бы сказать о Кесарийском свидетельстве Марка-Петра то же, что мы сказали о свидетельстве Иоанна: в миг между вопросом и ответом судьбы мира колеблются, как на острие ножа; мир может спастись или погибнуть.

Ты – Христос, –

ответил Петр – спасся мир. Принял на себя в этот миг и поднял Петр всю тяжесть мира. «Кто Я?» – на этот вопрос Иисуса ответило устами Петра все человечество: «Христос». Петр, в этот миг, больше Иоанна Крестителя, величайшего из рожденных женами, потому что Иоанн все еще сомневается:

Ты ли Тот, Который должен прийти, или ожидать нам другого? (Мт. 11, 3.), –

а Петр уже верит. В миг исповедания высшая точка всего человечества – он.

Очень вероятно, что исповедание Петра, только в его же собственном свидетельстве у Марка, сильнейшее – кратчайшее, в двух словах: «Ты – Христос», – исторически подлинно. Петр не мог сказать по-гречески: σύ εἰ' Χριστός; он сказал по-арамейски: entach Meschina, «Ты – Мессия». Но, в устах Петра, «Мессия» значит уже: «Христос».

Верно угадывают и объясняют этот внутренний смысл исповедания Лука и Матфей:

Ты – Христос (Помазанник) Божий. (Лк. 9, 20.)
Ты – Христос, Сын Бога Живого. (Мт. 16, 16.)

XIII

Вот мы оставили все и пошли за Тобой (Мк. 10, 28), –
скажут ученики, уже в конце служения Господня; то же могли бы сказать и в начале. Чтобы оставить все и пойти за Ним, должны были уже и тогда начать узнавать, что Иисус есть Христос.

Мы нашли Христа (Мессию), –
говорит Симону брат его, Андрей, еще в Вифаваре (Ио. 1, 40–41). Первый шаг учеников за Иисусом есть уже узнавание, исповедание Христа, и каждый следующий тоже: идут за Ним все дальше, потому что узнают Его все больше. Медленно, долго и трудно узнают.

Кто этот Сын человеческий? (Ио. 12, 34.) –
недоумевают, может быть, вместе с народом.

Когда же Он вошел в Иерусалим, весь город пришел в движение, и говорил: кто это? τίς ἐστιν οὗτος (Мс. 21, 10).

…Не знаем, откуда Он, πόθεν εστιν. (Ио. 9, 29.)
Видят, что Он как будто прячется от них, и не понимают, зачем.

Кто же Ты? (Ио. 8, 25). – ***Долго ли Тебе держать нас в недоумении? Если Ты Христос, скажи нам прямо.*** (10, 24).

Прямо не может сказать, так же как знамения с неба не может показать «роду сему лукавому и прелюбодейному»; сами должны увидеть, узнать, что ***это Он***.

Если так, то значит, много было узнаваний, исповеданий; но такого, как здесь, в Кесарии Филипповой, не было: первое, все-таки, и единственное, – это. Только теперь действительно сделали выбор и, оставив все, пошли за Ним в изгнание, в отвержение, в проклятие всем Израилем, а может быть, и всем человечеством.[669] Бывшие исповедания, все – как во сне; это одно – наяву; те – только бледные зарницы этой Кесарийской молнии; медленно-долго узнавали – узнали вдруг.

Здесь, в Кесарии, только что Петр сказал: «Ты – Христос», – родилось христианство, потому что все оно – в трех словах: «Иисус есть Христос». Тайна Вифлеема или Назарета – Рождество Христа в человеке; тайна Кесарии Филипповой – Рождение Христа в человечестве. Родилось христианство – умерло язычество, «умер Великий Пан». Только что Петр сказал: «Ты – Христос», – здесь, в священной роще Пана, может быть, пронесся, над головами Тринадцати, в ночной темноте, по верхушкам деревьев, как бы панического ужаса шепот, – умирающего бога Пана последний вздох.

---

[669] Weizsacker, Untersuchungen über die evang Geschichte 1901, S. 300.

Умерло язычество – умер и Израиль. Этого Петр еще не знает; узнает Павел. Если «Израиль» значит «Закон» а «конец Закона – Христос» (Рим. 10, 4), то Он же – и конец Израиля. Здесь, в Кесарии Филипповой, Петр, только что сказал: antach Meschina, «Ты – Христос», – убил Израиля.

XIV

Лучше всего объясняет исповедание Петра Иоанн:
Господи! к кому нам идти? Ты имеешь глаголы вечной жизни. И мы уверовали и узнали, что Ты – Христос. Сын Бога Живого. (Ио. 6, 68–69.)
Главное – то, что «узнали»; не только «уверовали» но и «узнали».
Если не узнаете, что это Я, ἐγώ εἰμι, *то умрете во грехах ваших* (Ио. 8, 24.)
Когда вознесете – (распнете) – Сына человеческого, тогда узнаете, что это Я. (Ио. 8, 28.)
Это говорит не только иудеям, но и всем, до конца времен не узнающим, – Неузнанный.
Начал исповедание Петр – кончит сам Иисус.[670]
Первосвященник в Синедрионе, судящем Господа, спросит Его:
Ты ли Христос, Сын Благословенного?...Иисус сказал: Я, ἐγώ εἰμι, *и вы узрите Сына человеческого, сидящего одесную Силы (Божией) и грядущего на облаках небесных.*
Тогда первосвященник, разодрав одежды свои, сказал: на что еще нам свидетелей?
Вы слышали богохульство. Как вам кажется? Они же все признали Его повинным смерти. (Мк. 14, 61–64.)
«Кто Ты?» – на этот вопрос отвечает Иисус всегда, и не может ответить иначе, как только одним словом: «Я», ἐγώ εἰμι. – «Я есмь».
Два у Него человеческих имени: «Иисус» и «Христос»; Божеское же имя – только одно: «Я». Каждый человек говорит: «я», но никто никогда не говорил и не скажет этого так, как Он. Все наши «я», человеческие, – временны, частны, дробны, мнимы; только Его – цельно, едино, истинно, вечно, – *Я* всего человечества. Тот еще не исповедал Его, кто сказал о *Нем* : «Христос», а только тот, кто сказал *Ему* самому: «Ты – Христос». – «Это Я», – говорит Иисус, и Петр отвечает: «это, воистину, Ты». – «Я есмь», – говорит Иисус, и Петр отвечает: «Ты еси».
Вот что значит Кесария Филиппова.

---

[670] H. J. Holtzmann, Das messianische Bewustsein Jesu, 1907, S. 70.

XV

Что произошло после исповедания Петра? В ответе на этот вопрос, между Марком, с одной стороны, и Лукой и Матфеем, с другой, – противоречие как будто неразрешимое.

...Иисус сказал ему в ответ: блажен ты, Симон, сын Ионин (по-арамейски, bar-jona), ибо не плоть и кровь открыли тебе это, но Отец Мой, сущий на небесах. И Я говорю тебе: ты – Петр (Kifa, «Камень», по-арамейски), и на сем камне Я созижду Церковь Мою, и врата адовы не одолеют ее. И дам тебе ключи царства небесного; и что свяжешь на земле, то будет связано на небесах; и что разрешишь на земле, то будет разрешено на небесах. (Мт. 16, 15–19.)

Против исторической подлинности этих слов говорит многое. Прежде всего, их отсутствие в свидетельстве не только Луки, но и Марка-Петра. Если слова эти помнят другие – те, от кого узнал их Матфей, мог ли забыть их именно тот, кому они сказаны? А если помнит, то почему скрывает, молчит? Все из-за того же «смирения», заставившего его, будто бы, скрыть и хождение по водам? Это так же невероятно, как если бы Петр умолчал из смирения о том, что удостоился первый увидеть воскресшего Господа. Да и нечем было слишком «гордиться» Петру в Кесарии Филипповой: противовес гордыне дан ему тотчас; так же низко пал, как высоко вознесся. Тотчас же за тем словом Господним: «Блажен ты, Симон Ионин», – услышит другое: «Отойди от Меня, сатана!» Подлинным для него смирением было бы не умолчание, а признание того, с какой высоты он пал.

XVI

Это во-первых, а во-вторых: более, чем вероятно, что говорить о «Церкви», в смысле позднейшего греческого слова, ekklêsia, Иисус не мог уже потому, что не только этого слова, но и самого понятия не было тогда в Израиле. Он мог произнести, на языке арамейском, только слово kahal, что значит «собрание», «община» иудеев, – по крови и по закону, «обрезанных». Кроме них, никто не входит в kahal; в будущую же Церковь, Экклезию, войдут и язычники, «необрезанные» – «псы». Между Кагалом и Церковью – такая же разница, как между Иудейским Мессией и христианским Христом.

В-третьих, наконец: слова «Церковь» нет нигде в Евангелии, кроме двух Матфеевых свидетельств, – этого, Кесарийского, и другого, где Иисус, уже на пути в Иерусалим, повторяет слово о связывающей и разрешающей власти Церкви, говоря уже не только Петру: «свяжешь – разрешишь», но и всем верующим: «разрешите – свяжете»:

ибо, где двое или трое собраны во имя Мое, там Я посреди них (Мт. 18, 18–20.)

В том, Кесарийском, слове, «Камень», положенный в основание Церкви, – Петр, а в этом – сам Христос; в том Петр – один над всеми, а в этом Христос – один во всех; путь от Церкви ко Христу – в том, а в этом – от Христа к Церкви. Между этими двумя словами – такое противоречие, что если одно было, то другое не могло быть сказано. Вернее же всего, по нашим трем доводам, что ни одно не было сказано, потому что Иисус о Церкви говорить совсем не мог, и что слово это вложено в уста Его самою Церковью, уже возникавшей в лице первохристианской общины. Будущее здесь перенесено в прошлое, внутренний опыт, религиозный, – во внешний, исторический; мистерия – в историю.

«Ты – Петр, Камень», – говорит не Иисус, а сама Церковь – о своем Верховном Апостоле. В слове этом как бы уже слышится римских и византийских колоколов далекий благовест.

XVII

Но если не мог говорить Иисус о Церкви, то и не думать не мог о своей общине, выйдя с учениками из общины Израильской.

Не бойся, малое стадо, ибо Отец ваш благоволил дать вам Царство. (Лк. 12, 32.)

«Малое стадо» будет великою Церковью. Но это тихое, как бы тишиной Геннисаретского полдня над озером обвеянное, слово, этот шепот о Церкви – как не похож на тот громогласный Кесарийский благовест.

Знает и Лука, что Иисус думает о Церкви, но знает также, что Он еще не может о ней говорить. Симона Петра избирает Господь, и в III Евангелии, но уже на Тайной Вечере, и как опять непохоже это избрание на то, Кесарийское!

Симон! Симон! вот сатана просил (у Бога), чтобы сеять вас, как пшеницу (сквозь сито).

Но Я молился о Тебе, чтобы не изнемогла вера твоя; и ты, некогда обратившись (покаявшись), утверди братьев твоих. (Лк. 22, 31–33.)

В том, Кесарийском, слове о Петре какое спокойствие, а в этом – какая тревога, почти страх! Там Петр уже Камень, а здесь все еще только сеемая сатаною пшеница, а если и «камень», то жалко идущий ко дну, как в хождении по водам.

...Если и все соблазнятся о Тебе, я не соблазнюсь.
...Хотя бы надо было мне и умереть с Тобою, не отрекусь от Тебя.
(Мт. 26, 32–35.)
И вот соблазнился, отрекся, хуже всех:
не знаю Человека сего. (Мк. 14, 71.)
Нет, Симон Ионин еще не «блажен», в Кесарии.

XVIII

Очень знаменательно переносит IV Евангелие исповедание Петра и его наречение «Камнем» из конца служения Господня, Кесарии, в начало его, Вифавару.

Симон, услышав слово брата своего, Андрея:

мы нашли Мессию (Христа), –

тотчас же верит ему; если еще не словом, то сердцем уже Христа исповедует. «Иисус же, видя его, идущего к Нему» (в первый раз в жизни, должно быть, видит), говорит:

ты – Симон, сын Ионин; ты наречешься Кифа (Камень) (Ио. 1, 40–41).

Слово же о будущих судьбах Петра переносится Иоанном уже в последнее явление воскресшего Господа, на Тивериадском озере. Трижды, соответственно, должно быть, трем отречениям Петра, спрашивает Господь:

Симон Ионин! любишь ли ты Меня; –

трижды слышит ответ:

Господи! Ты знаешь, что я люблю Тебя, –

и трижды завещает:

паси овец Моих. (Ио. 21, 15–17).

Паства – Церковь. Вот куда перенесено Иоанном Матфеево слово о Церкви, – из времени в вечность, из истории в мистерию. Но и здесь Иисус не называет Церкви по имени. Слово это для Него как бы несказуемо. Никогда не говорит: «Церковь», как никогда не говорит: «Христос»; не хочет или не может сказать. Почему? За две тысячи лет христианства никто об этом не спросит.

XIX

Принял ли Господь исповедание Петра в Кесарии Филипповой и если принял, то как? Этого не знает Марк, должно быть потому, что сам Петр не знает.

Кажется, случилось и с Петром то же, что со всем христианством: только что увидел Христа – перестал видеть Иисуса; Бога узнал – не узнал Человека. Мог бы сказать и в эту Кесарийскую ночь, как скажет в ту. Иерусалимскую, во дворе Каиафы:

не знаю Человека сего.

Так же могло бы сказать и все христианство: так же знает Христа, Бога, но не знает человека Иисуса.

Судя по тому, что произойдет, от Кесарии до Голгофы, ясно одно: исповедание Петра не мог принять Господь с той безмятежной радостью, какая слышится в словах Его, у Матфея. Если и радуется, то не за Себя:

радость Моя в вас пребудет, и радость ваша будет совершенна. (Ио. 14, 11).

Радуется, что Отец привлечет их к Нему:

никто не может прийти ко Мне, если не привлечет его Отец. (Ио. 6, 44.)

Вспомнил, может быть, радость избрания нездешнего:

Я вас избрал, прежде основания земли.

Elegi vos antequam terra fierat, –

по не записанному в Евангелии слову Господню, Аграфу.[671] Но радость эта смешана с великою скорбью.

Душа Моя скорбит до смерти (Мк. 14, 34.), –

мог бы сказать, уже и в эту Кесарийскую ночь, как в ту, Гефсиманскую. «Царство Божие приблизилось, – уже наступает»; «конец при дверях» – такова, в начале служения Господня, Блаженная Весть, а в конце – скорбная: Царство отдалилось, отступило:

еще не скоро конец. (Лк. 21, 9.)

Званых звал на брачный пир, –

и не захотели прийти. (Мт. 22, 3.)

Знает, что будет Церковь, и «врата адовы не одолеют ее»; но, если в этом знании – торжество, то лишь надгробное, – над царством Божиим. Будет Церковь, значит: Царства не будет сейчас; могло быть, но вот отсрочено; мимо человечества прошло, как чаша мимо уст. Думает Иисус о Церкви, но не говорит о ней, как любящий думает, но не говорит о смерти любимого. Знает, что Церковь, вместо Царства, – путь в чужую страну, вместо отчего дома; пост; вместо пира; плач вместо песни; разлука вместо свидания; время вместо вечности. Церковь – Его и наше, на земле, последнее сокровище, но Церковь вместо царства Божия – пепел вместо огня. Знает Иисус, что «мерзость запустения станет на месте святом».

---

[671] Diatessaron, Ephraem Comment, ed Ancher-Moesinger, p. 50 – W. Bauer, Das Johannesevang., 1925, S. 101.

Будет великая скорбь, какой не было от начала мира...
...И если бы не сократились те дни, то не спаслась бы никакая плоть. (Мт. 24, 15, 22).

Вот что значит: Церковь вместо царства Божия; вот о чем душа Его скорбит до смерти.

XX

...И грозно повелел ученикам своим никому не говорить, –
что Он – Христос. Это, у Марка (8, 30), тотчас по исповедании Петра; это же и у остальных двух синоптиков, почти дословно; должно быть потому, что и это, как тот первый вопрос: «А вы что обо мне говорите, – кто Я такой?» – врезалось в память учеников неизгладимо. «Грозно повелел», ε'πετίμησεν, – слово одно, у всех трех синоптиков. «Грозно повелевает» и нечистым духам не говорит о Нем, когда, изгоняемые из бесноватых, исповедуют они Его, кричат:

Ты – Сын Божий! (Мк. 3, 11–12.)
Знаю Тебя, кто Ты, Святый Божий! (Мк. 1, 22–25.)

Что это значит? Так же ли не принимает Господь исповедания учеников (Петр говорит, конечно, за них всех), как исповедания бесов?[672] Или сам не знает, принять ли, отвергнуть ли; знает только, что опереться на него нельзя, как на ветром колеблемую трость; строить на нем, как на песке, нельзя.

Видит, может быть, по лицу Петра и по лицам остальных учеников, уже в самый миг исповедания, что оно блеснуло, как молния в темную ночь, ослепило, и еще темнее ночь.[673] Понял, что если они и узнали Его, то на одну лишь половину, светлую для них, радостную, а на другую, темную, страшную, Он долго еще, может быть при жизни своей навсегда, останется неузнанным. Плод сорвал, отведал, и бросил: кисел, незрел. Понял, что еще не готовы, а время не терпит, надо спешить, – успеет ли?

Может быть, в эту минуту, почувствовал вдруг, и среди этих последних, единственных, «друзей» своих, «братьев», как Сам назовет их, свое одиночество, как еще никогда.

Видим теперь... и веруем, что Ты от Бога исшел, –
могли бы они сказать Ему уже и в эту Кесарийскую ночь, как скажут в ту, Иерусалимскую, последнюю; и мог бы Он ответить им уже и в эту ночь, как в ту:

---

[672] Joh. Weiss, Das alteste Evangelium, 1903, S. 236.
[673] Joh. Weiss, Die Schriften des N. T. I, 1917, S 147–148 – Das alt Ev, 237.

теперь веруете?.. Вот наступает час, и наступил уже, когда вы рассеетесь, каждый в свою сторону, и оставите Меня одного. (Ио. 16, 30–32.)

...Все вы соблазнитесь о Мне в ту ночь. (Мт. 26, 31.)

XXI

...Грозно повелел ученикам своим никому не говорить о Нем, – и начал учить их, что Сыну человеческому, –

(опять только «Сын человеческий», все еще не «Сын Божий», – для Себя и для них), –

должно быть отвержену старейшинами, первосвященниками и книжниками, и быть убиту, и в третий день воскреснуть.

И говорил о том открыто (Мк. 8, 30–32).

Если Марк-Петр вспоминает, что только теперь Иисус начал говорить «открыто», παρρησία, –

вот теперь Ты говоришь прямо, и притчи не говоришь никакой; теперь видим, что Ты знаешь все (Ио. 16, 29–30.), –

то значит, Иисус говорил о том и прежде, но еще сокровенно, в притчах, тоже памятных Марку-Петру:

могут ли поститься сыны чертога брачного, доколе с ними жених?..

Но придут дни, когда отнимется у них жених, и тогда будут поститься в те дни. (Мк. 2, 19–20.)

«Прямо», «открыто», говорит в первый раз только теперь: «Сыну человеческому должно быть убиту». Это для Него значит: «быть распяту».

Только что Петр сказал: «Христос», – Иисус ответил: «Крест».

XXII

Что такое для Него и для них Крест, в эту минуту, одну из самых человеческих в жизни человека Иисуса? Чтобы это понять, нужно бы нам освободиться от двухтысячелетней привычки, от омертвевшего догмата, даже в самых благоговейных чувствах и мыслях наших о Кресте, а это для нас не то, что снять одежду; это почти то же, что содрать кожу с тела; надо бы так увидеть Крест, как если бы мы его видели в первый раз в жизни.

Павел говорит о «непрекращающемся **соблазне креста**», σκάνδαλον τοῦ σταυροῦ (Гал. 5, 11). В нашем, слишком привычном, церковном слове «соблазн», почти однозначащем с греческим, πείρασμος «искушение», отсутствует глубокий, в евангельском слове, σκάνδαλον, внятный смысл: «стыд», «срам», «смех», «поругание святыни».

Кажется, глубже всего проникает в метафизическую природу «соблазна-стыда» Достоевский, в тех чудовищно смешных и стыдных приключениях, «скверных анекдотах», в которые умеет он, с таким неутолимо-жестоким злорадством, впутывать своих героев. Каждому, впрочем, из нас случалось, вероятно, лежа ночью в постели, уже с закрытыми глазами, перед тем, чтобы заснуть, и вдруг вспомнив приключившийся с ним за день, «стыд», внутренне корчиться от него, стонать, как от внезапной боли. Есть, может быть, и в аду, вечная мука стыда, плач от него и скрежет зубов.

Кто постыдится Меня и слов Моих, того и Сын человеческий постыдится, когда приидет во славе Своей и Отца и святых Ангелов (Лк. 9, 26/), –

говорит Иисус там же, в Кесарии Филипповой, как будто знает, что есть в Нем что-то для людей «стыдное», чем люди «соблазняются».

Блажен, кто не соблазнится о Мне. (Мт. 11, 6.)

Крайняя же точка всех человеческих «стыдов-соблазнов» – Крест.

XXIII

Проклят всяк, висящий на древе (Втор. 21, 23), –

этого не могли не вспомнить ученики, только что Иисус сказал: «Крест». Проклят Богом висящий на древе креста – Сын проклят отцом: можно ли это помыслить, без хулы на Бога?

«Если не допустил Бог жертвоприношения Исаака, то допустил ли бы убиение Сына Своего, не разрушив весь мир и не обратив его в хаос?» – скажет Талмуд, может быть, то самое, что подумали ученики Господни в Кесарии Филипповой.[674] «Сыну человеческому должно быть убиту» – распяту: в этом «должно», δεῖ, самое для них страшное, невыносимое, такое же, как если бы Он сказал: «Сыну Божию должно Себя убить, погубить Себя и дело Свое – царство Божие».

Разве Он Себя убьет? (Ио. 8, 22.) –

могли бы и они спросить, как спрашивают не верующие в Него иудеи.

Крещением должен Я креститься; и как томлюсь, пока сие свершится! (Лк. 12, 50).

Хочет Креста, томится по нем; алчет его, как умирающий от голода – хлеба; жаждет, как умирающий от жажды – воды.

---

[674] Agad Ber, 69 – Bacher, Agada der palest Amoraer, III, 690. – Dalman, Jesus-Jeschua, 1922, S. 157.

...Не мир пришел Я принести, но меч. (Мт. 10, 34.)
Огонь пришел Я низвесть на землю. (Лк. 12, 49.)
Что за Мессия, с мечом и огнем, – губящий Спаситель? Самое для них страшное, что, как будто нарочно, хочет Он навлечь проклятие Божие на Себя и на мир. «Вышел из Себя», «сошел с ума», – думают, может быть, и они, как думали некогда братья Его.
Бесом Он одержим и безумствует; что слушаете Его? (Ио. 10, 20.) –
вспомнили, может быть, слова мудрейших и святейших людей в Израиле.
Мысль одна у них у всех: спасти Его от Него самого, остановить на краю бездны. Но кто это сделает? кто первый скажет Ему:
не бес ли в Тебе? (Ио. 7, 20.)
Тот же, кто сказал: «Ты – Христос».

XXIV

...Петр, отведши Его в сторону, начал укорять Его (Лк. 8, 32).
«В сторону отводит», должно быть потому, что стыдится за Него перед другими учениками, не хочет «укорять» Его при всех. Слово «укорять», «грозить», ε'πιτμᾶν[675] – то же, как об Иисусе, изгоняющем бесов: прежде Сам изгонял их из других, а теперь другие изгоняют из Него. Что говорит ему Петр, чем «грозит», – не гневом ли Божиим, «проклятием Висящему на древе», – у Марка не сказано, потому ли, что этого Петр уже не помнит (слишком для него все это смутно, невспоминаемо, как бред), или потому, что боится вспоминать. Как это страшно, видно уже из того, что в III Евангелии исключено совсем.
Марк забыл все, что сказано Петром; Матфей кое-что помнит, но тоже смутно, как бред. Петр у него, только в начале, «грозит», а в конце молит, «сжалившись над Ним», по древнему кодексу, Сиро-Синайскому.[676]
Милостив будь к Себе, Господи, да не будет этого с Тобою. (Мт. 16, 22).
Он же, обернувшись и взглянув на учеников Своих, грозно повелел Петру, сказав: отойди от Меня, сатана, потому что ты думаешь не о том, что Божие, а что человеческое. (Мк. 8, 33.)
Быстро «обернувшись», ε'πιστραφεῖς, «взглядывает» на всех учеников, чтобы узнать, с кем они, – с Петром или с Ним; но, может быть,

---

[675] Rich Hoffmann, Das Marcusevang und seine Quellen, 1904, S. 339.
[676] Lagrange, Marc 218.

увидев вдруг жадно на Него устремленные, нечеловеческим огнем горящие, глаза Иуды, – только их одни уже и видит.

«Грозно повелел», то же слово, ἐπιτίμησεν, в третий раз, – как бы одной грозы третья молния.

«Отойди от Меня, сатана» – так же говорит Петру, как самому сатане, на горе Искушения. Дьявол тогда отошел от Него «до времени» (Лк. 4, 13), а здесь, в Кесарии, опять приступил. В третий раз приступил уже на Тайной Вечере, когда в Иуду, вместе с поданным куском, «войдет сатана» (Ио. 13, 27).

XXV

Петр «сатана». Иуда «дьявол», – здесь, в Кесарии, – не близнецы ли двойники неразличимые, как сатана от дьявола? Нет, как один слабый и грешный человек отличим от другого, такого же грешного и слабого. Да и все остальные ученики, может быть, не лучше и не хуже этих двух: двенадцать Петров – двенадцать Иуд.

Отойди от Меня, сатана! *Ты мне соблазн, σκάνδαλον,* – три последних слова, у одного Матфея прибавленные, освещают все Кесарийское свидетельство внезапным, страшным светом.[677] Если и самому Иисусу «человеческие, не Божий» мысли Петра – «соблазн», то, значит, не совсем ошибся Петр, верно угадал, что и сам Иисус идет на крест не с легким сердцем; что противен и Его естеству человеческому крест: хочет его и не хочет; покорствует и возмущается:

ныне душа Моя возмутилась... Отче! избавь Меня от часа сего. (Ио. 12, 27.)

...Начал ужасаться и тосковать, ἀ'δημονεῖν *– падать духом.* (Мк. 14, 33.)

Здесь уже, в Кесарии, начал – кончит в Гефсимании. Вот на что Петр, «сатана», в Нем самом опирается, чтобы с Ним на Него же восстать. Вот когда завеса в сердце Господнем перед нами раздирается, так же, как завеса в храме «раздерется надвое, сверху донизу», с последним вздохом Распятого (Мт. 27, 51); вот, когда, видя в этом Божественном Сердце человеческий соблазн, мы понимаем, что значит:

...должен был во всем уподобиться братиям (Своим), чтобы милостивым быть...

...Ибо, как сам Он претерпел, быв искушен, то может и искушаемым помочь. (Евр. 2, 17–18)

---

[677] Fr. Barth, Die Hauptprobleme des Lebens Jesu, 1918, S. 186–187.

Только теперь мы вдруг понимаем, что значит: «Сын человеческий» – «Брат человеческий».

XXVI

Тогда сказал Иисус ученикам своим:

...если кто хочет идти за Мною, отвертись себя, и возьми крест свой, и следуй за Мною.

Ибо кто хочет душу свою спасти, тот погубит ее, а кто погубит душу свою, тот спасет ее.

Ибо что пользы человеку приобрести весь мир, а себя самого погубить или повредить себе?

Ибо кто постыдится Меня и Моих слов, того постыдится и Сын человеческий, когда приидет во славе Своей и Отца и святых Ангелов.

Говорю же вам истинно: есть некоторые из стоящих здесь, которые не вкусят смерти, как уже увидят царство Божие. (Лк. 9, 23–27.)

Это второе слово о Кресте – как непохоже на первое! Между этими двумя словами произошло такое же чудо, как на Геннисаретском озере, когда Иисус «грозно повелел» буре:

умолкни, перестань!

и сделалась вдруг «великая тишина» (Мк. 4, 37–39).

В первом слове – все еще непобедимый для человека «соблазн Креста», а во втором – уже начало победы. Кто победит, – Иисус? Нет, Христос. Но что это значит, мы никогда не поймем, если не скажем Иисусу, как Петр:

Ты – Христос.

10. Преображение

I

Дней через шесть взял Иисус Петра, Иакова и Иоанна и возвел на высокую гору их одних, особо, и преобразился перед ними. (Мк. 9, 2.)

Что происходило между Иисусом и учениками в эти шесть, по счету Марка, а по счету Луки (9, 28), восемь дней? Очень вероятно, что Он продолжал делать, что начал, – учить их, что «Сыну человеческому должно пострадать... быть убиту», распяту (Мт. 16, 21); а они продолжали не понимать и «ужасаться», «соблазняться» крестом.

«Цель Преображения – исторгнуть из души учеников соблазн креста, scandalum crucis», – глубоко объясняет один средневековый истолкователь Евангелия.[678]

День седьмой обеих Страстных седмиц, той, Иерусалимской, настоящей, и этой, Кесарийской, прообразной, есть явление «Прославленной плоти»: там, во тьме креста, свет Воскресения, здесь – Преображения.

II

Где преобразился Господь? На горе Фаворе, по преданию Церкви, неизменному от IV века до наших дней.

В древнейших кодексах Марка, после слов: «возвел их на гору высокую», уцелело выпавшее из нашего канона слово «весьма», λίαν: «гора высокая весьма», с ударением в последнем слове: значит «высочайшая». Близ Кесарии Филипповой, где находился Иисус в те дни, нет другой «высочайшей» горы, кроме Ермона. Фавор, в Галилее, на расстоянии пятидневного пути от Кесарии, – не «весьма высок», а скорее, низок, около 300 метров; к тому же, с вершиной в те дни обитаемой, занятой римской крепостью.[679] Здесь так же не мог преобразиться Господь, как на большой дороге. Только об одном свидетельствует это предание – какими слепыми глазами читается Евангелие даже в Церкви, и как не дороги людям следы земной жизни Христа; как мало любят они Сына человеческого в Сыне Божием.

III

Снежный Ермон, «первенец гор», – спутник Иисуса, неразлучный во всю Его жизнь: отроком уже видел Он его с Назаретских высот; потом – с Сорокадневной горы Искушения, и с горы Блаженств над Геннисаретским озером, где солнце царства Божия всходило, и с горы Хлебов, где оно зашло; а с горы Елеонской увидит уже в последний раз. Издали видел всегда; только однажды, из селений Кесарии Филипповой, – лицом к лицу. Тогда-то и взошел на него, чтобы преобразиться.

Трех учеников, Петра, Иакова и Иоанна, возвел на гору «особо, одних», – так, вероятно, чтобы остальные ученики не знали, куда Он их ведет и зачем.

---

[678] Папа Лев Великий – Patr Lat, LIV, 310 – Lagrange, Luc, 1927, p. 272.
[679] Joseph, Bell Jud, IV, 1, 8.

Судя по тому, что сойдут с горы только «на следующий день» (Лк. 9, 37), – пробыли на ней около суток; если же время считается не с начала, а с конца восхождения, то, вероятно, более суток: значит, восходили на большую высоту, – может быть, до снеговой черты; снег на Ермоне тает лишь в самые жаркие дни позднего лета.

IV

Проще, глубже и точнее нельзя сказать о том, что произошло на горе, чем это делает Марк (9, 2) и Матфей (17, 2) только одним словом: *μεταμορφώθη, преобразился.*

Главный смысл этого слова: «превращение», «метаморфоза», почти стерт в нашем слишком привычном и церковно-торжественном слове «Преображение». Эллин Лука, вчерашний язычник, выпустив Марково-Петрово, вероятно, арамейское слово, соответственное греческому – «метаморфоза», должно быть потому, что испугался его, как чересчур «языческого», напоминающего «Превращения», «Метаморфозы» Овидия,[680] заменил его пятью словами, чем, конечно, силу одного ослабил:

вид лица Его сделался другим, ε'γένετο ἕτερον. (Лк. 9, 29).

Слово «метаморфоза» нам хорошо знакомо и понятно не из религиозного, а из научного опыта – учения о «творческой эволюции»[681] – восходящем от низших органических форм к высшим рядам метаморфоз. Точному знанию видимы три пройденных уже ступени мировой Эволюции, три метаморфозы, уже совершившихся: от неорганической материи к живой клетке; от растения к животному; от животного к человеку – личности, еще не данной, а только возможной, потому что воля к личному в человеке есть воля к вечному: умереть – не быть всегда, значит для личности не быть совсем; смертное «я» – мнимое.

V

Нет никаких разумных оснований думать, что человек, в нынешнем своем состоянии, духовном и физическом, где уцелело еще столько пережитков до-человеческого, звериного, есть не кажущийся, а действительный, высший предел Эволюции; что начатая ею борьба жизни со смертью не кончится победой, и, пройдя три ступени, остановится

---

[680] Klostermann, Das Lucasevang, 1919, S. 469.
[681] Bergson, L'Evoluton créatrice.

она перед четвертой; совершив три чудесно-естественных метаморфозы от мертвого к живому, от безличного к личному, не совершит и последней, четвертой – от живого к бессмертному.

«Человек должен измениться *физически*», – говорит «бесноватый» Кириллов у Достоевского («Бесы»). «Человек есть то, что должно быть преодолено», – говорит и злейший враг христианства, Нитцше.[682] Если «преодолено» не пустое слово, то значит «преображено» из временно живого, смертного, в живое вечно, бессмертное; «измениться физически» значит: «победить физически смерть».

Если же высший, достигнутый и, вероятно, достижимый, предел человеческой, а в условиях земной жизни, и мировой Эволюции, есть Сын человеческий, с чем могли бы согласиться и неверующие в Сына Божия, то последняя, четвертая ступень Эволюции должна была ею быть пройдена, последняя Метаморфоза, физическая победа над смертью, должна была совершиться в Нем, в Сыне человеческом.

Ибо, как смерть через (одного) человека, так через (одного) человека и воскресение мертвых. Как в Адаме все умирают, так во Христе все оживут. Все мы изменимся, ἀλλαγησόμεθα, вдруг, во мгновение ока. (I Кор. 15, 20–22, 45, 51)

Тело наше, уничиженное, преобразится, μετασχηματίσει, так что уподобится прославленному Телу Его (Христа). (Филип. 3,21).

Все мы, открытым лицом, как в зеркале, взирая на славу-сияние Господне, преображаемся, μεταμορφούμεθα, от славы к славе (II Кор. 3. 18.)

Это и значит: «человек есть то, что должно быть преодолено»; «человек должен измениться физически». Нитцше и Кириллов, сами того не зная и не желая, повторяют Павлове учение о совершающейся во Христе победе жизни над смертью – последней ступени Творческой Эволюции.

Вот что значит: «Иисус преобразился», «совершил в Себе метаморфозу». Это слово очевидца Преображения, Петра-Марка, кажется, обращено к нам больше, чем к кому-либо за все века христианства.

VI

Вид лица Его, когда Он молился, сделался другим.
Молится, должно быть, всю ночь, а ученики спят, – *потому что глаза их отяжелели.* (Мк. 14, 40).

---

[682] Der Mensch ist etwas, das überwunden sein muss.

Те же трое, Петр, Иаков и Иоанн, в эту Ермонскую ночь, как и в ту Гефсиманскую, «спят от печали» (Лк. 22, 45), – от «стыда-соблазна» Креста.

Кажется, ранним утром, потому что глаза их все еще «отягчены сном» (Лк. 9, 32), проснулись, но, может быть, еще не совсем, а как это бывает иногда в очень глубоком сне, – из одного сна в другой, из тяжелого, темного, – в легкий, прозрачный, из сновидения в ясновидение. Ясно видят, как еще никогда, самое белое, чистое, неземное, что есть на земле, – сияющие белизной в голубом небе, под первым лучом солнца, горные снега и белую, как снег, одежду Иисуса.

Сделались блистающими одежды Его, белыми весьма, как снег, как на земле белильщик не может выбелить. (Мк. 9, 2–3.)

Белою, сверкающей (как молния, ε ζαστράπτων), сделалась одежда Его. (Лк. 9, 29.)

И просияло лицо Его, как солнце, и одежды Его сделались белыми, как свет. (Мт. 17, 2.)

Три свидетеля, Петр, Иаков и Иоанн, – три свидетельства, Марка, Матфея, Луки; все трое видят одно, каждый по-своему. Оба вторичных для нас, позднейших свидетеля (Лука и Матфей) видят лицо Преображенного, а Петр-Марк, свидетель древнейший, первичный, лица Его не видит, или не говорит о нем, должно быть потому, что это для него слишком свято и страшно, «неизреченно», arreton, как во всех мистериях. Но уже по сверхъестественной белизне одежд можно судить, каково лицо: «как солнце»? Нет, бесконечно светлее.

VII

Между Преображением и Воскресением – нерасторжимая связь: там начало, здесь конец. В Преображении видят ученики сквозь «уничиженное» тело Иисуса «прославленное» тело Христа, как бы осязают сквозь смерть Воскресение.

Свет Рождества, на белых пеленах Младенца, лежащего в яслях (Лк. 2, 9, 12); свет Крещения на водах Иордана;[683] свет Идущего по водам, на белой пене волн (Мк. 48–51); свет Преображения, на «белой как снег» одежде Господа; свет Воскресения, никому еще невидимый, – только в пришествии Сына человеческого, в молнии Конца, его увидят все: пять возрастающих светов, пять чудес – одно, потому что Он один во всех.

---

[683] Codex Vercellens. Ev. Matth. – W. Bauer, Das Leben Jesu im Zeitalter der N. T. Apokr. 1909, S. 134 – Resch, Agrapha, 224–225 – Hilgenfeld, Nov Test. extra canon. recens., 2, IV, 15.

VIII

И явился им Илия с Моисеем; и беседовали с Иисусом. (Мк. 9,4.)
При сем Петр сказал: Господи! хорошо нам здесь быть; если хочешь, сделаем три кущи: Тебе одну, и Моисею одну, и одну Илии. (Мт. 17, 4.)
Ибо не знал, что говорит, потому что они были в страхе. (Мк. 9,6.)

С детски-робкой мольбой: «Если хочешь», предлагает он построить пастушьи, из древесных ветвей, шалаши – райские кущи, чтобы удержать уходящих, ε ντφδιαχωίζεθσαι, Илию и Моисея (Лк. 9, 23) – остановить мгновение, сделать время вечностью.[684]

В день седьмой творения, –

Бог увидел все, что сотворил, и вот, хорошо весьма. (Быт. 1, 31).

То же видит Петр: «хорошо нам здесь быть».

Око того не видело, ухо не слышало, и не приходило то на сердце человека, что приготовил Бог любящим Его. (I Кор. 2, 9.)

День седьмой творения есть и последний день мира: начало и конец времени сомкнутся в круге вечности. Петр вошел в «покой субботний» – в блаженный отдых от времени в вечности; он уже в царстве Божием и не хочет выходить из него, возвращаться из вечности во время, из Царства – в Церковь, на нем же, Петре-Камне (если верить Матфею), основанную только что. Вот когда понял он, что царство Божие, если бы люди только захотели, могло бы наступить сейчас.

Марк, а может быть и сам Петр, вспоминая, уже не понимает, что тогда говорил; как будто стыдится, извиняется: «сам не знал, что говорит». Но лучше нельзя сказать, чем он сказал. «Хорошо нам здесь быть», – скажут, может быть, так же просто все, кто войдет в царство Божие.

IX

Когда же он еще говорил, вот осенило их светлое облако. (Мт. 17, 5.)
...И устрашились, когда вошли в него. И был из облака глас: Сей есть Сын Мой возлюбленный, в Котором Мое благоволение; Его слушайте. (Лк. 9, 34–35.)
И, услышав, ученики пали на лица свои, и очень испугались. Но Иисус, подойдя к ним, коснулся их и сказал: встаньте, не бойтесь. (Мт. 17, 6–7.)

---

[684] Joh. Weiss, Das alteste Ev, 233.

И внезапно, посмотрев вокруг, никого более с собою не увидели, кроме одного Иисуса. (Мк. 9, 8.)
Когда же сходили с горы, Иисус запретил им, говоря: никому не сказывайте о сем видении, доколе Сын человеческий не воскреснет из мертвых. (Мт. 17, «9.)
Сам Иисус называет то, что было на горе, «видением», ὅραμα δύναμιν, по-еврейски, chason, march». Слово это, в устах Его, значит, конечно, не «призрак», «обман чувств», то, чего не было, а «прозрение-прорыв» в иную действительность. Только своими глазами видевший, своими ушами слышавший мог об этом свидетельствовать так, как свидетельствует Петр.
...Силу, δύναμιν, и присутствие, παρουσιαν. Господа Иисуса Христа мы возвестили вам, не хитросплетенным басням (мифам) последуя, но быв очевидцами Его величия... на святой горе (Преображения). (II Пет. 1, 16–18).
После долгих и тщетных усилий доказать, что Преображение – «миф», приходят, наконец, и левые критики, менее всего подозрительные в церковной апологетике, к выводу, что оно исторически подлинно.[685] Нет никакого сомнения, что Петр, устами Марка, свидетельствует о том, что действительно видел и слышал. Очень возможно, что Ирод, «надеявшийся увидеть от Иисуса какое-либо чудо» (Лк. 23, 8), будь он тогда, вместе с четырьмя, на горе, не увидел бы ничего, кроме бледного, на бледных лицах, отсвета горных снегов и неподвижного, как у лунатиков, взора остановившихся глаз: ничего не услышал бы, кроме неясного, как во сне, бормотания и величественного гула далеких лавин. Но это еще не значит, что ничего больше не было.
Здесь, как во всяком «чуде-знамении», – тот же вопрос: было или не было? и тот же ответ: если в нашем историческом времени и в нашем геометрическом пространстве не было, то было в той неведомой нам, предельной точке религиозного опыта, где наше пространство, трехмерное, соприкасается с четырехмерным, наше время – с вечностью.
Между Воскресением и Преображением нерасторжимая связь: только поверив – узнав, что Иисус преобразился, мы узнаем – поверим, что Христос воскрес.

X

Когда же сошли они с горы, встретило Его множество народа (Лк. 9, 37).

---

[685] Ed. Meyer, Ursprung und Anfange des Christentums, 1924, II, 155 – Weizsacker, Untersuchungen über die evang Geschichte, 1901, 308.

И тотчас, увидев Его, весь народ удивился – ужаснулся, ε ζεθαμβήθησαν; и, подбегая (устремляясь) к Нему, поклонялись Ему (Мк. 9, 15).

Что «удивляет – ужасает» их? Кажется, все еще с лица Его не сошедший отблеск горней «славы-сияния», а может быть, и обреченности жертвенной знак.[686]

Се, Агнец Божий, взявший на Себя грех мира (Ио. 1, 29), –

это непонятное и забытое слово Крестителя могли бы они теперь вспомнить и понять.

После исцеления бесноватого отрока, когда все «удивлялись величию Божию», сказал Иисус ученикам Своим:

в уши вы себе вложите слова сии: Сын человеческий предан будет в руки человеческие.

Но они не поняли слова сего, и было оно зарыто от них, чтобы они не постигли Его, а спросить Его боялись. (Лк. 9, 43–45.)

Это второе возвещение крестной тьмы – тотчас после Преображения, когда еще отблеск горней славы не сошел с лица Его; первое – по исповедании Петра: так в свидетельстве Луки, а в свидетельстве Марка, второе – уже при нисхождении с горы.

Сыну человеческому… должно много пострадать и быть уничижену. (Мк. 9, 12).

Слава Преображения – позор Креста, свет и тьма:

исподволь как будто приучает Иисус глаза учеников, чтоб не ослепли, к предстоящей игре светотеней – чернейших мраков Голгофы и ослепительнейших солнц Воскресения.

XI

Кажется, от начала лета в Кесарии Филипповой до средины марта, иудейского адара, следующего года (сбора храмовой дани в Капернауме, Мт. 17, 24), – значит, месяцев семь, двести дней, оставался Иисус наедине с учениками, –

и не хотел, чтобы кто узнал (Его), ибо учил Своих учеников. (Мк. 9, 30–31).

Это – вторая «утаенная» жизнь Его – последний исторически-темный провал в Евангелии; за ним – уже ярчайший свет истории на последних днях в Иерусалиме.

Двести дней учит Иисус учеников Своих, как маленьких детей, крестной азбуке, повторяя все одно и то же:

---

[686] Joh. Weiss, Die Schriften des N. T., I, 158.

«Пострадать, быть убиту, воскреснуть», *a, b, c,* с каждым разом, все точнее, а в последний раз, уже при восхождении в Иерусалим, так точно, как будто видит все в пророческом сне, знает – помнит будущее, как прошлое.

...Вот, мы восходим в Иерусалим, и Сын человеческий предан будет первосвященникам и книжникам; и осудят Его на смерть и предадут язычникам. И поругаются над Ним, и будут бить Его, и оплюют Его; и в третий день воскреснет. (Мк. 10, 33–34.)

Но слов этих не поняли они, а спросить Его боялись (Мк. 9, 32.), –
по свидетельству Марка и Луки, а по свидетельству Матфея (17, 23): «весьма опечалились». Так же «спят от печали», как в Гефсиманскую ночь. «В уши себе вложите, вложите в уши», – повторяет Он, с почти безнадежным усилием: знает, что дальше ушей не пойдет, не проникнет в сердце; но только бы сохранилось в памяти слуха: может быть, потом, когда уже исполнится все, загорится и в сердце; вспомнят, узнают наконец, что *это Он.*

XII

Люди, самые близкие Ему, любящие Его так, как никто никогда никого не любил, – все-таки чужие, далекие: косны, слабы, глупы, как все люди.

О, несмысленные и медлительные сердцем, чтобы веровать! (Лк. 24, 25.), –
скажет о них, уже по Воскресении.

В лучшем случае, повторяют за Ним, как несмысленные школьники: *a, b, c,* – «пострадать, быть убиту, воскреснуть», но с каждым разом понимают все меньше. Вот почему эти двести дней выпали бы из Евангелия, человеческая тайна сердца Господня была бы для нас потеряна, если бы не «обратные светы», падающие на нее от Страстей Господних.

Двести дней – двести ночей, как бы уже Гефсиманских: молится Иисус, отойдя от учеников «на вержение камня» (Лк. 22, 41); «тоскует», «ужасается» (Мк. 14, 33), а они «спят от печали». С каждым днем все больше чувствует Иисус, что Он один. Чем яснее видит Он, тем больше слепнут они; закрывают глаза на предстоящий ужас; привыкают к нему; все еще надеются, что как-нибудь мимо пройдет: может быть, Он пожалеет их и Себя – не пойдет на крест.

XIII

Двести дней не понимают они; две тысячи лет не понимает христианское человечество.

Слово о кресте так же закрыто и для нас, как для них, «чтобы мы не постигли его»; так же и мы твердим: *a, b, c*, – «пострадать, быть убиту, воскреснуть», и понимаем все меньше; так же «спим от печали». Самое тяжкое в мире, самое полное, – Крест, сделалось самым легким, пустым.

Умер Христос за грехи наши, по Писанию. (I Кор. 15, 3), –

вот ледяной кристалл догмата, – с каждым днем, все леденее, яснее, прозрачнее и непроницаемее, нерастворимее в человеческом разуме и сердце.

***Если соль потеряет силу, чем поправить ее? Ни в землю, ни в навоз не годится; вон выбрасывают ее.* (Лк. 14, 35.)**

Догмат о кресте для нас такая соль.

XIV

***Мы возвещаем Христа Распятого, для иудеев соблазн, а для эллинов безумие.* (I Кор. 1, 23.)**

Святы иудеи, эллины мудры. Но святому надо соблазниться, обезуметь мудрому, чтобы понять Крест.

…Сына Своего Бог не пощадил, но предал Его за всех нас (Рим. 8, 12).

Сделавшись за нас *проклятием,* κατάρα, ***Христос искупил нас от проклятия закона; ибо написано,*** *проклят всяк висящий на древе* **(Гал. 3, 13.),** –

по страшному слову Павла.

Господу было угодно поразить Его, и Он предал Его на мучение, –

по Исаиину пророчеству (53, 10), и по слову самого Иисуса:

***так возлюбил Бог мир, что Сына Своего Единородного отдал.* (Ио. 3, 16),** – в жертву за мир.

«Предал на мучение», «не пощадил», «проклял», убил Сына Отец. Крайнее злодеяние, убийство Сына Божия спасает тех, кто его совершил: вот всех «парадоксов» человеческих и божеских, всех «опрокинутых справедливостей» венец, – «соблазн» и «безумие» Креста; вот силы своей не потерявшая, едкая соль догмата-опыта.

…Язвы Господа Иисуса *(язвы крестные* στίγματα*), я ношу на теле моем,* –

скажет Павел (Гал. 6,17). Что же делает он, когда называет Иисуса «проклятым»? Бога не боится, кощунствует, «соблазняется», «безумствует»; меньше нашего любит Христа и меньше верит в Него? Нет, больше. Потому-то и растравляет едкою солью догмата-опыта крестные язвы на теле своем, чтоб не заживали никогда.

О, если б мы могли понять, что значит для Павла: «Иисус Проклятый», – может быть, и мы почувствовали бы тот проходящий по сердцу, неземной холодок «удивления – ужаса», который служит верным знаком наступающего религиозного опыта!

XV

Все дальнейшее «диалектическое развитие» догмата ясно, как дважды два четыре. Древо креста, с висящим на нем «Проклятым», привлечет на себя проклятие Закона, как острие громоотвода привлекает молнию. Иисус, приняв на Себя удар Закона, отвратит его от человечества; силу свою смертоносную Закон истощит на Нем; Его осудив, невинного, осудит себя; прокляв Его, благословенного, себя проклянет.[687]

Между двумя борющимися врагами. Богом и человеком, становится посредником-примирителем, Бог-Человек, Христос Иисус и, принимая на Себя удары обоих, падая жертвою обоих, примиряет врагов.

Две чаши весов у Бога, судящего мир: грех мира – на одной, а на другой – Голгофская жертва; та чаша перевесится этой, и мир будет оправдан Богом.

Все это ясно для ума, как дважды два четыре, а для сердца темно, ненужно или возмутительно.

Ныне душа Моя возмутилась. (Ио. 12, 27.)

Если Его душа, то тем более наша. У сердца своя диалектика, свой незаглушимый вопрос: мир создать не мог ли Всемогущий так, чтобы Всеблагому не надо было жертвовать Сыном за мир?

Снова и снова вспоминается забытая в христианстве, но вечно живая мудрость Талмуда – тоже едкая, крестные язвы растравляющая, соль: «если Бог не допустил жертвоприношение Исаака, мог ли бы Он допустить убийство Сына Своего, не разрушив мир и не обратив его в хаос?»

Этот незаглушимый в нашем сердце вопрос не прозвучал ли и в сердце Иисуса?

XVI

Боже Мой! Боже Мой! для чего Ты Меня проклял, mafedixisti? – это разночтение Марка (15, 34), хотя и очень древнее, может быть, от времен самого Марка-Петра, едва ли исторически подлинно;[688] ка-

---

[687] H. Monnier, Essai sur la Rédemption, 50–51. Это одна из лучших современных книг об Искуплении, так же как другая книга того же автора La mission historique de Jesuz, 1914.

[688] R. A. Hoffmann, Das Marcus-Evangelium und seine Quellen, 1904. S. 622–623 – A. Harnack, Probleme im Texte der Leidengeschichte Jesu (III Sitzungsberichte der Akad d Wissensch zu Berlin, 1901 S. 261–266).

жется, наше каноническое чтение: «для чего Ты Меня **оставил**», ἐγκατέλιπας? – вернее. Слышанную, может быть, еще в колыбели, из уст матери, с детства затверженную и повторяемую всю жизнь, молитву Отца Своего, Давида (Пс. 21–22, 2), Иисус повторяет и с последним вздохом на кресте:

Elohi, Elohi, lema schebatani.

Что же побудило древнейших свидетелей заменить без того уже страшное, почти невыносимое: «оставил», этим страшнейшим, невыносимейшим: «проклял»? Такое же, вероятно, как у Павла, неутолимое желание принять до конца «соблазн» и «безумие» креста, растравить едкою солью крестные язвы на теле своем так, чтоб не заживали никогда.

Иисус Неизвестный – Иисус Проклятый.

Если бы мы поняли, что это значит и для нас, то, может быть, пробежал бы по нашему сердцу холодок еще большего удивления – ужаса, и мы бы почувствовали вдруг, что едкая соль растравляет и в нашем сердце как будто зажившие крестные язвы.

XVII

Только в религиозном опыте свободы открывается живой догмат о Кресте; здесь только и ответ на вопрос: мир создать не мог ли Всемогущий так, чтобы Всеблагому не надо было жертвовать Сыном за мир? Нет, не мог, потому что Бог любит людей в свободе, а быть свободным значит для человека делать выбор между добром и злом, и, может быть, выбрав зло, погибнуть. Чтобы спасти погибающий мир, Богу надо было или отнять у людей свободу, разлюбить их, потому что свобода – высший дар любви, или согласиться на то, чтобы Сын Божий пожертвовал Собою за мир.

Отче! пошли же Меня.
Я пройду через все небеса,
к людям на землю сойду, –

говорит Сын Отцу в вечности («Гимн Наасеян»):[689] скажет) и во времени:

...любит Меня Отец потому, что Я отдаю жизнь Мою, чтобы опять принять ее.

Никто не отнимает ее у Меня, но Я сам отдаю ее. Власть, имею отдать ее, и власть имею опять принять ее. Заповедь сию получил Я от Отца Моего. (Ио. 10, 17–18.)

---

[689] Hippol, Philosoph, V, 10. P. Wendland, Die Hellinistisch - Romische Kultur, 1912, S. 179 – Debelius, Geschichte der christlichen Literatur 1926, S. 92–93.

Первый свидетель, Марк-Петр, и здесь, как почти везде согласен с последним свидетелем, Иоанном:

Сын человеческий пришел... чтобы отдать душу Свою в выкупе за многих. (Мк. 10, 45.)

Опыт любви сделан в христианстве, а опыт свободы мнимой – своеволия, бунта, – делается помимо христианства или против него. Все еще свобода остается «проклятою», и всё еще миром проклят, если не на словах, то на деле, «висящий на древе» Освободитель.

Мертвым догматом будет Крест, пока люди не поймут, что на Голгофе совершилась победа не только любви, но и свободы божественной.

XVIII

Трудно было понять ученикам Господним в двести дней, а нам – в две тысячи лет, что такое Крест; но им и нам еще труднее понять, что такое Воскресение.

Когда же сходили они с горы (Преображения), Он повелел им никому не сказывать – (о том, что было на горе), – доколе Сын человеческий не воскреснет из мертвых.

И они удержали (запомнили) это слово, спрашивая друг друга, что значит: воскреснуть из мертвых. (Мк. 9, 9.)

Спрашивают об этом друг друга, потому что Его спросить боятся, так же как о том, что такое Крест, а может быть, и больше, потому что «соблазн-безумие» Воскресения больше для них, чем «безумие» Креста. Знают, конечно, как все Иудеи, что мертвые воскреснут в последний день мира; но понимают, что Он говорит не об этом.

В третий день воскреснет (Сын человеческий). (Мт. 17, 23).

Только что в гроб сойдет, как выйдет из гроба.[690] Этого никогда никакой человек о себе не говорил и не скажет. Меньшее для человека безумие сказать: «не умру», чем: «воскресну». Смерть – установленный Богом закон естества: восстать на смерть – восстать на Бога.

Но мало того, что Он говорит: «воскресну», – Он еще говорит: «воскрешу».

...Как Отец воскрешает мертвых и оживляет, так и Сын оживляет, кого хочет. (Ио. 5, 21.)

Самое страшное для них, может быть, то, что Он говорит об этом, как о самом простом и естественном.

---

[690] B. Weiss, Das Leben Jesu, 1884, II, 287.

XIX

Только в совершенном догмате опыта, два лица – Иисус и Христос – одно, а в несовершенном, – все еще два. Будем же говорить на несовершенном, но все-таки живом языке опыта, а не на мертвом – догмата: Иисус человек не мог сказать: «воскресну»; это мог сказать только Христос.

Мужество бесконечное нужно было человеку Иисусу для того, чтобы вступить в единоборство со смертью не за Себя одного, но и за всех живых, за все живое.

...Бог воскресил Его, расторгнув узы смерти, потому что ей невозможно было удержать Его. (Д. А. 2, 24.)

Но, если бы Он знал, как дважды два четыре, что это будет, то не было бы никакого мужества: «тенью» бы только умер – «тенью» воскрес, как учат докеты.

«Низких» сравнений не будем бояться для Того, Кто Сам Себя «унизил», «опустошил», по слову Павла (Филип. 2, 7). Два игрока – Иисус и Архонт, «князь мира сего „, дьявол; ставка Иисуса – Его душа: „душу свою пришел отдать в выкуп за многих" (Мк. 10, 45), а ставка дьявола – «держава смерти".

...Тайной премудрости Божией никто из архонтов века сего не познал,

ибо, если бы познали, то не распяли бы Господа славы. (I Кор. 2, 7-8.)

Это и значит: чем кончится игра Иисуса с дьяволом, не знал никто, ни в этом мире, ни в том. Знал ли сам Иисус, или только бесконечно надеялся и бесконечно покорствовал воле Отца: «не Моя, а Твоя да будет воля»? Этого мы не знаем; знаем только, что если бы Христос не воскрес, то проклят был бы Висящий на древе. Но вот, воскрес, и благословен Проклятый; Иисус – воистину Христос.

XX

Двести дней – двести ночей, как бы уже Гефсиманских, учит Иисус учеников своих, все там же, вероятно, в селениях Кесарии Филипповой.

...Но они ничего из этого не поняли; слова сии были для них сокровенны, и они не разумели сказанного.

То ужасаются, то надеются, что крест как-нибудь мимо пройдет; то «спят от печали». Самое, может быть, страшное для них, потому что самое точное и все решающее, слово: «в Иерусалим». Тотчас по исповедании Петра, –

начал Иисус открывать ученикам Своим, что должно Ему идти в Иерусалим (Мт. 16, 21).

...Потому что не бывает, чтобы пророк погиб вне Иерусалима (Лк. 13, 33).

Когда же наступили дни взятия Его (от мира). Он устремил лицо Свое, τὸ πρόσωπον ἐστήρισεν, на путь в Иерусалим (Лк. 9, 51).

Дни эти можно определить с почти несомненной исторической точностью. Около середины марта собиралась ежегодная храмовая дань, чьи сборщики обратились к Петру в Капернауме (Мт. 17, 24): значит, Иисус вышел из селений Кесарии Филипповой около начала марта, 30–31 года нашей эры, 16–17-го – царствования Тиберия.

Вышедши оттуда, проходили они через Галилею. (Мк. 9, 30.)

Если Он «устремил лицо Свое» на путь в Иерусалим, то возвращался, вероятно, тем же кратчайшим, двухдневным путем, каким шел туда, – через те же Хоразинские высоты, откуда снова мог видеть расстилавшееся у ног Его, Геннисаретское озеро, все место Блаженной Вести, от ее начала до конца, от горы Блаженств, над Капернаумом, до горы Хлебов, над Вифсаидой.

XXI

Были те же дни ранней весны, как два года назад, когда солнце царства Божия восходило на горе Блаженств, и год назад, когда оно зашло на горе Хлебов. Так же покоилось, в глубокой котловине между горами, длинное, узкое, в зеленеющих весенних берегах, воздушно-голубое озеро, как бы на землю сошедшее небо; так же бледные луга асфоделей, бессмертных цветов смерти, расстилались между черных базальтовых скал, и рдели у ног Иисуса цветы анемонов, брызнувшими каплями крови по темной зелени вересков; так же плакала унылая, как шум ночного ветра в озерных камышах, киннора, пастушья свирель умирающего бога Кинира:

воззрят на Того, кого пронзили,
и будут рыдать о Нем,
как рыдают о сыне единородном,
и скорбеть, как скорбят о первенце. (Зах. 12, 10).

И чей-то тихий зов был во всем, сердце, надрывающая жалоба:
брачный пир готов, и никто не пришел.

XXII

Вспомнили, может быть, ученики, снова увидев с Хоразинских высот гору Хлебов, как год тому назад хотел народ сделать Иисуса «царем

Израиля», Мессией, и вспомнив, подумали: «Царство Божие не наступило тогда; не наступит ли теперь?» И начали спорить, «кто из них больше» (Лк. 9,46); кому какое место достанется в Царстве; кто «сядет по правую и по левую сторону» Царя (Мк. 10, 37).

И пришел (Иисус) в Капернаум. И когда был в доме, – вероятно, Симона Петра, там же, где в первые дни служения, – *спросил их: о чем вы дорогою спорили?*
Они же молчали...
Вспомнили, должно быть, забытый Крест, и устыдились.
И, севши, подозвал Двенадцать, и сказал им: кто хочет быть первым, будь последним из всех и слугою всем.
И, взяв дитя, поставил его посреди них и, обняв его, сказал им:
Истинно говорю вам: если не обратитесь и не будете, как дети, не войдете в царство небесное. (Мк. 9, 33–37; Мт. 18, 3.)

К детям ближе Он, чем к взрослым. Взрослые Ему удивляются, ужасаются, а дети радуются, как будто, глядя в глаза Его, все еще узнают – вспоминают то, что взрослые уже забыли, – тихое райское небо, тихое райское солнце.

Вечная юность мира, детство, – бывший рай, будущее царство Божие.

... Славлю Тебя, Отче, Господи неба и земли, что Ты утаил сие от мудрых и разумных, и открыл то младенцам. (Мт. 11, 25.)

Здесь, в Капернаумском рыбачьем домике Симона, – тот же субботний покой, тишина блаженства, как там, на горе Преображения:

Господи! хорошо нам здесь быть.
... Бог увидел все, что сотворил Он, и вот, весьма хорошо.

Все как будто уже совершилось: Крест позади, миновала Голгофская ночь, и царства Божьего солнце восходит, незакатное.

Только что Иисус изнемогал, падал под крестною ношею, и вот опять несет ее с божественной легкостью.

Часть II. Страсти Господни

1. Вшествие в Иерусалим

I

Вшествием в Иерусалим начинаются страсти Господни.

Прежде чем говорить о самом деле, надо бы понять слово или хотя бы только, услышав его, удивиться, почему Церковь называет такое дело таким словом – наследием от нечестивейшей для нее, «бесовской» мистерии бога Диониса. «Бесы, узнав через иудейских пророков о скором пришествии Господа, поспешили изобрести басню о боге Дионисе, дабы распространить ее среди эллинов и других народов, там, где, как знали они, поверят этим пророчествам: бог Дионис, будто бы растерзанный на части, вознесся на небо», – учит св. Юстин Мученик в середине II века и, может быть, сам учению своему ужасается.[691] Но вот, вопреки этому, Церковь величайшую святыню свою, искупительные страдания Богочеловека, называет тем же словом, каким в дохристианских таинствах названы страдания «бога-беса»: «Страсти», πάθη. Между «растерзанием» Вакха, diaspasmos, и «распятием Логоса» устанавливают связь, хотя бы только от противного, не одни еретики-гностики,[692] но и такие православные учителя Церкви, как св. Климент Александрийский: «Вечную истину видит и варварская и эллинская мудрость в некоем растерзании, распятии, – не в том, о коем повествует баснословие Дионисово, а в том, коему учит богословие вечного Логоса».[693]

Если прав Гераклит: «Логос прежде был, нежели стать земле»;[694] прав Августин, что «христианство было всегда, от начала мира до явления Христа во плоти»;[695] прав Шеллинг, что «всемирная история есть эон, чье содержание вечное, начало и конец, причина и цель – Христос»; и если мы верно угадали тайну Востока и Запада – того, что миф называет «Атлантидою», Откровение – «допотопным», а наука – «доисторическим» человечеством, – откинутую назад на все человечество, в мистерии-мифе о страдающем Боге, тень Христа, –

это есть тень будущего, а тело во Христе (Кол. 2, 17);

если все это верно, то Церковь, соединяя в слове «Страсти», πάθη, passio, свой совершенный религиозный опыт с предчувственным опытом всего человечества, поступило с божественной мудростью.

---

[691] Just, Apol 54, 2–3, 6.

[692] Вспомним гэматитовую печать перстня, один из тех «магических» камней, какие употреблялись у гностиков II–III веков по Р. Х., с изображением бога или человека, распятого на кресте, и с надписью Orpheus Bakhikos, – «Вакховых таинств Орфей» – A. Boulanger, Orphee, 1925, p 146–148. – O. Wulff, Altchristliche Bilderwerke, 1901, I, p. 234, pl. 56 – Fr. Dölger, Der heilige Fisch, 1922, p. 256, pl. 36 – Ot. Kern, Orphica fragm., p. 46.

[693] Clement. Alex., Strom. 1,13

[694] Heracl., Fragm. 31.

[695] Alfr. Jeremias, Die Ausserbiblische Erl öserererwartung, 1927, p. 6.

II

Так же удивительно, и, кажется, только от двухтысячелетней привычки мы и этому уже не удивляемся, – что Церковь, считая греховною всякую «страсть», а святым – лишь «бесстрастие», не побоялась назвать величайшую святыню свою «Страстями».

Что такое «страсть»? Крайнее во всем духовно-телесном существе человека напряжение воли. В слабых, не очень страстных желаниях человек знает, или думает знать несомненно, что желает себе добра, а не зла, все равно в чем – в низшем ли наслаждении, физическом, или в высшем духовном блаженстве; знает, что хочет не погубить, а спасти душу свою. Но по мере того, как напряжение воли растет, желание становится все более страстным, – воля раздваивается, противоречит себе и противоборствует: человек все меньше знает, чего хочет себе, – добра или зла, блаженства или страдания, душу свою погубить или спасти, пока, наконец, на последних пределах страсти перестает это знать уже совсем. Воля в страсти у человека раздваивается так же, как у стоящего на краю пропасти, когда он хочет от нее бежать, спастись и броситься в нее, погибнуть. Здесь, на крайней точке страсти, с волей происходит нечто подобное тому, что с разумом, на той же крайней точке, – в логических противоречиях, антиномиях (конец – бесконечность пространства и времени, делимость – неделимость материи, свобода воли и необходимость), где разум сам на себя восстает, рушит свой собственный закон тождества, говорит одному и тому же «да» и «нет», как бы изнемогая в агонии, смертном борении с безумием. Та же агония постигает и волю в крайнем безумии страсти. Это всего очевиднее в сильнейшей из всех страстей – половой, где не только физическая боль становится иногда наслаждением для грубой похоти, но и духовное страдание – блаженством для нежнейшей любви; где одно с другим неразделимо смешаны, как два разделенные в корнях, а в верхушках сросшиеся дерева, так что любящий иногда не знает, чего хочет – ласкать или терзать любимую, умереть за нее или ее убить.

III

Помня, что от наших страстей человеческих до Страстей Господних – как от ада до неба, будем помнить и то, что один закон противоборствующих сил господствует и здесь, в небе, и там, в аду: разуму непостижимое, рушащее логический закон тождества, противоречие воли; «да» и «нет» одному и тому же; душу свою погубить и спасти; страх страдания и страсть к страданию.

Богом одержимые Мэнады растерзывают божеское тело так: за руки и за ноги привязывают к двум пригнутым до земли стволам деревьев, и когда отпущенные вдруг стволы разгибаются, то раздирают тело надвое. Здесь, между деревьями, мгновенно, а там, на одном дереве креста, длительно растягивается тело, как бы тоже раздирается в противоположные стороны – влево и вправо, вниз и вверх. Как бы геометрия человеческой и божеской воли в Страстях Господних и наших – вот что такое Крест.

Можем ли мы не то что постигнуть, но хотя бы только увидеть небо Страстей Господних, только поднять к нему глаза из ада страстей человеческих? Можем. Если «Логос – прежде был, нежели стать земле», если «в начале было Слово» распятое, – Агнец, закланный от создания мира, и «все через Него начало быть» (Ио.1, 1–2), то семь дней творения – семь дней Страстей Господних, в них же вся тварь, – не только человек, но и мошка однодневная участвует. Воля наша, в смертном борении, в агонии страстей – страданий человеческих, – такая мошка однодневная – Страстей Господних причастница.

IV

Прежде чем подходить к евангельским свидетельствам о Страстях Господних в поисках не божеского (этого нам нечего искать, мы и так этим пресыщены в церковном догмате), а в поисках человеческого, самого нужного нам в эту именно роковую минуту всемирной истории, – мы должны сделать выбор между двумя возможными исходными точками: темным, стыдным, страшным, но все-таки живым, вечнодвижущимся опытом страстей человеческих и лучезарным, но бесстрастным, неподвижным церковным догматом о Страстях Господних. Церковь сделала выбор: догмат приняла, отвергла опыт. Если же все еще называет «Страстями» страдания Сына Божия, то, может быть, только по глухой и все более глохнущей памяти о неведомом и уже невозможном для Церкви опыте таких святых, как ап. Павел и Франциск Ассизский, носивших крестные язвы Господни на теле своем и, судя по ним, обладавших таким опытным знанием Страстей, какого мы себе и представить не можем. Но если бы и сейчас мы могли только понять как следует, что значат или будут когда-нибудь значить для нас эти два слова: «Страсти Господни», то, может быть, мы нашли бы потерянный ключ к дверям, уже и в самом Евангелии замкнутым крепчайшим замком догмата – к самой нужной для нас и спасительной, не только божеской, но и человеческой, нашей же собственной тайне Страстей Господних, – к неизвестнейшей в Нем, Неизвестном, и самой близкой нам, братской тайне сердца Господня:

кто не несет креста своего, тот Мне не брат.

В небе Его Страстей и в геенне наших – одинаково действующий закон раздвояемой, раздираемой воли: «Хочу страдать, и не хочу; вольно иду на крест, и невольно; страсть к страданию – страх страдания», – в Нем и в нас одинаково действующий закон, – вот потерянный ключ к Страстям Господним.

V

Глупо жестоки ко всему человечеству те, кто полагает, будто бы человек Иисус, не будучи «трусом», не мог бы страшиться физических мук и смерти так, как страшился их, судя по Гефсимании. Немногим умнее, но еще жесточе к самому Господу те, кто хотел бы нас уверить, будто бы Он не мог страшиться их вовсе, будучи Сыном Божьим.

Только докетический «призрак», phantasma, мнимое подобие тела, а не такое Существо, как Он, с такою единственной, как у Него, способностью страдать духовно и физически, мог бы не страшиться вовсе физических мук распятия (что будет на него осужден по римским законам как «царь Израиля», знал, конечно, Иисус). Но этот страх – ничто перед тем, что Он, Сын Единородный, любящий Отца, как никто никогда не любил, будет «оставлен», «отвержен», «проклят» Отцом. Чтобы одолеть такой «страх страдания», какая нужна была «страсть к страданию»!

VI

Высшая, видимая нам у синоптиков точка Страстей Господних – «смертное борение» в Гефсимании, где раздвоение человеческой воли в Иисусе так очевидно-осязательно, что скрыть его нельзя ни под каким догматом, как режущее лезвие меча нельзя скрыть ни под какою тканью: разум уцелеет – сердце обрежется.

Авва, Отче!.. пронеси чашу сию мимо Меня; но не чего Я хочу, а чего Ты (Мк. 14, 36.)

Мог ли бы так молиться Господь, если бы не чувствовал, что две воли противоборствуют в Нем и еще неизвестно, какая из двух победит?

Так у синоптиков, но в IV Евангелии не так. Смертное борение, Агония, вспоминается и здесь, но не в Страстной Четверг, а за четыре дня до него, в Вербное Воскресенье, тотчас по вшествии в Иерусалим, при торжественных кликах народа:

Осанна! благословен грядущий во имя Господне, Царь Израилев? (Ио. 12, 13.),

на высоте земного величия, когда враги Господни, первосвященники и фарисеи, готовы признать себя побежденными:

что нам делать?.. Весь мир идет за Ним (Ио. 11, 47; 12, 19);

и сам Он о Себе свидетельствует:

пришел час прославиться Сыну человеческому (Ио. 12, 23);

и приходящий с неба Глас или гром свидетельствует:

и прославил (уже), и еще прославляю (Ио. 12, 29).

В этой-то «славе-сиянии», земной и небесной, вдруг наступает, как в светлый день – черная ночь, Агония, такая же, как в Гефсимании.

Ныне душа Моя возмутилась; и что Мне сказать? Отче! спаси Меня от часа сего?.. Но на сей час Я и пришел. (Ио. 12, 27.)

Так же и здесь, как там, в Гефсимании, две противоречивые или согласно противоположные воли в одном человеческом сердце – Его и нашем, – как две с двух противоположных сторон, в один миг, в одно место ударяющие молнии.

В догмате – «Иисус Христос»; в опыте, Его и нашем, – все еще «Иисус и Христос», в догмате «Сын и Отец» – уже одно, в опыте, – все еще два.

Только один из всех учеников, Иоанн, возлежавший у сердца Господня, увидел в Нем «смертное борение», Агонию, задолго до Гефсимании. Знает об этом IV Евангелие больше синоптиков, но кое-что знают и они. Кажется, есть у Матфея намек на то, что это началось уже давно, в Кесарии Филипповой. Если так, то первую «агонию» от последней, Гефсимании, отделяют не дни, а месяцы.

Только что открыл Господь ученикам Своим тайну Креста:

Сыну человеческому должно пострадать (Мк. 8, 31),

и только что Петр начал «прекословить» Ему:

милостив будь к Себе, Господи! да не будет этого с Тобой, –

как «повелел ему Иисус грозно»:

отойди от Меня, Сатана! ты мне соблазн (Мт. 16, 22–23).

Мог ли бы Петр «соблазнить» Иисуса, не будь начала «соблазна» уже в самом Иисусе? Смел ли бы Петр «прекословить» Ему, если б не услышал в слове Его: «должно», – как бы хрусталя надтреснутого звук: *«а может быть,* и не должно»?

Между двумя словами – тем: «Сыну человеческому должно пострадать» и этим: «ты Мне соблазн», – не такое же ли «смертное борение», «агония» уже и здесь, в Кесарии, как там, в Гефсимании? Та агония – в молитве, эта – в молчании; но, может быть, и эта не меньше той. Воля человеческая, так же и здесь, как там, раздирается надвое. Точка Страстей Господних, ближайшая к страстям человеческим, – здесь. В этих трех словах, «ты Мне соблазн» – так, как нигде, Сын Божий – Сын человеческий – наш Брат.

Вот где закон *волевых раздвоений* отмыкает для нас уже в самом Евангелии крепчайшим замком догмата замкнутую дверь – человеческую тайну Страстей Господних.

VII

В исторической подлинности целого ряда свидетельств у Марка, а отчасти и у двух остальных синоптиков, о последнем пути Господнем в Иерусалим лучшая для нас порука – то, что сами свидетели не разрешают и даже как будто не видят слишком явных для нас противоречий. Кажется, Марк, «толмач» Петра, только записывает, что слышит от него, а Петр только вспоминает, что ему запомнилось.

Эти разрозненные, ни между собою, ни со всем окружающим не связанные ничем клочки воспоминаний похожи на рассеянные обломки какого-то неизвестного нам целого или на случайно уцелевшие вехи заглохшего пути. Где начинается путь и как продолжается, мы не видим; видим только, куда ведет, – на Крест. Но если бы мы могли соединить вехи, то, может быть, восстановили бы путь.

Вот первая веха.

После второго Умножения хлебов Иисус, по свидетельству Марка (8, 27), уходит «в селения Кесарии Филипповой», от Израиля – к язычникам, от своих – к чужим. Марк не знает, почему и отчего уходит; знает, может быть, Иоанн. После Вифсаидской вечери, когда народ понял, что Иисус не будет «царем Израиля»; и после Капернаумской утрени, когда, услышав: «Плоть Мою ядущий и кровь Мою пьющий имеет жизнь вечную» (Ио. 6, 54), – народ соблазнился, возроптал: «Какие жестокие слова! кто может это слушать?» (Ио. 6, 60) – «многие из учеников отошли от Него и уже не ходили с Ним» (Ио. 6, 66). Если отошли, отпали от Него ближайшие к Нему ученики, то тем более – весь народ. Это значит: не только Иисус отошел от народа, но и народ – от Иисуса; расхождение между ними, отвержение – взаимное.

Месяцы длится оно. Но после Преображения, открыв ученикам, что «Сыну человеческому должно пострадать», Иисус возвращается к Израилю, идет в Иерусалим

Вышедши оттуда (из Кесарии Филипповой), проходили они через Галилею, –

как бы «крадучись», «тайком», избегая, должно быть, населенных мест: таков именно смысл греческого слова παρεπορεύοντο. –

И не хотел (Иисус), чтобы кто-либо узнал Его. (Мк 9, 30.)

Нечто подобное бывало и раньше: в первый уход Его в пределы Тиро-Сидонские, –

вошедши в дом, не хотел, чтобы кто-нибудь узнал Его. (Мк. 7, 24.)

Судя по тому, что, выйдя уже из Галилеи, Он избирает вместо обычного для пасхальных паломников двухдневного пути через Самарию более далекий и трудный путь через пустынные горные дебри Переи, «страны за-Иорданские» (Мк. 10, 1), Иисус и на этом последнем пути скрывается, продолжает идти как бы «крадучись», «тайком», и если учит, то не весь народ, а только учеников, наедине.[696]

VIII

Но вот вдруг меняется все.

Снова сходятся к Нему народные множества ὄχλοι, *и Он снова учит их, по обыкновению Своему.*

Так у Марка (10, 1), и у Матфея (19, 1–2) так же:

множество народа шло за Ним, и Он исцелил их там, –

в стране за-Иорданской, Перее. Так же, хотя и в ином порядке событий, в IV Евангелии:

снова пошел за Иордан, на то место, где некогда крестил Иоанн, – в Вифавару-Вифанию, где путь из Переи в Иерусалим пересекается Иорданом.

Многие же пришли к Нему (туда) и говорили, что... все, что сказал о Нем Иоанн, было истинно.

И многие там уверовали в Него. (Ио. 10, 40–42.)

Здесь вторая веха пути. Только что Иисус уходил от народа и вот опять идет к нему; только что народ уходил от Иисуса и вот опять возвращается к Нему. Это слишком явное для нас, а для самих свидетелей как будто невидимое противоречие внешне не объяснимо, кажется, ничем, кроме внутреннего противоречия в воле самого Иисуса, а может быть, и в воле народа – действующего в них закона «волевых раздвоений», закона всех агоний: «страх страдания – страсть к страданию».

Что-то произошло между этими двумя вехами пути; что-то в самом Иисусе и в народе изменилось. Что же именно?

Тотчас по исповедании Петра в Кесарии Филипповой: «Ты – Христос, Сын Бога живого», –

начал (Иисус) открывать ученикам Своим, что должно Ему идти в Иерусалим (Мт. 16, 21.);

---

[696] Dalman, Orte und Wege Jesu, 252–253.

потому что не бывает, чтобы пророк погиб вне Иерусалима. (Лк. 13, 33.)

Это Он помнит всегда; может быть, и теперь вспоминает. Что Ему Иерусалим?

Город, стоящий на верху горы, не может укрыться. (Мт. 5, 14.)

«Город великого Царя» (Мт. 5, 35), Иерусалим, стоящий на верху такой горы, как ни один из городов земли, бывших и будущих, есть высшая точка мира; высшая же точка Иерусалима, отовсюду виднейшая, – Крест.

Когда вознесен буду от земли, всех привлеку к себе. (Ио. 12, 32).

Когда вознесете Сына человеческого, тогда узнаете, что это Я. (Ио. 8, 28.)

Прошлым будет все во всемирной истории; это одно – Крест – будет всегда настоящим; исчезнет все; это одно – Крест – видимо будет всегда.

Никто, зажегши свечу, не ставит ее в сокровенном месте или под сосудом; но на подсвечнике, чтобы входящие в дом видели свет. (Лк. 11, 33.)

Вот что для Него Иерусалим: не было в мире и не будет такого, для такой свечи, подсвечника. Это понял, увидел народ и стремится к Нему, летит на Него, как ночной мотылек на свечу; хочет в Нем сгореть и не хочет.

Близ Меня – близ огня; далеко от Меня – далеко от Царства. [697]

Это и весь мир увидит:

Весь мир идет за ним (Ио. 12, 19), –

хочет в Нем сгореть и не хочет: страх огня – страсть к огню. Эта агония мира тогда началась и уже не кончится, пока мир не сгорит в Его огне, как ночной мотылек.

IX

Что произошло тогда в Иисусе, лучше всего можно понять по тому, что произошло тогда же в народе. Началось, и это уже давно, в Кесарии Филипповой.

Когда сошли они с горы (Преображения), встретило Его множество народа. (Лк. 9, 37.)

И вдруг, увидев Его, весь народ удивился (ужаснулся, ἐξεθαμβθησαν), и, подбегая (устремляясь) к Нему, приветствовал Его (припадал к Нему, ἠσπάζαντο.) (Мк. 9, 15.)

---

[697] Origen, Homel in Jerem XX, 3 – Resch, Agrapha, 185.

Что в Нём «удивляет» – «ужасает» народ? Кажется, горней славы, Преображения, все еще не сошедший с лица Его свет («лицо Его просияло как солнце», Мт. 17, 2) и жертвенной обреченности новый знак. Там, в Кесарии, видели это, может быть, язычники, – чужие; здесь, в Иудее, увидит Израиль, – свои.

Се, Агнец Божий, взявший на Себя грех мира. (Ио. 1, 29),

этот пророческий клик снова и по-новому слышится людям по всей великой равнине от Вифавары до Иерихона в эти дни второго крещения уже не водой, а кровью.

Можете ли креститься крещением, которым Я крещусь?..
– Можем. (Мк. 10, 38–39.)

Слишком легок ответ. Но как бы люди ни приходили к Нему, Он не отвергает их:

приходящего ко Мне не изгоню вон. (Ио. 6, 37.)

В эти-то дни и увидели, может быть, люди в лице Его то, что так хорошо изображает «живописец» Лука (9, 51):

когда же наступили дни Его вознесения (отшествия, ἀναλήμψεως, *то устремил Он лицо Своё* ἐστήρισεν, *на путь в Иерусалим.*

Эту новую в Нём «устремленность» видят, может быть, все, и сами за Ним устремляются.

X

Если то, что врачи называют «чувством вдаль», «телепатией», а все люди – «предчувствием», – странная, как бы не назад, а вперед, не к прошлому, а к будущему обращенная память, – свойственна не только отдельным людям, но и целым народам, даже всему человечеству в его роковые минуты, в «чувстве Конца», «Апокалипсиса», – то восходившие за Иисусом в Иерусалим человеческие множества могли испытывать нечто подобное.

То, что о Мне, приходит к концу (Лк. 22, 37), –

скажет Царь Израиля; то же мог бы сказать в те дни и сам Израиль. Воет и пес к пожару, и бык мычит, идя на бойню; как же было Израилю, а может быть, и всему человечеству конца своего не предчувствовать?

Кровь Его на нас и детях наших (Мт. 27, 25),

– скажет Израиль, и сбудется.

...Камня на камне здесь не останется: все будет разрушено (Мт. 24, 2);

...се, оставляется вам дом ваш пуст (Мт. 23, 38), –

скажет Царь Израиля, и тоже сбудется. Это, может быть, уже и тогда, на пути в Иерусалим, чувствуют все «чувством вдаль», «телепатией».

...Крещением должен Я креститься, и как Я томлюсь, пока сие совершится. (Лк. 12, 50.)

В это-то смертное «томление», «борение» Свое, «агонию», и вовлекает Он всех, идущих за Ним. Кто за кем идет, кто кого ведет. Он – их или они – Его, этого еще не знают они, не знает, может быть, и Он сам.

Час Голгофы, Искупления, наступает, такой же великий и страшный для всего человечества, как час грехопадения. «То, что о Мне, приходит к концу», – могло бы сказать в те дни и все человечество, потому что вся остальная всемирная история будет только началом Конца.

Будет или не будет совершено на земле величайшее из всех злодеяний – убийство людьми Сына человеческого, Сына Божия; скажут или не скажут люди, как злые виноградари, увидев сына:

это наследник; пойдем, убьем его, и наследство будет наше (Лк. 20, 14),

этого еще не знает Сын; не хочет знать и Отец:

Сына моего возлюбленного пошлю; может быть, увидев Его, постыдятся. (Лк. 20, 12.)

В догмате все ясно, как в таблице умножения, и так же бесстрастно; а в опыте – Страсти Господней и наши, Его «агония» и наша, – «может быть» – до конца мира.

XI

Были же они в пути, восходя в Иерусалим; и шел Иисус впереди них, и, следуя за Ним, ужасались они. (Мк. 10, 32.)[698]

Если человек идет на слишком верную смерть, то это, кажется самоубийством.

Неужели Он убьет Себя? (Ио. 8, 22), –

скажут иудеи, враги Его; то же могли бы сказать и друзья Его, все шедшие тогда за Ним. Вот чему они «ужасаются».

Так же пойдет Он один, впереди всех. Вождь всего человечества, на приступ подоблачной крепости – царства Божия, и так же, следуя за Ним, будет ужасаться все человечество.

И, подозвав Двенадцать, начал им опять говорить о том, что будет с Ним: вот, мы восходим в Иерусалим, и Сын Человеческий предан будет первосвященникам и книжникам: и осудят Его на смерть, и предадут язычникам; и поругаются над Ним, и будут бить Его, и оплюют Его, и убьют. (Мк. 10, 32–34).

---

[698] καὶ ἐθαμβοῦντο, «и удивлялись», – вероятно, позднейшая вставка или разночтение – Wrede, Das Messiasgeheimnis, 276.

Но они ничего из этого не поняли; были слова сии сокровенны для них, и они не уразумели сказанного. (Лк. 18, 34.)
А спросить Его боялись. (Мк. 9, 32.)

Как могли бы не понять, если бы слова Его звучали для них в опыте, так же, как для нас – в догмате; если бы не слышалось им в слове «будет»: *«а может быть, и не будет»*: в слове «должно»: *«а может быть, и не должно»?* – «Авва Отче! все возможно Тебе; пронеси чашу сию мимо Меня» (Мк. 14, 36), – эта агония Сына и мира, – как звук хрусталя надтреснутого в небесной музыке сфер.

XII

«Следуя за Ним ужасались» – и радовались. Радость и ужас перемежаются в них, как две воздушные струи осеннего вечера, холодная и теплая.

...Думали, что царство Божие откроется сейчас, – немедленно, παραχρῆμα ἀναφαίνεσθαι . (Лк. 19, 12.)

Здесь, в конце Блаженной Вести, происходит обратное тому, что в начале: «Царство Божие приблизилось» (Мк. 1, 15), – говорил Он тогда, и люди не верили Ему; царство Божие отдалилось, –

в дальнюю страну пошел человек высокого рода, чтобы, царство получив, возвратиться. (Лк. 19, 12.);

жених полуночный «замедлил» (Мт. 25, 5), – говорит Он теперь, и опять люди не верят Ему, думают, что царство Божие наступит сейчас; жадно тянутся к чаше устами, но поздно: чаша прошла мимо уст.

Снова, как это уже было раз, глупо и жалко спорят о первых местах в Царстве: кому сесть по правую и кому по левую сторону Царя во славе Его (Мк. 10, 35–37). Думают только о себе – о Нем забыли; знают, что идет на крест, но не очень боятся: черной точкой в лучезарном небе Царства кажется им Крест.

XIII

Снова и здесь, в конце пути, так же как в начале, в Галилее, множества людские влекутся к Нему, как бушующие волны прилива к тихой луне.

Вечером в субботу, 30–31 марта, если верен счет дней Страстной недели и Господь был распят 6–7 апреля, – когда входит Он в Иерихон для последней перед Иерусалимом ночевки, такая толпа окружает Его, что мытарь Закхей, чтобы увидеть Его, влезает на смоковницу, а поутру, –

когда выходил Он из Иерихона, с учениками Своими и множеством народа, Вартимей... слепой, сидел у дороги, прося милостыни. (Мк. 10, 46).

И, услышав, что мимо него проходит народ, спросил: «Что это такое?»

«Иисус Назорей идет», - сказали ему.

И он закричал: «Иисус, Сын Давидов, помилуй меня!»

«Сын Давидов» – значит: «Мессия, Царь Израиля».

Шедшие впереди заставляли его молчать; но он еще сильнее кричал: «Сын Давидов, помилуй меня!» (Лк. 18, 36–39.)

Первый из людей понял, что нельзя молчать: «Если умолкнут (люди), камни возопиют» (Лк. 19, 40).

Нищий царя венчает на царство. Зрячие не видят, не узнают; узнал, увидал слепой.

Я пришел... для того, чтобы слепые увидели, а видящие ослепли. (Ио. 9, 39).

...Иисус, остановившись, велел привести его к Себе: и, когда тот подошел к Нему, спросил:

«Чего ты хочешь от Меня?» Он сказал: «Равуни, видеть!»

Иисус сказал ему: «видь!»

И он тотчас увидел и пошел за Ним, славя Бога. (Лк. 18, 40–43).

XIV

Путь из Иерихона в Иерусалим, на высоту двух тысяч локтей, извилистый, крутой, между голыми, обагренными марганцем, точно окровавленными скалами, – **Путь Крови.**

Шли, должно быть, весь день, с утра до вечера. Вдруг с одного из крутых поворотов у селения Вифагии на горе Елеонской, так же и теперь, как тогда, двадцать лет назад, Иисусу отроку, – открылась над многоярусным, плоскокровельным, тесносплоченным, темно-серым, как осиное гнездо, ветхим, бедным Иерусалимом великолепная, вся из белого мрамора и золота, громада, как бы снежная гора на солнце – сияющий Храм.

Двух учеников посылает (Иисус).

И говорит им: «Пойдите в селение, что прямо против вас; входя в него, тотчас найдете привязанного осленка, на которого никто из людей не садился; отвязав его, приведите его Мне.

Если же кто скажет вам: «Что вы делаете?» – отвечайте: «Он надобен Господу». (Мк. 11, 1–3.)

Этот рассказ повторяется у всех трех синоптиков почти дословно, с той лишь разницей, что у Матфея вместо «осленка» «ослица». Такие повторения – знак того, что виденное врезалось в память видевших неизгладимо и особенно для них значительно.

Несколько иной рассказ в IV Евангелии, где Иисус не посылает учеников за осленком, а сам находит его (12, 13), привязанного, должно быть, так же, как во II Евангелии, у ворот дома на «перекрестке двух улиц», αμφόδου, кажется, при входе в тот же, как у Марка, «Смоковничий поселок», Вифагию, первое, после Иерихонской пустынной дороги, селение, уже городское предместье 9;[699] Сам Иисус отвязывает осленка и садится на него; если же удивленные хозяева спрашивают: «Что Ты делаешь?», то ученики, должно быть, объясняют им, Кому и для чего он надобен, и те отпускают его тотчас. Все это, конечно, естественней и вероятней, исторически подлинней, чем у синоптиков, так что здесь Иоанн как бы меняется с ними ролями: ближе к истории он, а они – к мистерии.

«Господом» нигде, никогда, во всем Евангелии Марка – вероятных «Воспоминаниях» Петра – не называют Иисуса ни ученики, ни сам евангелист; так называет Себя Иисус в первый и единственный раз только здесь.[700] Греческое слово κύρις, «Господь», если не вполне совпадает по смыслу с еврейским meschiah, «Мессия», «Помазанник», «Царь», то очень внутренне близко к нему. Что бы мы ни думали об исторической подлинности слова «Господь» в устах самого Иисуса, уже и то значительно, что, по воспоминаниям Петра, очевидца-слышателя, слово это было сказано Им; что в первый и единственный раз, именно тогда, при Вшествии в Иерусалим, Иисус говорит как бы всему Израилю – всему человечеству: «Я – Царь, Господь».

XV

Радуйся, дщерь Сиона! Дщерь Иерусалима, ликуй! Се, Царь твой грядет к тебе, кроткий, сидя на осленке, сыне подъяремной.

...И станут ноги Его в тот день на горе Елеонской, что перед лицом Иерусалима, к восходу солнца... День же тот будет единственный, ведомый лишь Господу. (Зах. 9, 9; 14, 4, 7.)

Слишком памятно всем, а Иисусу, конечно, особенно, потому что Ему одному понятно так, как еще никому во всем Израиле, во всем человечестве, это вещее слово пророка, одно из таинственнейших, на

---

[699] K. L. Schmidt, Der Rahmen der Geschichte Jesu, 1919, S. 297 – Dalman, Orte und Wege Jesu, 267–273.

[700] Wellhausen, Das Evang Marci, 1909, S. 87.

земле когда-либо сказанных слов о «кротком» (то, что Он – «кроткий», «мирный», «невоинственный», здесь главное), о кротком, на кротком осленке, «грядущем Царе Сиона»:[701] слово это слишком незабвенно памятно всем, чтобы могли не вспомнить о нем все, и больше всех Он, посылая учеников за осленком или найдя его Сам. Кажется, во всех четырех Евангелиях, «Воспоминаниях Апостолов», по глубокому слову Юстина, исторически подлинно, точно и твердо одно:[702] в тот день и час, при Вшествии в Иерусалим, ничего с Иисусом не *делается*, – Он сам *делает* все: сам берет на Себя почин мессианского, царского Вшествия и всю за него ответственность; сам дает к нему народу первый знак, как бы исполняя Свой тайный и давний замысел; миру внезапно «являет Себя» (ἐφανέρωσεν ἑαυτόν, Ио. 21, 1); как бы опять, но здесь уже не словом, а делом говорит всему Израилю – всему человечеству: «Я – Царь».

Вот, кажется, третья веха все на том же заглохшем пути Страстей Господних; третье, для самих свидетелей неразрешимое или невидимое, но слишком для нас явное противоречие двух свидетельств: там, на горе Вифсаидской, по Умножении хлебов. Царство отверг Иисус, бежал от него, а здесь, на горе Елеонской, сам идет к нему, принимает его, хотя уже не так, а обратно тому, как было предложено там. Два Мессии – два Царя: один – с мечом, на боевом коне; другой – безоружный, на мирном осле. Сделать между ними выбор надо было всему Израилю – всему человечеству.

XVI

И привели к Нему осленка, и поспешно накинули на него, ἐπιβάλλων, *одежды свои, –*

чтобы Царю было мягче и выше сидеть на хребте ослином – царском престоле.

И сел на него (Иисус). Многие же постилали одежды свои по дороге, –

чтобы мягче ступало копыто осла по камням дороги.

---

[701] Царственное шествие Мессии на осленке – и в Вавилонском Талмуде, – Sanhedrin, 98, 6, и в Мидраше – Bereschit rabba, 98, Koheleth, 19, 19.

[702] Ed. Meyer, Urspr. u Anf. d. Christ., 1924, I, 166 «в том, что все эти свидетельства идут из достовернейшего источника и во всем существенном исторически подлинны, не может быть никакого сомнения

Kein Zweifel kann sein, das diese Erz ählungen auf beste Überlieferung zurückgehen und in allem wesentlichen authentish sind».

И резали травы с лугов, στιβάδας ἐκ ἀγρῶν *, и постилали их по дороге,* –
Ярко-зеленый, с радужным узором весенних цветов, великолепный ковер: не было такого и у царя Соломона, во славе его.

«Травы постилали» – по свидетельству Марка (11, 8), а по свидетельству Матфея (21, 8), – «ветви с дерев», κλάδους ἀπὸ τῶν δένδρων.

Здесь, на Масличной горе, почти единственное дерево – «олива мира».[703]

Хвали, Иерусалим, Господа... ибо Он утверждает в стенах твоих мир. (Пс. 148, 1–2).

«Пальмовые ветви», βαία τῶν φοινίκων, у них в руках, по свидетельству IV Евангелия (12, 13), – как в победном шествии.

XVII

В I Евангелии (21,2–7) вместо «осленка», πῶλος, неезженного (без чуда на таком далеко не уедешь), – проще, ближе к сельскому быту и ласковей – «матка-ослица», ἡ ὄνος, с осленком, бегущим, должно быть, за нею, неуклюжим, вислоухим, длинноногим, смешным; или чудесно-покорно, с накинутыми и на него для мягкости одеждами, идущим рядом с нею, чтобы служить подножием ног Господних. Ослик этот – как бы игрушечный, да и все такое же – милое, детское:

из уст младенцев и грудных детей Ты устроил хвалу (Мт. 21, 16), –
детское, райское, не как в настоящем железном веке войны, а в Золотом веке мира, бывшем и будущем.[704]

Осанна Сыну Давидову! –
первый, может быть, воскликнул узнавший – увидевший слепец Вартимей. И одного этого клика довольно, чтобы подхватила его вся толпа, как искры одной в сухом лесу довольно, чтобы вспыхнул пожар.

И впереди идущие, и сопровождающие (все) восклицали:
Осанна!
Благословен Грядый во имя Господне!
Благословенно грядущее во имя Господа царство отца нашего Давида.

---

[703] Dalman, 274.

[704] Первого человечества, погибшей «Атлантиды», бог Озирис-Дионис – тоже «кроткий царь» мира, грядущий на мирном осле, чем соблазнится Юстин Мученик, как «бесовским подобием» Христу (Apolog I, 54, 7) Только с боевым конем и железом родится война, но Вестника вечного мира, конца всех войн, будет ждать человечество, – сколько веков! И вот, пришел.

Осанна в вышних! (Мк. 11, 9-10.)

Главное, однако, слово: «Мессия», «Христос», – умолчано, может быть, потому, что слишком для них свято и страшно.[705] Поняли сердцем, хотя бы только на миг, тайну сердца Господня: почему велел Он ученикам Своим, еще в Кесарии Филипповой, по исповедании Петра, никому не сказывать, что Он – Христос, Царь (Мт. 16, 20). Но другую, глубочайшую тайну сердца Его не поняли: почему не может быть Иисус Христом, Царем, в их смысле; владыкой рабов не может быть Освободитель.

Я не называю вас рабами: ибо раб не знает, что делает господин его; но Я назвал вас друзьями, потому что сказал вам все, что слышал от Отца Моего. (Ио. 15, 15.)

...Раб не пребывает в доме вечно; вечно пребывает сын.

...Если же Сын освободит вас, то истинно свободны будете. (Ио. 8, 35-36.)

Иисус еще не Христос – в жизни; только в смерти – воскресении будет Христом.

Жертву, когда ведут на заклание, венчают, – так и Его: только терновым венцом будет увенчан; только через Лобное место, Голгофу, взойдет на престол.

XVIII

Тайну Вшествия Господня, глубочайшую и особенно близкую нам, людям «второй Атлантиды», возможной гибели второго человечества, – угадывает лучше всех евангелистов Лука.

В радостных кликах Вшествия люди повторяют ангельскую песнь Рождества:

Слава в вышних Богу! Gloria in excelsis! (Лк. 2, 14) –

как будто зовут небожителей участвовать с ними в величайшей радости земли.

Хвалите Господа с небес,

Хвалите Его в вышних,

Хвалите Его все Ангелы Его! (Пс. 148, 1), –

этот зов земли будет услышан на небе: небо на землю сойдет; в Сыне – Отец «примирит с Собою все земное и небесное» (Кол. 1, 11), да будет царство Божие на земле, как на небе.[706]

Люди повторяют ангельскую песнь почти дословно, но не совсем.

---

[705] R. A. Hoffmann, Das Marcusev und seine Quellen, 1904, S. S. 454–456 – Reville, Jesus de Nazareth, 1906, p. 243.

[706] R. A. Hoffmann, 454.

Мир на небе и слава в вышних,
люди поют на земле, а на небе – Ангелы:
слава в вышних Богу и мир на земле, в людях доброй воли, ἐν ἀνθρώποις εὐδοκίας (Лк. 2, 14).

Это значит: будет мир на земле, как на небе, если только люди пожелают мира. Но вот не пожелали. Царь мира с неба на землю сошел, и люди не узнали Его. «Мир на земле» – не смеют сказать: слишком хорошо знают, увы, что все еще на земле война. Но все-таки радуются так, как будто вечный мир уже наступил. Только тень его прошла по земле; но люди знают, что все железо войны растает некогда перед этой тенью, само как тень.

Первый на земле праздник вечного мира – вот что такое Вшествие Господне в Иерусалим – единственный на земле Град Мира («Салим», schalem, значит «мир»).

Просите мира Иерусалиму... Мир да будет в стенах твоих! (Пс. 121, 6–7.)

Все цари земные входят в Град человеческий с мечом:
все, сколько их ни приходило до Меня, суть воры и разбойники. (Ио. 10, 8.)

Царь мира единственный – Он, Сын человеческий; не было другого и не будет, от начала до конца времен.

...Мир оставляю вам, мир Мой даю вам; не так, как мир дает, Я даю вам (Ио. 14, 27).

«Мир Божий», pax Dei, против «римского мира», pax Romana, – вот всемирно-исторический смысл Вшествий.

«Мир, мир дальним и ближним», – говорит Господь. (Ис. 57, 19.)
Тогда истреблю колесницы и коней боевых, и сломан будет бранный лук. И возвестит Он мир народам. (Зах. 9, 10.)
Перекуют мечи свои на плуги и копья свои на серпы; не поднимет меча народ на народ, и не будут более учиться воевать. (Ис. 2, 4.)

Там, на горе Вифсаидской, Иисус дал людям хлеб, умножил хлеба, а здесь, на горе Елеонской, дал мир; голод победил там, а здесь – войну, оба ига тягчайших сломал на шее рабов Освободитель.

Но вечного мира и хлеба лишь тень прошла по земле: ***может быть,*** это было и будет, а может быть, и не было – не будет. В этом-то ***«может быть»*** – вся агония Его Страстей и наших. Вшествие Господне в Град человеческий – всех человеческих мук, всех агоний всемирной истории – все еще недосягаемая цель.

XIX

И когда приблизился к городу, то, глядя на него, заплакал о нем, и сказал: о, если бы ты хотя в сей твой день узнал, что служит к миру твоему! Но это сокрыто ныне от глаз твоих.

Слово это, о мире, всем городам земли – всему Граду человеческому – сказано.

Радуются люди, поют, а Господь плачет. Дважды плакал: там, над могилою Лазаря, – о человеке, и здесь, над могилою Города, – о человечестве.

«О, если бы и ты – весь род человеческий – узнал, что служит к миру твоему!» И тотчас же после этого слова о мире – слово о войне:

ибо придут на тебя дни, когда враги твои обложат тебя и стеснят тебя отовсюду, и разорят тебя, и побьют детей твоих в тебе, и не оставят в тебе камня на камне за то, что ты не узнал времени посещения твоего. (Лк. 19, 41–42.)

Сказано и это слово, о войне, всему человечеству.

XX

«Час был поздний», вечерний, ὀψὲ ἤδη οὔσης ὥρας, по исторически точному, вероятно, воспоминанию одного из двух очевидцев, Петра – Марка (11, 11), а по воспоминанию другого очевидца, Иоанна (12, 28–29), вечер был грозовой.[707]

Если грозовая туча, как это часто бывает весной на Иерусалимских высотах, надвинувшись с востока, от Мертвого моря, захватила внезапно все небо, кроме одной узкой полосы на западе, где туча ровно, как ножницами, срезана, то заходящее солнце, брызнув из-под нее снопами последних багровых лучей сквозь далекую сетку дождя, кинуло, может быть, вдруг несказанно печальный, как бы рыдающий, свет на радостные вайи Вшествия, и с чудною точностью исполнилось древнее пророчество:

день тот будет единственный, ведомый лишь Господу; ни день, ни ночь, – только в вечернее время явится свет. (Зах. 14, 7.)

---

[707] О сильной, пронесшейся в этот вечер над Иерусалимом, грозе мы узнаем из свидетельства VI Евангелия, которому нет основания не верить был такой потрясающе величественный гром, что многим из толпы, стоявшей тогда в одном из трех дворов храма, так называемом «Внешнем», или «Язычников», казалось, что они слышат «голос Ангела» или даже самого Господа «Многие, стоявшие (там) и слышавшие, говорили, что это гром», βροντὴν γεγονέναι, а другие «Ангел говорил с Ним» (Иисусом) (Ио. 12, 28–29). Что это было, – гром или Глас, – никто, конечно, не знал, знал один Иисус.

И Его пророчество, вчерашнее, тоже исполнилось:

свет еще с вами на малое время: ходите, пока есть свет, чтобы не объяла вас тьма. (Ио. 12, 35.)

Не было никогда и не будет на земле такой печальной радости, как эта, – такого рыдающего солнца, как это, на весенних вайях Вшествия. Вечно грустны все земные весны с той весны; все заходящие солнца рыдают о зашедшем в тот день солнце царства Божия.

Радуются люди, поют, а Господь плачет: шествие победное для них – для Него похоронное. И в радостных кликах: «Осанна!» – Он один слышит: «Распни!»

2. Бич Господень

I

Кто Господа предал – Иуда? Нет, первосвященник Анна. Кто распял Господа – Пилат? Нет, первосвященник Анна. Иуда повесится; руки на себя наложит Пилат, хотя и по другому поводу,[708] а первосвященник Анна мирно отойдет к отцам своим, насыщенный днями, «один из счастливейших людей» на земле, по свидетельству Иосифа Флавия,[709] и не усомнится, вероятно, до конца, что спас Израиль, а может быть, и все человечество от великого Обманщика. И посмертную память сына своего возлюбленного дьявол сохранит чудесно: в голову никому не придет за две тысячи лет христианства, что настоящий убийца Христа первосвященник Анна.

«Анна и Каиафа», – говорили в те дни о двух первосвященниках, хотя Анна (по-еврейски Напап) давно уже не был первосвященником: так называли его, и даже всегда впереди Каиафы, не только из глубокого почтения, но и потому, что полною в Синедрионе властью обладал

---

[708] Нет никаких оснований сомневаться в свидетельстве Евсевия и других церковных историков о самоубийстве Пилата αὐτοφονευτὴς ἑαυτοῦ ἐγένετο , – свидетельстве, идущем и от римских историков οἱ τὰ Ρωμαίων συγγραψάμενοις – Euseb, Hist. eccl. II, 7, Cron. ao. 39 ρ. Chr. NH. Вызванный в Рим по доносу сирийского легата, Вителлия, в 39 году, за превышение власти в Самарии, Пилат уже не застал в живых Тиберия, но, рассудив, должно быть, что и новый император Гай, не лучше Тиберия, покончил жизнь самоубийством Если, по тогдашнему римскому обычаю, он отворил себе жилы в теплой ванне, то, вероятно, глядя, как вода уже мутнеет от крови, ни разу не вспомнил о распятом «царе Иудейском», – а может быть, и вспомнил? – Ed. Meyer, Urspr. u. Anf. d. Christ., 1924, I, 165 – Ed. Norden, Neue Jahrb., XXXI, 652, I, contra E. Schürer, Gesch, 12, 412, 139.

[709] Joseph., Ant XX, 9, 1 – Renan, Vie de Jesus, 1925, p. 452.

он один; зять же его Каиафа, действительный первосвященник, был только слепым и послушным орудием Ганана.[710]

Мудрый политик, потому что скептик и циник совершенный, как и все вообще саддукеи; не веровавший «ни в духа, ни в Ангела» (Д. А. 23, 8), а может быть, и ни в Бога, ни в дьявола, – веровавший только в закон Моисеев и Кесарев, пуще же всего – в золотой римский динарий, – на все остальное смотрел Ганан с вечной усмешкой мертвого черепа, как царь Соломон-Екклезиаст:

кружится, кружится ветер на ходу своем и возвращается на круги свои. Все, что было, то и будет: все суета и томление духа... Вышло из праха и в прах отойдет. (Еккл. 2, 11; 3, 20.)

II

Странное для него, смешное и нелепое шествие Мессии, Царя на осле, мог видеть Ганан из окон загородного дома своего в Ханейоте (Khaneïoth), на горе Елеонской,[711] и, вспомнив недавнее постановление Синедриона: взять Иисуса под стражу (Ио. 11, 57), – мог подумать: «Стоит ли такого брать? Шут на осле. Пусть поиграет народ в Мессию, – чем бы дитя ни тешилось!» Но в ту же ночь, узнав, что произошло в Храме, может быть, решил: «Стоит!»

Главный для всего Гананова рода источник богатства и власти было великое храмовое торжище, где сыны Ганановы, чудесные купцы, с ним самим во главе, чудеснейшим, набили цену двух жертвенных горлиц до золотого римского динария.[712] И вот в один час торжище это разорено тем самым «Шутом-Царем» на осле. Если бы разрушил Он или сжег храм дотла, то и это, вероятно, казалось бы Ганану меньшим злодейством.

В ту же ночь или на следующее утро узнал он, как совершилось «злодейство».

III

Медленно подымалось шествие из глубокой Иосафатовой долины на святую гору Сиона, венчанную храмом, по слишком крутым даже для ослиной езды ступеням Силоамской улочки-лестницы.[713] Слезть

---

[710] Анна первосвященствовал от 3 до 15 года по Р. Х. – Joseph., Ant. XVIII, 2, l, s. s., XV, 3, l, XX, 3, l, Bell. IV, 5, 6–7.

[711] Talm Jerus Taanith, IV, 8 – E. Stapfer, La mort et la Resurrection de Jes. Chr., 1898, p. 103, 178.

[712] Chwolson, Das letzte Passahmal Christi und der Tag seines Todas, 1892, S. 123.

[713] Dalman, Orte und Wege Jesu, 275 – Arculf, Itiner, 224.

бы с осла, пойти пешком; так, может быть, и сделал бы Иисус, если бы не жалел народа. Все еще радуются люди царственному шествию, как маленькие дети – игрушке; все еще стелят по дороге одежды свои, машут зелеными ветками, поют: «Осанна!» Слез Его не видят, и Он улыбается им сквозь слезы, как мать – ребенку или как то рыдающее солнце сквозь дождь.

В храм вошел Иисус (Мк. 11, 15), –
должно быть, через Восточные – Золотые врата.[714] Вспомнил ли, как входил в него двенадцатилетним отроком? Если забыл, то вспомнила, может быть, матерь Его, прошедшая снова, как тогда, Путь Крови[715] в смиренной толпе Галилейских жен (Лк. 8,2–3) вместе с матерью двух сынов Заведеевых, так усердно хлопотавшей давеча о почетном для них месте в царстве Божием (Мт. 20, 20–21); вспомнила, может быть, матерь Его, как три дня искала тогда потерянного Сына своего и, найдя, заплакала, сама не зная от чего, – от горя или от радости:

сын! что Ты сделал с нами. (Лк. 2, 48.)
Плакала, может быть, и теперь так же.

Только небольшая часть сопровождавшей Иисуса огромной толпы могла войти в так называемый «Внешний» двор храма, har habajit,[716] двор «Язычников», отделенный от двух следующих внутренних дворов, куда разрешался доступ одним сынам Израиля, с каменной решеткой и с остерегающей язычников надписью: «Входящему смерть». Великолепные притворы с исполинскими, в двадцать локтей вышины, столпными ходами из белого мрамора, с резными потолками из кедрового дерева и помостами из разноцветных каменных плит окружали Внешний двор.[717]

Здесь увидел Иисус великое Гананово торжище: скотный и птичий двор; множество лавок и лавочек, где продавались жертвенная соль, мука, елей, вино и фимиам; множество меняльных столов и прилавков, где паломники со всех концов земли обменивали римскую «нечистую» монету с изображением кесаря на «святое серебро», древний, тирский зекель, потому что в нем только могла вноситься храмовая дань.[718] Звон серебра на меняльных столах; хлопанье голубиных крыл в бесчисленных клетках; брань, клятвы, крики, вопли торгующихся так, как только

---

[714] Dalman, 276.
[715] Так, – если верить неизвестному «Иоанну», творцу IV Евангелия, вспоминающему о матери Господа, стоявшей у креста, в Страстную Пятницу, через пять дней после Вшествия (Ио. 19, 25–27).
[716] Dalman, 304.
[717] Keim, Gesch. Jes. v. Naz., III, 97.
[718] H. J. Holtzmann, Hand Commentar zum N. T., I, 91.

сыны Израиля торговаться умеют; жалобное блеянье овец и мычанье быков, чуявших кровь близкой жертвенной бойни, – все сливалось в один оглушительный хор. Гнусная нажива, обман и грабеж царствовали здесь, у самого сердца храма, – у Святого святых.

Так говорит Господь Саваоф, Бог Израиля... не надейтесь на лживые слова: «храм Господень, храм Господень»...

Крадете и убиваете, прелюбодействуете и клянетесь во лжи, и кадите Ваалу... а потом приходите и становитесь пред лицом Моим, в доме сем, на коем начертано имя Мое, и говорите: «Мы спасены», – чтобы и впредь делать все эти мерзости... Вот я сделаю с домом сим то же, что сделал с Силомом, и город сей предам на проклятие всем городам земли. (Иер. 7, 3–10; 26, 6.)

Тот храм, Силомский, разрушил Господь; разрушит и этот, Иерусалимский.

IV

Шум на площади сразу, должно быть, затих; умолкли голоса продающих и покупающих, когда увидели они Входящего и услышали торжественный клик:

Осанна Сыну Давидову! Благословен Грядущий во имя Господне!
Все оглянулись на Него с удивлением и страхом:
кто это? (Мт. 21, 10.)
И наступила вдруг тишина.

Низко наклонившись, искал Он чего-то на земле. Здесь, на скотном дворе, где постоянно привязывали и отвязывали скот, легко было найти то, чего Он искал: двух крепких, «пеньковых веревок», σχοινίων.

Скоро нашел их и, свив, скрутив в узлы крепко-накрепко, сделал бич, φραγέλλιον – и сказал:

не написано ли: «Дом Мой домом молитвы наречется для всех народов?» Вы же сделали его вертепом разбойников. (Мк. 11, 17.)

И поднял бич, –

и начал выгонять продающих и покупающих; и столы менял и скамьи торгующих голубями опрокинул. (Мк. 11, 15.)

И выгнал всех из храма (ἐξέβαλεν, *выкинул – вымел как сор); так же и овец и волов; и серебро менял рассыпал.* (Ио. 2, 15.)

Сделать это, конечно, не мог бы один: народ помогал Ему.[719] Как бы иначе Он мог разорить все эти нагороженные лавки и лавочки, опрокинуть все менальные столы и столики, очистить весь огромный Внеш-

---

[719] Osk. Holtzmann, Leben Jesu, 326.

ний двор от звериной и человеческой нечисти? Очень вероятно, что и Ему самому бич пригодился, чтобы гнать не только четвероногий скот.

Так же вероятно и то, что гонимые, бегущие после первого удивления и страха остановились, опомнились и начали сопротивляться, так что дело обошлось не без драки, а может быть, и не без крови. Вспомним, что у Двенадцати были мечи, – по крайней мере два (Лк. 22, 38): один у Петра, а другой, может быть, у Иоанна, «Сына Громова», и что в последнюю ночь будут они защищать Любимого до крови. Так же, конечно, и теперь готовы были Его защитить в этой самой неистовой из всех человеческих толп – Иудейской, где казалось, что не одна половина дерущихся идет на другую, а все против всех в общем побоище.[720]

V

Как бы не произошло возмущение в народе (Мк. 14, 2), –
θόρυβος, «бунт», «мятеж», «восстание» – «революция», по нашему, – этому вечному страху Ганана, мудрого политика, чье главное правило: quieta non movere, «не двигать неподвижного», – суждено было, казалось, оправдаться: сдвинулось неподвижное – началась «революция».

Издали, должно быть, смотрят на все «блюстители» храма, segaanim, из Левитских знатнейших родов,[721] белоручки, слуги Гагановы, одержимые тем же страхом «возмущения»:

как бы народ не побил нас камнями. (Лк. 20, 6).

Памятуя мудрость господина своего: две собаки грызутся, чужая не приставай, – ни во что не вступаются; только наблюдая издали за всем, готовят завтрашний донос Ганану.

Все, что происходило внизу, на дворе, мог видеть и римский «военачальник храма», «стратег», с любой из площадок двух лестниц, соединявших Внешний двор с Антониевой крепостью, занятой в эти пасхальные дни, когда стекались во храм сотни тысяч паломников, усиленным военным постоем: крепость эта – как бы римский железный орел, держащий в когтях своих белую голубку Господню – храм.[722] И, видя все, стратег не преминул, конечно, донести о том прибывшему в Иерусалим на те же пасхальные дни Понтию Пилату. Но и он не подумал вступиться: глядя на эту обычную драку ненавистных ему и презренных иудеев, как на петушиный или паучий бой, тихо, должно быть, злорадствовал, а

---

[720] Osk Holtzmann, 326.
[721] Zahn, 172.
[722] Joseph., Bell. Jud., V; Ant., XV, – Деян. Апост. 21, 31 – Dalman, 273. – Klostermann, Das Marcus-Ev., 129.

может быть, и ждал нового случая, как тогда с Галилейскими паломниками, «смешать кровь их с жертвами их» (Лк. 13, 1).[723] Но не успел – с такой внезапной, как бы чудесной быстротой все началось и кончилось;[724] только что неистовый крик, вопль, «Иудейское побоище», ад, и вдруг – тишина, чистота, порядок; тихое, стройное пение молитв вокруг одного Человека – Того, Кто все это сделал. «Кто Он?» – если бы уже тогда спросил Пилат об этом у других, как спросит потом у Него самого:

откуда ты? πόθεν εἶ σύ **(Ио. 19, 9)**, –

то, вероятно, немного узнал бы: «пророк из Назарета Галилейского» (Мт. 21, 10), только что на осле въехавший в город с толпой пасхальных паломников, женщин и детей. Но если бы узнал, что это «царь Иудейский», «сделавший Себя Сыном Божиим» (Ио. 19, 7) подобно «Божественному Кесарю Августу», divus Caesar Augustus, то, вероятно, не остался бы таким спокойным.

VI

Не было ли в том, что произошло, тайного смысла, более глубокого, чем явный, вложенный Церковью в эти слишком для нас привычные и почти уже ничего не говорящие два слова: *Очищение храма?* Кажется, многие, по всему Евангелию рассеянные намеки указывают на этот более глубокий смысл.

Здесь Тот, Кто больше храма **(Мт. 12, 6)**, –

говорит о себе Иисус иудеям, обвиняющим Его в нарушении Субботы – Закона; то же мог бы сказать Он и об Очищении.

Верь Мне, что наступает время... и уже наступило, когда... не в Иерусалиме – (в храме) – будут поклоняться Отцу, а в духе и в истине **(Ио. 4, 21–23)**, –

---

[723] Из того, что Иосиф Флавий не упоминает об этом избиении галилеян, вовсе еще не следует, что здесь Лука, как полагает Wellhausen (Ev. Luci, 1904, S. 72), говорит об известном избиении самарян на горе Гаризиме, в 85 г., т. е. уже по смерти Иисуса, путая хронологию, по обычному будто бы Евангелистам «невежеству». О возмущении «знаменитого», ἐπίσημος, Вараввы (Мт., 27, 16). Иосиф тоже не упоминает, и о скольких, может быть, подобных ему! Вот один из бес численных образчиков мнимонаучной критики даже у таких ученых, как Вельгаузен «Дурной глаз» на историческую подлинность евангельских свидетельств и желание, потворствуя дурному научному вкусу толпы, подорвать эту подлинность во что бы то ни стало ослепляет евангельских критиков, не только в таких сравнительно мелких случаях, как этот «В малом ты был верен над многим тебя поставлю», и наоборот этого не следовало бы забывать критикам.

[724] Osk. Holtzmann, 328 – A. Reville, Jes. de Naz., 1906, p. 250.

говорит Самарянке в Сихеме, у колодца Иакова. И тотчас по Очищении, когда иудеи спрашивают Его:
каким знамением докажешь Ты нам, что имеешь власть так поступать? –
Иисус отвечает:
разрушьте храм сей, и Я в три дня воздвигну его. (Ио. 2, 19.)
И дня через три, когда один из учеников, выходя из храма, говорит:
Учитель, посмотри, какие камни и какие здания! (Мк. 13, 1–2).
...Все это будет разрушено, так что не останется здесь камня на камне, –
отвечает Господь.[725] И уже не Он сам, а «лжесвидетели» против Него:
слышали мы, как Он говорил: «Храм сей рукотворный разрушу и через три дня иной воздвигну, нерукотворный». (Мк. 14, 58.)
И проходящие мимо Распятого смеются над Ним:
Э! разрушающий храм и в три дня созидающий... сойди с креста. (Мк. 15, 29–30).
И, наконец, то же слово – в устах свидетелей против диакона Стефана:
слышали мы, как он говорил, что Иисус Назорей разорит место сие (Д. А. 6, 14).

Если нет дыма без огня, то очень похоже на то, что Иисус действительно сказал при Очищении храма какое-то слишком скоро забытое всеми, друзьями и врагами одинаково, – потому что слишком для всех непонятное, – слово о разрушении храма, такое же, вероятно, «жестокое», как то, о «вкушении плоти и крови Его» (Ио. 6, 53–57).

Кажется, главный смысл всех этих уцелевших в Евангелии намеков – тот, что Очищение с Разрушением внутренне связано: старый оскверненный храм очистится огнем, и воздвигнется новый. Если так, то одно из самых нужных нам и самых забытых, непонятых, неуслышанных слов Господних – это: о разрушении всех рукотворных на земле храмов – церквей и о воздвижении единого Храма, нерукотворного – Церкви Вселенской.

VII

Очень ошибаются христиане, думая, что в Очищении огненном – Разрушении храма – дело идет только о храме Иерусалимском; нет, о всех вообще рукотворных, – в том числе и о христианских, храмах –

---

[725] Καὶ διὰ τριῶν ἡμερῶν ἄλλος ἀναστήσεται ἄνευ χειρῶν Вставка эта – в Syro Sinait. Да и в других древнейших кодексах Марка – R. A. Honmann, Das Marcus-Ev., 515.

церквах. И это очень страшно для христиан – «мятежно», «возмутительно», «революционно».

Чтобы разрушить старое и новое создать, нужен «переворот», «революция». – «Если не *обратитесь* στραφῆτε, *не перевернетесь, не опрокинетесь*, – не войдете в царство Небесное» (Мт. 18, 3). Это мы уже слышали на горе Блаженств; это надо помнить и здесь, на горе Страстей, чтобы понять, что произошло в Очищении храма. Для этого «переворота» – «перевертывания», «опрокидывания» – единственного пути в царство Божие, – страшно не подходит наше, слишком человеческое, «демоническое», хотя бы в древнем смысле «полубожеское», слово «революция». Но у нас другого слова нет и, кажется, долго еще не будет. В том то и беда наша, что лишь в этом темном и почти всегда обратном, опрокидывающем, но не всегда искажающем, иногда и страшно точно отражающем, демоническом зеркале – Революции, – мы можем увидеть самые нужные нам, близкие, братские, человеческие и неизвестные черты в лице Христа Неизвестного – **Освободителя.**

Будем же помнить, что мы употребляем для Него наше человеческое слово «революция» в новом, иногда противоположном старому, «обратном», «перевернутом», «опрокинутом» – божественном смысле.

VIII

В городе Фессалонике, когда произошло «возмущение в народе», – от Павловой проповеди, то «не уверовавшие (во Христа) Иудеи, возревновав и взяв с площади каких-то негодяев, повлекли братьев (уверовавших Иудеев и Эллинов) к городским начальникам, вопя, что эти *всесветные возмутители* (возмущающие вселенную), – пришли и сюда и поступают против повелений кесаря, почитая не его, а другого царем, – Иисуса» (Д. А. 17, 1–6).

Правы, конечно, по-своему, хотя и обратно, неожиданно для себя, эти враги Господни: в самом деле, ученики Христовы – «всесветные возмутители», люди «всемирной революции»; были ими тогда и всегда могут ими снова сделаться. Величайший же из них и «возмутительнейший» – сам Христос. Если поняли это те захолустные охранители порядка, то насколько лучше должен был понят мудрый церковный политик, первосвященник Ганан.

Иисус – против Ганана, Первый Двигатель – против неподвижного, Возмутитель – против Охранителя. Знает Ганан, что твердыня порядка – Закон, а твердыня Закона – Храм. Смертный приговор себе произносит Иисус, когда говорит здесь, в бывшем доме Господнем, нынешнем домеГанановом: «Я разрушу храм». В львиное логово вошедший Агнец дразнит льва: «Я тебя пожру». И всего удивительней, что знает лев или скоро узнает, что так и будет.

Знают это, может быть, и слуги Ганановы, храмовые менялы-банкиры, trapezitai (точный перевод евангельского слова trapeza – «меняльная лавка», banka на итальянском языке средних веков и на всех языках мира). С них-то и начинает Иисус «перевертывать», «опрокидывать» все: «столы меновщиков опрокинул». Хлещет по ним бич Господень, и правильно сложенные столбики монет рассыпаются, катятся, звеня, по гладкому полу. «Какой грабеж!» («экспроприация», по-нашему) – вопят менялы-банкиры, и кажется им, что пришел конец всему: началось «возмущение в народе», такая «революция», какой никогда не бывало. Правы и они опять-таки по-своему. Правее же всех – меняла менял, банкиров банкир, первосвященник Ганан.

Тенью лишь от облака это пройдет по земле, но в облаке – гроза. Это было и будет. Очищение храма есть первое во всемирной истории видимое всем и понятное, «мятежное», «возмутительное», «революционное» (все в том же, конечно, новом обратном, сверхисторическом смысле) действие Христа Освободителя.[726] Но первое будет и последним: тотчас же за ним Крест.

Всех, доныне единственно возможных во всемирной истории, человеческих – «демонических» революций конец, – начало последней сверхисторической Революции Божественной, – вот что такое Очищение – Разрушение храма.

IX

Могли Иисус не то что быть, а хотя бы только казаться «революционным насильником»; мог ли, в этом смысле, поднять бич Тот, Кто сказал: «Злому не противься (насильем) μὴ ἀντιστῆναι τῷ πονηρῷ; В правую щеку ударившему тебя подставь и другую»; «Любите врагов ваших» (Мт. 5, 39–44) и прочее – все, что мы затвердили так бесполезно-безнадежно-бессмысленно, как таблицу умножения? Нет, не мог. Но если это так, то почему же столько о биче «соблазнов» было и будет, столько отчаянных усилий вырвать бич из рук Господних?

Бич – только «символ», «прообраз»; плотского бича вовсе не было, – начинает соблазняться уже Ориген.[727] Но если так, то почему же ев. Ио-

---

[726] H. Monnier, La mission histor. de Jes., 1915, p. 272 «acte révolutionnaire». – Ed. Meyer. Urspr. d. Christen., I, 165: «перед насильем не отступил Иисус Er schreckte vor Gewalt ätlgkeiten nicht zurück». – Hamack, Das Wesen des Christentums, 88. – Osk. Holtzmann, Leb. Jes., 386.

[727] Orig., in Joah., X, 16. – Keim, III, 99.

анн изображает бич с такою наглядно-вещественной точностью: «свил бич из пеньковых веревок»? Судя по тому, что бич выпал из синоптиков, он уже и для них был «соблазном», skandalon; уже и они испугались «революционного насилия» (этот страх и соблазн – лучшая для нас порука в том, что память о биче исторически подлинна). Очень знаменательно, что в одном только IV Евангелии, самом «духовном» и «нежном» из всех, уцелела эта «грубость» и «вещественность». «Тайно пил Иоанн из сердца Господня» (Августин); выпил из него, может быть, и эту грозную тайну Бича.

«Злому не противься, насильем». – Кто это сказал, не мог поднять бича; но не мог ли Тот, Кто сказал:

царство небесное силой (насильем) берется, βιάζεται, и (только) насильники, βιασταί, восхищают его, ἁρπάζονται (Мт. 11, 13), –

«приступом берут», входят в Царство, как в осажденную крепость. Первый вошел в него сам Царь-Христос – «Насильник», βιαστάς. О, конечно, мы бы не посмели произнести это до ужаса загадочное слово о Нем, если бы Он сам его не произнес!

Противоречие между двумя словами – тем, о «непротивлении злу насильем», и этим, о вхождении в царство Божие «насильников», – неразрешимо, если два эти слова – два неподвижных догмата; но если это два движущихся религиозных опыта, то в опыте Страстей Господних и наших противоречие, может быть, разрешается.[728]

Что такое жизнь? «Противоположное-согласное», τὸ ἀντίζουν συμφέρον, по чудному слову Гераклита; «из противоположного – прекраснейшая гармония»; «из противоборства рождается все»;[729] «все противоположности – в Боге».[730] «Да» и «нет» – в высшем «да»; Сын и Отец – в Духе: вот что такое жизнь.

Самое живое лицо, самое «противоположно-согласное», – Его. Два лица:

придите ко Мне, все труждающиеся и обремененные. (Мт. 11, 28.) –

одно, а другое:

идите от Меня, проклятые, в огонь вечный. (Мт. 25, 41.)

---

[728] Очень возможно, что здесь, в IV Евангелии, едва уловимой вставкой, интерполяцией, «овец и волов», в нашем каноническом чтении (слово πρόβατα, «овцы», среднего рода, грамматически не согласовано со словом παντους, «все», мужского рода, отклоняется бич от достойных его, людей на невинных скотов – Wellhausen, Das Ev. Joh., 1908, 5, 15. – Spitta (Das Joh. – Ev., 73) возражает против этого, но неубедительно.

[729] Heracl., Fragm., 8.

[730] Heracl., Fragm., 67.

Благостный – Яростный; Агнец пожираемый – пожирающий Лев. Два лица? Нет, одно. Но мертвые, в догмате, никогда не увидят этого Живого Лица; его увидят только живые, в опыте.

X

Меньше всего христианство есть буддийское, толстовское «непротивление злу насильем». Что же отделяет тó от этого? Бич Господень.

Вечная мука всех честных людей – как бы раз навсегда предрешенная в судьбах мира, каким-то дьявольским промыслом предустановленная защищенность, неуязвимость, безнаказанность, всех овладевших миром негодяев, все равно «революционных», «мятежных» или «охранительных». О, если бы знать, что бич Господень ударил по лицу хоть одного из них, – какая была бы отрада!

Поднял бич на других, зная, что на Него самого будет поднят сейчас. Крестные гвозди целуем; поцелуем же и два эти бича – тот, на Него, и этот, Его.

Сколько усилий умных и глупых, добрых и злых, чтобы вырвать бич из рук Господних! Кому это нужно, кто этому радуется? Новые буддисты, толстовцы, «непротивленцы», теософы, розовой водой кровь Господню разбавляющие; овцы настоящие и волки в овечьих шкурах; благочестивые глупцы и мошенники; все, кто ударившему их в правую щеку подставляет другую, не свою, а чужую? Да, все. Но больше всех – «счастливейший из людей» на земле, неуязвимейший из негодяев, невидимейший и действительнейший убийца Христа, возлюбленный сын дьявола, первоантихрист, первосвященник Ганан.

Сколько бы, однако, люди ни вырывали бич из рук Господних – не вырвут.

Он придет. Он не минует, –
В ваши храмы и дворцы.
К вам, убийцы, изуверы,
Расточители, скопцы,
Торгаши и лицемеры,
Фарисеи и слепцы!
Вот, на празднике нечистом,
Он застигнет палачей,
И вопьются в них со свистом
Жала тонкие бичей.
Хлещут, мечут, рвут и режут;
Опрокинуты столы...
Будет вой, и будет скрежет.

Злы пеньковые узлы.
Тише город. Ночь безмолвней.
Даль притайная пуста.
Но сверкает ярче молний
Лик идущего Христа. [731]

XI

«Время было вечернее», – по воспоминанию одного очевидца, Петра-Марка (11, 19); будет гроза, по воспоминанию другого очевидца, Иоанна.

Ближе, все ближе глухие гулы далекого грома, ярче, все ярче молнийный блеск – огненный бич, призрачнее бледность исполинских столпов притвора Соломонова, ужас неземной гонит все стремительней бегущих под свистом Бича.

Как бы лучи исходили из глаз Его, и теми лучами устрашенные, бежали они. Radii prodierunt ex oculis ejus, –
уцелело, может быть, тоже «воспоминание очевидца» в «Евангелии от Евреев», почти современном нашим каноническим четырем Евангелиям и нисколько не менее исторически подлинном.[732]

Огнь, исходящий из глаз Его, –
Очи Его – как пламень огненный (Откр. 1, 14), –
будет на Страшном Суде страшнее бича.
Жжешь меня! жжешь меня! καιείς με, καιείς με, –
люди и бесы вопят уже здесь, на земле.[733]
Царь Ужасного Величия.
Rex tremendae majestatis. [734]
Вот Он идет... И кто выдержит день пришествия Его, и кто устоит, когда Он явится? Ибо Он – как огнь расплавляющий. (Мал. 3, 1–2.)
И цари земные, и вельможи, и богатые, и тысяченачальники, и сильные, и всякий раб, и всякий свободный спрятались в пещеры и в расщелины гор; и говорят горам и камням: падите на нас и сокройте нас от лица Сидящего на престоле и от гнева Агнца; ибо пришел великий день гнева Его, и кто устоит? (Откр. 6, 15–17).

---

[731] З. Н. Гиппиус, Стихи. Дневник 1911–1921, с. 94, «Шел» – Написано в Петербурге, в мае 1918 г, в самые черные дни коммунизма.

[732] Zahn, 170. – In libris evangeliorum, quibus utuntur Nazareni, ap. Hieronym. Кажется, несомненно подлинный отрывок из «Ев. от Евреев». – James, Journal of theol. Stud., 1906, p. 566.

[733] Macar., Homel., XII; 9. – Resch, Agrapha, 205.

[734] Thomas Celano, Dies irae.

XII

«Выгнал их, вымел, как сор» – это начало, а конец:
не позволял, чтобы кто-либо пронес какой-либо сосуд, σκεῦος, *через храм.* (Мк. 11, 16).

«Храм да не будет проходным двором» – исполнил и эту черту-йоту Закона с такою точностью, что и фарисеи-законники могли бы позавидовать.[735] Чтобы это сделать, должен был, вероятно, поставить у всех входных ворот во Внешний двор храма, har-habaït, надежную из Своих людей стражу. Сын овладел домом Отца, как приступом взятою крепостью; сделался в нем, хотя бы на несколько часов, полным хозяином.[736]

Видел, может быть, и это Пилат, но продолжал не вступаться. И если бы Иисус ковал железо, пока горячо, и с помощью таких преданных Ему членов Синедриона, как Иосиф Аримафейский и Никодим (Ио. 7, 50–52; Мк. 15, 43), так же быстро и легко, не нарушая тишины и порядка, овладел Синедрионом, как храмом, то, очень вероятно, Пилат и в это не вступился бы: кто из двух одинаково для него презренных иудеев будет во главе Синедриона, Иисус или Ганан, не все ли равно, – только бы смирно сидел.

Слово Господне о римской подати:
кесарево кесарю, а Божие Богу (Мк. 12, 17), –
понятое как совершенная покорность власти Рима (а иначе и не могли бы понять его римляне), – показалось бы мудрым не только Пилату, но самому Тиберию. С Римом, – так, по крайней мере, кажется нам с нашей человеческой, исторической точки зрения, – мог бы Иисус поладить на время, если бы только хотел.

XIII

Так же мог бы он поладить и с народом Божьим, Израилем. Давеча, когда входил во храм, –
весь город пришел в движение, и спрашивали. «Кто это?» Толпы же народные отвечали: «Пророк из Назарета Галилейского». (Мт. 21, 10–11).

И прибавляли шепотом, на ухо, так, чтобы не выдать эту святую и страшную тайну врагам:
не это ли Мессия-Христос? (Мт. 12, 23.)

---

[735] Joseph., Apion., II, 7: denique ne vas quidam aliquod portari licet. – Berachoth, IX 8, 5; VII, 19. – Klausner, 315. – Klostermann, Das Marcus-Ev., 131.

[736] H. Monnier, Miss hist. d. Jes., 271.

Тайну эту, может быть, до конца сохранили бы, пока не открыл бы ее всему Израилю, всему человечеству Он сам.

Страшная Иудейская война-восстание 70 года – нечто небывалое во всемирной истории: целый народ, одержимый Богом или дьяволом, самоубийца или мученик за царство Божие. Если бы вождем такого народа оказался такой человек, как Иисус, то какая началась бы «революция», опять-таки не в нашем, «демоническом» смысле, а в Его, божественном; какой огонь на земле возгорелся бы!

Огонь пришел Я низвести на землю и как желал бы, чтоб он уже возгорелся. (Лк. 12, 49.)

Сердце мира – Израиль; сердце Израиля – Иерусалим; сердце Иерусалима – храм: храмом овладев, овладел бы миром Иисус. И даже от Креста не отрекаясь (о, конечно, кончилось бы все-таки Крестом!), мог бы это сделать, – только не спеша на Крест так, как спешил; отсрочив его с пяти дней на пятьдесят, пятьсот, или на больший, нам, а может быть, и Ему самому тогда еще неведомый, срок; только сказав, как столько раз уже говорил:

Час Мой еще не пришел. (Ио. 2, 4.)
Время Мое еще не исполнилось. (Ио. 7, 8.)

Каждая такая отсрочка, с нашей, опять-таки слишком, может быть, человеческой, исторической точки зрения, как изменила бы весь ход всемирной истории, как неимоверно приблизила бы ее к царству Божью!

Вот что решалось в эту ночь. Всем грядущим векам показал Иисус, что мог бы овладеть миром, если бы захотел. Но вот, не захотел.[737] Почему?

XIV

Что произошло между двумя мигами – тем, когда Иисус, поставив стражу у последних ворот храма, овладел им окончательно, как приступом взятою крепостью, и тем, когда, выйдя из храма, как бы снова отдал врагу только что взятую крепость, – что произошло между этими двумя мигами, не знают синоптики, но, может быть, знает Иоанн: смертное борение, Агония, почти такая же, как в Гефсимании.

Начал ужасаться и тосковать... Душа Моя скорбит даже до смерти. (Мк. 14, 33–34).

Ныне душа Моя возмутилась. (Ио. 12, 27.)

Целые годы служения Господня отделяют в IV Евангелии Очищение храма от Вшествия в Иерусалим, Бич – от Агонии. Но если помнят

---

[737] Keim, III, 100. – Hase, 532.

синоптики лучше внешний порядок событий, во времени, внутренний же смысл их в душе Иисуса яснее видит Иоанн, то мы должны соединить оба свидетельства его – то, слишком раннее, об Очищении храма, и это, точное по времени, о Вшествии в Иерусалим; мы должны соединить Агонию с Бичом.[738] Тотчас же после Бича – Агония; только ли после него или также – *от него*? В мертвом догмате на этот вопрос нет ответа; но, может быть, есть – в догмате живом – в религиозном опыте Его страстей и наших, в смертном борении, Агонии человека Иисуса и всего человечества.

XV

Ревность по доме Твоем снедает Меня, –
вспомнили, по свидетельству Иоанна (2, 17), все ученики, увидев бич в руке Господней, но поняли, что это значит, может быть, лучше всех двое: Петр, один из всех, поднявший меч за Любимого (Ио. 18, 10), и Иоанн, один из всех, запомнивший бич в руке Любимого. Понял, может быть, и третий, тоже снедаемый ревностью о доме Божием – царстве Божием, – «друг» Господень Иуда, Иуда «диавол» (оба эти имени даны ему самим Иисусом, Мт. 26, 50; Ио. 6, 70), – тоже ученик «возлюбленный»: если бы не любил его Господь, то не избрал бы.

Давеча, когда, восходя в Иерусалим, думали все, что «царство Божие явится сейчас» (Лк. 19, 11), – этого, вероятно, один Иуда не думал; и когда поняли все, почему Иисус, посылая двух учеников за осленком, назвал Себя «Господом», «Царем», – этого один Иуда не понял; и когда все восклицали: «Осанна! благословен Грядущий во имя Господне!» – один Иуда молчал. Но, только увидел бич в руке Господней, – поверил, понял все и вдруг ужаснулся – обрадовался, может быть, больше всех.

Стража поставлена у последних ворот; крепость взята приступом. Все ждут, что скажет Иисус, что сделает, куда их поведет; больше всех ждет Иуда. Но Иисус молчит; стоит, должно быть, не двигаясь, опустив глаза, как будто ничего не видит и не слышит; весь ушел в Себя. И бледно лицо Его в трепетном блеске зарниц – бледнее мрамора исполинских столпов в притворе Соломоновом. Руки повисли, как плети; длин-

---

[738] Слишком исторически невероятно относит Иоанн Очищение храма не к последним дням служения Господня, как это делают синоптики, а к первым: мог ли, в самом деле, только что начавший проповедывать и никем еще не признанный учитель из Назарета совершить безнаказанно, на глазах у иудейских и римских властей, такое самоуправство, как разорение целого торжища, изгнание бичом такого множества скота и людей? – H. Monnier, 27 – contra Stapfer, La mort et la resurrection de J. Chr., p. 79–80.

ный бич все еще в правой руке; пальцы судорожно крепко сжимают его, как будто не могут разжаться. Вспомнил, может быть, два слова, – то: «в царство Божие входят насильники» и это: «злому не противься насильем». И надвое между этими двумя словами разодралась душа Его, как туча молнией.

Начал ужасаться и тосковать... Ныне душа Моя возмутилась.

Медленно поднял глаза, и огненный взор Иуды ударил Его по лицу, как бич: вдруг понял все – прочел в глазах «друга» Иуды, Иуды «диавола»:

Поднял бич – поднял меч. Царство отверг на горе Вифсаидской, когда Тебя другие хотели сделать царем, а теперь Сам захотел? Принял Царство – принял меч. Кто говорил с Тобой на горе Искушения: «Если падши, поклонишься мне, я – дам Тебе все царства мира?» Как он сказал, так и сделалось: Иисус поклонился Христу; все царства мира дал Иисусу Христос. Осанна! Благословен Грядущий во имя Господне!

Пальцы разжал Иисус на биче с таким отвращением и ужасом, как будто держал в них змею. И лег на красном порфире помоста серо-серебристый в трепетном блеске зарниц, извиваясь у ног Его, бич, как змея.

XVI

Были же некоторые Эллины из пришедших (в Иерусалим) на поклонение в праздник (Пасхи).

И, подошедши к Филиппу, бывшему из Вифсаиды Галилейской, просили его, говоря: «Господин! мы хотим видеть Иисуса». (Ио. 12, 20–21.)

Люди от начала мира этого хотели, жаждали, умирали от жажды, и вот эти три слова: «Иисуса видеть хотим», – как бы открытые, сжигаемые жаждой уста.

Прямо подойти к Нему не смеют, «необрезанные», «псы», язычники: только что видели, может быть, издали Царя Ужасного Величия. Робко подходят к Филиппу из Вифсаиды Юлии, полуэллинского города, но и Филипп не смеет подойти прямо:

идет и говорит о том Андрею –

земляку своему из той же Вифсаиды Юлии (Ио. 1, 44). Только вдвоем осмелились – подходят, –

и сказывают о том Иисусу.

Иисус же сказал им в ответ: час пришел прославиться Сыну человеческому. (Ио. 12, 20–23)

Что это значит? Почему слава Сына – пришествие эллинов? Мир вещественный – Рим; мир духовный – Эллинство: он-то к Сыну и пришел.[739]

Весь мир идет за Ним (Ио. 12, 19), –
говорят между собой фарисеи за минуту до прихода эллинов, как будто уже зная о нем. Если первые попавшиеся эллины к Нему не пришли бы, то эти, должно быть, знают, к Кому идут и зачем. Он и говорит им как знающим:

истинно, истинно говорю вам: если пшеничное зерно, падши в землю, не умрет, то останется одно; если же умрет, то принесет много плода. (Ио. 12, 24.)

Тайна всех таинств, от начала мира до Христа, – в этом слове. И, слыша его, не могли не понять знающие тайну эллины, что умирающее и воскресающее зерно – Он сам.

Когда вознесен буду от земли (на крест), всех привлеку к Себе. (Ио. 12, 32.)

Слыша и это слово, не могли не понять, что перед ними – высоко вознесенный, «Срезанный Колос», «Великий Свет» Елевзинских ночей – Спаситель мира.[740]

XVII

Снова огненный взор Иуды ударил Иисуса, как бич, по лицу; снова понял Он все – прочел в глазах Иуды:

Кто говорил с Тобой на горе Искушения: «Я дам Тебе все царства мира и славу их»? Как он сказал, так и сделалось: всю славу мира дал Иисусу Христос.

В смертном борении поднял к небу глаза Иисус.

Ныне душа Моя возмутилась, и что Мне сказать? Отче! спаси Меня от часа сего... Но на сей час Я и пришел... Отче! прославь имя Твое.

Славу мира отверг, славу Божию принял – позор человеческий – Крест.

---

[739] Как бы зачатие будущей христианской всемирности – Церкви Вселенской – происходит в этом пришествии эллинов eleusis, значит «пришествие»; Eleusis – место, где совершаются всемирные, «объединяющие весь род человеческий», Елевзинские таинства умирающего и воскресающего Хлебного Семени и где ожидается «Пришествие» Сына – Weizsacker, Untersuhung über die ev. Gesch. 1901, S. 346–349.34.

[740] Alfr. Jeremias, Die Ausserbiblische Erl oserererwartung, 1927, S. 377. – Presensé, Jesus-Christ, 1865, p. 581. – Д. Мережковский. Тайна Запада, II, Боги Атлантиды, XIII, Дионис Будущий, XXXIX.

Молния разодрала тучу надвое; несказанно величественный, небо и землю потрясающий гром – глас Отца к Сыну:

и прославил (уже), и еще прославлю, ἐδόξασα καὶ πάλιν δοξάσω, *славой осиял уже и еще осияю.*

После молнии – тьма, но и во тьме, кажется людям, лицо Иисуса – как вечная тихая молния. И сказал Иисус:

ныне суд миру сему; ныне князь мира сего изгнан будет вон. И, когда вознесен буду от земли, всех привлеку к Себе (Ио. 12, 27–32).

Так сказал и пошел. Сделал первый шаг, наступил на бич – раздавил змею; сделал шаг второй, наступил на сердце Иуды Возлюбленного – раздавил и его, как змею.

Только в первую минуту после молнии – черная ночь, а потом опять чуть-чуть рассвело; в двойных, грозовых и вечерних, сумерках мрамор столпов забелел опять, зарозовел, должно быть, от зажженных где-то факелов. Видели все, куда шел Иисус; видели, но глазам своим не верили.

После грома несказанного, гласа Божия, сделалась вдруг такая тишина на земле и на небе, что слышался каждый шаг Идущего. Молча перед Ним расступаются все; идет в толпе один, как в пустыне. «Куда идешь, зачем? Что делаешь? Крепость ли только что взятую приступом, царство Божие, сдаешь врагу?» – этого никто спросить, ни даже подумать не смел; но, может быть, в сердце было это у всех, так же как в сердце Иуды. В смертном борении, в агонии, ждали, что будет. «Всех привлеку к Себе, когда вознесен буду от земли» – на Крест. Как Он сказал, так и сделается, всех привлечет к Себе – в Агонию, на Крест.

Вот уже вступил в Восточные врата, те самые, которыми давеча вошел в храм; вот уже переступил порог. Знал, что делает: «слишком любил – перелюбил Израиля» – человечество и сердце его раздавил, как змею.

XVIII

Иисус отошел и скрылся от них, –
по воспоминанию одного очевидца, Иоанна (12, 36).

Вышел вон из города, –
по воспоминанию другого очевидца, Петра-Марка (11, 19).

И, оставив (покинув) их, вышел вон из города в Вифанию и там провел ночь, –
по воспоминанию, может быть, третьего очевидца, Матфея (21, 17). Если так врезалось в память, то значит, и в сердце.

Может быть, в эту ночь подумал о Любимом не только Иуда Возлюбленный:

«Царство Божие предал Иисус Предатель».

3. Серый понедельник

I

Ступая босыми ногами по грязным лужам дороги, под мелко сеющим, как из сита, дождем, шли в Иерусалим из Вифании двенадцать нищих бродяг, а впереди – самый нищий, Тринадцатый. Вспомнили, может быть, как в прошлую Пасху под таким же точно дождем шли, отверженные Израилем, от своих к чужим, из Капернаума в Кесарию Филиппову.[741]

Утром же опять пришли в Иерусалим. (Мк. 11, 20.)
И вошел Он в храм, и учил. (Мт. 21, 23.)

Если бы действительно хотел, как могло казаться не только Иуде, но и преданнейшим из учеников Его, возмутить народ и объявить Себя «царем Израиля», то понял бы, какую роковую сделал ошибку, покинув вчера, Иерусалим так внезапно, как будто бежал с поля битвы. Все решающий миг упустил; вместо того чтобы ковать железо, пока горячо, дал ему остынуть. Что можно было сделать вчера, в последних лучах заходящего солнца, в красное Воскресенье, нельзя было сделать сегодня, в Серый Понедельник, под серым, скучным дождем.

---

[741] Этот понедельничный дождь – не «апокриф», а довольно вероятная метеорологическая догадка, может быть, не бесполезная, потому что видеть лицо земли и неба, чтобы угадать душу исторического события, так же иногда необходимо, как видеть лицо человека, чтобы угадать то, что в душе его происходит По исторически подлинному, кажется, воспоминанию, если не самого очевидца Иоанна, то неизвестного, вспоминающего со слов Иоанна, в ночь с воскресения, 2 апреля, на понедельник, 3-го, прошла над Иерусалимом гроза значит, день был знойный, а через четыре дня, с четверга, 6 апреля, в пятницу, 7-го, по воспоминанию, кажется, столь же исторически подлинному двух вероятных очевидцев, Иоанна (18, 18) и Петра-Марка (14, 54), ночь была такая холодная, что слуги, на дворе Каиафы, должны были развести огонь. В первые знойные дни южных весен, наступают, обыкновенно, такие внезапные холода, после грозового ливня, переходящего в мелкий, затяжной, иногда суточный, дождь. Он-то, по нашей вероятной догадке, и приходится на Страстной, так называемый Чистый понедельник.

Св. Аркульф, епископ Галльский, паломник VII века, вспоминает о правильно будто бы повторяющихся каждый год, в ночь на 15 сентября, чудесно посылаемых самим Господом, «потопных ливнях, для очищения Св. Града, от безмерно скопляющихся на улицах и торжищах его, человеческих и скотских нечистот». – Geyer, Itinera Hiersolymin. saec., IV–VIII, 1898, p. 225–256. – P. Mickley, Arculf, 1917, II, 18–19. – Этим осенним очистительным ливням соответствует, может быть, и весенний дождь Чистого понедельника.

Слушают Его, может быть, люди и сегодня так же неотступно, как вчера; так же готовы идти за Ним всюду, куда их поведет. Но если как будто не изменилось ничего снаружи, то изменилось внутри: тень сомнения прошла по сердцам: «Тот ли это, которому должно прийти, или ожидать нам другого?»

II

Так же и в стане врагов, может быть, кое-что изменилось. Первым ударом оглушенные, за ночь опомнились они, пришли в себя.

Первосвященники же, и книжники, и старейшины народные искали Его погубить.

И не находили, что бы сделать с Ним, потому что все народное множество приковано было к устам Его. (Лк. 19, 47–48).

Видя, что силой ничего не возьмешь, решают действовать хитростью. Лютые между собой враги – фарисеи, саддукеи, иродиане, – все против общего врага соединяются.[742]

И посылают к Нему некоторые из фарисеев и иродиан, чтобы уловить Его в слове. (Мк. 12, 13.) Αγρεύσωσιν – значит «ставить западню», ловят Его, как охотники – зверя.

Сходятся, прячутся, наблюдают за пятами моими, чтобы уловить душу мою.

...Сеть приготовили ногам моим; выкопали передо мною яму. (Пс. 55, 7; 56, 7).

Сеть их, стальную, адамантовую, рвет Иисус, как паутину. А все-таки из жалости к народу соблазненному вынужден играть в их игру – школьную диалектику раввинов, – с какими, должно быть, отвращением и скукою («скука Господня» и здесь, в Иерусалимских буднях, в конце жизни, так же, как там, в начале, в буднях Назаретских). В спорах этих рабби Иешуа – книжник среди книжников: видишь, кажется, висящие по краям одежд Его из голубой шерсти свитые кисточки-канаффы, давно уже от солнца полинялые, белой пылью дорог запыленные, от дождя потемневшие.

Весь Израиль – все человечество – ставка в этой игре Сына Божия с дьяволом. Знает это народ или не знает, – дух у него замирает от любопытства и страха: чья возьмет?

Главное в поединке оружие Господне – змеиное жало насмешки – до мозга костей проникающий яд.

Будьте мудры, как змеи. (Мт. 10, 16.)

С кем имеют дело, могли бы узнать слуги Гананову по этому яду.

---

[742] Weitzäcker, Untersuch, über die Ev. Geschichte. 1901. S. 347.

III

Кукольного театра хозяин, спрятавшийся за сценой, дергая куклы за невидимые ниточки, двигает их и делает с ними что хочет: двигатель кукол – всех, от Иуды до Пилата, действующих лиц этой дьявольской комедии, – первосвященник Ганан; он за всеми, а за ним «отец лжи».

Князь мира сего идет, и во Мне не имеет ничего. (Ио. 14, 30.)

Три искушения Ганана соответствуют трем, на горе, искушениям дьявола. Те – в мистерии, в вечности, эти – во времени, в истории; но можно бы сказать и об этих, как о тех: «чтобы их изобрести, не хватило бы всей мудрости земной».

Первое искушение – властью.

Когда Он ходил в храме, приступили к Нему книжники (Мк. 11, 27) и сказали Ему: какою властью Ты это делаешь? и кто дал Тебе такую власть? (Мт. 21, 23.)

Жало искушения раздвоено. Дело, конечно, идет об Очищении – Разрушении храма. Если бы на вопрос: «Кто дал Тебе такую власть?» – Иисус ответил: «Бог», то слишком легко уличили бы Его искусители Его же словами:

если Я свидетельствую сам о Себе, то свидетельство Мое неистинно. (Ио. 5, 31.)

Это одно жало, а вот и другое, более глубокое, может быть, и от самих искусителей скрытое. Там, на горе Искушения, дьяволом предложенную власть отверг Иисус; не принял ли ее здесь, в храме; бич подняв, не поднял ли меч?

Здесь уже от большего предателя к меньшему, от Ганана к Иуде, – перекинутый мост.

IV

Весело, должно быть, слушателям видеть, с какою легкостью оборачивается жало искушения на самих искусителей; как в их же собственную западню ловит их Иисус.

Спрошу и Я вас об одном, отвечайте Мне; тогда и Я скажу вам, какою властью это делаю.

Крещение Иоанново откуда было, с небес или от человеков? (Мк. 11, 29–30; Мт. 21, 25).

Они же, рассуждая между собою, говорили: если скажем: «С небес», Он скажет: «Почему же вы не поверили ему?» А если скажем: «От человеков», весь народ побьет нас камнями, потому что он верит, что Иоанн был пророк. И отвечали: не знаем. (Лк. 20, 5–7.)

Глупый ответ и смешной; умники остались в дураках.
Мытари и блудницы вперед вас идут в царство Божие....ибо Иоанну поверили они... вы же, и видя то́, не раскаялись. (Мт. 21, 31–32.)
Вот первый по лицу их удар бича, того же и сегодня, как вчера. Если бы нечто подобное сказано было нищим бродягою в Ватикане наших дней, то поняли бы мы силу удара.
И начал говорить к народу (Лк. 19, 9), –
уже не к вождям его, а к нему самому, притчу о злых виноградарях.
Сына моего возлюбленного пошлю; может быть, увидев его, постыдятся (Лк. 19, 13.)
В этом слове Отца: «может быть» – уже Агония Сына, как бы уже сквозь Серый Понедельник Страстной Пятницы черная тьма.
И, схватив его, убили. (Мк. 12, 8.)
Что же сделает с ними господин виноградника? (Лк. 20, 15.)
Смерти злой предаст злодеев сих, а виноградник отдаст другим, – отвечают у Матфея (21, 41) сами искусители, еще не поняв, что притча – о них; а у Марка (12, 10) и Луки (20, 16) отвечает за них Иисус.
Слышавшие же то́ сказали: да не будет! –
этим невольно с уст их сорвавшимся криком ужаса сами себя выдают: в злых виноградарях узнали себя. И так же, может быть, как вчера мелькнуло вдруг перед ними в одном лице другое: в Благостном – Яростный, в Агнце пожираемом – пожирающий Лев.
Он же, взглянув на них пристально, – (новый удар бича по лицу), – ***сказал: что же значит слово сие: «Камень, который отвергли строители, тот самый сделался главою угла»?***
Всякий, кто упадет на него, разобьется, а на кого он упадет, того раздавит (Лк. 20, 17–18).
Поняли, конечно, «охранители», «возмущающий», «революционный» смысл обеих притч: свергнуть надо Израилю – всему человечеству – слепых вождей, чтобы не погибнуть вместе с ними.[743] Снова и сегодня, как вчера, возмущает народ Иисус, Возмутитель Всесветный.
И хотели схватить Его, но побоялись народа... И, оставив Его, отошли. (Мк. 12, 12.)
Первое искушение кончено, начинается второе.

V

И наблюдая за Ним, (первосвященники) подослали лукавых людей, которые, притворившись благочестивыми, уловили бы Его в

---

[743] R. A. Hoffmann. Das Marcusev., 481.

слове, чтобы предать Его начальству и власти правителя. (Лк. 20, 20.)

Те же, пришедши, говорят Ему: Равви! мы знаем, что Ты праведен и не заботишься об угождении кому-либо, ибо не смотришь ни на какое лицо, но истинно пути Божию учишь. (Мк. 15, 14.)

Итак, скажи нам, как Тебе кажется: можно ли нам давать подать кесарю или нельзя? (Мт. 22, 17.)

Дьявольская хитрость искушения в том, что между двумя огнями ставит оно Искушаемого: если ответит: «Можно», — то будет в глазах народа ложным Мессией, потому что истинный — освободит Израиля от римского ига; если же ответит: «Нельзя», — то выдаст Себя головой римским властям.[744]

Видя же Иисус лукавство их, сказал: что искушаете Меня, лицемеры?

Покажите Мне монету, которою платится подать. Они принесли Ему динарий.

И говорит им: чье это изображение и надпись?

Так же и здесь, во втором искушении, как в первом, жало вопроса обращается на самих искусителей. Только что ответили: «кесаревы», — сами в западню свою попались; все перевернулось, опрокинулось, как в зеркале.

Тогда говорит им: отдавайте же кесарево кесарю, а Божие — Богу. (Мт. 22, 18–21.)

«Умное, наконец-таки, умное слово!» — восхищаются двадцать веков те, кто на все остальные слова Господни плюет. Чем восхищаются? Мудрым «отделением Церкви от государства», царства Божия — от царства человеческого, земного — от небесного.[745] Но если бы что-нибудь подобное мог сказать Иисус, то отрекся бы от главного дела всей жизни своей — царства Божия на земле, как на небе.

VI

Чтобы понять это слово, надо помнить, что Иисус вовсе не отвечает, а только отражает мнимый вопрос искушающих (мнимые только ответы и могут быть на такие вопросы мнимые); делает с ним то же, что

---

[744] Keim, II, 442–443.

[745] «Слишком по-мирски и очень извращенно думает Леоп. Ранке, будто это — важнейшее и наибольшие последствия имевшее слово Иисуса. Etwas profan und recht verkehrt meint Leop. Ranke, Mc. 12, 17, sei das wichtigste und folgenreichste Wort Jesu gewesen», замечает Wellhausen, Das Ev. Marci, 1909. S. 95.

зеркало с отраженным образом. В мнимой глубине ответа – действительная плоскость, где искать глубины настоящей – все равно, что входить в зеркало: никуда не войдешь – только разобьешь стекло и обрежешься.

«Можно ли воздавать кесарево – кесарю, а Божие – Богу?» – вот в мнимом ответе действительный вопрос.

Двум господам не может служить никакой слуга, ибо или одного будет ненавидеть, а другого любить; или одному усердствовать, а о другом не радеть: не можете служить Богу и Маммоне,

Богу и кесарю.

Слышали это фарисеи и, будучи сребролюбивы, смеялись над Ним. (Лк. 16, 13–14.)

Тогда смеялись они, а теперь – Он. Стоило бы им только прочесть на лицевой стороне монеты: «Tiberius Caesar, divi Augusti filius», «Кесарь Тиберий, Августа Божественного сын» и на стороне оборотной: «Pontifex maximus», «Первосвященник», – чтобы понять насмешку.[746]

...Сделает (Зверь-Антихрист) так, что никому нельзя будет ни покупать, ни продавать, кроме того, кто имеет начертание или имя Зверя. (Откр. 13, 16–17.)

«Зверю – звериное, Божие – Богу», – мог ли это сказать Иисус?[747] Кесарево кесарю воздал и Он, но так, что был распят по римским законам как «виновник мятежа», auctor seditionis.

Слово о подати верно поняли враги Его – вернее друзей:

начали обвинять Его, говоря:...Он развращает народ наш и запрещает давать подать кесарю, называя Себя Христом – Царем. (Лк. 23, 2.)

Только для того, можно сказать, жил и умер Иисус, чтобы явить миру, что царство Зверя – против царства Божия и что надо между ними сделать выбор. «Бога или человеков слушаться?» – спрашивает Иуда Галилеянин, подымая против римской власти, римской подати, меч.[748] Крест поднял Иисус; мог ли Он сказать: «Бога и человеков слушаться должно, двум господам служить»?

Если две тысячи лет, от Павла, учившего во дни Нерона-Зверя:

нет власти не от Бога (Рим. 13, 1), –

до нынешних церковных политиков христианство «входит в зеркало», ищет путей в западне, то можно по этому судить, как и здесь, в учении о власти, все еще неизвестен Христос-Царь Неизвестный.

---

[746] Madden, Jewish coinage, 247. – Klostermann, Das Marcusev., 139.
[747] Osk. Holtzmann, Leben Jesu, 339.
[748] Joseph., Bell, II, 8, I, 17, 8. – Ant., XVIII, I, 6; XX, 5, 2. – Lagrange, Marc, 314.

И не могли уловить Его в слове... и, удивившись ответу Его, замолчали. (Лк. 20, 26.)

Кончено второе искушение, начинается третье.

VII

В тот же день приступили к Нему саддукеи, которые учат, что нет воскресения мертвых. (Мт. 22, 23.)

Скептики-циники, а может быть, и тайные безбожники (Бог для них – Закон), думают они о смерти, как первый саддукей, царь Соломон: *нет у человека преимущества перед скотом... Все идет в одно место, вышло из праха и в прах отойдет.* (Еккл. 3, 19–20).

Странным приключением семи братьев – семи мужей одной жены на том свете – этим «скверным анекдотом» в вечности – сводят они воскресение мертвых к нелепости, самое святое делают смешным.

В первом искушении хотят уничтожить тайну Рождества: Сына Единородного спрашивают: «Кто дал Тебе такую власть?» «Тайну жизни Его – царство Божие – хотят уничтожить во втором искушении податью кесарю, а в третьем – тайну смерти Его – Воскресение.

Будучи еще в живых, обманщик тот сказал: «Через три дня воскресну» (Мт. – 27, 63), –

это могли бы они узнать в Четверг или Пятницу от Иуды Предателя; но в Понедельник – от кого, если не от «отца своего, диавола»?

Весело, должно быть, опять слушателям видеть, как маску с лицемеров срывает Иисус.

Этим ли приводитесь в заблуждение, не зная Писаний, ни силы Божией?

Ибо когда из мертвых воскреснут, тогда не будут ни жениться, ни замуж выходить, но будут, как Ангелы на небесах.

А о мертвых, что воскреснут, разве вы не читали в книге Моисея, как Бог при купине сказал ему: «Я есмь Бог Авраама, и Бог Исаака, и Бог Иакова»? (Мк. 12, 24–26.)

Бог не есть Бог мертвых, но живых, ибо у него все живы. (Лк. 20, 38.)

Это значит «ваш отец – диавол», «человекоубийца от начала» (Ио. 8, 47, 44), – мертвый бог мертвых.

Только что были смешны – и вот страшны. Это третий по лицу их удар бича Господня.

И слыша, народ дивился учению Его. И никто не мог отвечать Ему ни слова; и с того дня никто уже не смел спрашивать Его. (Мт. 22, 33, 46.)

Все искушения победил. «Весь народ прикован был к устам Его; слушал Его с услаждением». Но что же дальше? Слушали, слушали и «разошлись по домам» (Ио. 7, 53), к малым делам и делишкам своим, «кто на поле свое, а кто на торговлю свою (Мт. 22 5). „Все сойдет на нет, игра будет вничью", – могли надеяться враги Господни. В слове неуловим для врагов, но и для друзей тоже: слишком „пререкаемое знамение" для всех.

Прямо на прямой вопрос: «Можно ли давать подать кесарю?» – так и не ответил. Слишком тонкое жало насмешки осталось для народа невидимым, противоядие – бездейственным, а яд, может быть, вошел в сердце.[749]

Ясным казалось одно: начал делом – кончил словом; поднял бич – поднял меч и опустил; мог бы овладеть Царством и не захотел.[750]

VIII

В славянском кодексе Иосифа Флавия найдена, кажется, очень древняя, потому что слишком очевидно противо-христианская, должно быть, иудейская, вставка, где уцелело исторически подлинное, хотя и очень смутное воспоминание о том, что происходило тогда в Иерусалиме.

Многие сердца воспламенялись надеждой, что народ иудейский может быть освобожден им (Иисусом) от римского ига. Он же находился, обыкновенно, перед городом, на Масличной горе, –

(каждый день уходил на ночь из Иерусалима в Вифанию, по свидетельству Марка и Матфея), –

где творил исцеления, будучи окружен ста пятьюдесятью учениками и множеством народа. И, видя, что может он совершать словом все, чего ни захочет, открыл ему народ желание свое: чтобы, войдя в город, перебил он римских воинов с Пилатом и воцарился. Но этого он (Иисус) не захотел».[751]

Если бы человек с горящим факелом, войдя в пороховой погреб осажденной крепости, остерегался тщательно, чтобы ни одна искра не упала в порох, то осаждающие могли бы подумать: «Трусит он или изменил, предал нас врагу?» Так об Иисусе мог думать народ.

---

[749] Bern. Weiss, Das Leben Jesu, II, 444.

[750] Keim, III, 102.

[751] A. Berendts. Die Zeugnisse vom Christentum im slavischen «de Bello Judaico» des Josephus, 1906. – Salom. Reinach, Jean Baptiste et Jesus, suivant Joseph, 1929. p. 132–136. – M. Goguel, La vie de Jesus, 1932, p. 62–68.

Здесь, в Иерусалиме, повторяется то же, что там, в Вифсаиде, по Умножении хлебов: народ хочет сделать Иисуса царем, и Тот, как будто сначала согласившись, потом отвергает царство – «обманывает» всех. Этого Ему никогда народ не простит. Те же уста, что возглашали «Осанна!» – завопят: «Распни!»

IX

Около всякой трагедии, личной и общей, происходит то, что можно бы назвать «духовным вихрем» или «водоворотом». Души вовлекаются в него, как частицы воды в водоворот, или частицы воздуха – в вихрь. Кажется, и около этой величайшей из вех человеческих трагедий – Страстей Господних – образовался «духовный вихрь» такой силы, какой не было и не будет уже никогда во всемирной истории. Кажется, все приближающиеся к этой трагедии, от Петра до Иуды, от Пилата до Ганана, более или менее смутно чувствуют, что в ней решаются вечные судьбы не только каждого из них в отдельности, но и всего Израиля, а может быть, и всего человечества. Сколько бы люди ни уходили от этого великого дела к малым делам и делишкам своим, «кто на поле свое, а кто на торговлю свою», – с каждым из них могло случиться то же, что с Симоном Киринеянином, который, идучи с поля, попал нечаянно под крест (Мк. 15, 21); каждый более или менее смутно чувствовал агонию общую по неимоверно растущему в нем самом нагнетению ужаса, как бы раздавливающему все, психическому давлению атмосфер.

X

Очень вероятно, что Иисус провел в Иерусалиме более семи дней (немногим, впрочем, более): семь дней Страстей Господних – символически-образное, священное, как во всех мистериях, число.[752] Но также вероятно, что в неудержимо стремительном у синоптиков беге событий к одной последней точке, в их неимоверной сжатости, сгущенности (по закону трагического действия – «единству времени»), уцелело истори-

---

[752] Дни Страстей Господних ограничены двумя исторически твердыми точками: 20 адара – марта, когда Петр, в Капернауме, заплатил храмовую дань сборщикам, и 14–15 низана – апреля, когда Иисус был распят. Из этих 35 дней следует исключить, по крайней мере, дней 10 пути через Перею: остается 25 дней. Очень вероятно, что свидетельства IV Евангелия о более ранних и продолжительных пребываниях Иисуса в Иерусалиме исторически подлинны. Но порядок событий у синоптиков с порядком их в IV Евангелии несоединим для нас с исторической точностью.

чески подлинное воспоминание о том, что люди действительно переживали в эти, по счету Марка и Матфея, пять дней, от Серого Понедельника до Черной Пятницы: это – как бы сжатость, сгущенность воздуха в вихре, а вихрь – Агония. Кажется, лучше всего это понял Иоанн.

Многие в народе говорили: «Он точно пророк».
Другие же говорили: «Это Христос (Мессия)». А иные: «Разве из Галилеи придет Христос?»
...Итак, произошла о Нем распря в народе. (Ио. 7, 40–42.)

«Распря», может быть, не только в народе – во всех, но и в каждом.
Бесом Он одержим и безумствует; что слушаете Его? (Ио. 10, 20)

Кто это говорит сегодня, может быть, скажет завтра: «Это Христос», – и почти поверит этому, – почти, но не совсем; верит сегодня, а завтра опять усомнится:

не знаем, откуда Он. (Ио. 9, 29.)

Если этого не знают одни, то другие слишком хорошо знают:
не Иисус ли это, Иосифов Сын, которого отца и мать мы знаем? Как Он говорит: «Я сошел с небес»? (Ио. 6, 42.)

Вместо слишком для нас привычного Иисуса Плотника представим себе Иисуса портного, столяра или сапожника, и мы сразу поймем, а может быть, и простим негодование и ужас тех, кто слышит, что сапожник этот, столяр или портной есть «от начала Сущий», что Им «небеса сотворены» и что Он «грядет одесную Силы на облаках небесных» (Мк. 14, 62). Только что ел головку чеснока, отирал пот с лица или ступал босыми ногами по грязным лужам иерусалимских улиц – и вдруг: «Я сошел с небес».

Я и Отец – одно. – Тут опять... схватили каменья, чтобы побить Его.
Иисус же сказал им: много добрых дел показал Я вам от Отца Моего; за которые из них хотите побить Меня камнями?
Иудеи же сказали Ему в ответ: не за добрые дела хотим побить Тебя камнями, а за то, что Ты, будучи человеком, делаешь Себя Богом. (Ио. 10, 30–33).
Теперь узнали мы, что бес в Тебе (Ио. 8, 52).

Узнали почти, но не совсем. В том-то и мука их, как бы уже неземная, вечная, – «червь неусыпающий, огнь неугасающий», – что не могут этого узнать совсем.

Кто же Ты? (Ио. 8, 25)
Долго ли Тебе держать нас в недоумении? Если Ты – Христос (Мессия), скажи нам прямо (Ио. 10, 24).

Прямо не скажет, ответит таинственнейшим словом, как бы собственным именем: «Я».

Когда вознесете Сына человеческого, тогда узнаете, что это Я, ἐγώ εἰμι (8, 28).

XI

Держит не только врагов Своих, но и друзей, весь народ, – в «недоумении», в ожидании, в пытке надеждой и страхом, в муке сверх сил человеческих – раздирающей душу надвое муке всех агоний: душу свою погубить или спасти? исповедать Его, как Петр, или предать, как Иуда? с Ним – на крест или на крест – Его? Этого не могут решить, но уже и тем, что не могут, решают.

То же *почти*, что сказал Иисус тому книжнику:

недалеко ты от царства Божия (Мк. 12, 24) –

мог бы Он сказать всему Израилю: близко подошел и он к царству Божию, почти вошел в него, но совсем не войдет. С медленно в сердце проникающей горечью снова видит Иисус и здесь, в Иерусалиме, так же как там, в Галилее, что люди поворачиваются спиною к Царству.

Звать послал на брачный пир... и не хотели прийти. (Мт. 22, 3.)

Снова остался один; косность и тупость людей снова испытал на Себе, как никто.

Мертвым мертвецов своих погребать предоставь. (Мт. 8, 22.)

Понял снова, что весь Израиль, а может быть, и все человечество, – поле мертвых костей. «Сын человеческий, пришед, найдет ли веру на земле?»

Некто имел в винограднике смоковницу, и пришел искать плода на ней, и не нашел.

И сказал виноградарю: вот я третий год прихожу искать плода на этой смоковнице и не нахожу; сруби же ее; на что она и место занимает? (Лк. 13, 6–7).

Эта притча – в слове; а вот она же и в действии. Утром в Понедельник, возвращаясь в Иерусалим из Вифании, взалкал Иисус, –

и, увидев при дороге смоковницу, подошел к ней, и, ничего не нашедши на ней, кроме листьев, говорит ей: да не будет же впредь от тебя плода вовек.

И смоковница тотчас засохла. (Мт. 21, 17–19.)

Если же засохла и не «тотчас», то завтра засохнет наверное:[753] «Небо и земля прейдут, но слова Мои не прейдут».

Кто эта смоковница? Весь Израиль, а может быть, и все человечество. В этом-то «может быть» – Его Агония и наша.

---

[753] Это отдаление чуда с сегодняшнего дня на завтрашний – у Мк. 11, 13–20.

XII

Днем Он учил во храме, а ночи, выходя, проводил на горе Елеонской.
И весь народ с утра приходил к Нему в храм слушать Его. (Лк. 21, 37–38.)

Вечером в Среду уйдет из Иерусалима в Вифанию, и народ уже не увидит Его, пока не выведет Его к нему Пилат, в терновом венце и багрянице, осмеянного, оплеванного, окровавленного.

Се, Царь ваш! (Ио. 19, 14)

Но, прежде чем уйти, скажет Сын человеческий Израилю – всему человечеству – последнее слово, неумолкаемое до конца времен. В том-то и сила этого слова, что оно никогда не умолкнет; через двадцать веков будет звучать, как будто сказано сейчас.

Горе вам, книжники и фарисеи, что затворяете царство небесное людям; ибо сами не входите и хотящих войти не допускаете.
Горе вам, вожди слепые!

Самое внутреннее в людях обличает взор всевидящий: гробы набеленные прозрачны под ним, точно хрустальны, и видно, какая нечисть внутри. Слушают фарисеи молча, не двигаясь, точно пригвожденные к позорному столбу; не могут уйти, должны дослушать все до конца. «Горе! Горе! Ouai! Ouai!» – как бича ударяющего свист.

Первая вспыхнувшая искра Вечного Огня:

идите от Меня, проклятые, в огнь вечный;

первая точка Страшного Суда во всемирной истории – вот что такое это слово.

О, если бы можно было нам сказать: «Это они, а не мы; огненным бичом их лица – не наши исполосованы»! Но стоит нам только посмотреться в зеркало, чтобы и на своем лице увидеть след бича Господня.

Дополняйте же меру отцов ваших.
Да придет на вас вся кровь праведная, пролитая на земле, от крови Авеля...
Истинно говорю вам, что все это придет в род сей... Се, оставляется вам дом ваш пуст. (Мт. 23).

Чей дом? Только ли Израиля? Нет, и всего человечества.

Если не покаетесь, все так же погибнете. (Лк, 13, 3.)

Это – самое огненное, яростное, «мятежное», «переворотное», «революционное» из всех на земле сказанных слов. Только в тот день, когда оно исполнится (а мы все слышим или могли бы услышать, что слово это слишком верно и вечно, чтобы могло не исполниться), только в тот день и начнется не мнимая, а действительная, не наша, «демоническая», а Его, Божественная, Революция – путь к царству Божию на земле, как на небе.

XIII

«Или Он, или мы; если мы с Богом, то Он с диаволом», – думают враги Господни, не только фарисеи-лицемеры, но и люди глубокой совести. Очень вероятно, что были минуты, когда мудрые политики, слуги Гананのвы, надеялись, что дело с Иисусом кончится, как все на свете кончается, – ничем, сойдет на нет, игра будет вничью. Но были, вероятно, и другие минуты, когда чувствовали они, что почва уходит у них из-под ног, и всегдашнее правило их: «не двигать неподвижного» – может оказаться недостаточным: все куда-то сдвинулось, началось-таки «возмущение в народе». «Шут на осле» для них страшнее, чем думал Ганан.

XIV

Кажется, в Среду под вечер, после той «возмутительной» речи, собрались члены Синедриона в доме Каиафы:[754]
И положили в совете, схватив Иисуса хитростью, убить. (Мт. 26, 3-4).
Но говорили: только не в праздник (Пасхи), чтобы не сделалось возмущение в народе. (Мк. 14, 2.)
«Только не в праздник» – значит «до праздника»:[755] все согласны в том, что надо спешить и, несмотря на опасность «возмущения», кончить все в оставшиеся от Среды до Пятницы сорок восемь часов.[756] «Хитростью схватив, убить» – значит: убить тайным, из-за угла, нападением, может быть, наемных убийц.

Что произошло на этом последнем совещании, мы не знаем; но можем об этом хотя бы отчасти судить по свидетельству IV Евангелия о другом подобном совещании, более раннем, но в те же предпасхальные дни (Ио. 11,55).

---

[754] Keim, III, 238. – Bern. Weiss, II, 462.
[755] Многие толкуют ошибочно: «после праздника». В древнейших кодексах Марка: μή ποτε ἐν τῇ ἑορτῇ ἔσται θόρυβος τοῦ λαοῦ <лишь бы не в праздник возмутился народ – (*греч.*)>, вместо позднейшего канонического чтения: μὴ ἐν τῇ ἑορτῇ μήποτε κτλ <только не в праздники, чтобы (не произошло возмущение в народе) – *греч.*>. – R. A. Hoffmann, Das Marcusev., 1904, 545, contra Wellhausen, Ev. Marci, 1909. S. 108.
[756] H. Monnier. La mission hist. de Jes., 273. – Hoffmann, 545.

Первосвященники же и фарисеи собрали совет и говорили: что нам делать?

Если оставим Его так, то все уверуют в Него и придут римляне и овладеют и местом нашим (храмом), и народом. (Ио. 11, 48.)

«Что нам делать?» – почти крик отчаяния. Струсили так, что потеряли голову. Может быть, и в том последнем решении: «хитростью схватив Его, убить» – храбрость отчаяния. Это еще яснее при Вшествии в Иерусалим:

видите, что ничего не можете сделать? Весь мир идет за Ним. (Ио. 12, 19.)

Только мудрый Ганан знает, что надо делать. Он-то и говорит устами Каиафы – одной из послушных, в кукольном театре на невидимых ниточках движущихся кукол:

вы ничего не знаете; и не рассудите, что лучше нам, чтобы один человек умер за народ, нежели чтоб весь народ погиб. (Ио. 11, 49–50.)

Цель оправдывает средства в политике, а в арифметике миллион человеческих жизней больше одной.[757] В голову им не приходит однажды Никодимом, членом Синедриона, заданный вопрос:

судит ли закон наш человека, если прежде не выслушают его и не узнают, что он делает? (Ио. 7, 51.)

Нет, закон не судит Христа, а убивает:

с этого дня положили Его убить. (Ио. 11, 53).

XV

«Хитростью схватив, убить» – это легче сказать, чем сделать.

Первосвященники же... искали погубить Его и не находили, что бы сделать с Ним, потому что все народное множество приковано было к устам Его. (Лк. 19, 47–48.)

Слуги их, посланные однажды, чтобы схватить Его, вернулись ни с чем и, когда спросили их:

почему же вы не привели Его? –

отвечали:

никогда человек не говорил так, как этот Человек. (Ио. 7, 45–46.)

Слуги «прельстились», но и господа их – тоже: члены Синедриона Никодим и Иосиф Аримафейский – тайные ученики Господни (Ио. 19, 38–39). И, может быть, не только эти.

---

[757] Wellhausen. Ev. Marci, 54.

...Многие же из начальников уверовали в Него; но ради фарисеев не исповедовали, чтобы не быть отлученными от Синагоги. (Ио. 12,42.)

Всюду измена, наверху и внизу. Знают враги Иисуса, что, как бы ни охладел к Нему народ, гаснущее сегодня пламя может вспыхнуть завтра с новою силою. Если и за мертвого Иоанна Пророка весь народ готов был побить их камнями, то за живого Иисуса Мессию – тем более. Только что на Него покусятся – вырастет народ вокруг Него стеною, защитит Его или растерзает убийц.[758]

Знают также, почему Он каждый день уходит на ночь в Вифанию: прячется там или прячут Его другие в верном убежище; преданные ученики охраняют Его. Сколько их – двенадцать, семьдесят или больше, – никому неизвестно; но эти не выдадут.

«Что же делать?» – думают глупые в отчаянии; но мудрый Ганан все еще надеется; кто-то шепчет ему на ухо: «Предатель».

XVI

А пока что дело врагов Господних остановилось на мертвой точке; но и дело друзей Его – тоже. Все опять заколебалось, как уже столько раз, на острие ножа. Все еще мог бы сказать Иисус всему народу – всему человечеству: «Недалеко ты от царства Божия»; все еще люди могут сделать выбор между Иисусом и Гананом, Сыном Божиим и сыном дьявола: «**может быть,** Сына моего постыдятся»; все еще «может быть», ничего до креста не потеряно: можно все исправить, искупить, остановить на краю гибели, – спасти. Только бы хоть кто-нибудь был с Ним до конца – до Креста. Но вот никого во всем Израиле – во всем человечестве. Он – один, как никто никогда не был и не будет в мире один.

XVII

Кажется, в тот самый час, когда враги Его совещались, как бы Его убить, –

сел Иисус против сокровищных ящиков (в храме) и наблюдал, как народ кидает в них медь. (Мк. 12, 41.)

В первом из двух внутренних, язычникам недоступных дворов храма, так называемом «Женском», azarat naschim, в одной из великолепных, блиставших драгоценными вкладами сокровищных па-

---

[758] Bern. Weiss, II, 485.

лат, шли по стенам вделанные в них тринадцать ящиков, суженных кверху наподобие труб, так и называвшихся «трубами», schopharot – как бы огромных копилок, с отверстием в узком конце для кидаемых монет и с особою под каждым ящиком надписью о назначении вкладов.[759]

Против них-то и сел Иисус. К этому быстрому, прямо, как всегда, к делу идущему воспоминанию Марка-Петра прибавляет живую черту, в лице Иисуса, «живописец» Лука (21, 1):

очи подняв, ἀναβλέψας, *увидел...*

Значит, сидит сначала, опустив глаза, должно быть, глубоко задумавшись, ничего кругом не видя.[760]

В этот предпоследний вечер Свой на земле, последний – с народом, молча, праздно сидит, ничего не делает, – не учит, не исцеляет, как будто Ему уже нечего делать с людьми и людям – с Ним: между ними все кончено. Был всегда один, но теперь, как никогда.

Длинной, должно быть, вереницей проходят люди к тринадцати ящикам. Видят ли Его, узнают ли или проходят мимо Него, как мимо пустого места? Судя по тому, что сейчас подзовет к Себе учеников, отошли от Него и они (это не случайно вспоминает Петр-Марк: через тридцать лет видит, как Иисус тогда был один). Может быть, и хотели бы к Нему подойти, но не смеют: слишком один.

Вот наступает час, и наступил уже, когда вы рассеетесь, каждый в свою сторону, и оставите Меня одного. Но Я не один, потому что Отец со Мной. *(Ио. 16, 32).*

XVIII

Вдруг поднял глаза и увидел.
Многие богатые клали много.

Пришедши же, одна нищая вдова положила две лепты, что составляет кодрант.

Он же, подозвав учеников Своих, сказал им:
аминь, говорю вам, –

(так всегда начинает, если хочет, чтобы слово Его врезалось в память слушателей), –

аминь, говорю вам, эта нищая вдова бросила больше всех бросавших в ящик.

---

[759] Joseph., Ant., XIX, 6, I; Bell., V, 5, 2. – Keim, III, 162–163.
[760] R. A. Hoffmann, 511.

Ибо все они клали от избытка своего, а она от нищеты своей положила все, что имела, все пропитание свое (всю жизнь, ὅλον τὸν βίον) (Мк. 12, 41–42).

Сердце нищей видит Нищий, знает, что последний грош иногда – «вся жизнь». Две у нее были денежки: могла бы сохранить для себя, пожалеть одну; но вот отдала обе.[761] Кому? В те тринадцать ящиков собиралась не милостыня бедным, а приношения на дом Господень, храм: значит, последнее свое отдала не людям, а Богу. И солнцем засияет эта темная полушка в слове Господнем: «аминь, говорю вам», – до пределов земли и до конца времен.

XIX

«Поднял глаза и увидел». Та же у Него и теперь ясность и тишина видящего все, потому что все любящего взора, как там, в Назарете, когда Он с детским любопытством наблюдал, как бедная женщина, может быть, матерь Его, зажегши свечу, подметала комнату, чтобы найти потерянную драхму (Лк. 15, 8–10); или уличные дети, ссорясь от скуки, играли то в свадьбу, то в похороны (Мт. 11, 16).

Между двумя Агониями – через три дня после первой, во храме, и накануне второй, в Гефсимании, – эта ясность и тишина.

Если Я пойду и долиною смертной тени, не убоюсь зла, потому что Ты со Мной: Твой жезл и Твой посох, они успокаивают Меня. (Пс. 22, 4).

Как Он страдал, мы знаем или могли бы узнать, хотя бы отчасти, по собственному опыту; но никогда не узнаем, как Он блаженствовал.

Редкие, побывавшие почти внутри смерча и чудом спасшиеся пловцы вспоминают, что в последние минуты перед тем, как разразиться смерчу, – над самою осью вертящегося с непостижимой быстротой водяного волчка-хобота, в совершенно круглом между угольно-черных разорванных туч, отверстий, сияло райски голубое небо. Ясность блаженства Господня над Агонией – это голубое небо над смерчем.

Та же ясность и тишина, как в бурю на Геннисаретском озере: *сделалась великая тишина.* (Мк. 4, 38–39.)

«Я победил мир». Чем? Тишиной. «После бури веяние тихого ветра – и там Господь» (III Цар. 19, 12). Всех бурь земных тишина небесная – Он.

---

[761] Klostermann, Marcusen., 146.

4. Страшный суд

I

И, вышедши, Иисус шел от храма; и приступили к Нему ученики Его, чтобы показать Ему здания храма. **(Мт. 24, 1.)**
Идучи в Вифанию, всходили, должно быть, по западному склону горы Елеонской, откуда видны были основания храма, с циклопическими каменными глыбами.[762] Вдруг остановились, оглянулись.
И говорит Ему один из учеников Его: Учитель, посмотри, какие камни и какие здания! **(Мк. 13, 1.)**
Рабби Иешуа, бывший «каменщик», naggar, мог их оценить.
Видите ли все это? Истинно говорю вам, камня на камне здесь не останется; все будет разрушено. **(Мт. 24, 2.)**
Молча, должно быть, как бы онемев от ужаса, выслушали ученики пророчество и пошли дальше, восходя на гору.

С западной, обращенной к Иерусалиму, в те дни пустынной, вершины Елеонской горы виден был весь храм внизу, как на ладони, с восходящими уступами многоколонных дворов, с клубящимся над жертвенником облаком дыма, с золотым челом главного Святилища и чуть колеблемой ветром, как бы дыханием уст Господних, таинственной завесой перед входом во Святая Святых.[763] «Дело рук человеческих, изумительнейшее», по слову Иосифа Флавия; «безмерного великолепия храм», по слову Тацита,[764] – создание полу-Мессии, полуразбойника, Ирода: если ученики об этом не думали, – думал, может быть, Иисус.

II

Часто, поздней весной, на Иудейских горных высотах, после таких суточных грозовых ливней, как в тот Серый Понедельник, наступают вдруг свежие, как бы осенние, несказанно ясные, хрустально прозрачные дни. Может быть, и этот, предпоследний день Господень был такой. Солнце заходило за храмом, и золото кровельных плит горело на небе, как второе солнце. Тихий свет вечерний, как бы лампадный, теплился на сером стволе вековой, горными ветрами скрюченной маслины, на чьих корнях, может быть, сидел Иисус, молча, пристально глядя

---

[762] Osk. Holtzmann. Leben Jesu, 358.
[763] R. A. Hoffmann. Das Marcusev., 516.
[764] Joseph., Bell. Jud., VI, 4, 8. – Tacit., Hist., V, 8: immensae opulentiae templum.

на храм, на Иерусалим, на всю свою родную землю, как любящий – на лицо возлюбленной, перед вечной разлукой.

Восемь из Двенадцати отослал, должно быть, вперед, в лежавшую внизу, на склоне горы, Вифанию, где Марфа и Мария готовили Ему последнюю вечерю, в доме Симона Прокаженного; четверо же, – две первозванных братских четы, Петр и Андрей, Иаков и Иоанн, – остались с Ним наедине. Этим, только четверым, первым людям на земле, откроет Господь ужасающеблаженную тайну Конца.

И когда Он сидел на горе Елеонской, прямо против храма, спрашивали Его наедине (втайне, κατ'ἰδίαν*) Петр и Иаков, Иоанн и Андрей:*

скажи нам, когда это будет, и какой знак, когда все это должно исполниться? (Мк. 12, 3.).

Знаем ли мы, что им ответил Иисус, хотя бы только с приблизительной точностью, потому что слишком невероятно, чтобы наш единственный, возможный, через Марка, свидетель-слышатель, Петр, мог запомнить дословно и почти через сорок лет повторить эту, у Марка – самую длинную, а у Матфея и Луки – одну из самых длинных речей Господних? Кажется, впрочем, все три свидетеля независимо друг от друга черпают содержание Елеонской речи из какого-то общего, потерянного для нас, должно быть, арамейского письменного источника, так что весь вопрос сводится к тому, насколько уцелело в этом источнике исторически подлинное воспоминание о словах Иисуса.[765]

III

Как бы, впрочем, мы ни ответили на этот вопрос, одно несомненно: надо быть лишенным всякого не только религиозного, но и исторического, и художественного вкуса, всякого «музыкального слуха» к прошлому, чтобы видеть в этом древнейшем, досиноптическом источнике, как все еще видят евангельские критики, не более чем один из тех «иудео-христианских апокалипсисов», что ходили по рукам накануне 66 года (начала Иудейской войны-революции), – один из тех простонародных «летучих листков», что-то вроде наших подпольных революционных воззваний. Стоит лишь сравнить Елеонскую речь с тем, тоже «подпольным воззванием», «иудео-христианским апокалипсисом», только в колоссально увеличенных размерах, который мы называем

---

[765] Что источник этот – не устный, а письменный, видно из невероятного, в устах самого Иисуса, Мк. 13, 14: ὁ ἀναγινώσκων νοείτω, «читающий да разумеет»: «читающий» писанное, а не «слышащий» сказанное. – Wellhausen, Ev. Marci, 103.

«Откровением Иоанна», – стоит лишь их сравнить, чтобы сразу услышать, какая разница между этими двумя голосами – тем, Иоанновым, *только*, и этим, Иисусовым, *не только* человеческим: там «голоса семи громов», а здесь тихий голос, человеческий, но насколько менее значительно то, чем это! Самое, может быть, «ужасное – удивительное» для нас в Елеонской речи о Конце именно то, что Иисус говорит о нем так просто, тихо, почти ни разу не возвышая голоса; говорит о космических бурях:

звёзды спадут с неба, и силы небесные поколеблются. (Мк. 13, 25), –

с такой же тишиной и ясностью, какая и в этом весенне-осеннем, хрустально-прозрачном небе над Ним сейчас, и в давешнем, детски любопытном взоре, каким наблюдал Он, как люди кидали монеты в сокровищные «трубы». Самое, может быть, единственное, ни на что не похожее, а потому и самое исторически подлинное в Елеонской речи (кто другой мог бы так говорить, кроме Него?) – это нечеловеческое спокойствие. О, конечно, и в этих спокойных словах бьется сердце Его; но трудно догадаться по едва уловимым дрожаниям голоса, в этом, например, слове:

будет такая скорбь, какой не было от начала творения... даже доныне, и (уже) не будет (Мк. 13, 19), –

или в этом подобном зовущему в ночной тишине на пожар колоколу:

что́ вам говорю, говорю всем: бодрствуйте, γρηγορεῖτε (Мк. 13, 37), –

так же трудно догадаться по этим едва уловимым дрожаниям голоса о глубоко скрытом волнении Его, как по чуть скользящей на гладкой поверхности вод солнечной ряби о только что, может быть, перевернувшем дно океана землетрясении – о неведомой никому «Атлантиде» на дне Атлантики.

IV

«Все эти пророчества не имеют ничего общего с историческим Иисусом»;[766] в них – только «мимолетная фантазия» или попросту «глупости»;[767] только в душевном состоянии, «близком к помешательству, мог искать Иисус убежища от овладевшего Им отчаяния в таких фантастических грезах».[768] Вот с какой высоты судят Елеонскую речь

---

[766] Ed. Meyer, Ursrpr, u. Anf. d. Urchrist., I, 129.
[767] «Sehr vergängliche Phantasien». – Joh. Weiss, die Schrift, d. N. T.,I, 197.
[768] Renan, ap. Hase, gesch. Jesu, 1876. S. 542.

люди наших дней. Но и крайние скептики вынуждены в ней признать историческую подлинность по крайней мере двух слов: о том, что Сын человеческий не знает, когда наступит Конец, и о том, что «род сей» увидит Конец.

Первое слово, о неведении Сына, слишком противоречит исконному, уже первообщинному, догмату о единосущном Отцу всеведении Сына: «все предано Мне Отцом» (Мт. 11, 27), а второе слишком противоречит неотразимо очевидному опыту: «род сей» вымер, не увидев Конца; слишком оба эти слова «соблазнительны» уже для ближайших к Иисусу учеников, чтобы кому-нибудь из них могло прийти в голову, «выдумав» их, «сочинив», вложить в уста Господни, если бы слова эти не врезались в память слышавших, может быть, потому именно так неизгладимо, что были для них слишком «соблазнительны».[769] И по мере того как поколения одно за другим уходят, а конец мира не наступает, и все мертвее, неподвижнее становится догмат о единосущном Отцу всеведении Сына, – соблазн возрастает в геометрической прогрессии. «Радуется Арий, радуется Евномий (злейшие еретики, отрицающие единосущность Сына Отцу) – как бы неведению Учителя», – скорбит бл. Иероним,[770] а св. Амвросий гневается до того, что, предвосхищая методы нынешних критиков, считает подлиннейшее слово Господне лживою «вставкою», «интерполяцией».[771]

Все это показывает только одно: мертвый, неподвижный догмат недостаточен, нужен опыт живой, движущийся, чтобы постигнуть, как относится Сын Божий к Отцу и Сын человеческий – к Сыну Божию, Иисус – ко Христу; опыт нужен во всем, а особенно в этом – в тайне не только извне, в мире, по закону необходимости, но и в человеке, изнутри наступающего, свободно человеком творимого Конца. Если бы только извне, в необходимо установленной точке времени, конец мира был уже дан, то главное условие творчества – свобода была бы нарушена. Вот почему Сын не должен, не может, не хочет знать, когда наступит Конец.

---

[769] Как первичен и глубок «соблазн», видно из того, что слово о неизвестном времени Конца только у одного Марка (13, 32) сохранилось целиком; у Матфея главная часть его – о неведении Сына – выпала, а у Луки выпало все: оба, читая слово это у Марка, не могли думать, чтобы он солгал на Петра, или Петр – на Господа, но, должно быть, глазам своим не поверили.

[770] Gaudet Arius et Eunomius quasi ignorantia magistri, Hieronimus, in Marc., 13, 32, ap. Klostermann, Marcus, 155.

[771] Qui scripturas interpolavere divinas, Ambros., De fide, V, 8.

V

Судя по общему для слов Господних правилу: чем неимоверней, «соблазнительней», тем подлинней, – два эти слова – о неведении Сына и о «роде сем», свидетеле Конца (как бы мы ни понимали загадочные слова: «род сей», γενεά αύτη, – два эти слова подлинны в высшей степени, и даже в большей, чем это кажется маловерным критикам. Лев узнается по когтям; Иисус – по таким словам. Слишком на Него похожи они, слишком для Него значительны, чтобы мы могли признать с такой поспешной легкостью, с какой это делают новейшие критики, что вся между этими двумя словами движущаяся, от них идущая остальная речь о Конце – только слабая и грубая, «ничего общего с историческим Иисусом не имеющая подделка». Пусть мы не можем угадать по евангельской записи с дословной точностью, что Иисус говорил; но что Он *хотел сказать* – можем. Так же, как по собственноручной подписи мы узнаем, чье письмо, или по двум в темной комнате блеснувшим искрам глаз, чье лицо, – так же мы могли бы узнать и по этим двум словам, чья Елеонская речь о Конце.

VI

Два в один миг, как бы в одном дыхании, произнесенных слова – это:

род сей не прейдет, как все это будет, –

наступит конец мира; и то:

дня же того или часа никто не знает, – ни Ангелы небесные, ни Сын; знает только Отец. (Мк. 13, 30–32.)

Противоречие между этими двумя словами неразрешимо, если «род сей», как полагает большая часть новейших критиков, значит: «современное Иисусу поколение». В счете мировых эонов-веков между концом и началом мира, – 40–50 лет, средняя жизнь поколения, – не «день», не «час», не даже секунда, а невообразимая для нас дробь, атом времени. С этой-то, более чем астрономической точностью знает Иисус время Конца – «день и час». И вот, в тот же миг, в том же дыхании: «дня же того или часа не знает Сын». Чтобы так противоречить Себе, надо было Ему и впрямь «сойти с ума».

Весь вопрос в том, действительно ли «род сей» значит «поколение». Греческое слово γενεά двусмысленно; может значить: весь «род людской», все «человечество», или «род – поколение». Но в простонародно-эллинистическом языке Евангелия, koinè, второй смысл вероятнее. Вспомним, однако, что Иисус говорит не по-гречески, а по-арамейски и что на этом языке Он мог употребить слово менее двусмысленное, чем γενεά. Это тем вероятнее, что надо было Ему опять-таки и впрямь «сойти с ума», чтобы думать, что в ближайшие 40–50 лет «кончатся времена язычников» (Лк. 21, 24) и «во всех народах будет проповедано Евангелие» (Мк. 13, 10).

VII

Греческий язык знают Иероним и Ориген не хуже нынешних критиков, но вот и они слово γενεά понимают в смысле не «рода – поколения», а всего «рода людского», «человечества», omne *genus hominum*.[772] «Род людской» не кончится, пока не наступит конец мира и «рода людского»: это, конечно, бессмысленное повторение, тавтология, в том случае, если человечество одно. Но из той же Елеонской речи ясно, что для Иисуса по крайней мере два человечества: первое – допотопное, погибшее и второе – наше. Гибель второго будет или ***может быть*** подобною гибели первого:

если не покаетесь, все так же погибнете. (Лк. 13, 3).
Как было во дни Ноя (потопа), – так будет и в пришествие Сына человеческого. (Мк. 24, 34).

Но конец первого человечества, Потоп, еще не был концом земного мира-космоса; может быть, не будет им и конец второго человечества, нашего; так же, как после первого было второе, будет, может быть, и после второго – третье: «тысячелетнее царство святых на земле»:

царствовали со Христом тысячу лет. (Откр. 20, 4).

«Тысяча» эта, может быть, – только символически-образное число уже не нашей земной арифметики.

Если так, то мнимое противоречие между двумя словами Господними – о неведении Сына и о «роде сем» – легко разрешается: «род сей не прейдет», наше второе человечество не кончится, «как все это будет», – наступит конец всемирной истории, второго космического эона, и Сын человеческий знает, когда это будет; но когда наступит последний конец земного мира-космоса, – не знает.

VIII

«Бодрствуйте» – вот, кажется, главное, что хочет сказать Иисус не только ученикам, но и всем людям.

Что́ вам говорю, говорю всем: бодрствуйте. (Мк. 13, 36).

---

[772] Klostermann, Marcus, 154. – Keim, III, 206. – Lagrange, Marc.

В этом недаром, конечно, у Марка последнем слове «бодрствуйте» – как бы сторожевом, будящем колоколе – движущая сила всей Елеонской речи – то, что Иисус хочет не только сказать, но и сделать.

Бодрствуйте... ибо не знаете, когда наступит тот день.
...Ибо не знаете, когда придет хозяин дома: вечером, в полночь, или в пение петухов, или утром. (Мк. 13, 33, 35.)
Будьте же готовы, ибо в который час не думаете, придет Сын человеческий. (Мт. 24, 44.)

День Конца – как «вор, подкапывающий дом в ночи» (Мт. 24, 43); как невидимо, неслышимо «на всех, живущих по лицу земли, находящая сеть» (Лк. 21, 36): как внезапно «от края до края земли сверкающая молния» (Мт. 24, 27).

Эту-то главную движущую силу всей речи – несоизмеримую с человеческим знанием, неучитываемую, непредвидимую внезапность Конца – Иисус уничтожил бы более чем астрономически точным предсказанием на ближайшие 40–50 лет – жизнь «рода сего», поколения. Вымерло оно, а конец мира не наступил: значит, Иисус «ошибся»? Но если в этом, то и во всем остальном мог ошибиться, обмануть людей нечаянно или нарочно, как никто никогда не обманывал. Тут в самом деле кто-то «сходит с ума» или «глупеет», но кто – Он или мы, – вот вопрос.

IX

Очень возможно и даже вероятно, что ученики поняли «род сей» как «род – поколение». Если Учитель соединяет две меры: человеческую – времени и божескую – вечности, то ученики **смешивают** их. Точка зрения Конца – вечности, на которой естественно, как бы физически, стоит Иисус:

прежде, чем был Авраам, Я есмь (Ио. 8, 58), –

несоизмерима с точкой зрения длящегося времени, истории, на которой так же естественно физически стоят ученики. Вот почему неизбежен для них оптический обман в смешении перспектив: одна как бы входит в другую, одна с другой пересекается; плоское становится глубоким, близкое – далеким, и наоборот. Но и в этом смешении все еще различимы для нас три плана, три Конца: первый – дохристианского человечества; второй – всемирной истории; третий – земного мира – космоса. И каждый из этих трех концов возвещается как бы сторожевым, из того мира в этот поданным знаком – «знамением», σημεῖον: первый конец – дохристианского человечества – разрушением Храма (Мк. 13, 2); второй конец – всемирной истории – «мерзостью запустения, стоящею там, где не должно» (Мк. 13, 14); третий конец – мира-космоса – «знамением Сына человеческого, являющимся на небе» (Мт. 24, 30).

После первого знамения начинаются «войны», «смятения», ταράχαι (то, что мы называем «революциями»), – слишком знакомое нам содержание всемирной истории.

*Это – **начало мук (рождения)**, ἀρχή ὠδίνων. (Мк. 13, 8).*

Знамение второе – «мерзость запустения». Подлинный смысл Даниилова пророчества (11, 31) в арамейском подлиннике schikkuz meschomem, передан не совсем точно в греческом переводе: βδέλυγμα τῆς ἐρημώσεως, «мерзость запустения», точнее «мерзостный ужас». Храм не потому «запустеет», что будет разрушен, – он все еще может быть цел, а потому, что будет «осквернен» каким-то «мерзостным ужасом». Греческое существительное среднего рода βδέλυγμα, «мерзость», соединено у Марка (13, 4) и Матфея (24, 15) с причастием мужского рода: ἐστηκότα, ἐστός, «стоящий». Эта грамматическая неправильность вместе с таинственной, в скобках или на полях книги, заметкой – как бы шепотом на ухо: «читающий да разумеет» – глухо намекает на то, что речь идет здесь о каком-то *историческом лице,* чей «мерзостный ужас» таков, что о нем и говорить нельзя, – разве только шепотом.[773] Кто же это такой? Более внятный намек у Павла:

(день Конца не придет), доколе не явится человек беззакония, сын погибели, противящийся и превозносящийся выше всего, называемого «Богом» или «Святынею», так что и в храме Божием сядет, как Бог, и выдавая себя за Бога. (II Фесс. 2, 3–4).

Кажется, и в самом Евангелии есть намек еще более внятный:

Я пришел во имя Отца Моего, и вы не принимаете Меня; если же иной придет во имя свое, его примете. (Ио. 5, 43.)

Высшая точка достигнута человечеством в историческом лице, Христе; почему бы и низшая точка не могла быть достигнута тоже в лице историческом – Антихристе? Был один человек лучше всех; будет один и хуже всех.

Воля человека и человечества сделаться Богом – тоже, увы, нечто, нам слишком знакомое: «Где станет Бог, там уже место Божие; где стану я, там будет первое место».[774]

---

[773] R. A. Hoffmann, Marcusev., 529–530. – Job. Weiss, Das älteste Ev., 78. – Die Scsrif. d. N. T., I, 194.
[774] Достоевский, Братья Карамазовы, XI, Брат Иван Федорович, IX, Черт. Кошмар Ивана Федоровича.

X

Крайняя точка «родовых болей», «мук рождения», в человечестве, будет достигнута в явлении Антихриста.

Ибо в те дни такая будет скорбь, θλίψις, какой не было от начала творения... даже доныне, и уже не будет.

И, если бы Господь не сократил тех дней, то не спаслась бы никакая плоть. (Мк. 13, 19–20.)

Кажется, и эта небывалая «скорбь» тоже нам слишком знакома.

Будет на земле уныние народов и недоумение; и море восшумит и возмутится.

Люди будут издыхать от страха и ожидания (бедствий) грядущих на вселенную, ибо силы небесные поколеблются. (Лк. 21, 25–26.)

И тогда увидят Сына человеческого, грядущего на облаках, с силою и славою великою. (Мк. 13, 26.)

Это уже третий, последний Конец – земного мира-космоса.

Где будет труп, там соберутся орлы. (Мт. 24, 28).

Или точнее, страшнее: «Где будет падаль, πτῶμα, туда слетятся коршуны-стервятники». Римских легионов орлы на труп Израиля – это видение первого Конца повторяется и в следующих двух, как в безмерно увеличивающих зеркалах: силы разрушения человеческие – Войны, Революции – на труп человечества, а силы космические – на труп Земли.

Большего величия в простоте никогда не достигало человеческое слово:

никогда человек не говорил так, как этот Человек. (Ио. 7, 46.)

XI

Страшен Конец для погибающих, а для спасаемых желанен.

Когда же начнет сбываться то, восклонитесь и подымите головы ваши, потому что приблизилось избавление ваше. (Лк. 21, 28.)

От смоковницы возьмите подобие: если ветви ея наливаются соком (пускают листья), то знайте, что близко лето. (Мк. 13, 28.)

Так и вы, когда увидите то сбывающимся, знайте, что близко царствие Божие (Лк. 21, 31), –

«лето Господне, блаженное». Здесь конец «родовых болей».

Женщина, когда рождает, мучается, потому что пришел час ее; когда же родит младенца, уже не помнит мук, –

(то же слово θλίψις, «мука родов», и здесь, о последнем конце – земного мира-космоса, как там, о первом Конце – всемирной истории), –

мук уже не помнит от радости, что родился человек в мир.

Так и вы теперь имеете печаль; но Я увижу вас опять, и возрадуется сердце ваше, и радости вашей никто не отнимет у вас. (Ио. 16, 21–22.)

Знайте же, что близко, при дверях (Мк. 13, 29), –

этим все начинается и кончается в Блаженной Вести, Евангелии. Здесь, на горе Елеонской, так же, как там, на горе Блаженств, –

блаженны нищие... ибо их есть царствие небесное;
блаженны плачущие, ибо утешатся;
блаженны кроткие, ибо наследуют землю. (Мт. 5, 3–6.)

Здесь конец «родовых болей» – рождение царства Божия на земле, как на небе.

XII

Время Конца для самого Иисуса не установлено неподвижно в догмате, а постоянно движется в опыте; то близится, то удаляется, смотря по тому, хотят ли Конца люди или не хотят.

Сколько раз Я хотел... и вы не захотели! (Мт. 23, 37)

Если бы так захотели, как Он, то Конец наступил бы сейчас.

Очень вероятно, что здесь, на горе Елеонской, Иисус уже не сказал бы в том смысле, как в Кесарии Филипповой:

есть некоторые из стоящих здесь, которые не вкусят смерти, как уже увидят Сына человеческого, грядущего в царствии Своем. (Мт. 16, 28.)

Но если бы и здесь ученики спросили Его: «Может ли царство Божие наступить сейчас?» – Он, вероятно, ответил бы: «Может». Так оно и есть – непостижимо для нас: если бы хоть один человек был с Ним до конца, до креста, – царство Божие могло бы наступить сейчас.

XIII

Надо правду сказать: умнейшие люди наших дней судят Елеонскую речь с высоты довольно глупого величия. Мысль о Конце для них – «бред». Почему? Самые точные, научные вероятия – за то, что планета Земля так же будет иметь конец, как имела начало; что великое животное, человечество, так же не бессмертно, как маленькое животное, человек, и что когда-нибудь сдунута будет с лица Земли вся человеческая пыль Неземным Дыханием. Если же мысль о Конце – «бред», то, может быть, только потому, что Конец нам кажется слишком далеким: «на наш век хватит, а после нас потоп». Но как бы ни был Конец далек, все вокруг нас и в нас изменится тотчас же, в том или ином смысле, смотря по тому, захотим ли мы или не захотим Конца.

Человек – единственное на земле существо, знающее смерть. В жизни каждого человека наступает такая минута, когда он вдруг узнает, понимает смерть не извне, а изнутри; видит ее лицом к лицу, и все для него вдруг освещается страшным, «белым светом смерти». С этой только минуты и перестает человек быть животным. Может быть, такая же минута наступила и в жизни всего человечества, перестало и оно быть животным, и все для него осветилось вдруг новым «белым светом» Конца; как бы новая категория бытия, такая же основная, как пространство и время, вошла в человечество, только сказал Иисус на горе Елеонской эти три слова:

тогда придет конец. **(Мт. 24, 14).**

XIV

Кажется иногда, что злейшие враги Господни ближе сейчас к христианской эсхатологии – религиозному опыту Конца, чем слишком благополучные христиане. Взрывчатая сила всех революций (а что мы вступили сейчас в революционную зону и выйдем из нее не скоро, это, кажется, поняли все), взрывчатая сила эта есть не что иное, как тайная, демонически извращенная, но, может быть, все еще в глубоких корнях своих христианская эсхатология, чувство Конца.

Кто-то из евангельских критиков, вынужденный употребить, говоря о конце мира, слово Zuzammenbruch, «крушение всего», так же не подозревает, что говорит на языке социальной революции, как Маркс, употребляя то же слово, не подозревает, что говорит на языке христианской эсхатологии: оба, как мольеровский мещанин, не знают, что «говорят прозой». Но что бы ни говорили вожди бесчисленных, вовлеченных в социальную революцию насекомоподобных человеческих множеств – этой «саранчи» Апокалипсиса, – от них самих пахнет уже сейчас вулканической серой Конца. И в грозно полыхающем над нами зареве социального пожара преломляется в красный свет демонической революции все еще, может быть, белый свет Революции Божественной.

XV

О, если бы только могли мы понять, как следует, Елеонскую речь о Конце, мы, может быть, спаслись бы!

Так просто, что и ребенку понятно, и с таким опять величием, какого никогда не достигало человеческое слово, изображает Господь Страшный Суд.

Когда же придет Сын человеческий во славе Своей, и все святые Ангелы с Ним, тогда сядет на престол славы Своей; и соберутся перед Ним все народы; и отделит одних от других, как пастух отделяет овец от козлов. И поставит овец по правую сторону от Себя, а козлов – по левую.

...И скажет тем, кто по левую сторону: идите От Меня, проклятые, в огонь вечный...

Ибо алкал Я, и вы не дали Мне есть; жаждал, и вы не напоили Меня; наг был, и не одели Меня; болен и в темнице, и не посетили Меня.

Тогда... те скажут Ему в ответ: Господи! когда мы видели Тебя алчущим, или жаждущим, или странником, или нагим, или больным, или в темнице, и не послужили Тебе?

И скажет им: истинно говорю вам: так как вы не сделали этого одному из сих меньших (самых маленьких, τῶν ἐλαχίστων), то не сделали Мне. (Мт. 25, 31–41.)

Где это могли бы понять люди лучше всего? В церквах? Нет, в революционных подпольях, на каторгах, в тюрьмах, в больницах, в публичных домах, – всюду, где человек раздавлен наибольшим социальным гнетом.

Детская и простонародная, как будто для варваров и дикарей написанная, картинка Страшного Суда становится вдруг исполинской и действительнейшей картиной всемирной истории.

Ныне суд миру сему. (Ио. 12, 31.)

Самое близкое к нам, сегодняшнее – завтрашнее, – то, что мы называем «социальной проблемой», решается «ныне», сегодня, на Страшном Суде всемирной истории, в вечном Пришествии – Присутствии Господа (греческое слово parousia для этих двух понятий одно). Каждый сытый, богатый, праздный – в каждом трудящемся, нищем, голодном вдруг узнает Его, Сына человеческого, Брата человеческого.

Больше взять на себя «социальную проблему», больше в нее воплотиться нельзя, чем это делает Он; людям нельзя яснее сказать, чем Он говорит: «Будет ли равенство ваше в рабстве, ненависти, смерти или в свободе, в любви, в жизни вечной; будет ли равенство ваше дьявольским или божеским – этот вопрос – Я».

Именно здесь, как нигде, именно сейчас, как никогда, в наши именно глаза, как в ничьи, заглянул Иисус Неизвестный.

5. Иуда предатель

I

После речи о Конце сошел Иисус с вершины Елеонской горы в лежавшее на склоне ее селение Вифанию, где была для Него приготовлена вечеря в доме Симона Прокаженного. И, когда возлежал Он, – *пришла женщина с алебастровым сосудом мира, чистого, драгоценного; и, разбив сосуд, возлила Ему на голову*. (Мк. 14, 3).

Мировое масло, изготовляемое из нарда, благовонного, на высотах Гималаи растущего злака, ценилось на вес золота. Вот какая роскошь Нищему!

Тонкое горлышко сосуда, должно быть, в виде амфоры, из белого восточного оникса-алебастра женщина ломает, чтобы густое миро текло обильнее, и сосуд никому уже не мог послужить.[775] Сердце свое у ног Его разбила бы так же, если б могла.

И дом наполнился благоуханием. (Ио. 12, 3).

Дом Прокаженного, смердящего, – всего человечества, – наполнился благоуханием чистейшего мира – последней на земле к Сыну человеческому, не мужской, а женской любви.

II

Кто эта женщина? В I и II Евангелиях – безымянная, хотя и прославленная Господом:

где ни будет во всем мире проповедана сия Блаженная Весть, сказано будет и в память ее о том, что она сделала (Мк. 13,9), –

но людьми забытая, неизвестная.

В III Евангелии (7, 36) – «грешница», по толкованию Отцов, будущая великая святая Мария Магдалина, из которой вышло «семь бесов» (Лк. 8,2), она же – помилованная Господом «жена прелюбодейная», μοιχαλίς;[776] а в IV Евангелии (12, 1–3) – Мария Вифанийская, сестра Лазаря. Все четыре свидетеля как будто хотят вспомнить забытую, узнать неизвестную, увидеть ее лицо в сумерках Вифанийского вечера, – хотят и не могут: слишком, должно быть, глубокая тайна между Ним и ею, Женихом и невестой, – первой услышавшей полуночный клик:

---

[775] «Алебастр лучше всего хранит благовония». – Plin, Natur, Hist. natur., XIII, 2, 3. – Klostermann, Das Marcusev 159. – Lagrange, Marc, 366–367.

[776] Orig., in Matth. comm. lat., 77 – Ephraim Syr., Hymni, I, 176. – Catenae, 418. – Zahn. Lucas, 329. – Klostermann, Marcusev., 158. – H. Holtzmann, Handcomm, 347.

вот, жених идет; выходите навстречу ему! (Мт. 25, 6.)

В сумерках смертного вечера и воскресного утра таинственно сливаются для нас эти четыре женских лица. Первое существо человеческое, увидевшее Господа, – не он, а она; не Петр, не Иоанн, а Мария. Рядом с Иисусом – Мария; рядом с Неизвестным – Неизвестная.

III

Лучше всех учеников поняла бы, может быть, она, почему Иисус, идучи на смерть – воскресение, говорит о «муке родов» – начале Конца («это начало мук рождения», ἀρχὴ ὠδίνων, Мк. 12, 8) – для всей земли-матери, рождающей царство Божие, и для одной рождающей женщины:

мучается женщина, когда рождает, потому что пришел час ее; когда же родит младенца, уже не помнит мук от радости. (Ио. 16, 21.)

...Рано поутру, когда еще было темно... Мария стояла у гроба и плакала.

Сердце ее разрывалось от муки, как чрево рождающей.

(Вдруг) оглянулась и увидела Иисуса, стоящего (за нею), но не узнала, что это Иисус...

...Он же говорит ей: «Мария!» Она, оглянувшись (снова), говорит Ему: «Раввуни!» (Ио. 20, 1–16)

И уже не помнит муки от радости, –

потому что родился человек в мир. (Ио. 16, 21), –

Человек воскрес.

Две Марии: одна – в начале жизни, другая – в конце; та родила, эта первая увидела Воскресшего, Сына – Брата – Жениха как бы воскрешает, снова рождает из времени в вечность Мать – Сестра – Невеста. Вот что сделала Мария Неизвестная на Вифанийской вечере.

Тело мое приготовила она к погребению (Мк. 13, 8), –

«и к Воскресению», – мог бы Он сказать. Как это сделала, мы не знаем, потому что этого не знают и наши свидетели; знают только – и мы могли бы узнать, – чем сделала: побеждающей смерть любовью.

IV

Многое еще имею сказать вам, но вы теперь не можете вместить. (Ио. 16, 12.)

Будучи же кем-то спрошен, когда придет царствие Божие, Господь сказал: когда два будут одно, τὰ δύο ἕν *...и мужское будет как женское, и не будет ни мужского, ни женского.* [777]
Но слова сего не поняли они, и оно было закрыто от них, чтобы они не постигли его, а спросить Его... боялись. (Лк. 9, 45.)

Так и мы боимся спросить Его о том, что значит для Него самого: *будут два одна плоть.* **(Мт. 19, 5.)**

«Ты прекраснее Сынов человеческих (Пс. 44–45, 3). Чем же красота Его больше всех красот мира? Тем, что она – ни мужская, ни женская, но „сочетание мужского и женского в прекраснейшую гармонию" (Гераклит).[778] Он в Ней. Она в Нем; Вечная Женственность – в Мужественности Вечной: Два – **Одно,** τὰ δύο ἕν.

Любит Иисуса Мария, Неизвестного – Неизвестная. Нет слова на языке человеческом для этой любви; но сколько бы мы ни уходили от нее, сколько бы ни забывали о ней – вспомним когда-нибудь, что только эта любовь спасет мир.[779]

V

...Миро возлила Ему на голову.
Некоторые же вознегодовали и говорили между собою: к чему такая трата мира?
Ибо можно бы продать ее более чем за триста динариев и раздать нищим. И роптали на нее. **(Мк. 14, 3–5.)**

Кто эти «ропщущие», у Марка не сказано, а у Иоанна (12, 4): «один из учеников Его, Иуда». Вслух, может быть, высказал он то, что про себя думали все.

Оставь ее, ἄφες αὐτήν, – прямо в лицо ему одному говорит Иисус.[780]

Нищих всегда имеете с собой, а меня не всегда. **(Ио. 12, 7–8.)**

Вот чего Иуда не знает о Нем, но знает Мария: не было такого, как Он, никогда, и не будет; Он – один-единственный Возлюбленный.

---

[777] Clement. Rom., II, 12, 2. – Clement. Alex., Strom., III, 6, 45; 9, 63, 64; 13, 9, 2. – Resch, Agrapha, 93, 253–255.

[778] Heracl., Fragm. 8: ἐκ τῶν διαφερόντων καλλίγτην ἁρμονίαν

[779] Д. Мережковский, Тайна Запада. Атлантида – Европа, II ч... Боги Атлантиды, 8, Андрогин, XXXI–XXXV.

[780] Так, в древнейших и подлиннейших кодексах Ио., 12, 7, вместо нашего канонического чтения: «оставьте ее». – Zahn, Kommentar zum. N. T., IV, Ev. des Joh., 1921. S. 503.

VI

К ранним Галилейским дням служения Господня относит Лука миропомазание. Но судя по совпадению имен: «Симон Прокаженный» в первых двух Евангелиях и «Симон фарисей» у Луки (7, 40); судя также по тому, что здесь женщина не возливает мира Иисусу на голову, как у Марка и Матфея, а умащает ноги его и отирает их волосами; судя, наконец, по тому, что город, где это происходит, в III Евангелии – просто «город», без имени, что́ на арамейском языке (а первоисточник Луки тоже, конечно, арамейский) значит почти всегда «Иерусалим», – судя по всем этим признакам, Галилейская вечеря Луки ближе к Вифанийской, чем думает он сам или хотел бы, чтобы думали мы.[781]

...Женщина того города, бывшая грешницей, узнав, что Он возлежит в доме фарисея, принесла алебастровый, с миром, сосуд и, ставши позади, у ног Его, –

(ноги у возлежащих босые, – обувь снимается перед тем, чтобы возлечь, – протянуты назад), –

и плача, начала обливать ноги Его слезами и отирать волосами головы своей; и целовала ноги Его, и умащала их миром. Видя же то, фарисей, пригласивший Его, сказал сам в себе: если бы Он был пророк, –

(в лучших кодексах, – о' προφήτης, «тот самый Пророк», «Мессия») –

то знал бы, кто и какая (женщина) прикасается к Нему, ибо она – грешница. (Лк. 7, 37–39.)

...Женщина! где твои обвинители? никто не осудил Тебя?
...Никто, Господи! – И я не осуждаю Тебя, –

мог бы сказать Иисус и этой Галилейской грешнице, так же как той, Иерусалимской «жене прелюбодейной» (Ио. 8, 10–11).

«Здесь безнаказанность греха разрешается; слишком тяжелый грех слишком легко прощается», – соблазнится бл. Августин вместе со всею Церковью III–IV века и захочет выкинуть из Евангелия эту жемчужину, как сор.[782]

Так же могли бы соблазниться Иуда и Симон фарисей.

VII

Две любви: мужская и женская, скупая и щедрая, Симона-Иуды и грешницы. Две любви сравнивает Господь:

---

[781] H. Holtzmann, Hand-Commentar zum N. T., 346.
[782] August., De conjug. adult., II, 7.

Я пришел в дом твой, и ты воды Мне на ноги не дал, а она слезами облила Мне ноги и волосами головы своей отерла. Ты целования не дал Мне, а она с тех пор, как Я пришел, не перестает целовать у Меня ноги.

Маслом ты Мне головы не помазал, а она Мне ноги помазала миром.

А потому говорю тебе: прощаются грехи ее многие за то, что она возлюбила много; а кому прощается мало, тот мало любит.

И сказал ей: прощаются тебе грехи...

...Вера твоя спасла тебя; иди с миром. (Лк. 7, 44–50).

Больше, чем ей, никому никогда не прощалось, потому что *больше*, чем она, никто никогда не любил.

VIII

Знает ли она, что делает, возливая миро на голову Его (по первым двум синоптикам)? Древле Самуил пророк, возлив елей на голову Саула, сказал:

вот, Господь помазал тебя в цари над Израилем. (I Цар. 10, 1).

«Ныне же Мессию помазала в цари блудница», – мог подумать Иуда. Первая капля вифанийского мира для него та последняя капля, от которой чаша через край переливается. «Тело мое умастила вперед к погребению», – слышится, может быть, Иуде последнее отречение Царя-Мессии от Царства. «Сам Себя хоронит заживо, и не только Себя, но и всего Израиля», – мог подумать Иуда и согласиться с Гананом:

лучше, чтоб один человек умер за людей, нежели чтоб весь народ погиб. (Ио. 11, 50).

«Друг», Иуда, и враг, Ганан, соединились, как два конца одной веревки, стянувшиеся в мертвую петлю на шее Христа.

IX

Что за человек Иуда? «Вор», – отвечает Иоанн или один из «Иоаннов», неизвестных творцов IV Евангелия. «Хочет Иуда возместить убыток, причиненный ему, как он думает, тратою мира на Вифанийской вечере», – доводит бл. Иероним этот слишком простой ответ до последней плоскости и грубости.[783]

Сколько вы дадите Мне, чтоб я вам предал Его? –

---

[783] Hieronym.: damnum quod ex effusione unguenti se fecisse credebat vult magistri pretio compensare. – Klostermann, Marcusev., 160–161.

торгуется Иуда в I Евангелии. Как же такого негодяя мог избрать Иисус в ученики? Вспомним, как произошло избрание.

На гору взошел и позвал к Себе, кого Сам хотел; и пришли к Нему. И поставил (из них) Двенадцать, чтоб были с Ним и чтобы посылать их на проповедь. (Мк. 3, 13–14).

«Сам хотел» Иуду, «вора» и негодяя; «сам позвал его к Себе»? Или в нем одном ошибся, не узнал его одного Сердцеведец, видящий всех людей насквозь?

(Людям) не вверял Себя, потому что знал всех, и не имел нужды, чтобы кто засвидетельствовал о человеке, ибо Сам знал, что в человеке (Ио. 2, 24–25).

Нет, не ошибся:

знал Иисус от начала… кто предаст Его.

…Не двенадцать ли вас избрал Я? Но один из вас – диавол (Ио. 6, 64, 70), –

говорит об Иуде за год уже до предательства и в последнюю ночь, за минуту перед тем, как в Иуду «вошел сатана»:

Я знаю тех, кого избрал. (Ио. 13, 18.)

«Диавола» избрал и послал на проповедь царства Божия; «власть изгонять бесов» дал «диаволу» (Мк. 3, 15); сказал и ему в числе других учеников:

сядете на двенадцати престолах судить двенадцать колен Израилевых. (Мт. 19, 28.)

То же скажет и в последнюю ночь, за минуту до предательства (Лк. 22, 3, 30).

Все это, – «да сбудется Писание».

***Сын человеческий идет, как писано о Нем* (Мк. 14, 21). *Сказываю же вам (о том) теперь, прежде чем сбылось, дабы, когда сбудется, вы поверили, что это Я.* (Ио. 13, 19.)**

Взваливать на Промысел Божий то, что разуму человеческому непонятно, а сердцу – кощунственно, объяснять непонятное событие непонятнейшим пророчеством не значит ли решать уравнение с двумя неизвестными, разгадывать одну загадку, темную, другой, темнейшею?

Вывод из всего этого только один: камни в Иуду надо кидать осторожнее, – слишком к нему близок Иисус.

X

Память о том, что действительно побудило Иуду предать Иисуса, заглохла уже в самих Евангелиях, «Воспоминаниях Апостолов», а может быть, и раньше, еще до евангельских записей. Кажется, действительной причины Иудина предательства евангелисты не знают, не помнят или не хотят вспоминать, может быть, потому, что это слишком страшно, «соблазнительно» для них, или потому, что знают, что «говорить всего всем не должно» (Ориген). Только повторяют: «один из Двенадцати, один из Двенадцати», – каждый раз с новым, все большим недоумением и ужасом.

Кажется, все остальные Одиннадцать не видят Иуды: он вне поля их зрения, как бы под шапкой-невидимкой;

не видят его, не знают, не понимают до последней минуты предательства. Он для них ничем не отличается от них самих. И даже потом, когда уже предаст, – не увидят, может быть, потому, что зло для добра вообще невидимо, непознаваемо: внутренним только опытом воли, действия познается действительное, внутреннее существо добра и зла; доброго знает, видит не извне, а изнутри только добрый, злого – только злой. Что для человека самое невидимое, непознаваемое, – Бог? Нет, дьявол. Он-то, может быть, когда вошел в Иуду, и покрыл его своею шапкой-невидимкой.

Образ Иуды, каким он является в евангельских свидетельствах, – только непонятное страшилище. Но, если б мы могли заглянуть в то, что действительно было в этом предательстве, то, может быть, мы увидели бы в нем **проблему зла,** поставленную так, как больше нигде и никогда в человечестве.

Камни в Иуду надо бы нам кидать осторожнее: слишком, увы, близко к нему все человечество. Только в себя заглянув бесстрашно-глубоко, мы, может быть, увидим и узнаем Предателя.

XI

Кажется, к загадке Иуды можно бы и в самом Евангелии, – если бы мы читали его не нашими слепыми глазами, а зрячими, – найти потерянный или нарочно в воду заброшенный ключ.

Прозвище Иуды – не второе имя, а только прозвище (это важно) – Isch Qarjot состоит из двух слов: первое, isch, на арамейском языке значит или значило когда-то, еще до времен Иисусовых (но значение это могло и потом сохраниться): «муж», «человек»; второе слово: Quarioth или Querioth – имя очень древнего города в колене Иудином (Иис. Нав. 15, 25), в далеком и пустынном южном конце Иудеи, за Эброном, к востоку от Газы.[784]

---

[784] W. Brandt. Die Ev. Geschichte, 1893, 4–5. – Volkmar, Jesus Nazarenus, 1882. S. 128. – Wellhausen, Ev. Marci, 1909. S. 22. – Кажется, чрезмерные филологические сомнения Вельгаузена не

Шли к Нему также (люди) из-за Иордана... в великом множестве. (Мк. 3, 8).

«Из-за Иордана» и значит: «из колена Иудина», где находился Кариот.

В прозвище этом не брезжит ли память об исторически живом лице Иуды, о первом и главном от него впечатлении зрительном: «чистый» иудей среди «нечистых» – всех остальных учеников Иисуса, людей из Галилеи, «Округи язычников»? Это, вероятно, по лицу Иуды видно сразу. Есть такие иудейские лица, на которых отпечатлелось в одном человеке все племя, как в чекане монеты – лицо государя. «Я – обрезанный из обрезанных. Иудей из Иудеев», – не мог ли бы о себе сказать и Иуда, как Павел? Кажется, вообще узнать – увидеть Иуду через Павла легче всего.

Сам Иисус – тоже «из колена Иудина», тоже «чистый» Иудей; это не только во времени, но и в вечности вспомнится:

вот лев из колена Иудина, корень Давидов, победил. (Откр. 5, 5.)

Издали пришел к Человеку из Назарета человек из Кериота, из-за Эброна – в Галилею и, «все оставив, пошел за Ним».

Вот, мы оставили все и пошли за Тобой (Мт. 19, 27),

мог бы сказать Иуда, как Петр.

Если же, по слову Марка, «сам Иисус захотел его, позвал к Себе», избрал сначала в широкий круг учеников, а потом в тесный, Двенадцати, вместе с Петром и Иоанном, то было, должно быть, что-то в Иуде, что влекло к нему Иисуса. Что же именно?

Кажется, прав Иоанн: что-то «знал от начала» Иисус об Иуде, – не то, конечно, что он предаст Его, а то, что может предать, как никто, но и верен может быть, как никто. Если так, то, может быть, сам Иисус «захотел» Иуду, полюбил его потому, что почувствовал в нем величайшую возможность добра или зла, точку сопротивления наибольшую во всем Израиле – во всем человечестве. Понял бы, вероятно, Иуда лучше всех учеников, что значит:

от Иудеев спасение. (Ио. 4, 22.)

Понял, может быть, и человек Иисус, что в человеке Иуде – Иуда-племя – Иуда-человечество; что спасти одного Иуду значит спасти всех.

Он же, приняв кусок, тотчас вышел, а была ночь (Ио. 13, 30). ***Все вы соблазнитесь о Мне в эту ночь*** (Мк. 14, 27), –

«все предадите Меня».

опровергают главного для нас – связи, по крайней мере, второй части Иудина прозвища, Quariot, с городом того же имени. Если в нашем каноническом чтении Ἰσκαριώτης, эта связь уже забыта, то все еще памятна в Cantabrig. D, Иоанна: ἀπὸ Καριωτοῦ , «из (города) Кариота».

Мог Иуда предать – и не предать: был *свободен*. Если бы не предал, остался верен до конца, – как знать, не наступило ли царство Божие *сейчас*! Страшная тайна добра и зла в Иуде, человеке и человечестве, – тайна бесконечной любви – свободы во Христе.

XII

Папий, епископ Иерапольский (150 г.), сохранил не записанное будто бы в Евангелии, от «учеников Иоанновых» идущее, очевидно, грубо искаженное, но все же для нас драгоценное слово Господне о царстве Божием;

будет в те дни так плодородна земля, что и хищные звери, питаясь только плодами земли, сделаются кроткими, возлюбят друг друга и человеку будут во всем покорствовать.

Это значит: в царстве Божием кончится борьба человека с природой, снова будет между ними вечный мир, такой же, как был в раю.

«Как это может быть?» – усомнился Иуда. И сказал Господь: *те это увидят, кто в царство Божие войдет. Videbunt, qui veniant in illa* [785]

Этим-то сомнением и начинается разрыв между учеником и Учителем, как малою трещиной – великая пропасть.

Есть и в IV Евангелии намек на то, что разрыв проходит именно здесь, по линии царства Божия; что здесь же и последний корень предательства. «Диаволом» Иисус называет Иуду, потому что «знает от начала, кто предаст Его», – за год еще до предательства, после того, что произошло на горе Хлебов, где царство Божие наступило бы сейчас, как мог думать Иуда, – если бы Иисус людьми и Богом предложенного Ему Царства не отверг.

Может быть, Иуда Галилеянин – ложный Мессия тех дней – похож на Иуду Искариота: оба «зелоты-ревнители», против римской власти бунтовщики – «революционеры», по-нашему. Главная черта обоих – нетерпеливое, со дня на день, с часу на час, ожидание царства Божия. «Скоро, еще во дни жизни нашей, да приидет Мессия (Помазанник, Царь) и да освободит народ свой», – в этой святейшей молитве Израиля главное слово для обоих Иуд – «скоро».[786]

Все равно, победить или погибнуть, только бы скорей, – не завтра, а сегодня – сейчас. Если так, то понятно, почему Иуда пришел к Иису-

---

[785] Irenaeus, Haeres., V, 33, 3, S. S. – Hippol., Comm. in Daniel, lib. V. Ed. Bratke, p. 44. – J. H. Ropes, Die Sprüche Jesu, 1896. S. 109–110. – Preuschen, Antilegomena, 1901. S. 60–61; 150–151.

[786] Молитва kadisch. – Joh. Weiss, Die Predigt Jesu vom Reiche Gottes 1900. S. 15.

су в те дни, когда думали все, что царство Божие наступит «сейчас» (Лк. 19, 11), и отошел от Него, когда понял, что не сейчас, – надолго отсрочено.

Царство Божие будет десяти девам подобно, взявшим светильники свои и вышедшим навстречу жениху....Но как жених замедлил, то задремали все и уснули. (Мт. 25, 1,5.)

Все, кроме одной, жениху не простившей: если бы больше любил, – не замедлил бы. Эта одна «мудрая дева», или безумная, – душа Иуды. Воля его – страшная повивальная бабка царства Божия: «муками родов» мессианских вынудить хочет наступление Царства, как бы чрево матери рассечь, чтобы поскорее родился младенец.

Что делаешь, делай скорей (Ио. 13, 27), –

может быть, угадал Иисус и с горькой усмешкой высказал тайную мысль Иуды о Нем.

Больше всех учеников верил Иуда в царство Божие и усомнился в нем больше всех.

XIII

Павловы пути обратны Иудиным, но в одной точке соприкасаются.

Савл! Савл! что ты гонишь Меня?...Трудно тебе идти против рожна. (Д. А. 9, 4–5).

Понял Савл, что трудно: ослеп – прозрел. Иуда не понял: слеп до конца; пошел на рожон, как бешеный бык, и накололся насмерть.

Павел сделал выбор между законом и свободой; Иуда не сделал: вечно между ними колеблется; предал сначала закон, а потом – свободу. Два предательства: первое хочет искупить вторым. Званый, но не избранный; гость на брачном пиру в одежде небрачной.

Друг! как ты вошел сюда?...возьмите его и бросьте во тьму внешнюю. (Мт. 22, 12–13).

«Блажен, кто не соблазнится о Мне», – сказал Иисус о Предтече (Мт. 11, 6); мог бы сказать и о Предателе. Чем «соблазнился» Иуда? Тем же, чем Савл, – «соблазном» и «безумием» Креста: «проклят Висящий на древе». Павел одолел соблазн; не одолел Иуда. Павел поверил; не поверил Иуда, что Христос воскрес, и благословен Проклятый.

Тайна Иуды – тайна всего Иудейства: верность Ягве, Супругу – измена Мессии, Возлюбленному, – «Соблазнителю», «Обманщику», mesith, как назовет Иисуса Талмуд, вечная книга Иуды-племени – «Вечного Жида» во всемирной истории. Все еще жив для Иудейства и разумен нелепый вопрос: «Кто кого предал, Иуда – Христа или Христос – Иуду?»

Я желал бы отлученным быть от Мессии (Христа) за братьев моих, родных мне по плоти, – Израильтян (Рим. 9, 3–4), –
могли бы сказать оба Иуды, человек и племя, так же, как Павел. «В грязь втоптал самое святое, что было в Израиле, – Закон», – могли бы сказать об Иисусе оба Иуды, так же, как Савл.

Чем подкуплен Иуда? Золотом? Нет, спасением Израиля: «Лучше, чтобы один человек умер за всех, нежели чтобы весь народ погиб». В этом Иуда с Гананом встретились, «друг» – с врагом; два конца веревки соединились и затянулись в мертвую петлю предательства.

XIV

В одной точке, в одном миге – вечности, два лица – Иуды и Христа – сближены так, что можно их увидеть или не увидеть, понять или не понять, только вместе. Вместе надо их увидеть, чтобы понять не отвлеченно-догматически, а исторически-опытно Страсти Господни. А для этого надо помнить, что Иисус не знал **наверное**, – не мог, не хотел, не должен был знать до последней минуты, предаст ли Его Иуда или не предаст. Этого не знал Иисус, может быть, потому, что и сам Иуда не знал; знал только, что надо «делать скорей». Но не делал, страшно медлил; нетерпеливый во всем только это терпел.

За год еще до предательства, когда по Умножении хлебов «многие из учеников Иисуса отошли от Него» (Ио. 6, 66), – как легко и просто мог бы Он сказать Иуде: «Отойди и ты»; но вот не сказал и не скажет до последнего лобзания, которым тот предаст Его в Гефсимании.

Друг! для чего ты пришел? (Мт. 26, 50)

В греческом подлиннике ἑταῖρε – больше, чем «друг», почти «брат». Как легко и просто мог бы тогда же отойти Иуда; но не отошел и не отойдет, будет верен до конца – до предательства.

Любит великий ваятель крепчайшие, почти резцу не поддающиеся мраморы; великий полководец любит опаснейшие бои: так, может быть, Иисус любит Иуду. Не было ли таких минут, когда Он любил Иуду больше, чем Петра, чем Иоанна; больше верил в него, чем в них?

Горе тому человеку, которым Сын человеческий предается: лучше бы тому человеку не родиться. (Мк. 14, 21)

Это значит: Иуда Предатель – Иуда Несчастный. Самый несчастный из людей – он. Мог ли его покинуть Иисус? Если Сын человеческий пришел, чтобы найти потерянное, спасти погибшее, мог ли Он покинуть погибавшего так, как никто никогда не погибал? Очень глубоко объясняет Ориген: Иисус не покинул Иуду потому, что «до последней минуты надеялся», что он *может* спастись.[787]

XV

«Диаволом» назван Иуда, Петр – «сатаною»; в чем-то на один миг они близнецы, двойники, почти неразличимые, – как сатана от дьявола? Нет, как один слабый и грешный человек – от другого, такого же грешного и слабого. Да и все остальные ученики, может быть, не лучше и не хуже этих двух: двенадцать Петров – двенадцать Иуд.

Петр от Господа «отрекся» – тоже предал Его, но покаялся вовремя. Петр мог быть Иудой. Иуда – Петром; между ними расстояние, может быть, меньшее, чем это нам кажется. Верил Иисус в обоих и обоих любил до конца.[788] Если же в Иуде «ошибся», то ошибка эта человеческая дает меру любви Его, божественной.

Нет больше той любви, как если кто положит душу свою за друзей своих. **(Ио. 15, 13.)**

Душу Свою не положил ли Господь за «друга» Своего, Иуду?

XVI

Но чем больше Иисус любит Иуду, тем больше тот ненавидит Его, и медленно зреет горький плод предательства под черным солнцем ненависти. Когда же созрел, – голову, должно быть, потерял Иуда, чувствуя, какая дана ему власть и свобода: судьбы Израиля, судьбы мира он один решит на веки веков. Этой-то свободы, кажется, и не вынес Иуда: сделался орудием зла нечеловеческого: «вошел в него сатана». Остался ли в нем или вышел, мы не знаем. Сделав через него дело свое, может быть, бросил его, как выжатый плод или пустую личину.

Крайнее зло нераскаянно, потому что здесь, на земле, почти всегда счастливо: счастлив Ганан, Иуда несчастен. Крайнего зла, сатанинского, кажется, не было в нем; было только среднее зло, человеческое, что ещё ужаснее, конечно, как мера всего человечества.

Суток не пройдет от предательства, как Иуда уже раскается: ***согрешил я, предав кровь неповинную.***

Страшным судом осудит себя и казнит: ***пошел и удавился.*** **(Мт. 27, 4–5.)**

---

[787] Orig., in Cant. Cant., IV, ed. Lomm., XV, 84. – W. Bauer, Das Leb. Jes. im Zeitalt. d. N. T. Apokryph, 1909. S. 174.

[788] Fr. Peabody, Jesus-Christ et la question morale, trad. par H. Anet, 1909, p. 98, 104–105.

Тело Распятого будет еще висеть на кресте, когда тело Предателя уже повиснет на петле. Всовывая шею в петлю, понял ли Иуда, что значит: «проклят висящий на древе»?

Начал хорошо, кончил худо; но и в конце, как и в начале, все еще – «один из Двенадцати».

Пришел к Иисусу, ушел от Него, и опять пришел; полюбил Его, возненавидел – и опять полюбил.

И на страшном конце Иуды все еще неизгладимый, темным блеском блистающий знак славы апостольской.

XVII

Проклят Иуда людьми потому, может быть, что слишком людям близок. Да, как это ни страшно сказать, – стоит каждому из нас только заглянуть в себя поглубже, чтобы увидеть Предателя: все, кто когда-то в детстве верил во Христа, а потом отрекся от Него – «предал» Его, – «Иуды» отчасти.[789]

«Сыном погибели», υἱὸς τῆς ἀπολείας, называет Господь Иуду (Ио. 17, 12). Слово это переводит Лютер не точно, но глубоко:

**Потерянное дитя,
das verlorene Kind.** [790]

«Блудного Сына» принял отец и простил. Есть, может быть, в каждом из нас «Иудин кусочек», «блудный Сын», «потерянное дитя», или «Сын погибели».

«Господь Иуду простит», – этого мы не смеем сказать, но и «не простит» тоже сказать не смеем.

Все, что дает мне Отец, ко мне приходит, и приходящего ко Мне не изгоню вон (Ио. 6, 37), –

это, может быть, не только об Иуде сказано, но и о нас всех.

---

[789] Гностики каиниты учили, что Иуда был «возлюбленным, сыном Софии, Премудрости Божией», единственным из учеников Господних, постигших «тайну предательства», mysterium proditionis, «великую тайну Гнозиса», – то, что архонты века сего хотели помешать жертве Голгофской, поняв, что жертва эта спасет мир. Чтобы разрушить их замыслы. Иуда и предал Христа. Все это, конечно, только «обратное общее место», мнимая глубина, «зеркальная», как все вообще «глубины сатанинские» (Откр. 2, 24). Слишком, может быть, не стоит жалеть о бывшем у каинитов и уничтоженном Церковью «Евангелии от Иуды». – Epiphan., Haeres., XXXVIII, 3, – Iren., I, 31, I. – Pseudo-Tertull., II. – W. Bauer., Das Leb. Jes. im Zeitalt, d. N. T. Apokryph., 176. – E. Faye, Gnostiques et Gnosticisme, 1925, p. 372.

[790] K. Hase. Geschichte Jesu, 549.

6. Тайная вечеря

I

В ночь со Среды на Четверг Иуда, «один из Двенадцати» – «один из Двенадцати», повторяют все четыре свидетеля с растущим недоумением и ужасом, – пошел к первосвященникам и обещал им «искать удобного времени, чтобы предать им Иисуса вдали от народа». Если те, по свидетельству Луки (22, 4–6), этому «обрадовались», то потому, конечно, что знали, что схватить Иисуса без «возмущения народного» можно было только так – не извне, силою, а изнутри, предательством, – дьявольским обманом любви накрыть Его внезапно, как птицелов накрывает птицу невидимой сеткой.

Лучшего для этого времени нельзя было выбрать, чем следующую ночь, с Четверга на Пятницу, с 14 низана на 15-е, когда по закону никто из иудеев не мог выйти из дому от захода солнца до восхода, справляя пасхальную вечерю, так что весь город в эти часы пустел, точно вымирал. Очень вероятно, что в том ночном совещании с первосвященниками эту ночь и выбрал Иуда и посоветовал им держать наготове вооруженных людей, чтобы по данному им знаку идти с ним, куда он им скажет.

II

Утром в Четверг послал Иисус, должно быть, из Вифании, где по обыкновению скрывался в тайном убежище, Петра и Иоанна, сказав им:
пойдите, приготовьте нам есть пасху.
Они же сказали Ему: где велишь нам приготовить?
Он сказал им: вот, при входе вашем в город, встретится с вами человек, несущий кувшин воды; последуйте за ним в дом, в который войдет он.
И скажите хозяину дома: «Учитель говорит тебе: где комната, в которой бы Мне есть пасху с учениками Моими;
И он покажет вам горницу большую, устланную (коврами); там приготовьте.
Те пошли и нашли, как сказал им (Иисус), и приготовили пасху. (Лк. 22, 8–13.)
Зная, что не только дни, но и часы Его сочтены:
Время мое близко (Мт. 26, 18), –
Иисус хочет сохранить эти последние часы, чтобы совершить одно из величайших дел Своих – то, без чего не может Он уйти из мира.

Выбрал дом, вероятно, давно уже уговорившись с хозяином, неизвестным другом Своим, может быть, отцом или матерью Иоанна-Марка, будущего евангелиста, «толмача» Петрова и спутника Павлова, в те дни четырнадцатилетнего отрока, который мог видеть и запомнить то, что происходило в доме в ту ночь. Все до последней минуты скрывает Иисус от Двенадцати, как будто даже им не верит: неизвестного друга не называет по имени посланным двум ближайшим ученикам Своим, Петру и Иоанну; сообщает им только, должно быть, тоже заранее условленный знак: «человек с кувшином воды». Последняя вечеря их будет тайною, как сходка заговорщиков. Прятаться должен от людей Сын человеческий в эти последние часы Свои на земле, как преследуемый палачами злодей или травимый ловчими зверь.

III

Верхнее жилье многих иерусалимских домов – легкая, наподобие чердака, беседки или терема, надстройка с отдельным к ней ходом, внешней лестницей, – состояла обыкновенно из одной большой «горницы», по-гречески ἀνάγαιον πτερῶον, по-арамейски hillita, устланной в зажиточных домах коврами и уставленной ложами, – столовой или спальни не для членов семьи, а для почетных гостей.[791]

Дом, чудом уцелевший от времен апостольских, на холме Сионском, в юго-западной части города, указывает церковное предание IV века. Тот же дом с куполом на плоской крыше изображен на древней, от VII века, найденной в развалинах города Маддабы (Maddaba), мозаичной карте-картине Иерусалима. В доме этом и находилась будто бы та «Сионская горница», где ел Господь с учениками пасху в предсмертную ночь.[792]

Часто такие «горницы-гиллиты» освещались, кроме узких, как щели крепостных бойниц, окон в стене, верхним светом из четырехугольного, в потолке, или круглого, в куполе, окна прямо в небо – тем особым, небесным светом, на земные светы непохожим, который придает всей комнате тоже особый, на другие комнаты непохожий, вид.[793] Если было такое окно и в куполе Сионской горницы, то Иисус мог видеть в него, подымая глаза к небу при благословении хлеба и

---

[791] Dalman, Orte und Wege Jesu, 1924. S. 333.
[792] Pitra, Analecta Sacra, Antonin, ap. Geyer, 174. – Epiphan., De mensuris et ponderibus, XIV, Migne, Patr. Graec., 261. – Aetheria, ap. Geyer, 92, 94. – Dalman, 92, 94. – M. Goguel, La vie de Jesus, 424.
[793] Lagrange, Marc, 274.

вина, сначала вечернее, светлое, а потом, при последней молитве, звездное небо.

В той же Сионской горнице в день Пятидесятницы, когда все ученики «были единодушно вместе, сделался внезапно шум с неба, как бы от несущегося бурного ветра», должно быть, сквозь тоже круглое окно в куполе, – так что «наполнился шумом весь дом, и явились им разделяющиеся языки, как бы огненные, и почили по одному на каждом из них; и Духа Святого исполнились все» (Д. А. 2, 1–4).

IV

Когда же настал вечер. Он приходит с Двенадцатью. (Мк. 14, 17).
Слышный всему Иерусалиму, трубный глас из храма возвещал, при заходе солнца, восходе звезд начало пасхальной вечери.[794]

Знал ли Иисус, входя в Сионскую горницу при последних лучах заходящего солнца, что завтра, в тот же час, будет в гробу?

И когда настал час, возлег, и Двенадцать – с Ним. (Лк. 22, 14.)

Ложа с подушками, обыкновенно тройные для трех возлежащих, tryclinia, устланные коврами, расставленные в виде подковы, окружали низкий, не выше скамьи, круглый стол. Полулежа на левом боку, протянув ноги назад от стола и опираясь локтем левой руки о подушку, ели правой, что не совсем, конечно, удобно, но зато уютно и располагает к сердечной беседе: многое скажешь, лежа, чего не сказал бы, может быть, сидя.[795]

Если и в Сионской горнице ложа были тройные, то с Иисусом возлежали двое: слева, «у груди Его, ученик, которого любил Иисус» (Ио. 13, 23), – Иоанн; а справа кто? Судя по тому, что Господь подает Иуде «обмакнутый в блюде кусок» (Ио. 13, 26) в знак особой любви, по тогдашнему обычаю, должно быть, не в руку, а прямо в уста,[796] что трудно было сделать через стол или ложе, – возлежал и справа от Него другой ученик, которого тоже «любил Иисус», – Иуда.

Очень древнее, почти современное IV Евангелию, свидетельство в «Учении Двенадцати Апостолов» (117–130 гг.) помнит присутствующих в Сионской горнице сестер Лазаря, Марфу и Марию.[797] Эти не воз-

---

[794] Si tenebrae oriebantur, exibant et assabant. – Keim, III, 256.
[795] Klostermann, Johannes, 167. – Keim, III, 256.
[796] Dalman, Jesu-Jeschua, 112.
[797] Hamack, Die Lehre der Zwölf Apostel, 1889, S. 236. – Это подтверждается косвенно и свидетельством Юстина (Apol. I, 66) о том, что Господь разделяет хлеб и вино ***только*** между Двенадцатью», что предполагает присутствие на Тайной Вечере и других лиц, кроме Двенадцати. Goguel, 425.

лежат, конечно, а только прислуживают или даже, не смея войти в горницу и стоя в дверях, издали только смотрят и слушают. Если Мария Вифанийская присутствует здесь, то, может быть, и обе другие Марии, – Матерь и Возлюбленная, – та, кто родила, и та, кто первая увидит Воскресшего.

V

И когда они возлежали и ели, сказал им Иисус: истинно говорю вам, один из вас, ядущий со Мною, предаст Меня. Они же весьма опечалились и стали говорить один за другим:
«Не я ли?.. Не я ли?» (Мк. 13, 18–19.)
И начали спрашивать друг друга, кто бы из них был, кто это Сделает. (Лк. 22, 23.)
Он же сказал: один из Двенадцати, обмакивающий в блюдо со Мною. (Мк. 13, 20).

Вот откуда удивление – ужас: «один из Двенадцати». Спрашивают все: «Не я ли?» – чувствуют, значит, в себе возможность предательства, даже Петр, даже Иоанн. «Все от Него отреклись», – сообщает Юстин Мученик внеевангельское, может быть, «воспоминание Апостолов» (Мт. 26, 25). «Все отреклись», и значит: «предали все».

«Дети», «младенцы», νηπίοι – все ученики: так называет их сам Иисус (Мт. 11, 25); только один Иуда – «взрослый». Если раньше всех предаст, то, может быть, только потому, что старше, умнее и дальновиднее всех: первый увидит, «к чему дело идет» (Лк. 22, 29).

...Также сказал и предающий Его: не я ли, Равви?
Иисус говорит ему: ты сказал. (Мт. 26, 25).

Это, по свидетельству Матфея (25, 23), – уже после того, как сказал Иисус:

руку со мной опустивший в блюдо, тот предаст Меня.

Кажется, здесь внутреннее делается внешним: словами говорится то, что делается без слов. Если бы Иисус так ясно обличил Иуду, то как могли бы все остальные ученики не понять или, поняв, остаться безучастными, выпустить Иуду из горницы, зная, куда и зачем он идет?[798] Кажется, Марково свидетельство исторически подлинней: здесь нет ни вопроса Иуды, ни ответа Иисуса; все происходит между ними без слов. Страшный вызов: «Не я ли?», может быть, прочел Иисус в глазах Иуды и глазами ответил: «ты». «Я» в вопросе Иуды значит уже не он сам, а кто-то другой; и «ты» в ответе Иисуса – тоже другой.

---

[798] R. A. Hoffmann. Das Marcusev., 561. – Reville, Jesus de Nazareth, II, 329–330.

О, конечно, слишком хорошо знал умом Иисус, что Иуда предаст Его в эту ночь, но сердцем все еще не знал – не мог, не хотел, не должен был знать, чтобы не нарушить бесконечной свободы в любви бесконечной; все еще надеялся, верил, любил: «***может быть,*** и не предаст?» – «***может быть,*** и не предам?» – отвечает или спрашивает Иуда или тот, кто за ним, со страшным вызовом. Два «может быть» – два «смертных борения», две Агонии: одна в Иисусе, другая в Иуде – какие согласно-противоположные! Скрещиваются в эту роковую минуту две величайших силы – крайнее Зло и Добро, – как две противоположные молнии.

VI

Нет никакого сомнения, что Иуда вышел из Сионской горницы до конца вечери, чтобы иметь время сходить к первосвященникам, взять вооруженных людей и отвести их в Гефсиманию: холодно, значит, спокойно, с математической точностью расчел время сам, или кто-то другой – за него.[799] Марк и Матфей не знают, когда вышел Иуда: только что обмакнул в блюдо кусок, как становится невидим для них, так же как для всех возлежащих; исчезает, как призрак: точно в нужную как раз минуту, чтобы мог уйти незамеченным, покрывает его шапкой-невидимкой сам дьявол.

Только один из синоптиков, Лука, видит Иуду до конца вечери. После того уже, как подал Иисус Тело и Кровь Свою всем Двенадцати, – значит, и Предателю, – Он говорит:

вот, рука предающего Меня со Мной за столом. (Лк. 22, 19–21.)

Это было с Иудой; это может быть и со всеми причастниками:

против Тела и Крови Господней будет виновен хлеб сей ядущий и чашу Господню пиющий недостойно. (I Кор. 11, 27.)

Принял Иуда, страшно сказать, как бы «сатанинское причастие» из рук Господних. Скрещиваются и здесь две величайших силы – Бога и дьявола, – как две противоположные молнии.

VII

Еще в большей мере, чем Матфей, делает Иоанн, по своему обыкновению, внутреннее внешним, умолчанное – сказанным, то, что совершается в тайне, в мистерии, тем, что совершается явно, в истории. Но и здесь, как почти везде у Иоанна, драгоценные для нас, исторически подлинные черты события уцелели, может быть, и в мистерии.

---

[799] Stapfer. La mort et la resswection de Jesus Chr., 129.

Духом возмутился (тогда) Иисус, –
то же слово и здесь, ἐταράχθη, как там, в первой Агонии, во храме: «ныне душа моя возмутилась», τετάρακται (Ио. 12, 27).

Духом возмутился (тогда) Иисус, и засвидетельствовал, и сказал: истинно, истинно говорю вам, что один из вас предаст Меня.

Тогда ученики стали озираться друг на друга, недоумевая, о ком Он говорит.

Один из учеников, которого любил Иисус, возлежал у груди Его. Симон же, Петр, сделал знак ему, чтобы спросил, кто это, о ком Он говорит.

Тот, припадши к груди Иисуса, спросил: Равви! кто это? Иисус отвечал: тот, кому Я, обмакнув кусок, подам. И, обмакнув, подал Иуде Симонову Искариоту. И после куска того вошел в него сатана. Тогда Иисус сказал ему: что делаешь, делай скорее.

…И, приняв кусок, он тотчас вышел. А была ночь. (Ио. 13, 21–30.)

Светлая для всех пасхальная ночь полнолуния, а для Иуды – темная, темнее всех ночей земных.

VIII

В ночь выходит Иуда, в кромешную тьму, а в Сионской горнице, – свет во тьме светит, и тьма не объяла его (Ио. 1,5), –
солнце солнц – Евхаристия.

Пять свидетельств об одном – Павла, Марка, Матфея, Луки, Иоанна (этот последний о самой Евхаристии не упоминает ни словом, но и в его свидетельстве, как мы сейчас увидим, присутствует она безмолвно). Можно сказать, ни одно событие всемирной истории не освещено для нас такими яркими, с таких противоположных сторон падающими и так глубоко проникающими светами, как это. Если же мы все-таки не видим его и не знаем, то, может быть, потому, что не хотим видеть и знать, или потому, что самая природа события слишком иная, от всего исторического бытия отличная, ни на что непохожая в нем и со всем остальным нашим историческим опытом несоизмеримая.

Марково свидетельство, повторенное почти дословно Матфеем, в главном, совпадает с Павлом (но так как и не главное в опыте религиозном может быть в историческом опыте существенно, то все пять свидетельств сохраняют для нас всю свою значительность). Если три первых свидетельства – Марково, Матфеево, Павлово – сводятся к одному, то, значит, все пять – к трем. Но, пристальней вглядевшись в них, мы увидели бы и в этих трех одно и поняли бы, что евангельское свидетельство об Евхаристии триедино – Троично.

Три свидетельствуют на небе... и Сии три суть Едино. И три свидетельствуют на земле... и сии три – об одном. (I Ио. 4, 7–8.)

Главное в первом свидетельстве, – Марка – Матфея – Павла, – начало Ветхозаветное, Отчее: искупительная жертва – «Агнец, закланный от создания мира»: «Тело мое, за вас ломимое» (I Кор. 11, 24; Мк. 14, 24); главное во втором свидетельстве, Иоанна, – начало Новозаветное. Сыновнее: «любовь», ἀγάπη ; главное в третьем свидетельстве, Луки, – начало Третьего Завета, Духа Святого, – царство Божие: *царство мое завещаю вам, как завещал Мне Отец мой, да ядите и пиете за трапезой Моей в царстве Моем.* (Лк. 22, 29–30.)

В первом свидетельстве – начало, во втором – продолжение, в третьем – конец мира.

Каждое из трех Лиц Троицы соединяет в Себе два Остальных: то же происходит и в каждом из трех евангельских свидетельств об Евхаристии.

Три луча в блеске утренней звезды – розовый, голубой, зеленый – соединяются в один свет, белый, как солнце; так и здесь, в Евхаристии, – Жертва, Любовь, Царство, – Отчее, Сыновнее и идущее от Духа Святого: три – одно.

IX

Павлове свидетельство (I Кор. 11, 23–25) – самое раннее по времени записи: Маркову предшествует оно лет на десять, на двадцать.[800] Но время записи, внешний признак, может и не совпадать для исторического свидетельства с тем временем, когда оно действительно возникло; судя же по внутренним признакам, Маркове свидетельство первичнее Павлова.

Я от (самого) Господа принял то, что и вам передал: что Господь Иисус в ту ночь, когда был предан, взял хлеб и, возблагодарив, εὐχαριστήσας, –

(то же слово, как и у всех трех синоптиков), –

преломил и сказал: приимите, ядите: сие есть Тело Мое за вас,

(«ломимое», κλώμενον, – вероятно, позднейшая вставка,[801] –

Сие творите в мое воспоминание.

Также и чашу (взял) после вечери и сказал: чаша сия есть новый завет в Моей Крови; сие творите, когда только будете пить, в Мое воспоминание. (I Кор. 11.)

---

[800] Joh. Weiss. Die Schrift, d. N. T., I, 202. – Goguel, 429.
[801] Eb. Nestle, N. T. 1898. – Tischendorf, 1872. – Westcott and Hort 1881. – Joh. Weiss, Die Schrift, d. N. T., I, 203.

Эти последние, дважды у Павла повторенные, слова: τοῦτο ποιεῖτε εἰς τὴν ἐμὴν ἀνάμνησιν, у Марка отсутствуют. Нет никакого сомнения, что если бы он только нашел их в общем, доевангельском предании, или, тем более, своими ушами слышал из уст Петра, или, тем еще более, подслушал их в ту самую ночь, когда они были сказаны, в доме отца его или матери, в Сионской горнице, то не забыл бы повторить их в своем свидетельстве; если же не повторяет, то потому, вероятно, что не знает. Нет также никакого сомнения, что в этих словах верно угадано то, что Иисус *хотел* сказать, но *мог ли,* – вот вопрос. «Все вы соблазнитесь о Мне в эту ночь» (Мк. 14, 27); все «оставите Меня одного» (Ио. 16, 32), – забудете, разлюбите, – это Он мог сказать и, вероятно, сказал действительно; но «любите Меня, не забывайте, помните – творите сие в Мое воспоминание», – этого Он не мог сказать, по вечному для языка любви закону: самое сильное, безмолвное. Больше всего любимый и любящий меньше всего может сказать: «Люблю – люби». Любящий и любимый так, как учеников Своих любит Иисус и как Он ими любим (сколько бы ни «отрекались» от Него, ни «предавали» Его, – любят Его бесконечно, и Он это знает), не мог бы сказать: «Любите Меня, помните».

Кажется, ясно по одному этому признаку, что Марково свидетельство первичнее Павлова.

X

Когда же они ели, Иисус, взяв хлеб и благословив, ε'ὐλογήσας, *преломил, дал им и сказал: приимите, ядите; сие есть Тело мое. И, взяв чашу и благодарив,* ε'ὐχαριστήσας, *подал им. И пили из нее все.*

И сказал им: сие есть Кровь Моя, нового завета, за многих изливаемая. Истинно говорю вам: Я уже не буду пить от плода виноградного до того дня, когда буду пить новое вино в царстве Божием. (Мк. 14, 22–25.)

Что это? Только ли повествование о том, что было однажды? Нет, в самом звуке литургийно-торжественно-повторяемых слов: «взяв хлеб и благословив», «взяв чашу и благодарив», «сие есть Тело Мое», «сия есть Кровь Моя», – слышится, что это не только было однажды, во времени, но есть и будет всегда, в вечности; что это уже Евхаристия.[802]

Главное здесь – Ветхозаветное, Отчее, – жертва. «Тело Мое ломимое», «Кровь изливаемая», – Жертва жертв. Сколько людей жертвовали, жертвуют и будут жертвовать собою за что-нибудь одно в мире; но

---
[802] Joh. Weiss, 202.

только один Человек Иисус пожертвовал Собою за все в мире – за весь мир. Сколько людей умирало, умирает и будет умирать, чтобы избавить человечество от одного из бесчисленных зол; но только один Человек Иисус умер, чтобы избавить человечество от корня всех зол – смерти: только Он один умер, чтобы никто не умирал. Жертва Его единственна, так же как Он сам – Единственный.

Вот в солнечно-белом блеске утренней звезды – Евхаристии Марковой-Матфеевой-Павловой – один из трех лучей – от жертвенной крови розовый.

XI

Марк первичнее Павла; Лука первичнее Марка. Это, – не по времени записи, сравнительно позднему, от 80-х годов, – признаку внешнему, но по признакам внутренним, – самое раннее свидетельство, от Марка и Павла независимое, почерпнутое из иного, кажется, древнейшего источника. Но это мы узнаем не по нашему каноническому, примесью Павла и Марка замутненному, а по беспримесно-чистому, подлинному чтению в Codex cantabrigiensis *D* и в старо-латинских кодексах.[803]

Люди не могли вынести в исторически подлинном свидетельстве об Евхаристии простоты и чистоты его божественной: прибавили к нему своего, украсили его по-своему. Но мера всего – красота – есть не только присутствие нужного, но и отсутствие ненужного: преувеличить какую-либо черту в прекрасном лице – значит нарушить канон красоты, обезобразить лицо. Это-то люди и сделали с подлинным каноном Евхаристии. Наше каноническое чтение перед подлинным – мутный опал перед алмазом чистейшей воды. Только сквозь эту воду могли бы мы увидеть то, что действительно произошло в Сионской горнице.

XII

Очень желал Я есть с вами пасху сию прежде Моего страдания.
В греческом подлиннике сильнее: ἐπιθυμίᾳ ἐπιθύμησα, «страстно желал», или еще сильнее, в непереводимом семитическом обороте речи, должно быть, арамейского подлинника: «желая, желал», «вожделея, вожделел». Если бы страсть в нашей плотской любви не была так слаба и груба, то мы могли бы через нее понять, что значит это желание

---

[803] Wellhausen, Ev. Marri, 1909. S. 117. – Joh. Weiss. S. 117.

«страсти» в плотской любви Христа Жениха к Церкви Невесте, Иисуса Неизвестного – к Марии Неизвестной, Возлюбленной.

Ибо сказываю вам, что уже не буду есть ее (пасхи), доколе не совершится она в царстве Божием.

И, взяв чашу и благодарив, εὐχαριστήσας, *сказал: приимите и разделите ее между собою.*

Ибо сказываю вам, что не буду пить от лозы виноградной, доколе не приидет царствие Божие.

И взяв хлеб и благодарив, εὐχαριστήσας, –

(то же и здесь, как у Марка-Матфея-Павла, литургийно-заклинательное, как бы «магическое», повторение слов), –

преломил и подал им, говоря, сие есть Тело Мое. (Лк. 22, 15–19.)

Только в преломлении хлеба – действии без слов и только в этих пяти греческих словах: τοῦτό ἐστιν τὸ σῶμά μου и трех арамейских:

den hu guphi
вот тело Мое, [804]

вся Евхаристия.

XIII

Что это значит, мы поймем, если вспомним, как начинается Иудейская пасха: взяв один из двух опресночных хлебов – круглых, тонких и плоских, тарелкообразных лепешек, по-гречески ἄζυμα, по-еврейски mazzot, – хозяин дома разламывает его на столько кусков, сколько возлежащих за трапезой, и молча раздает их по очереди всем.[805]

То же, вероятно, сделал Иисус. Но, молча раздав двенадцать кусков или одиннадцать, если Иуда вышел, – произносит эти три, никогда ни в чьих устах не слыханных, для человека невозможных слова:

вот тело Мое,
den hu guphi.

Только три слова, все по тому же закону любви: чем больше любовь, тем меньше слов; чем ближе к концу, Кресту – пределу любви, тем безмолвнее. Но тихий хруст ломаемых опресноков, точно живых, в живом теле, костей, – больше всех слов. Слушают его ученики в молчании, в удивлении – ужасе.

Кость Его да не сокрушится. (Ио. 19, 36).

---

[804] Dalman, Jesus-Jeschua, 131. – Orte und Wege, 336.
[805] Mischna, Pessaschim, X. – Nowack, Lehrbuch der hebr. Arch äologie, II, 175 f. – N. J. Holtzmann, Hand-Commentar zum N. T., I, 99.

Нет, сокрушатся и кости Его в бесконечной пытке любви. Den hu guphi – эти глухие звуки арамейских слов как страшно подобны глухому хрусту ломаемых опресноков!

Жив будет мною Меня ядущий – пожирающий, τρώγων (Ио. 6, 57), –

вспомнили, может быть, ученики и поняли.

Какие жестокие слова! Кто может это слушать?

Поняли, может быть, только теперь эти жесточайшие – нежнейшие из всех человеческих и божеских слов. Вспомнили и уже никогда не забудут.

Один Иуда не понял – ушел, бежал от страшного света в кромешную тьму.

Здесь, у Луки, о крови ни слова: в чаше не кровь, а вино – «новое вино царства Божия».[806] Слов о крови не надо, потому что «вот Тело Мое» значит: «и вот Кровь Моя»: в теле живом – живая кровь.

То же, что в этих трех словах – у Луки, – в тех трех, у Иоанна (17, 26):

Я – в них, κἀγὼ ἐν αὐτοῖς.

Верно понял Павел – поймет вся Церковь, и, пока будет понимать, будет в ней Христос – живая душа Его – Евхаристия:

хлеб сей, ломимый нами, не есть ли общение (соединение) наше, κοινωνία, *в теле Христа?*

Ибо хлеб один, одно тело, – мы многие. (I Кор. 10, 16.)

XIV

Главное для Луки в Евхаристии, его особенное, личное, – не жертва, как у Марка-Матфея-Павла, не любовь, как у Иоанна, а царство Божие. Этим все начинается:

...есть не буду пасхи, доколе не совершится она в царствии *Божием,*

...пить не буду от лозы виноградной, доколе не приидет царствие *Божие.*

Этим же все и кончается:

...Царство завещаю вам, как завещал Мне Отец Мой, да ядите *и пиете за трапезой Моею, в царстве Моем.* (Лк. 22, 29–30.)

Ночь еще по всей земле, тьма кромешная, а здесь, в Сионской горнице, уже день; высшая точка земли, вершина вершин, освещенная первым лучом восходящего солнца, – здесь. *Будет* царство Божие по всей земле, а здесь уже *есть*: «да приидет царствие Твое», –

---

[806] Joh. Weiss, 495.

Не бойся, малое стадо! ибо Отец ваш благоволил дать вам царство. (Лк. 12, 32.)

Начатое на горе Хлебов, продолженное на горе Блаженств здесь кончено – явлено.

Блажен, кто вкусит хлеба в царствии Божием! (Лк. 14, 15).

Это блаженство здесь уже наступило: вкус хлеба и вина в Евхаристии – вкус царства Божия.

XV

Царство Божие – конец мира: тайна Евхаристии – тайна Конца.[807]

Ближе всего к свидетельству Луки, не нашему, конечно, мнимому, позднему, а подлинному, древнему – два самые ранние до нас дошедшие свидетельства об Евхаристии в иерусалимских общинах – «домашних церквах» первых учеников.

Одно из них, от 80-х годов, – в Деяниях Апостолов того же Луки (2, 42–46); другое, от первой половины II века, – евхаристийная молитва в «Учении Двенадцати Апостолов»:

благодарим, Отче, Тебя, εὐχαριστοῦμεν, *за жизнь и познание, их же Ты дал нам через Иисуса, раба Твоего.*

…Так же как хлеб сей, на горах некогда рассеянный, соединен воедино, – да соединится и Церковь, от всех концов земли, в царстве Твоем.

…Милость Божия – (царство Божие) – да приидет, да прейдет мир сей, ἐλθέθω χάρις καὶ παρελθέθω ὁ' κόσμος οὖτος. *Господь гряди!* Μαράν ἀθά. *Аминь..*[808]

Главное и здесь, так же как в Евхаристии Луки, – царство Божие – конец мира. О крови, о жертве и здесь ни слова; все – только о хлебе, о Царстве – Конце. Все это страшно забыто, потеряно в позднейшей Евхаристии – уже «церковной обедне»: здесь уже ни настоящего, голод утоляющего, хлеба, ни Царства, ни Конца.

А вот и другое, еще более раннее, свидетельство в Деяниях Апостолов (2, 42–46):

…(братья же) всегда пребывали в общении, κοινωνία, *и в преломлении хлеба… и все имели общее… и каждый день, преломляя хлеб по домам, принимали пищу в радости,* ἐν ἀγαλλιάσει.

«Радость» здесь – главное.

Радуйтесь всегда, πάντοτε χαίρετε. (I Фесс. 5, 16.)

---

[807] Goguel, L'Eucharistie, 1919, p. 54.

[808] Didachê, IX, 3–4; X, 6.

О, конечно, и здесь, в первой общине, так же, как в Сионской горнице, память о смерти, о жертве, о крови присутствует: тело Его, живого, и здесь ломимо; кровь Его изливаема. Ест и пьет Иисус в последний раз на земле; завтра будет в гробу: это Он знает, знают и ученики; может быть, тотчас же забудут, но в эту минуту помнят. Будет разлука, но радость вечного свидания так велика, что побеждает печаль разлуки – смерти.

Смерть поглощена победой. (Ис. 25, 8).
Радость в вас пребудет, и радость ваша будет совершенна. (Ио. 15, 11).

Там, в Евхаристии Павла-Марка-Матфея, – все еще тени Голгофы, неподвижные, а здесь, у Луки, сдвинулись уже, бегут перед восходящим солнцем Воскресения.

XVI

...Все имели *общее*, κοινά.
И продавали имения и всякую собственность, и разделяли всем (поровну), смотря по нужде, каждого. (Д. А. 2, 44–45).

Это, говоря нашим языком, мертвым, плоским и безбожным, «коммунизм». Начатое там, на горе Хлебов, –

ели все и насытились (Мк. 6, 42), –

здесь, в Евхаристии, кончено, исполнено. «Все имели общее» – не в рабстве и ненависти, вечной смерти, как этого хотели бы мы, а в свободе и любви, в жизни вечной. Вот отчего такая «радость»: царство уже наступило.

Или, говоря нашим, опять-таки мертвым и плоским, безбожным, но, увы, более для нас понятным языком, чем живой язык Евангелия, Евхаристия Луки – *революционно-эсхатологически-социальная.* Вот что так страшно забыто, потеряно в нашей Евхаристии церковной.

Только тогда, когда сам Господь соберет, по чудному слову в евхаристийной молитве Апостолов, все церкви, рассеянные, «как хлеб по горам» (каждый верующий – колос хлеба), в единую Церковь Вселенскую – Царство Свое, только тогда совершится эта «социально-революционно-эсхатологическая» Евхаристия, уже не Второго Завета, а Третьего, – не только Сына, но Отца, Сына и Духа, – неизвестная Евхаристия Иисуса Неизвестного.

Цвет земли, преображенной в царстве Божием, – райски-злачно-зеленый: вот почему и в блеске утренней звезды – Евхаристии, луч Луки – зеленый.

XVII

Главное, особенное, личное в свидетельстве Иоанна, – не жертва, как у Марка-Матфея-Павла, не царство Божие, как у Луки, а любовь.
Зная, что пришел час Его перейти от мира сего к Отцу, – возлюбив Своих, сущих в мире, возлюбил их до конца. (Ио. 13, 1.)
Это – как бы посвятительная надпись надо всем свидетельством Иоанна, самым поздним по времени, но не самым далеким, внешним, а может быть, напротив, самым внутренним, близким к сердцу Господню, подслушанным тем, кто возлежал у этого сердца. Но чудно и страшно, непостижимо для нас, – о самой Евхаристии в этом свидетельстве умолчано, потому ли, что все уже сказано в Капернаумской синагоге, после Вифсаидской, первой Тайной Вечери – Умножения хлебов, или потому, что об этом нельзя говорить: это слишком свято и страшно, «несказуемо», arrêton, как во всех мистериях. Но и здесь, в IV Евангелии, под всеми словами Господними внятно бьется немое сердце Евхаристии.
Я посвящаю Себя (в жертву) за них, ἁγιάζω ἐμαυτόν (Ио. 17, 19), – молится Сын в последней молитве к Отцу. Это и значит: «Вот Тело мое, за них ломимое; вот кровь Моя, за них изливаемая».
Ребра один из воинов пронзил Ему копьем, и тотчас истекла кровь и вода. (Ио. 19, 34).
Сей есть Христос, пришедший водою и кровью... не водою только, но водою и кровью.
...Три свидетельствуют на земле: дух, вода и кровь. (Ио. 4, 6–8) – ненасытимо повторяет, напоминает Иоанн о крови. Если о ней помнит он, то мог ли забыть у него Иисус?
Я есмь истинная виноградная лоза, а Отец мой – виноградарь.
...Я есмь лоза, а вы ветви; кто пребывает во Мне, и Я в нем, тот приносит много плода. (Ио. 15, 1, 5.)
..Не буду пить от плода сего виноградного до того дня, как буду пить с вами новое вино в царстве Отца Моего. (Мт. 26, 29.)
Слишком пахнет кровью-вином Евхаристии от этих обоих слов в I и в IV Евангелиях, чтобы можно было сомневаться, что и здесь, как там, речь идет о ней, об Евхаристии, хотя и без слов.
С поданным куском хлеба «вошел в Иуду сатана», у Иоанна, а у Павла:
кто ест и пьет недостойно (хлеб и чашу Господню), ест и пьет себе осуждение. (I Кор. 11, 29.)
Слишком явен и здесь, у Иоанна, след Евхаристии.
Очень также знаменательно, что весь почти евхаристийный опыт первохристианства, от Юстина Мученика до Иринея Лионского, уче-

ника учеников «Иоанновых», вытекает не только из видимой, слышимой Евхаристии синоптиков, но также, и даже в большей мере, из незримой, безмолвной Евхаристии IV Евангелия.[809]

Что *делал* Иисус в Сионской горнице, мы узнаем от синоптиков, а чего Он *хотел*, – от Иоанна. Там – плоть Евхаристии, а здесь – дух. Там Иисус говорит: «Вот Тело Мое, вот Кровь Моя»; а здесь мог бы сказать: «Вот сердце Мое».

Три свидетельства об Евхаристии: в первом – Иисус жертвует; во втором – царствует; в третьем – любит.

Главное для Иоанна – любовь – небо на земле: вот почему, в солнечно-белом блеске утренней звезды – Евхаристии, луч Иоанна – голубой, как небо.

XVIII

Даже на самое место, где совершается у Иоанна невидимая нам Евхаристия, мы могли бы указать.

Заповедь новую даю вам, да любите друг друга, как Я возлюбил вас.

Это – одно из двух слов о тайне любви – Евхаристии, и тотчас за ним – другое:

По тому узнают, что вы – Мои ученики, если будете иметь любовь, ἀγάπην. (Ио. 13, 34–35.)

Кажется, между этими двумя словами и совершается «Вечеря любви», ἀγάπη, как названа будет Евхаристия в первых общинах, может быть, тем самым именем, которое подслушал у сердца Господня Иоанн.[810]

Слов Иисусовых жемчужины растворены в вине Иоанновом; но, может быть, есть и такие, что́ лежат на дне чаши нерастворенные. Кажется, «*новая* заповедь» любви – одна из них.

«Ближнего люби, как самого себя» (Лев. 19, 18), – древняя заповедь, но тщетная, сделавшаяся мертвым «законом», тем самым, по которому распят Любящий. Сам по себе человек любить не может: людям, так же как всей живой твари, естественно в борьбе за жизнь не любить друг друга, а ненавидеть. Людям никто из людей не мог бы сказать: «любите», кроме одного Человека – Иисуса, потому что Он один любил; Он – сама Любовь; не было любви до Него и без Него не будет.

---

[809] Just., Apol. I, 65–66. – Ignat., Philad., IV, I; Smym., VII, 2, VIII, I. – Didachê, IX, 5, X, XIV, I. – Iren., IV, 5, V, 2, 2. – Zahn, Das Ev. d. Joh., 1921, S. 555. – W. Bauer, Das Johannesev., 1925. S. 98.

[810] M. Goguel. L'Eucharistie, 200. – Alfr. Schroeder, Ev. de Jean, 227.

Делать без Меня не можете ничего (Ио. 15, 5) –
меньше всего – любить. Тем-то заповедь Его любви и «новая», что люди могут любить только в Нем и через Него. Его любовь единственна, так же как Он сам – Единственный.

XIX

Заповедь Его любви и тем еще «новая», что воскрешает – побеждает смерть физически. Смерть – разложение, разделение живых органических клеток, их взаимное отталкивание – ненависть; их соединение, взаимное притяжение – любовь: вот почему сила любви воскрешает – побеждает смерть не только духовно, но и физически.

Все преодолеваем силою Возлюбившего нас.
...Ибо ни смерть, ни жизнь... не отлучат нас от любви Божией во Христе Иисусе (Рим. 8, 37–39), –
только в Нем одном, единственном. Любит и побеждает смерть-ненависть, воскрешает – Он один.

Ибо Я живу, и вы будете жить. (Ио. 14, 19.) ***Я семь воскресение и жизнь... Верующий в Меня не умрет вовек.*** (Ио. 11, 25–26.)

Силу любви воскрешающей копит Иисус в учениках, как туча копит грозовую силу для молнии.

«Крепче смерти любовь», – сказано о брачной, плотской любви лишь образно-обманчиво: та любовь, старая, не побеждает смерти физически, а сама рождает смерть: побеждает ее, убивает, только эта новая, духовно-плотская, братски-брачная любовь (Христа Жениха к Церкви Невесте). В той любви любящий – вне тела любимого: хочет поглотить его, пожрать огнем своим, и не может; только в этой любви – он внутри.

Здесь, в Евхаристии, Любящий входит в любимого плотью в плоть, кровью в кровь. Пламенем любви Сжигающий и сжигаемый, Ядомый и идущий – одно; вместе живут, вместе умирают и воскресают.

Плоть Мою ядущий и кровь Мою пиющий имеет жизнь вечную, и Я воскрешу его в последний день. (Ио. 6, 54.)

Чем плотнее, кровнее, как будто грубее, вещественней, а на самом деле тоньше, духовнее; чем ближе к церковному догмату-опыту **Пресуществления** (transsubstatio) мы поймем Евхаристию, тем вернее не только религиозно, но и исторически подлинней.

«Пища сия, ею же питается плоть и кровь наша, в Пресуществлении – καταμεταβολήν (в „преображении", „метаморфозе" вещества) –

есть плоть и кровь самого Иисуса», учит Юстин Мученик, по «Воспоминаниям Апостолов» – Евангелиям.[811]

«Хлеб сей есть вечной жизни лекарство, противоядие от смерти», – учит Игнатий Богоносец, ученик учеников Господних.[812] Это значит: с Телом и Кровью в Евхаристии как бы новое вещество вошло в мир; новое тело прибавилось к простым химическим телам, или точнее, *новое состояние* всех преображенных тел, веществ мира.

«Вот Тело Мое, за вас ломимое», – говорит Господь не только всем людям, но и всей твари, –

ибо вся тварь совокупно стенает и мучится доныне... в надежде, что освобождена будет от рабства тления в свободу... детей Божиих (Рим. 8, 22, 21).

Вот что значит Евхаристия – Любовь – *Свобода*; вот что значит неизвестное имя Христа Неизвестного: *Освободитель.*

XX

То, чего искало человечество от начала времен, найдено здесь, в Сионской горнице.

В Пасхе Иудейской уцелело, вероятно, от египтян заимствованное таинство Бога-Жертвы, Озириса (он же – Таммуз, Адонис, Аттис, Дионис, Митра); таинство, восходящее к незапамятной, доисторической древности – к «первopeлигии» всего человечества.[813] Агнец пасхальный есть «Агнец, закланный от создания мира».

Пасха наша заколается – Христос. **(1 Кор. 5, 7.)**

Вспомним мистерию – миф Платона о людях первого погибшего человечества, Атлантах. «Десять царей Атлантиды сходились в Посейдоновом храме, где воздвигнут был орихалковый столб с письменами закона... приводили жертвенного быка к столбу... заколали... наполняли чашу кровью... и каждый пил из нее», ἕκαστος πιών.[814]

Пили из нее все, ἔπιον ἐξ αὐτοῦ πάντες, –
как будто повторяет Марк (14, 23) Платона.

«Бесы подражают, μιμησάμενοι. Евхаристии в таинствах Митры, где предлагается посвящаемым – хлеб и чаша воды, – вы знаете... с какими

---

[811] Just., I, Apol., LXVI, 2–3.
[812] Ignat., ad Ephes., XX, 2: φάρμακον ἀθανασίας, ἀντίδοτον τοῦ μὴ ἀποθανεῖν.
[813] «Ursystem der Menschenheit» (Schelling). – Д. Мережковский, Тайна Запада, II, Боги Атлантиды, 5. Адонис – Атлас; 7. Аттис – Атлас; 8. Андрогин; 10. Елевзинские Таинства; 11, 12, 13. Дионис; 14. К Иисусу Неизвестному.
[814] Plat., Crit., 120, a-c. – Д. Мережковский, Тайна Запада, I, Атлантида, II. Белая и черная магия.

словами», – ужасается Юстин Мученик, слов не приводя, должно быть, потому, что слишком похожи они на только что им приведенные слова Евхаристии.[815] Те же «бесы» людям внушили, будто бы «виноградную лозу нашел Дионис» и «ввел в Дионисовы таинства вино».[816] – «Я есмь истинная виноградная лоза, а Отец Мой – виноградарь», – вспоминает, должно быть, при этом Юстин. «То, что мы называем христианством, было всегда, от начала мира до явления Христа во плоти», – учит бл. Августин. Если бы с этим мог согласиться Юстин, то ужас его, может быть, сделался бы радостью; понял бы он, что смешал Духа Божия с «духом бесовским», что, впрочем, слишком легко было сделать, потому что именно здесь, на путях к Евхаристии, два эти Духа борются, смешиваясь, как нигде.

XXI

В жертвах, самых древних, по крайней мере за память человечества (может быть, в древнейших было иначе), человек еще вовсе не жертвует богу – он пожирает его в боге-животном или человеческой жертве, чтобы самому сделаться богом. То же происходит и в позднейших Дионисовых таинствах, где «менады, терзая и *пожирая* своего бога (то же слово τρώγων, как в шестой главе Иоанна), алчут исполниться богом, сделаться «богоодержимыми», ενθεοι.

Вспомним свидетельство Порфирия о дионисическом племени бассаров, обитавших в горных ущельях Фракии, которые, в неистовстве человеческих жертв и вкушений жертвенных, нападая друг на друга и друг друга пожирая, уничтожили себя без остатка».[817]

Люди как будто знали когда-то всю тайну Плоти и Крови, но потом забыли; ищут в темноте, ощупью, – вот-вот найдут. Нет, не найдут. Жажда неутоленная, неутолимая: пьют воду, как во сне; просыпаются, и жаждут еще неутолимее. Танталов голод и жажда – вот мука всех древних таинств плоти и крови, а Дионисовых, ко Христу ближайших, особенно.

Будущий Дионис, Вакх Елевзинских мистерий, – еще не тело, не образ, а только тень, звук, клик в безмолвии ночи (Jakchos – от iakcho, «кличу», «зову»); клик и зов всего дохристианского человечества: «алчу,

---

[815] Just., I Apol. LXVI, 3–4.

[816] Just., I Apol., LIV, 6.

[817] Porphyr., De abstinentia. – Perdrizet, Cultes et mythes de Pang ee, 1910, p. 40. – Ed. Rohde, Psych ee, 36. – Вяч. Иванов, Религия страдающего бога («Новый Путь» V, 37; VIII, 21, 17).

жажду! алчу плоти Твоей, жажду крови Твоей!»[818] Этот-то голод, эта-то жажда и утолены в Евхаристии.

Вечное действие Христа во всемирной истории, вечное, во времени, «Пришествие-Присутствие» Его, παρουσία; между Первым и Вторым Пришествием соединяющая нить, – вот что такое Евхаристия.

Ибо всякий раз, как едите хлеб сей и пьете чашу сию, смерть Господню возвещаете, доколе Он приидет. (I Кор. 11, 26).

XXII

Сиротами вас не оставляю; приду к вам (опять).
...Мир уже не увидит Меня, а вы увидите. (Ио. 14, 18–19).
...В мире будете иметь скорбь, но мужайтесь: Я победил мир. (Ио. 16, 33.)
После сих слов Иисус поднял глаза к небу. (Ио. 17, 1.)
Так как на греческом языке Евангелия, εἰς τὸν οὐρανόν, не может иметь смысла переносного: «кверху», а может иметь только смысл прямой: «к небу» и так как Иисус не выходил еще из горницы (что вышел, сказано будет потом, Ио. 18, 1), то, значит, «подняв глаза к небу», Он увидел над Собой настоящее небо, а это могло быть лишь в том случае, если и в Сионской горнице, как и в других подобных, проделано было в куполе (изображенном и на Маддабийской карте) круглое, прямо в небо окно. Яркой луной пасхального полнолуния освещенное, прозрачно-темно-голубое, точно сапфирное, небо казалось не ночным, не дневным, – небывалым, каким всегда кажется лунное небо из окна, если самой луны не видно. Как будто прямо в очи Сына смотрело бездонно ясное око Отца. И в приносившемся сверху небесном веянии, как бы чьем-то неземном дыхании, колебались огни догоравших лампад, как те огненные языки Пятидесятницы.

Встаньте, пойдем отсюда (Ио. 14, 31), –
это сказал Иисус еще раньше и, должно быть, встал, но долго еще не уходил; духу у Него, может быть, не хватало, как это часто бывает в последние минуты расставания, покинуть тех, кого «возлюбив, возлюбил Он до конца»; долго еще говорил им последние слова любви. Встали, должно быть, и они; тесным кольцом окружили Его. Поняли, может быть, только теперь, что значит:
дети! не долго уже Мне быть с вами. (Ио. 13, 33.)

---

[818] Д. Мережковский, Тайна Запада, II, Боги Атлантиды, 12. Дионис-Человек, XXXV, XXXVI. – 13. Дионис Будущий, XXXI.

Руки и ноги Его целовали; плакали, сами не зная, от печали или от радости. Поняли, может быть, только теперь, что значит:

будете печальны, но печаль ваша в радость будет.

...Я увижу вас опять, и возрадуется сердце ваше, и радости вашей никто не отнимет у вас. (Ио. 16, 20, 22.)

XXIII

Когда же поднял Он глаза к небу, подняли, должно быть, и они, но не к небу, а к Нему. Поняли, может быть, только теперь, что значит это чудное и страшное слово Его:

Филипп сказал Ему: Равви! покажи нам Отца, и довольно для нас. Иисус сказал ему: столько времени Я с вами, и ты не знаешь Меня, Филипп? Видевший Меня видел Отца. (Ио. 14, 8–9).

Слово это исполнилось теперь: увидели Его – увидели Отца. И сказал Иисус:

Отче! пришел час; прославь Сына Твоего, да и Сын Твой прославит Тебя.

...В жертву Я посвящаю Себя за них.

...Да будут все едино: как ты, Отче, во Мне, и Я в Тебе, так и они да будут в Нас едино. (Ио. 17, 1, 19, 21.)

Это одна из трех величайших минут в жизни Сына человеческого и всего человечества; две остальные: та, когда Он воскреснет, и та, когда он снова придет.

Если бы мы поняли, что совершилось в эту минуту, то поняли бы, что Иисус этими тремя словами:

вот Тело Мое,

спас мир.

7. Гефсимания

I

И, воспев, пошли на гору Елеонскую. (Мк. 14, 26.)

Пели пасхальный **галлель**, песнь освобождения от рабства египетского для Израиля, а для них (этого они еще не знали) – от рабства тягчайшего – смерти. Оба вина – пасхальное, крепкое, красное, jain adom,[819] и крепчайшее, краснейшее, несказанное (думать о нем боялись и на-

---

[819] Keim, III, 258–259. Hieros. Pasach, XXXVII, 2.

звать его не смели) – должны были им броситься в голову, чтобы все еще могли не спохватиться, что «один из Двенадцати» куда-то ушел, и не понять после того слова Господня: «Один из вас предаст Меня», – куда ушел и зачем.

Вышли с ними, должно быть, и жены, крадучись в ночной тени, как тени, все так же издали, смиренно, невидимо, неслышимо присутствуя – отсутствуя, как давеча, в Сионской горнице.

II

Маленькой казалась полная, почти в зените, луна. Надвое делились ею улицы: одна половина – в ослепляющем, почти до боли режущем глаза, белом свете, а другая – в угольно-черной тени. Все везде бело и черно; только редкие, в домах, четырехугольные или узкие, как щели, окна, освещенные пасхальными огнями, в голубовато-белом свете луны рдели, как раскаленные докрасна железные четырехугольники или палочки.

Пусто было на улицах; мертвая, никакими звуками не нарушимая, как бы навороженная луной, тишина. Хором многоголосым, то близким, то далеким, лаяли и выли на луну бродячие псы (их было множество на иерусалимских улицах); но, одолеваемые тишиной, вдруг умолкали. Так же умолкли и голоса Одиннадцати, певших галлель, и тишина сделалась еще мертвее. Страшное было в ней, похожее на человека в столбняке, с широко раскрытыми глазами и беззвучно замершим в устах криком ужаса.

III

Вышли из города теми же Восточными воротами, какими входили в него четыре дня назад, при вшествии в Иерусалим, под радостные клики: «Осанна!» – и начали спускаться по крутым ступеням той же Силоамской улочки-лесенки, по которой всходили тогда.[820]

Молча, должно быть, все в том же оцепенении тишины, сошли в долину Кедрона, чье высохшее русло искрилось лунными огнями кремней.[821] Здесь, в Иосафатовой долине, где жались друг к другу, как

---

[820] Dalman, Orte und Wege Jesu, 339. – Furrer, Das Leben Jes. Chr., 1905, S. 242. – Lagrange, L'Ev. de Jes. Chr., 1930 pi., XXVII: нынешний вид спуска из предполагаемого места «Сионской горницы» к Силоамскому пруду и в долину Кедрона.

[821] Кажется, мостовая арка или отдельные камни от нее уцелели на Кедроне до наших дней – Dalman, 339.

испуганное стадо, бесчисленные плиты гробов, должны были мертвые, услышав раньше, чем где-либо, звук последней трубы, встать из гробов. Здесь еще мертвее была тишина. Только один голос живой – Того, Кто сказал:

Я живу, и вы будете жить (Ио. 14, 19), –

мог ее нарушить.

Тогда говорит им Иисус: все вы соблазнитесь о Мне в эту ночь; ибо написано. «Поражу пастыря, и рассеются овцы». Когда же проснусь ἐγερθῆναι**, пойду вперед вас в Галилею. (Мк. 14, 27–28.)**

Так же просто, как люди говорят о сне обыкновенном, говорит Он о смертном сне: «проснусь – воскресну». Так говорить о смерти мог лишь Тот, Кто ее победил. Но ученики «не поняли слова сего, и оно было закрыто от них, так что они не постигли Его, а спросить Его боялись» (Лк. 9, 45). Только что он сказал «проснусь» – заснули они, очи их ослепли, уши оглохли, сердца окаменели, как у тех, спавших в гробах.

IV

Но если ученики не поняли, то ученицы, может быть, поняли – вспомнили, что Он говорил давеча, в Сионской горнице:

вскоре вы не увидите Меня и опять вскоре увидите. (Ио. 16, 16.)

И когда пойду и приготовлю вам место, приду опять, чтоб и вы были, где Я. А куда Я иду, вы знаете и путь знаете.

Фома сказал Ему: Равви! не знаем, куда идешь, и как можем знать путь?

Иисус сказал ему: Я есмь путь, и истина, и жизнь. (Ио. 14, 3–6.)

Если бы вы любили Меня, то возрадовались бы, что Я сказал: «Иду к Отцу». (Ио. 14, 28.)

Любят Его, как никто никогда никого не любил, и вот все-таки, – мало. Любят ученицы больше: поняли – вспомнили, может быть, все, в эту предсмертную ночь, как вспомнят – поймут и в то Воскресное утро, – чтó Он говорил им, когда был еще в Галилее:

…Сыну человеческому должно быть… распяту и в третий день воскреснуть. (Лк. 24, 6–7.)

Марк забыл, – забыл, должно быть, и Петр, так же, как все ученики, – но ученицы запомнили, как там еще, в долине Кедрона, в ту предсмертную ночь, назначил им Господь и место свидания.

На гору, в Галилею, куда повелел им Иисус, пошли Одиннадцать, –

по воскресении Господа (Мт. 28, 16), – на гору Блаженств, место первой Блаженной Вести, или на гору Хлебов, место первой Тайной Вечери; и там Его увидели, воскресшего.

Поняли, может быть, все обе Марии, – и та, кто родила, и та, кто первая увидела Воскресшего.

V

Петр не понял, мимо ушей пропустил, как будто не слышал вовсе неимоверного слова: «проснусь». Господа забыл; помнил только себя – свою любовь к Нему и верность.

Если и все соблазнятся о Тебе, я никогда не соблазнюсь.
Иисус сказал ему: истинно говорю тебе, что в эту же ночь, прежде чем пропоет петух, трижды отречешься от Меня. (Мт. 26, 33–34).
Но он еще с большим усилием говорил: хотя бы мне должно было и умереть с Тобою, не отрекусь от Тебя! То же и все говорили. (Мк. 14, 31).

То же будут говорить все люди до конца времен и так же, как Петр, отрекутся; так же предадут, как Иуда. Это знает Иисус, но и тени нет упрека в слове Его Петру – только бездонно-тихая грусть.

Сын человеческий, пришед, найдет ли веру на земле? (Лк. 18, 8).

VI

И приходят в место, называемое Гефсимания. (Мк. 14, 32.)
«Место», χωρίον, значит: «усадьба» или «участок земли». Здесь, по свидетельству IV Евангелия, был сад.
…Вышел за поток Кедрон, где был сад…
Знал же это место Иуда, предатель Его, потому что Иисус часто бывал там с учениками Своими. (Ио. 18, 1–2.)

Имя усадьбы «Гефсимания», по-еврейски, gat schemanim, по-арамейски, gat schamne, значит: «Масличное Точило».[822] Судя по тому, что сад находится в «усадьбе», он довольно большой и, как все такие подгородные сады, огражден высокой, от воров, стеною с запирающейся, должно быть, на замок, дверью или калиткой. Место Гефсимании, если верно угадано очень, кажется, древним церковным преданием, находилось на ежедневном обратном пути Иисуса из Иерусалима в Вифанию, так что Он мог заходить сюда, чтобы остаться наедине с учениками, что трудно было в Иерусалиме и даже в Вифании, где тотчас окружала Его толпа.[823] Если так, то этим подтверждается историче-

---

[822] Dalman, 340 – Kein, III, 299.
[823] Dalman, 341.

ская точность Иоаннова свидетельства: «часто бывал там с учениками Своими».

В самой глубине сада, под тенью маслин (нынешние гефсиманские, очень высокие и густолиственные, – может быть, праправнучки тех), находилась уцелевшая до наших дней глубокая пещера, одна из тех, что часто служили для устройства масличных точил, потому что хранили до поздней осени летнюю ровную, для выделки масла нужную теплоту.[824] Праздная до жатвы маслин пещера эта могла служить Иисусу и Двенадцати местом ночлега и надежным от врагов убежищем.

Стены сада, запертая дверь, укрывающая тень маслин – вот сколько защит, – судя по ним, Иисус не торопил смерти Своей и не облегчал ее врагам.

Если верно сохранено в памяти предания и то, что хозяин или хозяйка Сионской горницы и владелец или владелица Гефсиманской усадьбы – одно и то же лицо, отец или мать нашего вернейшего свидетеля, Иоанна-Марка, то понятно, что прямо с Тайной Вечери пошел Иисус в Гефсиманию и что Иуда мог легко узнать об этом от одного из Одиннадцати или даже от Самого Иисуса: если бы спросил Его: «куда идешь?» – то меньше всего, конечно, утаил бы это Господь от «друга» Своего, Иуды, потому что любил его и верил ему до конца.

VII

***В сад вошел Сам и ученики Его.* (И о. 18, 1.)**

Прямо против них возносился, точно реял, в лунном тумане над долиной Кедрона величественный храм с лунным золотом кровельных плит над голубоватой белизною мраморов, как снеговая в лунном сиянии гора.[825]

Все везде в эту ночь бело и черно, резко до боли в глазах, ослепительно, а здесь, в саду, под масличной листвой, в путанице белых светов и черных теней, еще белее, чернее, ослепительней; похоже на пожарище: серый пепел маслин, белый пепел луны, черный уголь теней, – все луной точно выжжено.[826]

Мертвая была и здесь тишина, как везде, но более чуткая. Глухо иногда доносившийся лай и вой городских псов по странной прихоти здешнего эха перемещался так, что, казалось, не на земле, а где-то вы-

---

[824] Keim, III, 300.
[825] L. Schneller Kennst du das Land? 1925 S. 295. – P. Loti, Jerusalem, 1921, p. 200.
[826] Dalmam, 345.

соко на небе лают и воют на луну невидимые псы.[827] Птица, встрепенувшаяся вдруг, шуршала в ветвях, точно от испуга кто-то вздрагивал во сне, и еще мертвее становилась тишина, еще белее, ослепительнее свет луны, и все под ним еще более похоже на человека в столбняке, с широко раскрытыми глазами и застывшим на губах криком ужаса.

VIII

...И говорит (Иисус) ученикам: посидите тут, пока Я пойду, помолюсь там (Мт. 26, 36), –

как будто указывая рукою место, куда пойдет, успокаивает их, как маленьких детей, что будет от них недалеко, не оставит одних в эту страшную ночь.[828]

И взял с Собою Петра, Иакова и Иоанна (Мт. 14, 33), – тех же трех, что некогда возвел на гору Преображения, где «просияло лицо Его, как солнце» (Мт. 17, 2), в небесной «славе-сиянии», а теперь низведет их в кромешную тьму, где покажет им другое лицо Свое. Трех сильнейших взял с Собою, чтобы «трудиться с Ним», collaborare – верно и глубоко объясняет Ориген,[829] ибо то, что Ему предстояло в Гефсимании, было величайшим из всех трудов, человеческих и божеских. Помощи в этом труде ищет Сын Божий у людей.

Люди, помогайте Богу, –

по чудному слову или безмолвной мысли Господней, не записанной в Евангелии, но, может быть, уцелевшей в Коране.[830]

Кто не несет креста своего, тот Мне не брат, – по другому, тоже незаписанному, слову.[831] «Люди, помогайте Богу Человеку, братья – Брату».

Выбрал сильнейших из сильных, вернейших из верных, самых любящих из любящих; выбрал из всего человечества один народ, Израиля, из всего Израиля – Семьдесят, из Семидесяти – Двенадцать, из Двенадцати – Трех. Не будет ли верен Ему до конца хотя бы один из трех? *Может быть*, и будет. В этом-то «может быть» – уже начало Агонии.

---

[827] Эта странная особенность Гефсиманского эха сохранилась до наших дней – P. Loti, 201.
[828] Lagrange, Marc, 386.
[829] Origen., in Matth, ser 91 – W. Bauer, Das Leben Jes im Zeltalt der N. T. Apokryph, 170 – Keim, III, 301.
[830] Koran, Sura 61, 14 – Hennekc, Handbuch der N. T. Apokriph, 1904, s. 169.
[831] Excerpta ex Theod., 42 – W. Bauer, 384.

IX

И начал ужасаться и тосковать (падать духом). (Мк. 14, 33.)

«Начал дрожать и унывать», – по верному не внешне, а внутренне, чудесно живому толкованию Лютера.[832] Страшное слово ἀδημονεῖν, «падать духом», уцелело только у первых двух синоптиков; у третьего выпало, должно быть, потому что показалось слишком человеческим для Сына Божия.

И сказал им: очень скорбит душа Моя, даже до смерти, περίλυπος... ἕως θανάτου (Мк. 14, 34), –

«так скорбит, что хочет смерти».[833] «Лучше мне умереть, чем жить», – как жалуется Господу Иона-пророк (4, 8). Только что Иисус говорил: «Воскресну», – и вот как будто не захотел жить, воскресать; смерти захотел Тот, Кто говорил:

Я есмь воскресение и жизнь. (Ио. 11, 25).

Выпало и это слово из III Евангелия, тоже потому, должно быть, что показалось слишком человеческим. И сказал им:

побудьте здесь и бодрствуйте.

Хочет быть наедине с Отцом, но в первый раз в жизни хочет с Ним быть не совсем наедине: и человеческую близость чувствовать хочет; ищет как будто защиты Сын Божий у сынов человеческих; хватается за них, как утопающий за соломинку.

И, отойдя немного, –

«на вержение камня» – так далеко, как падает брошенный камень, – с точностью определяет Лука (22, 41), –

пал на землю (Мк. 14, 35); ***пал на лицо Свое.*** (Мт. 26, 39.)

Новый Адам уподобился ветхому: здесь, как нигде, сделался Небесный земным, к персти земной приник.

Ты свел Меня к персти смертной. (Пс. 21, 16.)

«Взят из земли – в землю вернешься», – как будто и о Нем это сказано. «Кость Его да не сокрушится?» Нет, ветхого Адама костяк в новом – сокрушается.

Часто бывало, идучи за Ним, искал я следов Его на земле, но не находил, и мне казалось, что Он идет, земли не касаясь.

Так в апокрифических «Деяниях Иоанна».[834] Кажется иногда, что и в Евангелии от Иоанна почти так же: ходит Иисус по земле, земли не касаясь, как бы «на вершок от земли».

---

[832] «Fing an zu zittern und zu zagen» – Joh. Weiss сохраняет перевод Лютера, Die Schrift. d. N. T. I, 204.

[833] Wellhausen, Ev. Marci, 120 – Klostermann, Das Marcusev, 168 – Joh. Weiss, Die Schr. d. N. T., I, 207.

[834] Acta Joh, c. 93 – Henneke, Die N. T. Apokryph, 186.

Я уже не в мире (Ио. 17, 11), –
или «Я *еще* не в мире». Самого земного из слов земных, самого человеческого из человеческих слов: «умру», – не говорит никогда, а только: «прославлюсь», «вознесусь», «иду к Отцу», – как будто, не умирая, уже воскрес. Смерть для Него здесь, у Иоанна, уже «слава – сияние», δόζα, а не «бесславие», «позор», тьма кромешная, как все еще у синоптиков. «Скорбит душа Моя, даже до смерти», – это сказать и пасть лицом на землю не мог бы Иисус в IV Евангелии.

Когда же хотел Я удержать Его... то, проходя сквозь тело Его, рука моя осязала пустоту. [835]

Чтобы понять, что это не так, что и здесь, в IV Евангелии «Слово стало воистину плотью»; что и в Иисусе Иоанновом – не пустота, а полнота человеческой плоти, – чтобы это понять, ощутить, надо бы нам увидеть и здесь, у Иоанна, Иисуса Неизвестного, что слишком трудно, почти невозможно для нас, – еще невозможнее здесь, чем у синоптиков.

X

Идучи за Ним, искал я следов Его на земле, но не находил.
Галльский епископ св. Аркульф, паломник VII века, нашел следы Его в Гефсимании: две вдавленные в твердый камень, «как в мягкий воск», ямки от колен Господних.[836] Понял, может быть, Аркульф, когда целовал эти ямки и обливал их слезами, что значит: «пал лицом на землю». Сделался Небесный земным до конца; Легкий отяжелел, как будто под страшный закон тяготения – механики – смерти подпал и Он. Вот какою тяжестью тело Его вдавливается в твердый камень, как в мягкий воск; входит в землю все глубже и глубже; войдет в нее – пройдет ее всю, до самого сердца, до ада, потому что здесь, в Гефсимании, уже начинается Сошествие в ад.

XI

Пал лицом на землю и молился:...Авва, Отче! все возможно Тебе: пронеси чашу сию мимо Меня. (Мк. 14, 35–36).
Сердце молитвы – в этих трех словах: «все возможно Тебе», πάντα δυνατά σοι, и в изливающемся из них, – как из разбереженной раны льется вдруг кровь, – больше, чем мольбе, почти повелении: это всегда

---

[835] Acta Joh, с. 83, 93 – Henneke, 185.
[836] Geyer, Itinera Hierosolymet, saeculi IV–VIII, 1898, p. 240–241 – P. Mickley, Arculf, I, 1917, s. 33. – Dalman, 344.

бывает в таких молитвах, которые должны или должны бы исполниться: «пронеси чашу сию».

Это – у одного Петра-Марка; ни Матфей, ни Лука этого уже не смеют повторить: здесь уже не прямо, повелительно: «все возможно Тебе: пронеси», – а косвенно, робко:

если возможно, εἰ δυνατόν ἐστιν, *да минует Меня чаша сия.*

Так у Матфея (26, 39), а у Луки (22, 42) еще косвенней, робче:

если есть на то воля Твоя, εἰ βούλει, – *пронеси.*

Может Отец пронести чашу сию мимо Сына, – может и не хочет: вот о чем «недоумевает» Сын и чего «ужасается»; вот «удивительное – ужасное» всей жизни и смерти Его, – для Него самого «соблазн» и «безумие» Креста.

Впрочем, не Моя, но Твоя да будет воля. (Лк. 22, 42).

Мог ли бы Он это сказать, если бы не знал, что воля Сына – *еще* не воля Отца?

Я и Отец одно (Ио. 10, 30), –

в вечности, а во времени все еще – два.

XII

Но не чего Я хочу, а чего Ты.

Это «но» всех трех синоптиков повторяется и в IV Евангелии (12, 27):

...но на сей час Я и пришел.

Дважды повторяется оно и у Матфея (26, 39), как бы с задыхающейся, косноязычной поспешностью:

...но не чего Я хочу, но чего Ты, ἀλλ' οὐ τί ἐγώ θέλω, ἀλλά τί σύ.

Огненное острие Агонии в этом «но»: здесь между миром и Богом, между Сыном и Отцом противоречие, разверзающееся вдруг до таких глубин, как никогда, нигде.

Мне ли не пить чаши, которую дал Мне Отец? (Ио. 18, 11.)

Слово это в IV Евангелии, – заглушенный отзвук Гефсимании, последняя, грозы уже невидимой зарница. Вся гроза – только у синоптиков. «Смертным борением», Агонией, воля Его раздирается надвое, как туча – молнией. Хочет и не хочет пить чашу; жаждет ее и «отвращается» (так в одном из кодексов Марка, 14, 33: вместо ἀδημονεῖν, «унывать», «падать духом», – ἀκηδεμονεῖν, «отвращаться»);[837]

страсть к страданию и страх страдания.

Вся Евхаристия – в трех словах:

вот тело Мое,

---

[837] R. A. Hoffmann, Das Marcusev, 1904 S. 569.

den hu guphi;
вся Гефсимания в четырех:
но чего хочешь Ты,
ella hekh deatt bae. [838]
Душу раздирающее, жалобно детское – в этой невозможной, как будто неразумной, безнадежной и все-таки надеющейся мольбе
Отче! спаси Меня от часа сего... но на сей час Я и пришел (Ио. 12, 27), –
«сделай, чтоб Я не хотел, чего хочу; не был тем, что Я есмь».
Сколько бы мы ни уверяли себя, что чаша сия не могла пройти мимо Него, что Он сам вольно шел на смерть:
***Я отдаю жизнь Мою, чтобы опять принять ее... Никто не отнимает ее у Меня, но Я сам отдаю ее* (Ио. 10, 17–18);**
сколько бы мы себя в этом ни уверяли и ни верили в это, – остается незаглушимый в сердце вопрос: как мог Отец такой молитвы Сына не услышать? Здесь уже не Его Агония, а наша; или все еще Его и наша вместе?

XIII

Возвращается (к ним), и находит их спящими, и говорит Петру: Симон!
(уже не «Петр – Камень»), –
Симон! ты спишь? часа одного не мог ты побо́дрствовать? (Мк. 14, 27.)
Бедный Петр! Так же как от крепкого, красного вина, – и от Крепчайшего, Краснейшего, опьянел и заснул.
Бедный я человек! Кто избавит меня от сего тела смерти? (Рим. 7, 25.)
Если ученики спали, как могли они услышать молитву Господню? Этот неумный вопрос левых критиков показывает только, как люди и доныне сонны, слепы и глухи к тому, что совершалось в Гефсимании. Многое могли проспать ученики, но не все: ведь не сразу же заснули, как сели; сначала, вероятно, пытались сделать то, о чем просил их учитель: «Бодрствуйте». В эти-то первые минуты бодрствования и могли услышать кое-что;[839] но и потом, когда уже заснули, сон был, вероятно, не сплошной, а прерывистый: все еще борясь с находившей на них дремотой, то засыпали, то пробуждались. Сон был неестественный, как верно угадывает Лука, «врач возлюбленный» (Кол. 4, 14):

---

[838] Dalman, Orte und Wege Jesu, 346.
[839] Lagrange, Marc, 389.

спящими нашел их от печали, ἀπὸ τῆς λύπης. (Лк. 22, 45.)

Тело мертвеет от холода; душа – от печали. Это как бы летаргический сон, неподвижный, но все видящий, все слышащий; такое же оцепенение, в каком находится все в эту ослепительно белую, лунную ночь, как человек в столбняке, с широко открытыми глазами и застывшим на устах криком ужаса.

Две агонии: одна Его – наяву; другая их, – во сне.[840] Но как бы ни был сон их глубок, не могли не услышать, как Он молился «с громким воплем», по очень древнему и, может быть, исторически подлинному, в Послании к Евреям (5, 7), уцелевшему свидетельству.

Не этого ли «громкого вопля» ждала мертвая тишина этой ночи? Не содрогнулось ли все от него на земле, и на небе, и в преисподней? Или сделалось еще мертвее, безответнее? Как бы то ни было, одно несомненно: жалкая мера всего человечества – то, что после такого вопля или между такими воплями, – потому что он, вероятно, был не один, – эти трое сильнейших, вернейших, любящих Его, как никто никогда никого не любил. Им самим из всего человечества избранных, – спят.

Спят мужи, но, может быть, бодрствуют жены там, за стеною сада; войти в него не посмели, – издали слышат вопль Его и каждым биением сердца на него отвечают; молятся, мучаются, «трудятся» с Ним; помогают Ему, Неизвестному, Неизвестные: Мать-Сестра-Невеста – Сыну-Брату-Жениху.

XIV

И, опять ***отошедши, молился, сказав то же слово.***

И, ***возвратившись, опять*** *нашел их спящими; ибо глаза у них отяжелели и они не знали, что Ему отвечать.* (Мк. 14, 39–40.)

И, оставив их, отошел ***опять*** *и молился в третий раз.* (Мт. 26, 44.)

В этих повторениях: «опять», «опять», πάλιν, πάλιν – как бы агонийные, до кровавого пота, усилия Трудящегося. Места Себе не находит, мечется, как тяжелобольной на постели: то от людей – к Богу, то от Бога – к людям.

Выпало и это из III Евангелия; не понял или не вынес Лука и этого; понял зато другое, не менее человеческое: всю Гефсиманию страшным светом освещающее слово «агония» – только у одного Луки.

И, будучи в смертном борении, ἀγωνία, *с бóльшим еще усилием молился. И был пот Его, как падающие на землю капли крови,* θρόμβοι αἵματος. *(Лк. 22, 44.)*

---

[840] Furrer, Das Leben Jesu, 243.

Это еще страшнее, невыносимее, потому что уже после явления Ангела:

...*явился же Ему Ангел с небес и укреплял Его.* (Лк. 22, 43).

«Будучи Сыном Божиим, мог ли нуждаться в помощи Ангела?» – слишком легко ответить и на этот неумный или лукавый вопрос Юлиана Отступника.[841] Если не только взрослого может утешить ребенок, господина – раб, но и человека – пес, то почему бы Сына Божия не мог утешить Ангел?

XV

Оба стиха об укрепляющем Ангеле и о кровавом поте выпали из многих древних кодексов,[842] потому, вероятно, что Церковь уже во II веке этого «устрашилась», как свидетельствует св. Епифаний, а в других, столь же древних кодексах уцелели, как будто «смертное борение», «агония» христианского догмата отражается и в этой борьбе кодексов.[843] «Льющейся крови подобен был пот Его», – сообщает Юстин древнейшее свидетельство, может быть, из неизвестных нам Евангелий..[844]

Был ли это настоящий «кровавый пот», явление редчайшее, упоминаемое и во врачебной науке древних?[845] Вспомнил о нем, может быть, врач Лука, но, кажется, не смеет утверждать, что кровь была настоящая; говорит двусмысленно: «*Как бы,* ὡσεί, падающие на землю капли крови».

Если кто-нибудь из трех учеников на минуту очнулся от «летаргического» сна и, услышав «громкий вопль» Учителя, делал несколько шагов к Нему, чтобы узнать, чтó с ним, то на большом плоском известняковом белом камне (каких и сейчас много в Гефсиманском саду) темнеющие в ослепительно белом свете луны капли пота могли казаться каплями крови; или потом, когда Иисус подходил к ученикам, – стекавшие по бледному лицу Его капли пота, так же как темные пятна от него на белой одежде, могли казаться кровавыми.

Было ли то, что казалось, мы не знаем; знаем только, что *могло быть.* Эту-то возможность в лице Его и увидел Петр, увидел Иоанн, и, увидев, оба заснули; или, хуже того, ничего не видели.

---

[841] Fr. Strauss, Leb. Jes., IV Aufl, II, 429–432 – W. Bauer, Leb. Jes. im Zeitalt d. N. T. Apocryph, 171.
[842] Vatic. Sinait., Syra S, и в других кодексах. – Wellhausen, Das Ev. Luci, 1904, 127 Lagrange, Luc, 562.
[843] Epiphan., Ancor.,31 – A. Harnack, Probleme im Texte der Leidengesch Jes., 1901. S. 251–255, полагает, что оба стиха находились в древнейших кодексах.
[844] Justin., Dial., 103. – Preschen, Antilegomena, 35, 130.
[845] Theophr., De sudor., II–Aristot., Histor. animal. III, 19.

XVI

«Когда молится он, чтобы чаша сия прошла мимо него, то это недостойно не только Сына Божия, но и простого, презирающего смерть философа», – скажет неоплатоник Порфирий в книге «Против христиан».[846] Только одну «трусость» увидит в Гефсиманском борении Цельз.[847] То же увидит и Юлиан Отступник. Кроме посвященных в мистерии, да и то, вероятно, очень немногих, все философы, все лучшие люди древности, от Сократа до Марка Аврелия, если бы узнали о Гефсимании, увидели бы в ней то же, а может быть, и все философы новых времен, от Спинозы до Канта; да и все вообще *только* «нравственные», *только* «разумные» люди, в том числе и нынешние *как будто* христиане, будь они посмелее перед собой и поискренней.

Правы ли философы? Правы по-своему. То, что совершилось в Гефсимании, – вечный для них «соблазн», skandalon. Если не самого Иуды предателя, то скольких будущих Иуд совесть успокоит Агония. «Жалкою смертью кончил Иисус не презренную, а великую жизнь», – мог бы исправить слишком грубого Цельза утонченный Ренан. Если понял Иисус на кресте, что вся Его жизнь была «роковая ошибка», и «пожалел, что страдает за низкий человеческий род», то начал это понимать и жалеть уже в Гефсимании. Бремя взял на Себя не по силам. «Я победил мир», – сказал и не сделал; «Вот тело Мое, вот кровь Моя», – тоже сказал и не сделал. Как бы несостоятельный должник: не может заплатить по счету за Тайную Вечерю; чашу хотел наполнить кровью Своей и ужаснулся, начал молить, чтобы мимо прошла. Вольная жертва Его самоубийству подобна: идет на крест, потому что некуда больше идти.

XVII

Низость человеческого духа в этом суде над Гефсиманией равна грубости человеческого тела; два равных непонимания того, что совершалось в Агонии: одно – физического страха боли и смерти; другое – метафизического ужаса.

«Сыну Божию быть таким изнеженным и слабым, чтобы изнемогать до кровавого пота от страха смерти, – какой позор!» – соглашается и христианин с язычником, Кальвин – с Порфирием.[848] В этом согласии – мера нашего общего «летаргического сна».

---

[846] Porphyr., Contra Christian., ap. Macar. Magn., Apocriticon.
[847] Orig., Contra Cels., II, 25; Comment, in Matth., ser. 92.
[848] Calvin, Institutions chrétiennes. II, 16, 10, II, 12. – H. Monnier, Essai sur la Rédemption, 146–147.

Дух бодр, плоть же немощна (Мк. 14, 38), –
только ли о нашей плоти говорит Господь? Нет, и о Своей. Призраком бесплотным был бы Иисус или автоматом добродетели, если бы не страшился телесных страданий и смерти. Быть живым – значит страшиться смерти и ее бесконечных дробей – телесных страданий. Жив Иисус, как никто, и, как никто, страшится страданий и смерти. «Какой позор!» Да, позор. На него-то Он и идет; вольно берет на Себя этот общий не только всему человечеству, но и всей твари позор – смерть.
Презрен... и умален перед людьми... и уничижен Богом. (Ис. 53, 4.)
Я же червь, а не человек, поношение у людей и презрение в народе. (Пс. 21, 9.)
...Сам опустошил, ἐκένωσεν, *уничтожил... смирил Себя... даже до смерти, и смерти крестной.* (Филип. 2, 8.)

Вот что значит: «Дух бодр, плоть же немощна», – Его плоть, так же как наша, – в агонии, в смертном борении духа и плоти. «С немощными Я изнемогал» (Аграфон); страдал вовсю – не только во всю душу, но и во всю плоть. Как бы дрожащая тварь. Несотворенный. Вот что значит «позор», «стыд» Агонии. Кто этого «стыда» устыдится, тот не начинал не только любить Его, но и узнавать, что *Он был*.

Ранами Его мы исцелились (Ис. 53, 5), –
этою раною, Гефсиманскою, больше всех остальных.

Знают ученики, что делают, когда возвещают миру вместе со славой Воскресения «позор» Агонии. Для скольких пламенеющих к Нему любовью сердец – неугасимых лампад, – в масличном точиле Гефсиманском выжат будет чистейший елей! Дорого бы дал князь мира сего, чтобы вырвать из венца Господня этот драгоценнейший темный алмаз.

XVIII

Но как ни велик в Агонии физический страх страданий и смерти, ужас метафизический в ней бесконечно больше.
...Сделался за нас проклятием, κατάρα, *чтобы искупить нас от проклятия закона, ибо написано: «Проклят,* ἐπικατάρατος, *всяк висящий на древе».* (Гал. 3, 13.)

Верно понял Кальвин: «Должен был Иисус в Агонии бороться лицом к лицу со всеми силами ада, с ужасом вечной смерти, погибели вечной *для Себя самого* : иначе жертва Его за нас была бы неполной. Наше примирение с Богом могло совершиться только Его Сошествием в ад».[849]

---

[849] Calvin, l. c.

Весь грех, все зло, все проклятие мира Он должен был больше, чем на Себя поднять, – принять в Себя, чтобы не извне, а изнутри одолеть, как бы *соучаствуя во зле мира*. Вот какою тяжестью «вдавлены колена Его в твердый камень, как в мягкий воск».

...Если их (людей) не простишь, то изгладь и меня из книги Твоей (Исх. 32, 12), –

молится Моисей об Израиле; молится и Сын человеческий – Брат человеческий – о братьях Своих.

Надо было Сыну сделать выбор между миром и Отцом, – **как бы разлюбить** Отца – вот чего ужасается Он больше всего; не физических страданий, не смерти, а этого. Он один, Отца бесконечно любящий, Сын Единородный, будет страдать бесконечно. Отцом оставленный, как бы «отверженный», «проклятый». Вот что значит Сошествие в ад.

XIX

Иисус победил Агонию – это мы знаем по свидетельству всех четырех евангелистов; знаем даже с почти несомненною точностью, когда победил.

И приходит в третий раз (к ученикам), и говорит им: вы все еще спите и почиваете? Кончено; пришел час: вот предается Сын человеческий. (Мк. 14, 41.)

«Кончен», ἀπέχει, сон учеников, и Его агония кончена:[850] значит, победил ее между вторым и третьим приходом. Как победил, мы не знаем, но знаем, чем: тишиной. Так же и этой буре в сердце Своем, как той, на Геннисаретском озере, сказал:

умолкни, перестань, –

«и сделалась великая тишина» (Мк. 4, 39).

В Ветхом Завете Лица Божественной Троицы являются в образе Ангелов. Если и здесь, в Гефсимании, «явление Ангела с небес» есть сошествие Духа-Матери, то все понятно.

Матерь Моя – Дух Святой, ἡ' μήτηρ μου τὸ ἅγιον πνεῦμα, – говорит Иисус в «Евангелии от Евреев».[851]

Сын Мой! во всех пророках Я ожидала Тебя, –

(так на родном Иисуса и матери Его арамейском языке, где «Дух Святой», Rucha, – женского рода), –

да приидешь, и почию на Тебе, ибо Ты – мой покой – Моя тишина, –

---

[850] Lagrange, Marc, 391.

[851] Origen, in Joan, T. II, 6, Opp., IV, 63, 39. – Resch, Agrapha, 216.

говорит Сыну в том же «Евангелии от Евреев» Матерь-Дух в первом Крещении, водою; так же могла бы сказать и в этом втором Крещении, кровью.[852]

Очень возможно, что явление Ангела у самого Луки, не внешнее, а внутреннее, заключено и в свидетельстве Марка, где так велика и, вероятно, сознательна противоположность между немощью плоти и «упадком духа», ἀδημονεῖν, в агонии Господа, и непоколебимою твердостью, мужеством Его, в ту минуту, когда он уже слышит приближающиеся шаги «князя мира сего «– Иуды – Диавола:[853]

вот приблизился предающий Меня. (Мк. 14, 42.)

Марково свидетельство совпадает с Иоанновым (14, 30):

князь мира сего идет и во Мне не имеет ничего.

«Кончено; пришел час», – говорит Иисус с совершенным спокойствием о том самом часе, о котором только что молился до кровавого пота, чтоб миновал Его.

...С сильным воплем принес мольбы... Могущему спасти Его от смерти и был услышан. (Евр. 5, 7.)

Тихим дыханием Духа-Матери Сын победил Агонию – победит смерть.

XX

Встаньте, пойдем; вот приблизился предающий Меня. И тотчас, как Он еще говорил, приходит. Иуда, один из Двенадцати, –

«один из Двенадцати», – повторяют все три синоптика, как бы с содроганием последнего ужаса, –

и с ним толпа черни с мечами и кольями, от первосвященников и книжников, и начальников.

Предающий же дал им знак, сказав: Кого я поцелую. Тот и есть; схватите Его и ведите осторожно. (Мк. 14, 42–44).

Сделать знаком предательства поцелуй такой любви, какая была между Иисусом и учениками, не мог бы человек, если бы, в самом деле, не «вошел в него сатана».

«И подойдя» (издали, должно быть, потихоньку, крадучись), –
вдруг приступил к Нему и говорит: Равви![854]

---

[852] Hieronym., Comment. in Isai., XI, 2 – Resch, 234.
[853] M. Goguel, La vie de Jes., 1932, p. 478–479.
[854] Кажется, так понимают Joh. Weiss, Die Schrift. d. N. T., I, 205, H. J. Holtzmann, Hand-Comm zum N. T., I, 176, и Wellhausen, Das Ev. Marci, 121: «wie er kam, trat er bald auf ihn zu».

В некоторых кодексах Марка – дважды: «Равви! Равви!» – как будто заикается, – язык не поворачивается у него сказать здесь, у Марка, то, что говорит у Матфея (26, 49):

радуйся, Равви! χαῖρε 'Ραββεί.

Так по-гречески, а по-арамейски: schalom al êka, Rabbî – «мир тебе, Равви!»

И поцеловал Его, –

нежно-почтительно – в руку, или, еще нежнее, – в уста. Смрадное дыхание Духа Нечистого в целовании любви – вот последнее прощание Сына Божия с людьми. Но если бы князь мира сего заглянул в миг целования со страшным вызовом через глаза Иуды в глаза Иисуса, то увидел бы, что уже «не имеет в Нем ничего»: Он уже все победил, – и это.

Иудина лобзания не поняли или не вынесли ни Лука, ни Иоанн. В III Евангелии (22, 47) Иуда только «подходит к Иисусу, чтобы поцеловать Его», но неизвестно, целует ли; а в IV-ом поцелуй умолчан совсем.

Иисус же сказал ему: друг! для чего ты пришел?

Так у Матфея (26, 50), а у Луки (22, 48):

Иуда! целованием ли предаешь Сына человеческого?

Как ни верно и ни сильно выражают оба эти слова то, что произошло, вероятно, без слов, потому что на языке человеческом для этого нет слова, – молчание Господне у Марка все-таки вернее, сильнее: здесь уже последняя тишина победы.

XXI

И возложили на Него руки, и схватили Его, –

пользуясь, должно быть, той минутой, когда Одиннадцать, все еще не понимая, что значит поцелуй Иуды, – «одного из Двенадцати», стояли, не двигаясь, как бы в продолжающемся оцепенении сна. Только тогда, когда уже воины схватили Его, – поняли.

Некто же из стоявших тут, вынув меч (из ножен), –

значит, был наготове –

ударил раба первосвященникова и отсек ему ухо. (Мк. 14, 43–47).

Кто этот ударивший, синоптики не знают; знает или догадывается только Иоанн (18, 10): Симон Петр.

Тогда говорит ему Иисус: возврати меч твой в место его, ибо все, взявшие меч, от меча погибнут.

Это едва ли возможное и вероятное здесь порицание, – может быть, воспоминание о Нагорной проповеди:

злу не противься (Мт. 5, 39), –

только – в I Евангелии; в IV-м (18, 11), – проще и естественнее, – кажется, без всякого порицания:

вложи меч в ножны; Мне ли не пить чаши, которую дал Мне, Отец?

В III Евангелии (22, 49–51), – еще дальше от порицания и, может быть, исторически еще вероятнее:

бывшие же с Ним, видя, к чему дело идет, сказали Ему: Господи! не ударить ли нам мечом?

И, не дожидаясь ответа, один из них ударяет.

Тогда Иисус сказал: оставьте, довольно, ε'ᾶτε ἕως τούτου.

В греческом подлиннике здесь, хотя слово иное, но смысл почти тот же и такой же далекий от порицания, как в том слове, на Тайной Вечере:

...Господи! вот у нас два меча. Он сказал им: довольно. ἱκανό ἐστιν. (Лк. 22, 38.)

Но, кажется, и здесь опять молчание Господне у Марка исторически подлиннее и религиозно вернее всего.

Тем, что здесь ученик, обнажающий меч за Учителя, не назван по имени, подтверждается косвенно то, что это сам Петр (никогда в свидетельствах своих не выступающий вперед, разве только в тех случаях, когда это нужно, чтобы обличить себя и покаяться); подтверждается и то, что такое «противление злому» самому Петру-Марку не кажется злом: будь он действительно осужден Иисусом, то, уж конечно, не преминул бы вспомнить об этом, чтобы лишний раз обличить себя и покаяться.

Итак, если верить надежнейшему, кажется, свидетельству вероятного очевидца, Петра, Господь не осудил обнаженного за Него меча; если же верить тоже довольно вероятному, потому что для Церкви слишком неимоверному, «соблазнительно»-загадочному слову Господню в III Евангелии о двух мечах, то и благословил.

Надо ли говорить, какое неисчислимое значение это может иметь для отграничения христианства от всех видов буддизма («непротивление злу насилием») и для христианского учения о власти (но только в смысле римской «теократии») на возможных путях человечества к царству Божию?

Схваченный и «связанный» (Ио. 18, 22), Иисус говорит:

точно на разбойника, вышли вы с мечами, чтобы схватить Меня.

Каждый день с вами сидел Я, уча в храме, и вы не брали Меня. (Мт. 26, 55.)

Но теперь ваш час и держава тьмы (Лк. 22, 53), –

той самой тьмы кромешной, в которую вышел Иуда из света Сионской горницы.

Тогда все ученики, оставив Его, бежали. (Мт. 26, 56.)
Все вы соблазнитесь о Мне в эту ночь, ибо написано: «поражу пастыря, и рассеются овцы» (Мк. 14, 27), –
предрекает им Иисус еще на пути в Гефсиманию, как будто забывая о том, чем будет их бегство, «отречение», для Него самого, думает только о них, Милосерднейший, – как бы облегчить им будущее раскаяние; как будто извиняет и оправдывает их заранее: если «написано», «предсказано», то неминуемо; берет на Себя и этот стыд.

То же – и в IV Евангелии, но еще нежнее, милосерднее:
если Меня ищете, оставьте их, пусть идут.
Отче!.. из тех, которых Ты дал Мне, Я не погубил никого. (Ио. 18, 8-9).

Пусть идут, бегут, спасаются, рассеются по всей земле и разнесут по ней семена царства Божия.

Слышится и в этом последнем, до Воскресения, сказанном ученикам слове Господнем тишина любви, побеждающей жизнь и смерть.

XXII

Противоречие между синоптиками и IV Евангелием в Гефсиманском свидетельстве кажется неразрешимым; но, может быть, и оно, как столько других подобных, разрешилось бы для нас, если бы мы поняли, что Иоанн и здесь, по своему обыкновению, обнажает религиозную душу истории; переносит невидимое, внутреннее, в видимое, внешнее; то, что происходит в вечности, в мистерии, – в то, что произошло однажды, во времени, в истории.

...Взяв когорту, σπεῖραν *... Иуда повел ее туда (в Гефсиманию)* (Ио. 18, 3).

Римскую когорту, полтысячи воинов, с трибуном во главе (Ио, 18, 12), весь гарнизон Антониевой крепости. Иуда берет и ведет, куда ему угодно. Кто разрешил ему это сделать? Пилат? Но весь почин в этом ночном походе принадлежит иудейским властям, а Пилат узнает о нем лишь поутру.[855] Кажется, и этой одной исторической невозможности достаточно, чтобы убедиться, что Иоанново свидетельство – не история. Что же это, голый вымысел? Нет, мистерия, или то, что неверующие, а может быть, и не знающие, потому что слишком поверхностные наблюдатели называют «мифом», «легендой», «апокрифом».

Три глухих намека в Евангельских свидетельствах указывают на то, около каких исторических точек возник этот миф или эта мистерия.

---

[855] Klostermann, Das Johannes-Ev., 203. – Joh. Weiss, Die Schrift. d. N. T., IV, 167.

XXIII

Первый намек – у Матфея (26, 52–53), в слове Господнем Петру или неизвестному, обнажившему меч:

возврати меч твой в место его... Или ты думаешь, что Я не мог бы сейчас умолить Отца Моего, и Он представил бы Мне более, нежели двенадцать легионов Ангелов!

Кажется, между этими небесными «легионами» и той земной «когортою» в IV Евангелии существует для самих Евангелистов невидимая связь зарождающейся мистерии. Если не римские «легионы» – Матфею, то, может быть, римская «когорта» Иоанну нужна для того, чтобы противопоставить Христа, Царя Небесного, земному царю, кесарю.

Второй намек – у самого Иоанна. Римские воины, кажется, по настоянию вождя своего. Иуды, берут с собою употребляемые в ночных походах «фонари и факелы», μετα φανῶν καὶ λαμπάδων (Ио. 18, 3), вовсе как будто ненужные в эту светлую лунную ночь. Третий намек, у Марка, объясняет, зачем они нужны. Римских воинов здесь нет и в помине: есть лишь «толпа черни» ζύλοι Ганановой и Каиафиной челядью, вооруженною кое-какими мечами, главное же, вероятно, «дубьем», «кольями», ζύλοι (Мк. 14, 43). Этим-то малонадежным воинам и объясняет странный вождь их, Иуда, как после данного им знака, поцелуя, следует «брать» Иисуса:

крепко схватите Его, κρατήσατε, и ведите осторожно, ἀσφαλῶς (Мк 14, 44.)

Это значит: «Берегитесь Его, потому что и безоружный, схваченный, связанный, Он может быть страшен». Чем же именно?

XXIV

«Был осужден Иисус, как чародей, маг, μάγος, – вспомнит Трифон Иудей иудейское же, конечно, предание, в котором уцелел, может быть, след исторически подлинного воспоминания.[856] Судя по суеверному ужасу, с каким жители всей Гадаринской земли после чуда с «легионом» бесов (римский «легион» уже и здесь) и с двухтысячным стадом свиней, бросившихся с крутизны в озеро, просят Иисуса, об огромных убытках не думая, – только об одном – выйти поскорее из пределов их (Мк. 5, 17), – судя по этому ужасу, первое, общее и главное от Иисуса впечатление в темных, еще далеких от Него, но уже взволнованных Им челове-

---

[856] Justin., Dial. c. Tryph, c. 69. – Osk. Holtzmann, Leb., Jes. 1901. S. 15.

ческих множествах – то, что это могучий и страшный «колдун». Кажется, все, кто приближается к Нему, более или менее чувствуют исходящую из Него чудотворную, «движущую силу», δύναμις. Сбитые с толку слишком противоречивыми слухами («одни говорили, что Он добр, а другие: нет, но обольщает народ», Ио. 7, 12), люди хорошенько не знают, какая это «сила», злая или добрая, от Бога или от дьявола («не бес ли в Тебе?», Ио. 7, 20), что, конечно, увеличивает ужас. Очень вероятно, что испытывают его и посланные в Гефсиманию схватить Иисуса. Если бы услышали они из уст Его о «двенадцати легионах Ангелов», то, может быть, поверили бы в них и не могли бы только решить, откуда придет к Нему помощь, с неба или из ада. Может спрятаться от них «колдун» в тень гефсиманских маслин или в темную пещеру, свой «вертеп разбойничий»: чтобы там найти Его, понадобятся им «фонари и факелы».

Ужас этот укрепить в них и увеличить никто не мог бы так, как Иуда: лучше, чем кто-либо, знает он чудотворную силу бывшего Учителя своего и должен страшиться ее в эту ночь, как никогда.

XXV

Иисус же, зная все, что с Ним будет, вышел к ним (навстречу). (Ио. 18, 4.)

Очень вероятно, что так оно и было: спасти, сохранить единственных в мире людей, которые могли продолжать дело Его; «никого не погубить из тех, кого дал Ему Отец»; сделать так, чтобы ученики не были схвачены вместе с Ним, – вот главное, чего в эту минуту должен был хотеть Иисус. А для этого Ему надо было избегнуть возможного кровопролития (как оно было возможно, видно по отсеченному уху Малха). Вот почему, услышав приближающиеся издали шаги, Он выходит навстречу посланным.

...Вышел и сказал им: кого ищете? Они отвечали: Иисуса Назорея. (Ио. 18, 5.)

Очень возможно, что и это было так. На прямой вопрос Его отвечают не прямо-смело: «Тебя», а боязливо-косвенно: «Иисуса Назорея», как будто после умолчанного здесь, у Иоанна, но слишком все-таки вероятного, потому что неимоверного, Иудина знака-поцелуя могли не знать, что это Он.

Иисус говорит им: это Я, ἐγώ εἰμι. (Ио. 18, 5).

Здесь кончается ряд внешних, исторических возможностей и начинается уже иной ряд – возможностей психологических, внутренних; кончается История – начинается Мистерия. Но исторически твердое тело осязаемо и здесь сквозь окутывающие покровы мистерии.

XXVI

Если бы Иисус явился им таким, как они ожидали, «колдуном» или «пророком», могущим вызвать на свою защиту легионы бесов или Ангелов, то они испытали бы меньший страх, чем теперь, когда Он выходит спокойно и доверчиво, как будто сам отдаваясь им в руки.

Очень возможно, что были среди них если не те самые служители первосвященников, то подобные тем, что раз уже, будучи посланы схватить Его, не посмели этого сделать и, когда спросили их «Отчего вы не привели Его?» – отвечали так странно: «Никогда человек не говорил так, как этот Человек», – что фарисеи сказали им: «Уж и вы не прельстились ли?» (Ио. 7, 45–47)

Если такие люди были и среди этих посланных, то в тихом лице Иисуса, в тихом голосе Его, когда Он сказал им: «Это Я», – что-то могло напомнить им то, что и все сыны Израиля помнили всегда, – Кто и кому сказал эти два слова:

Это Я – Я есмь Сущий,
ani hu Jahwe.
Вот имя Мое навек.

Это сказал Бог Моисею «из пламенеющего огня» – Купины Неопалимой (Исх. 3, 1–15). Имя Сына в лоне Отца, святое святых, неизреченное, – те же два слова: «Я есмь», ani hu, ε'νκρύπτω.[857]

Сколько раз слышали они из уст рабби Иешуа, когда Он учил народ в храме, эти два слова, как будто самых простых, обыкновенных, но в Его устах, может быть, самых необычайных, неимоверных, невозможных, нечеловеческих из всех человеческих слов: «Я есмь – ani hu».

Если не уверуете, что это Я – Я есмь, то умрете во грехах ваших. (Ио. 8, 24.)

Когда вознесете (на крест) Сына человеческого, тогда узнаете, что это Я – Я есмь. (Ио. 8, 28.)

Прежде чем был Авраам, Я есмь.

...Взяли каменья, чтобы кинуть в Него; но Иисус скрылся... пройдя посреди них. (Ио. 8, 58–59.)

Так бы и теперь, если бы хотел, мог скрыться, пройдя посреди них – сквозь них, как дух сквозь тело. И то, что мог бы это сделать и не сделал, было для них, может быть, страшнее всего.

---

[857] Got. Kleim, Ist Jesus eine historische Personlichkeit? 1910. S. 41. – 43. – Keim, III, 320.

XXVII

Очень вероятно, что была такая минута, секунда, миг, почти геометрическая точка времени, когда, видя этого идущего к ним человека с тихим лицом, с тихими словами:

«Это Я», –

они отступили назад (Ио. 18,16) –

отшатнулись, попятились вдруг в нечеловеческом ужасе, – Иуда, должно быть, первый: только теперь понял он, как страшно верен был знак: «Кого я поцелую, Тот и есть». Только теперь узнал он то, что хотел и не мог узнать до конца, – что это Он.

Если бы миг продлился, точка протянулась бы в линию, то они испытали бы нечто подобное тому, что хотел испытать Филипп:

Господи! покажи нам Отца, и довольно для нас (Ио. 14, 8),

и что испытал Моисей, услышав глас Божий из пламенеющего огня в Неопалимой Купине, когда «закрыл лицо свое, потому что боялся увидеть Бога» (Исх. 3, 6). И произошло бы в действительности то, что могло произойти только в мистерии:

отступили назад и пали на землю (Ио. 18, 6), –

неимоверным видением, как громом пораженные: в «немощном», «бесславном»,[858] презренном людьми – торжествующий Царь, –

Rex tremendae majestatis,

Царь ужасного величия, –

Тот, Кто явится в последний день мира, когда люди скажут горам и камням:

падите и сокройте нас от лица Сидящего на престоле и от гнева Агнца. (Откр. 6, 16–17)

Но миг не продлился, точка не протянулась в линию, и все исчезло: было, как бы не было. Схвачен, связан, осужден, избит, поруган, осмеян, оплеван, распят. Но, может быть, где-то в душе их осталась для них самих почти невидимая, почти геометрическая точка ужаса, как бы молнийного ожога неизгладимый знак – незаглушимый вопрос:

«*Не был ли это Он?*»

XXVIII

И если бы мы все, маленькие и большие, сегодняшние и завтрашние, отчасти и совсем Иуды Предатели, были там, в Гефсимании, и видели Его, идущего к нам, с тихим лицом, с тихим словом: «Это Я»,

---

[858] Infirmus et Ingloriosus, Iren, adv. haeres., IV, 32, 12.

то, может быть, упали бы и мы к Его ногам, как громом пораженные, и узнали бы, наконец, что это Он.

8. Суд Каиафы

I

Сердце паука сладкою дрожью дрожит от первого жужжания пойманной мухи: так дрожало сердце первосвященника Анны в Гефсиманскую ночь в загородном доме его, Ханейоте, на горе Елеонской. Вслушиваясь в мертвую тишину, вглядываясь в медленно, в часовой склянке текущий песок, ожидал он условленного часа – конца третьей стражи ночи. Медленно сыплется, желтой струйкой льется песок в склянке часов из верхнего шарика в нижний; все пустеет верхний, нижний – все наполняется; когда же верхний совсем опустеет, перевернуть склянку, и опять желтая струйка польется.

Смотрят ветхие, вечные глаза, как сыплется вечный песок.

Кружится, кружится ветер, на ходу своем. Что́ было, то́ и будет... и нет ничего нового под солнцем Нечто бывает, о чем говорят. «Смотри, вот новое» Но и это было в веках. (Еккл. 1,6–10.)

Знает мудрый Ганан, что в эту ночь будет новое, чего никогда, от начала мира, не было и до конца не будет и что это сделает он, Ганан. Мир спасет, и этого никто никогда не узнает? Нет, узнают когда-нибудь все, отчего и кем спасен мир, и поклонятся Ганану, и скажут: «Слава Ганану, первосвященнику Божию, величайшему из сынов человеческих! Он исполнил Закон: „Имени Божия хулитель да умрет; да побьет его камнями народ". – „Если восстанет среди тебя, Израиль, пророк и явит пред тобою чудо и знамение... и скажет: „Пойдем вслед богов иных, которых ты не знаешь, и будем им поклоняться", то не слушай, Израиль, пророка сего... и да не пощадит его око твое; не жалей его и не покрывай его, но убей".

Это сделает Ганан: убьет Беззаконника, Обманщика, Обольстителя, mesith, рабби Иешуа. Блажен ты, Израиль! Кто подобен тебе, народ, хранимый Господом? Кто блаженнее всех в Израиле? Мудрый Ганан.

II

Морщатся старые, бледные губы в усмешку. Глупые люди! все боятся Обманщика, думают: «А что если Он – Тот, Кому должно прийти?» Одни боятся Его, а другие – народ, как бы не побил их камнями. «Лучше, – говорят, – убьем Его потихоньку где-нибудь в темном углу, зарежем или удавим, так, чтоб никто не узнал и не было возмущения в народе». Знает и мудрый Ганан, какую игру с кем играет, но не боится: нет, в темном углу не зарежет, не удавит, не побьет камнями Беззаконника; вознесет Его высоко от земли на древо проклятое, Господу повесит пред солнцем, чтобы увидел весь народ, как Закон исполняется. Чисто дело будет сделано: все по закону, йота в йоту, черта в черту. Но мир не узнает до времени, кто это сделал: сух из воды выйдет Ганан, чужими руками жар загребет: враг, Пилат, распнет Иисуса Врага.

Все уже готово – стоит только Ганану хлопнуть в ладоши, и начнется игра, такая же, как в кукольных римских театрах: спрятавшись под сценой, будет дергать за невидимые нити Ганан, и запляшут все куклы, от Каиафы до Пилата, и не будут знать, кто их двигает. Быть вездесущим, всемогущим и невидимым, – вот блаженство Ганана.

Вздрогнул, очнулся, открыл глаза, вгляделся в склянку часов: желтая струйка песка уже не льется; нижний шарик полон, верхний – пуст: остановилось время в вечности.

Вдруг, в тишине, послышался далекий звук: ближе, все ближе, все громче гул голосов. Вот уже на дворе – в доме – на лестнице: «Он!»

III

...Воины, и тысяченачальники, и служители Иудейские, схватив Иисуса, связали Его и отвели... к Анне. (Ио. 18, 12–13.)

Так по свидетельству IV Евангелия. Имя Анны-Ганана упомянуто в нем одном. Странно забыли его синоптики: как будто он покрыт и для них той же шапкой-невидимкой, как Иуда.[859] Очень вероятно, что свидетельство Иоанна исторически подлинно: Иисуса, только что схваченного, отвели не в далекий дом Каиафы, в Иерусалиме, а в близкий, тут же, на Масличной горе, дом Анны.

Марк об этом забыл, но помнит Иоанн (18, 15), давний, хороший «знакомец» первосвященника Анны. Диаволова шапка-невидимка поднялась на нем чуть-чуть, только перед Иоанном, чтобы тотчас же снова опуститься уже навсегда.

Следовали за Иисусом Петр Симон и другой ученик; ученик же сей был знаком первосвященнику (Анне), и пошел с Иисусом в первосвященников двор. (Ио. 18, 15.)

Здесь-то, во дворе, давний «знакомец» Ганана, γνωστός, «любимый ученик» Иисуса, и мог узнать кое-что о том, что происходило в доме между Иисусом и Анною на первом тайном допросе.

---

[859] Bern. Weiss, Das Joh. Ev., 318.

Спрашивал Его первосвященник об учениках Его и об учении Его. (Ио. 18, 19).

Явное учение знал, должно быть, хорошо; спрашивал о тайном, что видно и по ответу Иисуса:

Я говорил миру явно, παρρησία, *тайно же,* ε'νκρύπτῳ, *не говорил ничего.* (Ио. 18, 20).

Это, конечно, в устах Иисуса невозможный ответ.[860] Многое открывал Он ученикам тайно, «в темноте, на ухо», – это лучше всех должен был знать «любимый ученик» Его. «Тайна царства Божия дана вам (одним), а тем, внешним, все бывает в притчах-загадках, αἴνιγμα «(Мк. 4, 11). – «Вот теперь Ты говоришь явно и притчи-загадки не говоришь никакой; *видим теперь,* что Ты знаешь все» (Ио. 16, 29–30): только теперь увидели, на Тайной Вечере. «Грозно повелевает» Иисус ученикам Своим не сказывать никому о том, что Он – Мессия, Христос, и о том, что было на горе Преображения, и о том, что «Сыну человеческому должно пострадать, быть убиту и в третий день воскреснуть», – вот сколько тайн.

Перед Каиафой, перед Пилатом, Иродом, перед всеми судьями и палачами своими, Иисус молчит; более чем вероятно, что и перед Анной молчал.

IV

Кажется, очень древнее и, хотя лишь смутное, грубо искаженное, но все же драгоценное, потому что единственное внеевангельское свидетельство о том, что могло происходить на этом первом допросе Анны, уцелело в Талмуде.

Речь идет здесь о том, как должно ловить в западню «обольстителя», mesith, учащего народ служить «иным богам» («Бог иной» в учении рабби Иешуа, как понимают его законники, – Он Сам). Хитростью заманивают «обольстителя» в дом, где прячут двух свидетелей, чтобы могли они видеть и слышать все, что скажет обвиняемый; сажают его посередине комнаты, где свет от множества лампад и свечей падает прямо на лицо его, так, чтобы малейшее в нем изменение видно было тем двум спрятанным свидетелям, и выманивают у него «богохульство», gidduph.

«Так поступили и с Бен-Сатедою (Ben-Sateda – Иисусово прозвище в Талмуде) и (обличив его) повесили» (распяли).[861]

---

[860] Bern. Weiss, 329.
[861] Tosephta sanhedrin, X, II–Palest Sanhedr., VII, 16 – Babyl. Sanhedr., 67, a. – Herm. Strack, Jes., die Haeret. und die Christen nach den ältest. judisch. Angab., 1910. S. 29–30 – Aufhauser, Antike Jes. -Zeugnisse, 1925. S. 44–46.

Нечто подобное этой судебной ловушке могло произойти и на допросе Иисуса первосвященником Анною. Кое-что из этого мы угадываем и по рассеянным в евангельских свидетельствах глухим намекам.

Спрашивал Анна Иисуса об учениках Его. (Ио 18, 19.)

Если обо всех Двенадцати, то, уж конечно, больше всего – о двух «знакомцах» своих: давнем – Иоанне и вчерашнем – Иуде.

«Кто из них больше любил Тебя, рабби Иешуа, друг Иуда или друг Иоанн?» – вот с каким вопросом мог приникнуть к сердцу Иисуса Ганан, как приникает к пойманной мухе паук. Ждет ответа – не дождется: Иисус молчит.

Первый намек – у Иоанна, второй – у Матфея (27, 63):

...вспомнили мы, что обманщик тот, будучи еще в живых, сказал. «После трех дней воскресну».

«Правда ли, рабби Иешуа, что Ты говорил: Сын человеческий будет убит и после трех дней воскреснет?» – мог бы и с этим вопросом приникнуть Ганан к сердцу Господню. Ждет ответа – не дождется: Иисус молчит.

Третий намек – у Луки (22, 66–67):

Ты ли Христос (Мессия), скажи нам, –

спрашивают в Синедрионе судьи Подсудимого, так же, как некогда иудеи, обступив Его в притворе Соломоновом, спрашивали:

долго ли Тебе держать нас в недоумении? Если Ты – Христос (Мессия), скажи нам прямо. (Ио 10, 23–24.)

Мог бы и с этим вопросом приникнуть к сердцу Господню Ганан. Ждет ответа – не дождется: Иисус молчит.

Понял, может быть, Ганан, что ответа не будет, и тоже замолчал; точно прикованный, стоит, не двигаясь; впился глазами в глаза Иисуса. В свете ярко пламенеющих ламп и свечей, – два лица, одно против другого, – самое живое против самого мертвого: как бы два безмолвных, в смертном борении обнявшихся врага.

V

Если и здесь, в доме Ганана, как в той западне, описанной в Талмуде, спрятаны были два свидетеля, то страшного молчания, должно быть, не вынесли они: испугались, как бы «колдун» не наделал беды, не околдовал первосвященника Божия. Выскочил вдруг один из засады, подбежал к Иисусу, поднял руку и закричал:

Так-то ты отвечаешь первосвященнику! (Ио. 18, 22.)

Это запомнил только первый из двух или нескольких «Иоаннов», неизвестных творцов IV Евангелия; но что произошло затем – второй, третий или четвертый «Иоанн» уже забыл. «Кто-то, стоявший близко, ударил Иисуса по щеке». Нет, должно быть, только поднял руку, но не опустил: чести первого удара не дал дьявол дураку. За руку схватил его Ганан.

«Рака́!» (что значит «дурак»), – крикнул ему в лицо и оттолкнул его. Тоже вдруг испугался, как паук, чтобы слишком большая пойманная муха не прорвала паутину. Но тотчас же успокоился: понял, что умного избавил дурак от лишнего труда, а может быть, и стыда. Но уже не сам Ганан, а тот, кто за ним, понял: «Князь мира сего идет и не имеет во Мне ничего» (Ио. 14, 30).

Кукольного театра хозяин хлопнул в ладоши, и представление началось.

VI

Связанного Иисуса отправил Анна… к Каиафе. **(Ио. 18, 24).**

Если и в этом доме, как в большинстве иерусалимских домов, вела во двор не внутренняя, а наружная лестница, то, сходя по ней, в конце третьей стражи ночи, в пение вторых петухов, Иисус мог увидеть внизу, на дворе, лицо Симона Петра, освещенное двумя светами – белым от луны и красным от углей жаровни, только что от страха бледное и уже от стыда красное; так точно увидел его, как предрек давеча, на пути в Гефсиманию.

VII

Мужество нужно было немалое Двум из Одиннадцати, Иоанну и Петру, чтобы следовать за Узником, хотя бы и очень «издали» (Мк. 14, 54), после того, как все остальные Девять бежали и только что, на глазах этих Двух, воины схватили неизвестного отрока (не сына ли здешнего Гефсиманского хозяина или хозяйки, четырнадцатилетнего Иоанна-Марка, будущего нашего свидетеля?), который следовал тоже за Узником, «завернувшись в покрывало» – простыню, «по нагому» или почти нагому телу (таков вероятный смысл ἐπὶ γυμνοῦ: едва ли бы он вскочил с постели без ночной рубашки даже для такого случая в эту холодную ночь), и спасся только тем, что, выскользнув из хватающих рук и оставив в них покрывало, убежал, голый, страшный, белый, в белом свете луны, как призрак (Мк. 14, 51–52).

Но мужество большее нужно было Петру, чем Иоанну. Меч в липнувших от Малховой крови ножнах отвязать и бросить потихоньку в тень придорожных кустов; руки и одежду осмотреть, нет ли на них уличающих пятен, – догадался ли Петр? или забыл, как все в эту ночь, кроме одного:

Господи! Почему я не могу идти за Тобой теперь? Я душу мою положу за Тебя. (Ио. 13, 37.)

Только одного хотел – быть там, где Он, чтобы «видеть конец, ἰδεῖν τὸ τέλος (Мт. 26, 58) – свой собственный, а может быть, и конец всего.

Слишком высоко взвившийся хмель, если вынуть из-под него тычинку-державу, падает и жалко по земле стелется; так и Петр: вынута из-под него держава, Господь, – и он падает.

VIII

Знал ли он это? Если и не знал, то смутно, может быть, предчувствовал, стоя у двери Гананова дома, после того как «привратник» (так в древнейших кодексах Марка вместо «привратницы»), впустив Иоанна, грубо, должно быть, перед самым носом Петра, захлопнул дверь. «Впустит или не впустит? Скажет ему Иоанн обо мне или не скажет?» – думал, может быть, Петр, томясь ожиданием.

Звякнул засов, приоткрылась щель в двери. Петр вошел.

Тут молодая рабыня-привратница говорит Петру, и ты не из учеников ли того Человека?

Что было делать Петру? Сообразить, что привратник не мог не знать об Иоанне, давнем и хорошем «знакомце» здешнего хозяина, что и он ученик Иисуса и не мог не догадаться, если бы даже Иоанн об этом ему не сказал, что и друг его, пришедший с ним в такую ночь по Гефсиманской дороге тотчас почти вслед за Иисусом, – тоже один из Двенадцати: если же все-таки впустил их обоих, то, верно, знал, что делает. И, сообразив это, надо было Петру ответить слишком любопытной «девчонке», παιδίσκη: «Знает привратник, кто я такой, а ты носа не суй, куда тебя не спрашивают!» – и спокойно пройти мимо нее. Но этого Петр не сообразил, не нашелся; растерялся – испугался, может быть, не того, что схватят его, а что выгонят опять за ворота и он не увидит «конца». Мог бы помочь ему Иоанн, но, должно быть, как это часто бывает с друзьями, в самую нужную минуту пропал неизвестно куда; может быть, вошел в дом, как хороший «знакомец» хозяина. И Петр сделал глупость – сказал:

нет, я не из них. (Ио. 18, 17.)

В подлиннике еще глупее, растеряннее: «Это не я, οὐκ εἰμί». Точно не он это сказал, а кто-то за него; может быть, хотел сказать совсем другое, но само с языка сорвалось.

Лезущий в осиное гнездо знает, что будет искусан, но отмахивается невольно от первой осы: так отмахнулся Петр от наглой девчонки и кое-как мимо нее прошмыгнул. Но она могла быть довольна: напугала-таки одного из ихней «разбойничьей шайки»; ужалила оса.

Спешно пробирающийся сквозь терние не замечает, что колючки рвут на нем одежду и царапают лицо: так Петр не заметил, что оцарапал сердце ложью. Атом лжи принял в душу, сделал малое зло ради великого блага – с Господом быть до конца, «душу свою за Него положить».

IX

Мужественно влез Петр в осиное гнездо – в толпу Гананиной челяди – злейших врагов своих, потому что Его, – завтрашних, может быть, Его палачей и своих.

Между тем рабы и служители, разведши жар углей, ἀνθρακιάν, *потому что было холодно, стояли и грелись. Петр также, стоя с ними, грелся. (Ио. 18, 18.)*

«Грелся» повторяется у двух вероятных очевидцев шесть раз: трижды – у Иоанна, трижды – у Марка – Петра: значит, запомнилось. Холодно было тому отроку бежать от воинов голому, а Петру – еще холодней. Самою холодною из всех ночей, какие были и будут, казалась ему эта. Жаром пышат в лицо красные, сквозь черную решетку жаровни, угли, а у него зуб на зуб не попадает, и кажется, уже никогда никаким огнем не согреется; точно ледяная рука сжимает сердце ему все крепче и крепче.

Был Петр на дворе, внизу, –
сказано у Марка (14, 66), как будто живым голосом Петра. Сидя «внизу», κάθω, думал, может быть, о том, что делается наверху, в верхнем жилье дома, где судьи-палачи допрашивают Господа, уличают Его, пытают, мучают, бьют – убьют. Могут ли убить? Сам сказал, что могут. Убьют – погребут, и всему конец? Вот от чего Петру холодно так, как будто вся кровь в жилах – ледяная вода.

Думает о том, что делается наверху, и слушает, что говорится внизу. Все – о Нем: «колдун», «злодей», «обманщик», «сумасшедший», «бесноватый» и еще такое, что хочется Петру, выхватив меч из ножен (давеча забыл-таки бросить его или не забыл, подумал, что пригодится), начать рубить; хочется, но не может. Страшно? Нет, пойманному и связанному волку не страшно с людьми, а тошно: так и Петру с Гананиной челядью. Взглянет исподлобья, волком, и тотчас опустит глаза. Тошно, гнусно, а если и страшно, то не за себя, а за Него и за все, – что всему конец.

X

Сколько времени прошло, не помнит; время как будто остановилось: то, что сейчас, – было и будет всегда. Ждет конца, но конца не будет, или уже наступил конец?

Вдруг что-то на лице почувствовал, точно оса по нему заползала, отыскивая место, куда ужалить. Поднял глаза и увидел: давешняя девчонка, а может быть, и другая (той не разглядел в темноте как следует, и теперь казалось, что весь двор полон такими же точно девчонками, как осиное гнездо – осами), жадно впилась в него глазами и звонким голоском, так, чтобы все могли слышать, проговорила:

точно, и этот был с Ним. (Лк. 22, 59).

Уже не сомневалась, как давеча, не спрашивала: «Был ли?», а знала наверное и говорила всем: «Был».

Петр, должно быть, опустил глаза и почувствовал на лице своем множество любопытных взоров. Все вдруг замолчали; ждали, что он ответит. А он думал совсем о другом; не понимал, чего они хотят. Так и ответил:

не знаю и не понимаю, что́ ты говоришь.

И крепче ледяная рука сжала сердце. Медленно встал, отошел от света углей в темноту под ворота. Где-то далеко-далеко, точно на краю света, –

пропел петух (Мк. 14, 68), –

чуть слышно, – может быть, только почудилось.

Думал Петр, что здесь, в темноте, его оставят в покое; но вот кто-то сказал:

точно, и ты из них; ибо и ты – Галилеянин, и говор тебя обличает (Мк. 14, 70; Мт. 26, 73).

И другой – родственник тому, которому Петр отсек ухо, – сказал:

не тебя ли я видел с Ним в саду? (Ио. 18, 26.)

Петр не знал, что делать; чувствовал только, что огромная ледяная рука его всего покрыла, сжала в кулак, и гнусно было ему, тошно.

И начал клясться и божиться: не знаю того Человека!

Сделать, может быть, хотел совсем другое, но так же, как давеча, первое «нет» само с языка сорвалось, так и это; точно не он сам сказал, а кто-то за него; начал говорить и уже не мог остановиться – полетел вниз головой. С таким же восторгом полета, с каким говорил тогда, в Кесарии Филипповой: «Ты – Христос, Ты еси», – теперь говорил: «Тебя нет». Но тогда летел вверх, а теперь вниз.

Клялся, божился:

– Будь я проклят, убей меня Бог, не знаю того Человека, не знаю, не знаю!

И вдруг опять запел петух (Мк. 14, 72), –
но теперь уже близко, внятно, звонко. Петр услышал и замолчал. Замолчали все.

Низко опустив голову, отвернувшись, чтобы не встретиться глазами с Петром, мимо него прошел Иисус.[862]

XI

Через десять, двадцать, тридцать лет, вспоминая об этом, Петр все хотел и не мог вспомнить, прошел ли тогда мимо него Господь, или ему только почудилось. Помнили другие за Петра, что прошел, но сам Петр не помнил..[863] Если бы помнил, мог ли бы о том не сказать Марку? Все, что было после того, как опять пропел петух, – помнил смутно, как сквозь сон: «выйдя вон», куда-то во тьму кромешную, – «плакал» (Мк. 14, 72), лежа где-то в придорожных кустах, бился головой о камни и плакал. Теперь уже было не холодно ему, а жарко, точно весь горел в неугасимом огне, и слезы жгли сердце, как расплавленное олово.

Вспомнил, может быть, как шел по воде, в буре, и вдруг, увидев большие волны, испугался, начал тонуть, закричал: «Господи, спаси меня!» – и тотчас Господь простер к нему руку, поддержал его – спас. А теперь не спас. «Дважды не пропоет петух, как трижды от Меня отречешься», – Сам предрек. Зачем? Если б не предрек, не сказал ему: «Сделаешь», – может быть, и не сделал бы. Знает Петр, что и теперь простит – уже простил, но от этого еще больнее. Нет, не надо прощения; пусть горит в огне неугасимом; камнем Камень идет ко дну: так лучше, – один конец.

Плачет Петр; Иуда не плачет, но тоже, хотя и по-другому, ждет конца.

Иоанн пропал, – может быть, бежал и он во тьму кромешную, как тот страшный, белый, голый призрак.

И, связанный, идет Господь на суд Каиафы.

---

[862] Очень вероятно, что отречение Петра произошло не во дворе Каиафы, как у синоптиков, а во дворе Анны, как в IV Евангелии – Stapfer, III, 180.

[863] Слишком художественно прекрасен в III Евангелии взгляд Иисуса на Петра, чтобы не усомниться в нем Это одно из редчайших евангельских свидетельств, о котором хочется спросить было ли это? могло ли быть? мог ли Иисус, проходя мимо Петра, в такую минуту, «обратившись, взглянуть на него»? (Лк 26, 61.) Мог ли не пощадить его, зная, чем будет для него этот взгляд? Если Лука думает, что мог, то знает ли он, что именно в эту минуту, может быть, больше, чем когда-либо, Иисус любил Петра?

XII

Все первосвященники иудейские сохраняли свой сан под римским владычеством не больше года, а Иосиф Каиафа – 18 лет:[864] значит, был человек неглупый, хотя, может быть, главный ум его заключался в том, что он слушался во всем Ганана, человека еще более умного. Слушался его и в Иисусовом деле: в мудрый Гананов расчет – ошеломляющее действие внезапного удара – поверил и не ошибся. Большего дела в меньший срок никто никогда не делал; девяти часов оказалось для него достаточно: во втором часу ночи Иисус еще был на свободе, а в десятом утра – уже на кресте. Ахнуть народ не успел, как все было кончено.

Так же поверил Каиафа и в то, что Ганан выйдет сух из воды и в этом деле, как во всех, исполнив Закон с точностью. Смертные приговоры могли постановляться в уголовных делах только во втором заседании суда, через сутки после первого; ночью же нельзя было судить ни в каком деле.[865] Но в не разрешенном между книжниками споре о том, можно ли ночью судить «ложного Мессию», «Обольстителя», – рабби Шаммай говорил: «можно», рабби Гиллель: «нельзя», а Ганан нашел обход Закона, решил: «можно», и все преклонились перед мудростью рабби Ганана; как он решил, так и сделали: два заседания суда разделили вместо суток часами; первое назначили около трех часов ночи, а второе – на восходе солнца.

В первый день Пасхи, 15 низана, следующий после того, как схвачен был Иисус, соблюдался, по Закону, покой субботний так свято, что и мошки нельзя было убить. Но и для этого закона обход нашел Ганан: мошки убить нельзя, но можно казнить Обольстителя, «повесить его на проклятом древе».[866] И опять перед мудростью рабби Ганана преклонились все.

Кроме тайных учеников Иисуса, таких, как Иосиф Аримафейский и Никодим, –

многие... из начальников уверовали в Него, но ради фарисеев не исповедывали, чтобы не быть отлученными от Синагоги. (Ио. 12, 42.)

Страшным и гнусным должно было казаться им это дело, но противиться Ганану не смел никто: слишком хорошо знали все, что за одно доброе слово об Иисусе в Верховном суде грозит им после отлучения от Синагоги нож, петля в темном углу или яд.

---

[864] От 18 до 36 года – Joseph, Antiq. XVIII, 2, 2.
[865] Mischna Sanhedrin, IV, I.
[866] Mischna Sanhedrin, X, 40. – Второзак., 17, 12–13 – Keim, III, 474.

XIII

В верхней части города, близ храма, в доме-дворце Каиафы,[867] собралось ко второму пению петухов семьдесят членов Синедриона – нужное по закону число для Верховного суда над «богохульником».[868]

В доме этом, как во всех иудейских старых, почтенных домах, пахло кипарисовым деревом, розовой водой, чесночно-рыбьей кухней и ладаном. Голые белые стены, отражавшие свет множества ярко пламенеющих лампад и восковых свечей, украшены были только наверху, под самым потолком, сделанной красноватым золотом вязью тех самых священных письмен, коими древле Господь начертал на скрижалях Моисея слова Закона:

schema Isreel, слушай, Израиль! Я есмь Бог Твой Единый.

Сидя с поджатыми ногами на коврах и низких ложах, полукругом, так, «чтобы видеть друг друга в лицо и нелицеприятно судить»,[869] семьдесят членов Синедриона ждали Узника: знали, что Он уже схвачен.

Здесь ли, между ними, первосвященник Ганан или не здесь – никто не знал; но то, что, может быть, невидимо присутствует, еще грознее было для них, чем если бы присутствовал видимо. Чудилось всем между складок тяжелой завесы в глубине палаты всеслышащее ухо, всевидящий глаз.

Узника ввели и поставили на возвышении в середине полукруга между двух ярко пламенеющих, в уровень лица Его, восковых свечей в высоких серебряных свещниках. Туго связанные на руках веревки развязали; красные от них, вдавились запястья на смугло-бледной коже рук. Прямо повисли руки; складки одежд легли прямо; кисточки голубой шерсти, канаффы, по краям одежды могли бы напомнить судьям, что учителя Израиля судят Учителя.

Тихое лицо Его спокойно, просто – такое же точно, с каким Он, сидя с ними, каждый день учил народ в храме; точно такое же лицо и совсем другое, новое, страшное, ни на одно из человеческих лиц не похожее. Веки на глаза опустились так тяжело, что, казалось, уже никогда не подымутся; так крепко сомкнулись уста, что, казалось, не разомкнутся уже никогда.

---

[867] Ioseph. Bell., II, 17, 6 – Geyer, Itineraria Hierosolymitana, 1898, p. 22. – Goguel, Vie de Jesu, 486.
[868] Mischna Sanhedrin, IV, 1, 4 – Keim, III, 347.
[869] Mischna Sanhedrin, IV, 3 Synedrium instar horrei dimidiati fuit orbiculare, ut unus alterum contueri posset.

Тихо сделалось от этого лица и страшно; камнем навалилось молчание на всех; вспомнился, может быть, «камень, который отвергли строители: на кого он упадет, того раздавит» (Лк. 20, 17–18).

Все вздохнули с облегчением, когда начался допрос свидетелей.

XIV

Первосвященники же, и старейшины, и весь Синедрион искали свидетельства против Иисуса... и не находили. (Мт. 26, 59–60.)

Ибо многие свидетельствовали на Него, но свидетельства эти были между собою не согласны. (Мк. 14, 56.)

...Но, наконец, пришли два свидетеля и сказали (Мт. 27, 60–61): *мы слышали, как Он говорил: «Я разрушу храм сей, рукотворный, и через три дня воздвигну другой, нерукотворный».*

Но и их свидетельства были между собою несогласны. (Мк. 14, 59.)

«Правду ли он говорит или неправду?» – спрашивал Иисуса после каждого свидетеля председатель суда первосвященник Каиафа. Но Иисус молчал, и снова наваливалась камнем тяжесть молчания на всех.

Понял, наконец, Каиафа; поняли все: могут убить Его, но осудить не могут. Сильно было некогда слово Его, неодолимо, а теперь еще неодолимее молчание. Вспомнили, может быть:

никогда человек не говорил так, как этот Человек. (Ио. 7, 46.)

Никогда человек и не молчал так, как этот Человек. А если подслушивал Ганан, то понял и он, что семьдесят судий-мудрецов – семьдесят глупцов и он сам – глупец: предал истину на поругание Лжецу, закон – Беззаконнику. Что же делать, – мудрый не знал; знал тот, кого Ганан считал «дураком», слепым орудием воли своей, в кукольном театре пляшущей на невидимых ниточках куколкой. Снова и теперь, на явном допросе, как на тайном, мудрого спас дурак.

XV

Медленно вышел Каиафа на середину полукруга, молча поднял глаза на Иисуса и начал ласково, вкрадчиво, с мольбой бесконечной – бесконечной мукой в лице и голосе:

Ты ли Мессия? скажи нам. (Лк. 22, 67.)

Что он говорил, никто уже потом вспомнить не мог, не помнил он сам. Но смысл этих слов, должно быть, был тот же, что в словах иудеев, обступивших некогда Иисуса в храме:

кто же Ты? (Ио. 8, 25). – Долго ли Тебе держать нас в недоумении? Если Ты – Мессия, скажи нам прямо. (Ио. 10, 24.)

Начал и не кончил; вдруг изменился в лице, побледнел, задрожал и возопил несвоим голосом так, как будто не он сам, а кто-то из него вопил; дух Израиля, народа Божия, в первосвященника Божия вошел, и в вопле его послышался вопль всего народа – всего человечества:

Богом живым заклинаю Тебя, скажи нам. Ты ли Мессия Христос, Сын Бога Живого? (Мт. 26, 63.)

Этого никто никогда Иисусу не говорил; никто никогда – ни даже Петр, ни Иоанн – Его об этом не спрашивал так. Тот же как будто вопрос давеча задал Ганан, но не так, потому что лгал, и ему Иисус мог не ответить, а Каиафе – не мог, потому что он говорил правду; сам того не сознавая, может быть, – обнажил тайную муку всего человечества перед Сыном человеческим:

Ты ли Сын Божий?

XVI

Медленно тяжело опущенные веки поднялись, замкнутые уста разомкнулись медленно, и тихий голос проговорил самое обыкновенное, человеческое, и самое необычайное, неимоверное из всех человеческих слов:

это Я – Я есмь, ani hu.

То же слово, что там, на белой стене, в красноватом золоте древних, перстом Божиим начертанных слов: «Я семь Бог, твой, Израиль», «ani hu Jahwe, Isreel», –

Я есмь – это Я,

говорит Иисус, –

и узрите отныне (сейчас) Сына человеческого, сидящего одесную Силы и грядущего на облаках небесных. (Мк. 14, 61.)

По-арамейски: tihom bar enascha jatebleijam mina im… ananechon dischemaija.[870]

Может быть, и здесь, в Верховном суде, так же, как там, в Гефсимании, в толпе Ганановой челяди, – была такая минута, секунда, миг, почти геометрическая точка времени, когда, видя перед собою Человека с тихим лицом, с тихим словом: «Это Я», – все вдруг отшатнулись от Него в нечеловеческом ужасе. И, если бы миг тот продлился, точка

---

[870] Хотя Иисус и не произносит нужного, по Saheedrin, VII, 7, непроизносимого «четверозвучия», tatragrammaton. Имени, но «состав преступления» – gidduf, «богохульства», конечно, есть Это лучше всего объясняют сами первосвященники Пилату, Ио. 19, 7: «мы имеем Закон, и по Закону нашему Он должен умереть, потому что **Он сделал Себя Сыном Божиим»**.

протянулась в линию, пали бы все на лица свои, неимоверным видением, как громом, пораженные: «Это Он!» Но миг не продлился, и все исчезло: было, как бы не было.[871]

В ту же минуту наполнил всю палату раздираемых тканей оглушительно трещащий звук. Первый знак подал Каиафа: легкую, белую, из тончайшего льна, виссона, верхнюю одежду свою разорвал сверху донизу, а потом – и обе нижние, соблюдая с точностью все, по Закону установленные правила: драть не по шву, а по цельному месту, так, чтобы нельзя было зашить, и до самого сердца обнажилась бы грудь, и лохмотья висели бы до полу.[872] Первый начал Каиафа, а за ним – все остальные. Смертным приговором Подсудимому был этот зловещий треск раздираемых тканей.

Первосвященник же, разодрав одежды свои, сказал: Он богохульствует; на что еще нам свидетели? Вот теперь вы слышали богохульство Его?

Как вам кажется? Они же сказали: повинен смерти. (Мт. 26, 65–66.)

XVII

Снова связав, отвели Узника из палаты Суда в другую горницу, кажется, в том же доме Каиафы, – место заключения для осужденных.

И некоторые начали плевать на Него, и, закрывая Ему лицо, ударяли Его, и говорили Ему: пророки нам, Христос, кто ударил Тебя? (Мк. 14, 65.)...*И слуги били Его по щекам.* (Мт. 26, 68.)

«Некоторые», τινές, ругаются над ним. Кто эти «некоторые», – в свидетельстве Марка неясно: судя по предыдущему, – члены Синедриона, а судя по дальнейшему, – «слуги»; в свидетельстве же Луки (22, 62), – «люди, державшие Иисуса», – должно быть, тюремщики. Но, если видят господа, как слуги ругаются над беззащитным Узником, и позволяют им это делать, то, может быть, не только по жестокосердию, но и по другому, более, увы, человеческому чувству: судьи, должно быть, не совсем уверенные в правоте своей, хотят доказать ее «от противного».

---

[871] Левая критика, вопреки отчаянным усилиям Wrede, Das Messias-Geheimnis, 1913, и многих других заподозрить историческую подлинность этого исповедания Иисуса на суде Каиафы (с целью сделать «Христа в Иисусе» «мифом», после таких же отчаянных усилий сделать мифом «Иисуса во Христе»), вынуждена была наконец, скрепя сердце, признать эту историческую подлинность – Goguel, Vie de Jes., 493.

[872] Sanhedrin, VII, 5. – Joseph., Antiq., III, 7,2 – Keim, III, 336.

Если что-либо скажет пророк именем Господа и слово то... не исполнится, то не Господь говорил сие, но сам пророк, по дерзости своей; не бойся его. (Второз. 18, 22.)

«Я – Сын Божий», – говорил Иисус, и слово Его не исполнилось: если бы Он был Сыном Божиим, то мог ли бы такому бесчестию предать Сына Отец? Значит, Иисус – «Обманщик», «Обольститель» mesith.

Это узнает когда-нибудь Израиль – весь мир и подтвердит приговор судей над Иисусом.

Так же, должно быть, думают и слуги, как господа. Но эти еще мстят Ему за свой давешний страх в Гефсимании:

«Что же не умолил Сын Отца представить Ему больше, чем двенадцать легионов Ангелов?» Давешний страх, может быть, прошел у них еще не совсем, и, ругаясь над Ним, сами себе доказывают, что страшиться нечего: одним осязанием ладоней, бьющих Его по лицу, одним звуком пощечин, убеждаются, что это не Сын Божий, а самый бессильный, ничтожный, презренный из сынов человеческих, Богом и людьми отверженный злодей.

«Приняли Его в пощечины», ραπισμασι ἔλαβον, «градом на Него посыпались пощечины», сказано у Марка (14, 65) с почти невыносимой, как бы площадной, грубостью. Мог ли так сказать Петр? Кажется, мог. Сколько раз, должно быть, вспоминая об этом, с удивлением – ужасом, понял, наконец, что значит; «обратитесь», στραφῆτε, «перевернитесь», «опрокиньтесь» (Мт. 18, 3); понял только теперь, что «царство Божие есть опрокинутый мир», где все наоборот: чем хуже здесь, тем лучше там; слава Господня – позор человеческий; только на самом темном, черном пурпуре ярче всего горит алмаз.

«Некоторые» над Ним ругались: значит, не все; были, может быть, и такие, что хотели бы плюнуть в лицо не Ему, а тем, кто на Него плевал, а Ему сказать:

помяни меня. Господи, когда приидешь в царствие Твое. (Лк. 23, 42.)

XVIII

Вдоволь надругавшись над Ним, заперли Его в темницу до утра.

Снова Сын наедине с Отцом; снова молится той же молитвою, как в Гефсимании, и уже иной. Ангелы ее не знают, но, может быть, одно только слово, подслушанное из нее людьми, неизгладимо запечатлено и передано в двух евангельских свидетельствах – Матфея (26, 64) и Луки (22, 69).

...Узрите Сына человеческого, сидящего одесную Силы и грядущего на облаках небесных, – отныне – сейчас, ἀπ' ἄρτι, ἀπο τοῦ νῦν.

Мог ли Он за шесть часов до Голгофы все еще надеяться, что чаша сия пройдет мимо Него – царство Божие наступит «сейчас»? О, конечно, по нашему человеческому разуму, не мог! Если Он и говорит: «сейчас», то уже не на нашем, человеческом языке времени, а на своем, божественном, – вечности: «Прежде, нежели был Авраам, Я семь» (Ио. 8, 58). То, что во времени *будет* через века-эоны всемирной истории, – в вечности уже есть «сейчас». Это в кромешной тьме Агонии, – как бы солнце Воскресения уже возвещающий, крик петуха. Но если таков божественный для Христа, Сына Божия, смысл этого «сейчас», то есть у него, может быть, и другой, для Иисуса человека, человеческий смысл. Мог ли Иисус до конца, до последнего вздоха, надеяться? В этом сомневаться, – значит сомневаться в том, что Сын человеческий – Сын Божий. Если до последнего вздоха Сын любит Отца, то и до последнего вздоха надеется. Это – самое невозможное для нас, невообразимое, как бы сумасшедшее, с ума сводящее, но и самое несомненное в Страстях Господних. Те, кто, стоя у креста и слыша последний вопль Распятого:

Или! Или лама сабахтани! –

думают, что Он «зовет Илию»:

постойте, посмотрим, придет ли Илия спасти Его? (Мт. 27, 46–49), –

не совсем ошибаются: ведь и сам Иисус почти то же скажет или мог бы сказать (это по лицу Его, должно быть, верно угадано) распятому с Ним разбойнику:

ныне же, σήμερον, сегодня – сейчас будешь со Мною в раю. (Лк. 23, 43).

Рай – царство Божие. Где – на земле или на небе, во времени или в вечности? Этого Он уже не знает, потому что земля и небо, время и вечность для Него *сейчас* – одно.[873]

Но если это будет завтра, на кресте, то, может быть, есть уже и сегодня, на Крестном пути. Атома надежды довольно, чтобы родилась из него вторая Агония, уже неземная, неизвестная нам, невидимая. Видимых – три: первая в Гефсимании, бывшая; вторая, настоящая, – на Крестном пути; третья, будущая, – на Кресте. Видимых три, а не-

---

[873] R. A. Hoffmann Das Marcusevang., 587–588. – Это именно эсхатологическое значение Мт. 26, 54 = Лк 22, 69, кидающее такой страшный и неожиданный свет на «вторую Агонию», здесь, у Кейма, очень верно и глубоко понято: «Иисус несомненно считался с *возможностью* того, что час Второго Пришествия наступит для Него за часом смерти *очень скоро*» Следовало бы, может быть, еще усилить «с возможностью того, что эти два часа для Него *совпадут*». Надо ли говорить, какой новый и глубоко проникающий свет падает для нас от этой *возможности* в душу человека Иисуса, на всем «Пути Страстей», Via Dolorosa?

видимых сколько? Этого и Ангелы не знают, но люди могли бы, должны бы знать потому именно, что люди – не Ангелы: как будто Он страдал; страдает и будет страдать не за нас, людей, не с нами, не в нас; как будто Он – не мы. Нет, мы слишком хорошо знаем, как Он страдал; если же не знаем, то потому, что отрекаемся от Него, как Петр; предаем Его, как Иуда.

XIX

«Авва Отче! все возможно Тебе; пронеси чашу сию мимо меня», – говорит Он, как дышит, каждый миг, с каждым шагом на Крестном пути, с каждым биением сердца и знает, что в следующий миг скажет: «Но не Моя да будет воля, а Твоя» (Мк. 14, 36). И будет каждое следующее «но» больней, чем предыдущее; глубже, все глубже, пронзительнее жало Агонии впивается в сердце.

Сколько Агоний – сколько ступеней бесконечно нисходящей лестницы в ад? Ниже, все ниже сходит в кромешную тьму. Но, как бы низко ни сошел, горнего света луч везде осияет Его; обвеет везде дыхание Духа – Матери.

Ты – Сын Мой возлюбленный; во всех пророках я ожидала Тебя, да упокоюсь в Тебе, ибо Ты – Мой покой. Моя тишина, –

говорит Сыну Матерь-Дух и в эту последнюю ночь, как в тот первый день служения Господня.

Если я пойду и долиною не убоюсь зла, потому что Ты со Мною (Пс. 22, 4), –

отвечает Матери Сын.

Вот как, должно быть, молился Господь в эту последнюю ночь перед Голгофой, лежа на соломе в темнице, избитый, поруганный, оплеванный.

Очи закрыл, и тише, все тише лицо. Спит? Этого не знают и Ангелы. Но если бы увидела Его матерь земная, то подумала бы, может быть, что и младенцем на руках ее так тихо не спал.

9. Суд Пилата

I

Когда же настало утро, все первосвященники и старейшины народа имели совещание об Иисусе, чтобы предать Его смерти.

Так у Матфея (27, 1), а у Марка (15, 1):

тотчас, поутру, первосвященники со старейшинами и книжниками, и весь Синедрион постановили приговор, συμβούλιον ἑτοιμάσαντες.[874]

Очень вероятно, что это второе, после ночного, необходимое, по закону, для смертного приговора, дневное заседание Верховного суда происходило уже не в доме Каиафы, а в месте более священном, близ «Величества Божия», – в храмовой синагоге, Bet-Midrasch, или «Палате Тесаных Камней», Lischkat Hagasit, той самой, где некогда отрок Иисус внимал учителям Израиля, может быть, сегодняшним судьям своим и убийцам.[875]

«Все первосвященники, ἀρχιερεῖς, здесь, у Матфея, так же, как во всех евангельских свидетельствах, значит: «все родные и близкие первосвященников»,[876] так что и здесь шапка-невидимка не снята с Ганана: может быть он и на этом дневном совещании, так же как и на давешнем, ночном, невидимо присутствует.

«Смертный приговор постановили», – кажется, значит: «постановили два приговора: один для Израиля, над „богохульником", gidduphi, а другой для Пилата, над „царем Иудейским", „возмутителем":
Он возмущает народ ἀνασείει τὸν λαόν. (Лк. 23, 5.)

II

Время дня обозначается с точностью у первых двух синоптиков (Мт. 27, 1; Мк. 15, 1) и IV Евангелии (18, 28), одним и тем же словом πρωΐ, что значит: «на восходе солнца», около шести часов утра.[877]

Судя по внезапно наступающей в тот день, полуденной, как бы полуночной, тьме Голгофской, –

тьма наступила по всей земле (Мк. 15, 33), –

солнце в то утро взошло мутно-зловещее, как всегда перед юго-восточным ветром, хамзином (khamsin).[878] Только что судьи, выйдя из палаты суда, взглянули на небо, как, может быть, подумали: «в первый день Пасхи, хамзин – недобрый знак!»[879]

---

[874] R. A. Hoffmann. Das Marcusevang, 600.
[875] Maimon Sanhedrin, III: sabbatis et diebus festis sedit in Bet-Midrasch, in atrio gentium – Keim, III, 351.
[876] Goguel, La vie de Jes., 491.
[877] Солнечный восход в начале апреля, около 6 час утра – Keim III, 344.
[878] Furrer, Leb. Jes., 258. – Dalman, Jesus-Jeschua, 184. – Loti, Jerusalem, 175. – Lagrange, Marc. 432.
[879] Очень вероятно, что Иисус распят в Пятницу, 15 низана, как у синоптиков, а не 14-го, как в IV Евангелии – Stapfer, III, 113–116 – Zahn, Evang. Johan.,631. – P. Schmidt, Geschich. Jes., 371.

«Хуже Черного Желтый», – говорили в народе; это значит: «тихий, желтый диавол хамзина хуже черного дьявола бурь». Очень высоко в небе проносящийся и земли почти недосягающий ветер из Аравийской пустыни гонит по небу облака пыли неосязаемой; только на зубах хрустит она, стесняет дыхание и воспаляет глаза. Где-то очень далеко пронесшегося, черного самума, хамзин – желтая, слабая, но все еще страшная тень. Стелется по земле и по небу, как дым от пожара, мутно-желтая мгла, и тускло-красное, без лучей, солнце висит в ней кровяным шаром. Вдруг, после ночной свежести, наступает тяжелый, как из печи пышащий, зной. В воздухе – едва уловимый, доносящийся с Мертвого моря, запах серы, асфальта, смолы, и еще другой, неуловимейший, как бы от падали. Никнут в поле травы и цветы. Утренние птицы, только что запев, умолкают. Жалобно блеют овцы, и мычат быки. С высунутыми языками бродят псы, и люди тоскуют, как перед неотвратимой бедой. Как бы довременного хаоса и Конца грядущего проходит по лицу земли и неба зловещая тень.

III

И поднялось все множество их, и повели Его к Пилату (Лк. 23, 1), – в преторию, находившуюся над храмом, в Антониевой крепости, куда вела с храмовой площади широкая, двойная лестница.[880]

Тускло, под тусклым, кровяным солнцем хамзина, поблескивают на площади медные шлемы, брони, щиты, и над пуками связанных копий – римскими знаменами, двуглавые орлы, держащие в когтях дощечки, с четырьмя заповедными буквами, S. P. Q. R. – Senatus Populusque Romanus. Утреннюю зо́рю поют медные трубы так же точно и здесь, в знойно-желтом тумане хамзина, как там, на краю света, в белых инеях Британии. «Римского мира величие безмерное», pacis romanae majestas immensa, – во всем, и, как бы неземная, скука, та самая, от которой люди открывают себе, в теплых ваннах, кровь.

Перед входом в преторию, возвышался над площадью, «каменный помост», по-гречески Лифостратон, по-еврейски Гаввафа (Ио. 19, 13), что значит «блюдо» или «чаша», – названный так, вероятно, потому, что выложен был круглою, – из иглистых, к одному центру сходившихся, лучей, – искусной мозаикой, напоминавшей глубокую чашу. Он служил судейской трибуной, откуда объявлялись народу приговоры

---

[880] Хотя возможно предположение, что Пилат жил в старом дворце, в северо-западной части города (Joseph., Bell., II, 14, 8), но гораздо вероятнее, что дворец его находился в Антониевой крепости. – Goguel, 497.

суда,[881] Гласный и всенародный суд под открытым небом, – наследие древнеримской Республики – сохранял и императорский Рим.[882]

Римляне любили ранние суды, prima luce, «при первом свете дня».[883] Не было еще семи часов, когда Пилат вышел из внутренних покоев дворца в преторию, где в то утро назначен был суд над самозваным «царем Иудейским», Иисусом Назореем.

IV

Если верно наблюдение, что лица подданных всегда немного похожи на лицо государя, то мы могли бы судить о лице Пилата, почти невинного убийцы Христа, по лицу Тита Веспасиана, почти невинного убийцы Израиля. Лицо Пилата мы могли бы угадать с тем большею вероятностью, что в евангельских свидетельствах изображено внутреннее, духовное лицо его, с такою чудесною живостью, что и внешнее, плотское, возникает из него с такою же почти живостью: четырехугольное, тяжелое, каменное, гладко-бритое, с мягкими, точно бабьими, морщинами, с отвислым, патрицианским кадыком, с Цезаревой, как будто для лавров назначенной, лысиной; то с брезгливой, то с тонкой, скептической усмешкой, – «что есть истина?» – и с миродержавно величественной, самоубийственной скукой, toedium vitae.

Если бы имена Александра и Цезаря могли быть забыты, то имя Пилата осталось бы в человеческой памяти, потому что оно – рядом с именем Христа. «Понтием Пилатом, прокуратором, казнен был Христос», Christus… per Pontium Pilatum procuratorio supplicio adfectus erat, – в этой медной латыни Тацита,[884] слышится как бы уже благовест колоколов Никейского собора: «верую… во Иисуса Христа, распятого и страдавшего за нас… при Понтии Пилате».[885]

Очень удивился бы, вероятно, Пилат, но, может быть, не очень обрадовался бы, если бы узнал об этой будущей славе своей; удивился бы, вероятно, еще больше, если бы, поняв, что значит «христианин», узнал,

---

[881] Zahn, 545–547.
[882] Joseph., Ant. XVII, 6, 3, XVIII, 4, 6, Bell. II, 9, 3, II, 14, 8. – Деян. Апост. 12, 4; 16, 19. – Tacit., Orat., 39. – Cicer., De harusp. resp., VI. – Keim, III, 363–364.
[883] Seneca, De ira, II, 7.
[884] Tacit, Annal, XV, 44.
[885] Norden, Agnostos Theos, 273. – Ed. Meyer, Ursp. und Anf. d. Chr., I, 209. – Возможная внешне-стилистическая связь с Никейским символом нисколько, разумеется, не уменьшает исторической подлинности Тацитова свидетельства, идущего, во всяком случае, от времен Мужей Апостольских.

что христиане будут считать его своим. «В совести своей; Пилат – уже христианин», скажет Тертуллиан,[886] а просто верующие люди захотят сделать Пилата «святым»: Sanctus Pilatus.[887] Но нисколько, вероятно, не удивился бы он, а только пожал бы плечами с брезгливой усмешкой, если бы прочел в доносах таких злейших врагов своих, иудеев, как Ирод Агриппа и мудрец Филон, список своих злодеяний: «лютая жестокость, лихоимство, грабежи, бессудные казни», и проч., и проч.[888] Так же мог бы он усмехнуться, вспомнив, как учил его милосердию кесарь Тиберий. Нет, Пилат – не «святой», но и не злодей: он, в высшей степени, – *средний человек* своего времени. «Се, человек!» Ecce homo! – можно бы сказать о нем самом. Почти милосерд, почти жесток; почти благороден, почти подл; почти мудр, почти безумен; почти невинен, почти преступен; все – *почти,* и ничего – совсем: вечное проклятие «средних людей». Этому-то, самому среднему из людей, и суждено было роком или Промыслом Божиим самое крайнее из всех человеческих дел – сказать Сыну человеческому: «пойдешь на крест».

V

Пилат если и жесток, то не своею, личною, а общею, римскою жестокостью. Древняя Волчица, приняв в берлогу свою чужого щенка, с материнскою нежностью лижет его и покусывает; мачеха балует чужое, может быть царской крови, больное дитя. Нянчатся римляне с иудеями так, что этому трудно поверить: римских граждан казнят, по закону, за оскорбление той самой веры иудейской, которую считают просвещенные римляне «Иудейским суеверием», Judaica superstitio.[889] А иудеи, чем больше с ними нянчатся, тем хуже наглеют. Римских наместников доводят до такого отчаяния, что те сослепа бьют по ком и по чем попало. Кажется, нечто подобное произошло и с Пилатом.[890]

«Иудейской провинции наместник», procurator provinciae Judaeae, – этот служебный титул не слишком, должно быть, радовал его, после шестилетнего горького опыта. С каждым днем все яснее предчувствовал он, что не сносить ему головы, не уцелеть между двумя огнями – римским баловством и «жидовскою наглостью». – «Лютому их благо-

---

[886] Pilatus Jam pro sua conscientia Christianus. – Tertul., Apolog., 21.
[887] Henneke, II, 63.
[888] Philo. Legat. ad Cajum, 38.
[889] Joseph., Bell. II, 9, 3; An. I, XVIII, 3, l. – Zahn, 641.
[890] Ed. Meyer. l, 202–203.

честию не мог надивиться», вспоминает о нем Иосиф Флавий;[891] надо бы сказать не «благочестию», а «изуверству». Худшей стороной своей обращен Пилат к иудеям, и те – к нему: он для них – «пес необрезанный», «враг Божий и человеческий», а они для него – племя «прокаженных» или «бесноватых». Править ими все равно, что гнездом ехидн. То же, что впоследствии будут чувствовать такие просвещенные и милосердные люди Рима, как Тит Веспасиан и Траян, – желание истребить все иудейское племя, разорить дотла гнездо ехидн, разрушить Иерусалим так, чтобы не осталось в нем камня на камне, плугом пройти по тому месту и солью посыпать ту землю, где он стоял, чтобы на ней ничего не росло, – это, может быть, уже чувствовал Пилат.

VI

Если непонятны ему, страшны и гнусны все вообще дела иудеев, то это, Иисусово, страшнее, гнуснее и непонятнее всех. Сделаться орудием «изуверства Иудейского», с легким сердцем, не мог бы Пилат.

Знал, что первосвященники предали Его из зависти. (Мк. 15, 10.)

Слишком легко мог догадаться, что́ внушало им зависть к Иисусу: мудрость, святость, чудесная власть над людьми, – все, что и Пилату казалось «доблестью», virtus. Зависти этой, конечно, не мог бы он угадать только из представленных ему против Иисуса врагами Его, обвинений, ни даже из допроса почти безмолвного Узника. Если же все-таки о «зависти» их кое-что знает, то потому, вероятно, что довольно хорошо осведомлен о деле Иисуса уже заранее. Бывшее за пять дней до того вшествие в Иерусалим «сына Давидова» едва ли осталось неизвестным римскому наместнику. Так же быстро и легко, как до царя Ирода, в Тивериаду, могла дойти и до Пилата, в Кесарию Приморскую, столицу наместника, молва, еще более ранняя, о делах «пророка из Назарета», чаемого «Мессии», «царя Иудейского», о «чудесах» Его и «знамениях»; мог дойти и слух о том, что темный народ почитает этого нового пророка «Сыном Божиим» или «сыном богов», как назовет Его римский сотник, видавший смерть Его на кресте (Мк. 10, 39). А что значит «сын богов», мог знать Пилат уже потому, что все великие люди, от Александра до Цезаря и до тогдашнего «божественного» Августа, divus Augustus, Тиберия, – «сыны богов»; мог это знать Пилат, как все просвещенные римляне, и из IV Эклоги Виргилия, римскому певцу Иудейской Сибиллой нашептанной о грядущем «сыне богов», о конце старого века, Железного, и начале нового, Золотого, о «царстве Божием» на земле:

---

[891] Joseph., Bell., II, 9, 2, Ant., XVIII, 3, 1.

Скоро наступит тот век; скоро ты будешь прославлен,
Отпрыск высокий богов, великое Зевсово чадо.
Зришь ли, как всей своей тяжестью зыблется ось мировая, –
Недра земные, и волны морей, и глубокое небо?

Может быть, впрочем, в этом, как во всем, Пилат – «человек средний»: верит почти – почти не верит в грядущего «сына богов»; то посмеивается, то побаивается; большею же частью не думает об этом совсем. Но недаром век Пилата – век Аполлония Тианского: слыша о чудесах нового «мага», смешивает, должно быть, Пилат, в своем маловерии – суеверии, этих двух чудотворцев, Тианского и Назаретского.

Ирод... давно желал видеть Иисуса, потому что много слышал о Нем и надеялся увидеть от Него какое-либо чудо. (Лк. 23, 8.)

Меньше этого желал и надеялся на это Пилат, но, вероятно, и он чувствовал к Иисусу нечто подобное.

VII

Что такое свидетельство Матфея (27, 19) о жене Пилата, вещей сновидице, тайной за Праведника заступнице – миф или история? Оба впечатления одинаково возможны и недоказуемы. Но, если «невероятною» кажется иногда и несомненная действительность (Достоевский), то и несомненная история кажется иногда «мифом», и подлиннейшее Евангелие – «апокрифом». Это надо всегда понимать, имея дело с такой невероятной и несомненнейшей действительностью, как Страсти Господни. Будем же бережней многих евангельских критиков к этому свидетельству Матфея – малому, но чистейшей воды алмазу в венце Страстей.

Будущая «святая» Клавдия Прокла, Claudia Procula (так назовут жену Пилата предания Церкви), может быть, немногим святее Пилата. Слишком похоже на поздний апокриф исцеление Клавдии Господом от какой-то смертельной болезни («Деяния Пилата»).[892] Но темные догадки ранних легенд или церковных преданий о том, что жена Пилата – одна из «богобоязненных», «иудействующих», знатных римлянок – первых ласточек весны Господней, каких было тогда немало, – может быть, не совсем лишены вероятия. Если домоправителя Иродова, Хузы жена, Иоанна (Лк. 8, 3), последует за Господом, в смиренной толпе Галилейских жен, а через несколько лет, будут, при дворе Нерона, тайные ученицы Христовы, то почему бы не могла быть, и при дворе Пилата,

---

[892] Harnack, Texte und Unters., XXIX (neue Folge, XIV), IV. S. 9 ff., 48 ff. – W. Bauer, Leben Jes. im Zeitalt. d. N. T. Apokr., 198.

влекущаяся к Господу издали, живая душа?[893] Эта ночная кукушка, увы, не перекукует дневную, но таинственный шепот Клавдии мог усилить желание Пилата оправдать Иисуса.

Если кажущийся «миф» Матфея – действительная история, то каким новым лучом Вечно-Женственного, – последним на жизни Господней, – озарилась бы эта чернейшая в летописях человечества, страница – суд людей над Человеком!

VIII

Очень вероятно, что Пилат действительно считал Иисуса невинною жертвою первосвященнической «зависти» и хотел Его спасти.[894]

Если бы ничего доброго не было в душе этого язычника – «пса», мог ли бы он покончить с собой так великодушно или, хотя бы только *почти* великодушно, предпочтя суд подземных богов суду венчанного слабоумца, императора Гайя? Доброе это, может быть, и сказалось в суде Пилата над Иисусом. Очень вероятно, что он действительно хотел Его оправдать и сделать для этого все, что мог бы сделать на месте его «средний человек», почти справедливый, *почти* милосердный судья.

Чист я от крови Праведника сего; смотрите вы (Мт. 27, 24), – сказал ли он это беснующейся на Гаввафе толпе, или не сказал (рук не умывал, конечно, по иудейскому, «презренному» для него, обычаю),

---

[893] Такие ученые, как Plummer и Zahn, полагают, что свидетельство IV Евангелия о тайном допросе Иисуса Пилатом может идти от Иоанны, жены Хузы. – Klosterman. Jucas, 589.

[894] Можно ли верить евангельским свидетельствам о желании Пилата оправдать Иисуса? Где их источник? Все ученики разбежались, «рассеялись». Но более чем вероятно, что не было в Иерусалиме, тотчас после суда, недостатка ни во врагах, ни в друзьях Иисуса, любопытствовавших знать, за что и как Он осужден. – Joh. Weiss, Das alteste Ev., 322. – Близкие люди, в том числе и ученики Его, легко могли бы узнать об этом от приближенных Пилата, его клиентов и чиновников, через таких членов Синедриона, как Иосиф Аримафейский, а может быть, и Никодим, имевших, вероятно, доступ ко дворцу наместника. Трудно решить, врагам ли Осужденного выгоднее было сохранить память о том, что Пилат хотел и не мог оправдать «злодея», или друзьям, – что он не мог оправдать Невинного Кажется, в толковании к Mischna Sanhedrin, 43, a. Rabbi Ulla, о суде над Иисусом, уцелел независимый от евангельских свидетельств намек на «близость» Бэн-Сатеды (Иисуса) к римским властям, т. е. конечно, к римскому наместнику, Пилату. – Henneke, II, 63. – Вывод из всего этого тот, что сомневаться в исторической подлинности евангельских свидетельств о суде Пилата нет никаких оснований.

во всяком случае, он мог это чувствовать или, по крайней мере, *хотеть* чувствовать.[895]

Руки будут умывать от крови Господней все «почти справедливые», «почти милосердные» судьи, «средние люди», – но не умоют: суд Пилата – суд мира сего над Христом, во веки веков.

IX

«К черту отправить иудеев!» – было, вероятно, первым движением Пилата, когда ему доложили, что члены Синедриона привели к нему на суд «бунтовщика», Иисуса Назорея, и не желают войти в преторию, чтобы не «осквернится» в Пасху (Ио. 18, 28). К «наглости жидовской» все еще, должно быть, не мог привыкнуть римский наместник: это было похоже на то, как если бы пес не захотел войти в дом человека, чтобы не оскверниться.

Если первым движением Пилата было это, то вторым, может быть, – поднять глаза и вглядеться в мутно-желтое небо, в тусклое, без лучей, красное, кровяное солнце хамзина. Понял, отчего ломота в членах, тяжесть в голове и по всему телу то жар, то озноб, – «от погоды». Брезгливо поморщился: гнусное небо, гнусная земля, гнусные люди. И это Иисусово дело – гнуснейшее. Чем оно кончится? Новым доносом на Капрею, Сейану, страшного старика подлому наушнику? Знал, каким опасным для него может быть донос об «оскорблении величества», crimen laesae majestatis, в деле «Царя Иудейского».[896]

Знал, что «к черту отправить иудеев» не так-то легко: весь день, всю ночь простоят у дверей, а своего добьются, не отстанут, или хуже будет: сами чернь возмутят, а потом на него же донесут, как это столько раз уже бывало.

Вспомнил, может быть, и урок «человеколюбца», Тиберия, и злобно усмехнулся. Грузно встал, вытер пот с лысины, и медленно, трудно, как будто шел не сам, а влекла его невидимая сила, вышел на Лифостратон.

Здесь ожидали его, в белых одеждах, разодранных так, что лохмотья влачились в пыли, Семьдесят и один, с Узником.

---

[895] W. Brandt, 97.

[896] Judicia majestatis atrocissime exercuit. Все дела об оскорблении величества судились им (Тиберием) «с лютой жестокостью». Sueton., Tiber., 58. – «Nemini delatorum fides abrogata. Верить не отказывались никакому доносчику». – Sueton., Tiber., 61. – (Majestatis crimen) tunc omnium accusationum complementum erat. – Tacit., Annal., III, 38.

X

Судя по дальнейшему свидетельству Марка (15, 8): «народ взошел», ἀναβάς, с нижней площади храма наверх, в преторию, – народу было еще немного на этой верхней площади.

***Первосвященники... отвели Иисуса... к Пилату.* (Мк. 15, 1).**

Если «первосвященники» и здесь, как во всех евангельских свидетельствах, значит не только «Анна и Каиафа», но и «дети их» и «родственники», то дьяволова шапка-невидимка не снята с Ганана и здесь: может быть, он присутствует невидимо на площади, управляя всем, как спрятавшийся под сценой хозяин кукольного театра, движущий на невидимых ниточках куклы; их сейчас – две: народ и наместник. Издали, может быть, узнал Пилат архиерейские носилки, по небесно-голубому шелку занавесок, и почудилось ему за ними всеслышащее ухо, всевидящее око первосвященника Анны: с ним-то и предстоит сейчас им обоим, судье и Подсудимому, поединок смертный.

XI

Вышел к ним Пилат и сказал: в чем обвиняете вы человека сего?
Они же сказали ему в ответ: если бы не был Он злодеем, мы не предали бы Его тебе.

Новую «иудейскую наглость» понял, должно быть, Пилат: требуют, чтобы поверил им на слово и без суда скрепил приговор; хотят взвалить на него всю ответственность за гнусное дело.

Пилат сказал им: возьмите Его вы и, по закону вашему, судите.

Поняли, должно быть, и они, что попали в ловушку; молча проглотили обиду – напоминание об отнятом у них праве меча, jus gladii.

Иудеи же сказали Пилату: нам не позволено предавать смерти никого. (Ио. 18, 29–31.)

И начали обвинять Иисуса, говоря: мы нашли, что Он развращает народ наш и запрещает давать подать кесарю, делая Себя Христом – Царем. (Лк. 23, 2.)

Это – главное обвинение, страшное не только для Иисуса, но и для самого Пилата: «Иисус – царь Иудейский».

И когда обвиняли Его... Он ничего не отвечал. Тогда говорит Ему Пилат: слышишь, сколько свидетельствуют против Тебя?
Но Иисус не отвечал ему ни на одно слово, так что наместник очень дивился. (Мт. 27, 14.)

...И настаивали, говоря: Он возмущает народ, начиная от Галилеи до сего места. (Лк. 23, 5.)

Это и значит: «***Возмутитель*** всесветный», – как некогда скажут об учениках Иисуса: «люди, ***Возмущающие*** вселенную» (Д. А. 17, 6).
Пилат же опять спросил Его: Ты ничего не отвечаешь? Видишь, как много против тебя свидетельствуют.
Но Иисус и на это ничего ему не ответил. (Мк. 15, 4–6.)
Тогда Пилат опять вошел в преторию и призвал Иисуса. (Ио. 18, 33.)

XII

Руки, должно быть, велел у Него развязать; долго смотрел, глаз оторвать не мог от вдавленных веревками, на бледно-смуглой коже, красных запястий. «Как затянули, мерзавцы!» – может быть, подумал.

Прямо повисли руки; складки одежды легли прямо. Веки на глаза опустились так тяжело, что казалось, уже никогда не подымутся; так крепко сомкнулись уста, что, казалось, уже не разомкнутся никогда.

Пристальней вгляделся в лицо Его Пилат. «Сын богов?» Нет, лицо как у всех. Странно только, что как будто знакомо; точно где-то видел его, но не может вспомнить, где и когда: как будто во сне.

И спросил Его Пилат: Ты – царь Иудейский? (Мк. 15, 2.)

Римская гордыня, и удивление, и жалость в этом вопросе: «тебе ли несчастному, думать о царстве, с Августом Тиберием Божественным спорить?» Медленно тяжело опущенные веки поднялись; сомкнутые уста разомкнулись медленно.

Ты говоришь (Мк. 15, 2), –

услышал Пилат тихий голос, и еще яснее почувствовалось, что где-то, когда-то видел это лицо.[897]

XIII

«Ты – царь Иудейский?» – этот вопрос, и ответ: «ты говоришь», у всех четырех евангелистов, – слово в слово, тот же: врезался, должно быть, в память неизгладимо. Кажется, ответ подтверждается и внеевангельским свидетельством Павла:

---

[897] Иоанново свидетельство (18, 33–38) о тайном допросе Иисуса Пилатом естественно включается между 6-м и 14-м ст. Лк. 23. Без этого свидетельства все непонятно и даже бессмысленно у синоптиков «Более разительное доказательство, einen eclatanteren Beweis, того, что все свидетельство исторически подлинно, трудно себе представить». – Bern. Weiss, Das Joh. – Ev., 329. – Ср. с легкомысленным отношением к тому же свидетельству мнимонаучной критики, даже у таких ученых, как Wellhausen.

...доблестно исповедал Себя, μαρτύρησα ντος... ήν ткαλήν, перед Понтием Пилатом... Христос (Царь) Иисус. (I Тим. 6, 13.)

В доме Каиафы, исповедал Себя перед лицом всего Израиля: «Я – Сын», а в претории Пилата, – перед лицом всего человечества: «Я – Царь». Если отвечает как будто уклончиво двусмысленно: «ты говоришь, а не Я», то потому только, что не может признать Себя «царем Иудейским», в том смысле, как это разумеет Пилат. Ложно понял бы тот оба прямых ответа: «Я Царь», и «Я не Царь». С более математическою точностью нельзя было ответить, и какое нужно было спокойствие, чтобы ответить так!.[898]

Стоило бы только Иисусу сказать: «нет, Я не царь», и был бы спасен. Он и сам это знает, конечно; но воля Его пострадать все еще, и в этой *второй* Агонии, непоколебима: мужественно вольно идет на крест.

Никто не отнимает жизни у Меня, но Я сам отдаю ее: власть имею отдать ее, и власть имею опять принять ее. (Ио. 10, 17–18.)

XIV

Очень вероятно, что весь разговор (кажется, впрочем, Иисус опять умолкает, после тех двух единственных слов: «ты говоришь», и говорит уже один Пилат; в этом правы синоптики, вопреки IV Евангелию), весь разговор, слишком для перевода *внутренний,* идет не по-арамейски, а по-гречески, без толмача. Сразу, может быть, не понял Пилат, что значит, на греческом языке, арамейское: «ты говоришь»: «да» или «нет»? Но вдумался – понял: «ты говоришь, что Я – царь. Я на то и родился и пришел в мир, – чтобы царствовать», – как верно понял Иоанн (18, 37). – «Доблестно исповедал Себя Христос-Царь, Иисус»; это, может быть, прочел и Пилат в лице безмолвного Узника.

После такого признания из уст самого Подсудимого, должно бы судье, по букве закона, прекратив ненужный допрос, объявить приговор, потому что в Иудейской провинции, как сами же иудеи признают сейчас, «нет иного царя, кроме кесаря» (Ио. 19, 15). Но понял, вероятно, Пилат и то, что в этом деле буква закона мертва: здесь «совершенный закон – беззаконие совершенное», summa jus, summa injuria. В том, что Иисус считает Себя «царем Иудейским», не делая ничего для приобретения царства, Пилат не находит достаточной для приговора вины и

---

[898] В голову, конечно, не могло бы прийти позднейшим, не из первых рук, свидетелям, не очевидцам-слышателям, такая утонченная двусмысленность. – Joh. Weiss, Das altest Ev., 324–325. – Слышится в этом слове и нам, вместе с Пилатом, голос живой, видится живое лицо Говорящего.

продолжает тщетный допрос совершенно безмолвного, по синоптикам, а по Иоанну, почти безмолвного Узника.[899]

XV

Твой народ и первосвященники предали Тебя мне. Что же Ты сделал? – спросил Пилат.

Царство Мое не от мира сего (Ио. 18, 35–36), –
ответил будто бы Иисус, если верить, кажется, не первому, а одному из следующих, неизвестных «Иоаннов», творцов IV Евангелия. Мог ли бы так ответить Иисус? Кто сказал только что или дал понять: «Я Царь Иудейский», – Тот, если бы и мог сказать: «царство Мое не от мира сего», то, уж конечно, совсем *не в том смысле,* как это будет понято христианством за две тысячи лет. Чтобы ответить так, надо было бы Иисусу отречься от Христа – от самого Себя, и от главного дела всей жизни и смерти Своей:

да приидет царствие Твое; да будет воля Твоя и на земле, как на небе.

Нет, если бы только предвидел даже не первый, а один из последних «Иоаннов», что это слово так будет понято, то не вложил бы его в уста Господни.

В этой темнейшей загадке христианства, кажется, главное и все решающее слово – «ныне».

Ныне, νῦν, *царство Мое не отсюда,* –
это никем никогда не услышано. «Ныне – сегодня – сейчас царство Мое *еще* не от мира сего; но *уже* идет в мир; будет и здесь, на земле, как на небе».

Это *почти* понял, хотя бы на одно мгновение, даже такой «средний человек», как Пилат.

Итак, Ты – царь? (Ты все-таки Царь?), οὐκοῦν βασιλεὺς εἶ σύ **(Ио. 1, 37),** –
повторяет он и настаивает, чтобы понять *совсем.* И слышит сказанный, или читает опять безмолвный, ответ Узника:

Я на то и родился и пришел в мир, – чтобы царствовать.

Понял Пилат почти, но не совсем: мелькнуло – пропало; было, как бы не было. «Царство Его не от мира сего – неземное, на земле невозможное, неопасное», – это понял Пилат уже не почти, а совсем, и, должно быть, успокоился, убедился окончательно, что перед ним не «злодей», не «бунтовщик», не «противник кесаря», а невинный «мечтатель», что-то вроде «Иудейского Орфея», безобидного, смешного и жалкого:

---

[899] Wellhausen, Ev. Marci. 1909. S. 129.

такого казнить, все равно что ребенка. Понял это Пилат и, может быть, уже готовил в уме донесение в Рим: «в деле сем не нашел я ничего, кроме суеверия, темного и безмерного».[900]

XVI

Мытаря, блудницу и разбойника на кресте легче было полюбить Иисусу, чем «среднего человека», Пилата. Но если не полюбил, то, может быть, пожалел; предложил ему спасение за то, что он *почти* хотел Его спасти. Что-то сказал ему об истине, – что именно, мы не знаем, потому что слова, будто бы, Иисусовы:

всякий, кто от истины, слушает гласа Моего (Ио. 18, 37), –

слишком Иоанновы. Но ответ Пилата мы знаем с несомненной, исторической точностью; слышим его, как слышал Иисус; видим, как видел Он, в тонкой усмешке на бритых губах, страшную, как бы неземную, скуку, может быть ту самую, с какой будет смотреть Пилат на воду, мутнеющую от крови растворенных жил.[901]

Что есть истина? (Ио. 18, 38), –

в этом слове – «громовое чудо», как скажет Великий Инквизитор о трех Искушениях дьявола: «если бы слово это было бесследно утрачено, забыто, и надо было бы восстановить его, то вся премудрость земная могла ли бы изобрести хоть что-нибудь подобное?» О, конечно, не «среднего» ума человек говорит его, а тот, кто за ним: весь Рим – весь мир. Что, в самом деле, мог бы сказать весь мир самой Божественной Истине, призванной на суд его, как не это: «что есть истина?» Но, сколько бы ни спрашивал Пилат, Иисус молчит: уже не говорит, а делает. «Слово стало плотью», и всякое отныне слово человеческое с этим божественным деланием несоизмеримо. Он уже не говорящая, а Сущая Истина. «Что есть истина?» – на этот вечный вопрос мира сего – вечный ответ Сына человеческого: «Я».

XVII

И, сказав это слово, опять вышел Пилат к Иудеям, и сказал им: я никакой вины не нахожу в Нем.

---

[900] Nihil aliud inveni, quam superstittonem pravam et immodicam донесение Траяну Плиния Младшего (110 г) о христианах Вифанийской области. – Plin. secund., ad Traj., X, 97.

[901] Вероятно, самоубийство Пилата, Euseb, H. B., 11, 7. – «Христианские историки ссылаются на римских ὡς.. οἱ τὰ ῾Ρωμαίων συγγραψάμενοι « – Ed. Meyer, Urspr. u. Anf. d. Christ., I, 205–206.

Так, в IV Евангелии (18, 38), а в III (23, 14):
вы привели ко мне человека сего, как развращающего народ, и вот я... исследовал и не нашел Его виновным ни в чем том, в чем «вы обвиняете его.

И опять, в IV Евангелии (19, 7–8):
Иудеи же отвечали Пилату: мы имеем Закон, и по Закону нашему, Он должен умереть, потому что сделал Себя Сыном Божиим.
И, услышав это слово... Пилат устрашился.
Вспомнил, может быть, «*сына богов*», Тиберия.
И, опять войдя в преторию, сказал Иисусу: откуда Ты? πόθεν ἔι συ
Но Иисус не ответил ему (Ио. 19, 9).

Весь – тишина, молчание, тайна, ужас. И Пилат, может быть, сам удивился – «устрашился» того, что сказал. Вспомнил, как на полях Меггидонских, у подножия горы Гаризима, плачут самарийские флейты-киноры о боге Кинире-Адонисе:
воззрят на Того, Кого пронзили, и будут рыдать о Нем, как рыдают о сыне единородном. (Зах. 10, 12.)

Вспомнил, может быть, как страшно отомстил Фиванскому царю, Пентею, неузнанный и поруганный им, в человеческом образе, бог Дионис, такой же, как этот, – жалкий узник.[902]

Но мелькнуло – пропало; было, как бы не было. И разгневался, должно быть, Пилат на себя, и на Него, за то, что *почти* было.
Мне ли не отвечаешь? Или не знаешь, что я имею власть распять Тебя и власть имею отпустить Тебя?
Иисус молчал.
Ты не имел бы надо Мной никакой власти, если бы не было тебе дано свыше; потому более греха на том, кто предал Меня тебе, – этот безмолвный ответ, может быть, прочел судия в глазах Подсудимого. Кто предал Его? Иуда, Ганан, Израиль? Нет, весь мир.
С этой минуты, Пилат искал отпустить (оправдать) Его. (Ио. 19, 10–12.)

Этого и прежде искал, но теперь – еще больше: смутно, может быть, хотя бы на одно мгновение, понял, что сам погибнет, если Его не спасет.

XVIII

Выйдя опять с Иисусом на Лифостратон, – в который раз? – увидел Пилат, что, только что пустынная, площадь наполняется народом, как водоем – вдруг пущенной водой. Снизу, с храмовой площади. –

---

[902] Lagrange, Evang. de les Chr., 560.

всходила толпа, ἀναβὰς ὁ ὄχλος, –
живо вспоминает, как бы глазами видит, Марк. Если бы римский наместник не был так слеп к «презренным» иудеям, то пристальней вглядевшись в толпу, увидел бы, что это не настоящий народ, а поддельный, ряженый, – Гананова «кукла»: частью сиганимы, «стражи-блюстители» храма, дети знатных левитских родов; частью же храмовая челядь, слуги и рабы первосвященников, – самая черная чернь, заранее наученная, что, когда и по какому знаку делать; готовая, в угоду господам своим, не только «Сына Давидова», но и самого отца послать на крест.

Первосвященники... возбудили чернь (научили, ἔπεισαν*)... как погубить Иисуса.* (Мт. 27, 20.)

XIX

К празднику же (Пасхи) наместник имел обычай отпускать народу одного узника, которого хотели. (Мт. 27, 15). [903]
Был у них тогда знаменитый узник, по прозвищу Варавва, –
так, у Матфея (27, 16), а у Марка (15, 7):
в узах был (некто) Варавва, совершивший вместе с другими бунтовщиками убийство в народном возмущении.

И, наконец, у Иоанна (18, 40), – «разбойник», λῃστής, а в некоторых кодексах, ἀρχιλῃστής, «атаман разбойничьей шайки». [904]

В нашем каноническом чтении, Βαραββᾶς, – имя, а в древнейших и лучших кодексах Матфея и, может быть, Марка, – только прозвище: Bar Abba, что значит по-арамейски: «Сын Отца» – «Сын Божий», – одно из прозвищ Мессии; полное же имя: *Иисус Варавва,* Ἰεσοῦις Βαραββᾶς . [905]
Так, в лучших кодексах Матфея, читал Ориген, и глазам своим не верил: «имя Иисуса, должно быть, еретиками прибавлено, потому что

---

[903] Римский обычай отпускать к празднику осужденного узника, и вне Евангелия, исторически несомненно засвидетельствован, – Vinelli, Papiri greco-egizii, п. 61, от 86–88 гг., приговор египетского наместника Септимия Вегета о Фабиане: «Хотя ты и достоин бичевания, милую тебя, ради народа». – Lagrange, Marc., 413–414. – Tit. Liv., V, 3. – В праздник lectisternia <лектистерний – (лат.) – в Древнем Риме обряд подношения еды статуям одного или нескольких богов>, освобождались узники. – Joseph., Ant. XX, 9, 3: «по заступничеству первосвященника Анана, помилованы осужденные сикарии». – P. W. Smidt, Die Geschichte Jesu, II, 1904, s. 385. – Deismann, Licht vom Osten, IV, 229.

[904] Zahn, 368.

[905] Кодексы Syro-Hieros., Evangelar. hierosol. и многие другие. – R. A. Hoffmann, Marcusev., 603. – W. Brandt, 102–104.

оно неприлично злодею».⁹⁰⁶ Как будто все в этом деле – не самое «неприличное», что было когда-либо в мире. Нет, лучшая порука в исторической точности всего Матфеева свидетельства о суде Пилата – то, что это страшное и отвратительное созвучье имен, как бы дьявольская игра слов: «Иисус Варавва – Сын Отца», – здесь не умолчано.

Мы не можем не говорить того, что видели и слышали, – скажут ученики Господни тем, «кто запретит им говорить об Иисусовом имени» (Д. А. 4, 18–20), поймут, потому что любят Его, что в Иисусовом имени – «все наоборот»: позор человеческий – слава Господня.⁹⁰⁷

Два «Мятежника», два «Освободителя», два «Христа»: Иисус и Варавва. Страшный тезка Сына Божия – сын дьявола. Выбор между ними сделает весь Израиль – все человечество, – мы знаем, какой.

XX

Этим-то созвучием имен: «Иисус Назорей – Иисус Варавва», и наведен был, вероятно, Пилат на простейшую и, как ему казалось, счастливейшую мысль: хитрого Ганана перехитрить, поймать в ловушку и спасти Невинного Помня, как встречен был «царь Иудейский», пять дней назад, в торжественном шествии в Иерусалим, мог ли сомневаться Пилат в выборе народа между «двумя Иисусами»?

Итак... сказал им: кого же хотите, чтобы я отпустил вам: Иисуса Варавву или Иисуса, которого вы называете Мессией-Царем? (Мт. 27, 17.)

Тогда закричали все. не Его, но Варавву! (Ио. 18, 40).

Вряд ли понял Пилат сразу, что сделал; но вдумался – понял: «перехитрил Ганана, поймал в ловушку, спас Невинного!» – внутренне скрежетал на себя зубами. Хуже всего было то, что поставить рядом с осужденным на смерть злодеем Невинного – косвенно признать и Его достойным казни.

XXI

Крик в толпе усиливался; надо было что-нибудь решить.

---

⁹⁰⁶ ...Ne nomen Jesu conveniat alicui iniquorum. – Origen., in Mat. comment., ser. lat. 121, ed. Lomm., IV, 255, ser 121. – W. Bauer, Leb. Jes. im Zeitalt, der N. T. Apokr., 527. – Klostermann, Matth. ev. 220. – Lagrange, Marc, 415. – Goguel, La vie de Jes. 500.

⁹⁰⁷ «Тайну», mysterium, в этом «подобии имен», similitudo nominum, предчувствует и Ориген – Orig., Comment, in Matth., 121.

***Что же хотите вы, чтобы я сделал с тем, кого называете вы «царем Иудейским»?* (Мк. 15, 12)**

Только что это сказал, понял Пилат, что сделал новую глупость.

Распни Его, распни!

закричали все (Ио. 19, 6). Снова Пилат возвысил голос:

...какое же зло сделал Он?

Если бы эти беснующиеся могли что-нибудь слышать, какую страшную силу имел бы для них этот вопрос, в устах язычника – «пса»!

Я ничего достойного смерти не нашел в Нем. Итак, наказав Его, отпущу. (Лк. 23, 22.)

Но еще сильнее закричали все:

если отпустишь его, ты не друг кесарю: всякий, делающий себя царем, – противник кесарю! (Ио. 19, 12).

Глупость за глупостью, – увязал Пилат в трясине. Понял, что уже не Иисуса надо спасать, а себя. Медленно проплыли перед глазами его, в желтом тумане хамзина, две красные тени, – страшный старик на Капрее и подлый наушник его, Сейан.

Бедный Пилат! Тщетно унизил «величие» римского суда, majestas immensa Romana; тщетно метался между Гаввафой и Преторией. Будет, может быть, спокойнее, когда увидит воду, мутнеющую от крови растворенных жил.

XXII

Услышав это слово («ты не друг кесарю»)... сел Пилат на судейское место. (Ио. 19, 13), –

«курульное кресло», βῆμα, осененное римским орлом, держащим в когтях, над пуком связанных копий, дощечку с четырьмя заповедными буквами: S. P. Q. R. – Senatus Populusque Romanus.

На площади сделалась вдруг тишина: знали все, что когда судия сел на судейское место, то объявлен будет приговор.

Ликтор, подойдя к Пилату, подал ему две сложенные восковые дощечки – письмо Клавдии.[908]

Праведнику тому не делай никакого зла, потому что я сегодня во сне много за Него пострадала (Мт. 27, 19), –

прочел Пилат.

---

[908] «Жена послала ему сказать», Мт. 27, 19. Но тайну вещего сна могла ли доверить Клавдия третьему лицу, зная, сколько в этом деле об «оскорблении величества» может быть вокруг Пилата доносчиков? Вспомним Светония (Tiber., 61): «верить не отказывались никакому доносчику».

Зришь ли, как всей своей тяжестью зыблется ось мировая? [909]
Сломится ось еще не совсем, – снова починится; но по тому же месту сломится опять, уже совсем, и рухнет всей своей тяжестью. Сидя в мутнеющей от крови воде, вспомнит Пилат, как сидел тогда на Гаввафе, спасая Невинного.

Поднял руку судия, не смея взглянуть в лицо Подсудимого, и сказал: *вот Царь ваш!* ἴδε ὁ Βασιλεὺς ὑμῶν
Но они закричали: возьми, возьми, распни Его!
Пилат говорит им: царя ли вашего распну? Первосвященники же отвечали: нет у нас иного царя, кроме кесаря! (Ио. 19, 14–15.)

Лучше играть в руку Ганану нельзя было, чем играл Пилат, сам на свою голову бунтуя народ.

«Видя, что смятение, θόρυβος, увеличивается» (Мт. 27, 24), – сам, как будто нарочно, подливает масла в огонь. Если бы даже была здесь не Гананова «чернь», а настоящий «народ» – весь народ Божий, Израиль, то в ярость пришел бы и он, оттого что язычник – «пес», ругается над святейшей надеждой Израиля – Мессией.

В этом: « ἆρον, ἆρον, возьми, возьми Его!» – слышится как бы крик задыхающейся ярости. Тот же крик, в двух шагах от той же Гаввафы, послышится, лет через двадцать, когда будет требовать народ смерти Павла:
истреби от земли такого, ибо ему не должно жить! – ... кричали, метали одежды и бросали пыль на воздух. (А. Д. 22, 22–23.)

Смотрит Пилат на искаженные бешенством лица, на горящие нечеловеческим огнем глаза, и кажется ему, что это не люди, не звери, а дьяволы.

XXIII

Казни Его требуют не все; иные плачут, –
скажет Пилат в «Евангелии от Никодима».[910] Этого, конечно, не мог он сказать. Но это *могло быть,* если б не могло, – надо бы поставить крест на человечестве: незачем было бы Сыну человеческому умирать и воскресать.

Добрые плачут, или «спят от печали», а злые бодрствуют, действуют. Слезы добрых, в явном Евангелии, почти умолчаны; сказано о них, только в Апокрифе – Евангелии тайном. Смутно, впрочем, помнит Иоанн (18, 40), что требовали казни не все.

---

[909] H. Holtzmann, Handcomm. zum N. T., I, 179. – Lagrange, Ev. de Jes. Ch., 557.
[910] Evang. Nicodemi, Thilo, Codex apocr. N. T. I, 522. – Hase, Gesch. Jesu, 567.

***Не Его (отпусти), а Варавву!** – закричали все.*

Но «распни, распни Его!» – кричат только «первосвященники и слуги их» (Ио. 19, 6). Судя, однако, по дальнейшему, – не только они: очень вероятно, что и мнимый «народ» – действительная «чернь» – разделился надвое.

Так же смутно помнит Лука (23, 48), что в Голгофской тьме, уже после того, как предал Иисус дух Свой в руки Отца, –

весь народ, сошедшийся на зрелище сие, видя происходившее, возвращался, бия себя в грудь.

Может быть, и не «весь народ», а только часть его: очень вероятно, что и здесь он разделился. Кажется, такое же точно «разделение» происходит и на площади Гаввафы; злые кричат: «распни», а добрые плачут, «бия себя в грудь».

XXIV

Поднял руку Пилат; колыхнулась голубая занавеска архиерейских носилок, как будто и за нею кто-то поднял руку, – и сделалась вдруг тишина.

Может быть, не знал Пилат, что скажет сейчас; может быть, хотел сказать совсем другое, но как будто не он сам, а кто-то за него сказал:

condemno, ibis in crucem.
Осуждаю; пойдешь на крест. [911]

XXV

«Нет у нас иного царя, кроме кесаря», – только ли от Сына отрекаются? Нет, и от Отца, потому что у народа Божия, Израиля, Царь Единственный – Бог: «Господи! царствуй над нами один». Сын и Отец уйдут из дома Израиля:

се, оставляется вам дом ваш пуст. (Мт. 23, 39.)

Что такое казнь Иисуса? «Судебное убийство»? Нет, люди должны были признать Иисуса Христом, или казнить, – римляне, по своему закону, как «возмутителя всесветного»; иудеи, тоже по своему закону, – как «богохульника». Если бы Савл, будущий Павел, был на Гаввафе, то кричал бы и он: «Распни!»

Только ли иудеи распяли Его? Нет, и мы. «Кровь Его на нас и на детях наших». Сколько бы ни умывал руки Пилат, весь Рим – весь мир – этой Крови не смоет.

---

[911] Обычные слова при осуждении на крест. – H. Holtzmann, 103.

Добрые плачут, «бия себя в грудь», или «спят от печали»; а злые бодрствуют, действуют, – кричат: «Распни!» Так было и будет всегда.

Кто-то сказал: «Иисус был осужден *справедливо*, потому что весь дух Его учения находился в противоречии со всем существующим порядком вещей».[912] Так оно и есть, конечно. Весь вопрос в том, лучше ли «существующий порядок вещей» или то, чего хотел Иисус. Надо *быть с Ним*, чтобы Его оправдать. По всем законам, по всем «правдам», кроме Его, Он был и будет осужден всегда. «Ibis in crucem, пойдешь на крест», – этот приговор Пилата – приговор мира сего над Христом, во веки веков. *Ныне суд миру сему; ныне князь мира сего изгнан будет вон* (Ио. 12, 31), –

это одна из двух возможностей, а другая: ныне суд мира сего – над Христом; ныне Христос изгнан будет вон. Надо ли говорить, какая из этих двух возможностей осуществляется в мире сейчас?

XXVI

«Ликтор! руки свяжи ему – будет бит. Lictor, conliga manus, verberetur», – к смертному приговору должен бы давеча прибавить Пилат, но, вероятно, не имел силы; только молча, уходя с Лифостратона, махнул рукою ликтору, и тот уже знал, что надо делать.[913]

Воины отвели Иисуса внутрь двора, в преторию, и собрали на Него всю когорту. (Мк. 15, 16.)

Маловероятно, чтобы весь гарнизон Антониевой крепости, римская когорта, σπεῖρα, состоявшая тогда из 600 человек, не нарушая дисциплины, могла сойтись во внутреннем дворе «преторианского лагеря», castra praetoriana, для поругания осужденного узника.[914] Кажется, Марк называет целое вместо части, – «когорту», вместо манипула, в 120 человек, или даже центурии, в 60 человек.[915]

Только одним-единственным словом вспоминает Марк то, что произошло во дворе:

предал Иисуса (Пилат) на распятие, бичевав, φραγελλώσας, –

сухо, кратко, как будто «бесчувственно», по общему, кажется, для Страстей Господних, правилу: чем ужаснее, тем безмолвнее.[916] Слиш-

---

[912] Daumer, Andeutung eines Systems der speculativen Philosophic, Nürenberg, 1831, s. 41 ff. – Hase, Gesch. Jes., 569–570.

[913] Cicero, pro C. Rab., IV, – Tit. Liv., I, 26. – Hieron., in Matth., 27. – Keim, III, 290.

[914] H. Holtzmann, 180. – Филипп., I, 13, πραιτώριον.

[915] Brandt, 106–107.

[916] Joh. Weiss, Schrift, d. N. T., I, 106–107.

ком большое чувство в словах не выражается: так, из опрокинутой вдруг, слишком полной бутылки не льется вода. Тем, кто от привычки забыл, что значит: «Сын Божий бичуется людьми», – этого уже никакие слова не напомнят.

«Бич», flagellimi, по римским законам, предшествует кресту.[917] Римские граждане освобождены от этой позорной казни провинциалов и рабов. «Бич ужасающий», flagellimi bombile, – содрогается, при одном имени бича, Гораций.[918] Бич – «половина смерти, media mors», говорит Цицерон.[919] И даже «зверь», Домициан, бичу ужасается.[920] Бич, может быть, страшнее креста.

Донага раздев, бичуемого привязывают к низкому столбу, в слегка наклоненном положении, со скрученными за спиною руками.[921] Несколько «опытнейших» в этом деле, палачей-ликторов[922] наносят удары со всех сторон, и бичи, состоящие из ремней с вложенными в них, острыми, костяными или свинцовыми шариками, не только бьют по телу, но и вонзаются в него, «рубят, режут, рвут».[923] Часто уносят бичуемых замертво, а иногда забивают и до смерти.[924]

Так как бо́льшая или меньшая сила ударов зависит от «опытнейших» палачей, то и немногими ударами они могут забить жертву насмерть, или сделать бичевание сравнительно легким. Судя по тому, что Иисус сохранит достаточно силы, чтобы, сидя на шутовском престоле, вынести поругание воинов и потом нести крест от Антониевой крепости до городских ворот, Пилат велел бичевать Его «легко». Но все-таки страшно подумать, как под бичами капала редкими каплями, а потом, все более частыми, и, наконец, струёй полилась на белую пыль площади красная кровь.

Так, полною платою расплатился Господь за Тайную Вечерю: *вот тело Мое, вот кровь Моя.*

---

[917] Tit. Liv. XXXIII, 36: alios verberatos crucibus adfixit. – Valer. Maxim. I, 7. – Joseph., Bell., V, 11. – Hieronym.: Romanis sancitum est… ut qui crucifigitur prius flagellis verbererur. – Klostermann, Marcus, 179.

[918] Horat, Sat. I, 3, 119.

[919] Cicer, in Verr., V, 6.

[920] Sueton., Domit., II.

[921] Fulda, Das Kreuz und die Kreuziaung, 1878. S. 134. – Goguel, La vie de Jesus, 511.

[922] Exercitissimi lictores. – Cicero, in Verr., V, 54. – Keim, III, 391.

[923] Klostermann, Marcus, 179. – Lagrange, Marc, 417–418: rumpere, pinsere, fodere, forare, caedere, secare, scindere, – с ужасающей точностью описывается действие бича.

[924] Joseph. Bell., V, 5, 3. – Cicer., in Verr. V, 54: pro mortuo sublatus; III, 29: virgis ad necem caesi; IV, 39: moriere virgis.

XXVII

Плотники, должно быть, тут же, на дворе, изготовили три креста для трех распинаемых, Иисуса и двух разбойников. В верхних концах крестных столбов выдолбили для поперечных балок-перекладин, patibuli, нужные выемки. Гулким эхо стены казарм, окружавших двор, повторяли стук молотков.

После бичевания, до крестного шествия, оставалось свободное время, пока работали плотники. В это-то, кажется, время, воины, назначенные для совершения казни, и придумали себе от скуки забаву с «царем Иудейским».

Вспомнили весенние игры. Сатурналии, в которых сошедшего с неба на землю, поруганного людьми и убитого бога-царя Золотого Века, Сатурна, изображал осужденный на смерть злодей: ряженного в шутовскую порфиру, сажали его на шутовской престол, поклонялись ему, исполняли все его прихоти, потом вешали.[925] «Все происходило, как в театральных зрелищах», – вспоминает один из свидетелей.[926] Игрища, подобные римским Сатурналиям, совершавшиеся также у персов, вавилонян, а может быть, и у древних египтян, восходят, через мистерию-миф о поруганном и убитом людьми, боге солнца, Ра, к незапамятной древности, – к тому, что наука называет «преисторией», миф – «Атлантидой», а Откровение – «первым, допотопным миром».[927] Это – как бы вечно повторяющийся бред всего человечества – дьявольская, на Сына Божия карикатура – откинутая назад, до начала времен, исполинская тень того, что произошло во дворе Пилатовой претории, в 31–32-м году нашей эры, 6–7 апреля, в Страстную Пятницу, в 9-м часу утра.

XXVIII

Воины, должно быть, вынесли на площадь из казармы походный стул центуриона и, поставив его посередине площади, посадили на него Иисуса, нагого, окровавленного, после бичевания. Кто-то, найдя валявшееся тут же, на дворе, служившее для подтирания ног, лохмотья воинского красного плаща, sagum, paludamentum, накинул его на пле-

---

[925] Strabo, XI, 5, 12. – Dio Chrysost., De regno orat., IV, 66, о празднестве Сакейском, Sakaia, у вавилонян и персов.

[926] Philo, in Flacc., VI: ὡς ἐν θεατρικοῖς μίμοις . – Klostermann, Marcus, 180. – Lagrange, Marc. 421. – Zahn, Das Evangelium d. Johann., 639.

[927] Д. Мережковский, Тайна Трех, Египет и Вавилон, 1925. Озирис, тень Распятого, XX.

чи Ему, вместо царского пурпура;[928] кто-то, вынув, может быть, из кучи хвороста, служившего для растопки ночных костров на дворе, колючую ветку терновника, возложил ее на голову Его, вместо царского венца;[929] кто-то вложил Ему в связанные руки, из той же кучи, тростник, вместо царского скиптра.

И, становясь перед Ним на колени... поклонялись Ему, говоря: радуйся. Царь Иудейский! (Мт. 26, 28–29; Мк. 15, 17–18.)

«Ave, Rex Iudaeorum!» – вместо «Ave, Caesar Imperator!» И прибавляли обычное приветствие римских воинов кесарю: «ave, Caesar Victor Imperator!» – «Кесарь **Победитель**, радуйся!»[930] – как бы сам дьявол, устами человеческими, ругался над Тем, Кто сказал: «Я *победил* мир» (Ио. 16, 33).

И плевали на Него, и, взявши тростник, били Его по голове. (Мт. 27, 30.)

«Царь ужасного Величия», Rex tremendae majestatis, – сатурнальное чучело, кукольного театра Гананова кукольный царь.

Се, человек! Ecce homo (Ио. 19, 5), –

это слово Пилата, вероятно исторически подлинное, – тоже «громовое чудо», такое, что «всей премудрости земной не хватило бы, чтоб изобрести его». Слово это мог сказать «почти милосердный» Пилат, увидев случайно, издали, и тотчас, может быть, прекратив недостойное «римского величия», поругание Смертника.

Там, во дворе Каиафы, иудеи ругались над Сыном Божиим, Царем Небесным, а здесь, во дворе Пилата, римляне ругаются над Сыном человеческим. Царем земным. Но сколько бы люди ни ругались над Ним, поймут когда-нибудь, что в этом терновом венце, в этой кровавой порфире, – единственный Царь.

И, глядя на это, сердце наше двумя чувствами раздирается, – одно: миру ничем не спастись, кроме этого; а другое: не лучше ли бы миру погибнуть, чем этому быть?

XXIX

И, когда надругались над Ним, сняли с него багряницу, и одели Его (снова) в одежды Его, и повели на распятие. (Мт. 27, 31.)

---

[928] H. Holtzmann, 294. – Lagrange, Ev., 558; Marc, 420.

[929] «Раз на Него возложенный и никогда уже не снятый, терновый венец», corona spinea, semel imposita et nunquam defracta, по чудному слову Оригена. – Lagrange, Marc, 420.

[930] Klostermann, Marci Er., 181.

Сам распинаемый должен был, по римскому закону, нести крест, или, точнее, так как цельный крест составлялся только на месте казни, из вбитого в землю кола, palus, и укрепленной на нем перекладины, patibulum, то осужденный нес одну из этих двух частей креста, или связанные веревками, обе.[931] Сами римляне не должны были касаться «проклятого дерева»: значит, не было особенной жестокости в том, что воины заставили Иисуса нести крестный кол.[932]

Кто хочет идти за Мною... возьми крест свой и следуй за Мною. (Мк. 8, 34.)

Кто не несет креста своего, тот Мне не брат, –

это Он говорит и делает: первый из всех, на земле Крест несущих, – Он Сам.[933]

Двое разбойников шли вместе с Ним, по улицам, еще празднично-пустынным в этот утренний час. «Казнью заведующий, сотник»[934] нес, впереди шествия, крестную, белого дерева, дощечку, titulus crucis, πίναζ,[935] с надписью крупными, черными буквами, римскими, греческими и еврейскими (Ио. 19, 19–20), так, чтобы все могли прочесть и понять:

Rex Judaeorum. Ὁ βασιλεὺς τῶν Ἰουδαίων.
Malka di Iehudaje.
Царь Иудейский. (Мк. 15, 26).

Выходя же, встретили некоего Киренеянина, по имени Симона... шедшего с поля... и возложили на него крест, чтобы он нес его за Иисусом (Мк. 15, 21; Мт. 27, 32; Лк. 23, 36).

Сам, должно быть, уже не мог нести. Судя по тому, что Симона встречают, «идущего с поля», ἀπ᾽ἀγροῦ, – слово «выходя», ἐξερχόμεοι, у Матфея, значит: «выходя из города». А если так, то Иисус нес крест

---

[931] Руки осужденного привязывались ремнями к положенной на плечи его «перекладине», patibulum, в 1 1/2 метра длины: tibi esse eundum... extra portas, dispessis manibus patibulum quom habebis. – Plaut., Mil. glor., 359. – Bracchia patibuli expleicerunt. – Seneca, ad Mare, de consol., XX, 31. – Patibulo suffixus, in crucem erigitur. – Finn. Matern., VI, 31. – Patibulum ferat per urbem, deinde affigitur cruci. «Перекладину несет по городу; затем пригвождается ко кресту». – Plaut., ap. Non. Marcelli, 221. – Seneca, de ira, 16. – Plutarch., De sera numinis vindicta, IX: «каждый злодей несет свой крест» (stauros имеет двойной смысл: palus «кол», и patibulum, «перекладина»). – Tacit., Hist., IV, 3. – Apul, Metam., X, 12. – Seneca. De vita beat., 19, 3.

[932] Renan, Vie de Jesus, 1925, p. 431.

[933] Keim, III, 401.

[934] Seneca, De ira, I, 16: centurio supplicio praepositus. – Tacit., Annal., III, 11: exactor mortis.

[935] Sueton., Calig., 32; Domit., 10. – Dio Chrys., 54, 3.

или перекладину, patibulum, от Антониевой крепости до городских ворот, что свидетельствует о несокрушимой, после бичевания до распятия, духовной и телесной крепости Мученика. Так понял Иоанн (19, 17):

Сам неся крест свой, вышел на Лобное место. Голгофу.

10. Распят

I

«Крест был найден, *сверх надежды*», – сообщает церковный историк Евсевий о сделанной будто бы императором Константином находке Креста Господня на дне колодца, под мусором от развалин, воздвигнутого на месте Голгофы, Венерина капища.[936] «Сверх надежды найден» – значит: «был потерян, забыт, безнадежно». Помнит убийца, где убил человека, а где Сын Божий убит людьми, люди забыли.

Если мы и знали Христа по плоти, то теперь уже не знаем (II Кор. 5, 16),

– эту Павлову загадку разгадали православные так же почти, как еретики-докеты: «тенью только страдал», passum fuisse, quasi per umbram.[937] Если бы не только «тенью», – то могли ли бы люди забыть, где страдал, и через пятнадцать веков недоумевать, что целуют, истинный ли Крест или мнимый, тело или тень?

II

Чтó бы почувствовали Петр и «толмач» его Марк, если бы знали, что это будет? Могло ли бы им прийти в голову, что когда-нибудь одного слова «Голгофа» будет уже недостаточно, чтобы сразу напомнить людям, то место, где Господь был распят? В первых, ближайших к Иисусу, двух поколениях, от 60-х годов, когда в Римской общине записывает Марк «Воспоминания» Петра, до 90-х годов, когда в общине эфесской записывает «Иоанн Пресвитер» «Воспоминания» Иоанна Апостола, память о Голгофе еще так жива, что люди, если бы даже хотели, не могли бы забыть это страшное место, потому что нет и, вероятно, не будет другого события во всемирной истории, изо-

---

[936] Παρ'ελπίδα – <В ожидании – (греч.)>, Euseb., Vita Constan., XI, 22, 59; III, 26. – Socrat., H. E., I, 17. – Sozomen., H. E., II, l. – Hieron., Epist. XLIX, ad Paulin.

[937] Hippol., Syntagma, ap. Ps.-Tertul., V. – Philast., 42.

браженного с такой наглядной точностью, как это. В каждом слове всех четырех свидетелей чувствуется, что стоит им только закрыть глаза, чтобы все увидеть снова так, как будто оно происходит перед их глазами сейчас.

И вот все-таки забыли.

III

Самое строение почвы около Иерусалима могло бы напомнить людям место Голгофы. Стены города всюду возвышаются над кручами, кроме одной стороны – северо-западной, где холмистая равнина спускается отлого; только здесь и могла быть Голгофа.[938]

Близко к городу было то место, где распят Иисус, –
все еще помнит – видит Иоанн (19, 20), помнит и Послание к Евреям (13, 12), Иоанну почти современное:

вне городских ворот пострадал Иисус.

Помнит и Марк (19, 29): шесть часов, от девяти утра, когда Господь был распят, до трех пополудни, когда Он умер, идут, не переставая, «прохожие», παραπορευόμενοι, мимо Распятого, «ругаясь над Ним», ἐβλασφήμουν.

Точность всех этих Новозаветных свидетельств подтверждается и римскими историками. «Мы (римляне) имеем обыкновение ставить кресты у больших дорог, чтобы проходящие, видя распятых, страшились».,[939] «полезнейшего ради примера», res saluberrimi exempli.[940]

Кажется, к северо-западу от Иерусалима, в предместий Безафа (Bezatha), в углу, образуемом двумя городскими стенами,[941] на одном из тех пустырей или свалочных мест, какие бывают под стенами больших городов, – близ кладбища с высеченным в скале новым гробом Иосифа Аримафейского (Ио. 19, 41; Мт. 27, 60), у большой дороги или на перекрестке нескольких больших дорог, находилось отовсюду видное, римскими палачами излюбленное место казни, по-латински calvarium, «лысое», по-гречески, κράνιον, «лобное», а по-арамейски gol-gol'tha, «мертвый череп».[942] Голый, круглый, скалистый бугор, может быть, с тремя оставшимися от покинутой каменоломни, какие встречаются

---

[938] M. Goguel Vie ee Jesus., 57.
[939] Quintil., Declam., 275. – Plin., H. N. XXXVI, 24, 3: ad spectanda civibus <на усмотрение граждан – (лат.)>
[940] Tit. Liv., Epist., 55.
[941] Dalnian, Orte und Wege Jesu, 398–399. – Goguel., 530.
[942] Dalman, 365. – Klostermann, Marcus, 182.

доныне в этих местах, темными дырами, как бы пустыми глазницами и оскаленным ртом, совершенное подобие мертвого черепа, – вот что такое Голгофа.

Если арамейское слово gol-gotha значит: «холм Гоаф», goath,[943] то, может быть, у пророка Иеремии (31, 38–40) уцелела вещая память о месте Голгофы.

Шнур землемерный –
(меряющий землю и все земное небесною мерою Креста), –
шнур землемерный пойдет – (от ворот северо-западного угла Иерусалимских стен) – до холма Гарива и обойдет холм Гоафа (Голгофу).

И вся долина трупов и пепла, все выжженные до потока Кедрона места... будут святынею Господу: не разрушится она и не уничтожится вовек.

Помнит как будто пророк нами забытое, видит невидимое нам, самое святое и проклятое место Земли – Голгофу.

IV

Чтобы не тратить лишнего дерева (особенно здесь, на Иерусалимских безлесных высотах), кресты большею частью делались низкие, ровно такой вышины, чтобы только земли не касались ноги распятого.[944] Оба разбойника повешены были, вероятно, на таких низких крестах. Но и высокие изредка делались, должно быть, для важнейших, государственных, преступников.[945] Судя по тому, что Иисусу подают напитанную уксусом губку на конце «тростника» (Мк. 15, 36) или «копия», ὑσσῷ, как в древнейших и лучших кодексах Иоанна (19, 29), а не «иссопа», ὑσσώπῳ, как в нашем каноническом чтении (губку, да еще напитанную уксусом, отяжелевшую, нельзя насадить на короткий и хрупкий стебель былинки иссопа-майорана),[946] судя по этому, Иисус был распят на высоком кресте.[947] Та же насмешка, может быть, и здесь, как в крестной надписи «Царь Иудейский»: высшее, царское место – Царю. Так исполнилось слово Господне:

когда вознесен буду от земли, всех привлеку к Себе. (Ио. 12, 32).

---

[943] Dalman, 366.

[944] Hase, Gesch. Jes., 574.

[945] Карфагенский вождь Гамилькар распят на высоком кресте. – Justin., Histor. Philipp., XXII, 7. – Hase, 577.

[946] Brandt, Die Ev. Gesch., 236.

[947] Osk. Holtzmann, Leb. Jes., 381.

V

Два креста были у римлян: столб с наложенной на него перекладиной, patibulum, крест «безглавый», в виде греческой буквы tau. T, crux patibulata, и крест «возглавленный», crux capitata, с перекладиной, вставленной в зарубку немного пониже верхнего конца столба, как бы главы креста; это наш церковный крест, †.[948]

Вкладывать поперечное бревно патибула и укреплять его гвоздями или хотя бы просто веревками в выемке, сделанной на верхнем конце столба, легче и проще, плотничьей работы меньше требует, чем вставлять и укреплять то же бревно в зарубке, сделанной ниже этого конца, – «возглавлять», «перекрещивать» крест. Вот почему такие простые, легкой работы, «безглавые» кресты назначались, вероятно, для обыкновенных злодеев, таких, как те двое, вместе с Иисусом распятые; а более сложные, тонкой работы, «перекрещенные», – для важнейших, опять-таки государственных, преступников, таких, как этот «виновник мятежа», «противник кесаря», «оскорбитель величества», «Царь Иудейский» – Иисус Назорей.

Помнит убийца, каким из двух, бывших у него, ножей зарезал человека, а на каком из двух, бывших тогда, крестов распят Сын Божий, люди забыли.

Поздние учителя Церкви, III–IV веков, помнят, что Господь был распят на кресте «безглавом». «Греческая буква tau и наше латинское T имеют вид креста Господня», – верит Тертуллиан[949] ложно понятому Иезекиилеву пророчеству (9, 4–6):

сделай знак на челах людей скорбящих и воздыхающих.

В подлиннике еврейском не сказано, какой «знак». Но Семьдесят Толковников, ничего, конечно, не зная о Кресте Господнем, увидели в этом знаке греческую букву T – «безглавый», не истинный для нас, не «перекрещенный» крест.

Этому ложному свидетельству поздних Отцов поверила с жадным злорадством почти вся левая критика – надо ли говорить, почему? Слишком хотелось бы ей превратить Голгофскую историю – мистерию – в «миф»; обезглавить, уничтожить Крест.

Самые ранние, внеевангельские свидетели II века, св. Юстин Мученик и св. Ириней Лионский, видевшие, может быть, тех, кто своими глазами видел крест на Голгофе, помнят истинный, «возглавленный», «перекрещенный» Крест, crux capitata.[950] Нет никаких оснований не верить этому

---

[948] Goguel, 518–519.
[949] Tertull., Contra Marc., III, 22.
[950] Justin., Apol. I, 55; Dial, 91, III. – Iren., II, 24, 4. – W. Bauer, Leb. Jes. im Zeitalt d. N. T. Apokr., 213.

свидетельству. А если так, то наше церковное крестное знамение исторически подлинно; подлинно и все наше родное, детское, тысячелетнее, сначала церковное, а потом и мирское, видение Голгофы: голый круглый холм, подобие мертвого черепа, с тремя на нем крестами: два низких, «безглавых», разбойничьих, и один высокий, «возглавленный», – Господень.

VI

Истинный Крест – «перекрещенный». «Скрещивается все», – что это значит, понял бы, может быть, тот, кто сказал: «противоположное – согласное»; «Логос прежде был, нежели стать земле»; лучше многих христиан понял бы Гераклит, что хотел сказать Павел:

Он – (Распятый) – есть мир наш, соделавший из обоих одно и разрушивший стоявшую между ними преграду. (Ефес. 2, 14–16).

В сердце Распятого, в сердце Креста, скрещиваются две линии: горизонтальная, земная, и вертикальная, небесная.

Все, что на небе и на земле, возглавить Христом (Ефес. 1, 10), –

вот Крестного Знамения Божественная геометрия – «землемерный шнур» Иезекиилев. В Логосе – Крест и в космосе: прежде чем стать земле, был Крест. Все – от него и к нему. Если бы один из двух мимо земли пролетающих Ангелов спросил: «Что на земле?», то другой ответил бы: «Крест».

«Царство Божие есть опрокинутый мир», а рычаг опрокидывающий – Крест.

Опыт наших детских снов: «перекреститься – отогнать дьявола», – может быть, и в смерти нас не обманет: «перекреститься – смерть отогнать».

Верующий в Меня не умрет вовек (Ио. 11, 26), смерти вовек не увидит. (Ио. 8, 52).

Смерть убивающий меч – Крест. Надо ли говорить, кто хотел бы сломать этот меч?

VII

«Все ученики, оставив Его, бежали», – по свидетельству Марка-Матфея (14, 50; 26, 56) о Гефсимании; или, по страшному слову Юстина, кажется, внеевангельскому «воспоминанию» апостолов:

все... отступили от Него и отреклись,

ἀπέστησαν, ἀρνησάμενοι αὐτόν.[951]

---

[951] Justin, Apol, I, 50.

Это значит: не было никого из учеников на Голгофе. В этом правы синоптики вопреки IV Евангелию (19, 26–28, 35), потому что не могло не исполниться слово Господне:

все вы соблазнитесь о Мне в эту ночь. (Мк. 14, 26.)

Нет никакого сомнения, что Марк, если бы только мог, кончил бы Евангелие так же, как начал, – по личным «Воспоминаниям» Петра. Но вот, не мог: эта путеводная нить обрывается для него во дворе Каиафы по отречении Петра двумя, должно быть, из собственных уст его услышанными словами:

начал плакать. (14, 72.)

Плачет Петр, слезы льет о себе, а как за него льется Кровь на Голгофе, не видит. Криком петуха заглушен для него стук вбивающих крестные гвозди молотков.

Как умирал Иисус, никто из учеников Его не видел, а между тем надо быть слепым и глухим к истории, чтобы не почувствовать, читая евангельский рассказ о Голгофе, что все это чьими-то глазами увидено, чьими-то ушами услышано. Чьими же? Марк отвечает на этот вопрос точной ссылкой на три свидетельства – как бы три, с разных сторон на лицо Распятого во тьме Голгофы падающих света: два – внешних, один – внутренний.

VIII

Первое свидетельство – о первых, должно быть, минутах Распятия – идет от Симона Киринеянина, «отца Александрова и Руфова», как в самом начале рассказа напоминает Марк (15, 21); зачем и кому напоминает – чтоб это понять, вспомним Павла:

Руфа, избранного в Господе, приветствуете (лобзанием святым) (Рим. 16, 13), –

пишет Павел той самой Римской общине и почти в то самое время, где и когда записывает Марк «Воспоминания» Петра. Это значит: Руф (римское имя), а может быть, и брат его Александр (греческое имя) – члены Римской общины: вот почему на них и ссылается Марк, как на первых и ближайших свидетелей. Слышали Руф и Александр от отца своего, Симона, о том, что происходило на Голгофе, а тот видел это своими глазами. Выпавшую на дворе Каиафы из рук Петра-очевидца нить воспоминаний подхватывает Симон, а от него – Марк.[952]

Несший крест мог что-то знать о Кресте, чего другие не знали. Симон, донеся крест до Голгофы, не был, вероятно, отпущен римлянами

---

[952] Joh Weiss, Schrift. d. N. T., I, 218.

тотчас: чужие руки им были нужны, чтобы не пачкать своих о «гнусное дерево». А если так, то Симонов глаз, иудейский, мог подглядеть; ухо его, иудейское, могло подслушать то, чего римские глаза и уши не видели и не слышали. Симоново свидетельство важно для нас потому, что именно здесь, на Голгофе, где Иудеи «Царя» своего распяли, нам всего нужнее и труднее понять, что значит:

от Иудеев спасение. (Ио. 4, 22.)

IX

Первое – о первых минутах Распятия свидетельство – иудейское; второе – о минутах последних – римское, «заведующего казнью сотника», centurio supplicio praepositus, – Лонгина или Петрония (имена его в поздних апокрифах).[953]

Сотник же, стоявший напротив Него, στηκὼς ἐξ ἐναντίς αὐτοῦ *(Мк, 15, 39),* –

видел, как умирал Иисус. «Стал напротив», чтобы лучше видеть; пристально, должно быть, вглядывался в лицо Умирающего; целыми часами мог Его наблюдать.[954] И римский глаз подглядел, римское ухо подслушало то, чего иудейские глаза и уши не видели и не слышали. Лучше своих понял чужой. «Рим» значит «мир»: все язычество – все человечество – присутствует здесь, на Голгофе, в лице этого римского сотника. Только этим ключом – Крестом – отомкнется, по слову Павла (I Кор. 16, 9), «широкая дверь» для язычников; только здесь взойдет «свет к просвещению язычников» (Лк. 2, 32).

Вот почему для нас особенно важно свидетельство, может быть, и не будущего «святого», Лонгина, каким сделают его Апокрифы, а такого же, как мы, вечно грешного: его глаза, видящие лицо Распятого, – наши; уши его, слышащие последний вопль Умирающего, – наши.

X

Третье свидетельство, от первой минуты Распятия до последней, – внутреннее, для нас уже «христианское», – Галилейских жен.

Были же (там) и жены, –

связывает Марк уже явно, союзом «и», καί, те два внешних свидетельства с этим, внутренним.

Были же (там) и жены, смотревшие издали, ἀπὸ μακρόθεν.

---

[953] Acta Pilati, ed. Tischendorf, 288 – Evang. Petri., VIII, 31, XI, 45.
[954] Joh. Weiss, Das alteste Ev., 333–334 – R. A. Hoffmann, Das Marcus– Ev., 617.

«Издали» смотрят, должно быть, потому, что место казни оцеплено римскою стражею.[955]

Между ними была и Мария Магдалина, и Мария, мать Иакова Меньшого и Иосии, и Саломея... и другие многие, пришедшие вместе с Ним (Иисусом) в Иерусалим. (Мк. 15, 40–41.)

Почему из «многих» Марк называет по имени только трех, понятно лишь в том случае, если он ссылается на них как на ближайших и достовернейших свидетельниц.[956]

...(Женщины эти), следуя за Ним, служили Ему и тогда, когда Он был еще в Галилее, –

неожиданно для нас приподымает Марк завесу над целой неизвестной стороной жизни Иисуса Неизвестного, уже не мужской, а женской: только мужское Евангелие – до Голгофы, а здесь начинается и женское.

Не было ли среди этих Галилейских жен и той Марии Неизвестной, кто «приготовила тело Господне к погребению», умастив его миром на Вифаниевской вечере, – *«другой Марии»*, упоминаемой в I Евангелии дважды: сначала при Погребении:

там была Мария Магдалина и другая Мария, ἡ ἄλλη Μαρία, *сидевшие против гроба* (Мт. 27, 61) –

и потом, при Воскресении:

на рассвете первого дня недели пришла Магдалина и другая Мария посмотреть гроб. (Мт. 28, 1.)

Все ученики бежали – «отреклись» от Него; верными Ему остались ученицы. Слабые жены сильнее мужей: вера Камня-Петра песком рассыпалась, а вера Марии – камень. Мужественность в любви оказалась бессильной; сильною – женственность. Солнце мужской любви заходит в смерти; солнце женской – взойдет в Воскресении.

Только любящая знает, как умирает Возлюбленный, знает Иисуса умирающего только Мария, Неизвестного – Неизвестная.

XI

Был час третий, и распяли Его. (Мк. 15, 25.)

Только одно слово – у всех четырех свидетелей: «распяли», ἐσταύρωσαν

Здесь о распятии, так же как там, о бичевании, молчат уста – сердце молчит: так не льется вода из опрокинутой вдруг слишком полной бутылки.

---

[955] Bern. Weiss, Leb. Jes., II, 562.
[956] Bern. Weiss, II, 564–565.

«Места не хватало для крестов, и крестов – для распинаемых», – вспомнит очевидец Иосиф Флавий о множестве крестов под стенами осажденного Иерусалима;[957] то же мог бы вспомнить Иосиф Плотник, очевидец восстания Иуды Галилеянина. Вот почему не надо было в те дни объяснять, что значит: «распяли». А чтобы и нам понять, что это значит в устах Марка-Петра, вспомним, что сам Петр будет распят.

Я сораспялся Христу, συνεσταυρώσαμαι (Гал. 2, 21), – мог бы и он сказать, как Павел. Этого одного слова было достаточно, чтобы лет через двенадцать выступили «крестные язвы», στίγματα, на теле Павла (Гал. 6, 17), а через двенадцать веков – на теле Франциска Ассизского.

И привели Его на место Голгофу... И давали Ему пить вино (смешанное) с миром. (Мк. 15, 22–23).

«Знатные иерусалимские женщины предлагали идущим на смертную казнь кубок вина с разведенным в нем зернышком ладана, дабы помрачить их сознание», – невольно подтверждает Талмуд евангельское свидетельство.[958] К миру или ладану прибавлялась иногда и маковая вытяжка, по-арамейски rosch, опиум.[959]

Этого одуряющего напитка Иисус не принял: мук Своих не захотел облегчать ценою беспамятства. Молча устраняющее кубок движение руки лучше всех слов дает нам заглянуть в бестрепетное мужество Его пред лицом смерти.

XII

Крестная казнь начиналась с того, что палачи раздевали смертника по римскому обычаю догола;[960] но так как римляне в покоренных землях не нарушали без крайней нужды местных обычаев, то, вероятно, уважали и здесь, на Голгофе, иудейский обычай покрывать наготу повешенного куском ткани спереди.[961] Помнит и «Евангелие от Никодима», что Иисус на кресте опоясан был узким, по чреслам, «лентием».[962]

---

[957] Joseph., Bell., XI, 2,451.

[958] Prodeunti ad supplicium capitis potum dederunt, granum thuns in poculo vini, ut turbaretur intellectus ejus. – Mischna Sanhedrin, 43, a. – Dalman, Jesus-Jechua, 179 – Brandt, Ev. Gesch, 177.

[959] Keim, III, 417, nota 5.

[960] Artemid., II, 53: γυμνοί γάρ σταυροῦνται

[961] Siphre, ad Deuter, 114 b. – Siphre, 105, b. – Sanhedr., VI, 3. – Tosephta Sanhedr., IX, 6 – Dalman, Jesus-Jeschua, 168. – Keim, III, 419.

[962] Ev. Micodem, X, ed Thilo, 580; περιεξουσαν – Klostermann, Marcus, 182.

Но многие учители Церкви утверждают наготу Его совершенную: «Наг был второй Адам на кресте, так же как первый в раю».[963] С точностью мы этого не знаем. Благостно целомудренно покрыла наготу Господню сама История – здесь уже Мистерия. Не будем же и мы подымать ее святого покрова.

Смертника, раздев донага, клали на спину, и четыре палача держали его за руки и за ноги, чтобы не бился, а пятый, вгоняя молотком длинные «крестные гвозди», masmera min haselub, в мякоть ладони сначала правой руки, а потом – левой, прибивал их к обоим концам патибула.[964]

Masmera min haselub,
длинные гвозди креста, –
этих трех слов пронзающий звук слышался, может быть, Иисусу-отроку в стуке молотка в мастерской плотника Иосифа, вбивавшего длинные черные гвозди в белую, как человеческое тело, доску нового дерева. Тот же стук, с тем же пронзающим звуком, –
masmera min haselub, –
раздался и здесь, на Голгофе, глухо, в желтом тумане хамзина, в безответной глухоте земли и неба.

Жены, смотревшие издали, может быть, хотели бы закрыть глаза, чтобы не видеть, но не закроют – увидят, как длинные черные гвозди войдут в белое тело; уши хотели бы заткнуть, чтобы не слышать, но не заткнут – услышат, как достучит молоток.

Слушает небо, и земля, и преисподняя: не было такого звука в мире и не будет до последней трубы Архангела.

XIII

С помощью веревок и лестницы или особого рода вил, furcilla, подымали перекладину, патибул, вместе с пригвожденным к ней на заранее вбитый в землю столб, по-латыни palus, по-гречески σταυρός, по-арамейски selib, и прибивали ее гвоздями или привязывали веревками к выемке, сделанной в «перекрещенном кресте», crux capitata, немного пониже верхнего конца столба.[965]

---

[963] Афанасий Вел. Амвросий, Ориген. – Lagrange, Marc, 418. – Loisy, Ev. Marc, 460.
[964] Keim, III, 415.
[965] Festus, de verborum significatione furcilla, quibus homines suspendebant <Фест, «О значении слов»: колка, на которую усаживают распинаемого человека – (лат.)> – Firmic. Matern., Astr., VI, 31: patibulo siffixus in crucem crudeliter erigitur. – Keim, III, 415. – Brandt, 188–189. – Dalman, Jesus-Jeschua, 169. – Unicomus palus. – Tertul., Contra Marc., III, 8. – «Распятый сидит на колке, как бы верхом», ἐφ ᾧ ἐποχόυμενοι οἱ σταυρούμενοι

Чтобы тяжесть иногда полутора суток висящего тела не разорвала прибитых гвоздями ладоней, телу давали одну из двух точек опоры: или, что бывало чаще, распятого сажали верхом на прибитый к середине столба и кверху в виде рога загибавшийся «колок», sedile, πῆγμα, или упирали ногами в прибитую внизу столба, чуть-чуть приподнятую подножную дощечку, pedale, suppendaneum, так что обычное для положения распятого слово двояко: «висит» или «сидит» на кресте, sedens in crucel.[966]

Гнусного «колка» в кресте Господнем не только изобразить, но и помыслить нельзя: вот почему вся церковная, а потом и светская живопись изображает крест с подножной дощечкой. Будем, однако, помнить, что Иисус, идучи на крест, шел и на этот позор, и благословим снова целомудренно опущенный и здесь покров Истории – Мистерии.

Ноги повешенного прибивали к столбу или порознь, одну рядом с другой двумя гвоздями, или вместе, одну на другую одним большим гвоздем – железным стержнем.

Очень далеко разносился и будет разноситься до конца времен, до края земли, стук молотка по большому гвоздю, входящему в ступни Господни. Мы этого не слушаем, а все-таки слышим, потому что ухо человеческое создано так, чтоб это слышать.

XIV

И была (на кресте) надпись вины Его: «Царь Иудейский» (Мк. 15, 26), –
сделанная, должно быть, черными буквами на белой дощечке, titulus, πίνακος, той самой, что несли перед Ним давеча в крестном шествии, а теперь прибили над головой Его к верхнему концу столба.[967] Буквы шли, вероятно, для четкости и сбережения места, не в строку, а в три столбца, на трех языках, «еврейском, греческом и римском» (Ио. 19, 21). В этой трехъязычной надписи – первое явление Христа – Царя Всемирного.

[Just.] Dial. 91. – Klostermann, Marcus, 183. – Keim, III, 416.

[966] P. W. Schmidt, Gesch Jesu., 414 – Goguel, 519. – В стенописи, graffito, Неронова дворца на Палатине, изображающей распятого человека с ослиной головой, ноги его упираются в подножную дощечку, suppendaneum. Духу не хватило и у пьяного, может быть, воина Нероновой претории изобразить гнусный «колок», sedile. – Garucci, Il crocifisso graffito in casa di Caesari, Roma, 1857. – Martigny, Dict. des antiquit., p. 193. – Renan, Vie de Jésus, 1925, p. 433.

[967] Sueton., Calig., 32.

Будет возвещена сия Блаженная Весть Царства по всей вселенной, во свидетельство всем народам (Мт. 24, 14), –

это слово Господне здесь уже, на кресте, исполняется: только эти, пронзенные гвоздями руки обнимут мир; мир обойдут только эти пронзенные ноги.

Итак, Ты – Царь? –

на этот вечный вопрос Пилата – Рима – мира – вечный ответ Того, Кто стоит на жалкой подножной дощечке креста:

ты говоришь, что Я – царь. (Ио. 18, 37.)

И сколько бы люди ни ругались над Ним, знают они, или узнают когда-нибудь, что Царь единственный – Он.

Первосвященники же Иудейские сказали Пилату: не пиши: «Царь Иудейский», но что Он говорил: «Я – Царь Иудейский».

Но Пилат отвечал им: что я писал, то писал. (Ио. 21–22.)

Слишком похоже на Пилата – на весь Рим – это «каменное» слово: quod sripsi, sripsi, чтобы не быть исторически подлинным. Или еще сильнее, точнее: quod scriptum est, est scriptum, «что писано, то писано».

Сын человеческий идет, как писано о Нем. (Мк. 14, 21.)

Сказываю же вам (о том) теперь, прежде чем сбылось, дабы, когда сбудется, вы поверили, что это Я. (Ио. 13, 19.)

Так же, как это слово Пилата, – здесь, на Голгофе, все божественно двусмысленно, пророчески прозрачно, как бы внутренним свечением светится.

XV

Крест, нарисованный красными полосками, чуждый, страшный, мохнатый, точно из звериного меха, на речной гальке найденный в Мас д'Азильской ледниковой стоянке;[968] бронзовые, Бронзового века, крестики-спицы в колесиках;[969] крест бело-серого волнистого мрамора, найденный в развалинах Кносского дворца на о. Крите, от середины или начала II тысячелетия;[970] множество крестов – на Юкатане, в царстве Майя.[971] Крит и Юкатан – может быть, две единственные уцелевшие сваи рухнувшего моста-материка через Атлантику – того, что миф называет «Атлантидой», знание – «праисторией», а Откровение – «пер-

---

[968] Th. Mainage, Les religions de la Préhistoire, 1921, p. 233. – Piette, Les galets colories du Mas d'Asil pi. XV, n. 4.

[969] Carl Clemen, Die Religion der Erde, 1927, S. 9.

[970] Art. Evans, Palace of Minos at Knossos, I, 1921, p. 517.

[971] A. Réville, Les religions du Mexique, 1885, 229.

вым, допотопным человечеством», – и на обеих сваях – Крест.⁹⁷² Что это, случай или пророчество? Выбор и здесь, как везде в религии, свободен. Но если даже все эти кресты – лишь «солнечно-магические знаки» – упрощенные, с отломанными углами, свастики, 卍, то возможная чудесность в сходстве доисторического креста с Голгофским не отменяется, потому что и он в известном смысле – «магический знак» победы вечного Солнца – Сына.

О, несмысленные и медлительные сердцем, чтобы веровать всему, что предсказали пророки (Лк. 24, 25), –

не только в Израиле, но и во всем человечестве!

Крест на Голгофе как бы откинул назад, до начала времен, исполинскую тень, движущуюся так, что по ней можно узнать, что произойдет на кресте, как по движущейся тени человека можно узнать, что делает сам человек.

Руки и ноги Мои пронзили.

Делят ризы Мои между собою, и об одежде Моей кидают жребий. (Пс. 21, 17, 19). ⁹⁷³

«Этого не могло быть, потому что это слишком точно предсказано», – решает кое-кто из левых критиков: но ведь может быть и наоборот: это было, и потому, предсказано. Выбор и между этими двумя возможностями опять свободен.

«Петельный крест», ankh, ☥, у древних египтян – знак «вечной жизни», а древнемексиканское племя тласкаланов (Tlaskalan) называет ствол дерева в виде креста с пригвожденной к нему человеческой жертвой Древом Жизни.⁹⁷⁴ Это почти так же «удивительно – ужасно», как возможное предсказание Голгофы в псалме Давида.

Точность почти геометрическая, с какою откинутая назад, до начала времен, движущаяся тень Креста совпадает с тем, что происходит на Кресте, – вот «удивительное – ужасное» в этих возможных пророчествах или случаях. Здесь уже сама история, как бы не вмещаясь в себе, переплескивается в мистерию.

То, что Иисус распят, кое для кого почти так же невероятно, как то, что Он воскрес.

---

⁹⁷² Д. Мережковский, Тайна Запада, II ч. Боги Атлантиды, гл. 3. Из Атлантиды в Европу, I–XIV.

⁹⁷³ Слова «пронзили», ὤροξαν, нет в еврейском подлиннике Псалма (21–22), оно только в переводе Семидесяти Толковников, ничего, разумеется, не знавших о кресте Голгофском, но слово это, по общему смыслу стиха, так необходимо, что отрок Иисус, уже в назаретской школе, и тем более потом, узнав, что такое крест, не мог не читать этого слова так же точно, как мы его читаем – Brandt, Die ev. Geschich, 241–243.

⁹⁷⁴ J. M. Robertson, Pagan Christ, 1911, p. 368.

XVI

Подлинно ли евангельское сокровище семи крестных слов Господних? Точное знание могло бы нам ответить: никакой человек, находясь в таком физическом состоянии, в каком находились распятые, после одного или двух часов не мог бы сохранить способность членораздельной речи.[975] Если тело человека, Иисуса, во всей жизни Его подчинено законам естественным, что на кресте всего очевиднее, потому что крайний отказ от чуда – Крест, то нет никаких оснований предполагать, чтобы Иисус «чудом» сохранил способность речи до последнего вздоха. Это подтверждается и евангельским свидетельством. Марк и Матфей помнят только одно крестное слово Господне, да и то не Его собственное, а лишь стих Псалма. Все остальные шесть часов на кресте (по Маркову счету) Иисус молчит. С этим свидетельством двух первых синоптиков совпадает и свидетельство IV Евангелия. Сказанное будто бы Господом «любимому ученику» о матери Своей перенесено сюда, на крест, как мы сейчас увидим, из другого места и времени, а из остальных слов у Иоанна первое: «жажду» (19, 28), – сказано за несколько минут до смерти, а последнее: «совершилось» (19, 30), – в самый миг смерти; все же остальные три часа (по Иоаннову счету) Иисус молчит.

Судя по тому, как неизгладимо запомнились первым двум синоптикам два предсмертных вопля Иисуса, все остальные шесть часов не слышно от Него не только ни слова, но и ни звука, ни стона, ни жалобы, по Исаиину пророчеству (53, 7):

как агнец пред стригущим его безгласен, так Он не отверзает уст Своих.

Это-то непостижимое, нечеловеческое молчание в муках нечеловеческих, эта божественная в них тишина больше всего, вероятно, поражает «заведующего казнью» римского сотника и заставляет его, «став напротив», вглядеться пристальней в лицо Умирающего. Много, должно быть, смертей видел он, но такой, как эта, – никогда.

Иисус молчит на кресте, потому что все, что Он чувствует, – уже *по ту сторону слов.* Но смысл молчания верно угадан, измерен, насколько это для человеческого слова возможно, в семи крестных словах – как бы семи окнах на семь ступеней Агонии – головокружительно в ад нисходящей лестницы.

В разных евангельских свидетельствах могут быть если не количественно, то качественно, разные пути и меры познания, более внешнего или более внутреннего. Какая мера глубже и проникновеннее, этого

---

[975] P. W. Schmidt, Die Gesch. Jes, 409–414.

нельзя решить, а может быть, и не надо решать, потому что все одинаково подлинны и необходимы для нас.

Как Иисус умирал, мы лучше знаем – или могли бы знать – по семи крестным словам, чем если бы стояли у подножия креста и своими ушами слышали, своими глазами видели все.

XVII

Первое слово:
Отче: прости им, ибо не знают, что делают. (Лк.?8, 34).
По-арамейски:
Abba! scheboh lehon etehon hokhemin ma'abedin. [976]

Слово это, если и не было услышано из уст Его, то по лицу Его могло быть угадано или «смотревшими издали» женами еще тогда, когда Он проходил мимо них, на Голгофу, или кем-нибудь из стоявших вблизи, когда Он уже висел на кресте. Как бы то ни было, но глубже, чем в этом слове, заглянуть в сердце Господне, в первые минуты крестных мук, не мог бы и ангельский взор.

Любите врагов ваших, благословляйте проклинающих вас, благотворите ненавидящих вас и молитесь за обижающих вас (Мт. 5, 44), –

сказано там, на горе Блаженств, а здесь, на Голгофе, сделано. Молится Иисус за убийц Своих, не только настоящих, но и будущих, – за весь человеческий род.

XVIII

Только один Лука помнит это слово прощения, помнит только он один и другое слово:

дщери Иерусалимские! не плачьте обо Мне, но плачьте о себе и о детях ваших;

ибо приходят дни, в которые скажут: «блаженны неплодные, и утробы неродившие, и сосцы не питавшие!»

Тогда начнут говорить горам: «Падите на нас!» и холмам: «Покройте нас!»

Ибо если с зеленеющим деревом это делают, то с сухим что будет? (Лк. 23, 27–34).

Очень возможно, что слово это где-то когда-то было действительно сказано Господом – только не в Крестном шествии, как думает Лука:

---

[976] Dalman, Jesus-Jeschua, 176.

падая под тяжестью креста, Иисус так же, вероятно, молчал, как на самом кресте.[977]

Между тем словом прощения и этим, как будто непрощающим, противоречие кажется неразрешимым. Кто – «сухое дерево»? Только ли Израиль? Нет, весь человеческий род.

Да придет на вас вся кровь праведная, пролитая на земле… Истинно говорю вам, что все сие придет на род сей. (Мт. 23, 35–36.)

Если «вся кровь», то, уж конечно, и эта, пролитая на Голгофе в величайшем из всех когда-либо на земле совершенных злодеяний. Как же Сын молится: «Отче! прости», – зная, что Отец не простит? В догмате это противоречие неразрешимо, но, может быть, разрешается в опыте. Не за всех убийц Своих молится Иисус, а только за «незнающих»: кто знает, тот непростим.

Здесь, на Голгофе, совершается не рабское, необходимое, а свободное, возможное, спасение мира. Высшая мера любви божественной дана и здесь, как везде, в свободе человеческой.

Но, кажется, последняя неисследуемая для нас глубина этого слишком привычного и потому как будто понятного, а на самом деле одного из неизвестнейших, непонятнейших слов Господних – еще не в этом.

Все могут спастись, но могут и погибнуть. Все ли спасутся или не все, а только «избранные»? В этом-то вечном вопросе – вся крестная мука, Агония Его и наша.

Жертва Голгофская не тщетна: если и второе наше человечество так же погибнет, как первое, не искупив величайшего из всех злодеяний – убийства Сына Божия людьми, то искупит его и спасется третье и, может быть, два первых спасет.

Когда же (Отец) все покорит (Сыну), то и сам Сын покорится Покорившему все Ему, да будет Бог все во всем. (1 Кор. 15, 28.)

Если так, то крестная молитва Сына: «Отче! прости их», – не значит ли: «прости **всех**»!

XIX

Распявшие же Его делили одежды Его, кидая жребий, кому что взять. (Мк. 15, 24.)

Так у синоптиков, а в IV Евангелии подробнее:

воины же, когда распяли Иисуса, взяли одежды Его и разделили на четыре части, каждому воину по части; (взяли) и хитон; хитон же был нешитый, а весь тканый сверху.

---

[977] Bern. Weiss, II, 561.

Судя по этому дележу, одежда Иисуса, так же как всякого тогда иудея, даже самого бедного, состоит из пяти частей: хитона-рубашки, плаща, пояса, головного платка и сандалий.[978] Если каждый из трех крестов стережет «четверица», τεσσάριον, палачей-ликторов – обычное для крестной казни число, то эти-то четверо и делят одежду Иисуса на четыре части, и каждый берет себе одну цельную часть;[979] пятая же – хитон-рубашка – остается неразделенною: надо бы разодрать ее, чтобы разделить, – лишив главной цены. Вот почему воины *сказали друг другу: не будем раздирать ее, а кинем о ней жребий, чья будет.* (Ио. 19, 23–24.)

Все это так живо и наглядно, что лучше не мог бы рассказать и очевидец. Живости, а также исторической подлинности всего свидетельства не только не ослабляет, а, напротив, усиливает делаемый тут же вывод об исполнении пророчества, может быть, «догматический» кое для кого из нынешних читателей, но для тогдашних – опытный, потому что все к Иисусу близкие люди не могли не сделать того же вывода, если не во время самого дележа, не даже в самый день распятия, не в первые дни после него, то все-таки очень скоро:

так (поступили воины), да сбудется реченное в Писании: «Ризы Мои разделили между собою и об одежде Моей кидали жребий». (Ио. 19, 24).

«Этого не было, потому что это слишком точно предсказано», – решит опять «историческая» критика. Но вот вопрос: кем предсказано, иудейским пророком или римским законодателем: «одежды казнимых», panicularia, берут себе палачи, speculatores?[980] Или «вымысел» Иоанна так искусен, что согласует псалом Давида с Римскими Дигестами? Вот к каким нелепостям приводит мнимоисторическая критика.

Слишком «чудесно» такое совпадение истории с пророчеством, и потому «недействительно»? А что, если наоборот: слишком действительно и потому чудесно? Между этими двумя возможностями выбор опять свободен.

XX

Меньше всего, конечно, думает Иосиф Флавий о нешитом хитоне Господнем, когда вспоминает, что нижняя риза иудейских первосвя-

---

[978] Brandt, 194.
[979] Bern. Weiss., II, 563. – Деян. Апост., 12, 4.
[980] Digesta. XLVIII, 20, 6; de bonis damnatornm. – Panicularia sunt ea, quae in custodiam receptus secum attulit spolia, quibus indutus est, cum quis in supplicium ducitur (Ulpian). – Lagrange, Marc, 428. – Stapfier, III, 215.

щенников – точно такой же хитон – вся сверху тканая рубаха без рукавов.[981]

Так же и Филон Александрийский о хитоне Господнем думает меньше всего, когда в нешитой ризе первосвященников видит таинственный прообраз «единого и неделимого Слова-Логоса, совокупляющего все части сотворенного Им космоса».[982]

Если бы и в Иоанновом свидетельстве о хитоне Господнем присутствовала мысль об этих двух мистериях: «Иисус-Первосвященник» и «Логос в космосе», – то этим вовсе еще не отменялась бы историческая подлинность самого свидетельства.

XXI

Тканая рубаха, плод искусной, трудной и долгой женской работы, – такая же роскошь для Нищего, такая же драгоценный дар любви, как вифанийское миро. Если не Мария, Матерь Господа, то, может быть, «другая Мария», ἡ ἄλλη Μαρία, Неизвестная соткала ее; Брату, Сыну, Жениху – Сестра, Мать, Невеста; Иисусу – Мария; Неизвестному – Неизвестная. Нижняя риза эта на теле Возлюбленного – как бы вечная тайная ласка любви.

Здесь, на Голгофе, в толпе галилейских жен, «смотрящих издали», смотрит, может быть, и она, как руки палачей бесстыдно прикасаются к только что теплой от тела Его, вифанийским миром еще благоухающей одежде Любимого; слышит, может быть, и она, как звенят кинутые в медный шлем игральные кости – жребии, и так же, как давешний громкий стук молотка, пронзает ей сердце этот тихий звон.

XXII

Если все еще Иисус помнит о земном в неземной Агонии, то не прошло ли и по Его душе, как тень от облака по земле и тень улыбки по устам, воспоминание о пророчестве:

ризы Мои делят между собою и об одежде Моей кидают жребий? (Пс. 21, 19.)

Все исполнится, «как **должно**», йота в йоту, черта в черту. «Сыну человеческому **должно** пострадать», – слово это, повторенное столько раз на Крестном пути ученикам, не повторяет ли Он и теперь, на кресте, Себе самому: «Должно! должно! должно!» – и вдруг, как все тело

---

[981] Joseph., Ant. III, 7, 4. – Brandt, 194–196.
[982] Philo, De profugis, ad Lev., 21, 10.

пронзающая боль от судорожно дернувшейся и гвоздную рану в ладони раздирающей руки: «А *может быть*, и не должно?»

И ниже, все ниже спускается головокружительная лестница в ад.

XXIII

Проходящие же ругались над Ним, кивая головами своими и говоря: эй ты, разрушающий храм и в три дня созидающий! Спаси себя самого и сойди с креста. Также и первосвященники и книжники, насмехаясь, говорили между собою: других спасал, а себя не может спасти. (Мк. 15,29-31.)

...Если он – (Мессия) Царь Израилев, пусть теперь сойдет с креста, и уверуем в него!

Уповал на Бога; пусть же теперь Бог избавит его, если он угоден ему; ибо он говорил: «Я Сын Божий». (Мт. 27, 48-49.)

Ненависти даже нет у них к Нему – только смех. Кроме смеха, ничего уже не увидит, не услышит до конца. «Соблазн Креста», skandalon, «стыд», «срам», «смех», «поругание святыни»: вот все, что у Него осталось от царства Божия. Как бы Им самим дело Его погублено, сведено к смешному и жалкому. «Жалкою смертью кончил презренную жизнь», – скажут враги Его, и хуже еще скажут полудрузья: «Жалкою смертью кончил великую жизнь».[983]

XXIV

Также и разбойники, распятые с Ним, поносили Его, –

так у Марка (15, 32) и у Матфея (27, 44), а у Луки не так, может быть, потому, что те смотрят «издали», извне, а этот – изнутри, и лучше видит.

Один из распятых (с Ним) злодеев поносил Его, говоря: если Ты – Христос, спаси Себя и нас.

А другой унимал его и говорил: или Бога ты не боишься, когда сам осужден на то же?

Но мы осуждены справедливо, потому что достойное по делам нашим приняли. А Он ничего худого не сделал. И сказал Иисусу, помяни меня. Господи, когда приидешь в царствие Твое (Лк. 23, 39-42).

Более чем вероятно, что этот разговор двух, а если Иисус отвечает им, трех повешенных, – не мог происходить в действительности все по

---

[983] Цельз – Ренан «il eut une agonie de desespoir... Il se repantit de souffrir pour une race vile» – Renan, Vie de Jésus, 1925, p. 439.

той же причине: через час-два после распятия люди утрачивают способность членораздельной речи. Но что из того? Только ли сердцем это подслушано или также ухом, это все-таки было, есть и будет в сердце Господнем и нашем. Слово это слишком необходимо, человечески божественно, чтобы могло быть «измышлено», как «миф».

«Вспомни обо мне, Господи, когда придешь в царство Твое», – смысл этих слов по-арамейски: Mari anhar li kidete bemal kutah, – тот, что «Царство» Иисуса – не будущее, а уже настоящее: будет Иисус во втором Пришествии Своем Царем для мира, для всех, а для самого разбойника Он уже и сейчас на кресте – Царь.[984] Только такая сила веры и могла спасти кающегося разбойника.

Слово это, сказанное хотя бы и не во внешней, а лишь во внутренней действительности, не в истории, а в мистерии, уже потому исторически значительно, что показывает такое же возможное разделение человеческих душ и здесь, на Голгофе, как там, во дворе Каиафы и в претории Пилата; «некоторые, τινές,» (Мк. 14, 65), – пусть многие, пусть почти все, – ругаются над Иисусом, но не все: кто-то все еще верит в Него и распятого. Так же, как здесь, на кресте, два разбойника, все человечество, разделится надвое крестом, как мечом.

Думаете ли вы, что Я пришел дать мир на земле? Нет, говорю вам, но разделение. (Лк. 12, 51).

Если бы не это, то надо бы поставить на всем человечестве крест.

XXV

И сказал ему Иисус: истинно говорю тебе, –
а в кодексе Cantabrigiensis D еще сильнее:[985]
дерзай! θάρσει: сегодня же будешь со Мною в раю. (Лк. 23, 42.)
Вот второе крестное слово Господне – второе окно в Агонию.

Если мука Распятого есть Сошествие в ад, то уже из ада Иисус видит рай. «Ад отделен от рая только на ладонь руки, так что те, кто в аду, и те, кто в раю, видят и слышат друг друга», – по чудному слову Талмуда.[986] Ад отделяет от рая, гору Страстей – от горы Блаженств, только Его пронзенная длань.

«Дерзай!» – в слове этом освещается надеждой бесконечной, как неугасимой лампадой, самая черная тьма смерти. «Можешь спастись», – говорит до конца погибающему миру Спаситель мира.

---

[984] Dalman, Jesus-Jeschua, 178–179.
[985] Brandt, 213.
[986] Kohel R, VII, 17 (117 a). – Dalman, 180.

XXVI

Матерь Его, и сестра матери Его, (и) Мария Клеопова, и Мария Магдалина стояли у креста...
Он же, увидев матерь (Свою) и ученика, тут же стоящего, которого любил, говорит матери: женщина! вот сын твой. Потом говорит ученику, вот матерь твоя. (Ио. 19, 25-27.)

По-арамейски:
itta ha berich – ha immah. [987]

Если Марк и Матфей помнят о «смотрящих издали», стоящих вдали, то могли ли они забыть стоящих вблизи – «любимого ученика» и матерь Иисуса?[988] Мог ли забыть и Лука, помнящий пророчество (2, 35):

и тебе самой меч пройдет душу, –

что матерь Господа стояла у креста и меч прошел ей душу? Если же такое забвение всех трех синоптиков слишком невероятно, то, вопреки IV Евангелию, ни «любимого ученика», ни Иисусовой матери у креста не было. Но так же невероятно, чтобы вместе с галилейскими женами, пришедшими с Иисусом в Иерусалим, не пришла и матерь Его; это еще тем невероятнее, что, по свидетельству Луки, она была там в последний из тех сорока дней, в которые Господь по воскресении своем являлся ученикам (Д. А. 1, 14). Будучи же в Иерусалиме в Страстную Пятницу, могла ли она не быть у креста? Могла, но только в том случае, если такова была воля Сына ее. Мать Свою пощадить, не дать ей увидеть Себя на кресте – это понятно и для нашей любви человеческой, а для Его, божественной, – тем более.

Очень возможно, что Иисус действительно завещал матерь Свою «любимому ученику», но не с креста, а в один из последних дней Своих или даже часов, когда уже знал, что не только дни, но и часы Его сочтены, – на Тайной Вечере или на пути в Гефсиманию; очень возможно, что им обоим назначил Он свидание, но не у креста, в смерти, а за крестом, в Воскресении.

Но, где бы ни была матерь Его в тот час, когда Сына ее распинали, всюду слышала она стук молотка по длинным «крестным гвоздям», masmera min haselub, и меч прошел ей душу.

Stabat mater juxta crucem,
Dum pendebat filius, –

это не однажды было, а есть и будет всегда.

---

[987] Dalman, 182.
[988] Herm. Weiss, Die Evang Gesch. 1838, I, 463 – Brandt, 225. – Joh. Weiss, Schrift. d. N. T., IV, 174.

Только самое «духовное», «небесное» из всех Евангелий помнит земную любовь Сына к матери земной. В муках нечеловеческих все еще любит Он ее с такой человеческой нежностью, как никто никогда никого не любил.

Обе Марии, одним мечом пронзенные, стоят у креста: Мать и Невеста; та, кто Его родила, и та, кто первая увидит Воскресшего.

XXVII

В шестом же часу настала тьма по всей земле и продолжалась до часа девятого. (Мк. 15, 33.)

Или, по нашему счету, от полдня до трех часов. Очень древний апокриф, «Евангелие от Петра», кажется, верно толкует Марка: «Тьма настала по всей земле **Иудейской**».[989] Так же толкует и Ориген.[990] Зная, что тьма не могла быть от солнечного затмения (как думает, кажется, Лука, 23, 15: «солнце затмилось», τοῦ ἡλίου ἐκλιπόντος), потому что в пасхальное полнолуние затмение невозможно астрономически, предостерегает Ориген усердствующих не по разуму: «Как бы желая усилить чудо, не сделаться нам предметом насмешки для мудрых века сего и не породить в разумных людях скорее неверие, чем веру».[991] Но то же «Евангелие от Петра» знает, что тьма была такая глубокая, что «люди (должно быть, в Иерусалиме), думая, что наступила ночь, засветили огни».[992]

Что же это за тьма? Нынешние жители Иерусалима хорошо знают солнечному затмению подобную тьму хамзина, сначала серую, потом желтую, коричневую и, наконец, почти черную, так что и в самом деле в городе зажигаются дневные огни.

Землю омрачу среди светлого дня, говорит Господь (Ам. 8, 9), –

не вспомнил ли это пророчество кое-кто из иудеев, видя Голгофскую тьму? Вспомнил, может быть, и Пилат пророчество Виргилия:

...Кто посмеет сказать: «лживое солнце»?..

---

[989] Evang Petri, с. 15. – Henneke. N. T. Apokr., 61.

[990] Origen., in Matth comm., ser. lat., 134: tenebrae tantum super omnem terram Judaeam sund factae.

[991] Origen, l. c.:...ut non magnitudinem miraculi ostendere volens, indidat in risum sapientium saeculi hujus et magis infidelitatem in hominibus sapientibus operetur, quam fidem. – Астрономическую невозможность солнечных затмений в полнолуние знает и Julius Afncan, ap. Georg. Syncelli, ed. Dindorf, I, 609.

[992] Evang. Petri., с. 18 – Henneke, l. c.

*Если под темною ржавчиной скроет оно свой лик лучезарный, –
Вечной ночи века нечестивые будут страшиться.* [993]

Как ни привыкли иерусалимские жители к хамзину, не напал ли ужас на тех, кто ругался только что над Распятым, когда зачернели в полуденной тьме три крестных виселицы с чуть бледневшими на них телами повешенных?

XXVIII

И (воины) сидя, стерегли Его там. (Мт. 27, 36.)

Три часа уже сидели сторожа, и, сколько еще просидят, не знали: суток по двое жили иногда распятые и, если палачи из милости не перебивали им голеней дробящей кости железной дубиной (crucifragium), умирали только от жажды и голода.[994] Страшно медленное наступление смерти – главная мука распятых: зная, что умрут наверное, – когда, не знают; и мука им кажется вечной.

Сами римляне, сделавшие крест обычной казнью (не для себя, впрочем: римских граждан освобождал от нее закон), говорят о ней с отвращением и ужасом: «казнь жесточайшая и ужаснейшая», crudelissimum, teterrimutque supplicium; «изысканнейшая пытка», exquisita supplicia, по слову Цицерона.[995] Так оно и есть: дьяволом самим внушенное людям сладострастие мучительства – вот что такое крест.

Кровь, текущая из гвоздных ран на руках и ногах, скоро от воспаления и опухоли останавливается, и наступает оцепенение всех членов, с бьющей лихорадкой, палящей жаждой и смертной тоской, ужаснее всех мук. Все еще жив человек: видит, слышит, чувствует все, но уже

---

[993] …Solem quis dicere falsum audeat?…Cum caput obscura nitidum ferrugine fecit impiaque aeternam timuerunt saecula noctem. (Virg., Georg.I, 463, 399).

[994] Origen., in Matth., V, 140: vivunt… aliquando autem et tota nocte et adhuc post eam tota die <живут довольно долго – всю ночь, а случается, и весь следующий день – (лат.) > – «Чудом» кажется Оригену слишком скорая смерть Иисуса, «через три часа» (по счету Иоанна, вопреки свидетельству Марка); miraculus quoniam post tres horas receptus est, qui forte biduum victurus erat in cruce, secundum consuetudinem eorum, qui suspenduntur, non percutiuntur <чудо, если смерть наступила уже через три часа, тогда как бывает, что жертва мучается на кресте по два дня… – (лат.)>. – Евсевий, имевший случай наблюдать множество крестных казней во время Диоклетиановых гонений, утверждает, что распятые умирают, большею частью, только от жажды и голода. – Euseb., H. E., VIII, 8. – Keim, III, 435. – P. W. Schmidt, Gesch. Jes., 414.

[995] Cicer., in Verr., V, 64; Offic., III, 27.

неподвижен, как труп: корчиться даже не может от боли, когда судорожным движением тела снова раздираются только что затянувшиеся раны от гвоздей на руках и ногах; пошевелиться не может, чтобы отогнать мух и оводов, нападающих на все тело его – сплошную после бичевания рану.[996]

Шел Иисус на все это и знал, что все это – ничто перед той последней мукой, которая наступит для Него, когда Он будет покинут Отцом. Знал, что это будет, и на это шел.

XXIX

Около девятого часа возопил Иисус громким голосом. «Элои! Элои! ламма савахтани?», что значит. «Боже Мой! Боже Мой! для чего Ты Меня оставил?» (Мк. 15, 34).

Это четвертое крестное слово, кажется, единственное, сказанное не только во внутренней действительности – в мистерии, но и во внешней – в истории.

Будет ли что-нибудь страшнее этого для нас на том свете, мы не знаем, но знаем, что здесь, на земле, это – самое страшное. Сколько бы люди ни привыкали к этому – не привыкнут; сколько бы этого ни притупляли – не притупят: это все еще режет их по сердцу так, как будто слышат они слово это из собственных уст Распятого. Но вот что удивительно: как оно людям ни страшно, смутно чувствуют они, что оно им все-таки дорого так, что всякую попытку отнять его у них, уничтожить (а притуплять его и значит уничтожать), отвергают они заранее. Когда Афанасий Великий хочет нас уверить, будто бы слово это сказано Иисусом только для того, чтобы «обмануть сатану и тем вернее победить его»,[997] то он так же забывает о Сыне человеческом, как забывают о Сыне Божьем те, кто хотел бы нас уверить, будто бы Иисус, умирая, не мог этого сказать, если бы не отчаялся во всем и не отрекся от всего, чем жил и за что умер.[998]

Слово это не менее страшно оттого, что Иисус будто бы повторяет в нем только стих Псалма (21–22, 2). Слишком очевидно, что, произнося в такую минуту хотя бы и чужое слово, Он делает его Своим. Смутная же догадка о том, что, произнося первый стих Псалма, Он уже

---

[996] Hase, Gesch. Jes., 581. – Stapfer, III, 215. – Klausner, Jesus of Nazareth, 350.

[997] Hase, 580.

[998] M. Mauerbrecher, Von Nazareth nach Golgotha, 1909, S. 257–258: «слово это запомнилось ученикам, как слово последнего и совершенного отчаяния, volle und ganze Verzweifelung». Смерть была для Иисуса «бессмысленной катастрофой, sinnlose Katastrophe».

думал о последних стихах, где невинно страдающий и Богом на время оставленный Праведник снова принят в милость Божию, – догадка, будто бы Иисус думал об этих стихах и только не успел их произнести, потому что смерть наступила случайно слишком рано (как будто в смерти Сына Божия может быть «случайное»), – странная догадка эта ни на чем в евангельских свидетельствах не основана.

Нет, тщетны все попытки притупить соблазн и ужас этого слова; меру ужасного и соблазнительного в нем, а также и меру исторически подлинного дает уже одно то, что слово это умолчано в III и IV Евангелиях (как будто можно замолчать такое слово). «Вымысел», «миф» никогда не вложил бы его в уста Господни. Мысль, что последние слова, сказанные Отцу умирающим Сыном: «Ты Меня оставил», – не могла бы войти в душу первохристианства, не будь они действительно сказаны, или по крайней мере не будь в них верно угадан действительный смысл последнего вопля Господня.

XXX

Только один из четырех Евангелистов – Марк-Петр – помнит и повторяет эти слова, если не из уст Петра услышанные, то все же в духе Петра сказанные, и только, очевидно, вслед за Марком повторяет их Матфей. Если же Петр смеет повторить их первый, то потому, что он бесстрашнее и страстнее всех к страстям Господним. «Я сораспялся Христу» (Гал. 2, 19), – мог бы он сказать, как никто из них. О Кресте говорит как будто уже с креста: недаром сам будет распят. Главное для него – показать всю глубину Страстей Господних. Выпить чашу смерти не до дна значило бы для Иисуса совсем не выпить: «как бы тенью только страдать, умереть», passum fuisse, quasi per umbram, по слову докетов, – вот что знает Марк-Петр, как, может быть, никто из четырех свидетелей.

Вся ближайшая к Иисусу община идет путем того же религиозного опыта, как Марк, судя по некоторым, очень древним, кодексам Евангелия, где вместо нашего канонического чтения: «Для чего Ты Меня оставил, ἐγκατέλιπας» – сильнее: «За что Ты предал Меня поруганию, ὠνείδισας» – или еще сильнее: «За что Ты проклял Меня», maledixisti?[999]

---

[999] Codex D (gr), g, ap. Macar. Magnes; Codices: c, i, k («male-dixisti»). – R. A. Hoffmann, Marcusev., 622. – Harnack, Probleme im Texte der Leidengesch. Jes. (III Sitzungber. d. Akad. d. Wiss. z. Beri., 1901, S. 261–266). Кажется, Гоффман основательно защищает против Гарнака каноническое чтение, как более древнее и подлинное.

Тем же путем пойдет и Павел:
сделался (Христос) за нас проклятием, κατάρα. (Гал. 3, 13.)
И Послание к Евреям (2, 9):
...смерть вкусил за всех, вне Бога, χωρὶς Θεοῦ, –
в «отвержении», в «проклятии».[1000]

Какие бы, впрочем, слова ни были сказаны в последнем вопле Распятого, мы можем судить по этому религиозному опыту ближайшей к Иисусу общины, что увидели стоявшие у креста, заглянув в сердце Господне через это четвертое слово – окно в Его Агонию. Только здесь, на кресте, в первый и единственный раз в жизни Сын называет Отца уже не «Отцом», а «Богом» (Elohi, по-еврейски у Марка; Eli, по-арамейски у Матфея, 27, 46), как бы усомнившись в том, что Он – Сын Отца. То, чего Иисус так страшился, с чем до кровавого пота боролся в Гефсимании, о чем молился Отцу: «да минует», – не миновало – совершилось на Кресте: Сына оставил Отец, скрыл от Него лицо Свое, как солнце в наступившей тьме Голгофы.

XXXI

Мука всех агоний земных, жало всех смертей – в этом одном слове: sabachtani
Смерть! где твое жало? Ад! где твоя победа? (Осия 13, 14).
Вот она, здесь, в этом последнем вопле Сына, покинутого, «проклятого» Отцом. Звук этого вопля – точно замирающий звук камня, брошенного в бездонный колодезь. Слышится – видится в нем как бы Сошествие в ад, до последних глубин преисподней. Звук уже замер, а камень все еще падает, падает, – будет ли конец падению? знает ли Сходящий в ад, что сойдет в него до конца и выйдет?

Смерть – проклятие всей твари Творцом: смерть приняв, должен был Сын принять на Себя «проклятие» Отца. Смерть человека Иисуса единственна, так же как Он сам – Единственный. Смерти всех живых – бесконечно малые части одного целого, дроби одной единицы – смерти Господней. Умер Один за всех, чтобы в Себе одном всех воскресить.

Только светом Воскресения озарится Голгофская тьма – Сошествие в ад; только один ответ на вопрос: «Для чего Ты Меня оставил?» – Воскресение. Если нет Воскресения, то этим последним словом Сына к Отцу вся Блаженная Весть, Евангелие, поколеблена; если Христос не

[1000] Так, в хорошо засвидетельствованном чтении, вместо канонического, непонятного и невозможного χάριτιθεοῦ, «по благодати Божией». – Fr. Barth, Die Hauptprobleme des Leb. Jes., 1918, S. 5.

воскрес, то Иисус «напрасно умер» (Гал. 2, 21). Только исходя из Воскресения, можно понять Крест.

Я должен больше, чем верить, что Христос воскрес; я должен это знать, как то, что я – я. Так именно это и знает Марк-Петр. Если Воскресение может быть «доказано», то лишь таким опытным знанием. Так бесстрашно заглянуть в лицо Умершего мог только тот, кто уже видел лицо Воскресшего. Здесь, на кресте, – первая точка, одна из многих, соединяющихся в линию более чем математически непререкаемого опыта-знания, что Христос воскрес, – такого же, как то, что я – я.

XXXII

Чем же люди ответили на этот последний вопль умирающего за них Сына Божия?

Некоторые из стоявших тут, услышав (это), говорили: вот Илию зовет. (Мк. 15, 35.)

В I Евангелии (27, 46), так же как в кодексе D Cantabrigiensis, II-го, Иисус называет имя Божие не по-еврейски, Elohi, а по-арамейски, Eli, что вероятнее, потому что созвучнее еврейскому имени Eliah – «Илия».[1001]

«Некоторым из стоящих тут», – слышится в вопле Иисуса «Илия! Илия! где же ты? для чего ты Меня оставил?»[1002] Что это, нечаянная ли только ошибка слуха, смешение двух созвучных слов: Eli – Eliah, или, что вероятнее, ошибка нарочная, злая игра слов – последнее надругательство, как бы вспышка потухающего пламени? Если это игра, то начинают ее, должно быть, иудеи, ближе всех стоящие к римлянам, а те продолжают ее, узнав от иудеев, что значат эти арамейские слова Иисуса, или поняв их сами, потому что кое-кто из римских воинов-ветеранов Иудейской провинции, хотя бы и не «прозелитов», «иудействующих», мог понимать арамейский язык и кое-что знать об Илии, предтече Мессии, по крайней мере настолько, чтобы понять слова Иисуса так же, как поняли их иудеи.[1003]

И тотчас подбежал один из них (римских воинов), взял губку, намочил ее уксусом и, насадив на тростник, давал Ему пить (Мт. 27, 15), – *...говоря: постойте, посмотрим, придет ли Илия снять Его (с креста)* (Мк. 15, 36).

[1001] Brandt, Ev. Gesch., 230. – R. A. Hoffmann, 621. – Joh. Weiss, Das alteste Ev., 337–338.

[1002] Wellhausen, Das Ev. Marei, 1909, S. 132.

[1003] Очень возможно, что были и здесь, в Иерусалиме, такие же «прозелиты», «иудействующие», среди римских воинов, как в Кесарии Приморской (Д. А. 10, 1–7) и в Самарии-Севастии. – Schürer, Gesch. d. Jud. Volk im Zeitalt Jes. Chr., I, 460. – Lagrange, Marc, 434.

Судя по тому, что один из них «бежит тотчас», все они следят за тем, как умирает Иисус, – несмотря на все еще густую тьму хамзина: может быть, и здесь, на Голгофе, как там, в Иерусалиме, засветили дневные огни, чтобы лучше видеть и стеречь повешенных; или тьма, бывшая только «до часа шестого» (третьего пополудни), начала редеть, так что воины, видя уже чуть бледнеющее в темноте лицо Иисуса, вглядываются в него жадно-пристально. Тут же, вероятно, стоит и сотник, уже «напротив Него», вглядываясь пристальнее всех.

«Уксус», которым поят Иисуса, – излюбленный во всех походах (крестная казнь – тоже малый «поход»), необходимый, по военному уставу, напиток римских воинов – разбавленный водою винный уксус, posca. Губкою, должно быть, заткнуто горлышко глиняного кувшина с этим напитком.[1004]

Надо ли говорить, как наглядны и живы, точно глазами увидены, все эти мелочи римского военного быта и как, подтвержденные множеством римских свидетельств, подтверждают они, в свою очередь, историческую подлинность всего евангельского свидетельства о том, как умирал Иисус?

XXXIII

Жажду, по-арамейски, sahena,[1005] или проще, по-нашему: «пить!» – говорит Иисус в IV Евангелии (19, 28), где крестный вопль умолчан: вместо него это тихое слово. Только здесь, в самом «духовном» из всех Евангелий, – этот единственный намек на плотские муки человека Иисуса; только здесь рядом с тем, третьим крестным словом о земной любви Сына к земной матери, – это пятое, еще более земное, простое, смиренное, жалкое, как бы тварное слово Творца. Сына Божия, идущего на крест, люди встречают одуряющим напитком – вином, смешанным с миром, а провожают казарменным пойлом – водой, смешанной с уксусом.

Жаждущий, иди ко Мне и пей. (Ио. 4, 14).
Кто будет пить воду, которую Я дам ему, не будет жаждать вовек (Ио. 7, 37), –
некогда говорил Иисус жаждущим, а теперь жаждет сам, и все воды Земли не утолят жажды Его; утолит только вода, текущая в вечную жизнь – Воскресение.

[1004] Plutarch, Cato major, p. 336, e. – Plaut, Miles glor., v., 836. – Spartian., Adrian., X. – Vulgat. Gallic. – Avid. Cass., V. – Renan, Vie de Jes., 439. – Stapfer, III, 219. – Lagrange, Marc, 434.
[1005] Dalman, 188.

XXXIV

В слове подносящего губку к устам Его: «Постойте, посмотрим, придет ли Илия?» – только ли смех? Нет, и жалость, желание облегчить смертную муку Его, утолить жажду, и любопытство, и страх: «А что, если придет?» Если даже не «весь народ», как, может быть, преувеличивает Лука (23, 48), а лишь некоторые, пусть даже очень немногие, разойдутся с Голгофы, «бия себя в грудь», то и этого достаточно, чтобы догадаться, что уже и тогда, как смеялись они, ругались над Ним, не было им так весело, как это им самим казалось, или только хотелось, чтобы казалось другим: смеются и дьяволы в аду, но не от большого веселья. Может быть, уже и тогда, где-то в глубине сердца их, шевелился вопрос: «Что это? кто это? что мы сделали?»

Что происходит в те несколько секунд между воплем и смертью Распятого, подобных которым не было и не будет в мире, – что происходит в сердце людей, стоящих у креста, какое тоже «смертное борение» – «агония» – противоположных чувств, трудно увидеть, потому что в сердце этом – тьма такая же, как над Голгофою; можно только увидеть в нем два чувства или одно в двух, сквозящее сквозь все остальные, как лунный свет – сквозь быстро несущиеся мимо луны грозовые облака: неземной страх – неземной смех – неутолимую, нечеловеческую, как бы в самом деле адским огнем разжигаемую жажду надругательства над самым святым и страшным. Вот чем люди отвечают на последний вопль Сына Божия: в сердце Его – разверстую бездну Любви Божественной – плюют.

Чтобы очистить мир от этой нечисти, хватит ли всего огня, которым в день Суда испепелится мир?

XXXV

Иисус же, опять возопив воплем великим, испустил дух, κράξας φωνῇ μεγάλῃ ἐξέπνευσεν. (Мς. 27, 45).

...И сотник, стоявший напротив Его, увидев, что Он так возгласив, испустил дух, сказал, истинно, человек сей был Сын Божий. (Мк. 15, 39). [1006]

[1006] В кодексах Cantabr., Lat., Syra X, G. P, и других: οὗτος κράξας ἐξέπνευσεν – вместо канонического: οὗτος — ἐξέπνευσεν. Это, кажется, более древнее и подлинное чтение, потому что здесь главное в противоположении двух «возгласов», первого, Sebachtani, и этого, второго, *бессловесного*. – R. A. Hoffmann, 617. – Wellhausen, Ev. Marci, 132.

Что именно эти два слова: «Сын Божий», υἱὸς Θεοῦ, были действительно сказаны сотником, видно из того, что Лука (23, 47) заменяет их словом: «праведник», δίκαος, вероятно, потому, что боится, как бы в устах язычника, такого же, какими были читатели его, «Сын Божий» не прозвучало соблазнительно-двусмысленно, как «сын богов». Этого Марк еще не боится, влагая в уста сотника свое же собственное исповедание, в «начале Евангелия Иисуса Христа – Сына Божия» (1,1).

Более чем вероятно, что «заведующий казнью сотник» знает главное против Иисуса обвинение врагов Его, иудейских первосвященников:

Он должен умереть, потому что сделал Себя Сыном Божиим (Ио. 19, 7);

знает, что Иисус распят и по римским законам как «оскорбитель величества», «противник кесаря» (Ио. 19, 12), единственного «сына Божия» – «Сына богов»; не может не знать и того, что, «громко возглашая», φονίσας, по свидетельству Луки,[1007] свое исповедание перед всем иудейским народом, становится и он сообщником распятого «злодея», таким же «противником кесаря», «оскорбителем величества»; не может не знать, что путь и ему не далек от подножия креста на крест. Знает все это, но, вероятно, об этом не думает, отвечая криком на крик Умирающего так же невольно, естественно, как зазвучавшей на лютне струне отвечает немая струна.

Здесь, на Голгофе, где снова, как уже столько раз в жизни Сына человеческого, но теперь, как еще никогда, судьбы мира колеблются на острие ножа между спасением и гибелью, – это исповедание сотника решает, что мир все еще может спастись. «Есть ли в мире живая душа?» – на этот вопрос, вопль умирающего Сына Божия отвечает один из сынов человеческих: «Есть!» – и спасает мир здесь, на Голгофе, почти так же, как Петр в Кесарии Филипповой, когда на вопрос Иисуса: «Кто Я?» – отвечает: «Ты – Христос, Сын Божий».

Если этот безымянный исповедник – вовсе не будущий «святой» Лонгин апокрифов, а такой же вечный грешник, как мы, то и мы с ним могли бы на Голгофе присутствовать – его глазами увидеть лицо, его ушами услышать вопль Умирающего и его устами исповедать Вечно Распятого и Неизвестного: истинно, этот человек – Сын Божий.

XXXVI

Что слышится сотнику в последнем вопле Господнем – смерть? Нет, победа над смертью:

смерть поглощена победою. (Ис. 25, 8.)

[1007] Лк. 23, 47, Cantabr. D. – R. A. Hoffmann, 627.

«Дух испустил» ἐξέπνευσεν, у Марка (15, 37) и Луки (23, 46), а у Матфея (27, 50) и Иоанна (19, 30): «предал дух» ἀφῆκε, παρέδωκε τὸ πνεῦμα; по-арамейски: mesar ruheh, что значит: «предал, отдал свободно».
Я отдаю жизнь Мою, чтобы снова принять ее (Ио. 10, 17), – «умираю, чтобы воскреснуть».

Вместо «громкого вопля» двух первых Евангелий, у двух последних – тихие слова, тишайшие из всех человеческих слов. Тут нет противоречия: смысл этого смертного мига, слишком для человеческого смысла божественный, ни в какое человеческое слово невместимый, одинаково верно угадан, насколько это возможно, в обоих свидетельствах. В том «громком вопле» – все еще трудный, на ристалище, бег, хотя уже последний, стремительный шаг его, последнее движение руки, хватающей победный венец, а в этих двух тихих словах – венец, уже в руке Его сияющий.

Отче! в руки Твои предаю дух Мой! –
по-арамейски:
Abba! bidach aphked ruhi –
шестое крестное слово Господне в III Евангелии.[1008]
И, сие сказав, испустил дух. (Лк. 23, 46).
Совершилось! –
по-арамейски:
moschelam, –
седьмое, последнее слово в IV Евангелии.[1009]
...Сказал: совершилось! и, преклонив голову, предал дух. (Ио. 19, 30.)
Греческое слово τετέλεσται – от того же корня, как τέλος «конец»: «совершилось» – «кончилось», конец Сына – конец мира.

Многое включается для благочестивого иудея в глубоком смысле арамейского слова moschelam: и тихий свет вечерний – начало покоя субботнего, отдыха от семидневных трудов, и вечное субботствование царства Божия: «В день же седьмой почил Бог от всех дел Своих» (Быт. 2, 2): так же почиет Сын в лоне Отца, в тихом свете дня невечернего, в покое Субботнем, *«совершив»* дело Свое. В смерти Его, так же как в жизни, – тишина совершенная.

Ты – Мой покой. Моя тишина, tu es requies mea, –
скажет Сыну Матерь-Дух.
Я прославил Тебя – осиял, ἐδόξασα
(имя Твое), Отче, на земле; совершил дело Твое, которое Ты дал Мне совершить.

[1008] Dalman, 196–197.

[1009] В точной транскрипции: muschlam. – Dalman, 1190.

И ныне прославь Меня – осияй, δόξασον, Отче, у Тебя самого славой – сиянием, δόξῃ, которую Я имел у Тебя, прежде бытия мира. (Ио. 17, 4–5).
Это и значит: «Крест прежде был, нежели стать земле».

XXXVII

В тот же миг-вечность, в который Сын говорит Отцу: «Для чего Ты Меня оставил?» – Он уже снова принят Отцом.
Только на малое время Я оставил Тебя, и снова приму Тебя, с великою милостью. (Ис. 54, 7.)
В тот же миг – вечность – совершается и Сошествие в ад – смерть, и победа над смертью – Воскресение: «смертью смерть попрал».
Это не только мистерия – то, что было, есть и будет всегда, в вечности, но и история – то, что было однажды, во времени. Было что-то в лице и голосе Умирающего, что в слове: «совершилось!» – верно угадано сердцем и запечатлено в памяти слышавших этот голос и видевших это лицо.
Словом этим замкнут круг Семи крестных слов. Только поняв их все вместе, можно понять и каждое в отдельности.
Первое: «Отче! прости им».
Второе: «ныне же будешь со Мною в Твоя»,
Четвертое: «Боже Мой! Боже Мой! для раю».
Третье: «вот сын Твой; вот матерь чего Ты Меня оставил?»
Пятое: «жажду!»
Шестое: «Отче! в руки Твои предаю дух Мой».
Седьмое: «совершилось!»
Семь слов – как бы семь цветов смертной радуги, сливающихся в белый цвет Воскресения.

XXXVIII

И дух Его вознесся на небо,
– простодушно добавляет один из древнейших кодексов, Сиро-Синайский, к свидетельству Марка: «испустил дух», – как будто может быть сомнение в том, что в ад Сошедший не остался в аду.[1010]
В самое небо... вошел Христос... чтобы предстать... за нас пред лицо Божие. (Евр. 9, 24).
...И завеса в храме разодралась надвое, сверху донизу. (Мк. 15, 38.)

[1010] R. A. Hoffmann, 626.

В этом «чуде-знамении» – уже не история, а мистерия – «образ небесного в земном», ἀποδείγματα τῶν ἐν οὐρανοῖς (Евр. 9, 23): как бы сама в себе не вмещаясь, история и здесь переплескивается в мистерию. Что значит это раздирание «завесы», καταπέτοσμα, закрывающей вход в Святая святых, верно и глубоко объясняет Послание к Евреям: «В самое небо вошел Христос», и люди могут отныне –

ухватиться за надежду... якорь безопасный и крепкий, входящий во внутреннейшее за завесу, καταπετάσματος. (Евр. 6, 19). Кровью Иисуса Христа мы имеем дерзновение входить во Святая святых, новым путем и живым, который Он открыл нам через завесу, то есть плоть Свою. (Евр. 10, 19–20).

В первых двух Евангелиях завеса раздирается уже после того, как Иисус умер, а в III-м (23, 45) – до того: прежде чем умереть. Он уже победил – «смертью смерть попрал».

В ад сошел –

и сокрушил врата медные и вереи железные сломал. (Пс. 106–107, 16.) Подымите, врата, верхи ваши, и подымитесь, двери вечные, и войдет Царь славы. Кто сей Царь славы? Господь сил. Он – Царь славы. (Пс. 23–24, 9.)

Та же мистерия «небесного образ земной» – и в «Евангелии от Евреев»:

треснула и раскололась исполинская притолка святилищных врат, [1011]

– по Исаиину пророчеству (6, 4):

поколебались верхи врат от гласа вопиющих (Серафимов), и дом Божий наполнился курением.

XXXIX

Высшая же точка мистерии – в евангельском «апокрифе» Матфея (27, 51):

...в храме завеса разодралась надвое, сверху донизу, и земля потряслась, и скалы расселись.

То же по Исаиину пророчеству (24, 19–20);

...сильно колеблется земля, шатается, как пьяный, качается, как колыбель... ибо злодеяние отяготело на ней, – величайшее из всех злодеяний – убийство Сына Божия людьми.

[1011] Superliminare templi infinitae magnitudinis fractum est et divisum. – Hieron., Comm. ad. Matth., 27, 51; Epist., 120, 8. – Brandt, 254. – W. Bauer, Das Leb. Jes. im Zeitalt, d. N. T. Apokr., 231.

Здесь же, на Голгофе, начинает исполняться и слово Господне о конце мира, потому что в конце Сына конец мира начинается:

...солнце померкнет, и силы небесные поколеблются. (Мк. 24, 28.)

Но, если даже ничего этого не было в истории – в действительности внешней, а было только в мистерии – в действительности внутренней; если не потряслась земля, скалы не расселись, – ни даже ветер не венул, лист не шелохнулся, глухота, немота была безответная на земле и на небе, как будто ничего не произошло в мире оттого, что умер Сын Божий; если даже так – что из того? Не было тогда – будет потом, в тот день, когда «от лица Сидящего на престоле небо и земля побегут, и не найдется им места» (Откр. 20, 11).

Скалы расселись, –

продолжает Матфей (27, 51–53), –

и гробы отверзлись, и многие тела усопших святых воскресли и, вышедши из гробов по воскресении Его, вошли во Святой град и явились многим.

Мертвые могли ли встать из гробов до того, как встал Первенец из мертвых? Нет, встанут только «по воскресении Его», как свидетельствует Матфей с точностью, на языке уже не времени, а вечности, соединяя прошлое с будущим. Полувоскресли только – полупроснулись и, все еще лежа в гробах своих, ждут Воскресения. Но смертным сном отягченные вежды их дрогнули уже – дрогнула и вся Держава смерти. В запертую дверь постучался Хозяин дома; дверь еще не открылась, но уже загудели «врата медные и вереи железные». Трижды постучится, и на третий стук откроется дверь, и войдет Хозяин в дом.

XL

«Тьма, наступившая по всей земле около шестого часа (полдня), продолжалась до часа девятого (третьего) смертного», – с точностью помнит Марк (15, 33): значит, к смертному часу рассеялась, как это часто бывает во время хамзина, от внезапного дуновения ветра; черная завеса тьмы разодралась надвое, сверху донизу, как завеса в храме; солнце вышло из-за нее и озарило, может быть, лицо Умершего.

И просияло лицо Его, как солнце. (Мт. 17, 2.)

Люди этого еще не видят, но скоро увидят и поймут: умер – воскрес.

11. Воскрес

I

Тело распятого, если не будет испрошено близкими для погребения, должно висеть на кресте, пока не расклюют его хищные птицы, или само оно, истлев, не рассыплется прахом: так по римскому обычаю, а по закону иудейскому в самый день смерти, еще до захода солнца, тело должно быть снято с креста и брошено в «общую яму», fûneratricium, чтобы «повешенный на древе», «Богом проклятый», не осквернял земли и неба.[1012] Вот почему иудеи, тотчас по смерти Иисуса, просили Пилата снять с креста всех трех распятых. Тот согласился, должно быть, по всегдашнему римскому правилу не нарушать местных обычаев.

Воины пришли и, чтобы покончить с двумя еще живыми разбойниками, совершили над ними «крестное ломание костей», crucifragium, – перебили им голени железной дубиной.

Пришедши же к Иисусу и увидев, что Он уже умер, не перебили у Него голеней.

Но один из воинов пронзил Ему ребра копьем. (Ио. 19, 33–34).

Лишний ли раз поднять тяжелую дубину поленился или мертвое тело калечить не захотел – ударил копьем куда ни попало и тем нечаянно исполнил два пророчества: «кость Его да не сокрушится» (Исх. 12, 46); и «воззрят на Того, Кого пронзили» (Зах. 12, 10).

Видевший же то засвидетельствовал, и истинно свидетельство его; он знает, что говорит истину, дабы вы поверили. (Ио. 19, 36).

Истина – в том, что не «тенью только», quasi per umbram, как будут учить докеты, а действительно страдал и умирал Сын Божий: весь закон естества исполнил – умер Несотворенный, как умирает вся тварь.

II

Что помешало врагам Иисуса бросить тело Его в «общую яму», вместе с телами разбойников, – это мы узнаем из свидетельства синоптиков лучше, нежели из IV Евангелия, где времена спутаны: *«после того* (перебития голеней) Иосиф из Аримафеи... просил Пилата снять тело Иисуса, и Пилат позволил» (19, 38). Нет, конечно, не после, а до того: замысел врагов Господних не успел бы иначе предупредить Иосиф.

[1012] Horac., Epist., XVI. – Juven., XIV, 77. – Plaut., Mil. Glor., 2, 4. -Petron., Sat. III, 112. – Digest., 48; 24. – Mischna Sanhedrin, VI, 6.

Член Синедриона, но в деле Иисусовых врагов участия не принимавший, «человек добрый и праведный» (Лк. 23, 50–51), «ученик Господень, но тайный, из страха от Иудеев» (Ио. 19, 38), «царства Божия ожидавший и сам», Иосиф, –

осмелившись, τολμήσας, войти к Пилату, просил (у него) тела Иисусова. (Мк. 15, 43.)

Скорой смерти Его удивившись и справившись о ней у сотника, Пилат велел отдать Иосифу, по Маркову страшному слову (15, 45), «труп» Иисуса, πτῶμα, исполнив тем точно нам известную, историческую подлинность евангельского свидетельства подтверждающую, статью римского законодательства: «Должно тела казненных выдавать для погребения тем, кто их испрашивает».[1013]

Вдруг перестать бояться, одному восстать на многих, тело Друга отнять у врагов и «на древе повешенному, Богом проклятому», отдать свой собственный гроб (Мт. 27, 60), – чтобы на это «осмелиться», нужно было Иосифу действительное мужество. Явные ученики отреклись от Учителя; тайный – верен Ему до конца. «Добрый человек», Иосиф, спас от «общей ямы» вместе с телом Господним и душу всего человечества.

III

Иосиф пошел и снял тело с креста. (Ио. 19, 38.)

Сделал это, конечно, не один, а с помощью таких же смелых и добрых людей, как он.

«Сняли» тело, καθελών (Лк. 23, 53), – этим одним словом почти столько же сказано, как и тем одним: «распяли».

Знают, что надо спешить, чтобы до конца погребения не зашло предсубботнее солнце и какой-либо новою хитростью не отняли Тела враги; а все-таки медленно, бережно, так, чтобы уже почти разодранных гвоздями ладоней и ступней совсем не разодрать, вынимают клещами из ран длинные «крестные гвозди», masmera min haselub. Стоя на приставленной ко кресту лестнице, чувствуют тяжесть и холод бессильно на них валящегося тела – «трупа» и дивятся, может быть, сами того не зная, что так тяжело оно и холодно, так мертво, что очи эти, такие зрячие, слепы, такие вещие, немы уста, и сердце, бившееся так, остановилось, – как будто на что-то другое надеялись: раньше никогда не понимали и только сейчас вдруг поняли смерть. Но, может быть, чувствуют также, что это мертвое Тело – такое сокровище, какого мир не видал и уже не увидит.

[1013] Digest., 48, 24: corpora... petentibus ad sepulturam danda sunt.

Давеча вдали стоявшие жены теперь подошли, на руки приняли Тело; хотели бы обмыть его слезами, но слез давно уже нет: обмоют водой из колодца (он тут же в саду, где гроб),[1014] и черные от запекшейся крови на бледном теле уста зияющих ран будут целовать так страстно, как уст умершего сына – мать и любящая уст любимого не целовали никогда.

IV

Пришел и Никодим, –
некогда к Иисусу приходивший ночью, а теперь – днем: значит, осмелел и он так же, как Иосиф, –
мировой смолы и алоя состав принес, литр около ста, –
пуда два с половиной: для царского погребения хватило бы.
И, взявши тело Иисуса, обвил его пеленами с благовониями, как обыкновенно погребают Иудеи.
«Спи, усопший в гробу, до воскресения мертвых», – такого погребения безнадежный смысл.
Был же на месте том... сад, и в саду гроб новый, в котором никто еще не был положен.
Там положили Иисуса... потому что гроб был близко. (Ио. 19, 39–42.)

Судя по нынешним, близ Иерусалима найденным гробам, а также по свидетельству древнейших паломников, видевших если не тот самый гроб, то подобный тому, где положен был Иисус, – он состоял из двух в толще скалы вырубленных келий – внешней и внутренней, с такою низкою дверцею, что надо было нагнуться, чтобы войти в нее по двум-трем ступеням. Там, внутри, в гробовой пещере, по-арамейски meara,[1015] вырублена была, тоже в скале под аркою, узкая, длинная, в рост человека, скамья или ковчегообразное ложе, как бы «ясли» – вторые, смертные, подобные тем первым. Рождественским.[1016] Видел св. Аркульф, паломник VII века, рубцы от железной кирки, как будто еще свежие, в мертвенно-белой, известняковой скале, с розовыми, точно живыми от льющейся крови, теплыми жилками.[1017]

[1014] Evang. Petri, VI, 24. – W. Bauer, 244. – В этом колодце, по легенде IV века, найден Крест Господень. – Euseb., Vita Constant., Ill, 28. – Goguel, La vie de Jes., 529–533. – Dalman, Orte und Wege Jesu, 368.

[1015] Dalman, 390.

[1016] Dalman, 379–380.

[1017] Geyer, Itinera Hierosolymit., saec. IV–VIII, 1898, p. 232. – P. Mickley, Arculf, 1917, II, 25–26. – Dalman, 381.

Плоский, круглый, тяжелый, как мельничный жернов, камень, golel, что значит «катун», вкатываясь в выдолбленную щель, в скале открывал, а выкатываясь из нее, закрывал устье пещеры.[1018]

V

Там была Мария Магдалина и другая Мария, которые сидели против гроба, –
вспоминает Матфей (27, 61), и Лука (23, 55):
женщины... смотрели на гроб, и как полагали Его.
Смотрят, как будто уже знают, что им это нужно видеть; но еще не знают, зачем. Белое в сумраке пещеры, в пелены закутанное, длинное, узкое, на узкой, длинной скамье или ковчегообразном ложе лежащее тело неизгладимо запечатлеется в их памяти. Это последний, с последним лучом заходящего солнца, взор живых на Умершего.

Выкатился из щели «катун», глухо стукнул, дверь завалил и как будто всю Блаженную Весть стуком глухим заглушил. «Жизнь», – сказал Господь; «Смерть», – ответил голель. Слышали жены, как стукнул глухо «катун». Мертвый, по живым сердцам покатившись, раздавил их, как жернов давит зерно.

Миром умастили, туго спеленали, в гроб уложили, завалили камнем. «В третий день воскресну», – забыли все? Нет, не все. Вспыхнет и в раздавленных сердцах надежда, как пламя – в растоптанном жаре углей. Вспомнят жены – услышат:
сиротами вас не оставлю, приду к вам. (Ио. 14, 18).
Я увижу вас опять, и возрадуется сердце ваше, и радости вашей никто не отнимет у вас. (Ио. 16, 16.)

VI

И, возвратившись (в домы свои), приготовили масти с благовониями.
Раз уже умастили, до гроба; зачем же снова в гробу умащать? Или сами не знают зачем, только хотят Его снова увидеть, узнать, что будет с Ним, «в день третий»?
В день же субботний остались в покое. (Лк. 23, 56).
Страшный покой самого черного из черных дней человечества. Лег во гроб, лежит – встанет или не встанет? Умер Тот, Кто сказал: «Я – вос-

---

[1018] Dalman, 391.

кресение и жизнь», а мир идет, как шел всегда: солнце заходит, солнце восходит, а Он лежит – страшный покой.

Где же ученики? Явное Евангелие забыло о них, тайное – помнит.

Мы же... скорбящие и уязвленные в сердце нашем, скрывались, потому что нас преследовали, как злодеев и поджигателей храма. И хлеба не ели, и плакали весь день, всю ночь, до Субботы. [1019]

Что у них в душе – скорбь? Нет, смерть. Мертвым сном «спят от печали», так же, как там, в Гефсимании.

Симон! ты спишь? часа одного не мог ты побордствовать. (Мк. 14, 37.)

Спят и плачут во сне, но уже без слез – слезы иссякли давно: **разве над мертвыми Ты сотворишь чудо? Мертвые ли встанут и будут славить Тебя? Или во гробе будет возвещена милость Твоя и истина Твоя – в месте тления?** (Пс. 87–88, 11–13).

VII

Рано же весьма, только что солнце взошло, приходят (жены) ко гробу.

И говорят: кто отвалит нам камень от гроба?

И, взглянув, видят, что камень отвален; был же он весьма велик.

И, вошедши во гроб, увидели юношу, облаченного в белую одежду, и ужаснулись.

Он же говорит им: не ужасайтесь. Иисуса Назарянина ищете, распятого? Он воскрес; Его здесь нет. Вот место, где Он был положен.

Но идите, скажите ученикам и Петру: «Он пойдет вперед вас в Галилею: там Его увидите, как Он сказал вам».

И, вышедши, побежали от гроба; трепет объял их и ужас (ἔκστασις, «исступление», «восторг»), и никому ничего не сказали, потому что боялись. (Мк. 16, 1–8.)

Этим кончается Блаженная Весть, Евангелие от Марка-Петра. Все, что следует затем, уже позднее прибавлено неизвестно кем – может быть, Аристионом Эфесским, учеником Иоанна Пресвитера или Апостола, тем самым, о котором упоминает Папий.[1020] Судя по тому, что Матфей

[1019] Evang. Petri, VII, 36–37. – Preuschen, Antilegomena, 16; 116.

[1020] Papias, Fragm., ap. Enseb., H. E., III. 36, 31. – Preuschen, Antileg., 55–56. – Lagrange, Marc, 465. – В лучших кодексах Vatican, и Sinaitic., нынешний конец Мк. 16, 8–20, отсутствует. Нет его почти ни в одном кодексе, и по свидетельству Евсевия (ad Marin. I) и бл. Иеронима (ep. 110 ad Hedib.). – Loisy. Marc, 485. – H. Holzmann, Hand-Comm. zum. N. T., I, 183.

и Лука черпают уже не из Маркова, а иного, нам неизвестного источника, свидетельство о том, что произошло после бегства жен от гроба, II Евангелие кончалось для Луки и Матфея словами: «потому что боялись», ἐφοβοῦντο; нынешний же конец Марка им еще был неизвестен.[1021]

Бегством живых от Воскресшего, любящих от Возлюбленного могла ли кончаться Блаженная Весть? Нет, не могла, по крайней мере для верующих так, как мы веруем. Страшный, невозможный, как бы нелепый конец: внутреннее в нем логическое противоречие слишком очевидно. Если, бежав от гроба, жены «никому ничего не сказали» и этим кончается все, навсегда, то от кого же знает Марк, от кого узнали ученики, что Иисус воскрес? Есть ли малейшее вероятие, чтобы жены, когда-нибудь опомнившись же, наконец, от страха, все-таки никому ничего не сказали – ослушались воли Господней: «Идите, скажите»?

Нет, слишком ясно, по крайней мере для нашей логики, что это вовсе не конец, а отсутствие конца; не разумно конченная, а прерванная на полуслове речь; точно вдруг чья-то рука зажала уста говорящего. Но за Марком – Петр: это голос его вдруг умолкает; его уста чьей-то зажаты рукой.

Что с нами делает Петр? Чашу с водой подносит к жаждущим устам и вдруг отнимает. Слишком понятно, что люди этого не вынесли, прибавили другой конец: утолили жажду кое-как, хотя тоже чистой водой, но уже не из такой глубины бьющего, ледяного источника. И если бы Марк увидел этот чужой конец, то не сказал ли бы: «Мой конец лучше», – и не был ли бы прав?

VIII

А если бы и мы вгляделись пристальней в Марков конец, то поняли бы, может быть, что лучшего конца и не надо: здесь уже сказано все, ни мало, ни много, а ровно столько, сколько нужно; чуть-чуть побольше или поменьше, – и ничего бы не было сказано, а так – все.

Марк говорит для тех, кто умеет слышать *тихое*. Большая часть истолкователей думает, что здесь чего-то недостает; нет, здесь все, и «было бы жаль, если бы что-нибудь оказалось прибавленным», – верно и тонко чувствует Вельгаузен, хотя и не религиозным, а только эстетическим чувством.[1022]

[1021] P. Wernle, Die Synoptische Frage, 1899, S. 36, 219. – Ed. Meyer, Urspr. und Ensteh. d. Chrisstent., I, 17.

[1022] «Das ist... eindrucksvoll für den, der „auf Leises zu achten weiss. – Es fehlt nichts; es würd schade, wenn noch etwas hinterher käme". – Wellhausen, Ev. Marci, 1909, S. 136–137.

Вся Тайная Вечеря – в тех трех арамейских словах: den hu gubhi, «вот Тело Мое»; а в этих двух: ho hakha, «Его здесь нет», – все Воскресение.[1023]

Марк как будто знает нашу математическую теорию «бесконечно малых величин»: чем меньше, тем больше; умолчанное больше иногда, чем сказанное, рождает в чутком слухе немолчно-отзывные гулы.

Нет, чаши с водой никто не отнимал от наших уст: мы сами ее оттолкнули, не увидев слишком прозрачной воды и подумав, что полная до краев чаша пуста. О, если бы мы увидели воду, как утолили бы жажду!

IX

Тайну вам говорю, μυστηριον, –
не говорит, а шепчет на ухо Павел эллинам, верящим так же легко, как мы, в «бессмертие души» и так же трудно – в «воскресение плоти»; шепчет «несказуемое», ἄρρητον, всех «мистерий», а этой, Воскресной, – больше всех:

тайну вам говорю... все мы изменимся вдруг (в атом времени, ἐν ἀτόμα), *во мгновение ока. (I Кор. 15, 51–52.)*

«Человек должен *измениться* физически», по слову Кириллова («Бесы» Достоевского); «человек есть то, что должно быть преодолено», по слову Нитцше. Так «изменился физически», «преобразился», μεταμορφάθη, «совершил в теле своем метаморфозу» Иисус на горе Преображения; так же, качественно, но количественно больше, бесконечно «изменился» Он и в гробу.

«Чтобы действительно мертвое тело ожило, надо, чтобы нарушено было столько несомненнейших законов, физических, химических и физиологических, что какую угодно гипотезу должно предпочесть евангельскому свидетельству о Воскресении, будь оно даже в пятьдесят раз сильнее», – решает какой-то философ наших дней (все равно какой, – имя ему легион). Как бы удивился он, а может быть, и задумался бы, если бы, напомнив ему Павлову тайну: «Все мы изменимся», – мы сделали из нее простейший вывод: в пройденных уже, ведомых нам, ступенях мировой Эволюции – превращения неорганической материи в живую клетку, клетки растительной – в животное, животного – в человека, – не были вовсе нарушены, а были исполнены – *восполнены* – законы физические, химические и физиологические: так же и в последней, еще не пройденной, неведомой нам, ступени – в

[1023] Dalman, 387.

«превращении», «метаморфозе», смертного человека в бессмертного, – те же законы не будут нарушены, а исполнены – *восполнены,* по Лотцевой формуле логического закона необходимости – смерти, преодолеваемой жизнью: $a + b + c = a + b + c + x$, – «чудо» (слово это недостаточно, но у нас другого нет): «все мы изменимся» – умрем – воскреснем.

X

Более чем вероятно, что Павлове «изменение» включает в себя *исчезновение* тела: здесь умрем – «исчезнем»; там «воскреснем» – «явимся». Вот почему и «Первенец из мертвых» (I Кор. 15, 20), Иисус, умер – «исчез» – воскрес.

Этого нельзя сказать святее, страшнее, точнее, исторически подлинней, чем сказано Марком:

Он воскрес; Его здесь нет, –

по-арамейски: ha hakha. Сказанному «нет» отвечает несказуемое «есть»: здесь нет – там есть; мертвый здесь – там Живой; умер – исчез – воскрес.[1024]

То же, теми же словами повторяют все три свидетеля, потому что самое для них нужное, главное, все решающее, – это.

Здесь Его нет; вот место, где Его положили, –

по-арамейски: ha atra han deshhavon lek,[1025] – говорит «юноша в белых одеждах» – Ангел или не Ангел, а кто-то неузнанный. В I Евангелии (28, 6) – еще сильнее, настойчивей:

здесь Его нет… Подойдите, посмотрите место, где Он лежал.

«Если моим словам не верите, то пустому гробу поверьте», vacuo credetis sepulcro, – верно понял Иероним.[1026]

XI

Вот когда вспомнили жены, как «смотрели на место, где Его полагали», в Страстную Пятницу; поняли, должно быть, только теперь, зачем тогда смотрели так жадно-пристально. Вместо тела, – пустая, гладкая скамья или ковчегообразное ложе – пустой гроб.

[1024] «Were the testimony fifty times stronger that it is, any hypothesis would be more possible than that». – H. Rashall, Memoire inedit, cite par Kirsopp Lake, The historical evidence for the Resurrection of Jesus Christ, London, 1907, p. 269. – Grandmaison, Jes. Chr., 1919, II, 371.

[1025] Dalman, 287.

[1026] Klostermann, Marcus-Ev., 190.

Чувствует, может быть, и Лука (24, 3) не хуже Марка эту нерасторжимую связь пустого гроба – исчезнувшего тела с телом воскресшим:
...(в гроб) вошедши, не нашли тела.

Знает, кажется, Марк, что для не увидевших еще и поверивших пустой гроб действительнее, осязательнее всех «явлений» – возможных «видений», «призраков», phantasma.

Видя Его, идущего по воде, подумали, что это призрак, phantasma. (Мк. 6, 49).

Так же подумают, когда увидят Воскресшего (Лк. 24, 37).

Очень знаменательно, что самый миг Воскресения «атом времени» во всех четырех или, включая Павла и нынешний конец Марка, шести свидетельствах, остается невидимым. Опыт только внешний, исторический, и опыт внутренне-внешний, религиозно-исторический, подходят с двух противоположных сторон к тому же пустому гробу. Первый говорит: «Умер – исчез»; «изменился – воскрес», – говорит второй. Ближе к тому, что было, нельзя подойти. Как ни свято, ни подлинно для нас в евангельских свидетельствах все, что следует затем, – это уже более или менее человеческие попытки подойти к божественно-неприступному, – к тому, чего нельзя сказать никакими словами, подумать нельзя никакими мыслями, почувствовать никакими чувствами, никаким знанием узнать.

Ты поверил, потому что увидел Меня; блаженны не видевшие и уверовавшие. (Ио. 20, 29).

В этом, как почти во всем, Марк согласен с Иоанном, первый свидетель – с последним. Веры невидящей блаженство – вот в Марковой чаше, поднесенной к нашим устам, невидимо-прозрачная вода.

XII

И, вышедши, побежали от гроба; трепет объял их и ужас.

Ужасом отделен, как стеной непроницаемой, тот мир от этого. Только один-единственный раз, в одной-единственной точке пространства и времени – в этом пустом гробу, в этом миг восхода солнечного – рушилась стена, и люди могли заглянуть в то, что за нею. Вот от чего бегут жены, сами не зная куда, слыша, что за ними рушится стена. Любящие бегут от Возлюбленного, как стадо ланей – от лютого льва; летят, как стая голубок от хищного ястреба. Но не убегут, – настигнет их везде.

...Вот Иисус встретил их и сказал им: радуйтесь! И они, приступив, ухватились за ноги Его.

Так у Матфея (28, 9). Этого Марк не знает; знают ли и сами жены, видят ли Его? Больше, чем видят: Он – в них, они – в Нем.

Мир уже не увидит Меня, а вы увидите Меня... В тот день узнаете, что вы во Мне, и Я в вас. (Ио. 14, 19-20).

XIII

Первому из учеников Господь явился Петру. Но мы узнаем об этом не от самого Петра, а от других. Есть, правда, глухой намек на это у Марка, «толмача» Петрова: «Идите, скажите ученикам и *Петру.* Здесь, может быть, выделен Петр из сонма учеников потому, что первое явление Воскресшего будет не им всем, а ему одному.

...Кифе явился (ὤφθη, *стал видим): потом – Двенадцати,* – скажет Павел двумя словами (I Кор. 15, 4), и теми же двумя – Лука (24, 34).

...Симону явился (стал видим).

И больше во всех Новозаветных свидетельствах ни слова об этом, ни звука. Очень вероятно, что все молчат, потому что молчит сам Петр. С кровель будет возвещать:

...Бог воскресил Иисуса, чему все мы свидетели. (Д. А. 2, 32).

Если бы спросили Петра: «Кому Господь явился первому?» – он ответил бы: «Мне». Но на вопросы: «Где явился, когда, в каком виде?» – уже не ответил бы или разве только шепотом, на ухо. Это для него «несказуемое», ἄρρητον, слишком святое и страшное, то, от чего язык прилипает к гортани. Он никому ничего не говорит об этом, «потому что боится», так же, как жены, бежавшие от гроба, «никому ничего не сказали, потому что боялись».

XIV

Были у них (иудеев) споры о каком-то Иисусе, умершем, о котором Павел утверждал, будто Он жив (Д. А. 25, 19), – верно, по-своему понял римский прокуратор, Порций Фест, тюремщик Павла. «Жив Иисус» – это главное для Павла; больше, чем вера, – опыт-знание, такое же несомненное, как то, что я – я.

Павлове свидетельство о Воскресении, по внешнему признаку – времени записи, предшествует Маркову лет на десять. В 50-х годах сообщает Павел Коринфянам слышанное от ближайших учеников Иисуса если не в самый год смерти Его, то через год или два:[1027]

преподал я вам, что и сам принял: что умер Христос за грехи наши, по Писанию; и что погребен и воскрес в третий день, по Писа-

---

[1027] Fr. Loofs, Die Auferstehungsberichte, 1908, S. 14. – Grandmaison, Jes. Chr., II, 373, 375.

нию; *и что явился Кифе, а потом Двенадцати; потом сразу более нежели пятистам братии, из которых большая часть доныне в живых, а некоторые и почили; потом – Иакову и так же всем Апостолам.* (I Кор. 15, 3–8.)

«Умер – погребен – воскрес»: в этом трехчленном символе веры исторически главный для Павла и для нас – средний член: «погребен»; связующий два крайних: «умер – воскрес». Зная, что Иисус «погребен и воскрес» – вышел из гроба, знает Павел, конечно, и то, что гроб оказался пустым: «Здесь Его нет; вот место, где Его положили»: пустое место – пустой гроб. Если евангельское свидетельство о нем исторически неподлинно, то непонятно, как Павел через два года по смерти Господней или даже в самый год ее мог принять это свидетельство за несомненную истину; так же непонятно, как мог он принять и воспоминание о «третьем дне» Воскресения за такую же истину. Чтобы знать, что Иисус воскрес не раньше и не позже третьего дня, ученики должны были в этот именно день находиться в Иерусалиме и видеть Воскресшего: следовательно, вопреки утверждению всей левой критики, не могли «бежать в Галилею». Бегства этого не предполагает никто из евангелистов. «Он впереди нас (учеников) пойдет в Галилею», – в будущем времени: «пойдет»; следовательно, опять-таки ученики должны были в день Воскресения находиться в Иерусалиме, у пустого гроба. Это и значит, что для всех шести Новозаветных свидетельств существует между пустым гробом и Воскресением нерасторжимая связь: «исчез – воскрес».

XV

Римские воины, отданные римским наместником под начальство иудеев:

стражу будете иметь; ступайте, охраняйте (гроб), как знаете (Мт. 27, 65), –

это слишком не похоже на историю. Но, как бы мы ни относились к исторической подлинности Матфеева свидетельства о римской страже у гроба Господня, оно драгоценно для нас как лучшее доказательство того, что в 80-х годах, когда писано Евангелие от Матфея, существовало внеевангельское, ученикам Иисуса враждебное и, следовательно, независимое от них иудейское предание-воспоминание все о той же неразрывной связи пустого гроба с тем, о чем иудеи говорили Пилату:

...*будет последний обман хуже первого* (Мт. 27, 64), –

хуже сказанного Учителем: «воскресну», – будет сказанное учениками: «воскрес».

Это же свидетельство Матфея – лучшее доказательство и того, что, когда еще можно было узнать, пуст ли действительно гроб, – слух прошел об исчезновении Тела, и действительная причина этого возможного исчезновения осталась неразгаданной.[1028]

«Выкрали ночью тело Его из гроба... ученики... и доныне обманывают людей, будто Он воскрес», – скажет Юстину Мученику Трифон Иудей уже в середине II века;[1029] вот как живуч этот слух и как нерасторжима для злейших врагов Господних связь трех логических звеньев: «умер – исчез – воскрес».

XVI

Главная исходная точка всех бывших и будущих споров о действительных «явлениях» Воскресшего («явил Себя живым», Д. А. 1, 3) или только «призрачных видениях», phantasma, «галлюцинациях», – главная исходная точка всех этих споров все еще и для нас, как две тысячи лет назад, – пустой гроб. Тайна его и доныне остается неразгаданной. Здесь – как бы «ужас пустоты», vacuum, всего нашего исторического опыта.

Что произошло с исчезнувшим Телом, – «маленький случай», petit hasard,[1030] или «маленькое плутовство», petit supercherie, как думает Ренан;[1031] или огромный «всемирно-исторический фокус-мошенничество», как заключает Штраус,[1032] через семнадцать веков повторяя Цельза: «Кто это видел (как Иисус воскрес)? – Полоумная женщина (Мария Магдалина) и еще кое-кто из той же мошеннической шайки фокусников».[1033] Или, наконец, все объясняется пятью-шестью необыкновенно живыми «галлюцинациями»? – «О, божественная сила любви!.. Миру даст воскресшего Бога страсть галлюцинирующей женщины», – все еще поет, чаруя любителей уличной музыки, самая фальшивая из всех шарманок XIX века – «Прекрасная Елена христианства», как Пруст назовет Ренанову «Жизнь Иисуса».[1034]

[1028] Bern. Weiss, Das Leb. Jes., 1884, II, 593. – Strauss, II, 347.

[1029] Just., Dial., 108. – Klostermann, Matth., 226. – Brandt, 336.

[1030] «Тело садовник унес потихоньку, чтобы любопытствующие посетители не топтали грядок его с овощами», – зло смеется Тертуллиан (De spectacul., 30).

[1031] Renan, Les Apotres, 1923, p. 44.

[1032] «Welthistorischer Humbug», Strauss, ap. Fr. Barth, Die Hauptprobl. d. Leb. Jes. 1918, S. 218.

[1033] Origen., Contra Cels. II, 55, 70. – Preuschen, Antileg., 42.

[1034] «Were the testimony fifty times stronger that it is, any hypothesis would be more possible than that». – H. Rashall, Memoire inedit, cite par Kirsopp Lake, The historical evidence for the Resurrection of Jesus Christ, London, 1907, p. 269. – Grandmaison, Jes. Chr., 1919, II, 371.

Но все, у кого есть хоть капля исторического слуха и зрения, чувствуют какое-то слишком твердое тело исторической действительности в евангельских свидетельствах о Воскресении, чтобы отвергнуть их просто, как «миф». – «Малый разум», rationalismus vulgaris, XVIII века вынужден был предположить мнимую смерть («глубочайший обморок») Иисуса на кресте:[1035] до того невероятно, чтобы в явлениях Воскресшего все было только «обман» или «самообман», «галлюцинация»; а немногим больший разум двух последних веков, чтобы разорвать слишком для него опасную связь пустого гроба с явлениями или «видениями» Воскресшего, вынужден предположить, что тело Христа – и все христианство вместе с Ним – выброшено в «общую яму», «свалку для нечистот».[1036]

XVII

Что же, в самом деле, произошло с телом Иисуса? Если оно оставалось в гробу, то как могла родиться вера учеников и как могли они ее возвещать тут же, в Иерусалиме, где так легко было доказать всем, что тело мнимо воскресшего все еще лежит и тлеет в гробу? Трудность эту обходят, предполагая, что весть о Воскресении ученики сначала таили от иудеев, «шептали ее друг другу на ухо», далеко от Иерусалима, в Галилее.[1037] Но предположение это ничем не подтверждается ни в евангельских свидетельствах, ни тем еще менее в Деяниях Апостолов, где Петр возвещает с кровель:

...всем да будет известно... что Иисуса Христа, Которого вы, распяли... Бог воскресил из мертвых (4, 10).

Разве это «шепот на ухо»? И весь Иерусалим слушает; слушают убийцы Христа, и в голову никому не приходит обличить Петра во лжи.

Да и как предположить, что среди самих учеников не нашлось другого Фомы Неверного, чтобы убедиться, пуст ли гроб или тело все еще в нем? Если же гроб был действительно пуст, то кем похищено тело? Иудеями? Но как же опять-таки не уличили они учеников во лжи, когда одним ударом – указанием на истлевшее тело или по крайней мере на тех, кто погребал его, все христианство могло быть уничтожено в корне? Или тело «украдено» самими учениками? Но как поверить, что на таком «маленьком плутовстве» или огромном «всемирно-историческом фокусе-мошенничестве» могла быть осно-

---

[1035] Venturini, Paulus, Bahrdt.
[1036] Strauss, Loisy, ap. Brandt, 312.
[1037] Loofs, 22.

вана такая правдивая и пламенная вера, как у первой общины; что на таком гнилом основании могло быть воздвигнуто такое непоколебимое здание, как Церковь?

Если же вера учеников – «самообман», «галлюцинация», то зачем во всех евангельских свидетельствах, особенно в нынешнем, кажется, очень древнем и исторически подлинном конце Марка, так много и откровенно сообщается о «неверии» учеников?

...Слыша, что Он жив... не поверили. После того явился... двум (ученикам) на дороге... и те возвестили прочим: но и им не поверили. Наконец, явился самим Одиннадцати... и упрекал их за неверие и жестокосердие, что видевшим Его воскресшего не поверили. (Мк. 16, 11–14.)

И уже в последнем на земле свидании перед вечной разлукой:
увидев Его, поклонились Ему, а иные усомнились (Мт. 28, 17), –
не поверили.

Что за странный способ пробуждать веру неверием, обманывать себя и других, указывая на возможность и легкость обмана! Все это необъяснимо, если не предположить, что тут действительно ***что-то было,*** чего мы не знаем.

XVIII

Вера в Воскресение – движущая сила всего христианского человечества. От чего зажглась эта вера? От пяти-шести необыкновенно живых «галлюцинаций»? Думать это – так же нелепо, как то, что от пяти-шести искр закипела вода в огромном котле. Нет, как бы ни судить о явлениях Воскресшего, одно несомненно: в них была «неодолимо принудительная действительность» – то, что снова подняло павшую веру учеников с такою же внезапной силой, с какою согнутая пружина разгибается; чем была она согнута, мы видим, но не видим, что разогнуло ее, а ведь в этом весь вопрос.[1038]

В тридцать шесть часов, от вечера Страстной Пятницы до утра Пасхальной Субботы, ученики что-то пережили, чего мы не знаем. Но, как по тому, что кусок железа сделался куском стали, мы узнаем, что он был раскален добела и опущен в ледяную воду, так по тому, что Симон, во дворе Каиафы «дрожащая тварь», сделался Верховным Апостолом Петром, мы узнаем, что он пережил что-то неведомое нам, о чем сам говорит:

воистину воскрес, ὄντως ἠγέρθη. (Лк. 24, 34).

[1038] «Unwidersprechliche, zwingende Tahtsache». – Joh. Weiss, Jes. im Glaub. des Urchrist., 1910, S. 9.

Что бы ни произошло у пустого гроба, одно несомненно: вера в победу над смертью и в жизнь бесконечную связана доныне, как девятнадцать веков назад, с пустым гробом в саду Иосифа Аримафейского.[1039]

XIX

...(Жены) возвратившись от гроба, возвестили все Одиннадцати и всем прочим.
И показались им слова их бредом, и не поверили им. (Лк. 24, 9–11.)
«Бред», λῆπος, deliramentum, по-нашему «галлюцинация», – это врачебное слово повторит за Лукой – врачом врач Цельз: «Кто это видел? Полоумная женщина».[1040] Даже пойти взглянуть на пустой гроб никто из учеников не потрудился: таким «бредом» кажутся им слова женщин.[1041]

Начатое Лукой продолжает Иоанн:
в первый же день недели, рано, когда еще было темно, Мария Магдалина приходит ко гробу и видит, что камень отвален... И бежит, и приходит к Симону Петру и другому ученику, которого любил Иисус, и говорит им: унесли Господа из гроба, и не знаем, где положили Его.
Несколько жен – у синоптиков, а здесь, в IV Евангелии, Мария Магдалина – одна; но говорит во множественном числе: «не знаем», οὐκ οἴδαμεν, от лица многих или по крайней мере двух, – своего и «другой Марии», ηἄλλη Μαρία, – «Неизвестной» (Мт. 27, 61).
Тотчас вышел Петр и другой ученик; и пошли ко гробу.
Оба побежали вместе; но другой ученик бежал скорее Петра и пришел ко гробу первым.
И, наклонившись, увидел лежащие пелены, но не вошел во гроб.
Видит сквозь низенькую дверцу гробовой пещеры в сумраке ее белеющие на гладкой скамье, или ковчегообразном ложе, пелены.
Вслед за ним приходит Симон Петр и входит во гроб и видит одни пелены лежащие и плат, который был на голове Его, не с пеленами лежащий, но особо свитый, на другом месте. Тогда вошел и другой ученик... и увидел, и уверовал. (Ио. 20, 1–8.)

[1039] Harnack, Das Wesen des Christent., 1902, S. 102.
[1040] Klostermann, Lucasev., 601.
[1041] Следующий, 12-й стих о Петре, бегущем ко гробу, – позднейшая вставка, вероятно, из IV Евангелия, 20, 3–8. – Eberh. Nestle, Nov. Test, 1904 – Tischedorf, N. T. 1869–72. – Westcott aud Hort, N. T., 1881.

Поняли, должно быть, оба, по тому порядку, в каком лежали снятые одежды, что, «проснувшись» – воскреснув, Он снял их сам и сложил, как проснувшийся, вставая с постели, складывает ночные одежды; поняли, что тело Его не украдено, – как бы глазами увидели по этому порядку одежд, как Он вставал, раскутывал на Себе пелены, снимал с головы плат и свивал его неторопливо, тщательно: тихо все и просто, как бы «естественно»; страшно близко, страшно действительно, но чем действительнее, тем чудеснее.

Кажется, еще не простыли от новой чудесной теплоты Воскресшего Тела эти пелены смертные. Кто прикоснулся к ним первый, – Иоанн или Петр? Кто первый увидел и уверовал? Так же, как в беге, состязаются и в вере Сын Громов, Иоанн, и поражаемый громом, Камень-Петр.

XX

...Петр пошел назад, дивясь сам в себе происшедшему, –

дополняет Лука (24, 12) Иоанна. «Сам в себе дивится» Петр, но еще никому ничего не говорит, «потому что боится», так же как жены, бежавшие от гроба, «никому ничего не сказали, потому что боялись».

А Мария стояла у гроба и плакала.

Как вернулась ко гробу, не помнит Иоанн, может быть, потому, что сама она не помнит. Плачет, как надгробная плакальщица или одинокая птица в вечерних сумерках. То, что Иоанн «увидел и уверовал», не убеждает ее: все еще не видит – не верит и продолжает свою бесконечную жалобу:

Господа моего унесли, и не знаю, где положили Его!

Плачет, как сестра – о брате умершем, как невеста – о женихе, мать – о сыне.

Матери Своей явился первой, –

помнят апокрифы; будет помнить и вся Церковь первых веков.[1042] Мог ли бы, в самом деле. Сын забыть о матери, – в Воскресении забыть о Рождестве? Обе, может быть, здесь, у гроба: одна, Мария Магдалина, и другая, Мария Неизвестная; та, кто родила, и та, кто первая увидит Воскресшего.

Плачет – «Песнь песней» поет:

[1042] Acta Thaddei, VI. – Tatian., Diatessaron, ad Joh. 20, 1–18. – Ephra,m Syrus. – Pseudo-Justin., Quaest. et respon. ad Orthodox. – W. Bauer, Das Leben im Zeitalt, d. N. T. Apokr., 263.

ночью на ложе моем искала Я Того, Которого любит душа моя; искала Его и не нашла.

Встану я и пойду по городу, по площадям и улицам, буду искать Того, Которого любит душа моя.

Встретили меня стражи, обходящие город. «Не видали ли вы Того, Которого любит душа моя?»

Но едва я отошла от них, как нашла Того, Которого любит душа моя; ухватилась за Него и не отпустила Его...

«Положи меня, как печать, на сердце Твое; как перстень, на руку Твою, ибо крепка любовь, как смерть». (Песн. песн. 3, 1–4; 8, 6.)

XXI

...И, когда плакала, наклонилась во гроб и видит двух Ангелов в белом одеянии, сидящих, одного у главы, а другого у ног, где лежал Иисус. И они говорят ей: жена! что ты плачешь? Говорит им: Господа моего унесли, и не знаю, где положили Его.

Не ужасается явлению Ангелов: слишком поглощена одной-единственной мыслью – о теле Возлюбленного: к телу Его, земному, все еще прилеплена, будучи в мире уже неземном.

...(Вдруг) оглянулась и увидела Иисуса, стоящего (за нею), но не узнала, что это Иисус.

Он говорит ей: жена! что ты плачешь? кого ищешь?

Думая, что это садовник, она говорит Ему: если ты унес Его, господин, скажи мне, где ты Его положил, и я возьму Его.

Иисус говорит ей: Мария! Она, оглянувшись (опять), говорит Ему: Раввуни!

Между этими двумя словами: «Мария!» – «Раввуни!» – молния любви, побеждающей смерть: крепче смерти любовь.

Вся устремилась к Нему, пала к ногам Его, чтоб ухватиться за них.

Иисус говорит ей: не прикасайся ко Мне, ибо Я еще не восшел к Отцу Моему; а иди к братьям Моим и скажи им: Я восхожу к Отцу Моему и Отцу вашему, к Богу Моему и Богу вашему. (Ио. 20, 11–17.)

К людям, братьям Своим, приходит Брат человеческий, прежде чем взойти к Отцу.

XXII

Зная, что такое Воскресение, мы могли бы предвидеть, что неразрешимейший узел всех евангельских противоречий будет именно здесь, в Воскресных свидетельствах. Так оно и есть.

Когда Иисус «вознесся»? Мера времени здесь уже сломана в вечности. «Не прикасайся ко Мне, ибо Я еще не восшел к Отцу», – говорит Он Марии Магдалине в самый день Воскресения, а через семь дней, в следующий день воскресный, скажет Фоме:

руку твою вложи в ребра Мои. (Ио. 20, 27.)

Значит, между этими двумя днями вознесся. Так в IV Евангелии, а в III-м (24, 39) в самый день Воскресения говорит ученикам: «осяжите Меня»: значит, в тот же день воскрес и вознесся; но, уже взойдя на небо, опять сходит на землю, к ученикам. Так в Евангелии от Луки, а в Деяниях Апостолов того же Луки (1,3) возносится через сорок дней по Воскресении. В нынешнем конце Марка (16, 19) – в тот же день, а у Матфея (28, 16–20) – неизвестно когда, – вероятно, дней через пять по Воскресении, сколько нужно ученикам, чтобы вернуться из Иерусалима в Галилею.

«Здесь, в гробу, Его нет, ибо Он воскрес и восшел туда, откуда послан», – говорит Ангел женам в «Евангелии от Петра»:[1043] значит, в один и тот же миг воскрес и вознесся. «Празднуем день восьмой. Воскресный, в который Иисус восстал из мертвых и вознесся», – скажет Послание Варнавы.[1044]

Так же и пространственные меры сломаны в бесконечности. Откуда Иисус вознесся? В I Евангелии (28, 46) – с неизвестной горы в Галилее; во II-м (16, 12–19), – из Иерусалима, чуть ли даже не прямо из Сионской горницы; в III (24, 50) – из Вифании; в IV (21, 1–22), – неизвестно откуда, может быть, даже не восшел на небо, а ушел в земную даль по берегу Тивериадского озера; в Деяниях Апостолов (1, 12) – с Елеонской горы.

Все это и значит: того, что **действительно было** в явлениях Воскресшего, нельзя никакою только здешнею мерою измерить, никаким *только* здешним знанием узнать.

Но вот в каком-либо нечаянном движении слов Его – как то, к Марии: «Не прикасайся ко Мне», – мы прикасаемся как бы нашим собственным телом к телу Воскресшего, чувствуем, как неземною свежестью дышит на нас этот только что распустившийся, божественный цветок **Не-тронь-меня,** и вдруг узнаем, что это *было,* не могло не быть; знанием таким несомненным, как то, что я – я, мы узнаем, что Христос воскрес.

[1043] Ev. Petri, XII, 9.

[1044] Barnab., Epist., XV, 9.

12. Воистину воскрес

I

В тот же день – (первый день Воскресения) – шли двое из учеников в селение Эммаус, отстоящее стадий на шестьдесят от Иерусалима.

Иосиф Флавий знает – в шестидесяти стадиях, двух-трех часах пешего пути в Иоппию Приморскую, значит, прямо на запад от Иерусалима – селение Эммаус, «Веспасианову Колонию», чем подтверждается историческая подлинность этого евангельского свидетельства.[1045]

Двое учеников, вероятно, из числа Семидесяти: один – Клеопа (сокращенное имя от «Клеопатр»), брат Иосифа, нареченного отца Иисусова, а другой, не названный, – по очень древнему церковному преданию, – Нафанаил из Каны Галилейской (Ио. 21, 2), или сын Клеопы, Симеон, двоюродный брат Иисуса, будущий епископ Иерусалима, мученик, распятый во дни Траяна:[1046] он-то и сообщил Луке, по тому же преданию, в конце 50-х годов, уже почти восьмидесятилетним старцем, о том, что произошло на пути в Эммаус.[1047] Если так, то возможно, что в свидетельстве Луки уцелело более или менее историческое воспоминание.

(Идучи же) разговаривали они между собою о всех происшедших событиях.

После двух бессонных ночей сами, может быть, не знают, спят или бодрствуют; застланы мутною пленкой глаза, как днем у птиц ночных. Все об одном говорят, точно бредят, – о терзающей тайне пустого гроба: – Гроб пустой – пустые речи жен, будто Мертвый жив. Если жив, где Он? Почему никто Его не видел? А если мертв, почему нет тела в гробу? Кто Его унес? Наши, или римляне, или Иосиф Аримафейский, или садовник? И зачем унесли Его, и куда положили? Темен без Него весь мир и пуст, как пустой гроб. А мы надеялись было...

II

Слышат чей-то легкий шаг за собой; кто-то нагоняет их, рядом с ними идет. Кто это? Судя по одежде, – паломник, пришедший на Пасху

[1045] Joseph., Bell., VII, 6, 6. – Brandt, 375. – Keim, IH, 554. – Renan. Apotres, 1923, p. 19.

[1046] Euseb., H. E., Ili, 11, 2. – Henneke, N. T. Apokryph., 107. – Неназванный ученик – Нефанаил, по Епифанию. – Klostermann, Lucasev., 603.

[1047] Klostermann, 691.

в Иерусалим, издалека, должно быть, из эллинского рассеяния; судя по голубым, край плаща окаймляющим кисточкам-канаффам, – книжник-раввин. Видя, как они побелели от пыли, что-то вспомнить хотят и не могут: застлана и память такою же мутной пленкой, как глаза. Что это за темные на ступнях, между ремнями сандалий, пятнышки? И для чего прячет руки в складках плаща? Прямо в лицо ему смотрят, но видят неясно, как будто сбоку, краем глаза. Лицо, – как у всех, слишком обыкновенное, похожее на все человеческие лица, чтобы вспомнить его, если когда-нибудь и видели.

И он сказал им: о чем это, идучи, вы рассуждаете между собою, и отчего вы печальны?

И, умолкнув вдруг, «остановились с унылыми лицами».[1048]

«Ты ли один из пришедших в Иерусалим не знаешь о бывшем в нем в эти дни?»

И сказал им: «О чем?» – «*Что было с Иисусом Назарянином*», – начал Клеопа, и дальше пошли; снова заговорили, точно забредили:

– Гроб пустой – пустые речи жен, будто Мертвый жив. Разве над мертвыми сотворит суд Господь? Мертвые ли встанут и будут славить Его? Или во гробе будет возвещена милость Его и истина Его – в месте тления? А мы надеялись было…

Тогда Он сказал им; о, несмысленные и медлительные сердцем, чтобы веровать!..

Не так ли должно было пострадать Христу, чтобы войти в славу Свою?

И, начав от Моисея, из всех пророков изъяснил им сказанное в Писании о Христе…

И приблизились к тому селению, в которое шли; и показывал им вид, что хочет идти далее.

Но они удерживали Его, говоря: останься с нами, потому что день уже склонился к вечеру. И Он вошел (в дом) и остался с ними.

Когда же возлежал с ними (за вечерей), взяв хлеб, благословил, преломил и подал им.

Тогда открылись у них глаза, и они узнали Его. Но Он стал невидим для них.

В греческом подлиннике: «стал невидим *от них*», ἀπ'αὐτῶν, – оттуда, откуда они смотрят на Него; «исчез» – ушел из этого мира в тот,

---

[1048] В кодексах – оба чтения, одинаково значительных: ἔστε σκυθρωποί <есть печаль – (греч.)>, в вопросе Спутника, и ἐστάθησαν σκυθρωποί <должна быть печаль – (греч.)> в самом рассказе. – H. Holtzmann, Hand-Comm. Z. N. T., I, 421. – Klostermann, Lucasev., 604. – Lagrange, Luc, 604.

как бы выпал вдруг отсюда туда, из трех измерений – в четвертое. Только что узнали Его – увидели новым зрением, внутренним, как перестали видеть внешним; для того мира глаза им открылись – закрылись для этого: прозрели и ослепли, как ночные птицы днем.

И сказали друг другу: не горело ли в нас сердце наше, когда Он говорил с нами на дороге и объяснял нам Писание. (Лк. 24, 13–32.)

III

И, вставши, тотчас возвратились в Иерусалим.

Пешего пути из Иерусалима в Эммаус – часа два, а обратно, в ночную пору, по тогдашним плохим дорогам и с крутым подъемом на Иерусалимскую гору, часа три-четыре. Солнце зашло в шесть: значит, не могли вернуться в Иерусалим раньше девяти-десяти, – того самого часа, когда в Страстной Четверг совершил Господь Тайную Вечерю в Сионской горнице; там, вероятно, и теперь сошлись Одиннадцать, в той же верхней горнице-гиллите, устланной коврами, с ложами, расставленными в виде подковы вокруг низкого круглого стола, как и в ту предсмертную ночь.

...(Там) нашли они вместе Одиннадцать и бывших с ними, которые говорили им, что Господь воистину воскрес и явился Симону.

И рассказали им – (двое учеников Эммаусских) – о происшедшем на пути, и как «Он был узнан ими в преломлении хлеба». (Лк. 24, 33–35.)

Так же, как тогда, сквозь круглое, в куполе, окно, мерцает звездное небо, и в приносящемся сверху небесном веянии, как в чьем-то неземном дыхании, колеблются огни догорающих лампад; так же возлежат Одиннадцать, и место Двенадцатого на том же ложе, за тем же столом, кажется, еще не простыло; тот же тихий час – Его, Тишайшего, как тот, когда Он говорил:

сиротами вас не оставлю; приду к вам. Я увижу вас опять, и возрадуется сердце ваше, и радости вашей никто не отнимет у вас. (Ио. 14, 18; 16, 22).

Тихий хруст ломаемых опресноков, точно живых, в живом теле, костей; тихий шелест, шепот, – тише самой тишины:

den hu guphi,
вот Тело Мое.
И сам Иисус стал посреди них.[1049]
Они же, обезумев от ужаса, подумали, что видят духа, –

[1049] Уже не «явился», «сделался видим», ὤφθη, как в других свидетельствах, а «стал посреди них», ἔστη ἐν μέσῳ αὐτῶν, так же, как стоял живой.

«призрака», phantasma, «бесплотного демона», daemonium incorporale.[1050]

Но Он сказал им: что вы ужасаетесь, и зачем такие мысли входят в сердца ваши? [1051]

Посмотрите на руки и на ноги Мои. это Я сам. Осяжите и рассмотрите Меня; ибо дух плоти и костей не имеет, как видите у Меня. Когда же они еще не верили от радости и дивились, Он сказал им: есть ли у вас здесь какая пища? Они подали Ему часть печеной рыбы.[1052]

И, взяв, ел перед ними (Лк. 36–42), –

«и дал им остатки», – прибавлено в некоторых кодексах.[1053]

Так же, как запах дыма от печеной рыбы, когда едят ее, – действительно для них и то, что Он ел эту рыбу.

Ели мы и пили с Ним, по воскресении Его из мертвых (Д. А. 10,41), –

вспомнит Петр.

«Сердце горящее» – сначала, потом – слух, потом – зрение, потом – осязание и, наконец, вкушение: вот пройденные ими ступени внутренне-внешнего, чувственно-сверхчувственного опыта, в котором прикасаются они телом своим к Телу Воскресшего.

IV

Так же в этом вкушении, как в Евхаристии, Любящий входит в любимого; пламенем любви Сжигающий и сжигаемый, Ядомый и ядущий – одно.

Плоть Мою ядущий и Кровь Мою пиющий имеет жизнь вечную, и Я воскрешу его в последний день. (Ио. 6, 54.)

«Пища сия, ею же питается плоть и кровь наша, в Пресуществлении („преображении", „метаморфозе" вещества), есть плоть и кровь самого Иисуса» (Юстин). С телом Воскресшего и с Телом в Евхаристии как бы новое вещество входит в мир; новое тело прибавляется к «простым химическим телам», или, точнее, новое состояние всех «изменившихся» (в Павловом смысле), «преображенных», «воскресших» тел, веществ мира.

[1050] δαιμόνιον ἀσώματον, Cod. D. и др. – Euseb., H. E. III, 36. – Ignat, ad Smyrn., III, 1,2. – Resch, Agrapha, 96–97. – W. Bauer, 259.

[1051] В греческом подлиннике: «зачем противоположные мысли, διαλογισμοί, восходят – поднимаются, ἀναβαίουσιν, в сердце вашем?» (как облака, из-за края земли).

[1052] «Сотового меда», – прибавлено в позднейших кодексах.

[1053] Syr. Curet., τά ἐπίλοιπα ἔδωκεν αὐτοῖς – Vulgata: sumens reliquia dedit eis. – Resch, 51.

Тайну Воскресения с тайной Евхаристии соединяет внутренняя связь. Вот почему Господь тотчас по Воскресении первому является брату своему, Иакову, давшему обет хлеба не вкушать, доколе не увидит Воскресшего.

И сказал Господь: стол и хлеб принесите. И принесли... Он же, взяв хлеб, благословил, преломил и дал Иакову... и сказал ему: брат Мой, ешь хлеб твой, ибо Сын человеческий воскрес из мертвых. [1054]

Вот что значит:

Я есмь хлеб жизни... Ядущий Меня жить будет Мной. (Ио. 6, 48, 57).

V

В некоторых кодексах к нашему каноническому чтению Луки (24, 39) прибавлено:

Это Я сам; осяжите Меня и увидите, что Я не демон бестелесный. И тотчас, прикоснувшись к Нему, поверили. [1055]

Верят, но не совсем: несмотря на видимое тождество двух тел, – того, живого, и этого, воскресшего, – чувствуют их различие бесконечное. Чем Он к ним ближе, тем дальше от них; чем подобнее, тем отличнее: как бы земное тело Его, земное лицо, но отраженные уже в неземном, хотя и совершенно точном, зеркале: весь такой же, как был (вот и голубые кисточки-канаффы, побелевшие от пыли), точь-в-точь такой же и совсем другой. Неизвестный, Неузнанный, Неузнаваемый. «Он! Он!» – радуются и вдруг ужасаются: «Нет, другой, – демон бестелесный, призрак, phantasma, двойник Его, оборотень!» И любящие готовы бежать от Любимого. Если Он говорит им: «Это Я сам», – значит, им все еще кажется, что это, может быть, и не Он. А только что узнают Его, отождествляют, делают совсем прежним, живым, действительным, – Он вдруг исчезает, как бы снова выпадает из этого мира в тот, уходит от них из трех измерений в четвертое («стал невидим *от них*»).

Кажется, если б это продолжалось больше «сорока дней» – сорока часов – сорока минут (мера времени для них уже сломана в вечности), – сошли бы с ума.[1056]

[1054] Ev. secund. Hebraeos, ap. Hieron, De vir. illustr., II. – Resch, 249. – Henneke, N. T. Apokryph., 55.
[1055] Так в некоторых кодексах, Лк., 24, 39. – Ignat., ad Smyrn. III, 1, 2. – Euseb., H. E., III, 36. – Resch., 96–97.
[1056] В найденном недавно, очень древнем (150–180 гг.), Коптском свидетельстве о Воскресении простодушно, но сильно и точно выражена эта несоизмеримость двух опытов – чувственного, трехмерного, и сверхчувственного, четырехмерного.

VI

Мог ли бы кто-нибудь из прохожих на большой дороге увидеть Иисуса, идущего с двумя учениками в Эммаус? Или кто-нибудь из членов Синедриона, заглянув сквозь замочную скважину дверей, мог ли бы увидеть Его в Сионской горнице? «Нет, не мог», – отвечает Петр, по несомненному для него опыту всех бывших «видений-явлений» Воскресшего:

…Бог дал Ему являться не всему народу, а (только) свидетелям предызбранным от Бога, – нам. (Д. А. 10, 40.)

Чем же такое «явление» разнится исторически-физически от того, что мы называем исторически же и физически «видением», «галлюцинацией»?

«– Верите ли вы в привидения? – спрашивает Свидригайлов Раскольникова.

– А вы верите?

– Да, пожалуй, и нет… То есть не то что нет… Ведь обыкновенно как говорят?.. Ты болен, стало быть, то, что тебе представляется, есть только один несуществующий бред. А ведь тут нет строгой логики. Я согласен, что привидения являются только больным; но ведь это лишь доказывает, что привидения могут являться не иначе, как больным, а не то, что их нет самих по себе.

– Конечно, нет!

– Нет, вы так думаете?.. Ну, а что, если так рассудить (вот помогите-ка): «привидения – это, так сказать, клочки и отрывки других миров, их начало. Здоровому человеку, разумеется, их незачем видеть, потому что здоровый человек есть наиболее земной человек, а стало быть, должен жить одною здешнею жизнью… Ну, а чуть заболел,

---

Только что явившись у пустого гроба Марфе и Марии, сестрам Лазаря, и Марии Магдалине, Господь посылает их, одну за другой, возвестить о Себе ученикам, «братьям своим»: «придите, Господь воскрес из мертвых». Марфа идет первая и слышит ответ учеников: «что нам до тебя, женщина? Мертвый во гробе лежит, и не встанет». С тем же ответом возвращаются и обе Марии. Тогда идет сам Иисус к дому, где собрались ученики, и зовет их к Себе. Но те все еще не верят, что это Он сам, а не «призрак» Его, «демон бестелесный». Когда же, наконец, выходит к Нему, Он говорит им: «это Я сам… Петр, вложи перст твой в раны от гвоздей на руках Моих; и ты, Фома, вложи руку твою в рану от копия в ребрах Моих; и ты, Андрей, прикоснись к ногам Моим и осяжи, как твердо стоят они на земле». Только тогда ученики падают ниц перед Ним и веруют, что Он «воскрес во плоти». – Karl Schmidt, Gespräche Jesu mit seinen Jüngern nach der Auferstehung (Texte und Untersuch., XLIII, Leipzig, 1919). – Bauer, 260. – Grandmaison, Jes. Chr., II, 394.

чуть нарушился здешний порядок, тотчас и начинает сказываться возможность другого мира, и чем больше человек болен, тем и соприкосновений с другим миром больше, так что, когда умрет совсем, то прямо и перейдет в другой мир».[1057]

Все ученики Господни – больные, в горячечном бреду, или полупомешанные, – это не так-то легко доказать, если дело идет о людях, способных в самую минуту «бреда», «галлюцинации», сомневаться в них так, как Фома сомневается. Но если бы даже это было доказано, то все же вопрос Достоевского-Свидригайлова оставался бы открытым: что такое «галлюцинации», хотя бы и больных людей, – только ли «несуществующий бред» или также «клочки и отрывки иных миров»? – «Если бы даже все рассказы о привидениях оказались лживыми, оставалась бы *возможность* действия того мира на этот», – соглашается и Кант с Достоевским.[1058]

Где же в «явлениях» Воскресшего граница между внутренним и внешним, между тем, что «кажется», и тем, что есть? Или нигде, или там, где открывается первая, в этих «явлениях», точка нового бытия.

Се творю все новое. **(Откр. 21, 1.)**

Главное для видящих Иисуса воскресшего – не «бессмертие души», а «воскресение плоти». Незачем бы Христу жить, умирать и воскресать, если бы дело шло о такой общеизвестной истине, как «бессмертие души»: люди и до Христа верили в него и после Христа будут верить. Если Христос не победил смерти физически – не воскрес во плоти, то «напрасно умер» (Гал. 2, 21), и «вера наша тщетна» (I Кор. 15, 17).

VII

Плотское воскресение Христа утверждается с наибольшею силою в самом «духовном» из всех Евангелий, IV-м, – именно в том, где с такою же силою выражено и крайнее, уму человеческому доступное сомнение в плоти Воскресшего.

Если не увижу на руках Его ран от гвоздей, и не вложу перста моего в раны Его, и не вложу руки моей в ребра Его, не поверю –

говорит в день Воскресения Фома, не видевший Господа.

После же семи дней опять были в доме ученики Его, – и Фома с ними. Пришел Иисус, когда двери были заперты, стал посреди них и сказал: мир вам!

[1057] Достоевский, Преступление и наказание, IV ч. I. – Kant Kleine Schriften II 420, f.f. – Keim, III, 604.

[1058] Evang. Petri, XIV. – Henneke, N. T. Apokryph., I, 63. – Wemle, Die synoptische Frage, 1899, 219.

Потом говорит Фоме: подай перст твой сюда и посмотри руки Мои: подай руку твою и вложи в ребра Мои; и не будь неверующим, но верующим.

Фома сказал Ему в ответ: Господь мой и Бог мой! Иисус говорит ему: ты поверил, потому что увидел Меня; блаженны не видевшие и уверовавшие. (Ио. 20, 25–29.)

Первый свидетель, Марк (1, 1), начинает Блаженную Весть — «Евангелие Иисуса Христа, Сына Божия», а последний свидетель, Иоанн, кончает: «Господь мой и Бог мой!» — «Слово было Бог» (1, 1) — в начале, а в конце: «Слово стало плотью» (1, 14); Христос воскрес во плоти.

VIII

То же начало с тем же концом смыкается в круг вечности в других Воскресных свидетельствах. Там, где кончается Евангелие от Марка бегством жен от пустого гроба, — продолжает «Евангелие от Петра» возвращением учеников из Иерусалима в Галилею:

...был последний день опресноков, и многие возвращались в дома свои, потому что наступил конец праздника (Пасхи).

Мы же, Двенадцать, скорбели и плакали; и каждый из нас возвратился в дом свой (в Галилею).

Я же, Симон Петр, и Андрей, брат мой, взяв рыболовные сети, пошли на Геннисаретское озеро.

Был с нами и Левий Алфеев, Его же Господь... [1059]

Здесь кончается уцелевший отрывок «Евангелия от Петра». Можно ли поверить, чтобы уже в конце пасхальных дней, следовательно, через семь дней по Воскресении, ничего о нем не знали ученики, как будто все происшедшее за эти дни в Иерусалиме провалилось для них в черную тьму беспамятства, — было, как бы не было? Помнят, что для чего-то надо идти в Галилею, но для чего, — уже не помнят, как будто забыли слово Господне:

по воскресении Моем Я пойду вперед вас в Галилею (Мк. 14, 28);

и слово Ангела:

Он вперед вас пойдет в Галилею; там Его увидите, как Он сказал вам. (Мк. 15, 7.)

Как будто не им сказано и это:

Как послал меня Отец, так и Я посылаю вас. (Ио. 20, 21.) *Идите по всему миру и проповедуйте Евангелие всей твари.* (Мк. 16, 15.)

[1059] Klostermann, Johan.-Ev., 231.

Можно ли поверить, чтобы посланные в мир «ловцы человеков» снова вернулись в Галилею как ни в чем не бывало ловить рыбу в Геннисаретском озере? Все это понятно лишь в том случае, если, вопреки Луке (24, 34) и Павлу (I Кор. 15, 5), явление Воскресшего у Геннисаретского озера было не одним из нескольких, – третьим, по счету Иоанна (21, 14), а первым и, может быть, единственным; и если в этом смешении времен мера их сломана в вечности.[1060]

IX

Были же вместе Симон Петр и Фома Близнец, и Нафанаил из Каны Галилейской, и сыновья Заведеевы, и двое других учеников. Симон Петр говорит им: иду ловить рыбу. Говорят ему: идем и мы с тобою. (Ио. 21, 2–3.)

Здесь, на Геннисаретском озере, все – так же и в этот последний день Господень, как в тот, первый: так же золотая дымка окутывает озеро подобно славе Божией; так же на голубой воде белеют паруса рыбачьих лодок, острые, как крылья чаек; так же сидя в лодках, чинят сети рыбаки или моют их и развешивают на кольях сушиться; так же запах теплой воды и рыбы смешан с благоуханьем лимонных и апельсинных цветов в прибрежных садах Вифсаиды; так же под ногою путника, идущего по берегу озера, хрустит на мелком черном песке множество белых известковых ракушек. А на берегу заливов, кажется, только что стояла полукругом толпа, слушая внятно по воде доносившийся голос учащего с лодки рабби Иешуа.

Кажется здесь, как нигде, люди могли бы услышать Блаженную Весть:

все готово, приходите на брачный пир. (Мт 22, 44.)

Но не услышали. И отныне вся эта земля, – как опустевший и опечаленный рай. Плачет пастушья свирель, унылая, как шум ночного ветра в озерных камышах:

воззрят на Того, Кого пронзили, и будут рыдать о Нем, как рыдают о сыне единородном, и скорбеть, как скорбят о первенце. (Зах. 10, 12.)

И чей-то тихий зов во всем, сердце надрывающая жалоба:
брачный пир готов, и никто не пришел.

X

...Снова явился Иисус ученикам своим у Тивериадского озера (Ио. 21, 1), –

[1060] Tobler, Descriptio Terrae Sanctae, 81. – Dalman, One und Wege Jesu, 147.

там же, по очень древнему церковному преданию, близ Капернаума, у Семиключия, где семь горячих целебных ключей изливаются в озеро, привлекая вкусом и теплотою вод множество рыб, и где Петр три года назад, стоя в воде, полуголый, с намотанной на руку сетью и вглядываясь пристально в лицо стоявшего на берегу неизвестного Путника, услышал таинственный зов: «Следуй за Мною и будешь ловцом человеков» (Мк. 1, 17). Словом этим озарятся, как молнией все грядущие судьбы Верховного Апостола: был, есть и будет Петр до конца времен ловец человеческих душ.

Симон Петр говорит им: иду ловить рыбу. Говорят ему: идем и мы с тобою. Пошли, и тотчас вошли в лодку, и не поймали в ту ночь ничего.

Ночью на озере могли бы вспомнить, как некогда, в бурную ночь, пенистые гребни волн, освещенные луною сквозь тучи, казались им белою одеждою идущего по воде «призрака». Когда же настало утро, Иисус стоял на берегу, но они не узнали, что это Иисус, так же, как у тех двух учеников Эммаусских, «глаза их были удержаны» (Лк. 24, 16), и так же в них «сердце горело» (Лк. 24, 32).

Иисус говорит им. Дети! есть ли у вас какая пища?[1061] *Они говорят Ему: нет.*

Он же сказал им: закиньте сеть по правую сторону лодки и поймаете. (Ио. 21, 5–6.)

Все это уже было когда-то: так же, как скажет теперь, сказал Он тогда Симону:

отплыви на глубину, и закиньте сети, –

и так же Симон ответил Ему:

Равви! мы трудились всю ночь и не поймали ничего: но, по слову Твоему, закину сеть.

Сделав это, они поймали великое множество рыбы, и даже сеть у них прорывалась.

...И наполнили обе лодки, так что они начали тонуть.

...Симон же Петр припал к коленам Его и сказал: выйди от меня, Господи, потому что я человек грешный!

Ибо ужас объял его и всех, бывших с ним, от этого лова рыб. (Лк. 5, 4–9.)

Все это было однажды, во времени, и будет всегда, в вечности.

[1061] «Пища», προσφάγιον, – точнее, «приправа», – здесь, на Геннисаретском озере, соленая, копченая или свежая рыба: видно, по этому рыбачьему слову, что и сам рассказчик – тамошний рыбак. – Klostermann Joh.-Ev. 229.

XI

Он же сказал им: закиньте сеть по правую сторону лодки и поймаете. Они закинули и уже не могли вытащить (сети) от множества рыбы.
Тогда ученик, которого любил Иисус, говорит Петру: это Господь.
Симон же Петр, услышав, что это Господь, опоясался одеждой, ибо он был наг, и бросился в озеро.

Наг, должно быть, потому, что готов соскочить в воду, чтобы освободить от камней влачащуюся по дну сеть, а опоясался одеждой, чтобы явиться Господу в пристойном виде.[1062]

Другие же ученики приплыли в лодке (потому что были недалеко от берега, локтей около двухсот), таща сеть с рыбой. Выйдя же на берег, видят разложенный огонь и на нем лежащую рыбу и хлеб.

Все это было однажды, во времени, и будет всегда, в вечности.

«9 апреля 1913 года, – вспоминает один путешественник, искатель следов Господних на Св. Земле, – возвращаясь в лодке из Вифсаиды, мы причалили к берегу, недалеко от Семиключия, где лодочники наши поймали руками две рыбы в тинистой заводи и, пока мы ходили в Капернаум, развели огонь на прибрежных камнях и, дав ему отгореть, испекли рыбу на жаре углей, а когда мы вернулись, предложили нам ее отведать; рыба немного пахла дымом, но была съедобна. Так увидели мы то, о чем вспоминает Иоанн».[1063]

Иисус говорит ученикам: принесите рыбу, которую вы теперь поймали.

Эта пойманная рыба, естественная, и та, на огне, чудесная, – соединятся в одну Евхаристию, потому что всякая пища в руках Господних – Евхаристия.

Симон Петр пошел и вытащил на берег сеть, наполненную большими рыбами, которых было сто пятьдесят три; и при таком множестве не прорвалась сеть. (Ио. 24, 6–11).

Чтобы сосчитать до ста пятидесяти трех, какая нужна ясность памяти, и как это непохоже на «бред», «галлюцинацию»!

Число рыб – сто пятьдесят три, – означает, по верному, кажется, толкованию бл. Иеронима, число всех обитающих в мире племен и народов, в единую которые соединятся Церковь Вселенскую.[1064]

[1062] Dalman, 145.
[1063] Dalman, 148.
[1064] Hieron., ad Ezeck., 47, 12, ссылается на поэму Oppinus Cilix, о рыбной ловле, где число всех существующих родов рыбы – «сто пятьдесят три». – Klostermann, Joh.-Ev. 231.

XII

Иисус говорит им: придите, обедайте. Из учеников же никто не смел спросить Его: «Кто Ты?» — зная, что это Господь.

Знают, но уже не боятся, как тогда, в Сионской горнице, что это не Он, а кто-то другой, — «бесплотный демон», «призрак», phantasma. Страха нет уже, — есть только тихая радость, та же, как в то блаженно-райское утро наступавшего царства Божия. Но этот рай уже вечный; это утро — уже незакатного дня.

Иисус приходит, берет хлеб и дает им; также и рыбу.

...Когда же они обедали, говорит Симону Петру: Симон Ионин! любишь ли ты Меня больше, чем они (Ио. 21, 16), —

больше, чем они *все*?

Если и все соблазнятся, то не я. (Мк. 14, 29.)

Я душу мою положу за Тебя...

Душу твою за Меня положишь? Не пропоет петух, как отречешься от Меня трижды (Ио. 13, 37), —

мог бы вспомнить Петр.

...И говорит Ему: так, Господи! Ты знаешь, что я люблю Тебя.

Уже на себя не надеется — не смеет сказать просто: «люблю».

Иисус говорит ему: паси агнцев Моих....И еще в другой раз: Симон Ионин! любишь ли Ты меня? Петр говорит Ему: так, Господи! Ты знаешь, что я люблю Тебя... — Паси овец Моих...И в третий раз: Симон Ионин! любишь ли ты Меня? Петр опечалился, что в третий раз спросил его.

Трижды от Него отрекся — трижды от Него услышал: «Любишь ли ты Меня?» — вот отчего опечалился.

И сказал Ему: Господи! Ты все знаешь; Ты знаешь, что я Тебя люблю.

Иисус говорит ему: паси овец Моих. Истинно, истинно говорю тебе: когда ты был молод, то препоясывался сам и ходил, куда хотел; когда же состареешься, то прострешь руки твои, и другой препояшет тебя и поведет, куда не хочешь. (Ио. 21, 17–18.)

Что это значит? Две тысячи лет люди ломают голову над этой загадкой. Только ли мученическая смерть Петра в ней предсказана, как думает Иоанн (21, 19)? Нет, кажется, что-то еще. Если первая половина пророчества:

Я хочу, чтоб он пребыл, пока прииду, —

относится к вечным судьбам Иоанна, то и вторая так же — к вечным судьбам Петра. Кажется, ключ ко всей загадке — в этом одном, таким вещим и страшным светом все освещающем слове: *«другой».* — «Другой поведет тебя, куда не хочешь». То же слово говорит Господь и о своих вечных судьбах:

Я пришел во имя Отца Моего, и не принимаете Меня; а если другой придет во имя свое, его примете. (Ио. 5, 43.)

Кто этот «другой», знает Павел:

...сын погибели, противящийся и превозносящийся выше всего, называемого богом (II Фесс. 2, 3–4), –

«противоположный Христос» – Антихрист. Он-то и поведет Петра, а может быть, и всю Церковь Петрову, «куда не хочет» Петр. Если так, то здесь речь идет о каком-то последнем «отступлении» от Христа всего христианского человечества («доколе не придет *отступление*», по тому же слову Павла). Кажется, о том же говорит и сам Господь на Тайной Вечере:

Симон! Симон! вот сатана просил, чтобы сеять вас, как пшеницу. Но Я молился, чтобы не изнемогла вера твоя, и ты некогда, обратившись, утверди братьев твоих. (Лк. 22, 31–32.)

Это значит: некогда Петр, победив и второе «отступление», «отречение» свое, так же, как первое, снова сделается «Камнем», на котором Церковь созиждется так, что «врата адовы не одолеют ее» (Мт. 16, 18).

XIII

И, сказав сие, говорит ему (Иисус): иди за мною.
Петр же, оглянувшись, видит идущего за ним ученика, которого любил Иисус...
...И говорит: Господи! а этот что?
Иисус говорит ему: если Я хочу, чтоб он пребыл, пока прииду, что тебе до того? Ты иди за Мною. (Ио. 21, 19–22).

Вот последнее на земле слово Господне не только Петру» но и всему человечеству:

иди за Мною.

sm moi bkolomqei. –

С этим словом уходит Господь, – в какую даль, земную или небесную, мы не знаем; знаем только, что где бы ни был Он, на земле или на небе, – Он с нами везде и всегда. В этом-то вечном Присутствии – Пришествии Господа, παρουσία, главный смысл и последнего перед вечной разлукой, свидания Воскресшего с учениками в I Евангелии (28, 26).

Одиннадцать же пошли в Галилею, на гору, куда повелел им Иисус, –

кажется, на гору Блаженств. Если так, то и здесь начало Блаженной Вести смыкается с концом ее в круге вечности.

Очень вероятно, что это явление в Матфеевом свидетельстве совпадаете Павловым (1 Кор. 15, 6): «Сразу явился более, нежели пятистам братий».

...На гору взошел Он, и когда сел, приступили к Нему ученики.
И Он, отверзши уста Свои, учил их, говоря:
Блаженны нищие духом, ибо их есть царство небесное.
Блаженны плачущие, ибо утешатся.
Блаженны кроткие, ибо наследуют землю. (Мт. 5, 1–5).

То же время года и теперь, в последний день Господень, как тогда, в первый, – начало апреля; то же место – над Капернаумским Семиключием, к северо-западу от Геннисаретского озера; та же горная пустыня, где между темных базальтовых скал стелются бледные луга асфоделей и рдеют анемоны брызнувшими каплями крови по темной зелени вересков; тот же тянущий с гор холодок и запах утренней гари в тумане, и углубляющее тишину невидимых в небе жаворонков пение, и кукование кукушки, сладко-унылое, как на чужбине память о родине. Солнце так же восходит из-за голых и рдяных, как раскаленное докрасна железо, вершин Галаада, а озеро, все еще тенистое, в глубокой между гор котловине, спит, как дитя в колыбели. И небо, и горы отражаются в зеркале вод с такою четкостью, что если долго смотреть на них, то кажется, что и те, отраженные, – настоящие. И пустынно все и торжественно безмолвно на земле и на небе, как в приготовленном к брачному пиру и ожидающем гостей чертоге жениха: все готово, приходите на брачный пир Это было однажды, во времени, и будет всегда, в вечности.

XIV

...На гору ...пошли (ученики), куда повелел им Иисус.
И, увидев Его, поклонились Ему...
И, приблизившись, Иисус сказал им дана Мне всякая власть на небе и на земле.
Итак, идите, научите все народы...
И вот, Я с вами во все дни до скончания века. Аминь. (Мт. 28; 16–20.)

Это другое последнее слово всему человечеству. Когда и откуда вознесся Иисус, мы не знаем; может быть, отсюда же, с горы Блаженств, где начал возвещать людям царство Божие.

...И, подняв руки, благословил их.
И, когда благословлял их, стал отдаляться от них и возноситься на небо. (Лк. 24, 50–51.)

Медленно отдаляясь, все еще благословляет их; все еще видят они лицо Его. Но дальше, дальше – и уже не видят, видят только уменьшающееся тело – как бы отрока – младенца – голубя – бабочки – мошки, – и совсем исчез. Но все еще смотрят пристально, жадно в пустое небо, ищут глазами в пустоте.

Так же пристально, жадно смотрим и мы в пустое небо, но там, где для них последняя точка возносящегося тела Его исчезла, – для нас первая точка тела Его, нисходящего, появится; от них отдалялся – к нам приближается; была разлука – будет свидание.

XV

Лучшими словами нельзя кончить Блаженную Весть, чем те, которыми кончает Матфей. Кончим же и мы нашу книгу о том, как жил, умер и воскрес Иисус Неизвестный этими словами.

вот, Я с вами во все дни до скончания века. Аминь.